国家哲学社会科学成果文库
NATIONAL ACHIEVEMENTS LIBRARY
OF PHILOSOPHY AND SOCIAL SCIENCES

中国新诗 (1917~1949) 接受史研究

方长安　著

中国社会科学出版社

方长安（1963- ），湖北红安人，文学博士，武汉大学二级教授，博士生导师，武汉大学中国新诗研究中心主任，湖北省重点研究基地"湖北现代人文资源调查与研究中心"执行主任，《长江学术》主编；兼任中国闻一多研究会副会长、中国现代文学研究会理事、湖北省中国现代文学研究会副会长。教育部新世纪优秀人才计划入选者。从事新诗研究、20世纪中外文学关系研究，出版《选择·接受·转化——晚清至20世纪30年代初中国文学流变与日本文学关系》、《冷战·民族·文学——新中国"十七年"中外文学关系研究》、《新诗传播与构建》、《传播接受与新诗生成》等专著7部，发表论文150余篇；完成国家社科基金、教育部人文社科基金项目多个，正主持国家社科基金重点项目和重大项目各一项；曾获教育部高等学校科学研究优秀成果奖，湖北省社科优秀成果一等奖，湖北省优秀教学成果二等奖。全国百篇优秀博士论文提名奖指导教师。

《国家哲学社会科学成果文库》
出版说明

为充分发挥哲学社会科学研究优秀成果和优秀人才的示范带动作用，促进我国哲学社会科学繁荣发展，全国哲学社会科学规划领导小组决定自 2010 年始，设立《国家哲学社会科学成果文库》，每年评审一次。入选成果经过了同行专家严格评审，代表当前相关领域学术研究的前沿水平，体现我国哲学社会科学界的学术创造力，按照"统一标识、统一封面、统一版式、统一标准"的总体要求组织出版。

全国哲学社会科学规划办公室
2011 年 3 月

序

於可训

　　方长安教授的专著《中国新诗（1917—1949）接受史研究》入选"国家哲学社会科学成果文库"，付梓之前嘱我写几句话，我欣然应允。长安长期致力于中国新诗研究，是本学科点新诗研究方向的传承人。本学科点的新诗研究方向，由前辈学者陆耀东先生开创，已故中年学者龙泉明承教陆门，接踵其后。长安作为龙泉明教授的及门弟子，已是第三代传人。一个学科的研究方向，有三代人的学术积累，也可谓渊源深厚了。长安承接这样的学术传统，十余年来，孜孜矻矻于新诗研究，毫不放松，正应了陆放翁的一句诗："锻炼无遗力，渊源有自来"，所以才有今天的成就。我在倍觉欣慰的同时，也深感一个学术研究方向的传承，全在于创新。以本学科点新诗研究方向的这三代学者而论，陆耀东先生是著名的新诗研究专家，是新诗史研究的拓荒者，穷毕生精力，成《中国新诗史》三卷，在学界广有影响。龙泉明教授的新诗研究，虽然同样走的是史的路线，却侧重于综合地论述新诗艺术的"流变"。长安的新诗研究，则于史的研究之途，另辟蹊径，将传播接受之学，引入新诗研究，是以有新诗接受史研究之说。

　　从传播与接受的角度研究文学，是最近一二十年来的学术新潮。这种学术新潮不是学者有意要赶时髦，而是因为其中确实蕴含了一种新的学术生长点，一种意义和价值增殖的可能性。以我个人的观察，这种学术新潮产生的近因，应该是20世纪80年代从西方引进的接受美学和读者反应批评的影响，它的渊源，也可能与马克思关于艺术生产的理论有关。马克思虽然没有直接论述艺术生产与消费的关系，但他关于物质产品的生产与消费的理论，却对作为精神文化产品的艺术产品的生产与消费，产生了重要的启示和影响。也有论者说，文学的传播与接受研究，与大众传媒的兴起和全球化背景下的跨文化研究，包括比较文学研究有关，都是实情。这也说明这种新的学术研究的方法是由来有自，不是凭空杜撰。

借用一个经济学的术语，文学研究在一个相当长的时期内，只注重供给侧的问题，即文学的创造过程与文学作品的功用和影响问题，却相对忽视需求侧的问题，即文学的接受过程及其对文学创造的作用和影响。包括从供给侧到需求侧的中介环节，文学的传播过程对文学产品的生产与消费的作用和影响。忽略了这些方面的东西，文学活动创造的产品，即文学作品是如何抵达社会人群，如何对社会人群发生作用，这种作用的结果又如何反过来作用于文学自身，对进一步的文学创造发生影响，都不甚了了，因而造成了文学基础理论研究的一大缺陷。20世纪80年代，接受美学和读者反应批评的引进，虽然弥补了这一缺陷，却限于翻译介绍和在文学批评领域的实践，真正将这一理念贯彻于文学史研究，改变传统的文学史研究以文学创作为中心，以作家作品为主体的局面，转而从读者的文学接受和接受的"效果史"角度研究文学史，由文学的创作史转向文学的接受史，由文学产品的生产史，转向文学产品的消费史，实现文学史研究的一次历史性的跨越和飞跃，却经历了一个较长的发展演变过程。起先是偏重于具体个别作家作品的接受史研究，是谓微观接受史研究，进一步才是宏观接受史研究，即综合地研究整体的文学接受史，或一种文类的文学接受史，长安的新诗接受史研究，即属于后一种情况。就陋见所及，在新诗研究领域，这应该是首创之作，所以值得重视。

因为文学接受史研究，在中国现代学术传统中，无前例可援，故有很大的难度。这难度首先就在于，所有现存的文学史料和研究成果，大都是为传统的文学史研究准备的，是适应传统的文学史研究的写作要求的，从接受的角度研究文学史，无论是整体的还是文类的，都必须重新发掘、收集、整理文学史料。而且读者的接受反应大都是分散的、即时的、随机的，很少见诸确定的文本，这就又需要调动分析的手段，通过种种外部环境、接受语境和接受条件的分析，确认文学接受的需求和实际发生的种种可能性，并证之以已成为物化形式的专业的文学接受者的固定文本，如长安说的批评家的批评论著、选家的文学选本和学者的文学史著作等。因为文学接受史的研究不像传统的文学史研究那样，有成熟的方法论和相对定型的著述体例作支撑，必须综合地运用诸如调查统计、实证分析和文学批评的诸多方法，从这些方法的综合运用中，探求一个时代不同人群文学接受的"期待视野"与作家作品的"融合"状况及接受效果，从中清理出一条相对完整的历史线索，这样的结果，才达到了文学史研究的要求。从长安的这部专著中，我们不难看到他对这些方法的综合运用，在具体运用的过程中，又根据不同接受对象的具体情况，而有所侧重和变通。虽然就其以诗人诗作为主体的著述体例而言，仍留有纪传体文学史的痕迹，但所选入史的诗人诗作，都自成一个相对独立的接受史的单元。以这种相对独立的微观接受史为基本单元，建构整体的新诗接受史，既体现了不同时期、不同诗人诗作的接受状况，又因为这些诗人诗作的个体接受史之间，存在着一种内在关联而在整体上反映了中国新诗的接受历史。这样的接受史体例因为无前例可援且合乎史著的要求和逻辑，应该看作长安对文学接受史著述体例的一个创造。

文学史研究像文学史本身的运行一样，是一项既合乎规律性又合乎目的性的活动，文学接受史的研究也不例外。传统的文学史研究，因为面对作家作品的文学创造，因而多在揭示一个时代的文学特征和发生发展的规律。文学接受史的研究，则因为与作家作品的艺术生命相联系而有其自身的特殊性。这种特殊性就在于，文学的传播和接受过程，是对作家作品历史地筛选和淘汰的过程，这种筛选和淘汰的过程，不是在简单地做减法，也不是一次性完成的算式，而是在不断地敞开接受对象的阐释空间，展示各种阐释的可能性。它最终的结果，是使一部分作家作品成为经典，一部分作家作品处于经典化的过程之中，另有一部分作家作品虽然暂时排斥在经典之外，或看似无缘成为经典，但并不排斥它仍有成为经典的可能性，或有其独特的艺术生命。总之是文学的传播和接受过程没有完结，任何作家作品的艺术生命就没有完成，就不能盖棺论定。文学接受史的研究，旨在揭示作家作品在不同时代、不同人群的文学接受中的生命状态及其命运沉浮变幻的不定性。长安的这部新诗接受史研究专著，在尽可能客观地展示新诗接受的规律性的同时，充满了这种目的论意识。他把这种意识具体化为探讨新诗的经典化问题，将其贯穿于具体诗人诗作的接受过程之中，使之成为这部新诗接受史研究专著的一条思想的主线。这就使得这部新诗接受史研究专著在显示史的价值的同时，也有一种思想的力量。

研究文学接受史难，研究新诗接受史更难。这是因为，新诗自诞生之日起，就一直伴随着责难和争论。迄今为止，20世纪初发生的那场以白话新诗取代古典诗歌的革命，尚无定论，甚至连白话新诗的始作俑者胡适，后来都转向旧体。认为新诗"迄无成功"，几乎成为一种流行的结论。今天，不但新诗创作屡遭诟病，而且同时还面临旧体诗卷土重来的挑战。凡此种种，新诗作为一种现代文体，其出身和合法性都成了问题，遑论研究其接受的意义和价值。但是，尽管如此，百年新诗毕竟是一个巨大的存在，那些灿若群星的诗人，毕竟为中国现代文学留下了无数诗歌艺术珍品。新诗历千磨百难而肉身不灭，灵魂不死，足见其可以传之永恒。从这个意义上说，长安的这部新诗接受史研究专著，不但见证了新诗的百年艰辛，同时也是新诗这种万劫不隳的艺术精神的一个历史的证明。

是为序。

2016年12月23日写于多伦多列治文山

目　　录

Contents

导　　论

第一节　传播、读者阅读接受与新诗生成

中国新诗（1917—1949）指的是现代时期的新诗，不包括新中国成立后的当代新诗，它的生成是一个相当复杂的问题，不但与中国文学内在流变规律密切相关，与个体诗人的创作探索有着直接的联系，而且受制于中外文化交流、文学碰撞，与包括现代期刊、学校讲台、教材、电台、荧屏等更为广泛的现代传媒特别是读者阅读接受有着深刻的关系。现代传播场域、传播方式、读者阅读接受相当程度地改变了诗人的生存方式、创作心理、书写经验和诗学观念，使新诗生成出相应的情感空间和审美品格等。

晚清以降，中国开始了由传统向近现代社会的转型，新型都市出现了，与之相伴随的是新式市民阶层成为重要的社会力量。新兴阶层有着强烈的阅读、娱乐要求，不但希望获得日新月异的世界新闻，了解周遭之外的世界，了解他人的故事；而且有着自我展示、表达的欲望，有着排遣、释放的需要，渴望发出声音，与他人进行交流，以使自己成为新兴世界的一员，于是报纸、杂志、书摊、印书馆、译书馆、现代剧场等应运而生，以满足新型市民的需求。那时，先进的中国知识分子不仅利用报刊传播新的思想学说，而且倡导、兴办新式学堂以传扬近现代思想，兴办剧场、编导话剧以开启民智，培养适应现代世界潮流的新人。于是，新的传播场域出现了，且随时间推移不断拓展扩大，它由看得见的外在传媒空间和无形的意义场构成。

看得见的外在传媒空间包括报纸、杂志、书局、各类新式学堂、教材等，而无形的意义场主要存在于外在传媒空间，是一个由历史文化、社会

思潮、流行文化风尚、作者主观诉求和读者阅读期待等共同决定的思想空间。社会性、公共性是现代传播场域的重要特征。传播场域与社会转型之间构成互动关系，参与文化、文学生产，进而搅动了中国诗坛格局，赋予旧诗坛以新的质素，加速了中国新诗的发生与生成演变。

对于诗创作来说，公共性传播场域，就是一个高度浓缩的开放型社会，诗人们在这样一个社会发表诗歌，就等于面向社会公众言说，这种全新的言说空间自然对他们形成某种约束与影响，改变着他们的存在方式与身份。梁启超、胡适、郭沫若、刘半农、刘大白、周作人、沈尹默、李金发、闻一多、徐志摩、卞之琳、戴望舒、艾青、臧克家、田间、李季、郑敏、穆旦等与传统诗人相比，不再只是在三朋四友中酬唱，不再只是自足世界中的个体经验感受者、体验者，而是公共文化社区的成员，是某种价值理念的彰显者、传播者，写诗在相当程度上成为一种社会性行为。于是，在创作心理上，他们不再满足于自我吟风弄月，不再完全以诗创作本身为目的，陶醉其间，流连忘返，而是相当程度上将写诗看成一种影响社会大众的严肃的工作，一种社会承担。某种意义上讲，诗创作成为向拟想读者的诉说，成为传播思想的重要方式。

传播场域在影响诗人的同时，开始培育新的诗歌读者，营造新诗创作氛围。现代诗人主要是通过出版物等媒介进行新诗创作实验，抒个人之情，言家国之志，翻译外国文化、文学，引进新的文化理念，阐释现代诗歌观念，以征服旧诗读者，同时培育一批认同、欣赏新诗的新型读者，为新诗创作开拓现代空间。例如，《新青年》问世不久，陈独秀、胡适等便广泛译介西方论著，引进现代科学民主观念，以进化论思想为立足点，以中外诗歌发展史为场景，论证白话新诗出场、取代文言诗歌的历史合法性；刘半农、周作人等不断翻译外国诗歌，整理民间歌谣，进行同题诗歌创作实验，开展白话诗歌讨论、批评，探寻白话诗歌艺术，为新诗建构提供全新的诗学资源，《新青年》为新诗发生与建构提供了活动场景，尤其是话语依据。又如，新式学校推动了新诗的发生、发展，新诗的倡导者、实验者如胡适、陈独秀、鲁迅、周作人、徐志摩等大都是新式学校教师，学校为新诗探索提供了相对自足的领地与资源，诗人们借助于讲坛介绍现代文学思想，传播现代诗歌观念，朗诵自己的作品，引导学生进行新诗创作实验，在学生中培养了大量的新诗爱好者与诗人。新式学校是新诗攻占旧诗堡垒的主要阵地，且赋予新诗诸多现代学校的青春品格，这是我们论析新诗得失时应特别注意的方面。

现代传播场域、传播语境中读者阅读接受，直接作用于新诗内在意蕴、情感空间的生成。现代传播语境是诗人郭沫若、闻一多、戴望舒、艾青、卞之琳、穆旦等的生存空间，这样的空间不同于古代诗人那种三朋四友的交谈场所，诗人们置身这种现代传播空间需要考虑广大的陌生读者，尊重读者的审美期待与阅读反应，于是在书写自我经验时总是自觉不自觉地承担起社会责任，以诗歌表现、传播现代思想，引领读者，这样新诗意蕴空间相对于传统诗歌而言复杂而丰富，充满多重色彩、力量与声音。进化论、个性解放、民族主义、爱国主义、民生平等、怀疑主义、存在主义、爱情自由、劳工神圣等构筑起现代诗歌基本的意蕴空间。不仅如此，作为个体的诗人在现代传播语境中写诗，社会政治话语、陌生化的大众读者无形中制约着诗人的想象与表达，使他们难以畅所欲言，难以尽情展示自己，更不用说完全暴露真实的自己，于是新诗在情感空间上形成许多相应的特点，诸如人格表演性、个人性与公共性相缠绕、真实性与虚伪性相纠葛等矛盾性特点。其中特别突出的就是人格表演性，即有意向读者展示自己某种"崇高"的人格，掩藏真实的心理，回避真情。某些读者意识特别强烈的诗人，这方面表现得更为突出一些。

现代传播语境中读者阅读接受影响着新诗审美形式的生成。审美形式的自觉或不自觉地选择、创造与个体诗人的性格有关，与其艺术趣味、文学观念分不开，也与创作所处时代的文学风尚紧密地联系在一起；同时，文本意义生成的另一极即读者，也间接地左右着审美形式的生成走向。一般而言，不同传播语境下的读者有着不同的文学性格，换言之，同一语境中的读者尽管美学取向千差万别，但往往受语境潮流制约又有着大体一致的审美倾向性，对新诗的审美期待与阅读反应有着某种一致的特征，这种一致的特征相当程度地制约着所处时代的诗人对审美形式的认识与创造。例如"五四"前后的多数读者受新思潮感染，对旧的审美规范也许还有所留恋，但还是期待着艺术思潮的某种突破，期待阅读一些与启蒙思想相契合的新形式的文学作品，期待同文言格律形式不一样的作品，这些对于新诗人的创作无疑是一种无形的牵制。那是一个启蒙的时代，启蒙性是传播语境的突出特色，新诗人们浸润在启蒙的氛围中，将自己看成启蒙者，同时受读者新的阅读期待的影响，努力创作新形式的诗歌。当时的一个重要现象是，新诗人在自视为启蒙者的同时，将读者看成启蒙的对象，于是诗人与读者的关系就置换为启蒙与被启蒙的关系，而所谓的启蒙就是启蒙者对被启蒙者讲话，向他们灌输新的观念，试图"照亮"他们走出"黑暗"。于是，以"话"为诗成为当时新诗中一种重要的表意方式。"我"与"你"讲话，开导、引导，"开启民智"，构成诗思的基本逻辑，人物对话、潜对话结构风靡诗坛。这些成为新诗有别于传统诗歌的重要的现代审美形式。

　　如前所述，读者的阅读反应使不少诗人，特别是那些传媒意识强烈的诗人，非常顾及自己的声誉，往往有意隐藏或张扬某种思想倾向，使诗歌生成出一种自我人格表演性。与之相适应，新诗形成了有别于旧诗的抒情表意方式，具体言之，就是新诗中出现了一些新的话语句式，诸如"我要……""我是……"句式，可谓之主体表演句；不仅如此，以"啊"开头的句式，即"啊！……"成为一种普遍现象，有些诗中以"啊"字开头的句子，包含着丰富的情感，但有些却是虚伪的表演；又如"也许……"句式，在新诗中也很普遍，单从句意看，它无疑表现了一种不确定的征询语气与态度，有助于展示现代平等人格，但是在一些诗人那里却相反地彰显了一种不坦荡的心理，遮蔽着某些真实的声音，夸张一点说，他们以现代的方式玩弄着背离现代人格的诗歌游戏。

　　读者阅读接受影响着现代诗学的生成。现代新诗与旧诗不同，它尚处于实验之中，没有定型，现代诗学亦处在探索中，读者对现代诗歌的阅读批评同对现代诗学的总结往往联系在一起，对诗歌文本的阅读接受就是对其所体现的某种诗学的接受认同，阅读反应使诗人坚持或改变某种诗歌倾向，总结并提出相应的诗学观。例如：闻一多、周扬、沈从文、朱湘等对郭沫若《女神》的批评与接受，就是对作品所呈现出的浪漫主义诗学的传播张扬，并使郭沫若在一个时期里更为自觉地坚守这种诗学；黄参岛、钟敬文、张家骥、苏雪林、朱自清、孙玉石等对李金发诗歌的阅读批评，就是对中国独特的象征主义诗学的阐释与总结；对闻一多《红烛》《死水》的批评，在相当程度上就是对现代新格律诗理论的探讨，就是对闻一多的支持，使他更为自觉地总结新格律诗学；杜衡、雪苇、胡风、常任侠、吕荧、孟辛、黄子平、龙泉明等对艾青诗歌的阅读批评，就是对艾青的自由诗理论的探讨，他们与艾青之间形成直接、间接的诗学交流对话，促进了现代自由诗学的建构；对卞之琳《鱼化石》等诗歌的批评，同中国现代非个人性诗学的总结联系在一起；闻一多、徐志摩、卞之琳以及中国新诗派的诗人们积极实验创作"戏剧化"诗歌，不少读者从戏剧化诗学角度言说他们的作品，总结现代汉语诗歌戏剧化经验等。读者与诗歌、读者与诗人之间的"对话"是现代诗学归纳、建构的重要途径。

　　读者阅读接受一定程度地制约着新诗流变。新诗如何发展、演变？这是一个相当复杂的问题，社会政治思潮、文化风尚、时代审美趣味等直接、间接地左右着诗歌发展方向，文学社团、诗人群落、创作方法等牵引着诗潮流变；与此同时，读者是时隐时现的另一极力量，他们有时直接站出来说话，有时暗中向诗人传递信息，制约着诗人的自我认识与审美反思，使其坚持或者改变既有的探索路径与创作倾向，使某种创作倾向消歇或者强化，从而影响着新诗的发展流变。例如："五四"白话自由诗的发生，与读者不满晚清那些不流畅的"新学之诗"相关；而"五四"白话自由诗在胡适的话"怎么说诗就怎么写"的观念指导下，只注意自然流畅的问题，直抒胸臆，郭沫若更是以《女神》将它引向绝端自由的境地，诗歌情绪一泻千里，口语化，散文化，失去了诗歌的含蓄美、音乐美，引起读者不满。成仿吾以"五四"文学参与者这种特殊读者的身份，提出要开展一场"诗之防御战"，阻击白话自由诗非诗化倾向；"五四"时的删诗活动反映了读者的不满；还有读者致信《新青年》反馈不满信息；梁实秋对白话诗提出深刻的批评；等等，所有这些影响了诗歌流向，一定程度上改变了白话自由体新诗过于散文化的倾向，使新诗开始自觉探索音节、格律等问题。新格律诗和"五四"小诗的消歇以至被新的诗潮所取代，也与读者的批评有着直接的关系。

　　现代传播语境中读者的阅读接受遴选、塑造了新诗史上的"重要诗人"。中国现代诗人胡适、周作人、郭沫若、闻一多、徐志摩、朱湘、戴望舒、卞之琳、冯至、艾青、穆旦等自作品发表后便进入读者阅读视野，《尝试集》《女神》《死水》《再别康桥》《雨巷》《断章》《十四行集》《大堰河——我的保姆》《诗八首》等，被不同时代的读者反复阅读阐释，被不同倾向的新诗选本反复收录传播，被文学史叙述定位，乃至成为新诗的代表作，与此同时，诗人的地位得以确立。他们之所以成为"重要"诗人，与其作品的诗美价值及其诗学对于新诗发展的贡献自然分不开，但从接受美学角度看，则离不开读者的阅读接受，是不同时代的读者共同"发掘"出他们的诗学价值，"塑造"、建构了他们在文学史上的形象，赋予他们"重要"地位与意义。换言之，他们是被读者阅读建构起来的。

传播与读者阅读接受遴选出"新诗经典"。"新诗经典"是由一系列经典化活动所推出的，而经典化活动最为重要的环节是传播、读者阅读批评。那些在情感上艺术上与不同时代的传播场域、审美期待相契合的作品，被大众读者反复阅读称赞，被理论家、批评家赞许，收入不同的诗集、教材，不断传扬，其诗性在不断讲述中被诗坛认可，被后来者研究或者模仿，遂逐渐沉淀为经典；反之则淡出读者视野，销声匿迹。例如：《尝试集》尽管在不同时代反复出版发行，不同时代的新诗选本反复遴选其作品，不同时代的文学史、新诗史著作也都要拿专门章节叙述它，但史家和编选者大都是将它作为尝试性、开拓性作品，看重的是它的开创性价值而不是诗美，读者也常常谈论它，但并不高看其艺术性，即不认为其诗是杰出的诗作，所以它只能是新诗史化石意义上的重要诗集而不是诗美意义上的经典，读者的阅读接受决定了它的地位。郭沫若的《女神》是在近一个世纪的传播语境中，在文本、传媒与读者的互动互涉过程中确立起经典地位。李金发的诗歌内容晦涩，一般读者难以读懂，传播受阻，故诗人有"诗怪"之称；虽然不少专业读者喜欢《弃妇》，但其作品能否成为经典尚需阅读传播的考验。徐志摩的《再别康桥》深受大众读者喜爱，广为阅读传播，遂成经典。穆旦的《诗八首》直到1990年代中后期才在新的传播空间确立起自己的"经典"地位，但它是否能沉淀为真正的经典，还须经受此后相当长历史时期读者的阅读考验。

新诗得失与现代传播、读者阅读接受亦有着深刻的关系。现代传播与读者阅读的介入，加速了古诗向新诗的转型，使新诗更多地关注现实人生，参与文化启蒙，面对大众言说，获得了诸多现代性特征。例如郭沫若的《女神》那种自由开放的气度，那种新的宇宙观、世界观，那种破除权威崇尚创造的精神，是旧诗所无法比拟的；戴望舒的《雨巷》那种于朦胧美、幽婉美中展示的现代执着精神，是古典诗歌所没有的；艾青的《大堰河——我的保姆》抒发了作为知识分子的"我"对于农妇"大叶荷"的深情，张扬了一种新的人文情感，这也是古典诗歌中所缺乏的；穆旦的《诗八首》对爱情的重审，对生命的思考、追问所达到的深度，所体现的意义也是空前的；新诗在审美形式上充分考虑普通读者的阅读能力与趣味，建立了一套对应读者审美期待的艺术规范。所有这些可谓新诗的功绩，与现代传播语境中读者的阅读参与分不开，是新诗对于中国文化建设的卓越贡献。但也有一些诗人由于过于看重传媒与读者的阅读反应，特别是在某些历史的非常时期，过于迁就时代需求，迁就读者口味，自我探索的空间被挤压，艺术上一些独特的尝试由于得不到传媒和读者的支持而被放弃，于是他们的不少诗歌呈现出明显的传媒化特点，传媒所追求的时事新闻性及其夸张炒作抑制了诗性的生成，特定时期的一些作品甚至完全沦为非诗性的传媒话语。

第二节　传播与中国新诗现代性发生

晚清以降的诗歌，总体而言，具有强烈的外在社会诉求，这种诉求在文本上表现为创作主体对社会历史进程的关注、想象与自觉的诗性表达，表现为外在思潮对传统诗歌文本空间的渗透、改造与扩容，而这种文本诉求相当程度上又是借助于传播完成的，所以传播作为一个重要维度参与了晚清以降的新诗建构，新诗现代性的发生与之有着密切的关系。

这里所谓的传播存在于晚清以后特别是"五四"特定的历史语境中，它不同于传统文学传播的单一性、私人性，而是一个由多重力量相互作用、组构而成的复合空间。具体言之，这个空间包括有形的外在传媒和无形的意义场域。有形的外在传媒包括现代报纸杂志、出版、教材、讲坛、文学集会、诗歌朗诵会等，它们是诗歌走向读者的社会性通道；无形的意义场域是一个由政治文化、社会思潮、诗人主观诉求和读者阅读期待所决定的思想空间，它虽无形，却对诗歌传播走向产生巨大的制约力。这二重空间实际上融为一体，构成一个独特的力量场域，相当程度上左右着诗人的创作选择、构思、主题想象与言说方式，它是新诗逐渐获得有别于传统诗歌的现代品格的重要力量；或者说，这一传播空间参与了现代诗歌生产，影响了新诗现代性的发生。

那么，这种传播空间究竟是如何作用于诗歌创作呢？在这一空间中新诗现代性是如何发生、生成的呢？要回答这一问题，我们必须回到创作主体——诗人那里，因为诗人是第一生产者，传播空间因他们而获得存在价值与意义。传播对于诗歌生产的影响，其实首先是对诗人的影响。新的传播空间使诗人的创作心理、诗性体认与表达发生变化，诗歌的内外特征随之亦发生变化，它意味着诗歌现代性的发生。这样，我们就可以通过考察现代传播空间中诗人的独特存在而对上述问题作出回答。具体言之，就是追问诗人创作旨在"传播什么"和"如何传播"这两个相互关联的问题，以探索传播对于新诗现代性发生所起的作用。

其实，"传播什么"和"如何传播"本身就是典型的现代性问题，是现代社会诗歌写作所特有的现象，它表明现代诗人身份相对于传统诗人而言，发生了根本性变化。诗人不再完全是自足世界中个体经验感受者、体验者，不再以诗创作本身为陶醉方式，游戏、玩味开始退场；他们不再以"天人合一"的宁静、圆融为追求境界，而是自觉地将社会、世界主客体化，将自我世界与他者世界分开，诗人有自己的话语系统，他者世界亦有自己的规定性，诗人创作既是自我表达，更是向他者言说，诗人成为公共文化社区的言说者，而不是诗之玩味者，写作相当意义上是诗人向他者——拟想读者的言说，也就是传播某种东西。

传播什么主要取决于诗人对外在社会的感受、理解，对历史发展和拟想读者的想象，而这些在根本上又是由诗人的自我身份认同所决定的。在中国近现代社会转型期，诗人大都是民族国家事业的思考者，民族国家命运在他们摄取、想象世界的过程中占据着极为重要的位置，开启民智、为民族国家觉醒而呐喊，成为多数诗人内在的使命。他们无疑扮演着启蒙者角色，是启蒙思潮的弄潮儿，他们的诗歌写作在业已存在的启蒙主义氛围影响下，言说的主要是启蒙话语，言说方式遵循的是启蒙话语方式。

所谓启蒙话语，就是一种理性话语，基本来自西方，是西方典型的现代性话语。梁启超、黄遵宪、胡适、周作人、鲁迅、刘半农、康白情、汪静之、郭沫若等诗人那一时期的诗歌，在骨子里无不言说着由西方输入的现代话语，特别是物竞天择、适者生存的现代进化论思想。他们以质疑现在、向往未来的直线进化时间观，取代了传统农业社会的循环时间意识。于是，中国诗歌在 20 世纪初期便经由表达西方基督时间意识，传播西方时间命题，而发生根本性变化。就是说，中国新诗最初的现代性是通过传播西方进化时间观而获得的，是一种被移植的现代性，而这种现代性由于与中国当时救亡图存的时代政治相契合，满足了诗人们立功、立言的理论需要，便迅速内化，或者说本土化。现代时间观念的内化，表明诗人生命存在方式的改变，意味着诗歌现代性的真正发生。它标志着中国诗歌的根本变化，标志着新诗的真正出现。这是新诗与旧诗根本区别所在，是新诗的内在规定性，具有这一内在特征的诗歌才可能成为新诗。

不仅如此，"五四"前后启蒙言说与传播之需要，使主体在诗创作的许多方面不断地借鉴、移植西方经验，促使诗歌现代新质不断生成。那时有一个重要现象，就是诗歌翻译受到普遍重视，而且翻译与创作紧密联系在一起，译诗目的在于借鉴，在于创作，翻译与创作的互文性极为鲜明，许多诗人甚至将译诗看成是自己的得意之作，例如胡适就将译诗《关不住了》视为自己新诗之杰作，它是一首以自由诗形式翻译的爱情诗。翻阅新诗发生期那些重要刊物如《新青年》《新潮》《少年中国》等，不难发现新诗人对西方爱情诗和爱国诗的译介热情非常高，因为在他们看来爱国诗、爱情诗是中国所无而需要大力引进、发展的两类诗歌。刘半农就曾说："余尝谓中国无真正的情诗与爱国诗，语虽武断，却至少说中了一半。"[1] 朱自清亦说过："中国缺少情诗，有的只是'忆内''寄内'，或曲喻隐指之作；坦率的告白恋爱者绝少，为爱情而歌咏爱情的更是没有。"[2] 如此认识和创作上的自觉追求，致使爱国诗、爱情诗成为新诗发生期的两类重要作品。

刘半农、朱自清的观点虽失之偏颇，但我们必须承认中国古代这两类诗确实很不发达，承认中国缺乏真正意义上的爱情诗、爱国诗，承认爱国诗、爱情诗的输入对于中国诗歌转型具有重要的意义。爱国意识与近代以后诗人们所获得的世界观念分不开，是他们自觉地将中国置于世界历史中

---

① 刘半农：《诗与小说精神上之革新》，《新青年》1917 年第 3 卷第 5 号。
② 朱自清：《中国新文学大系·诗集·导言》，上海良友图书印刷公司 1935 年版，第 4 页。

审视的结果，是民族国家身份认同的表现，这种民族国家身份认同是诗人们面对西方现代性挑战而萌生的一种现代民族国家观念的体现，是古代诗人们所缺乏的一种典型的现代性意识；而真正的爱情意识，对于中国人来说，更意味着对传统婚姻观念的反叛，意味着自我意识的觉醒，它建立在个性解放基础上，是一种个体身份确认，同样属于典型的现代性范畴。所以，爱情和爱国是初期新诗现代性的两个最为重要的维度，它们对由西方输入的许多现代性理念具有强大的吸附力，或者说许多现代理念借助于这两大维度得到了有效的表达。胡适的《他——思祖国也》《梦与诗》、刘半农的《教我如何不想她》、周作人的《中国人的悲哀》、郭沫若的《炉中煤》《晨安》等诗歌中，不仅爱国与爱情常常缠绕在一起，而且往往渗透着个性主义、妇女解放、自由平等、宇宙意识等现代观念，相对于中国传统诗歌，它们的内在意义空间被打开，丰厚而复杂，在这层意思上，古典诗歌是难望其项背的。行文到此，也许有人要问爱国诗、爱情诗与传播有关吗？回答是肯定的。翻阅初期多数爱国诗、爱情诗，不难发现它们并非完全属于诗人个体经验的切实表现，它们不像古代那些边塞诗歌、"忆内"诗歌完全属于个人的情感宣泄，新诗人往往是借助于这两类诗歌传播一种现代的爱国思想、爱情观念，就是说民族国家观念和爱情独立意识的输入、传播，催生了现代爱国诗、爱情诗。爱国诗、爱情诗是思想传播的产物，着上浓烈的外在传媒色彩，这样，本来最富于个体情感色彩的爱国、爱情诗歌相当程度地社会化、功能化，这是启蒙传播时代的一种现代性现象，亦是中国新诗现代性的重要表征。

现代思想传播空间使新诗获得了一种内在的现代时间意识，催生了现代爱国诗、爱情诗，使新诗以现代性新质而与古诗区别开来；与此同时，外在传媒则使诗人们时时关注读者的阅读期待、接受能力和诗歌形式问题，使新诗形成了一种现代性表意方式。众所周知，启蒙者身份使初期诗人们从一开始就将被启蒙对象——诗歌的拟想读者，纳入自己的关注视野，思考如何传播的问题，也就是如何让拟想读者读懂自己的作品，这实质上关涉的是诗歌的形式问题。古代诗人也有自己的拟想读者，但对象大都比较明确，范围小，除应试诗写作外，多数读者或吟唱者均为诗歌上的志同道合者，相互酬唱、欣赏；而现代诗歌的拟想读者主要为大众传播空间的读者，范围广，对象不明确，大多为陌生人，但又是诗人启蒙言说的对象，在诗人想象中他们的文化程度一般不会太高。这种想象规约着初期诗人们对于诗歌形式的思考与追求。胡适在倡导新诗时就明确表示"有什么话，说什么话；该怎么说，就怎么说"①，这种将诗与话相等同的观点，或者说无具体规则的诗学原则，是充分考虑传媒过程中大众读者理解水平的结果，是现代大众读者作为一个重要维度进入诗歌再创造空间后其作用之体现，诗人们对诗歌的思考、探索突破了传统的私人性空间，大众传播相当程度上左右着新诗审美现代性走向，赋予新诗一些相应的言说方式、表意特征。

　　如果说传统诗歌往往是诗人的自言自语，诗歌空间比较狭窄，意境宁静，那么新诗由于传媒的介入，诗人们充分考虑到读者的接受问题，考虑到启蒙思想的传播问题，所以新诗内在空间往往充满多种色彩、力量与声音，成为诗人感受中复杂世界的缩影。而在这个世界中，对话成为一种新的言说方式，且占据着重要的位置。翻阅"五四"前后《新青年》等刊物上的诗歌，不难发现这一特点普遍存在。例如鲁迅的《爱之神》如此叙述"小娃子"与"我"的对话："小娃子先生，谢你胡乱栽培！/但得告诉我：我应该爱谁？"小娃子回答道："你应该爱谁，我怎么知道。/总之我的箭是放了！你要是爱谁，便没命的去爱他；/你要是谁也不爱也可以没命的去自己死掉。"刘半农的《卖葡萄人》也是以对话方式言说，且对话不限于二人，有卖葡萄人与警察对话，还有小孩子的话语，近似于戏剧。而且，当时相当数量的诗歌对话，是一种潜对话。所谓潜对话指的是诗中抒情主人公"我"与"你"的对话，实际上出场者只有"我"，"你"只是不在场的受众，也就是拟想读者。如陈衡哲的《人家说我发了痴》就是写"我"对"你"的倾诉，一种假想性对话。刘半农的《D——！》主要写"我"向D言说。胡适的《一涵》《一颗星儿》《送任叔永回四川》，李大钊的《欢迎独秀出狱》，沈尹默的《小妹》，陈建雷的《树与石》，双明的《泥菩萨》，周作人的《儿歌》等均属这类作品。"我"与"你"的对话（包括潜对话）是一种典型的现代启蒙话语形式，是现代传播交流的基本模式，它对诗歌的影响，使对话成为新诗的一种重要的表意方式，一种有别于传统诗歌的

---

　　① 胡适：《胡适学术文集·新文学运动》，中华书局1993年版，第381页。

典型的现代性形式。

现代传媒空间是一种大众化的公共空间，它使那些具有传媒意识的诗人自觉地将文本创作与公共场域联系在一起，深感作品的思想倾向性经由公共领域传播，势必影响自己的声誉，所以他们就不可能像古代多数诗人那样在诗中完全敞开心扉，抒情言志，他们会隐藏某些倾向，而有意张扬某些东西，这样新诗就形成了一种自我表演性，以诗歌方式自我包装、自我推广。于是，新诗便逐步建立起一套与之相应的话语表述系统，出现一些定型化的句式，诸如"我是……" "我们……" "啊！……" "假如……" "在……时候"等。"我"要干什么，"我"是什么，"我"将怎样，成为许多诗人特别是那些传媒意识强烈的诗人热衷的表意方式。这些定型化的句式，将现代人的某些观念、情感固定下来，为现代人提供了一种便利的言说模式。它们无疑是新诗在现代传媒空间中发生、生成的现代性表意特征；但话又说回来，这种现代社会所产生的话语表达模式，也可能成为诗人因顾虑大众读者的反应而遮掩自己真情实感的利器，使所表达的情感不够真实，从而有损诗意的生成。

同一流派诗歌虽有相对一致的形态，但总体看来，新诗尚处于向未来敞开的探索之中，不像传统格律诗有一套公认的规则与可供效法的经典性形式，这正是新诗生命力所在；然而，上述定型化句式在提供表达便利的同时，因不同诗人的反复使用而失去表现张力，在一些诗中这些习惯性句式甚至沦为空洞的能指。这也进一步表明不定型才是诗之生命力所在，新诗现代性本身应是一个不断发生、更新的过程。现代多数诗人对此有清醒的意识，所以新诗史实际上是一个不断自我否定的过程。在这一过程中，我们能清晰地看到，受传媒影响较大的诗人，他们往往一半是诗人，一半是公共领域的言说者，其诗大都形式简洁明快、表意清晰，容易理解、接受；而对传播过程考虑较少的诗人，则能够沉浸于自我世界以建构相对独立的诗性空间，为之而陶醉，如李金发坦言自己写诗："从没有预备怕人家难懂"，"我不能希望人人能了解"，① 这类诗人的作品往往晦涩、难懂。多数现代主义诗歌可作如是观。

---

① 李金发：《我的诗是个人灵感的记录表》，《文艺大路》1935 年第 2 卷第 1 期。

现代传播对新诗现代性发生、生成的作用非常复杂，它是中国诗歌发生裂变、从古诗向新诗转换的重要力量，它使诗歌更多地关注现实人生，面对大众读者言说。但它所催生的现代性内部也存在一些原生性负面因子，其中一个突出表现是过于传媒化、社会化，传媒的时事新闻性抑制了诗性的生成，以至于在特定语境中新诗沦为非诗性的大众话语，甚至变为大众狂欢的盛宴。

第三节　读者阅读接受与新诗经典化

现在那些所谓的白话新诗"经典"，是在 20 世纪特殊的历史语境中，经由传播、读者阅读接受这一经典化过程塑造出来的。所以，在我看来，重新考察、认知新诗经典化现象，揭示出诗性和非诗性力量如何作用于文本的传播、如何影响文本命运的沉浮，敞开经典化过程内在的丰富复杂性，从某种意义上说，比孤立地透视、揭示新诗"经典"文本的内在机理以评价其优劣，更为重要。

一

新诗经典化，就是将一些新诗化为经典，是一个主谓结构的动词，表一种行为，但这种行为不是主语"新诗"发出的，新诗自身没有主动行为的能力，所以这个不及物的主谓结构相当特别。在这个主谓结构之外，还有一个"第三者"，是"他"心甘情愿地实施、完成了"经典化"行为，那这个"第三者"又是谁呢？

所谓的"第三者"就是"读者"。从接受美学的角度看，没有读者的阅读参与，诗人所创作的诗歌文本仅是静止的文本而已，一种没有生成意义的存在，或者说是没有被激活的文字组合。读者阅读、批评就像火柴一样点燃了文本，使文本进入社会关系网络，成为一种有生命的作品，成为真正的诗歌。于是，沉睡的诗意世界被激活，诗性开始发酵、生成，在阅读对话中意义开始增值。所以，一定程度上讲，一个文本是不是诗，主要不是作者说了算，而是读者。读者拥有裁决权，可以否定诗人所满意的"诗作"，认为它毫无诗意；也可以将通常以为毫无诗性的文字，诸如商业广告、标语等，指认为诗意的存在。所以，一段文字，一个文本，是不是诗歌，相当程度上取决于读者的阅读接受与审美再创造。

中国新诗诞生于19世纪末20世纪初，已有一个世纪的历史。在这一个世纪里，它是中国社会语境中所发生的最大的文学、文化现象，因为它所置换的是被古老民族普遍认可的登大雅之堂的旧诗，简言之，即置换了文言格律诗。无论从哪个角度看，这种置换都是一种深刻的颠覆，一种由外到内的文化革命行为，相当程度上改变了中国人的生活样态与深层传统。古代读书人几乎无人不读诗、吟诗，无人不作诗，诗是一种基本的文化生活方式，一种自我陶醉和愉悦他人的方式，一种身份标志；不仅如此，诗还是实现理想的重要途径，是自我存在价值的显现，是人格教育的依据，而他们心中的诗是旧诗，主要是文言格律诗，所以新诗置换旧诗使传统的诗教失去了课本，使读书人无法继续旧的生存方式，他们的内心不免阵阵疼痛。这种疼有时是自觉的，有时则是一种本能，或者说是民族文化集体无意识反应，让人莫名地烦恼。正因如此，一个世纪以来，对于新诗的阅读言说，虽然正面之声很响亮，气势很足，但抵触抗拒情绪也是常有的事情，一些人甚至以不屑一顾的心理漠视新诗的存在、蔑视新诗的成就，批判乃至声讨之声不绝于耳。即便是今天，仍有不少人在质疑新诗。这种质疑一方面与新诗相较于旧诗总体成就不高直接有关，不少劣质作品为读者的指责提供了理由，它们咎由自取；但另一方面，也与中国诗歌新旧改道对那些守成意识强烈的读者之深层文化心理的刺激、伤害相关。某种程度上讲，新诗是在质疑中诞生、发展的，它已经习惯于质疑，质疑是一种校正、鞭策与动力，其实新诗经典化过程就是由质疑之声、抗辩之音相互纠结、合作完成的，或者说没有反向的质疑之语就没有新诗经典化，这是新诗经典化的重要特征。

如前所言，"经典化"是一个动词，意指新诗诞生至今延续不断的阅读新诗、批评质疑新诗、肯定新诗的活动，一种既已发生的传播接受现象。尽管笔者个人认为20世纪有一些非常优秀的称得上经典的诗作，但是，笔者还是要指出讨论经典化不是讨论新诗经典，更不是确认经典，而是考察一种既已发生的阅读批评行为，所以笔者所谓的"新诗经典"一般是打引号的，就是说经典化过程所遴选出的那些经典，其实不一定是经典，这是我们言说的认识前提。

经典化是广大"读者"实施完成的，即一种阅读传播与接受的行为过程。新诗从倡导、实验至今已有百年，新诗经典化相应地有一个世纪的历史，于是新诗的"读者"指的就是一个世纪的新诗阅读批评者，"他"是流动变化的，不是单数，而是指不同时期、不同阶层的阅读者、批评者，是一个集合性概念；且包括一般的新诗爱好者、大众读者和受专业训练的新诗批评者、研究者，有些读者甚至兼有诗人的身份。不同时期的读者所处的阅读语境不同，所受到政治、文化思潮影响有别，自身的知识结构、审美意识、文化价值立场不同，阅读批评的出发点、目的也不一样。特别是大众读者与专业读者之间，存在着很大的差异。所以，阅读哪些诗人的诗作，不阅读哪些诗人的诗作，他们的"选择"很不一样，阅读出的内容、言说的语态自然也千差万别，也就是说 20 世纪新诗经典化历程内在形态、结构相当复杂，这种复杂性超出了我们的想象。考察研究固然是为了揭示现象内在的复杂性，但我们的研究其实很难真正敞开或还原问题的复杂性，因此必须时时警惕自己不要简单化地言说现象，不要粗枝大叶地处理问题。

语境，是新诗经典化展开的言说场域，由中国近百年的时空历史构成，虽然作为个体的读者有自己的立场与趣味，这是阅读现象的复杂性所在，但由政治、经济、文化思潮等所构成的语境，相对于个体人而言太强大了，是个体生命难以抗拒、逃避的存在环境；况且中国人在文化性格上容易为潮流所动，被潮流所裹挟，换言之，即习惯于顺从语境潮流。其结果是，同一时代的读者其阅读批评虽千差万别，但总体倾向又趋向一致，这是中国文学阅读史包括新诗批评接受过程的一个突出特点。不仅如此，中国最近 100 年又是一个语境力量特别强势的世纪：从近代维新变法到"五四"现代思想启蒙；从 1930 年代无产阶级与资产阶级之争到 1930、1940 年代的民族救亡图存，再到国共内战；从 1950 年代的社会主义改造与建设到"文化大革命"；从拨乱反正到改革开放；政治、文化运动和社会思潮一浪紧接一浪，而每一浪潮都有自己的主题，有自己的思想文化诉求，而这些主题、诉求又往往是在鲜明的非此即彼的二元对立中凸显出来的，就是说具有明确的二选一的特征。在这样一个"二选一"性的世纪里，文学阅读、批评势必深受语境潮流制约，审美意识语境化，着上语境色彩，文学之外的因素时常参与对新诗的遴选与批评。虽然那些优秀的诗作，还是被绝大多数时期的读者所欣赏与遴选出来，沉积为"经典"，但也有一些艺术成就不很高的作品被语境浪潮所裹挟、托起，反复显现，令人们耳熟能详；在这一过程中，还有一个特别的现象，就是一些所谓的专业人士，他们在编选新诗选本和编撰文学史著时，或者因为审美能力不足，或者因为懒惰，或者其他因素，而照搬他人的选本或评说文字，缺失自己的独立判断与辨识，没有作个性化的增删，致使一些因特殊社会思潮需要而受赞誉实则艺术水准不高的作品不断出现在文学选本或新诗史著里，而一些优秀作品长期被埋没，如此情形不断重复，以致某些一般水准的作品被读者惯性地视为重要作品，甚至尊为"经典"。

就是说，20世纪新诗经典化过程，因外在语境影响致使一些非文学因素的参与而变得不可靠，所遴选出的有些"新诗经典"，实则称不上经典。这一情形决定了清理、研究新诗"经典化"现象的重要性。通过大量的史料梳理、分析，可以弄清楚哪些重要作品的遴选主要是文学因素决定的，哪些则是非文学原因将其推为经典的，进而拨开历史的迷雾，扫除沉积在文本上的尘埃，还原其真相，为作品重新定位寻找出可靠的依据，为文学史重写奠定基础。

二

新诗经典化是在传播中完成的，传播的主要途径包括报刊发表、结集出版、大中小学校讲坛、教材、广播、电视朗诵、报刊新诗评论、学术著作等，是这些传媒因素、途径的合力决定了新诗经典化，其结果主要表现在两个大的方面，一是将一些诗人遴选出来，删除枝蔓，突出、放大其主要特征，使其成为重要诗人，甚至成为"经典诗人"；二是遴选出新诗作品，不断阐释以敞开其重要性，使它们为读者认可，被诗坛认可，被后来者反复研究甚或模仿，逐渐沉淀为"新诗经典"。

诗人和诗作之所以被遴选出来，固然与其风格、诗性贡献分不开，与诗美艺术直接相关，但更与传播语境有着密切的关系，只有那些与语境特征相契合的诗人、诗作才能被遴选出来，被解读放大。近百年历史是分段的，每一阶段有每一阶段的时代主题、语境特征，只有那些与近百年不同历史阶段不同语境反复契合的作品，才可能被塑造定型成为"经典"。事实即是如此，郭沫若、闻一多、徐志摩、戴望舒、卞之琳、艾青等，及其作品《凤凰涅槃》《死水》《再别康桥》《雨巷》《断章》《大堰河——我的保姆》等就是因为与多个历史阶段的语境相契合，与不同语境下读者的阅读期待相契合，才被遴选出来，被反复言说，塑造成为"经典"的。

　　中国现代诗人、诗作被经典化的过程，是一个意义生产的过程，一个建构的过程，建构了什么呢？大而言之，表现在两个层面，一是阐释、整合诗人及其诗作内在的情感、思想质素与文化价值等，将其凝练成为中华民族现代意识、现代精神；二是将诗人特别是其诗作中的形式艺术、诗美个性等揭示出来，阐释、凝练成为一种中华民族现代审美形式、审美意识。

　　中国现代新诗发生于民族历史转型时期，从一开始就与反传统和学习西方联系在一起。新诗的倡导者、实践者，特别是一些后来被公认的重要诗人，诸如胡适、沈尹默、刘半农、郭沫若、徐志摩、闻一多、李金发、戴望舒、郑敏、穆旦等，无不与西方现代文化有着密切的联系，现代思想文化价值是他们创作的立足点与主要资源所在，这决定了他们的诗作具有一种深层的现代性。不仅如此，这些诗人无不是有良知的中国知识分子，他们忧国忧民，立志拯救中国，复兴文化、弘扬艺术是他们的理想，诗歌与个性解放、民族振兴深刻地联系在一起。他们的诗歌往往包含着一种深层的民族情感，他们的人生追求历程就是典型的现代性个案。也就是说，中国新诗人及其新诗作品是现代的，具有新世纪文化品格，对他们的阅读、传播就是整合、凝练某种现代精神，或者说是更新中国文化意识的文学实践。

　　胡适在美国留学时期民族自尊心受到刺激，立志进行文学革命，倡导新诗，并身体力行地写作新诗，最终结集出版了《尝试集》。实事求是地讲，胡适的诗歌天赋不足，其新诗少有诗意甚至可谓乏味，然而近百年里人们不断地言说胡适的诗歌活动，反复出版《尝试集》，解读集中作品，新诗选本多选其诗，文学史、新诗史著作必谈《尝试集》。其实，读者认同的主要不是其诗本身，而是胡适那敢为人先的意识，是其尝试性探索理念。一代又一代地言说《尝试集》，解读《尝试集》，其实是在阐释、塑造中华民族尝试者形象，凝练一种现代"尝试精神"。郭沫若的《女神》诞生于"五四"时期，表现了大胆地破坏、创造的思想，体现的是自我的更新、民族的新生。对《女神》的阅读传播,将《女神》经典化的行为,表现了古老的中华民族对于自由创造的渴望与认同,阅读传播《女神》使其生成为"经典"的文学行为,可谓是培育民族现代自由创造意识的实践活动。徐志摩不幸离世后,胡适将其诗歌与人生概括为"爱""美""自由"所构成的"单纯信仰",后来的读者一般认可胡适的观点,当然也有例外如茅盾。但总体上看,对徐志摩《再别康桥》《雪花的快乐》等诗作的解读活动,将徐志摩经典化为杰出诗人,是实实在在地整合、凝练一种现代"单纯信仰",是在重塑中国人新的文化性格。在 20 世纪,闻一多的人生与诗歌被定格为爱国主义,闻一多及其《死水》被经典化可谓规整现代知识分子批判意识、民族忧患意识、身体力行观念、爱国主义精神的过程。戴望舒是新诗读者几乎公认的优秀诗人,《雨巷》称得上真正的诗歌经典。戴望舒的诗歌既是个体的,又是民族的,是以自我书写民族情怀的大作;诗人以启蒙的心境与姿态,将自己与民族救亡联系在一起;《雨巷》哀而不怨,怨而不怒,象征了一种爱的执着、人生的执着、理想的执着,对戴望舒和《雨巷》的经典化凝练出一种不屈不挠的追求意识和现代执着精神。冯至是一位世纪性的诗人,20 世纪 20 年代被鲁迅赞为最杰出的抒情诗人,但后来不断变化,在否定中新生。大多数读者欣赏的还是其《十四行集》,它普通而又奇特,把捉住了一些难以把捉的东西,读者朗诵诗歌,品味着那些直指生命存在的诗意。总体看来,半个多世纪以来,《十四行集》阐释接受史完成了对于生命"担当"精神的确认与定型。艾青是现代中国典型的知识分子,追求真理与背离旧家庭联系在一起。《大堰河——我的保姆》是现代知识分子的"母亲颂",是读书人新型价值观的体现。半个多世纪以来对于艾青诗歌的阅读,对于艾青诗人形象的塑造,将艾青及其诗歌经典化,相当程度上是在发掘一种大地情怀,阐释、生产新的人文意义,凝练一种以大地、太阳、人民为诉求的文化认同,培育了中国现代知识分子的人文价值观及爱国情怀。穆旦的诗歌诞生于血与火的年代,与民族苦难紧密地联系在一起,关注现实但又不为现实所羁绊,表现了生命内在的苦痛,形式别样,很早就被认为代表了新诗现代化的方向,但后来却在诗坛、读者眼前消失了,几十年后才被重新发现,被重新阐释,甚至被认为是 20 世纪中国最伟大的诗人。穆旦由不在场到被经典化,是一个重要的文化事件、诗歌事件。穆旦接受史、经典化过程是中国对于现代性由误读到重新辨识、认定的艰难蜕变史，是一种文化整合与现代意义生产。《黄河大合唱》是富有时间性又超越时间限制的民族精神叙事作品，是民族体力和心力的大爆发，是中国的大合唱，也是世界人民大合唱的主旋律；它的传播经典化过程，塑造、凝练了民族不屈不挠、傲然独立的精神。

新诗阅读传播，是个体行为，又是集体活动，是特定语境中的文化实践。不同时期遴选的作品不同，发掘出的思想文化价值也不一样。但不同语境中的读者所发掘出的价值与意义，最终被放大、整合，沉积、凝练为具有普遍意义的中华民族现代精神，这就是意义生产。

三

中国古代审美意识、艺术精神，主要是由传统经典塑造、建构起来的，对应的是传统农耕社会的生活形态、生存方式和人生经验，与传统文化价值观念相契合，规约着传统社会读者审美阅读取向，维护着传统社会意识形态秩序；进入现代社会后，仅有旧的审美意识显然是不够的，这也是那些缺少现代美学意识的读者面对现代艺术时迷茫、晕眩、不知所措的原因。民族审美意识的更新、升级途径很多，诸如传播现代哲学理念、译介西方现代文论、翻译现代主义小说等，其中中国新诗传播、阅读阐释这一经典化过程所起的作用很大，或者说新诗是培育、建构民族现代审美精神最重要的平台与力量。

当代读者，热爱古典精品者固然不少，但绝大多数还是习惯于现代艺术，当他们遭遇挫折、内心矛盾苦闷时，往往是凭借现代艺术释放情绪，在大多数情况下，一般现代人难以静心地欣赏、陶醉于慢节奏的古典艺术。就是说，他们的审美趣味、艺术意识相比于古代读者发生了根本性改变，他们所具有的是现代审美趣味与精神。那么，在现代人审美意识生成过程中，新诗提供了哪些资源，发挥了怎样的作用呢？

郭沫若的新诗在形式上绝端自由，没有任何外在格律的束缚，想象超凡，不拘一格，天马行空，令"五四"时期的读者耳目一新；《女神》在20世纪绝大多数时期受读者欢迎，它的传播、接受经典化过程，是民族现代审美意识建构的重要环节，张扬了现代浪漫主义美学，培养了浪漫主义审美趣味，为"五四"以降的读者提供了新的审美眼光，凝练出一种全新的现代浪漫主义艺术精神。胡适的《尝试集》称不上艺术经典，这是不容争辩的事实，但在20世纪它却被反复言说，成为话说新诗的经典性语料，或者说起到了话语平台的作用。经由该语料和平台，读者讨论着何谓新诗、何谓非新诗的问题，讨论着白话诗歌创作的标准问题，也许至今这些问题还没有令人信服的答案，但这个存在了近一个世纪的无形平台，却让读者在"听"与"说"中形成了属于自己的新诗审美标准，或者说建构起了一种完全不同于古典诗歌审美取向的现代审美原则。闻一多诗歌接受史，从艺术上看，是探索传统形式与现代精神融通的过程，宣讲了由音乐美、绘画美、建筑美相融合以生成诗意的诗学，在理性、节制、平衡中实现艺术的自由，最终培植了读者跨越艺术门类以创作新诗的意识。徐志摩在想象中飞翔，在浪漫中体味苦痛，在追求理想中抒发不满，他的诗是现代艺术精灵。徐志摩形象塑造史、作品被经典化的过程，张扬了艺术独立、自由的现代观念，定型了一种空灵、飞扬的审美神韵。李金发是另一种离经叛道，受西方象征主义诗歌影响，将传统诗歌美学拒之门外难登大雅之堂的内容作为书写对象，热衷运用暗示、象征、通感等修辞，赋予意象非常规含义，远取譬。他的《弃妇》真好，可谓中国诗歌自古至今书写弃妇不幸人生最深刻的作品，它将弃妇放在反思、批判中国男权文化的框架里进行表现，可谓新诗的一大绝唱；晦涩使李金发获得了"诗怪"称谓，在近百年的阅读接受过程中，"诗怪"含义在不断变化，对李金发的阐释接受从某种意义上讲，就是在辨识传统诗歌的"比""兴"与来自西方的"象征"之差异，就是在探索现代审美形式之秘密，培育了一批新型读者，使他们获得了一种现代主义审美意识与欣赏眼光。戴望舒的《雨巷》既有古诗的幽婉、静美，又有现代的执着，接通古今，是一种新型诗歌美学的体现。近百年对戴望舒的阅读，对《雨巷》的赏析，将其经典化，体现了一种"美的执着"，传播了一种现代"雨巷"情怀，塑造出蕴含现代性内涵的"雨巷"意象，培养了中国现代读者幽婉、凄美的审美心理。卞之琳是1930年代的新智慧诗人，《断章》《距离的组织》《鱼化石》《道旁》等在新诗坛别开生面。诗句简单口语化，但合为诗体后，其境与意、诗与情则颇难理解，诗人自解《鱼化石》达千多字，最后也难说清楚，只得作罢；

《断章》四行，看似简简单单，实则丰富深邃，展示了新诗相比于古诗的魅力，呈现的风景让读者流连忘返，它是一首富有经典内质而被经典化的诗歌。卞之琳的一些作品尽管不太好懂，但读者不舍，叨叨唠唠，评头论足，硬是打造出了一个现代主义诗人形象，参与放大了新诗坛那片新异的"断章"风景，凝练出读者向往、心会而又似乎难以尽言的现代审美"断章"，或者说培育了一种近似维纳斯风格的"断章美"。冯至是一位世纪性诗人，一位不断探索、更新诗歌风格的诗人，他有浪漫主义绝唱，更有现代主义杰作，不同时期的读者都能从他那里找到适合自己口味的作品。《十四行集》是其代表作，它在传播中扩大了自己的名声，被尊为现代诗歌上品。对《十四行集》的解读、经典化，让读者接受了存在主义美学意识，接受了诗歌乃一面"风旗"——一面把捉住了某些把捉不住的东西的"风旗"。这是典型的现代审美观念。穆旦的诗歌想象丰富、特别又不直抒胸臆，关注现实又直指生命存在，理性思辨又充满诗意，他被指认是现代主义诗人，但又与李金发、戴望舒、卞之琳、冯至等不同，其诗歌将现实、象征、玄学融为一体。对穆旦的言说、传播，将穆旦经典化，是肯定、张扬、培育一种现代诗学理性，凝聚着一种理性主义诗歌意识。

既已发生的新诗经典化过程由众多不同个性的读者在近一个世纪的特定语境中完成，它遴选出了一批诗人与作品，整合、凝练进而生产出不同层面的现代审美意识。但我们应清醒地意识到经典化只是将与时代语境和读者期待视野相契合的诗人、诗作变为经典，还有大量的诗人、诗作被无情地淘汰了，其艺术水准究竟怎样？一定比那些所谓的经典差吗？这些提示我们应该拂去沉积在诗人及其作品上的灰尘，重新阅读、鉴赏并评介近百年的诗人及其诗作，千万不能让那些新诗上品永远埋没在历史的泥淖里，也不能让个别平庸之作混迹在艺术经典的行列。

新诗经典化所"化"出、凝练的那些现代精神、审美意识，固然属于中国现代文化、文学精神大厦的重要部分，但从今天的角度看，又总显得内容不够丰富，气势不十分足，似乎差那么一点。这是因为经典化过程本身的问题所导致的呢？还是新诗内在资源不足所致呢？不管答案是什么，均是严峻的问题，是新世纪中国诗人和读者必须严肃面对、认真思考并实实在在地去解决的问题。

第一章

选本和文学史著中的胡适新
诗及形象塑造

第一节　选本视野中的《尝试集》

一百年来，新诗选本无以计数，自编或他选，别集或总集，林林总总，它们是作品得以存留、传播接受的主要载体。现代新诗刊发后，就可能进入传播接受通道，被读者阅读接受，当然也可能永远不被接受。如果一个作品刊发后被收录进某个集子，则表明它确实被读者阅读过。一个作品何时进入选本，与哪些作家作品为伍，历史上进入选本的频次多少，进入何种类型的选本等，是一个作品传播接受程度、性质的反映。选本是一种文化、文学观念的体现，是时代的缩影，选本视野中的新诗是一个客观存在而颇有意味的现象，一个和新诗发展、诗学建构相关的论题，一个被学界相当程度忽视的研究课题。

胡适的《尝试集》是中国新诗的源头性作品集，一个拷问新诗得失必须回返的"起点"，它出版后多次再版，其中不少作品被选入不同的选本，构成其百年阅读流播的重要环节，考察这个源头性集子中的作品在百年选本中的收录情况，无疑有助于重新评估胡适新诗价值、重新观照新诗创作史、现代诗学建构史，是一个繁重而有趣的选本史、诗学史研究论题。一百年来，不少新诗编选者，虽然不一定认同胡适新诗的诗美价值，但在遴选作品时又大都无法绕开《尝试集》，或多或少地选录其作品，致使胡适的白话新诗代代相传，成为 20 世纪中国一个重要的文学现象。胡适曾说："我生求师二十年，今得'尝试'两个字。作诗做事要如此，虽未能到颇有志。作'尝试歌'颂吾师，愿大家都来尝试！"① 胡适自定位为"尝试"者，并以此相号召，颇有点志得意满。纵观近一个世纪的文学选本不难发现，各路选家亦大多认可胡适的自我指认，将其看成是中国白话新诗的倡导者、尝试者，并从敢为人先的尝试角度肯定其新诗创作实验。本节主要以实证研究方法，以收录《尝试集》作品的各种选本为对象，爬梳、钩沉《尝试集》的选录接受历史，同时寻绎出选本中的胡适"尝试者"形象被建构的过程及特征，并发掘出文本选录接受、形象塑造的内在机制。

一　文本遴选及其对诗人"尝试者"形象指认

本节以第一部新诗选集——1920 年 1 月新诗社编辑部出版的《新诗集（第一编）》为始，以 2010 年 9 月人民文学出版社出版的《中国新诗总系》为终，对其间出版的众多新诗选本进行统计，计有 218 个选本选录了《尝试集》中总计 41 首诗作。笔者竭尽全力，虽不敢说是完全统计，但也足以真实地反映出《尝试集》自诞生以来入选各种诗歌选本的历史面貌。

这 41 首诗作在 218 个诗歌选本中的入选情况如下：

表 1—1　　　　《尝试集》41 首诗作入选各种诗歌选本情况统计

诗作	入选总频次	普通选本入选频次	高校教材入选频次
《人力车夫》	47	18	29
《蝴蝶》	47	32	15
《鸽子》	45	29	16
《威权》	37	18	19
《梦与诗》	33	29	4
《老鸦》	32	21	11
《一念》	26	25	1
《湖上》	21	21	0
《乐观》	17	13	4
《一颗星儿》	17	13	4

---

① 胡适：《尝试篇》，《尝试集》，人民文学出版社 1984 年版，第 4 页。

续表

诗作	入选总频次	普通选本入选频次	高校教材入选频次
《上山》	14	10	4
《希望》	14	11	3
《一笑》	11	11	0
《四烈士冢上的没字碑歌》	9	8	1
《小诗》	9	9	0
《一颗遭劫的星》	10	9	1
《应该》	9	8	1
《看花》	5	5	0
《新婚杂诗》	5	5	0
《四月二十五夜》	5	5	0
《三溪路上大雪里一个红叶》	5	4	1
《江上》	4	4	0
《十一月二十四夜》	6	4	2
《老洛伯》	4	4	0
《关不住了》	4	4	0
《十二月一日奔丧到家》	3	3	0
《他》	3	3	0
《你莫忘记》	3	3	0
《许怡荪》	2	2	0
《我们的双生日》	2	2	0
《周岁——祝〈晨报〉一年纪念》	2	2	0
《如梦令》	2	2	0
《虞美人》	2	2	0
《送叔永回四川》	1	1	0
《自题〈藏晖室札记〉十五册汇编》	1	1	0
《病中得冬秀书》	1	1	0
《论诗杂记》	1	1	0
《示威》	1	1	0
《"赫贞旦"答叔永》	1	1	0
《双十节的鬼歌》	1	1	0
《晨星篇》	1	1	0

入选总频次最高的三首分别为《人力车夫》《蝴蝶》《鸽子》。这三首诗何以如此频繁地被选？如果我们以胡适当年的自我阐释为参照，就会发现，这三首诗频繁地入选，其实颇为特别，耐人寻味，因为选家反复入选的诗作实际上并不是胡适自己感到满意的作品。在《尝试集》再版自序中胡适一一列出自己满意的作品："我自己承认《老鸦》《老洛伯》《你莫忘记》《关不住了》《希望》《应该》《一颗星儿》《威权》《乐观》《上山》《周岁》《一颗遭劫的星》《许怡荪》《一笑》——这14篇'白话新诗'。其余的，也还有几首可读的诗，两三首可读的词，但不是真正白话的新诗。"[1]

我们先来看入选频次最高的《人力车夫》。这首诗不仅不是胡适的自得之作，相反，它在《尝试集》增订四版中已经被胡适亲笔删掉。相对删诗事件中的《鸽子》《一念》《看花》等颇有争议的诗篇，这首诗在胡适的删诗事件中未起任何波澜，也未见胡适引此诗做任何阐述。包括为胡适删诗的周氏兄弟、俞平伯等众贤那里，也没有产生质疑《人力车夫》去留的声音。为什么这样一首后来被选家反复入选的作品在《尝试集》出版后不久竟然被胡适毫不留情地删掉？我们知道，胡适尝试白话新诗，最看重的是不同于古诗文言的"新"，可是，《人力车夫》在貌似自然的白话口语下，采用主客问答体，其白话句式中回荡着四言古诗的节奏，以及它所表达的对民生疾苦的关怀，全然是一种杜甫"三吏三别"、白居易《卖炭翁》似的新乐府的现代翻版。面对千年古诗巨大的"影响的焦虑"，它的被删应是其难逃的劫数。然而，这首被作者删除的诗作在20世纪80年代、90年代高校教材选本中的入选率竟然分别高达72%与62%，[2] 这同该诗所表现的主题与后来时代语境特别是与高校文学教育的思想诉求相契合，有着直接的关系。

我们再来看入选频次居次的《蝴蝶》。仍然是在《尝试集》再版自序中，胡适提道"第一编的诗，除了《蝴蝶》和《他》两首之外，实在不过是一些刷洗过的旧诗"[3]。也就是说，《蝴蝶》的确呈现出了一些新诗的气

---

[1] 胡适：《再版自序》，《胡适全集》（第10卷），安徽教育出版社2003年版，第42页。

[2] 数据为笔者统计所得。

[3] 胡适：《再版自序》，《胡适全集》（第10卷），安徽教育出版社2003年版，第34页。

象，但胡适终于还是不将它列为自己满意的诗作，因为其新质是有限的。这首诗以一只蝴蝶失去同伴后的孤单与惶惑书写个人化的寂寞苦恼的内心感受，较为口语化。但这种新诗气象却不幸没能与五言打油诗的诗形格调划清界限。如果说《人力车夫》的频繁入选，还与其"劳工神圣"的进步思想有关，那么，在选家与文学史家眼中，《蝴蝶》亦新亦旧，属于诗人"尝试"之作，具有过渡时代诗歌的典型特质与标本价值，以至《中国现代文学三十年》的配套教材《中国现代文学作品精选》修订时也毫不犹豫地保留着该诗。收录该诗的选本十分广泛，有兼具普及和学术参考两种功能、为一般读者广泛接受的鉴赏类辞典，如唐祈的《中国新诗名篇鉴赏辞典》（四川辞书出版社 1990 年版）；有专事新诗研究的诗人学者所编的选本，如牛汉、谢冕的《新诗三百首》（中国青年出版社 2000 年版）；有学术视野新颖的学人选本，如张新颖的《中国新诗：1916—2000》（复旦大学出版社 2001 年版）；也有诗人、作家或者诗歌权威机构编选的选本，如《诗刊》编辑部的《中华诗歌百年精华》（人民文学出版社 2002 年版）、杨晓民《百年百首经典诗（1901—2000）》（长江文艺出版社 2003 年版）；还有低年级一般语文教育读本，如王尚文、曹文轩、方卫平的《新语文读本·小学卷》（广西教育出版社 2002 年版）。显然，《蝴蝶》被选之繁杂，影响之深入，阅读之广泛，是胡适始料未及的。

入选频次居三的是《鸽子》。当谈到自己不成功的尝试时，胡适首先提到的就是《鸽子》。他说："我最初爱用词曲的音节，例如《鸽子》一首，竟完全是词。"[1] 在《谈新诗——八年来一件大事》中，胡适又以《鸽子》为例说明"我自己的新诗，词调很多，这是不用讳饰的"[2]。入选频次如此之高的《鸽子》不仅不是其满意之作，反而成为其自我审视与检讨的证据。《鸽子》本已被胡适删去，是周作人、俞平伯极力保荐才得以存留。周作人、俞平伯何以要极力保荐呢？也许是因为这首诗活泼鲜丽的画面和流畅自然的口语令人留恋吧，但它却被突然夹杂其中的一句"夷犹如意"的生硬文言给破坏了，仿佛鲜美的点心里埋伏着一颗硌牙的沙子。这也是一种

---

① 胡适：《再版自序》，《胡适全集》（第 10 卷），安徽教育出版社 2003 年版，第 36 页。

② 胡适：《谈新诗——八年来一件大事》，《中国新文学大系·建设理论集》，上海良友图书印刷公司 1935 年版，第 300 页。

典型的"尝试"的过渡性特点。这首诗不仅入选频繁，而且还在中小学基础教育中普及，如《中学生阅读文选（高中三年级用）》（山东教育出版社1999年版）、益创教育科学研究所编《青少年诗词高手·新诗卷》（西苑出版社2001年版）、乔正康、顾仲义《〈语文〉学习指导与练习》（东北财经大学出版社2003年版）、王尚文、曹文轩、方卫平《新语文读本·小学卷5》（广西教育出版社、陕西人民出版社2007年版）、人民教育出版社中学语文室《自读课本·第三册·在山的那边》（人民教育出版社2008年版）等大量中小学教辅书籍均选录该诗。

　　总之，这三首诗作都极鲜明地残留着这位新诗尝试者刚从旧体诗词里挣扎出来的胎记，最典型地反映了胡适自己所谓的鞋样上总还带着缠脚时代的血腥气的过渡时代尝试诗的特点。

　　这三首诗，特别受青睐，应该说与编选者所采用的"文学史"立场相关。一般而言，从文学史的立场入选诗人、诗作，其选本常常采用两种不同的标准把两种诗人诗作编选进来，一是以佳作传世的优秀诗人与其代表诗作，二是诗作水平不高，但为诗歌发展史做出了不容忽视的贡献的诗人诗作。从上述《尝试集》三首入选频次最高的诗的情况来看，多数选家显然是将胡适归入后者因而秉持的是后一标准。这意味着，其编选者取舍时看重的不是诗歌的审美价值，而是胡适作为新诗尝试者的不成熟的过渡性作品的文学史化石意义。编选者通过对这种特别具有文学史化石意义诗歌的选取，有意无意之间凸显、塑造了胡适不同于其他诗人的独特的新诗"尝试者"形象，即推动中国诗歌由文言格律诗向白话自由诗转型、身体力行地以白话口语实验写作自由新诗的"尝试者"。这个"尝试者"敢为人先，但诗艺并不够高超，并没有写出诗美意义上的优秀作品。选家关注其作品，选录《尝试集》中的作品，不是因为它们的诗性美，而是由于它们是最初的一批新诗，是过渡时代的开拓性作品，属于幼稚的尝试性作品。这个"尝试者"形象是一个诗歌新航道探索者、开拓者形象，但不是诗美的创造者。

　　上述众多选本反复选取《人力车夫》《蝴蝶》《鸽子》这三首过渡性、实验性最为突出的典型的尝试诗，反复放大胡适新诗"尝试"的过渡性、实验性，使其成为"尝试者"形象最核心的内容。其实，任何诗人的性格、创作都有多面性，不可能是简单划一的，尝试者也有多重性，但一代又一代的新诗选本有意无意间反复呈现、放大胡适诗人形象的过渡性、实验性，无视作为"尝试者"的别的性格，简化其特征，"放大"与"简化"致使胡适"尝试者"形象漫画化，就是说新诗选本塑造出了一位漫画化的"尝试者"形象。

二　遴选史与胡适"尝试者"漫画像形成过程

表1—2显示218个诗歌选本入选41首诗作的具体情况是：1920年代8种，入选32首；1930年代10种，入选24首；1940—1960年代未选；1970年代末1种，[①]入选6首；1980年代51种，入选19首；1990年代58种，入选20首；新世纪90种，入选23首。

表1—2　　　　　　　　　　**不同年代入选频次**

年代　　　　诗歌	诗歌选本					
	1920年代（8种）	1930年代（10种）	1940—1970年代（0种）	1980年代（51种）	1990年代（58种）	21世纪（90种）
《人力车夫》	3	0	0	24	16	4
《蝴蝶》	1	0	0	13	15	18
《鸽子》	3	2	0	6	12	22
《威权》	3	0	0	15	12	7
《梦与诗》	0	1	0	3	10	19
《老鸦》	4	2	0	13	6	7
《一念》	2	0	0	4	7	10
《湖上》	0	3	0	5	5	8
《乐观》	4	0	0	8	2	3
《一颗星儿》	1	1	0	3	5	7
《上山》	2	1	0	5	2	4
《希望》	1	2	0	0	2	9

---

① 笔者在下文将1979年由北京大学、北京师范大学、北京师范学院中文系中国现代文学教研室编选的《中国现代文学史参考资料·新诗选》划分进新时期（20世纪）80年代选本。

续表

诗歌\年代	诗歌选本					
	1920 年代（8 种）	1930 年代（10 种）	1940—1970年代（0 种）	1980 年代（51 种）	1990 年代（58 种）	21 世纪（90 种）
《一笑》	1	3	0	1	3	3
《四烈士冢上的没字碑歌》	0	1	0	3	4	1
《小诗》	4	1	0	1	1	2
《一颗遭劫的星》	30	0	0	2	3	4
《应该》	3	2	0	1	3	0
《看花》	2	0	0	0	2	1
《新婚杂诗》	3	1	0	0	0	1
《四月二十五夜》	2	1	0	0	0	2
《三溪路上大雪里一个红叶》	3	0	0	1	0	1
《江上》	2	1	0	1	0	0
《十一月二十四夜》	0	2	0	0	0	4
《老洛伯》	3	1	0	0	0	0
《关不住了》	2	1	0	0	0	1
《十二月一日奔丧到家》	2	0	0	0	1	0
《他》	2	0	0	0	0	1
《你莫忘记》	2	1	0	0	0	0
《许怡荪》	0	2	0	0	0	0
《我们的双生日》	0	2	0	0	0	0
《周岁——祝《晨报》一年纪念》	2	0	0	0	0	0
《如梦令》	1	1	0	0	0	0
《虞美人》	1	1	0	0	0	0
《送叔永回四川》	1	0	0	0	0	0
《自题《藏晖室札记》十五册汇编》	1	0	0	0	0	0
《病中得冬秀书》	1	0	0	0	0	0
《论诗杂记》	1	0	0	0	0	0
《示威》	0	0	0	0	1	0
《"赫贞旦"答叔永》	1	0	0	0	0	0
《双十节的鬼歌》	0	0	0	1	0	0
《晨星篇》	0	1	0	0	0	0

从 1920 年代到 21 世纪,《人力车夫》在不同年代入选率分别为 1.4%、0、0、11%、7.3%、1.8%;《蝴蝶》为 0.4%、0、0、5%、6.8%、8.2%;《鸽子》为 1.4%、0.9%、0、2.7%、5.5%、10%。从不同时期的入选率来看,这三首诗都经历了一个起落回升的曲线变化过程。它们在 1920 年代入选,大部分在 1930 年代后就不再受关注,1940、1950 年代后完全消失,1980 年代开始受到很高的重视。

由此,从选本角度,我们大致可以将胡适的形象建构过程做这样的归纳:1920—1930 年代,《尝试集》的接受视野尚未定向化,胡适的诗人形象相对开放多元;1940—1970 年代,胡适要么被排斥在主流诗界之外,要么被高度统一的政治意识形态所压制,其"尝试者"形象淡出了历史舞台;1970 年代末以来,经由选家与文学史家合力,其诗人形象走向单一化、定型化,漫画化的"尝试者"的形象被建构起来。

1920—1930 年代,这个时期的选家是作为历史的参与者对历史进行描述。当事人虽然具有最真切的感受,但近距离观察文学现象,遴选作家作品,编纂文学史,就像坐在火车上观看到的眼前的树木房屋,飞快地一晃而过,眼花缭乱,看不清,全然不如所看到的远处山色景致图像相对完整,简洁分明。因而,这时候选家的眼光显得杂陈而多样,选诗的尺度宽容模糊,《尝试集》中各种不同类型的诗歌均能进入他们的视野。

1. 从诗歌数量上看,这个时期虽然选本非常少,但入选《尝试集》的总篇目却多于后来年份。《分类白话诗选》(许德邻,上海崇文书局 1920 年版)入选 35 首;《新诗集(第一编)》(上海新诗出版部 1920 年版)、《新诗年选》(北社,亚东图书馆 1922 年版)、《中国新文学大系第八集(诗集)》(朱自清,上海良友图书印刷公司 1935 年版)分别入选 9 首;《现代新诗选》(笑我,上海仿古书店 1936 年版)入选 8 首;《(新式标点)新体情诗》(大中华书局 1930 年版)入选 7 首;《中学国语文读本》(世界书局 1925 年版)、《恋歌》(丁丁、曹锡松,上海泰东书局 1926 年版)、《初期白话诗稿》(刘半农,北平星云堂书店 1933 年版)分别入选 6 首。像《老洛伯》《你莫忘记》《许怡荪》《我们的双生日》《晨星篇》《周岁——祝〈晨报〉一年纪念》《如梦令》《虞美人》《送叔永回四川》《自题〈藏晖室札记〉十五册汇编》《病中得冬秀书》《论诗杂记》《"赫贞旦"

答叔永》这些在新时期选本中不受重视的诗歌，都曾入选这个时期的选本。

2.从编选原则上看，有一个从最初的分类杂选到力图展现述史模式的演变过程。比如 1920 年代初最早的两个选本，1920 年 1 月新诗社编辑部出版的《新诗集（第一编）》与 1920 年 8 月崇文书局出版的《分类白话诗选》，均按写实、写意、写情这种诗歌内容分类的方式编选，前者选入《尝试集》9 首，后者选入 35 首，选家的诗歌史主体意识尚未鲜明凸显。1922 年亚东图书馆出版的《新诗年选》，开始表达严格选诗的愿望，但具体选择的标准却还模糊难辨。1928 年泰东图书局出版卢冀野编的《时代新声》，序中言明"求其成诵，求其动人，有情感，有想象，有美之形式，蜕化诗之沉着处，词之空灵处，曲之委婉处，以至歌谣鼓词弹词，有可取处，无不采其精华"①，由此看出编者是以诗美为选择标准。1933 年上海亚细亚书局出版的《现代中国诗歌选》，开始将十年诗歌历史划分为"尝试时期""自由诗时期""新韵律诗时期"，试图以"诗歌进化的轨迹"为标准，所选胡适诗作是《江上》《老鸦》《月夜》。从这几首诗看，后来的"尝试者"的形象尚不清晰。1935 年上海良友图书印刷公司出版朱自清的《中国新文学大系·诗集》，是这个时期最权威的选本。选本中诗人位置大致按成名时间及影响做编年排列，从中可以看到初期诗人从旧体诗词的镣铐里挣脱出来，借鉴外来经验，摸索新的诗歌语言的过程。朱自清力图展现线性的、诗歌进化的过程，已具鲜明的史家眼光。在这样的标准下，选入《尝试集》9 首，分别为《一念》《应该》《一颗星儿》《许怡荪》《一笑》《湖上》《我们的双生日》《四烈士冢上的没字碑歌》《晨星篇》。这里我们看到，1980 年代后频繁入选的《人力车夫》《蝴蝶》《鸽子》并未进入朱自清的视野。一方面，朱自清进行印象式地扫描，透视各种诗风转移的特征，勾勒新诗从草创到成熟的嬗变轨迹；另一方面，诗人兼学者的身份让朱自清在选诗时颇具开阔的视野，注重诗歌语言与形式的意味，尽力呈现白话诗歌的潜能，而不是像后来的许多选家更多地将《尝试集》的印象简单化、刻板化。

从入选数量和编选原则上看，旧体诗词意味浓重的"放脚体"诗和成

① 卢冀野：《时代新声》，泰东图书局 1928 年版，第 6 页。

熟的白话新诗，都能进入选家视野。可见，这一时期，选家带着个人的审美趣味选诗，较少受到外力因素的影响。因此，胡适的形象并没有定型，他更多的是作为新诗草创期的"先锋"诗人的形象出现在读者面前。

1940—1970 年代，胡适被排斥在选家视野之外。时代主潮、社会意识形态等外部因素，将胡适逐出新文学的记忆之门。这个时候有两种重要的诗歌选本，不能不说。一是闻一多的《现代诗钞》，二是臧克家的《中国新诗选（1919—1949）》。这两个选本均未选取胡适的诗。

1940 年代蛰居西南一隅的闻一多编选的《现代诗钞》，未选《尝试集》中作品，这似乎为后来胡适文学史形象的建构埋下伏笔。此时，一方面浸淫于古籍，另一方面也偶然腾出手来写《时代的鼓手》（1943）、《"五四"与中国新文艺》（1945）、《艾青和田间》（1946）等评论的闻一多，已显示其思想的明显转变。试看其对田间的评价："这些都不算成功的诗，（据一位懂诗的朋友说，作者还有较成功的诗，可惜我没见到。）但它所成就的那点，却是诗的先决条件——那便是生活欲，积极的，绝对的生活欲。它摆脱了一切诗艺的传统手法，不排解，也不粉饰，不抚慰，也不麻醉，它不是那捧着你在幻想中上升的迷魂音乐。""当这民族历史行程的大拐弯中，我们得一鼓作气来渡过危机，完成大业。"[1] 深深感染着抗战情绪的闻一多在编选新诗集时，既立足个人的趣味，又试图有力地传达出时代的声音。《现代诗钞》里收入 65 位诗人作品，其中早期白话诗人只有郭沫若（入选6 首）、冰心（入选 9 首），入选作品最多的分别是徐志摩（13 首）、穆旦（11 首）、艾青（11 首）、陈梦家（10 首），明显偏重于新月派、现代派等诗人的诗作。这分明地显示出，闻一多的这个选本更多地倾向于个人审美趣味与时代风潮。《尝试集》里那些素朴的早期白话诗，既不符合闻一多的审美趣味，又远离时代大众，因而无法入闻一多的法眼。这大约也说明，在闻一多心里，《尝试集》中那些"尝试"性习作在新的时代已经没有什么艺术价值，无论是从审美的意义看，还是从其与当时生活的关联看，已经没有必要向读者推荐那些已经没有生命力的文学史化石。

臧克家的选本则以新的时代重新盘点新诗遗产的历史主人翁的姿态，

---

① 闻一多：《时代的鼓手——读田间的诗》，《闻一多全集》（第 2 卷），湖北人民出版社 1993 年版，第 201 页。

将胡适作为已经不具有当代阅读价值的新诗"尝试者"形象凸显出来。

　　1956 年臧克家主编的《中国新诗选（1919—1949）》，是新中国成立后第一个极为重要的新诗选本，它不仅带有重新审订文学"遗产"的性质，同时还发挥着对新文学的性质和价值做出新判断、建立新规范的导向作用。在长篇代序《"五四"以来新诗发展的一个轮廓》中，臧克家将胡适定位于右翼代表大加批伐。认为胡适对形式与内容关系的看法"鲜明地表现出了他的资产阶级形式主义的立场和观点"，"贬抑了作为新诗骨干的那种反帝反封建的思想内容，这和当时具有共产主义思想的知识分子所领导的文艺思想路线是敌对着的"①。他还将《尝试集》的内容概括为只是对自然风景的轻描淡写、对闺阁式爱情的抒发、留恋美国生活的深情表露，从诗集里可以"嗅到胡适的亲美的买办资产阶级思想掺合着封建士大夫思想喷发出来的臭味"②。臧克家的这种观点代表了 1950—1970 年代中期新中国文坛对新文学"遗产"进行取舍的主导倾向，体现为一种新的价值标尺。在这种标尺的度量下，《尝试集》从内容到形式被全盘否定。这种激烈的否定本身既体现为一种新时代"革命化"的史家意识与关注眼光，又十分决绝地否定了《尝试集》在新的时代的传播阅读价值。

　　这个重要选本一再重版，在 1979 年修订中，因为政治解冻，臧克家对《尝试集》重新做出了评价："初次尝试，当然是不成熟的；他的思想感情当然也是资产阶级的，还带着洋味，但写得自然活泼。因此可以说，他在'五四'时期对新诗的创建与发展，是有一定作用和影响的，一本《尝试集》和他的新诗论文，就是佐证。"③《尝试集》重新获得了正面价值。但修订时，《尝试集》作品仍然没有入选。《新版后记》中臧克家这样说："在这里，我必须再一次地郑重声明：这是专为青年读者编选的一个'读本'，如果内容再扩大，按着新诗发展史把'五四'以来许多有成就的诗人们的作品统统包括进来，对于青年的消化力和购买力是不合适的；那样一个选本是需要的，应该由有关方面另行编选、出版。"④ 臧克家在这里以

　　① 臧克家：《臧克家全集》（第 10 卷），时代文艺出版社 2002 年版，第 220—221 页。
　　② 同上书，第 221 页。
　　③ 同上书，第 222 页。
　　④ 臧克家：《中国新诗选 1919—1949》，中国青年出版社 1957 年版，第 336 页。

"青年"之"读本"的名义，仍然不选《尝试集》中的作品，表明他（或者那个时代）仍然认为《尝试集》中的众多篇什并不具备当代传播阅读价值，但他却开始为《尝试集》在新的时代进入另外的新诗选本预留了空间，即从认知历史的角度着眼，《尝试集》作为新诗史的第一部开山诗集，虽已不具有当代传播阅读价值，但从文学史化石意义上还是有入选价值的。至此，"在'五四'时期对新诗的创建与发展，是有一定作用和影响"①，只具有文学史化石意义而不具有诗美价值的"尝试者"形象，实际上已经凸显出来。

1980 年代前期，《尝试集》被选本定格为从传统诗词中脱胎、蜕变出的过渡性历史"标本"。紧随臧克家之后的选本，是从传授文学史知识出发的各种高校教材。它们顺着臧克家为胡适《尝试集》所预留的选择空间，主要选入《尝试集》中不具阅读价值而只具有文学史化石意义的诗作，大同小异地将眼光投向了《人力车夫》等三首过渡性特点鲜明的诗作，从而使胡适敢为人先地创作没有多少阅读价值的新诗之"尝试者"形象稳定下来。1979 年北京大学、北京师范大学、北京师范学院三校中文系中国现代文学教研室编选的《中国现代文学史参考资料》之《新诗选》，是一个容量颇大的选本，它选入了《蝴蝶》《赠朱经农》《人力车夫》《鸽子》《老鸦》《威权》等 6 首作品。在编选说明中，编者指出该选本依据文学史的脉络，"根据历史唯物主义的原则，考虑了教学的实际需要，对于资产阶级诗歌流派的作品，也少量选入，以供参考。对于胡适、周作人这种作者，则选的是他们从新文学阵营分化出去之前的作品"②。这显然承袭的是臧克家的思想，一方面将胡适定位成"资产阶级诗歌派"；另一方面，从文学史的脉络，依据"历史唯物主义的原则"，从文学史意义的角度肯定胡适的尝试性行为。这种基于文学史眼光的编选原则在 1980 年代沿用下来。随后，1981 年北京师范学院中文系现代文学教研室编选的《诗歌》，选入《蝴蝶》《人力车夫》《鸽子》《老鸦》《威权》5 首，"以中国现代文学史教学中重点引用的史料、重点涉及和重点分析的作品为限"，进一步明确了胡适及

---

① 臧克家：《臧克家全集》（第 10 卷），时代文艺出版社 2002 年版，第 222 页。
② 北京大学中文系中国现代文学研究室等编：《新诗选》（第 1 册），上海教育出版社 1979 年版，第 1—2 页。

《尝试集》教学史料的作用。1982 年中国人民大学中国语言文学系中国现代学教研室编选的《中国现代文学作品选》，也选入同样的篇目。这些是容量相对大的教材型选本。容量小的，有些就选《人力车夫》一首。1980 年代以来，计有 29 种教材型选本选入了《人力车夫》，15 种选入了《蝴蝶》，16 种选入了《鸽子》。并且，同一时期，计有 15 种一般性读本选入了《人力车夫》，29 种选入了《蝴蝶》，24 种选入了《鸽子》。可见，胡适这种类型诗歌的入选，呈现出一种由教材型选本向一般性读本扩散的态势。

由此所导致的胡适那些不成熟的新旧过渡性诗歌的高频次入选，构成选本与选本间在时间延展中相同印象储存的循环叠加，而这种循环叠加的印象储存又与文学史叙述者惯用的编码规则相呼应，再构成一种认识的循环，形成一种深入人心的定型化效应，铸就了胡适漫画化的"尝试者"形象，并且使这一形象相当程度地刻板化了。

三　漫画化新诗"尝试者"形象的修正现象

选本对《尝试集》作品的遴选，看重、放大其尝试性、开创性，致使胡适"尝试者"形象被漫画化、刻板化，《尝试集》缺乏诗美价值成为了一种文学史常识。实际上，尽管在 1990 年代、新世纪的诗歌选本中，胡适被简化被夸张的漫画化的"尝试者"形象依然鲜明，但纵观整体，自 1980 年代中后期特别是 1990 年代以来，还存在着修正其漫画化刻板印象的力量，这种力量来自另一倾向的众多选本，即主要作为文学欣赏读本的选本。

20 世纪 80 年代后期以来，出版业开始出现面向市场的倾向，诗歌选家开始由大众读者的指引人反身受到大众阅读趣味的牵引，从而开启了《尝试集》文学史化石价值之外的阅读价值的发掘期。《尝试集》中的许多诗歌开始以不同身份进入读者的阅读视野，如打油诗（程伯钧：《打油诗趣话》，贵州人民出版社 1986 年版）、抒情诗（向明：《抒情短诗》，花城出版社 1986 年版）、爱情诗（姜葆夫：《古今中外爱情诗歌荟萃》，广西教育出版社 1990 年版）、爱国诗（陆耀东：《中国现代爱国诗歌精品》，武汉大学出版社 1994 年版）、哲理诗（孙鑫亭：《古今中外哲理诗鉴赏辞典》，中州古籍出版社 1997 年版）等，不一而足。这在一定程度上修正着关于《尝试集》没有多少读者的传统观点。

　　这里特别值得重视的是，随着选家标准向读者趣味的倾斜，一种久违的从审美价值和艺术成就上挑选胡适诗歌的尺度开始映入眼帘，并日渐变得醒目起来。这使得长期以来胡适漫画化的"尝试者"形象一定程度地得到修正与丰富。《梦与诗》《应该》《希望》等诗的入选情况清晰地说明了这一点。

　　我们先看《梦与诗》。这首诗是胡适的自得之作，他曾在《谈新诗——八年来一件大事》中津津乐道过。1932 年它曾入选《现代诗杰作选》（沈仲文，上海青年书店），再次被发掘出来，是 1985 年邹绛编选的《现代格律诗选》（重庆出版社）。邹绛是诗人，他在选诗时更看重诗歌的艺术性。该选本的编选原则是"格律"，亦即形式美。他要编选的是一个把艺术性放在头等重要位置的新诗读本。《梦与诗》的这次入选，现在看来可以说是 1980 年代思想解放所开启的文学审美意识的觉醒在胡适诗歌选本领域造就的一件大事，虽然这个选本在当时的影响还很有限，但它为修正胡适的文学史形象埋下了重要的伏笔。其后非常权威的一个选本，即 1988 年谢冕、杨匡汉的《中国新诗萃：20 世纪初叶—40 年代》（人民文学出版社），再次选入了《梦与诗》。在前言中编者明确指出："我们的这项工作毕竟和文学史家有所不同"，"我们则侧重于宏观文化背景下进行诗美的判断"，"我们则侧重诗歌的审美功能、意义和价值，余者作为相应的参照"，"把审视点放在突破和扩大了审美习惯规范的一瓣瓣意蕊心香"。① 这个选本鲜明地亮出以审美标准选入《尝试集》中的《梦与诗》，这成为之后诗歌选本的一个重要参照。接下来选入该诗的谭五昌的《中国新诗 300 首》（北京出版社 1999 年版），在序言中寄望于他这个本子"成为集中反映 20 世纪中国新诗创作最高成就的总结性选本"，这多少表明编选者是将《梦与诗》列为能够代表"20 世纪中国新诗创作最高成就"的杰作之一。它与 1932 年首次选入《梦与诗》的《现代诗杰作选》的看法遥相呼应，挑战了一直以来关

---

　　① 杨匡汉：《序二：时代诗情与精神价值》，谢冕、杨匡汉编《中国新诗萃：20 世纪初叶—40 年代》，人民文学出版社 1988 年版，第 17—18 页。

于胡适"有名著而无名篇"①的认识。进入新世纪，这首诗入选了彭燕郊的《中外著名诗歌诵读经典·中国现当代抒情诗》（湖南少年儿童出版社2001年版），黄智鹏的《你一生应诵读的50首诗歌经典》（北京图书馆出版社2006年版），上海辞书出版社的《新诗三百首鉴赏辞典》（上海辞书出版社2008年版），朱克、朱威的《阳光情怀：现当代诗歌精品赏析》（人民教育出版社2008年版）等一批以"著名诗歌""经典""精品"等命名的大众读本；也进入了张新颖的《中国新诗：1916—2000》（复旦大学出版社2001年版），朱栋霖、龙泉明的《中国现代文学作品选1917—2000》（高等教育出版社2004年版）等重要的教材型选本，甚至普及童庆炳、刘锡庆、王富仁等主编，李霆鸣选编的《中学生阅读与欣赏：中国现当代诗歌卷》（四川人民出版社2000年版），王安忆、梁晓声的《课外名篇·高中版·诗歌卷》（湖南文艺出版社2001年版），郝昌明的《语文周计划·阅读》（北京艺术与科学电子出版社2006年版），《诵读中国·初中卷》（人民文学出版社2006年版）等中小学教辅读本。这首诗还被谱曲，经由风靡校园的台湾纯情女歌手孟庭苇的演唱而广泛传播，其经典诗句"醉过才知酒浓，爱过才知情重"被选入梅艳芳的流行歌曲《女人花》，更是传之久远。

　　我们再看《应该》。这首诗在胡适的自我阐释中出现过多次。在《尝试集》的再版自序中，他用该诗阐述"独语"这种诗体形式："《应该》一首，用一个人的'独语'（Monologue）写三个人的境地，是一种创体。""以前的《你莫忘记》也是一个人的'独语'，但没有《应该》那样曲折的心理情境。"② 在《谈新诗——八年来一件大事》中胡适进一步自我欣赏："那样细密的观察，那样曲折的理想，决不是那旧式的诗体词调所能达得出的。""这首诗的意思神情都是旧体诗所达不出的。别的不消说，单说'他也许爱我，——也许还爱我'这十个字的几层意思，可是旧体诗能表得出

---

① "有名著而无名篇"的观点，始于1929年草川未雨评价《尝试集》："只有提倡时的价值，没有作品上的价值。"（《中国新诗坛的昨日今日和明日》，海音书局1929年版，第53页。）陈平原在《经典是怎样形成的——周氏兄弟等为胡适删诗考（一）》中说："作为新诗的胡适，有名著而无名篇，此乃目前中国学界的主流意见。"（《鲁迅研究月刊》2001年第4期。）

② 胡适：《再版自序》，《胡适全集》（第10卷），安徽教育出版社2003年版，第35页。

的吗?"① 在胡适心中,《应该》不仅具有情感表现上的魅力,更是充分释放出了现代白话的诗性魅力。《应该》共选 9 次,其中 1920 年代入选 3 次,分别为《分类白话诗选》《新诗年选》《恋歌》;1930 年代 2 次,分别为《(新式标点)新体情诗》《中国新文学大系·诗集》。1920—1930 年代便占去了一半之多,尤其是两个重要选本《新诗年选》与《中国新文学大系·诗集》,这足以说明该诗在诞生之初曾被选家重视,被读者广为阅读。1940 年代消失后被再次选入是 1986 年复旦大学中文系现代文学教研室编的《中国现代文学作品选》,这个选本依次选了《人力车夫》《三溪路上大雪里一个红叶》《应该》。一方面,该选本迎合了 1980 年代文学史书写的主流,将《人力车夫》排在第一位;但另一方面,该选本又选入了在同一时期无人问津的作品《三溪路上大雪里一个红叶》《应该》。贾植芳在所作前言里,反思了过去教材"审时度势"的特点,强调"正宗"以外的"旁宗",以及"正宗"内部的支流,要求既要从"政治大处上着眼",又要"注意艺术上的成就",二者"不可偏废"。编者显然已经意识到通行的文学史著作对胡适形象的描绘有所偏颇,试图去修正。但是这种微弱的意识被其后席卷而来的各种选本和教材覆盖了。

　　1990 年 4 月台湾业强出版社出版的《恋曲 99》(陆以霖编)选录该诗,在前言中,编者说:"五四"以来优美、感人的情诗为数不少,编者经过反复斟酌、淘汰,"勉为其难"地割舍了许多珠玉之作,筛留下的 99 首,俱属技巧圆熟、构思巧妙、散发艺术魅力的佳篇,可供读者细细咀嚼、玩味。② 可见,陆以霖眼中的《应该》无论是从思想感情还是形式技巧上来看,都无疑是成功的佳作。该选本入选胡适 3 首诗,除《应该》外,另两首是《梦与诗》《秘魔崖月夜》。从审美的角度上看,这三首都是胡适诗作中成熟的作品。身居海外的学者较少受到中国内地关于胡适《尝试集》的刻板印象的影响,能够跳出既有文学史框架对胡适的定型化思维。国内再次选入该诗的选本是 1991 年 8 月姜葆夫的《古今中外爱情诗歌荟萃》(广西教育出版社),也是从爱情与审美的角度来编选的。值得一提的选本是

---

　　① 胡适:《谈新诗——八年来一件大事》,《中国新文学大系·建设理论集》,上海良友图书印刷公司 1935 年版,第 295—296 页。

　　② 陆以霖:《编序》,《恋曲 99》,业强出版社 1990 年版,第 2 页。

1991年河北大学出版社出版的《大学生热点话题》丛书之《给你一片温柔·中国1920—1930年代著名爱情诗精萃》。该选本的独特之处在于民间化的生产方式，它是在校园内用书面征求意见的办法，让学生选择自己喜欢的新诗篇名，然后由出版社按计票顺序列出选目。该选本的生产方式说明，《尝试集》里的情诗在高校有着较广泛的接受群体。高校学生的知识性阅读大多依凭选本和文学史教材，而前文已经论述，选本和文学史书写潜在的暴力因素已经将胡适的"尝试者"形象漫画化、刻板化了，在各种高校教材中，学生读到的多是《人力车夫》《蝴蝶》之类的诗作。而从这个选本所选的两首诗歌《蝴蝶》《应该》可以看出，在高校学生群体中，对于胡适的诗歌接受，已经突破了文学史教材给予他们的刻板印象，在"诗美"和"陶冶人的性情"①上，肯定了胡适诗歌的价值。

　　我们再看《希望》。1920年代许德邻的《分类白话诗选》（上海崇文书局1920年版）、1930年代赵景深的《现代诗选》（上海北新书局1934年版）和笑我的《现代新诗选》（上海仿古书店1936年版）曾经入选此诗。其中赵景深的选本是中学国语补充读本之一，精选了《十一月二十四夜》和《希望》两首。新时期最先选入该诗的是1991年罗洛编的《新诗选》[中华书局（香港）有限公司]。编者是诗人，他强调"过于晦涩难以鉴赏之作，一般不予收入"。看来编者欣赏的是《希望》一诗的清新自然。《大学生背诵诗文精选》（蔡世华、孙宜君编，中国矿业大学出版社1997年版）、《课外现代文金牌阅读100篇·初二年级》（严军总、许建国编，吉林教育出版社2005年版）、《中国语文·高一年级》（黄土泽编，中国大百科全书出版社2006年版）等选本选入该诗也都因其语言清新、质朴，意境平实、淡远。

　　《希望》一诗的特别之处在于，它曾于1980年代改编成歌曲《兰花草》，在海内外广为流传。"1980年6月16日的《参考消息》登载港报专稿——《第二个春天——读台报有感》中说，台湾《中国时报》在报道台湾当前流行的以胡适《希望》一诗作词的歌曲《兰花草》中透露：'由于

---

　　① 河北大学出版社编：《给你一片温柔·中国1920—1930年代著名爱情诗精萃》，河北大学出版社1991年版，第3页。

《兰花草》一流行，许多模仿《兰花草》的歌也纷纷出笼。'"① 在内地最早见于 1985 年庄春江《台湾歌曲》（中国文联出版公司）。笔者查找到新世纪就有 17 个歌曲选本入选《兰花草》。它们有的是经典的歌曲选本如原今的《绝妙好歌·中外抒情歌曲》（江苏文艺出版社 2003 年版），李泯的《中学补充歌曲》（湖南文艺出版社 2003 年版），李凌、李北的《同一首歌·80 年代经典歌曲 100 首》（现代出版社 2004 年版），薛范的《名歌经典·中国作品卷》（中国国际广播出版社 2006 年版），乐夫的《又唱同一首歌·校园经典》（湖南人民出版社 2008 年版），《相逢是首歌·毕业歌曲精选》（现代出版社 2010 年版）；有的是音乐方面的教材如晓丹的《全国少年儿童歌唱标准考级教材》（辽宁儿童出版社 2000 年版），吴子彪的《最易学的吉他速训初级教程》（中国戏剧出版社 2006 年版），尤静波的《流行歌词写作教程》（大众文艺出版社 2008 年版），许乐飞的《"老汤"简谱钢琴教程》（上海音乐学院出版社 2009 年版）；有的是器乐演奏集如宋小璐、闵元褆的《民谣吉他考级曲集》（上海音乐出版社 2003 年版），《古筝怀旧金曲 99 首》（上海音乐出版社 2007 年版），王小玲、何英敏、罗小平的《岁月如歌：流行歌曲钢琴演奏集》（花城出版社 2008 年版），陈其妍、潘如仪的《简线对照成人钢琴小品集》（上海音乐出版社 2009 年版）；还有儿童歌曲选本如徐沛东的《童声飞翔·中华少儿歌曲精选》（现代出版社 2006 年版），辛笛的《钢琴即兴伴奏·儿童歌曲 68 首》（上海音乐学院出版社 2009 年版）。虽然一首诗经谱曲而广为流传，其流传的因素不尽在其诗性，但流传本身却已成为该诗接受的历史。

　　一个白话新诗草创期的实验者，其诗歌在今天还能有这样的接受盛况，并且有两首诗能在今天谱曲流传坊间，许多以诗美著称的现代诗人也没有这样的幸运。如果不是经过这样的选本考察，笔者也还局限在文学史著关于胡适的刻板印象里，很难想象出这种流播情形。通常的选本研究，常常是选择比较知名的经典选本，而笔者对收录《尝试集》作品的选本所下的是尽可能竭泽而渔的功夫，将精英阅读选本、市场化的通俗读本甚至歌曲

---

① 石原皋：《闲话胡适》，安徽人民出版社 1985 年版，第 43 页。

选本尽可能收入眼中，在更全面的文学流通中，观察与理解历史。这对突破既有的文学史知识局限，重新认知《尝试集》，认知一个更丰满的"尝试者"形象，甚至重构文学史，应该具有不容忽视的意义。①

第二节　文学史著中的胡适新诗与形象

　　文学史撰写是一种权力体现，这里面有许多问题值得深思。谁赋予你写作文学史的权利？你凭什么写作文学史？你编撰文学史的立场、目的何在？编撰的原则是什么？写谁不写谁、如何写如何定位？这些问题关涉最终成形的文学史著作的面目，关涉叙述的可靠性，更关涉历史上那些作家作品的命运。无疑，文学史著作就是一种解读，一种阅读接受，是研究新诗传播接受最重要的维度之一。晚清学界从西方引进学科概念，始有真正的文学史著问世。进入民国，文学史编修渐呈百花竞放之势。由于那时的"新文学"还是一个正在发生和延展的文学现实，置身其中的文学史书写者，虽然大多只在书的末章简单涉及"新文学"，却多了一份亲历性，叙述也常有一种现场感，而且那时的文学史大都是个人纂修本，更见主观与真切。因此，各种民国文学史著对方兴未艾的新诗的叙述，对胡适作为新诗人形象的描述与构建，呈现出多种面相，耐人寻味。新中国成立后治史之风急遽变化，尤其是"大跃进"时期，政治意识形态化达到极端，并且出现集体编著文学史的热潮。述史成为社会主义文化建设的重要组成部分，成为新型话语生产的重要环节。胡适新诗的文学史形象开始被单一化、雷同化地反向言说，诗人形象也发生剧烈变化。"文化大革命"结束后，文学史编纂日渐回归学术立场，重返"五四"启蒙现场，在文化启蒙逻辑里评说早期新诗的功过，在新旧诗歌转型的语境里评估新诗成就，成为述史时尚，胡适新诗及诗人形象也似乎开始被那个时代的光辉重新照亮。

　　本节通过梳理 1920 年代以来的 71 部文学史著作（其中民国文学史 51 部，新中国成立后文学史 15 部，新时期文学史 5 部），② 围绕新诗首创之功

---

①　与余蔷薇合作。

②　本文的"民国文学史""新中国成立后文学史""新时期文学史"中的"民国""新中国成立后""新时期"均指作者修纂文学史时所处的时代。

和中西血脉这两大问题，揭示胡适新诗及其形象在文学史著中的流变。

一　新诗首创之功的叙述与形象塑造

（一）

胡适在《尝试集》初版《尝试篇》中，以"请看药圣尝百草，尝了一味又一味。又如名医试丹药，何嫌六百零六次？莫想小试便成功，那有这样容易事！有时试到千百回，始知前功尽抛弃"①抒发自己在白话新诗上大胆实验、开风气之先的意气；到了《再版自序》，他不顾"戏台里喝彩"的尴尬，用自己满意的诗作印证自己的新诗观，标榜自己"尝试"的业绩；待到《四版自序》，他已经开始强调社会对他这种"开风气的尝试"的认可了。民国文学史著大多认同胡适的这些自我叙述，肯定其在白话新诗上居有首创之功。我们所考察的涉及新文学的 51 部民国文学史著中，提到胡适新诗创作的有 46 部，其中，肯定胡适首创之功的有 40 部，否定者 2 部。这个时期的文学史著对胡适白话新诗的评价，大多是从晚清"诗界革命"与白话新诗的联系上历史地定位其创新性。晚清视野的存在，是它们与新中国成立后文学史著的一个重要区别。

民国文学史著对胡适新诗首创之功予以积极肯定的，以赵景深的《中国文学小史》（光华书局 1928 年版）、陈子展的《最近三十年中国文学史》（太平洋出版社 1930 年版）、朱自清的《中国新文学大系·诗集·导言》（上海良友图书印刷公司 1935 年版）、杨荫深的《中国文学史大纲》（商务印书馆 1947 年版）为代表。他们强调胡适"是第一个'尝试'新诗的人"②，具有"先驱者的精神"③，其对白话和新诗的"功绩是不可淹没的"④，"在中国文学史上开一新纪元"⑤，并认可《尝试集》"与人以放胆创造的勇气"⑥。持类似观点的还有冯沅君的《中国诗史》（大江书铺 1931 年版）、苏雪林的《中国文学史略》（武汉大学图书馆复制本 1931 年版）、

---

① 胡适：《尝试集》，亚东图书馆 1920 年版，第 3 页。
② 朱自清：《中国新文学大系·诗集·导言》，上海良友图书印刷公司 1935 年版，第 1 页。
③ 陈子展：《最近三十年中国文学史》，太平洋出版社 1930 年版，第 227 页。
④ 赵景深：《中国文学小史》，光华书局 1928 年初版，1932 年 11 版，第 211 页。
⑤ 杨荫深：《中国文学史大纲》，商务印书馆 1947 年版，第 572 页。
⑥ 陈子展：《最近三十年中国文学史》，太平洋出版社 1930 年版，第 227 页。

许啸天的《中国文学史解题》（群学社 1932 年版）、胡云翼的《新著中国文学史》（上海北新书局 1932 年版）、杨之华的《文艺论丛》（太平书局 1944 年版）、余锡森的《中国文学源流纂要》（培正中学国文科 1948 年版）。特别是赵景深的《中国文学小史》，该著对新文艺园地中的"语体作文"评价颇高，并认为"语体作文""自然应该感谢胡适"，古代白话的作品虽多，但都"未曾作有意的运动"，"所以胡适的功绩是不可淹没的"①。这部著作在民国相当普及，1931 年发行到 10 版，1936 年到 19 版，并被列为清华大学入学考试指定的参考书。② 可见，胡适新诗具首创之功的观点为大多数论者所接受。

　　另一类民国文学史著在对胡适诗歌首创之功进行积极肯定的同时，对其文学价值持保留态度，以草川未雨的《中国新诗坛的昨日今日和明日》（海音书局 1929 年版）、王哲甫的《中国新文学运动史》（杰成印书局 1933 年版）、谭正璧的《中国文学史大纲》（泰东图书局 1925 年版）《新编中国文学史》（光明书局 1935 年版）、蓝海的《中国抗战文艺史》（现代出版社 1947 年版）为代表。他们或认为胡适诗歌的文学价值"一时颇难断定"③，或认为其诗"技术非常幼稚"④，所作"未臻于成熟"⑤。持类似观点的还有霍衣仙的《最近二十年中国文学史纲》（广州北新书局 1936 年版）、宋云彬的《中国文学史简编》（文化供应社 1945 年版）等。但是，它们对胡适新诗审美性的否定，是以肯定胡适作为新诗尝试者的首创之功为前提的。换句话说，多数民国文学史著认可的是："《尝试集》的真价值，不在建立新诗的轨范，不在与人以陶醉于其欣赏里的快感，而在与人以放胆创造的勇气。"⑥ 比如，谭正璧虽然在文学审美价值层面上否定胡适，但也毫不犹豫地肯定其"大胆的尝试精神""远见的精到眼光"，认为其功绩并未因其作"在新体诗中技术非常幼稚而便被掩埋"⑦。特别如草川未雨的《中国新

---

① 赵景深：《中国文学小史》，光华书局 1928 年初版，1932 年 11 版，第 211 页。
② 参见赵景深《中国文学小史》1936 年 19 版自序、1931 年 10 版自序，庄严出版社 1982 年版。
③ 谭正璧：《中国文学史大纲》，泰东图书局 1925 年版，第 151 页。
④ 谭正璧：《新编中国文学史》，光明书局 1935 年版，第 434 页。
⑤ 胡云翼：《新著中国文学史》，上海北新书局 1932 年版，第 304 页。
⑥ 陈子展：《最近三十年中国文学史》，太平洋出版社 1930 年版，第 227 页。
⑦ 谭正璧：《新编中国文学史》，光明书局 1935 年版，第 434 页。

诗坛的昨日今日和明日》，这位北平海音社成员的文学史著，虽然缺少科学性，过于主观褊狭，未能以史家身份对作家作品进行客观公正的评价，将整本《尝试集》评价为"只有提倡诗的价值，没有作品上的价值"①，但仍然肯定胡适倡导、实验新诗的首创之功。李何林在《近二十年中国文艺思潮论》中，将胡适视为"'形式主义者'的'白话文提倡者'"，虽然贬低之意非常明显，但他继而补充道："然而，即此也有他的历史的价值和功绩。"② 值得一提的是，王哲甫的《中国新文学运动史》被誉为"第一部具有系统规模的中国新文学史专著"③，在论述胡适及新诗时，王著提出："最早作白话诗的，要推胡适，民国初年，新文学革命运动未发动以前，他已在尝试着作白话诗（见《尝试集·自序》）。然而最早正式提倡新诗的，当推刘半农，他在民国六年七月发表《诗与小说精神上之革新》，很有些具体的主张。"④ 王著特别从创作与理论两个方面阐释新诗的首创之功，虽然其对《尝试集》的审美价值持保留态度，认为胡适因才情不近乎诗的缘故而使其作"并不能令人满意"⑤，但是，胡适"在新诗坛上实地试验，为提倡新诗的急先锋，其功绩不可谓不大"⑥。看来，无论是何种立场的文学史著者，都无法小觑胡适于新诗首创者的历史地位。

当然，也有少数民国文学史著否定胡适首创之功，以凌独见⑦的《新著国语文学史》（商务印书馆 1923 年版）、贺凯的《中国文学史纲要》（新兴文学研究会 1933 年版）为代表。凌独见从创作时间上否定胡适乃"新体诗的鼻祖"，称《新青年》上所刊胡适的《朋友》《他》《江上》这类诗，在民国三年就见过，⑧ 并列举《骂狗》《无题》《吟雪》等几首作为例证。他

---

① 草川未雨：《中国新诗坛的昨日今日和明日》，海音书局 1929 年版，第 53 页。

② 李何林：《近二十年中国文艺思潮论》，光华书店发行，生活书店 1939 年版，第 34 页。

③ 黄修己：《中国新文学史编纂史》，北京大学出版社 2007 年版，第 32 页。

④ 王哲甫：《中国新文学运动史》，杰成印书局 1933 年版，第 96 页。

⑤ 同上书，第 64 页。

⑥ 同上书，第 100 页。

⑦ 凌独见在"五四"时期是杭州第一师范学校的学生，那时的学生都是趋新族，而他反对白话文，一人创办一份杂志，就叫《独见》，这本刊物全部用文言文，不带标点。这样一个守旧之人，也以迅雷之速，几乎与胡适同时出版白话文学史。虽然著作本身贡献并不大，随着历史的烟尘被掩埋进故纸堆中，但仔细阅读，会发现其中存在与其他文学史异质的声音。

⑧ 凌独见：《新著国语文学史》，商务印书馆 1923 年版，第 333 页。

还引自己所做的《狂风》《城站酒家》两诗，说明"我在民国四年，也做过白话诗，只是卑劣得很"①。贺凯的著作被誉为"第一部以马克思主义观点分析我国现代文学"②的文学史著。他将胡适定位于"资产阶级代言人"③，将其"尝试"理解为"缩头缩脑没勇气的表现，一遇打击，就退回去了"④，从而否定其首创之功。

无论民国文学史书写者身处何种阵营，受到何种思想影响，其主流态度是对胡适的首创之功予以肯定。究其原因，民国文学史在晚清"诗界革命"的视阈中，注重历史的连续性，他们将黄遵宪等人所倡"诗界革命"作为新诗发生不可或缺的一个起点。比如陈子展的《中国近代文学之变迁》（上海中华书局 1929 年版）、《最近三十年中国文学史》（太平洋出版社 1930 年版）、朱星元的《中国近代诗学之过渡朝代论略》（无锡锡成印刷公司 1930 年版）、张长弓的《中国文学史新编》（开明书店 1935 年版）、李一鸣的《中国新文学史讲话》（世界书局 1943 年版）等，他们都认为胡适"先驱者"的"提倡之功"是经过了"二三十年之久"的"酝酿"所致⑤，谭嗣同、梁启超所倡"新文体""诗界革命""为后来文学革命建立了一个根基"⑥。朱星元、张长弓甚至将"诗界革命"视为"文学革命"的"萌芽"、"今之诗学之过渡时代"⑦、"启新的肇始"⑧。由于这种晚清视野的存在，他们能够站在从旧向新的转变这个角度来看待胡适新诗变革在文体方面给传统带来的巨大冲击。胡适本人、冯沅君、朱自清、王哲甫在他们的著作中都更本质地看到"诗界革命"与新诗的区别。胡适在《五十年来之

---

① 凌独见：《新著国语文学史》，商务印书馆 1923 年版，第 334 页。

② 贺凯是早期共产党员、革命家，曾任山西大学中文系主任。1953 年，周扬视察山西大学时，在大会上赞扬："贺教授在 30 年代师大读书时，写了一本《中国文学史纲要》，这本书是我们中国第一部以马克思主义观点分析我国现代文学的，具有划时代的价值。"（山西省地方志编纂委员会编：《山西通志》（第 39 卷），中华书局 1995 年版，第 425 页。）

③ 贺凯：《中国文学史纲要》，新兴文学研究会 1933 年版，第 281 页。

④ 同上书，第 285 页。

⑤ 陈子展：《最近三十年中国文学史》，太平洋出版社 1930 年版，第 213 页。

⑥ 陈子展：《中国近代文学之变迁》，上海中华书局 1929 年版，第 5 页。

⑦ 朱星元：《中国近代诗学之过渡时代论略》，无锡锡成印刷公司 1930 年版，第 8 页。

⑧ 张长弓：《中国文学史新编》，开明书店 1935 年版，第 246 页。

中国文学》积极肯定了黄遵宪"用旧风格写极浅近的新意思"的"新诗"①，但他进一步强调"文学革命"与之前的革命的区别在于，只有1916年以来的"文学革命"运动，"方才是有意的主张白话文学"，这个运动没有"他们""我们"的区别，将"古文的权威"视作"死文学"，与以前白话运动不同②，白话新诗也就与"诗界革命"产生了质的不同。冯沅君在《中国诗史》中提出"现代诗"的概念，并从这一概念出发来认知白话诗运动，以此将新诗与并不能"使诗史变色"③的"新学之诗"区别开来。

（二）

新中国成立后编纂的文学史著与民国时期出版的文学史著二者间明显断裂。这时的现代文学史成为一门新的学科，被列入国家统一的教学计划中，文学史著作为教材承担了从意识形态的角度重塑革命传统的任务。如果说民国文学史著都有一个晚清视野，注重历史的延续性；那么新中国成立后文学史著则几乎割断了这种延续，将新文学视为一个独立的系统。这时的文学史书写都以《新民主主义论》为理论指导，强调"五四"作为新民主主义的"新纪元"，在新文学系统内部评价胡适。这样，从阶级论出发，文学史书写走向政治意识形态化，作家作品在文学史中的地位主要取决于其内容是否符合无产阶级进步思想。胡适身处资产阶级自由主义知识分子阵营，其诗作极具个人色彩，重视语言与形式方面的文体变革，虽然内容上符合"五四"的时代特征，但革命性不强。在以阶级性为纲、独尊革命现实主义理论、强调题材决定论的历史时期，利用文学史编纂对胡适诗人形象进行颠覆性改写，成为时代之需要。

那么，如何颠覆胡适原有的诗人形象，对其进行改写？文学史著者采取了两种策略：

一是在新的文学史框架里将胡适的新诗与晚清"诗界革命"联系起来，这貌似对民国文学史著的继承，其实质，是将胡适的新诗实践与"诗界革命"混同，强调其旧质，从而将其排挤出新民主主义文化体系，贬为"古

---

① 胡适：《五十年来之中国文学》，申报馆1924年单行本，第40页。
② 同上书，第78—79页。
③ 陆侃如、冯沅君：《中国诗史》（下），大江书铺1931年版，上海书店1996年影印本，第1420页。

典主义的残余"，否定其诗作的"新质"。

张毕来与刘绶松的文学史著最为典型。张著指出胡适的"文学革命"是要进行"文字革命"，认为它只是一种"进化"，不是"革命"，而"这种'进化'，在唐诗、宋词和元曲的迁变过程中，就一直发生着。在这条路上，黄遵宪早走在胡适的前头去了"①，没有看到胡适与黄遵宪的新旧之别，甚至认为黄遵宪比胡适的价值更大。刘著更认为："在旧民主主义革命时期，黄遵宪等的见解，显然还有一定程度的进步意义，而到了新民主主义革命时代，这种改良主义的思想，就只能是和以社会主义思想为领导的文化革命相敌对的了。"② 这样，胡适白话新诗的理论与实践，因被归入黄遵宪等"诗界革命"的范畴，成为旧民主主义的末流，以"社会主义思想"审视之，它们在文学性质上便具有"相敌对"的特征。

二是在新文学系统内部对胡适的新诗进行重新评价。胡适"文学革命"领导者的身份在民国文学史著中是无可怀疑的事实，新中国成立后文学史著者采用对诗人诗作进行重新排座次的方式，借提高其他诗人的地位来贬低胡适。排座次的标准，一为阶级决定论，二为题材决定论。

按照毛泽东在《新民主主义论》中对"五四"新文化运动性质的阐释，文学史叙述遵循着固定的等级原则：先有无产阶级的领导，然后才是小资产阶级进步分子与资产阶级右翼的参与。这样，过去以时间为序的文学史书写模式被打破，阶级立场进步与否成为被叙述的依据。先写具有共产主义思想的知识分子，如李大钊；再写小资产阶级进步知识分子，如鲁迅；最后才是右翼分子，如胡适。于是，最先的倡导者反而被排在最末。再者，新诗作为新文学运动的重要部分，必须要沿着"革命文学"的路线写下去，在这样的情况下，必须抬高其他诗人的地位以达到贬低胡适的目的。因此，陈独秀、钱玄同、刘半农等人此时都显得比胡适重要得多。具体来说，首先是通过阶级论来褒陈贬胡。一是从阶级上将陈独秀定位于激进的革命小资产阶级知识分子，而胡适则为反动的软弱妥协的资产阶级知识分子；二是从"文学革命"发起角度，将陈独秀定位于真正的"文学革命"首倡者，而胡适只是温和的改良主义者、形式主义者。两相对比，前者进步，

---

① 张毕来：《新文学史纲》（第 1 卷），作家出版社 1955 年版，第 87 页。

② 刘绶松：《中国新文学史初稿》（上），作家出版社 1956 年版，第 44 页。

后者落后。比如，王瑶率先在《中国新文学史稿》中指出陈独秀的战斗精神比胡适强烈得多，其思想虽然在当时还很"朦胧"，但比胡适的"形式主义"进步得多。[1]刘绶松则在《中国新文学史初稿》中将陈独秀视为"除了鲁迅外"的"革命的小资产阶级知识分子的代表人物"，指出他首先提出"文学革命"的口号，在与封建文化的斗争中，态度比较坚决，对新文化运动起过一定程度的推动作用；[2]而胡适却是新文化右翼的"资产阶级的知识分子"，受着中国资产阶级软弱妥协性格的限制，是"新文化运动的一种反动的和倒退的力量"[3]。后来高校集体编写的文学史著作，均一致认为真正拉开"文学革命"序幕的是陈独秀，进而否定胡适"文学革命"领导人的地位。

　　在新诗创作上，通过题材决定论来褒刘贬胡，尤其是结合艺术成熟论来褒郭贬胡。《尝试集》惯于书写个人化的独特感受，或歌咏自然，或抒唱爱情，在内容上属于现代知识分子自我书写的范畴，是能够一定程度地反映"五四"个性解放与婚恋自由的精神；而刘半农、刘大白的诗作则比较关注下层百姓的疾苦，反映的是"五四"时代劳工神圣的思想。新中国成立后文学史著独尊革命现实主义并标举题材决定论的文学评价标准，必然更看重内容进步的刘氏诗作。比如，丁易在《中国现代文学史略》中认为初期新诗在对社会现象与社会问题的描写中，胡适的《人力车夫》只是"坐在车子上面来同情"劳动者；而刘半农"却比胡适要进步一些"："他在《毯子》中申诉了劳动者的痛苦，《萝葡》中叙述了劳动者的被压迫，《女工的歌》中诉说了女工的生活及其被工头凌辱的情形，《相隔一层纸》和《滑稽歌》中则写出了'财主'的穷奢极欲和'穷人'冻饿得卖儿卖女的对比。"[4]高校集体编著的文学史都一致抬高刘半农、刘大白以及沈尹默、康白情、俞平伯等"进步诗人"的地位，而开辟专节全面批判胡适。

　　当然最为重要的是，通过提升郭沫若的新诗地位来贬低胡适的《尝试集》。在民国文学史著所描绘的"五四"新诗潮中所占位置并不起眼，甚至

---

①　王瑶：《中国新文学史稿》，新文艺出版社1954年版，第31页。

②　刘绶松：《中国新文学史初稿》（上），作家出版社1956年版，第31页。

③　同上书，第31—32页。

④　丁易：《中国现代文学史略》，作家出版社1955年版，第249页。

不如冰心①的郭沫若，在这个时期的文学史书写中地位获得了明显的提升。这集中体现在 1950 年代末的高校师生集体编著的文学史著中。比如，1959 年复旦大学中文系现代文学组学生集体编著的《中国现代文学史》，认为"中国第一部新诗集要推革命浪漫主义诗人郭沫若的《女神》"②，将《尝试集》是中国第一本新诗集的客观历史事实言说成新中国成立前不少人的"吹捧"和新中国成立后人的"错误"认识，指出"《尝试集》决不是我们第一本新诗集"③。这个论断一直流行到 1980 年代初，在唐弢本中还能见到"郭沫若实在是中国的第一个新诗人，《女神》实在是中国的第一部新诗集"④这样的评价。

　　从探索现代中国诗歌范式的意义上来说，尝试者在艺术上较为生涩，后起者在艺术上较为成熟，这是必然之势。首创者的尝试与诗艺的成熟，并不是同一个范畴的问题，而新中国成立后文学史著却将之同化，通过内容缺乏革命性与艺术不够成熟来否定胡适的首创之功。

　　这种通过内容是否进步与艺术是否成熟来否定胡适、抬高郭沫若的倾向，当然也是可以追溯到民国时期受左翼思想影响的文学史著。民国文学史著作因为有晚清视野存在，著者都较为重视诗歌的文体变革，以诗美为主要衡量标准。但在少量受到左翼思想影响的文学史著中，也能发现注重从内容的进步与否上衡量诗人诗作的倾向。新中国成立后文学史书写将这种倾向发展到极端——题材决定论。

　　如前文所述，"第一部以马克思主义分析我国现代文学"的贺凯，在其

---

　　①　在各种文学史著对新诗的分期中，郭沫若总是以"异军突起"的形象出现，而难以划分到各种诗歌流派中。1920、1930 年代的一些文学史著中，郭沫若的地位不及冰心。如赵景深的《中国文学沿革一瞥》评述冰心"最胜"，"极一时之难能，树新诗之壁垒"；而郭沫若、徐志摩等只是"后起之先锋""颇可观"（赵景深：《中国文学沿革一瞥》，光华书局 1928 年版，第 124—125 页）。王哲甫认为《女神》"未到成熟的地步"，"直到冰心的《春水》出版后，新诗界才发现了一颗明星"。他称冰心在新文学运动初期，是"文坛上最负盛名的女作家"，具有"横溢的天才"，"几乎是谁都知道"，虽然只有两个小册子，"但她在诗坛上已有了不朽的位置"，造成了"小诗的流行的时代"（王哲甫：《中国新文学运动史》，杰成印书局 1933 年版，第 64、105 页）。

　　②　复旦大学中文系现代文学组学生集体编著：《中国现代文学史》第 1 册，上海文艺出版社 1959 年版，第 69 页。

　　③　同上书，第 66 页。

　　④　唐弢：《中国现代文学史》（第一册），人民文学出版社 1979 年版，第 159 页。

著作中否定胡适的尝试精神，而对郭沫若的评价较其他民国文学史著有明显拔高："总起说来：沫若在中国文坛上是一个成功的诗人，无论他的戏曲小说，都充满了新鲜的诗歌化的情调，他不失为一个革命的小资产阶级战士！"①

　　将诗看作斗争的武器而致力于新诗歌运动的蒲风，在《现代中国诗坛》（诗歌出版社 1938 年版）的《"五四"到现在的中国诗坛鸟瞰》一章中，认为郭沫若已有惊人的成就，其《女神》"真正反映了中国新兴资本主义向上势力的突飞猛进"②。其实，早在 1923 年，闻一多在著名的《〈女神〉之时代精神》《〈女神〉之地方色彩》两文中，就高度肯定郭沫若诗歌代表"二十世纪底时代的精神"③，"要算新诗进化期中已臻成熟的作品了"，④ 在闻一多那里，郭沫若才算得上真正的新诗人。1928 年，钱杏邨更明确指出："《女神》是中国诗坛上仅有的一部诗集，也是中国新诗坛上最先的一部诗集。"⑤ 但这些侧重于以题材以艺术的成熟度为衡量标准的单篇评论的观点并未被纳入民国文学史著。那时，胡适个人的文化资本奠定了他在文化场域的中心地位，这决定了他在整个民国文学史评价格局中，始终处于"文学革命"领导者的权威位置。民国文学史著在评价新诗时，大都沿用胡适本人对新诗的阐释，也可以说，民国文学史著基本依循的是新诗文体发展的历史线索。而当时代背景发生转换，同样的论断在 1955 年田间的《论〈尝试集〉》再次出现时，"胡适的《尝试集》，不能被叫做：'中国第一本新的诗集'"⑥，"中国的第一本新诗集，如果从反抗的精神来看，从它的影响上看，我以为这是郭沫若的《女神》"⑦，这样的论断就迅速被写进 1959 年复旦学生集体编著的文学史著作中了。

---

①　贺凯：《中国文学史纲要》，新兴文学研究会 1933 年版，第 336—337 页。

②　黄安格、陈松溪：《蒲风选集》（下），海峡文艺出版社 1985 年版，第 790 页。

③　闻一多：《〈女神〉之时代精神》，《闻一多诗文选集》，人民文学出版社 1955 年版，第 158 页。

④　同上书，第 167 页。

⑤　钱杏邨：《现代中国文学作家》，上海泰东书局 1928 年版，第 67 页。

⑥　田间：《论〈尝试集〉》，《海燕颂——诗论一束》，北京出版社 1958 年版，第 151 页。

⑦　同上书，第 160 页。

（三）

"文化大革命"结束以后，文学史书写日渐回归学术本位立场。胡适的新诗及诗人形象，尤其是新诗首创之功问题，被重新解读、评说与肯定，并在 1990 年代以后得到了更富历史性与学理性的言说。

否定胡适的声音在 1970 年代末粉碎"四人帮"后出现的高校合编教材中仍然有所表现。比如，九院校本认为胡适"贪天之功为己有"，"对历史的蓄意篡改""包藏着现实的政治目的"，并且将胡适与"四人帮"的罪行相提并论①。这些集体编著的教材中最为著名的唐弢本，是拨乱反正后正式出版的最早的总结性的新文学史著。虽然此著在一定范围内纠正了"左"的错误，对一些被排斥在文学史之外的作家予以还原与正名，但对胡适的评价仍然落入前期窠臼。唐本仍然认为将胡适说成是新文学运动的"发难者"是"吹嘘"的结果，是"对历史的歪曲和对'五四'文学革命传统有意的篡改和嘲弄"②。但难能可贵的是，唐本虽然不可能在当时的时代背景下为胡适翻案，却能尊重基本的历史事实，在时间上承认"《尝试集》是最早出版的一个新诗集"③，可以看出唐本在历史特定的年代，试图还原历史本来面目的努力。值得一提的是田仲济、孙昌熙合著的《中国现代文学史》，在这个本子里，著者明显意识到过去文学史书写的弊端："本来是新民主主义革命时期的文学史渐渐写为社会主义文学史"，"有意的强调或突出某些作家或某些问题，这就势必无视或竟压倒某些作家某些问题，其用意本来是为加强倾向性，结果却有违于实事求是的优良传统"④。田著最先试图走出新民主主义的述史框架，重新打开晚清视野，将"五四"与晚清联系起来，指出"从旧体诗发展到新诗"，是"负起清末改良派'诗界革命'未完成的任务"⑤。这样，一定程度地拨开了笼罩在文学史书写上空的极左政治意识形态的云雾，有利于重新评价胡适于新诗实践的首创之功。胡适在历受批判后，其新诗开创者的形象又浮出历史地表：在新文学运动

---

① 九院校教材编写组：《中国现代文学史》，1979 年内部印刷，第 14、18 页。
② 唐弢：《中国现代文学史》（第一册），人民文学出版社 1979 年版，第 43 页。
③ 同上书，第 187 页。
④ 田仲济、孙昌熙：《中国现代文学史》，山东人民出版社 1979 年版，第 541 页。
⑤ 同上书，第 40 页。

中，胡适"是第一个'尝试'新诗的人"①。虽然仅仅是复制朱自清在《中国新文学大系·诗集·导言》中的论断，虽然在具体评价中还遗留着历史的痕迹，但该著已显示出汲取历史教训、遵从客观真实的科学态度。

　　1980年代，在思想解放、改革开放的催动下，一批寻求突破的文学史著应运而生，它们对胡适历史地位的言说更为遵循客观性与学理性。黄修己的《中国现代文学简史》是"间断了近三十年后最早出现的个人编著的新文学史著"②，一定程度地摆脱了集体编书的局限性，展现出个人的学术见解。在评论胡适时，著者说"最早发表新诗的胡适，于一九二○年三月出版了他的诗集《尝试集》"③，但接着指出："《尝试集》虽是现代文学史上第一部白话诗集，它对新诗发展的贡献不但不及晚一年出版的郭沫若的《女神》，而且艺术上较之俞平伯的《冬夜》（1921）、康白情的《草儿》（1922），也相形见绌。"④ 胡适的诗人形象在此有了新的叙述，著者一方面首肯其开创新诗的地位，另一方面也提出其艺术上的不足，较之意识形态高度统一时期对胡适的反向言说，此著显出相对客观与公允的历史态度。几乎同时，林志浩主编的《中国现代文学史》（在原人民大学本基础上修订），使胡适面貌一新，从"厚颜无耻地吹嘘自己是'新诗的创始人'"⑤转而变换为"胡适的白话诗，虽然在表现形式或思想内容上还存在这样或那样的弱点，但在当时对创造新诗还是产生过较大影响，是'开风气的尝试'"⑥。相对于黄著强调《尝试集》的艺术价值不够，林著此处似更强调其"开风气"的首创之功。1990年代，钱理群等编著的《中国现代文学三十年》修订本中，对胡适做出比较权威的评价："胡适无疑是第一个'白话诗人'。他的《尝试集》充满了矛盾，显示出从传统诗词中脱胎，蜕变，逐

---

　　① 田仲济、孙昌熙：《中国现代文学史》，山东人民出版社1979年版，第55页。

　　② 黄修己：《中国新文学史编纂史》，北京大学出版社2007年版，第129页。

　　③ 黄修己：《中国现代文学简史》，中国青年出版社1984年版，第41页。

　　④ 同上书，第42页。

　　⑤ 中国人民大学语言文学系文学史教研室：《中国现代文学史讲义》（初稿，上册），1961年校内使用版，第57页。

　　⑥ 中国人民大学中国语言文学系中国现代文学史教研室林志浩主编：《中国现代文学史》（上），中国人民大学出版社1984年第2版，第52页。

渐寻找、试验新诗形态的艰难过程。"① 这种论断基本上在学界达成了共识。世纪之交，"面向 21 世纪课程教材"如朱栋霖的《中国现代文学史 1917—1997》、程光炜的《中国现代文学史》，在钱著的基础上，更加重视胡适于新诗发生期的重要地位。程光炜本称胡适为初期白话诗实践的"积极的倡导者""恪尽全力的实验者和先行者""中国现代诗歌传统的源头"，特别强调"胡适的新诗实践和理论建构提供了白话新诗的最初形态"②。这些文学史著一方面恢复了民国文学史著对胡适的看法，另一方面则在新的历史语境里对胡适新诗及诗人形象给予了更富学理性的言说，凸显了胡适乃第一个白话诗人的形象。

二　中西血脉问题的叙述与形象塑造

（一）

胡适在《五十年来中国之文学》中这样评价早期新诗与传统的关联：诗体解放初期，诗歌"免不了过渡时代的缺点"③，这个"过渡时代的缺点"，用他自己的话说，就是"脱不了词曲的气味与声调"④，"像一个缠过脚后来放大了的妇人"，"鞋样上总还带着缠脚时代的血腥气"。⑤ 胡适是新诗领域的发轫者，更是新文化运动的重要领导人，其自我言说在民国期间自然影响了不少文学史著。民国文学史著关于胡适中西血脉问题的主流评价，基本上都是延续胡适的这种叙述，以赵景深的《中国文学小史》（光华书局 1928 年版）、《中国文学史新编》（北新书局 1936 年版），陈子展的《最近三十年中国文学史》（太平洋出版社 1930 年版），苏雪林的《中国文学史略》（武汉大学图书馆复制本 1931 年），胡行之的《中国文学史讲话》（光华书局 1932 年版）为代表。比如，赵景深在其著作中分析草创期诗人

---

① 钱理群、吴福辉、温儒敏：《中国现代文学三十年》（修订本），北京大学出版社 1998 年版，第 122 页。
② 程光炜：《中国现代文学史》，中国人民大学出版社 2000 年版，第 50 页。
③ 胡适：《五十年来之中国文学》，1924 年申报馆年单行本，第 93 页。
④ 胡适：《尝试集·再版自序》，《胡适全集》（第 10 卷），安徽教育出版社 2003 年版，第 34 页。
⑤ 胡适：《尝试集·四版自序》，《尝试集》，人民文学出版社 1984 年版，第 5 页。

的特征是"未脱旧诗词气息"①，评价胡适的诗"甚工稳，很难找出十分好的，也难找出十分坏的；大部分的《尝试集》，如他自己所说，是放大了的小脚"。② 持类似观点的还有郑作民的《中国文学史纲要》（合众书店1934年版）、龚启昌的《中国文学史读本》（乐华图书公司1936年版）等。

关于胡适诗歌的传统血脉这个问题，于主流评价之外，还有一些不同的声音。特别是对其诗与传统关联的肯定方面，一直存在着两个相反相成的主题。一种是把传统视为正面价值肯定胡适诗歌对传统的继承，以凌独见的《新著国语文学史》（商务印书馆1923年版）、张振镛的《中国文学史分论》（商务印书馆1934年版）、王哲甫的《中国新文学运动史》（杰成印书局1933年版）、周作人的《中国新文学的源流》（人文书店1934年版）为代表。凌独见以文化保守主义的新诗想象，强调新诗"要有旧诗（包括古今中外）做根底"的重要性，认为"中外诗结婚之后，产出来的""介乎诗词曲之间，而兼有诗词曲之长的新体诗"，是"新体诗的成人期"③。他评价胡适的《鸽子》《人力车夫》等"形式是五绝和五律""长短句的词"，看上去"簇斩全新"，实质上"仍在旧体诗词窠臼中"④。他指出《人力车夫》《学徒苦》乃从《孤苦行》里化出来；《游香山纪事诗》是五绝，《春水》是五言、七言的混合体，极似古乐府；《鸽子》的音节是词调。⑤ 虽然凌氏认为胡适诗歌未脱旧诗词特征，虽然他仍然是在诗词曲的格局中想象新诗，但这种想象意在保持源远流长的汉语诗性传统这个血脉。张振镛、王哲甫分别认识到胡适将旧诗词融入新诗的好处。比如，张氏以《鸽子》《一颗星儿》为例，认为"两诗清写白描，情景逼真，音节亦高亢浏亮。非其他新诗人所能及"⑥；王氏以《应该》《一颗星儿》为例，论证其押韵以及运用双声、叠韵字的和谐，认为"这也是采旧诗的精彩容纳在新诗里的一种好处"⑦。周作人非常重视新诗与传统的联系，他梳理晚明文

① 赵景深：《中国文学小史》，光华书局1928年版，第212页。
② 赵景深：《中国文学史新编》，北新书局1936年版，第346页。
③ 凌独见：《新著国语文学史》，商务印书馆1923年版，第344页。
④ 同上书，第337页。
⑤ 同上。
⑥ 张振镛：《中国文学史分论》（第1册），商务印书馆1934年初版，第265页。
⑦ 王哲甫：《中国新文学运动史》，杰成印书局1933年版，第103页。

学对新诗的影响，视胡适诗歌"清新透明而味道不甚深厚"的风格与"公安派"一脉相承①。

　　另一种是把传统视为负面价值肯定胡适诗歌对传统的反叛，以许啸天的《中国文学史解题》（群学社 1932 年版）、杨荫深的《中国文学史大纲》（商务印书馆 1938 年版）、蓝海的《中国抗战文艺史》（现代出版社 1947 年版）为代表。他们侧重的不是胡适诗歌对传统的继承，而是对传统的突破，肯定其挣脱传统束缚、追求自由诗体的努力。比如，杨荫深认为初期作家都可称为"自由的解放派"，并以胡适为例证明早期新诗创作是"完全解放了旧诗的格律，而一出之于自由的抒写"②。蓝海则从"否定旧诗的传统"的角度，称《尝试集》是"诗史上将永远被提及到的一部作品"③。

　　当然，这类民国文学史著中，还有一些是在肯定胡适突破传统的基础上，批评其不彻底性，以周扬的《新文学运动史讲义提纲》（1939—1940）、蒲风的《现代中国诗坛》（诗歌出版社 1938 年版）为代表。周扬从整体上肯定胡适所倡诗体解放运动"打破旧诗格律"，"把中国诗第一次引入到一个不拘格律，不拘平仄，不拘长短的自由天地"。不过，他继而又指出："由于'五四'的新诗人差不多都是从旧式诗词曲里脱胎出来的，他们的诗至少在开始的时候，虽然打破了五言七言的整齐句法，改成了长短不齐的句子，但总未能脱出词曲的气味与声调。"所以，他认为胡适自认其未脱旧诗词，有些诗乃洗刷过的旧诗，"并非过谦之辞"④。

　　另一类民国文学史著对胡适诗歌与传统的联系持完全批判的态度，以草川未雨的《中国新诗坛的昨日今日和明日》（海音书局 1929 年版）、儿岛献吉郎的《中国文学概论》（北新书局 1931 年版）、谭正璧的《新编中国文学史》（光明书局 1935 年版）为代表。他们并不认可胡适在传统中为新诗寻找根基的努力，批评其诗无法挣脱传统而沾染旧诗词的胎记。其实，胡适在 1930 年代经过理性反思后，在诗歌方面已经有了有意识地回归传统

①　钟叔河编：《周作人散文全集》（第 6 卷），广西师范大学出版社 2009 年版，第 71 页。
②　杨荫深：《中国文学史大纲》，商务印书馆 1938 年初版，1947 年 5 版，第 554—555 页。
③　蓝海：《中国抗战文艺史》，现代出版社 1947 年版，第 132 页。
④　周扬：《新文学运动史讲义提纲（续）》，《文学评论》1986 年第 2 期。

的倾向。他注重民间文学，认为新文学的来路也将是"民间文学"①，认同并赞许在"歌谣"的基础上建立"民族的诗"②。但由于此时他于诗坛已身处边缘，因此他对新诗的传统血脉的思考，并未为时人所理解。在大多数文学史著者眼中，其诗人形象仍然是当年其自我表述的"缠脚妇人"。谭正璧在其著中，将《尝试集》与胡怀琛的《大江集》并列，批评其未脱旧诗词的缺点，"无论怎样总带些不自然的扭捏的姿态"③。草川未雨以胡适的具体诗作为例，逐一批判其诗的"旧"特质，比如，他列举《尝试集》第二编中《鸽子》《三溪路上大雪里一个红叶》《如令》《奔丧到家》《小诗》和第三编里的《我们三个朋友》《希望》《晨星篇》，称"有的完全是旧诗，有的或者脱不开旧诗词的圈套，仍然一半儿是旧的"，其余23首新体诗中的《新婚杂诗》《应该》《我们的双生日》也充满"低阶趣味"，"造作"，"在新文艺的园里就没有存在的理由"④。整个将胡适的诗作框定在旧诗的范畴进行全盘否定。儿岛献吉郎也是极端否定胡适诗歌中的旧诗词气味，认为其"换胎不换骨"⑤。其余如钱基博的《现代中国文学史》（岳麓书社1936年版）、霍衣仙的《最近二十年中国文学史纲》（广州北新书局1936年版），都从反面批评其诗不脱传统的弊端。

　　对于胡适诗歌与西方的血脉联系问题，民国文学史著一般是肯定胡适对西方资源的借鉴，以胡毓寰的《中国文学源流》（商务印书馆1925年版）、朱自清的《中国新文学大系·诗集·导言》（上海良友图书印刷公司1935年版）、张长弓的《中国文学史新编》（开明书店1935年版）为代表。他们认为新诗运动受到外国的影响，特别如朱自清，他引胡适的诗论与创作为例，论证胡适乃至整个新诗最大的影响来自外国，并承认胡适的译诗《关不住了》为其"新诗成立的纪元"，其借鉴西方诗体"算是新境界"。胡毓寰以《老鸦》为例，肯定胡适诗作"摆脱旧诗之一切格律，字

---

① 胡适：《中国文学过去与来路》，《胡适全集》（第12卷），安徽教育出版社2003年版，第221页。

② 胡适：《北京的平民文学》，《胡适全集》（第2卷），安徽教育出版社2003年版，第833页。

③ 谭正璧：《新编中国文学史》，光明书局1935年初版，1936年再版，第433页。

④ 草川未雨：《中国新诗坛的昨日今日和明日》，海音书局1929年版，第51页。

⑤ ［日］儿岛献吉郎：《中国文学概论》，胡行之译述，北新书局1931年版，第299页。

句可随意长短，颇有西洋诗风味"，认为这种"不叶韵之新诗"使文学
"至此诚发生空前之一大革变"①。

　　能够客观辩证地看待早期新诗中西血脉双重联系的民国文学史著，以
谭正璧的《中国文学史大纲》（泰东图书局 1925 年版）、李一鸣的《中国
新文学史讲话》（世界书局 1943 年版）、郭绍虞的《中国文学演进之趋势》
（大夏书店 1948 年版）、周扬的《新文学运动史讲义提纲》（1939—1940）
为代表。谭正璧是民国时期著名的文学史家，在民国期间写过不少文学史
著作。虽然前文所述谭氏著作对胡适与传统关系的认识，有的是沿用胡适
的自我阐述，有的是完全批判其与传统的联系，但在《中国文学史大纲》
中，他却指出："陈氏是主张完全采用西洋文学的；胡适之则主张中西调和
而另创一种世界文学（虽然他不明说，然颇有此意趋），为二人宗旨之不同
处。"② 这本文学史著作出版于 1925 年，虽然其后谭氏改变了说法，但作为
多样形态的民国文学史著中一脉独特的支流，这种观点也显得颇为可贵。
李一鸣在其著中一方面肯定胡适诗歌与传统的关联，他以《湖上》为例，
评价胡适的诗"浅淡如话，但颇工稳"；另一方面也能看到其与西方相关联
的地方，认为在新文学运动受欧美影响的大背景下，胡适的诗"就形式一
点而论，是受美国意像派诗的影响"③。郭绍虞虽然没有具体评价胡适诗作，
但他从整体上评价了新体诗"受外来文学的影响"，同时强调"其风格却仍
有其历史上的渊源"④。周扬在论述白话文学运动时，站在中西文化融合的
高度上指出，其一方面"感染西洋民主主义的思想和文学的影响"，另一方
面又"继承中国固有的文学中民间的比较民主的要素而形成"。他认为中国
的新文学不能"从世界文学中孤立出来"，也不能使其"中断其历史的连续
性"而否定本民族的文学遗产。这样，在中西视野下，新诗运动既有打破
旧传统的必要，也有"领受""英美自由诗的洗礼"的必要⑤。

　　另外，值得一提的是吴文祺的《新文学概要》（亚细亚书局 1936 年

---

　　① 胡毓寰：《中国文学源流》，商务印书馆 1925 年版，第 330—331 页。

　　② 谭正璧：《中国文学史大纲》，泰东图书局 1925 年版，第 151 页。

　　③ 李一鸣：《中国新文学史讲话》，世界书局 1943 年版，第 49、59 页。

　　④ 郭绍虞：《中国文学演进之趋势》，大夏大学中国文学系编《基本国文》，大夏书店 1948
年版，第 26—27 页。

　　⑤ 周扬：《新文学运动史讲义提纲（续）》，《文学评论》1986 年第 2 期。

版),其对胡适诗歌与传统的关系论述颇为特别。吴氏描绘出具有深厚旧诗词根底的早期诗人,没有建立起新诗想象时的状况:在形式上有两种相反的现象,一是"不脱旧诗词的影响","一个不留心,旧诗词的鬼影即乘机出现";二是"有意要摆脱旧诗词的影响,使诗变成了白话的散文,以致诗味不免清淡一点"。吴氏认为,这种现象表面上看似矛盾,但其实很自然。旧诗词的影响,是作者"无法摆脱的",是"无意的";而等到有意要摒除旧辞藻时,便不免"矫枉过正"①。他特别指出胡适就具有这种特征。早期诗人在新诗探索阶段,由于还未建立起新诗应然的想象,所以只能依靠旧传统来作诗,因而写出来的是深受旧诗影响的非新诗;而当有意识摆脱旧传统时,新诗却又写成散文似的。这说明,当新诗开创者还未建立起新诗想象时,还未构想出新诗的理想形态时,传统不能成为新诗的有效资源;只有建立起相对而言较为理想的新诗范型时,传统才能成为有根、有底蕴的东西。历史事实也证明了这一点,1930 年代后,无论是在追求精致化的现代派诗人那里,还是在追求大众化的中国诗歌会诗人那里,旧诗词都已成为新诗创作的有效资源,"传统"变成了一脉"活水",成为与现实发生关系的有意义的存在。

(二)

新中国成立后,冷战意识形态决定了胡适被划入"反动的"资产阶级知识分子阵营,这是时势的必然。根据那时流行的阶级分析观点,资产阶级知识分子面对革命所表现出来的必然是改良的软弱性与妥协性,这成为新中国成立后文学史著作重新评价胡适诗歌中西血脉问题的基本依据与话语逻辑。这种依据使新中国成立后文学史书写者能够在阶级定性的前提下,"合法"地在新诗与传统的关系上采取双重标准,从而实现对胡适诗人形象的否定性改写。

相较于民国文学史著作对胡适诗歌的中西血脉问题描述的多样性,新中国成立后文学史著围绕此问题,在颠覆、改写其形象时呈现出高度统一的特点。

自延安文艺座谈会以来,文艺走向的重要特点是回归传统,这在诗歌

---

① 吴文祺:《新文学概要》,上海书店出版社 1989 年影印版,第 94 页。

中有明显的体现。1950 年代，受毛泽东民族立场的影响，诗歌在普及的基础上强调从古典诗词与民歌中汲取养料。按说在这样的背景下，胡适诗歌与传统的关系应该是得到肯定的。胡适白话诗的审美尺度是建立在重视挖掘传统资源上的，1930 年代的胡适特别重视"民间文学"和"歌谣"，希冀在此基础上产生出"一种新的'民族的诗'"①。在创作实践上，胡适此期的诗作《飞行小赞》乃有意用换了韵脚的"好事近"词调，② 这实质上都是切近于 1950 年代毛泽东所提倡的民歌与古典之路的。顺着这样的文化逻辑，胡适的诗人形象本应该获得比民国时期更为一致的肯定性书写，然而，阶级论支撑下的双重标准却将胡适推向受批判的一极。

采用双重标准的书写策略，新中国成立后的文学史著，首先一致集中火力针对胡适的文学思想进行批判，为其扣上资产阶级改良主义和反动文人的帽子。比如，最初王瑶和蔡仪的文学史著，都分别从题目和内容批判《文学改良刍议》的非革命性。他们认为其文用文言写成，态度"平和"③，题目上标明是"改良"，不是革命，内容也只是"旧文学的修补"，不是"新文学的建设"④。在 1950 年代中期张毕来、丁易、刘绶松等人的著作中，胡适之形象已经不只是态度妥协和投降，而是带有明显的反动文人色彩。他们认为胡适这样的"右翼"资产阶级知识分子，具有个人野心和反动的政治目的，"其主张只能算是新文化运动的一种反动的和倒退的力量"⑤。到了 1950 年代后期，在高校师生集体编著的文学史著中，胡适已然被淹没在一片咒骂声中。如果说新中国成立初期的文学史著，还在新民主主义理论框架内，对胡适的"罪行"进行细致的论析，那么此期以复旦本为代表的集体编撰的文学史著中，诸如"封建官僚买办的孝子贤孙""资产阶级的政客""文化上的反动头子和骗子"⑥ 等论调，不绝于耳。这时对胡

---

① 胡适：《北京的平民文学》，《胡适全集》（第 2 卷），安徽教育出版社 2003 年版，第 833 页。

② 胡适：《谈谈"胡适之体"的诗》，《胡适全集》（第 12 卷），安徽教育出版社 2003 年版，第 339 页。

③ 王瑶：《中国新文学史稿》，新文艺出版社 1954 年版，第 26 页。

④ 蔡仪：《中国新文学史讲话》，新文艺出版社 1952 年版，第 22 页。

⑤ 刘绶松：《中国新文学史初稿》（上），作家出版社 1956 年版，第 32 页。

⑥ 复旦大学中文系现代文学组学生集体编著：《中国现代文学史》（第 1 册），上海文艺出版社 1959 年版，第 65 页。

适形象的描绘已经偏离了学理的轨道。

　　其次，基于对传统问题的双重标准，胡适的诗作在新中国成立后文学史的改写中，成了形式落后、内容封建的典型。新中国成立初期，王瑶还在文学史著中从内容层面上尽力挖掘《尝试集》中彰显"五四"时代精神的作品，予以肯定，对内容不够积极、与革命相差甚远的诗作，才从形式上予以批评。比如，在内容上，王著肯定像《人力车夫》那种反映人道主义和劳工神圣的诗作"标示了初期新诗的特质"。这种观点可以追溯到民国文学史著，朱自清、吴文祺以及周扬都曾肯定过《人力车夫》的人道主义情怀。而在形式上，王著则批评《一笑》《老鸦》"染有浓厚的旧诗词味道"，充斥着"消极的不良因素""毫无意义的语言"[1]。其后，蔡仪在《中国新文学史讲话》里则开始全盘否定《尝试集》，认为其与旧文学作品没有"本质上的区别"，无论形式还是内容都没有"脱弃旧诗词的情调"[2]。

　　王著、蔡著奠定了新中国成立后文学史改写的基调，在此基础上，后来的文学史叙述陆续加深了对胡适诗作的批判。他们在形式上寻找诗作证明胡适所谓的新诗只是将旧文学中带有个性解放要求的诗词"改装"一下，实质上未脱旧诗格调；内容上流露着典型的封建意识，表现为：维护封建婚姻，描绘封建士大夫的生活感情，表达资产阶级个人的小悲哀、小欢喜，表现庸俗虚假的人道主义等。比如，因内容带有人道主义情怀而在王瑶著作中得到肯定的《人力车夫》，在刘绶松的著作里却被评价为"以对于劳动人民的浅薄的同情为幌子，但骨子里却充满了毒素"，所起的是"模糊阶级意识、缓和阶级斗争的反动作用"[3]。到了集体编著的文学史中，《尝试集》被全盘否定为内容"腐朽、无聊"，艺术技巧"非常拙劣"，只是"把陈词滥调涂脂抹粉改头换面后冒牌充数，非驴非马，没有半点诗味"[4]的作品。颇有意味的是，这时文学史书写为配合对胡适的批判，所列举的诗作趋于雷同，大多是《新婚杂诗》《病中得冬秀书》《赫贞旦》《生查子》等形式

---

　　① 王瑶：《中国新文学史稿》，新文艺出版社1954年版，第62—63页。

　　② 蔡仪：《中国新文学史讲话》，新文艺出版社1952年版，第7页。

　　③ 刘绶松：《中国新文学史初稿》（上），作家出版社1956年版，第70页。

　　④ 中山大学中文系编：《中国现代文学史》（第一卷）（1919—1927），中山大学出版社1961年版，第155页。

上旧诗词味道较为浓厚，内容上又多表现个人情怀的诗作。

　　新中国成立后文学史叙述对胡适诗歌中西血脉问题的改写，其另一要点是：在胡适诗歌的西化问题上，无可争辩地给予全盘否定。

　　胡适在白话新诗理论与实践上是中西兼容并举的。胡适吸收与借鉴西洋诗体，将之作为其诗歌文体学建构的一个方面，并以翻译诗开创中国"'新诗'成立的纪元"①。其诗论、诗作毫无疑问受到西方文化、文学影响。然而，1950年代，在毛泽东倡导从民间和古典中寻求新诗发展出路精神指导下，诗歌走的完全是一条"民族化"的道路。胡适诗歌中的西化倾向，与当时的时代话语相抵牾。所以，新中国成立后文学史著既然在阶级立场上将胡适定为资产阶级改良主义，这已经在逻辑上决定了他对待西方文化必然是个投降派，因此他的文学思想、诗论、诗作中受到外国影响的部分，必然属于投降于西方的证据。在这样的逻辑下，新中国成立后文学史著对于胡适西化问题的叙述，从批判到全盘否定，已经不再注重具体分析，而是陷入一种大批判式书写。

　　这种书写出现在1950年代中期以后的文学史著中。它们将胡适与西方的联系叙述为充塞洋奴思想，或者直接将其贬为美帝国主义的代言人等，其论据来自胡适的具体诗作及其实用主义哲学思想。《你莫忘记》在此期文学史叙述中被高频次引用，以证明胡适"指望快快亡国""亡给哥隆克""亡给普鲁士""都可以"所流露出的洋奴思想②。中山大学集体编著本批评《赠朱经农》表现了胡适"国家民族的命运将来怎样，他完全不管""更醉心的是美国生活方式"③。胡适的实用主义思想来自西方，此时也成为众矢之的，刘绶松称其实用主义是"毒素"，是"美国反动哲学"④。孙中田指责胡适的文学思想是"从美国贩来的反动实用主义哲学的反映，他力图借此窃取运动的领导权"⑤。这些贬损性书写，论证牵强，基本不讲学理。在其他一些文学史著中，干脆沦为谩骂，诸如"典型的帝国主义走狗"

---

　　① 胡适：《尝试集·再版自序》，《胡适全集》（第10卷），安徽教育出版社2003年版，第35页。

　　② 张毕来：《新文学史纲》（第1卷），作家出版社1955年版，第107页。

　　③ 中山大学中文系编：《中国现代文学史》（第一卷）（1919—1927），中山大学1961年版，第165页。

　　④ 刘绶松：《中国新文学史初稿》（上），作家出版社1956年版，第32页。

　　⑤ 孙中田等：《中国现代文学史》（上卷），吉林人民出版社1957年版，第50页。

"美帝国主义所直接豢养、培植出来的一只走狗"等骂词充塞在新中国成立后文学史著对胡适的书写中。

新中国成立后文学史著在胡适诗歌的中西血脉问题上对民国文学史叙述的改写，有着历史渊源，可以追溯到受左翼思想影响的几部民国文学史著，比如贺凯的《中国文学史纲要》（新兴文学研究会 1933 年版）和李何林的《近二十年中国文艺思潮论》（生活书店 1939 年版）。最早"以马克思主义观点分析"现代文学的贺著，已经是以阶级论为纲，将胡适定为"资产阶级代言人"，称其"在美国读书，赚得一个新式博士头衔，自然受了不少的德谟克拉西和赛因斯的洗礼，他抱了大决心，要把半殖民地的中国变成了欧美式的资本国家，可怜中国资产阶级仍然呻吟在帝国主义的铁蹄下和封建残余的威胁中，所以胡先生一回国就撞着钉子"。① 这种嘲讽与贬损的语气与新中国成立后的文学史话语颇为相似。在论述其诗作时，贺氏写道："'老胡'！你真'老'了！'五四'以后，'五卅'之间，中国正在革命高潮中，你纵不敢'干干'！也应当'拍手高歌'了！你既知道'山脚底挖空了'，威权就要'活活地跌死'，你又何不试一下'武器'——'炸弹'！而我们的'老胡'，却在这时代投降了'威权'——列席了善后会议，捧过了溥仪小皇帝。"② 这种过于主观的讽刺性话语，这种以阶级立场、以对革命的态度作为评价其文学功绩的标准，是新中国成立后文学史著对胡适进行极端性改写的源头。李著从总体上而言，对胡适的评价比较客观，没有贺著如此浓重的主观色彩。但他最早批评胡适反文言的不彻底性，流露出"游移，动摇和妥协的态度"③，这成为新中国成立后文学史叙述对胡适形象进行改写的不可多得的资源。

（三）

1970 年代末期以后，文学史写作多遵从史实。唐弢的《中国现代文学史》（人民文学出版社 1979 年版），田仲济、孙昌熙的《中国现代文学史》（山东人民出版社 1979 年版），林志浩的《中国现代文学史》（中国人民大学出版社 1984 年版），黄修己的《中国现代文学简史》（中国青年出版社

---

① 贺凯：《中国文学史纲要》，新兴文学研究会 1933 年版，第 281 页。
② 同上书，第 289 页。
③ 李何林：《近二十年中国文艺思潮论》，生活书店 1947 年版，第 40 页。

1984 年版）等著作，起到了过渡性作用。相较于新中国时期对胡适的反向性言说，这批文学史著对胡适的诗人形象，尤其是对胡适诗歌的中西血脉问题给予了更加公允的评价。虽然有的著作未能完全摆脱前期窠臼，但在思想解放的文化氛围里，显示出更加多样化的言说趋向。比如，唐弢本率先指出胡适诗歌在形式上的"新的因素：用白话入诗，句不限长短，声不拘平仄，采取自然音节，开始打破旧诗格律的一些束缚"。① 肯定胡诗突破传统的一面，力图对其形象作出客观真实的还原。黄修己倾向于从否定的角度批评胡诗与传统的关联，其著作列举胡适关于带着缠脚时代的血腥气的自我言说，说明当时有些写新诗的人受过旧诗词的熏染，加以无例可循，写的白话诗未能全然脱出旧诗词的意味，并认为这种状况以《尝试集》中部分诗最为突出。胡适"虽要破坏旧格律，但又留着改良旧诗词的痕迹"②，因此，其对新诗发展所做贡献"不及晚一年出版的郭沫若的《女神》"③。而林志浩本则肯定胡适诗歌与西方诗艺的联系，强调借鉴西方资源才能真正摆脱传统束缚，创作出全新的"新诗"：胡适诗歌"从旧诗脱胎而来"，虽然最初还"保留着五言或七言的旧诗格式"，但他"在文学革命思潮的启发下"，又前进一步，以《关不住了》为标志，创作出"形式上突破了整齐划一的限制，语言更接近口语，音韵节奏也愈加和谐自然"的"白话新诗"④。值得一提的是，田仲济、孙昌熙合著本是最早重新肯定《尝试集》首创之功的，在论述胡适及新诗运动时，该著一方面肯定胡诗与西学的渊源，认为其"仿西方诗体，用白话写诗，开始打破一些旧诗的格律"⑤，并强调西方诗学的照亮使其对旧诗格律的反叛，具有"新"的意义。另一方面，该著还引进晚清视野，建立起新诗运动与晚清的历史联系，指出"从旧体诗发展到新诗"，是"负起清末改良派'诗界革命'未完成的任务"⑥。这样，田著既道出了胡诗借鉴西方以摆脱传统的特点，又意识到其与传统无法割裂的血脉关联。

---

① 唐弢：《中国现代文学史》（第一册），人民文学出版社 1979 年版，第 187 页。
② 黄修己：《中国现代文学简史》，中国青年出版社 1984 年版，第 41 页。
③ 同上书，第 42 页。
④ 林志浩：《中国现代文学史》（上），中国人民大学出版社 1984 年版，第 51 页。
⑤ 田仲济、孙昌熙：《中国现代文学史》，山东人民出版社 1979 年版，第 40 页。
⑥ 同上。

　　1990 年代和新世纪的文学史著，政治意识形态影响淡化了，对胡适诗歌中西血脉问题的言说，延续并深化了上述具有过渡性质的文学史著的多样化特征。钱理群等人的《中国现代文学三十年》（修订本），以中西融合的眼光深入论析了新诗运动如何在传统中求新，并且"吸收国外的新语法，也即实行语言形式与思维方式两个方面的散文化"①。钱著没有将胡适所倡新诗运动看作对"诗界革命"未竟事业的一种被动延续，而是视为有意的"战略选择"。这就突出了新诗变革是胡适等人基于对文学革命进行整体、理性审视的结果。钱著进而论述以胡适为代表的"新诗运动"正是"选择了梁启超后退之处，作为理论出发点与进攻方向"②。在胡适诗歌的传统血脉上，钱著还提出新的关联点："在某种意义上，'五四'新诗运动正是从宋诗对唐诗的变革里，取得自身的变革与创造的历史依据与启示的。"③ 钱著非常重视胡诗对传统资源的整合与借鉴，当然，也看到了这种整合与借鉴的难度，指出《尝试集》"尝试重点是'以白话入诗'，仍然不能摆脱旧诗词语言模式与文法结构法则的支配与制约，结果就写出了半文半白、半新半旧的诗"，认为其"真正走出'以传统反传统'的怪圈"，是译作《关不住了》。之后的诗作"确实从中国古典诗歌的形式中传统中挣脱出来，开始具备了现代汉语抒情形式法则的雏形"，所以《尝试集》被人们称作"沟通新旧两个艺术时代的桥梁"。钱著因此总结《尝试集》"显示出从传统诗词中脱胎，蜕变，逐渐寻找、试验新诗形态的艰难过程"④。这种观点在新世纪以后的文学史中得到深化。程光炜的著作也认同"宋人'以文入诗'的传统和黄遵宪以古文的'伸缩离合'之法所进行的革命性实践"，是胡适"白话诗创作的最初资源和依傍"。其论述胡适同旧体诗告别的过程，在第一个阶段"借重中国诗歌传统中没有严格格律限制的'古风'以跨越近体律诗严格的形式规约"，第二个阶段，则"从对英文诗歌的翻译中受到启发，逐渐摆脱古典诗词的笼罩"。这个过程正是"白话新诗从传统诗

---

① 钱理群、温儒敏、吴福辉：《中国现代文学三十年》（修订本），北京大学出版社 1998 年版，第 120 页。

② 同上书，第 119—120 页。

③ 同上书，第 120 页。

④ 钱理群、温儒敏、吴福辉：《中国现代文学三十年》（修订本），北京大学出版社 1998 年版，第 122 页。

词中蜕变和新生的艰难过程"①。与钱著、程著强调胡适诗歌与传统的关联持不同看法的，以朱栋霖的《中国现代文学史 1917—1997》（高等教育出版社 1999 年版）为代表。朱著更强调胡适等早期新诗人对"诗界革命"革新与超越的一面，认为新诗在"体式上"与中国古典诗歌实现了"全面的断裂"②。胡适等白话诗人因"与梁启超、黄遵宪等诗人区别开来"，而成为"20 世纪中国诗歌王国的开创者"③。

对于胡适白话新诗的西方血脉问题，诸文学史著几乎一致地肯定其借鉴西方资源而摆脱旧诗束缚；而对于其诗的传统血脉问题，诸文学史著说法不一。这种多样化的言说状况，超越了意识形态高度统一时期文学史著的单一性与雷同现象，一定程度上具有了早期新文学史著那种多样性与个性化特点。

纵观近一个世纪的文学史著作对于胡适新诗中西血脉问题的论述，可以发现一个值得重新审视的观念与逻辑问题，那就是承袭胡适自己的观点，将其新诗尤其是《尝试集》未脱尽传统诗词痕迹作为一个重要缺憾进行表述。这里暗含着一个基本立场，那就是新诗必须与传统彻底断裂，不能留有传统诗词影响的迹象；且正是在这个意义上，肯定胡适与西方文化、文学的关系，认为正是对西方文化、文学元素的吸纳使胡适逐渐摆脱中国固有的传统以获得新质。将中国传统诗词判断为有问题的存在，将西方文化、文学理念视为现代性体现而加以肯定，这种逻辑或者说观念，使文学史著作在叙述胡适新诗时，缺乏诗学层面的思考、分析，或者说以文化的新旧判断代替了诗美分析。事实上，文化的新旧与诗性没有必然的关系，借鉴中国传统诗词本应是中国新诗探索发展的重要路径。"五四"时期沈尹默创作的《月夜》留有传统诗歌鲜明的痕迹，但却是一首优美的现代新诗。近百年文学史著作之所以不断谈论胡适与中西文化、文学关系，把这个看成是一个根本性的问题，就是把诗学与文化关系混为一谈，将新诗诗性、诗美问题简单地置换为新旧文化、文学问题，以至于近一个世纪以来的文学史著作多未能深入分析胡适新诗诗美问题，以至于对胡适《尝试集》的叙

---

① 程光炜：《中国现代文学史》，中国人民大学出版社 2000 年版，第 50 页。
② 朱栋霖：《中国现代文学史 1917—1997》（上），高等教育出版社 1999 年版，第 75 页。
③ 同上书，第 76 页。

述、定位往往缺乏足够的说服力。

　　胡适早期自嘲未脱尽旧诗词影响的话语，其潜在的话语逻辑，对后来新诗发展产生了不良的影响，即后来的许多诗人不敢、不愿甚至不屑于向几千年的传统诗歌学习，使新诗在相当程度上失去了建构的根基，向西方学习建立在非传统的基础上，其积极意义便大打折扣。这是一种本末倒置的现象，需要重新思考。①

---

　　① 　与余蔷薇合作。

第二章

郭沫若接受史与白话
自由体新诗合法性

第一节 接受史与形象生成

从 20 世纪初到现在，100 年了，对郭沫若的阅读批评几乎从未间断。可以说，他是"五四"后一直活跃在读者视野中的一位重要诗人。他被"建构"成现在的形象，是多方机制角力的结果。从文学生产——传播角度看，其接受过程深受编辑、出版商、读者、媒介等多种力量的影响。其诗歌阅读接受史是在政治意识形态、诗学话语等冲突、制衡、融通中完成的，这是一个动态复杂的且与白话自由体新诗合法性确立相关的过程。

一 诗人形象初步形成

"五四"时期，郭沫若异军突起，将新诗带入"绝端"自由的境地，使白话新诗形式完成了"自由化"。胡适倡导白话新诗，提出话怎么说诗就怎么写，希望诗歌彻底解放，但胡适自己的白话诗尚留有旧体诗词余味，未能完全解放自由，从胡适到郭沫若是一个不太自由到真正自由的过程，这里留有一个被学界忽视的问题，郭沫若的自由诗是胡适所构想的那类自由诗吗？郭沫若晚胡适几年出现于诗坛，他写诗受到过胡适白话诗理论影响吗？认真比读研究不难发现，郭沫若的自由诗与胡适《尝试集》里的作品风格上相差极大，郭沫若的作品似乎没有胡适的痕迹。这个未被学界重视的新诗演变现象，其实在那时的读者阅读中有所反应，广大读者意识到了郭沫若诗歌的特别性，或者说《女神》以其不同于《尝试集》的自由风格给读者阅读神经、审美意识以巨大刺激，给读者留下了广阔的阅读想象和言说空间。总体而言，1920—1930 年代，对郭沫若的言说、批评此起彼伏，专业读者视角多样，或褒或贬；大众读者中则出现过崇拜式阅读。这固然与郭沫若自由新诗特质密不可分，也是郭沫若自身与出版商、读者互动的结果。在多种传播媒介错综交织作用下，关于郭沫若的批评话语空间开始生成，他作为白话自由体新诗人的形象在读者阅读印象中基本形成。

（一）

文学作品的价值、生命力，是由作者和读者共同造就的：一方面，诗人赋予诗作独特的情感意蕴及阐释空间；另一方面，政治话语、文学潮流、阅读风尚和审美理想等，决定了读者对诗人、诗作的选择与评说。也就是说，作者、文本和读者的相遇、接纳、拒斥、融通等，往往决定着文本的命运，使其或被盲视、淘汰，或被遗落于暗角，或被阅读、举荐进而塑造成为经典。

郭沫若早年留学日本，如其所言，"民八以前我的诗，乃至任何文字，除抄示给几位亲密的朋友之外，从来没有发表过的"①。一次偶然机遇，他将自我情绪宣泄的白话自由诗投向国内报刊，时任《时事新报》编辑的宗白华那时特别关心新诗，看到郭诗大为震撼、激赏，迅即刊发。宗白华慧眼识珠，郭、宗趣味相投，很快便书信往来。宗不仅极为赏识郭沫若，郭诗寄到即发，而且他还不忘编辑职责，时常向郭介绍国内文坛最新动向，并根据诗坛形势对郭新诗创作提出建设性意见，有一次就建议郭"做些表示泛神论的思想的诗"②。青年作者与报刊编辑形成亦师亦友的融洽关系，是"五四"新文坛的常态，编辑根据读者需求向青年作者建言谋划，创作出满足读者阅读期待的作品。宗、郭二人的友好关系后来成为文坛佳话，这在他们合出的《三叶集》中亦有所反映。

郭沫若曾坦言那段时间在宗白华的鞭策下渐渐接触到惠特曼的诗，深受惠氏"雄浑的豪放"诗风影响，后来才写出了《凤凰涅槃》那类白话自

---

① 郭沫若：《我的作诗的经过》，《郭沫若全集》第 16 卷，人民文学出版社 1989 年版，第214 页。

② 同上书，第 216 页。

由体豪放诗歌①。"惠特曼的那种把一切的旧套摆脱干净了的诗风和'五四'时代的暴飙突进的精神十分合拍"②，郭沫若通过学习惠特曼而创作的"粗暴的诗"正契合"五四"新进青年的阅读心理，表现了"五四"青年的渴望和精神。郭诗传达出的一触即发式的、民族新生的精神正是民众心中所渴求的。此外，刚从旧诗坛走出来的白话诗，处于草创阶段，雄放的诗歌在国内文坛实乃凤毛麟角。《凤凰涅槃》引起读者的热烈反响，宗白华随即在信中认为郭沫若的诗歌"意境偏于雄放直率方面，宜于做雄浑的大诗"，要"多做像凤歌一类的大诗"③，希冀郭能凭此类诗开风气之先。在宗白华的鼓舞下，又感动于读者的阅读反应，郭沫若此时创作欲十分旺盛，诗情泉涌，《女神》中的大部分诗歌基本都在此时完成。而《时事新报·学灯》也加紧刊登，"民八、民九之交的《学灯》栏，差不多天天都有我的诗"④。自此，郭沫若作为异军突起的新诗人形象在读者心目中逐渐确立。

可见，郭沫若的出场既与时代呼唤相关，也离不开宗白华赏识。在郭诗"创作—发表—接受"这一事件中，作者和编辑互动，即郭诗"表示原始的粗野精神，合乎青年人的脾胃"⑤，受到读者关注，编辑则在新文化建设语境中受市场阅读需求驱动，因势利导，促使诗人创作出更多契合时代主题、满足读者审美期待的诗歌。

一般而言，作品发表后会有一个读者阅读反馈过程，作者亦根据阅读反应不断调整和改进自己的创作。郭沫若走上诗坛的过程可作如是观，其间，宗白华给远在日本的郭沫若充当了连接读者的桥梁。对于一个读者意识强烈的作者而言，相当程度上，读者的评价有意无意间牵引着其创作走向。郭沫若发表的第一首诗是《死的诱惑》，诗歌表达抒情主体心中的自杀冲动及内心彷徨矛盾的情绪，充溢着极具个人化的情绪体验，属于纯粹的个体写作。他最初创作的多属于这类作品，与时代精神、民族国家等宏大

---

① 郭沫若：《我的作诗的经过》，《郭沫若全集》第 16 卷，人民文学出版社 1989 年版，第 216 页。

② 同上。

③ 宗白华：《给郭沫若的信》，田汉等合著《三叶集》，亚东图书馆 1920 年版，第 27 页。

④ 郭沫若：《我的作诗的经过》，《郭沫若全集》第 16 卷，人民文学出版社 1989 年版，第 215 页。

⑤ 苏雪林：《新文学研究》，国立武汉大学印（武汉大学图书馆存本），第 56 页。

主题无关，完全是蛰伏于时代边缘、角落的无望的青年真实心境的写照。后来，在宗白华的鼓舞、引领下，尤其是经闻一多的阐释、肯定①，郭沫若开始意识到那时广大新诗读者的阅读期待，认识到"五四"青年们需要的是雄浑高亢充满力量的诗篇。于是，他自觉不自觉地聆听时代呼唤和个性解放的声音，改变原来完全建立在自我体验基础上的创作趋向，开始书写雄浑豪放的大诗（尽管后来也创作个人化体验的诗歌，但毕竟不是他诗作的主流）。总体而言，"五四"时期读者的阅读阐释，"使他不断地由个体存在之思转向对外在的时代主题的思索与书写，自觉地融入到时代的洪流之中"②，因而，他的新诗呈现出鲜明的描写民族觉醒和时代洪流的浪漫雄浑的特点。他此时对读者和时代的主动反应，所作的相应调整，为他后来转向革命文学埋下了伏笔，也为他后来丰富多彩的人生开启了大幕。

对郭沫若新诗产生广告宣传效应的还有《三叶集》，这是一本郭沫若、田汉、宗白华三人的通信结集。《三叶集》提高了郭沫若的知名度，从侧面传播了郭沫若的新诗，为《女神》的真正出场、走向广大读者推波助澜。三人的通信里有许多对郭沫若新诗的讨论，宗、田二人给予其新诗高度赞誉，其中亦不乏对郭沫若创作的建议。作为现代文坛上第一本反映文学家之间真实交往的通信集，《三叶集》出版后便受到青年读者的热捧，"销售得很快，几次重印"③，一版再版。当时，多数青年读者是看完《三叶集》后才接触到郭沫若的诗作，冯至说《三叶集》对他"起了诗的启蒙"作用④，谢康说："《三叶集》是《女神》的 Introduction！"⑤ 值得一提的是，新诗从最初发表到《三叶集》出版这一阶段，郭沫若身处日本，与国内青年读者并无直接往来，但在当时传播机制的作用下，郭沫若已然成为当时青年读者心中的偶像诗人，为其归国后成为新诗领军人物奠定了读者基础。

---

① 闻一多：《〈女神〉之时代精神》，1923 年 6 月 3 日《创造周报》第 4 号。

② 方长安：《还原郭沫若诗创作的本真起点》，《福建论坛》2008 年第 1 期。

③ 宗白华：《秋日谈往——回忆同郭沫若、田汉青年时期的友谊》，《宗白华全集》第 1 卷，安徽教育出版社 2008 年版，第 301 页。

④ 冯至：《我读〈女神〉的时候》，《冯至全集》第 6 卷，河北教育出版社 1999 年版，第 339—340 页。

⑤ 谢康：《读了〈女神〉以后》，1922 年 8 月 25 日《创造季刊》第 1 卷第 2 期，第 17 页。

（二）

郭沫若既得到文坛新势力的赏识、支持，但同时又遭到白话诗坛一些人的非议、指责。

《女神》1921 年结集出版，郭沫若在文坛影响进一步扩大，一部分文学同人开始关注和青睐郭氏，写专文评价其诗，发掘其时代意义与诗学价值。最早的当属郑伯奇，《女神》出版第二天，郑伯奇便撰长文高度评价《女神》的思想意义，认为从中可以看出"这两三年中国思想界波动的情形"①，他还从作者个性、泛神论思想以及艺术形式创新等方面肯定《女神》。此后，一批文人参与到对郭沫若诗歌的讨论中来，如闻一多、沈从文、郁达夫等，关于郭沫若的批评话语空间逐渐形成，这是一个新诗歌探讨空间，也是一个新文化表达场域，他开始被视作新诗人不断被言说，其中亦有评论者意识到《女神》的独创性价值，将其指认为新诗坛开山之作。

郁达夫和闻一多站在中国新诗发展的高度，评价郭沫若诗歌。郁达夫认为，"完全脱离旧诗的羁绊自《女神》始"②，在新旧诗歌演变史上评说《女神》，彰显其历史地位；"生平服膺《女神》几于五体投地"③ 的闻一多也强调了这一观点，他的《〈女神〉之时代精神》开篇就将郭沫若诗歌看作中国新诗的起点："若讲新诗，郭沫若君的诗才配称新呢！"④ 他也察觉到《女神》中所反映的时代精神："不独艺术上他的作品与旧诗词相去最远，最要紧的是他的精神完全是时代的精神——二十世纪底时代的精神。"⑤ 郁、闻两人将郭诗放在新诗发展进程中考察，放在中国文化、诗歌转型的大变局中审视，他们评论的基本逻辑是：民族情感迸发、热情洋溢的"五四"时代需要一种"动的、反抗的精神"，而恰好这种精神在《女神》中有强烈的表现，《女神》与时代主题完美融合；新诗需要与旧诗词划清界限，《女神》恰好在审美规范上彻底解放了，没有了传统诗词的痕迹。从民

---

① 郑伯奇：《批评郭沫若的处女诗集〈女神〉》，《时事新报·学灯》，1921 年 8 月 21—23 日。

② 郁达夫：《〈女神〉之生日》，《时事新报·学灯》，1922 年 8 月 2 日。

③ 闻一多：《致梁实秋·附信》，《闻一多全集》第 12 卷，湖北人民出版社 1993 年版，第 41 页。

④ 闻一多：《〈女神〉之时代精神》，《创造周报》第 4 号，1923 年 6 月 3 日。

⑤ 同上。

族和时代立场上看，从新诗探索实验看，《女神》与"五四"高度契合，所以闻一多称誉《女神》为"时代的一个肖子"。闻、郁诸人不仅揭示出《女神》崭新的文化、诗歌价值与意义，也让时人感受到《女神》照亮传统文化、诗歌的力量，照亮胡适所开创的白话新诗坛的光耀。

　　此后，对诗人及其创作的批评接受也在不同层面展开，郭沫若的诗人地位和诗歌成就进一步得到确认。阿英认为，《女神》表现出一种"勇猛的、反抗的、狂暴的精神"，这令其当选为"中国新诗坛上最先的一部诗集"①，肯定郭是中国新诗坛上最有成绩的一个诗人；他也觉察到诗人诗风的转变，归纳出他创作的转变历程，认为1924年后郭之思想开始离开个人转向集体，诗风也随之一变。蒲风、洪为法、穆木天都撰文谈论郭诗，从"五四"时代立场给郭沫若以定位。蒲风认为，"郭沫若是新诗坛上第一个成功的人"②；穆木天直接将郭定位为"五四"时代"黎明的喇叭手"，"他是代表着从'五四'的新生期到'五四'的没落期，以至转变到'五卅'的过渡期中国革命的小布尔乔亚的心理意识的国民诗人"③。郭沫若新诗创新性的艺术形式也被时人发现，焦尹孚就认为郭诗"不失外形与内美，音节之谐和，词语之审择，自成一种风格"④；也有人认为，在诗坛风行写实主义时，郭诗传达出了"浪漫的精神，求新的精神"⑤。此时，也偶有人喊出郭沫若乃新诗坛第一人的声音，但仅限于文学友人之间，并未得到大多数读者的认可。但无论如何，郭沫若新诗创新性的品质已经被许多读者注意到。

　　到了1920年代初中期，以白话为诗逐渐成为一种新文化时尚，新诗无论内容还是形式进步巨大。不过，早期的新旧诗歌斗争也遗留下矫枉过正的弊病，白话诗坛出现了非诗化风气，写作过分自由和口语化，过分注重白话文的工具特质，而忽略了诗情和诗意；另外，一些早期白话诗人却自觉不自觉地把持着诗坛话语权，对新兴势力缺乏足够的包容性，新诗发展

---

① 阿英：《诗人郭沫若》，李霖编《郭沫若评传》，上海开明书店1936年版，第13—14页。
② 蒲风：《论郭沫若的诗》，《中国诗坛》1937年11月，第1卷第4期。
③ 穆木天：《郭沫若的诗歌》，《文学》1937年11月，第8卷第1期。
④ 焦尹孚：《读〈星空〉后片段的回想》，李霖编《郭沫若评传》，上海开明书店1936年版，第89页。
⑤ 朱湘：《郭君沫若的诗》，《中书集》，上海生活书店1934年版，第370—371页。

有点青黄不接，陷入尴尬境地。郭沫若以《女神》异军突起，给诗坛带来一股清新之风，令人瞩目，这无疑一定程度地威胁着早期白话诗人们的既有地位。出于诗学或宗派等原因，一部分早期白话诗人对郭沫若的崛起不以为然，甚至质疑和指责。

　　早在 1921 年，就有人意识到郭的"蓄势待发"给新诗坛造成的冲击，十分警觉。刘半农曾写信力劝白话诗"老大哥"胡适要"努力做诗"，否则会"把白话诗台的第一把交椅让给别人"①，白话诗坛只会"听着《凤凰涅槃》的郭沫若辈闹得稀糟百烂"②。由此可见刘半农对郭沫若新诗颇有微词。胡适的反应是郭沫若仅有天赋才气而已："诗颇有才气，但思想不大清楚，工力也不好。"③ 鲁迅此时也瞧不起郭沫若，他在给周作人的信中谈道"我近来大看不起沫若田汉之流"④。可以看出，郭沫若并未得到当时白话诗坛一些元老的认同和肯定。

　　相比这一批掌握诗坛话语权的早期白话诗人，文坛新兴势力对郭沫若采取了较为宽容和赞许的态度。1922 年，好友郁达夫发起庆祝《女神》出版一周年纪念会，创造社同人和文学研究会的郑振铎、沈雁冰、谢六逸、卢隐均有参加。⑤ 会议规模虽不大，仅在文学友人间举行，但意义重大。与会的同人囊括了当时两大年轻文学社团——创造社和文学研究会的主力干将，此举意味着归国不久的郭沫若已基本获得文坛新一代势力的认可。这无疑给郭沫若莫大的鼓舞，推动他继续诗歌创作探索。

　　值得注意的是，进入 1930 年代，作为新旧文学斗争取得的重要成果，新诗被文人们迫不及待地编入大学读本，进行讲授。鉴于在诗坛上的轰动性影响和新诗发展史上的价值，郭沫若的新诗成为新文学教师授课过程中无法绕过的一节。废名在 1930 年代的北大课堂上就敏锐地指出，郭诗的进

---

　　①　刘半农：《致胡适信》（1921 年 9 月 15 日），《胡适来往书信选》，中华书局 1979 年版，第 132 页。

　　②　同上。

　　③　胡适：《胡适日记全编（1919—1922）》（1921 年 8 月 9 日），安徽教育出版社 2001 年版，第 425 页。

　　④　鲁迅：《致周作人信》（1921 年 8 月 29 日），《鲁迅全集》第 11 卷，人民文学出版社 2005 年版，第 413 页。

　　⑤　郭沫若：《创造十年》，《郭沫若全集》文学卷 12，人民文学出版社 1992 年版，第 142 页。

步在于"已经离开了新旧诗斗争的阶级"，其自由体的诗歌形式主要得益于"诗情的泛滥"①。朱自清在讲授新文学史时，专列一小节论郭诗，将《女神》与胡适的《尝试集》、俞平伯的《冬夜》、康白情的《草儿》并列，可见《女神》在他心中的分量之重。② 当然，大学里也不乏尖锐的批评，苏雪林曾在武汉大学课堂上讲授新文学，称郭沫若仅是文学界的一个幸运儿，是位"诗界明星"，言语中不乏讥讽之意。她直言不讳地指出郭诗"作品艺术不甚讲究"③，存在布局、造句等诸多缺点。评论虽严苛，但字字珠玑，点明其新诗病理。另外，1929 年，草川未雨在《中国新诗坛的昨日今日和明日》中表明自己一向讨厌《女神》，在他看来，诗中所表现的所谓的浪漫精神完全是失败的，其原因"第一是用了抽象的写法，第二是艺术的不经济"，认为《凤凰涅槃》写得抽象、概念化，表现出的是"概念的世界""哲学的世界"，"决不是诗的世界"④。比起文坛师友对郭诗的评论，这些人较为挑剔、严苛。他们不单从诗作主题上去解读，更注重以诗性标准评说，对于刚从白话诗坛成长起来的新诗人郭沫若来说，难免显得有点苛责，但对引导当时读者以较为客观的态度在审美层面阅读郭诗还是有价值与意义的。

还有一些评论值得注意。朱自清在《中国新文学大系·诗集·导言》中高度肯定郭沫若，认为郭诗里出现两样中国原来文化、诗歌中没有的新东西——"泛神论，与二十世纪的动的和反抗的精神"⑤，这即是对闻一多关于《女神》"时代精神"观点的承续，并明确提出郭沫若艺术上的创新性——浪漫主义与感伤主义。在《中国新文学大系·诗集》中，朱自清选录郭沫若诗作 25 首，在众诗家中名列第一，这既是朱自清自己的态度，同时又体现了时人的看法，至此郭沫若新诗获得了更为权威的认可，其传播路径更为畅通。

---

① 废名：《谈新诗》，人民文学出版社 1984 年版，第 148 页。
② 朱自清于 1929 年起开始在清华大学讲授"中国新文学研究"课程，曾列出讲义——《中国新文学研究纲要》，内容分总论、各论两部分，共计八章。郭沫若列入第四章"诗"之下。此讲义后经过赵园整理发表在《文艺论丛》第 14 辑，上海文艺出版社 1982 年版。
③ 苏雪林：《新文学研究》，国立武汉大学印（武汉大学图书馆存本），第 58 页。
④ 草川未雨：《中国新诗坛的昨日今日和明日》，海音书局 1929 年版，第 63 页。
⑤ 朱自清：《中国新文学大系·诗集·导言》，上海良友图书印刷公司 1935 年版，第 5 页。

总体而言，这一时期对郭沫若的肯定褒扬之声，远多于贬斥之音。从闻一多到朱自清，绝大多数读者均意识到郭沫若诗歌出现了一些新的质素，提升了新诗的艺术水平。郭沫若诗歌的价值和贡献被发掘和阐释，其新诗人形象凸显，有人甚至将其指认为新诗坛第一人。

（三）

文学作品的价值可以通过大众读者的阅读得以体现，郭沫若当时影响广泛，其诗作受到大众读者①欢迎，出现一种追捧、崇拜化的阅读现象。

新文化运动以来，随着书报刊物的广泛流通，新文学作品也得以进入大众读者的阅读视野，郭沫若在青年读者中影响广泛，其诗人形象逐渐深入人心。首先是其诗作在青年学生中广泛流传，受到好评。"郭沫若，这是一个熟人，仿佛差不多所有年青中学生大学生皆不缺少认识的机会。"② 相比"五四"时期其他的诗集，郭沫若的《女神》留给文学青年的印象更深，影响力更持久，有读者在看了胡适的诗后觉得"好像是顶坏的旧诗"，读了郭氏的诗后"才承认新诗的发展是应当从《女神》出发的"③。当时有人在中学生中做过调查，结果是"中国的文学家当中最佩服的就是沫若"④。其次，郭沫若的诗歌也激发出文学青年的写诗热情，《女神》的出版在他们面前"展开了一个辽阔而丰富的新的世界"⑤，使他们逐渐意识到诗的好坏之别，对于新诗"有了欣赏和批判的能力"⑥，"给中国新诗奠定了基础"⑦ 的《女神》也逐渐成为青年写诗的典范。再者，随着出版商及相关文化活动的宣传推动，郭沫若在广大青年读者中的影响不断扩大，作品多次再版，乃至有人批评当时青年对郭沫若的盲目追捧："郭沫若这名字

---

①　这里的大众读者是指专业读者之外的一般读者。

②　沈从文：《论郭沫若》，李霖编《郭沫若评传》，现代书局 1932 年版，第 45 页。

③　施蛰存：《我的创作生活之历程》，《施蛰存散文选集》，百花文艺出版社 2009 年版，第114—115 页。

④　美蒂在访问郭沫若时曾说过，他在北平教课时给中学生测验，都是回答中国的文学家当中最佩服的是郭沫若，而《文艺新闻》和《读书月刊》调查读者的记录也是如此。见美蒂《郭沫若印象记》，黄人影编《文坛印象记》，上海乐华图书公司 1932 年出版，第 41 页。

⑤　冯至：《我读〈女神〉的时候》，《冯至全集》第 6 卷，河北教育出版社 1999 年版，第 340页。

⑥　同上书，第 342 页。

⑦　同上书，第 343 页。

自'五四'后一二年一直到于今，还是热辣辣地挂在青年的口边。"①　其创作"独具性灵，独标风格，一经出版，有销至万本以上"②，连带相关评论亦十分好卖，洪钧批评"有投机的出版界和聪明的编者"竞相出版郭氏评论以谋取商业利益，而《郭沫若论》"竟销到二千本以上"③，关于郭沫若的评传书籍亦十分畅销，青年争相抢购，郭沫若成了"在文艺界这样有面子的人"④。他作为"中国唯一天才作家"的形象在许多青年读者心中的确立，"其对于青年影响，可谓极大"⑤。

显然，无论是专业批评家，还是大众读者，对郭沫若及其《女神》的经典化都出过力。专业读者的评价营造了良好的舆论环境，他们共同找到了《女神》荣升为"经典"的立足点——具有其他新诗集所不足的真正自由的诗歌形式与现代精神；而一般大众读者的崇拜式阅读，表明郭沫若在青年学子中的巨大感召力，既包括文学修养上的，亦有人格上的，使郭沫若诗歌真正参与了中国新文化建设，培育了新的诗歌阅读时尚和审美趣味，它们也由此逐渐成为读者心中白话自由体新诗的样本、名篇。

1920年代末至1930年代初，中国一批学者开始着手中国新文学史的编写工作，郭沫若凭借其诗歌成就进入文学史叙述。这一时期新文学史著述刚开始起步，主要以线性的文学史逻辑述史，着重梳理新旧文学斗争过程、新诗发展脉络。相比一般性的专文评论，文学史著的影响力更为持久，更具权威性。在这一时期的文学史著中，郭沫若多被排列在"西洋体"诗人类别里加以叙述，其独特性和在新诗史上的"经典"地位还未被确认。如陈炳堃的《最近三十年中国文学史》（武汉大学图书馆存本）、赵景深的《中国文学小史》（光华书局1929年版）、陈子展的《最近三十年中国文学史》（太平洋书店1930年版）、霍衣仙的《最近二十年中国文学史纲》（北新书局1936年版）等，梳理了新诗发展演变史，将诗歌分为四个变迁时

---

①　苏雪林：《新文学研究讲义》，国立武汉大学1934年印（武汉大学图书馆存本），第55页。

②　洪钧：《郭沫若论与郭沫若评传》，谭天编《现代书报批判集》第一辑，书报合作社1933年版，第65页。

③　同上书，第66页。

④　同上书，第65页。

⑤　同上书，第68页。

期，而郭沫若与徐志摩并列属于西洋体诗人。① 他们看到郭沫若诗歌中情绪
热烈、想象丰富、反抗精神等他人少有之特点，同时也认为郭诗在造句、
布局上存在缺陷。亦有史家虽然认为郭沫若与徐志摩同处于新诗发展第二
时期，但郭沫若地位不及徐志摩，"第二时期诗坛的盟主，要推徐志摩"。②
值得一提的是，当时也有人对中国现代作家排座次，陈源在《新文学运动
以来的十部著作》中，将郭沫若的《女神》与《志摩的诗》并推为新诗代
表作，认为郭沫若有的是"雄大的气魄"③，在初创期，挣脱了旧式辞章的
束缚，创作出真正的新诗。那时也有人开始用社会学观点阐释郭沫若的诗
歌，如陆永恒的《中国新文学概论》将郭沫若的创作放在社会文化演进中
考察，认为在"民国十一至十四年"，"第一部有价值的要算《女神》
了"④。然而，总体来看，在1920—1930年代，郭沫若的地位并未能在文学
史著中真正凸显，他主要是作为新诗开创期的一位诗人被阐述的。

（四）

　　这一时期，郭沫若及其诗歌被广大读者追捧，但与此同时文学史叙述
却相当谨慎，多数著作里有褒有贬，有的甚至一笔带过。就是说大众读者
和文学史家对郭沫若的评价和形象描述并不完全一致。

　　郭沫若的诗歌契合了时代精神和青年读者阅读期待心理。20世纪初，
文坛急于冲破旧体诗文禁锢，胡适、刘半农、沈尹默、康白情、周作人等
人的白话诗应运而生，这批早期白话诗在语言工具的革新上贡献突出，以
破旧立新的姿态挺立诗坛。但伴随现代主体意识的强化，伴随新诗自身建
设的自觉，早期白话诗的局限性日益显现；郭沫若后来居上，主张诗的本
职专在抒情，强调自我表现，其诗中强烈的自我意识满足了"五四"前后
青年的心理期待，与读者心理一拍即合，引起强烈共鸣。这一时期，郭沫
若一直活跃在创作一线，从《三叶集》到《女神》《星空》《瓶》等，在这

---

① 陈炳堃：《最近三十年中国文学史》（武汉大学图书馆存本），上海书店出版社1930年版，
第263页；赵景深：《中国文学小史》，上海光华书局1929年版，第208—209页；霍衣仙：《最近
二十年中国文学史纲》，广州北新书局1936年版，第61—77页。
　　② 李一鸣：《中国新文学史讲话》，上海世界书局1947年版，第62页。
　　③ 陈源：《新文学运动以来的十部著作》（下），《西滢闲话》，上海书店出版社1982年影印
本，第341页。
　　④ 陆永恒：《中国新文学概论》，克文印务局1932年版，第51页。

些书信及诗歌中传达出郭沫若的"卢梭式的忏悔"精神。这种对自我人格的解剖可使青年们全方位了解诗人，看到郭之真诚人格。青年读者们感同身受，读者与诗人间的距离一旦拉近，对其诗作的体会则更加深入和真切，不少人甚至以郭为偶像，创作上追捧、模仿，人生道路上以之为师，于是在他们心中郭沫若及其新诗地位便越来越高。

在新旧文学交替节点上，郭沫若的新诗推陈出新，以大胆的实验适时推动诗学变革，符合白话新诗自身发展的需要，满足了读者的审美期待。固然，其彻底解放的白话自由体新诗对老一代白话诗人（胡适、沈尹默等）诗坛地位形成威胁，使他们不悦，但对呼吁诗体新变的读者而言，则是一件可喜的事。不少人便通过批评言说郭诗以促进新诗之进步，而同时郭沫若也自觉不自觉地受到评论者意见的左右、牵引，写出满足读者期待、符合时代潮流的新诗，这是读者与诗人互动的结果。总体看来，在"五四"社会政治气候下，诗评者对郭诗的解读和阐释是有选择的，并不全面。他们各取所需，大多选择满足时代需要的那些作品进行解读，对诗歌的解读也基本集中在主题思想层面，反映"五四"时代精神的特质被凸显、强调和放大，那些消极、被动、不适合时代主潮的部分则被有意无意地盲视，郭沫若被阐释成为一位具有时代气象的新诗人。

郭沫若虽在"五四"文坛声名鹊起，但在文学史家眼中，却并没有那么高大，未能被指认为"经典"诗人。经典作品需要有持久性，一部经典作品的价值必须经历时间的淘洗才能彰显，文学史著则充当了汰选的重要媒介。相比一般读者感性反应和诗评，文学史著有其稳定性和长久性，在行文立意上更为审慎、客观和冷静。截至1930年代后期，新诗仅有20来年的历史，而这个纷繁芜杂的新生诗坛，虽已有"诗人百来个，诗集七八十部"，但那些诗集大都只是实验性新诗的结集，还不成熟。早期新诗人的工具意识强烈，即他们写诗的主要目的在于使白话文成为名正言顺的诗歌书写工具，工具意识和文学革命观念贯穿诗歌实验始终，新诗写作不纯粹，优秀的作品并不多。郭沫若的诗歌形式上完全解放了，但诗性并不足。当时站在文学发展史角度审视、叙述新诗者，一方面看到了郭沫若新诗诗性的不足问题，不愿给予他很高的评价，也是有道理的；另一方面，这些人面对新诗坛纷繁复杂的现象，着眼点是新旧诗歌的分野和斗争问题，他们意在从复杂现象中清理出一条新诗发展脉络来，却并无意做诗歌高低等级的评价，诚如蔡振华在《中国文艺思潮》中指出的那样"《女神》、《星空》、《前茅》、《志摩的诗》、《翡冷翠的一夜》诸作之优劣高下，在现在当难论定"①。就是说史家之重点并不在于以排名方式对这些诗歌进行好坏优劣之分别，而是注重厘清新旧文学的分野，因而，这一时期大部分文学史著注重从时间维度叙述新诗历史，在肯定新诗工具意义上的成功同时，又觉得郭沫若诗歌形式过于泛滥，过于散文化，诗性不足，不愿过高评价他，所以都特别推崇《尝试集》的尝试开端意义，视其为中国新诗的起点，加以肯定。即使少数人在给新诗人排序，呼吁将郭沫若指认为新诗坛第一诗人，但这类声音极其微弱。文学史叙述与一般大众读者的反应出现错位现象，郭沫若在史的意义上正式坐上新诗坛第一把交椅，那是 1940 年代的事。

二　诗坛第一人的确立与强化

1940 年代，文学为外在目的服务成为主流趋势，文学创作与时代主题紧密相连，与此同时，文学阅读接受的时代意味更浓，对郭沫若及其诗作的言说也不再主要限于文学范围内的讨论，而是具有了相当浓厚的政治文化意味。1940 年代，他获得了新诗坛第一诗人的位置，被认为是"中国无产阶级的最初的号手"②。

（一）

1941 年 11 月，郭沫若 50 岁生日，文化界、文学界、新闻界等共同举办了一场声势浩大的郭沫若创作二十五周年纪念活动，重庆、桂林、延安、香港等地不少进步人士发起、参与了此次活动。周扬、茅盾、老舍等亲自为郭撰文庆寿。生日当天，《新华日报》特刊两版庆寿专文。周恩来带头撰文评价郭沫若及其文学成就。这一系列活动将郭之文化地位推至巅峰，郭沫若作为文化旗手的地位基本得以确立。其中，周恩来和周扬都对郭沫若诗人身份作了至高评价，定下了这一时期评说的基调。

---

① 蔡振华：《中国文艺思潮》，上海世界书局 1935 年版，第 107 页。
② 周扬：《郭沫若和他的〈女神〉》，延安《解放日报》1941 年 11 月 16 日第 4 版。

　　周恩来评价郭沫若拥有"革命的诗人"和"革命的战士"① 双重身份。认为郭沫若可与鲁迅相提并论,鲁迅是导师和先锋,郭沫若则是主将和向导。在鲁迅去世后,他希望郭沫若能引导大家前进。作为中共中央的主要领导人,周恩来的这一观点无疑表达了共产党对郭沫若的肯定和期盼;紧随其后,周扬表明态度:郭沫若"是伟大的'五四'启蒙时代的诗歌方面的代表者,新中国的预言诗人。他的《女神》称得起第一部伟大新诗集","他的诗比谁都出色地表现了'五四'精神,那常用'暴躁凌厉之气'来概说的'五四'战斗的精神"。② 他分析郭诗文本,认为郭诗"在内容上,表现自我,张扬个性,完成所谓'人的自觉',在形式上,摆脱旧时格律的镣铐而趋向自由诗",同时也赞扬了郭沫若向无产阶级号手的转变。周扬给予郭沫若更高的地位——"中国新文学史上是第一个可以称得起伟大的诗人",③ 并以之为立足点,对郭诗进行历史分析。这一评价被后来的左翼批评界反复引用,郭沫若一跃而成为新诗坛第一人。

　　如果说周恩来更多的是从社会政治活动的角度进行评价,周扬则从诗歌具体文本切入,两人互为补充,相互佐证,共同指认郭沫若乃"新文化运动旗手"和"中国新诗史上第一位伟大诗人"。同时,由于郭沫若身份的转变,这一时期对郭沫若的评价也不再局限于诗歌,而是将其作为一个诗人、剧作家、社会活动家进行阐述,有时社会活动家身份甚至遮掩了其诗人的光芒。如艾云从郭沫若的创作、研究、翻译和社会活动等方面,充分论证郭沫若的革命性;④ 绿川英子赞同郭沫若是"民族革命诗人的先驱"⑤;茅盾、云彬则分析郭沫若在诗歌创作之后投身革命实践的转变过程,认为"他所走过的路,正代表了近二十五年中国前进的知识分子所度过的'向真理'的'天路历程'"⑥。文学与政治的关系,在中国从来就是紧密缠绕在一起,这是无法回避的现象,晚清时期,梁启超将这种关系想象、表述得

---

　　① 周恩来:《我要说的话》,延安《新华日报》1941 年 11 月 16 日。

　　② 周扬:《郭沫若和他的〈女神〉》,延安《解放日报》1941 年 11 月 16 日第 4 版。

　　③ 同上。

　　④ 艾云:《郭沫若先生的革命性》,延安《新华日报》1941 年 11 月 15 日第 2 版。

　　⑤ 绿川英子:《一个暴风雨时代的诗人——为郭沫若先生创作活动二十五周年》,延安《新华日报》1941 年 11 月 16 日。

　　⑥ 茅盾:《为祖国珍重——祝郭沫若先生五十生辰》,香港《华商报》1941 年 11 月 16 日。

更直接、具体，赋予文学更宏大的使命。1940 年代，对于郭沫若及其诗歌的评价，无疑与政治主题联系在一起，或者说政治话语参与了对郭沫若的评说。但需要警惕的是，不能把这种关系作庸俗化解读，那时政治话语对郭沫若的发现，与郭沫若"五四"时期关于新中国的想象诗篇分不开，与他后来的革命诗歌分不开，与他投身于民族革命的人生分不开。中国的文人从来就受历史语境的感召，以热血铸就诗篇，以诗身投入历史洪流，那时对郭沫若的发现与评说无疑与其诗和人生分不开，或者说他的诗歌人生为革命话语、文学话语提供了表达的语料和空间。

（二）

1940 年代，郭沫若的政治、文化地位非常高，是一位举足轻重的人物，那么，在诗歌的层面上，他在普通阅读群体那里的接受度又怎样呢？总体而言，对郭沫若的诗作，普通读者似乎并没有如政治、文化高层人士那样大加赞赏，郭沫若诗歌的普通读者范围在缩小。

抗战之后，郭沫若主要投身于实际的革命活动，创作时间消减，主要精力、心力不在写作上，因此他无法写出像《女神》那样想象丰富、自由浪漫、狂飙突进的作品。当时就有读者抱怨："沫若先生对于政治上的成就，比对于文学上的成就更为看重一些"，"希望沫若先生对他自己的文学的成就，或者还需要再加以重视"① 就是希望郭沫若将更多的精力放在文学写作上，放在新诗艺术探索上。然而，国之将亡，何来文学？当时大部分从事抗战活动的文学界同人都深有此感，因此，他们以更为昂扬激进的精神投身于民族解放事业，为抗战牺牲文艺成为一种普遍现象。文坛上，一方面，左翼作家、理论家占据着领导地位，现实主义诗学实践逐渐占据上风；另一方面，现代主义诗人仍坚持致力于诗歌自身建设，诗坛处在不均衡的两极创作状态。这一时期，郭沫若的兴趣和精力不在诗歌写作上，加之多年来诗艺探索也基本处于停顿状态，所以这一时期的作品不仅没有《女神》那种面向宇宙放号、呼天抢地、叩问自我、张扬个性的狂飙突进气象，而且未能达到同时代优秀诗歌的高度。有读者就说《女神》一类的激昂的浪漫主义诗歌，"尤其是过去创造社时代的他的文学作品，现在竟似乎

---

① 欧阳凡海：《我们应该研究郭沫若先生的作品》，延安《新华日报》1941 年 11 月 16 日第 4 版。

在市场上也不大找得到了"。① 没有能够创作出优秀的新诗，是郭沫若读者群缩小的主要原因。不仅如此，时代主题变了，《女神》曾经的读者也发生了转向，过去那些爱好《女神》的读者要么投身于实际的抗战，要么为家事所困，要么随年龄增长心境不再浪漫了，他们对《女神》不再如以前那样陶醉、共鸣，《女神》不再成为读书界的焦点，不再是言说的中心，这也是郭沫若的读者群缩小的原因。

郭沫若在普通读者那里接受度缩小了，为何又被确立为新诗的第一诗人呢？这是一个有意思而又不太复杂的问题，具体原因主要有二：

其一，政治文化身份所致。"五四"以来，他先以纯粹的诗人身份在诗界崭露头角，随后开始涉猎小说、戏剧、学术研究等，并投身于社会活动，身份渐趋多样化。后来，他被推举为抗战文化战线的重要领导人。国难当头，民族矛盾成为主要矛盾，抗战成为最大的政治。他拥有诗人、历史学家、学者、抗战领导人等多重身份。此时，文艺创作、文学评论整体转向了，文学为抗战政治服务成为风尚，人们因其重要的社会政治、文化身份自然更加高看其文学地位，言说其新诗时往往只发掘其与抗战主题相契合的内容，阐发其社会文化价值，只论优点不谈缺点，出现了一边倒的全盘肯定的现象，换言之，他此时的诗人身份（虽然不纯粹）因政治语境作用而更加耀眼了。

其二，那场庆寿活动正式确立了郭沫若伟大诗人的地位。这是政治与诗学成功合作的案例。自此，郭沫若的文化、文学身份具有了毋庸置疑的可靠性和稳固性。在"五四"文坛初期，郭沫若凭借着《女神》而拥有一大批青年读者，这批青年读者后来大多成为抗战运动的骨干，他们团结在郭沫若周围。强大的号召力和影响力成就了郭沫若在抗战文化战线上举足轻重的地位，成为国共两党都想争取的对象，这在鲁迅逝世后，表现得更为突出。早在1938年，中共中央已作决定："以郭沫若同志为鲁迅的继承者，中国革命文化界的领袖……奠定郭沫若同志的文化界领袖的地位。"② 郭沫若50岁寿辰正是良好契机，庆寿活动具有了政治文化性，进一步树立郭在文坛的中心地位。这次庆祝活动的目的十分明确："发动一切进步民主

---

① 欧阳凡海：《我们应该研究郭沫若先生的作品》，延安《新华日报》1941年11月16日第4版。
② 吴奚如：《郭沫若同志和党的关系》，《新文学史料》1980年第2期。

力量来冲破敌人政治上、文化上的法西斯统治则是这次活动主要目的之一。"① 既是文化行为，亦是政治斗争，在双重目的下，"二周"对郭沫若的高度赞誉主导着党内人士对郭的评价。各家纷纷跟进推举郭沫若为我国现代诗坛第一人，是伟大的文化旗手。这场庆寿活动精心策划，苦心经营，其成果相当可观。如果说在庆寿活动之前郭沫若的影响主要还局限于文学界的话，在此之后其声望已扩展到政界，其言说者也不再仅限于文学圈内，对郭沫若的评说已然转变成为一场政治活动。出于抗战需要，在政治话语主导下，拥有显赫身份地位的郭沫若的文学地位也随之提升，被解读成为中国新诗坛第一人，便势所必然。

诗与政治的关系以一种特别的形式相统一，诗因政治提升了自己的地位。白话自由体新诗虽然"五四"后就成为诗坛主流，似乎已经获得了存在的合法性，人们关注的问题不再是该不该写白话自由新诗，而是如何写的问题；然而，由于如何写的问题并没有得到很好的解决，众说纷纭，但少有作品因为诗性魅力而获得普遍认可，就是说令读者满意的白话自由体新诗作品少之又少，以至于其存在的合法性问题并没有真正解决，广大的普通读者因无法从新诗阅读中获得足够的审美愉悦，尤其是大量的不具有诗性的作品充斥诗坛，引起读者的不满，白话新诗的合法性问题在普通读者那里仍然存在着。然而，一个有意思的现象是，中国当时现实处境与诉求，决定了政治意识形态话语必须具有且实际上也拥有特别高的地位，左右着诗学话语的建构，它在从新诗那里获得支持的同时，也赋予了新诗人及其诗歌必要的地位，虽然这种赋予是有选择性的，但在客观上却使白话自由体新诗在那时获得了不可争辩的存在合法性。这种合法性的确立，因为是政治"庇佑"的结果，所以诗学问题并没有真正解决，以至于时至今日还有人质疑其合法性。这是新诗创作史、接受史上耐人寻味的现象。

三　革命化解读

新中国成立后，郭沫若仍然写诗，但其心力主要不在诗上，社会主义文化、文学领导人是其基本身份。社会主义文学建设必须总结"五四"以

---

① 翁植耘：《回忆郭老五十诞辰庆祝活动》，《社会科学》1982 年第 11 期。

来新文学经验，重新叙述、定位"五四"文学革命及其后来的革命文学等，因而重新解读郭沫若民国时期的诗歌成为这一时期文学阅读领域一个重要现象。一切历史都是当代史，总体来说，这一时期，郭沫若是在社会主义语境里革命性阅读秩序中被言说、阐释的，其重要诗人的地位得到进一步确证和强化。

（一）

大体而言，这一时期主要是在两大革命性逻辑中解读、强化其第一诗人形象。

其一，通过挖掘郭沫若世界观的转变来确证其无产阶级文化旗手的地位。1920 年代初到 1930 年代中期，从早期诗集《女神》到后期的《恢复》《前茅》等，郭沫若思想、诗风发生重大转变，这种转变似乎恰好符合毛泽东新民主主义论的基本逻辑。《新民主主义论》认为：中国革命经过了由旧民主主义革命向新民主主义革命转变的过程，而革命者也同时历经不成熟到成熟的成长历程。因而，阐释者借用这一逻辑来解释郭诗创作的变化，从政治思想维度确保郭沫若新诗坛第一诗人的位置。

臧克家的《反抗的、自由的、创造的〈女神〉》是新中国成立后关于郭沫若的批评体系中影响较深的文论。文中论述了"《女神》是'五四'以后影响最大的一本新诗集"，"是'五四'时代精神一支有力的号筒"①，而其中反映的"反抗、自由、创造的精神"是一种"革命的乐观主义精神"和"爱国主义精神"，将其"五四"诗作纳入爱国主义、乐观主义范畴进行解读，赋予"反抗""自由""创造"以新意，发掘它们在新的历史语境中传播的合理性和可能具有的价值。他认为，从《女神》到后来的《前茅》《恢复》等诗集，显示了郭沫若明确的思想转变历程。郭沫若在以前是新民主主义者，之后转变成为一位实践中的马克思主义者。这种转变也与《新民主主义论》所论述的转变相契合，借用这一政治纲领为郭沫若的思想、创作的转变找到了合法的立足点，也保证了他在新时代无产阶级战线上的文化旗手地位。

此后的文章在论述郭沫若诗歌创作历程时基本上都延续了这一话语逻

---

① 臧克家：《反抗的、自由的、创造的〈女神〉》，《文艺报》1953 年第 23 号。

辑。严家炎就将《女神》传达的精神解读成为毛泽东所说的"彻底地不妥协地反帝国主义和彻底地不妥协地反封建主义的精神"①，阐发其新民主主义性质。楼栖在其专著《论郭沫若的诗》中运用马列主义思想分析郭沫若生平思想发展历程，即从早期《女神》中爱国主义思想到后期《恢复》《前茅》中体现的革命精神的转变，证明"他的思想发展和鲁迅的思想发展的基本方向是一致的"②，以鲁迅为标杆与尺度，度量、言说郭沫若，从郭沫若诗歌创作转变推断出郭积极向无产阶级革命靠拢的思想转变历程，借鲁迅提升郭沫若创作的革命性与价值。尽管关于郭沫若思想变化的具体年代存在分歧，如艾扬认为"思想转变的基本完成应该是在 1930 年左右他发表了《文学革命之回顾》、《关于文艺的不朽性》和《眼中钉》等文以后"③；宋耀宗认为，1927 年大革命斗争后郭才"基本上完成了向马克思主义者的过渡"④；也有论点认为 1924 年是分割线，如楼栖。但总体来说，他们关于时间分割点的讨论是以承认郭沫若世界观转变这一事实为基本前提的。在这些言说中，郭沫若是作为一个由新民主主义者转变而来的无产阶级革命者的形象而存在的。郭沫若文学方向的选择恰与社会政治变革同步，顺应了历史进步的潮流，他也因此成长为无产阶级文化的旗手。

其二，以最新的文艺政策评价郭沫若诗作，参照最新的文艺纲领对郭诗进行选择性革命化解读，使得郭诗能保持与文艺政策的合拍。通过这种策略性的解读，进一步强化郭沫若第一诗人的形象。1950 年代，毛泽东提出革命现实主义与革命浪漫主义相结合的方针。随后，就有诗评者将郭沫若在"五四"时代被指认为体现现代浪漫主义特色的部分诗歌阐释为革命浪漫主义作品，解读成为革命浪漫主义和革命现实主义结合的作品。有观点认为"《女神》是革命浪漫主义的诗歌，也是革命浪漫主义和革命现实主

---

① 严家炎：《〈女神〉和"五四"时代精神》，《知春集》，人民文学出版社 1980 年版，第 53 页。
② 楼栖：《论郭沫若的诗》，上海文艺出版社 1959 年版，第 8 页。
③ 艾扬：《试论郭沫若前期思想的发展》，《跃进文学研究丛刊》1958 年 10 月第 2 辑。
④ 宋耀宗：《对郭沫若前期思想发展的一些理解——读〈沫若文集〉札记》，《哈尔滨师范学院学报》1964 年第 1 期。

义初步结合的作品"①，这是一种新的阅读与批评实践，一种新的解读倾向，在他们看来，《女神》中的反抗精神，正是"通过革命浪漫主义和诗歌形式上的解放而得到了充分的表现"②。也有学者认为，郭的某些诗"显示出诗人对社会生活的批判态度和对社会缺点的现实主义的揭露"，"它的革命浪漫主义是具有现实主义的素质的"③，挑选郭的部分诗歌，发掘其革命浪漫主义和现实主义结合的特点，是一种策略。张光年更是直接指出："泛神论不过是这位诗人的革命的浪漫主义精神（它的思想基础是彻底的革命的民主主义）的一种诗意的体现。"④ 将来自西方的泛神论与诗人的革命浪漫主义精神和诗意表达联系起来。根据最新文艺政策来解读郭沫若的诗作，以实现郭沫若诗歌与政治文化的高度契合，是这一时期批评的基本思路。

　　因而，这一时期的言说明显受到了政治修辞与文艺运动的引导。政治性评价体系的建立，"政治标准第一，艺术标准第二"几乎成为这一时期文艺评论的基本立场与内在逻辑，言说者集中关注郭沫若世界观的转变及其作品的思想主题，发掘郭沫若诗歌与社会主义文艺精神相一致的内容，具体诗歌文本案例多来自《女神》，从《女神》中选择那些符合新的文艺修辞的作品进行剖析，彰显郭沫若诗歌创作的时代意义，为新的文艺话语生产提供资源。

（二）

　　新中国成立后，文学阅读、阐释成为新型国家意识形态话语表达与建设的重要环节，这一时期的文学史教材也加紧了对郭沫若新诗坛第一人形象的建构。1950年代，王瑶的《中国新文学史稿》（开明书店1951年版）、刘绶松的《中国新文学史初稿》（作家出版社1956年版）、丁易的《中国现代文学史略》（作家出版社1955年版）、张毕来的《新文学史纲》（作家出版社1955年版）等相继问世。这些文学史著有明显的政治意味和模型化倾向，以阶级论贯穿始终，对郭沫若的评价亦受制于新的话语建设。郭沫

① 北师大中文系四年级科学研究小组：《〈女神〉的"五四"精神》，《北京师范大学学报》1959年第3期。
② 同上。
③ 何善周：《郭沫若的〈女神〉》，《东北师范大学科学集刊》1956年第2期。
④ 张光年：《论郭沫若早期的诗》，《风雨文谈》，上海文艺出版社1982年版，第131页。

若被定格在新诗坛第一诗人的位置。

　　王瑶的《中国新文学史稿》中的"反抗与憧憬"一节勾勒出郭沫若诗歌从"五四"到革命文学的转变。① 相比王瑶，张毕来、丁易编写的文学史著则更为激进，张毕来将郭沫若与鲁迅并列，单列一小节，认为以鲁迅为代表的批判现实主义和以郭沫若为代表的浪漫主义是"五四"文学运动的主流，高度评价了郭沫若的积极浪漫主义，因为其"表现着积极的战斗精神和高度的爱国主义热情"②，凸显了郭沫若在新诗史乃至中国现代文学发展史上的位置；丁易进而将专节扩展至专章，延续周恩来论述郭沫若之观点。值得注意的是，丁本文学史著作依照"鲁、郭、茅、巴、老、曹"的目录次序编排新文学发展史，第一次从文学史的角度确立了此后十多年间的文学大师的等级序位。随后影响较大的刘绶松本《中国新文学史初稿》认为郭沫若"以他的热烈的、反抗的、激情的诗歌开辟了现代中国诗歌的广阔天地"，"是中国第一个新诗人"③，《女神》"确立了他作为诗人的不朽的地位"④。相比以上三部文学史著作，刘绶松的政治观点更为鲜明，更注重强调郭的时代性和阶级性。基本上，通过这些文学史著作的层层建构，郭沫若作为新文坛上仅次于鲁迅的文学大师形象得到确立。

　　此后，涌现出一股高校师生集体编史的浪潮。如果说前一类的个人编史还允许夹带些许独创性观点的话，那么后一类文学史由于是集体合编，多以政治纲领为指导，政治性更强，更能体现那个时代的政治意识形态和文艺观念。它们大多采用政治话语进行逻辑叙述，突出强调郭沫若第一诗人的地位。复旦大学、中国人民大学、吉林大学、中山大学等高校学生都曾集体编史，这些教材基本延续周扬的观点，将郭沫若推向新诗坛第一人的高度。复旦中文系《中国现代文学史》认为郭沫若"一生显示了一个革命民主主义者发展成为社会主义、共产主义者的历程"⑤，而"《女神》的

---

　　① 王瑶：《中国新文学史稿》，开明书店 1951 年版，第 67—69 页。

　　② 张毕来：《新文学史纲》（第一卷），作家出版社 1955 年版，第 67 页。

　　③ 刘绶松：《中国新文学史初稿》（上卷），作家出版社 1956 年版，第 147 页。

　　④ 同上。

　　⑤ 复旦大学中文系现代文学组学生合编：《中国现代文学史》（上册），上海文艺出版社 1959 年版，第 144 页。

出现在中国诗歌的发展上开辟了一个崭新的时代"①。它们以大量的篇幅和笔墨论郭沫若，大多将郭沫若和鲁迅分列一章，如复旦、人大、中大等高校的文学史著。以单章篇幅分叙，就是一种待遇，是重要性的体现，从此以后的文学史著作大都延续这一做法，也因此成为文学史著叙述、传播重要作家的特点。对郭沫若具体诗歌文本的分析，很多沿袭专家史著的观点。可见，这一时期，无论是著史专家，还是青年学生，都已将郭沫若视为继鲁迅之后的中国新文化、新文学战线的又一面旗帜。

新中国成立后的中国现代文学史教学百废待兴，在教学资源极度匮乏的情况下，这些由专家和青年师生编写的文学史著很重要，它们充当了新文学、新诗传播的重要媒介，向学生读者介绍新诗，重塑新中国"经典"。这时期的文学史著几乎众口一词，将郭沫若阐述成新诗坛最伟大的诗人。这一观点通过文学史教学源源不断地向学生输送传达，引导读者的文学观念和审美趣味向规范好的政治化方向发展，郭沫若在他们心目中的重要地位得以不断强化。同时，文艺政策渗透于人们日常生活中，引导人们的阅读期待，培养读者的审美趣味和阅读口味，亦将郭诗视为白话新诗"经典"。这样的历史语境中，经由文学史著作的叙述、阐释与定位，以权威的形式，郭沫若的文学地位被牢牢固定下来了。

（三）

如上所述，新中国成立后的"十七年"期间，对郭沫若诗人形象的定位基本延续了1941年周恩来讲话的观点，即郭沫若是一个可以与鲁迅相提并论的革命的诗人。那么，郭沫若为何能在"十七年"长久保持其"经典"诗人地位呢？

政治环境的制约。1942年以后，"政治标准第一，艺术标准第二"成为文学评论的基本原则。在文学界整体产生了一种以阶级论的观点评价文学作品的潮流，对郭沫若诗歌的评价自然也不能避免这种倾向性，不重视艺术标准，不关注审美价值，忽视郭诗在艺术形式上的缺陷。当政治成为唯一衡量文学好坏的准则时，评论者会挖掘郭诗符合政治标准的主题精神及所反映的阶级论，去寻找诗歌中的社会主义因素和革命成分，用社会—

---

① 复旦大学中文系现代文学组学生合编：《中国现代文学史》（上册），上海文艺出版社1959年版，第140页。

历史的批评方法衡量作品对社会真实的反映程度。而郭早期诗集涵盖内容广，他们从《凤凰涅槃》中能够找到民族新生的内容，认为《天狗》中天狗"吞"日月的行为体现了不顾一切的革命精神，诸如此类。这些诗歌中契合政治主题的内容成为解读作品的切入点和阐发重点，不断发掘其有利于新的话语建构的价值与意义。在这样的语境里，郭的许多诗篇因符合以革命论和阶级论为代表的政治标准，其主题满足了时代需求，符合新的修辞逻辑，自然就被评为上乘之作。

文学创作与文艺政策纲领的契合。1940 年代毛泽东的《新民主主义论》的发表和 1950 年代革命现实主义和革命浪漫主义"两结合"的提出，为郭沫若诗歌的重新阐释提供了良好的契机。郭沫若思想历程的转变道路恰好与毛泽东在《新民主主义论》中提出的"由新民主主义革命转变成为社会主义革命的中国革命实践"理论一致。毛泽东在 1958 年提出"革命的现实主义和革命的浪漫主义的两结合"的文艺政策，让郭沫若"就敢于坦白地承认：我是一个浪漫主义者了"①。郭沫若早期一直自诩为浪漫主义者，而由于抗战文艺运动推崇革命现实主义，浪漫主义的文学主张与时代主题不够协调，他未敢公开承认。"两结合"方针的提出，为浪漫主义恢复了名誉，也给郭沫若早期诗歌中彰显出的浪漫主义成分正名了。政策与诗歌文本的一一对应，为诗人及其诗歌的"经典"确认提供了合理依据，这也是郭沫若在新中国成立后充满政治色彩的文坛能够一直常青的深层原因。

显赫身份再次确保其诗坛地位。郭沫若的其他身份和显赫声望也从外部确保了他在诗坛的牢固地位。1930 年代起，郭沫若就积极投身革命斗争，是联系文学界和抗日战线的重要人物。新中国成立后，郭沫若身居高位，成为国家文化领导人之一，且身兼多职，再也不是写《女神》时的纯粹诗人，他变成了一位"诗人—社会活动家"。其影响力不单单通过诗歌传达，亦凭借政治、外交、文化等领域的活动播散开来，他在这些方面取得的成就令他声名显赫，反过来也影响到评论者对他诗歌的评价。在当时语境里，评论者更关注的是批评对象的阶级地位和政治身份，并不完全依据作者自身的真正文学成就去评判其作品的好坏优劣。可以说，从 1941 年的

---

① 郭沫若：《浪漫主义和现实主义》，《郭沫若全集》第 17 卷，人民文学出版社 1989 年版，第 10 页。

庆寿活动开始，郭沫若及其诗歌就被左翼批评家纳入革命文化的叙事体系中，被视为革命文化的重要组成部分而被反复言说。新中国成立以来，文坛话语延续着这一特点与倾向，继续对郭沫若进行阐释。"十七年"及其后来的政治环境里，文学氛围渐趋复杂，从民主革命时代过来的作家或缄口不语，或积极改造思想努力转变创作风格，或被冲击遭遇批判，但郭沫若依然能受到众多读者关注、高评，这与他"文化战士"形象的深入人心不无关系。

尽管这时期的公共阅读活动不断挤压着私人阅读空间，但在众口一词的褒奖声外，确实还有一些有识之士勇于发出自己的声音，批评郭沫若后期诗歌艺术形式上的草率、粗砺。"大跃进"期间，郭沫若创作组诗《百花齐放》，其中洋溢着强烈的时代热情，赞美成为作品的基调与底色，与早期诗歌相比，政治话语表达取代了个人抒怀。对于这组诗，当时不乏褒奖之声。但力扬则写文直言其在"诗"的层面上存在着相当多的问题，直言不讳地指出其中有些诗仅是"押韵的'花经'或'群芳谱'的翻版和补充，是花的注解和考证，不是诗"①，认为诗人生搬硬套革命术语和哲学词汇而没有深入生活，对现实缺乏深刻的感受，情感未能化为诗意。"大跃进"时期，类似《百花齐放》的诗歌流行于世，赞颂诗深受主流文坛喜欢，但力扬能不顾当时的政治气候，也不因为郭的声望，不为政治话语干扰，从诗歌的规律和特点出发进行评价，发出个人声音，这在当时确实难能可贵。这意味着在千篇一律的政治标准体系之外，诗坛尚有些许人默默坚守着诗性准则，发出自己真实的声音，尽管细弱，却存在着。1966年以后，激进的"文化大革命"斗争将文学的生产、传播和批评进一步演变成简单、粗暴、直接的政治活动。在规范化的文学秩序中，郭沫若诗歌的传播、批评也基本处于停滞状态。

四　还原"真实"的郭沫若

新时期开始，极左的文学观念冰层逐步消融，现实主义精神缓慢复苏，重审"五四"，重新评说"十七年"，以新的理念梳理20世纪文学史，清

---

① 力扬：《评郭沫若的组诗〈百花齐放〉》，《力扬集》，中国社会科学出版社2008年版，第388页；此文写于1958年6月，但由于种种原因，未能及时发表，后刊于《诗探索》1981年第1期。

理新诗发生演变史，成为新时期之"新"的重要表现。正本清源，拨乱反正，回归、反思、再评价，成为1970年代末期以来郭沫若新诗阅读批评与接受的趋势与特点，读书界力争还原出"真实"的诗人形象。当然，所谓"真实"是相对而言的，哪个是"真实"谁也无法确认；"还原"也是一种心理愿望，不可能真正"还原"。

（一）

1978年到1980年代初期，是新文学秩序缓慢重建的阶段。文学阅读阐释逐渐摆脱"文学—政治"二元对立思维模式制约，但新的文学机制尚未建立起来。这一阶段对郭沫若的言说，尽管有所变化，尽量努力避免极端化的政治定位，但仍将郭与鲁迅相提并论，原有的叙述框架尚未打破，前一时期的基本词汇和修辞还在延续，仍然称其为20世纪中国最伟大的诗人。

这时期的评论以郭沫若追悼纪念会为基点而展开。1978年，郭沫若在北京逝世，虽然郭沫若是现代重要的诗人，但其逝世已经不只是诗坛现象，而是重要的文化政治事件。在追悼会上，邓小平强调并重申其新诗坛地位——"我国新诗歌运动的奠基者"，"是继鲁迅之后，在中国共产党领导下，在毛泽东思想指引下，我国文化战线上又一面光辉的旗帜"[①]，文化旗帜是其身份标识。唐弢评价郭沫若是"诗人，卓越的无产阶级文化战士"，同样是将诗人与文化战士并置以定位其地位。1980年代初，涌现出大批悼念郭老的文论和专著，但几乎没有摆脱"十七年"间的观念影响，仍将他视为文化革命战线上的"战士"和"旗帜"。

思想解放的推进，停滞十多年的大学文学课堂重新恢复。为满足教学需要，部分文学史著被重新修订再版，如人大、复旦中文系修订了"十七年"间编写的文学史著作，但政治色彩仍然浓厚，习惯于以诗人的政治立场来评判其诗作的优劣。1978年，复旦重新编订的《中国现代文学史》

---

① 邓小平：《在郭沫若同志追悼会上的悼词》，《悼念郭老》，生活·读书·新知三联书店1979年版，第1—2页；郭沫若逝世后，国家政府举行了隆重的追悼会，文化界、政治界多人发表悼文，后结集出版。

里，郭沫若的一生仍被定位为"革命民主主义者发展为共产主义者"的一生。① 一些个人编订的文学史著亦修订出版，对诗人的评价有不少变化。1978 年出版的刘绶松的《中国新文学史初稿》明确指出《女神》是新诗的奠基作，认为《女神》反映了浪漫主义精神，这是初版中所没有的。值得注意的是，唐弢的《中国现代文学史》，相比以上几部，在摆脱政治色彩上走得更远，唐弢觉察到郭沫若文艺思想的复杂性，不再用革命话语将郭沫若阐释成一个简单的文化革命战士，而是承认郭身上存在无政府主义和个人主义思想，肯定郭沫若诗歌所表现出的全新的艺术特点和个人化情感，对郭诗歌进行多方面、多角度的挖掘。唐弢版的《中国现代文学史》对此后的郭沫若诗人形象定位影响较大。

总的来说，这一阶段对郭沫若的言说定位，依旧未完全摆脱"十七年"间所塑造的文化战士形象的影响，但局部突破还是有的，尤其是在具体文本分析上，努力尝试脱离政治模式的限制，将注意力放在其艺术的独特性上。

（二）

1980 年代中后期开始，对郭沫若的言说逐步走出政治决定文学的模式，重归审美本身，主要从诗歌本体建设的角度对其进行评价。自 1978 年起，文学界就着手清理和整理郭沫若各个领域的著作，于 1989 年推出《郭沫若全集》，这是继鲁迅之后的第二部集国家力量整理出版的个人全集，这表明郭沫若的贡献继续被重视和肯定。但言说的视角和重点与以往有所调整变化。

1992 年，郭沫若百年诞辰，"郭沫若与中国现代文化的发展"学术会议在京召开。时任中国社科院院长的胡绳认为："《女神》从语言、形式到内容、审美观念，都标志着诗歌领域的一次彻底革新。"② 剔除了政治话语，回到诗歌本身，在中国诗歌新旧演变的历史背景里评说郭沫若新诗创作的贡献。孙玉石从"五四"新诗的自我表现层面认为，"郭沫若回到内在的艺

---

① 复旦大学中文系现代文学教研组：《中国现代文学史》（上册），1978 年重印修订版，第 108 页。

② 胡绳：《踏着一代文化伟人的历史足迹》，《郭沫若百年诞辰纪念文集》，社会科学文献出版社 1994 年版，第 13 页。

术原则是最大自由度表现情感的原则"，而《女神》正因为这种原则而"获得了自身的现实性与不朽性"。① 最大自由度书写情感，这个归纳相当准确，从情感的自由表达角度阐释《女神》现实性和不朽价值的生成机制。龙泉明认为，郭沫若力倡主情主义，强调内心情感、情绪的表现，将中国新诗从"摹仿自然"阶段推向"表现自我"阶段，建立起一种新的诗歌美学观，"中国新诗到郭沫若才真正塑造了主体形象，才真正具有审美意识的主体性，中国新诗才真正跃进到现代化的行列"②。这个分析很到位，"摹仿自然"到"表现自我"是新诗演变的重要路径，是其主体性的重要体现，而郭沫若是推动、完成这一进程的主要力量，在新诗内在发展史上，揭示郭沫若的价值。同时，也有学者从 20 世纪中国诗歌的现代化进程维度评价郭沫若的诗，认为它们"所组构的乃是一个象征世界"③，认为郭诗所显现的象征主义和现代主义风貌具有重要的诗学史价值。方长安以原型批评切入，认为《女神》激活了人类种族记忆中的"强力"意识，使"强力原型"在现代意义上得以复活，既超越了传统"温柔敦厚"的文学世界，又与人类心灵深处的记忆对话，呼应了读者意识乃至潜意识深处张扬自我力量的愿望，使他们"在现代物质文明压迫下充满自信心"，"使他们受压抑的意识得以释放"，"心灵得以补偿"，认为这是《女神》"最重要的现代人学意义"④。他们不再对郭沫若进行空洞化的"大师"定位，而是从诗艺探索、诗性魅力层面去评说其诗艺贡献与价值，确证其"经典"地位。

这些言说涉及从内容到形式、从主题倾向到艺术性和诗学特征等各方面。随着郭诗研究的展开，文学史著作对郭沫若的叙述也开始总体性的回归，郭沫若由神坛走向人间，开始脱下其政治家、领导人等身份外衣，不断还原成一位真正意义上的诗人。1987 年，钱理群等编写的《中国现代文学三十年》是影响较大的一部文学史著作，相比此前的文学史叙述，它不仅认为诗中所表现的自我抒情主人公形象是"大时代中诗人自我灵魂，个

---

① 孙玉石：《郭沫若浪漫主义新诗本体观探论》，《北京大学学报》1993 年第 4 期。

② 龙泉明：《中国新诗第一个伟大的综合者——论郭沫若"五四"时期新诗创作的成就》，《社会科学辑刊》1996 年第 4 期。

③ 朱寿桐：《现代主义与郭沫若文学的现代化风貌》，《郭沫若百年诞辰纪念文集》，社会科学文献出版社 1994 年版，第 751 页。

④ 方长安：《"强力"原型与郭沫若的〈女神〉》，《人文杂志》1998 年第 3 期。

性的真实袒露"①，不仅肯定了诗作中所体现的时代精神和作者的主体意识；而且大胆地对诗歌艺术的粗糙处进行批评，认为郭后期的诗作有"把诗歌作为时代传声筒的席勒化倾向……从根本上抹煞了政治与艺术的界限"②，政治与艺术的关系被重新思考，艺术与诗性成为言说诗人的基本立场。1998年，钱理群、温儒敏等修订出版《中国现代文学三十年》，书中仍然给了郭沫若一章的篇幅，但在论述《女神》时明确说它"在艺术上远非成熟之作"③，其价值在于为新诗的发展提供了可能性路径，而不在于艺术上达到怎样的水准；相比前一版，它进一步剔除政治修辞逻辑，注意从人的主体性角度出发，提出《女神》体现了追求"精神自由与个性解放"④命题，而"《女神》的魅力及其不可重复性，正是在于它所达到的民族（与个体）精神及作家写作的自由状态"⑤。从张扬人的主体性角度、从自由表达的层面评说郭诗，指出其不成熟性，但肯定其探索价值。黄修己亦认为"《女神》诗集中的最突出的思想特色，是对'人'的歌唱，对'人'的力量的高度张扬"⑥，浪漫主义的《女神》是"新诗中的豪放派的先驱"⑦，"人"的标准、人的价值立场，成为一种切合郭早期诗歌实际的言说维度与修辞。这时期的文学史著不在于通过给郭沫若排名来对其进行文学位置指认，也没有统一的理论标准，各家尽陈其词，营造出百家争鸣的文学史论氛围。

　　众多文学史著将郭沫若拉下神坛，将郭沫若重新置于中国新诗的进程中加以叙述，认为郭沫若诗歌延续胡适等人开创的白话诗风，是新诗创作的进步。2010年出版的《插图本中国现代文学发展史》认为"《女神》翻开了中国新诗史上激情浪漫的一页"⑧，"郭沫若表现出与晚清改革派诗人

　　①　钱理群、吴福辉、温儒敏、王超冰：《中国现代文学三十年》，上海文艺出版社1987年版，第142页。
　　②　同上书，第148页。
　　③　钱理群、温儒敏、吴福辉：《中国现代文学三十年》（修订本），北京大学出版社1998年版，第106页。
　　④　同上书，第104页。
　　⑤　同上书，第105页。
　　⑥　黄修己：《中国现代文学发展史》，中国青年出版社2008年版，第104页。
　　⑦　同上书，第110页。
　　⑧　吴福辉：《插图本中国现代文学发展史》，北京大学出版社2010年版，第148页。

完全不同的现代诗性"①，与晚清改革派诗人不同，是一种正面评说；2011
年版的《中国现代文学史》则认为《女神》标志着白话新诗"开始进入了
创造自己的经典化成熟作品的历史阶段"②。诸多观点不一而足，这些文学
史著基本都承认郭沫若凭借《女神》而在新诗坛取得的卓越地位，将他置
于"五四"以来新诗发展史上，作历史的审美评价。

（三）

　　1994 年出版的《20 世纪中国文学大师文库》中，新诗人的排序依次
是：穆旦、北岛、冯至、徐志摩、戴望舒、艾青、闻一多、郭沫若、舒婷、
纪弦、海子、何其芳，郭沫若排在第八位。将 20 世纪诗人、诗作放在一起
审视、展览，体现了一种世纪性眼光、视野。不按时间顺序排列诗人，且
为一种等级性秩序，无疑是一种大胆的行为，对读者、研究者固有的关于
中国现代诗人评说观念是一个大的冲击，颠覆了人们既有的认知理念和新
诗史逻辑，冲击了几乎固化的新诗史认知思维，具有很大的启示价值；但
是，细细琢磨，这个排序，似乎没有什么依据，它既不是建立在对大众读
者阅读调查数据基础上，也不是以诗学探索贡献大小为理由，更不是以诗
人创作独特性为依据，而且还排除了不少流派的代表性诗人，过分随意，
有哗众取宠之嫌。稍微有点审美常识者都知道，真正的艺术品，是无法排
序的。不过，从这个新的顺序倒也可以发现，文库编者对郭沫若既有诗坛
地位的不满与怀疑。也有文学史家重新定义文学大师，相比《中国现代文
学三十年》，由钱理群、吴晓东合编的《绘图本〈中国文学史〉（20 世
纪）》是一本个人性更浓的文学史著作，以"作品的美学价值，现实与超越
意义的结合程度"为编写原则，对 20 世纪的中国文学家进行重新筛选，在
认可鲁迅为文坛第一家的基础之上，认为："在鲁迅之下，我们给下列六位
作家以更高的评价与更为重要的文学史地位，即老舍、沈从文、曹禺、张
爱玲、冯至、穆旦。"③ 可见，郭沫若从继鲁迅之后的第二位大师的位置，
被排除在六名之外。编选者明确提出他们这样排序，仅仅只根据作品的思

---

①　吴福辉：《插图本中国现代文学发展史》，北京大学出版社 2010 年版，第 149 页。
②　程光炜等：《中国现代文学史》，北京大学出版社 2011 年版，第 111 页。
③　钱理群、吴晓东：《"分离"与"回归"——绘图本〈中国文学史〉（20 世纪）的写作构
想》，《文艺理论研究》1995 年第 1 期。

想、艺术价值，而并不对该作家多方面的活动与成就作全面评价。而以往社会政治学批评所做的恰是根据多方面成就进行全面评价。排序一出，也是众声哗然，争议颇多，但它们表明新的语境里专业读者对以往社会学批评方法的扬弃，或者说彰显了重新叙述、评估新文学史的冲动、愿望。

新时期以来关于郭沫若及其诗歌的阅读接受情况表明：郭诗确实以自己的独特性对中国新诗发展做出了无法替代的贡献，他被认为是中国新诗重要的开创者，名副其实；文学的阅读接受不能仅限于圈内，一个诗人"经典"地位的确立，需要一代又一代不同阶层的读者广泛参与，读者圈必须打开；郭诗审美价值仍未被完全发掘出来，它的阐释空间还未被完全敞开；专业研究者怎样去做好与大众读者的沟通工作，怎样平衡专业读者与大众读者之间不对称的两极阅读现象，是一个必须面对的且具有挑战性的问题。

第二节　《女神》出场及其经典化

胡适之后，郭沫若是初期白话新诗坛最重要的诗人。胡适倡导白话新诗，但《尝试集》的问世并没有为白话自由体新诗奠定合法性地位，换言之，当时诗坛呼唤着从内到外更为解放的诗人，呼唤着比《尝试集》更现代的新诗集，以为白话自由体新诗正名，为白话自由体新诗确立合法性。在这个意义上，郭沫若属于应运而生的诗人。《女神》以惊世骇俗的思想和自由言说的形式，将新诗与古诗相分离，开一代诗风，在诗美和人学两个维度上为白话新诗赢得了存在的依据和合法性。如果要探寻中国新诗形式、精神的现代性，《女神》是百年来最好的文本，它的中国性征、世界特性，都异常鲜美。

《女神》的出场与"经典"地位的确立，原因错综复杂，既有域外思想的冲击、"五四"新文化的激荡，亦有个人情感生活的刺激。学界在充分挖掘、论析这些因素时，却相当程度地忽略了现代传媒所起的作用，或者说传播作为一个重要维度，往往在政治意识、人学建构乃至诗性归纳的统摄性言说中被遮蔽。《女神》的出场及其经典化历程，相当程度上讲，就是白话自由体新诗合法性彰显、确立的过程，本节将从传播接受角度，在作品与读者的互动互涉中，解读《女神》的出场及其经典化过程，敞开阐述其对于白话新诗存在合法性建构的意义。

一　现代传媒与历史性出场

文学发生牵涉诸多相关因素，刊物发表、编辑出版作为文本、媒体与读者传播机制中的重要环节，无疑是诸多元素中极具活力者。郭沫若在中国诗坛的出现，乃至成为中国新诗史上一座丰碑，编辑出版便功不可没。它不仅为其诗歌提供了出场的机会与舞台，而且激发了他的诗歌创作激情。

早在 1916 年留日期间，郭沫若便开始白话诗创作，事实上，他是中国最早的新诗写作者之一。1919 年因偶然机缘在《学灯》上读到康白情的《送慕韩往巴黎》，十分惊讶，"这就是中国的新诗吗？那么我从前做过的一些诗也未尝不可发表了"①。于是将《鹭鸶》《抱和儿浴博多湾》两首新诗投向《学灯》，并获刊载，这自然强化了郭沫若"作诗的兴会"②。接着，他又陆续发表《夜》《死的诱惑》《新月与白云》等诗，并得到宗白华的赏识与鼓励："很希望《学灯》栏中每天发表你一篇新诗"③，于是，每投必登。新诗的成功发表，不仅吸引了国内读者以及日本文艺界关注的目光，更重要的是使郭沫若的创作热情全面苏醒。1919 年 12 月《学灯》进行重大改版，在《新文艺》之外开设"新诗"专栏，以"造星"之举，持续大规模地发表郭沫若诗歌，新诗栏几乎成为其个人专属。其中"《凤凰涅槃》把《学灯》的篇幅整整占了两天，要算是辟出了一个新记录"④。新诗实验阵地的快速扩张和日渐高涨的声名，促使郭沫若进入一个创作的"爆发期"，"好像一座作诗的工厂，诗一有销路，诗的生产便愈加旺盛起来"⑤，并由此在新诗坛脱颖而出，成为一颗耀眼的新星。

---

① 郭沫若：《创造十年》，《沫若文集》第 7 卷，人民文学出版社 1958 年版，第 56 页。
② 郭沫若：《我的作诗的经过》，《沫若文集》第 11 卷，人民文学出版社 1959 年版，第 142 页。
③ 田寿昌、宗白华、郭沫若：《三叶集》，亚东图书馆 1923 年版，第 4 页。
④ 郭沫若：《我的作诗的经过》，《沫若文集》第 11 卷，人民文学出版社 1959 年版，第 143 页。
⑤ 郭沫若：《创造十年》，《沫若文集》第 7 卷，人民文学出版社 1958 年版，第 59 页。

　　由于"商品价值还不坏"①，受上海泰东书局老板赵南公邀请，1921 年春，郭沫若回国，历时五月余，完成了戏剧诗歌集《女神》的编订工作，1921 年 8 月 2 日正式出版。犹如异军突起，《女神》风行一时，激起社会尤其是青年读者的极大反响，郭沫若的诗坛地位迅速提升。如果说上述报刊的成功发表，为郭沫若新诗出场提供了舞台，提升了其新诗创作的自信心，那么《女神》的结集出版，则在公共阅读与社会传播中，整体性地传达了诗人对人生、社会的历史审视，以及对诗歌的独特想象与创造，诗人的公众形象与地位得到了全面的历史性呈现与提升。

　　这里特别值得一提的是，在后来一个时期，郭沫若诗歌创作热情的消减乃至停笔，固然与新文化思潮的消退有关，但是，与作品出版发表的具体情况亦有着较密切的联系。宗白华 1920 年 5 月赴德国留学，《学灯》编辑易人，每每给他不公平待遇，常将其诗排在最后。一次甚至把他的诗放在另一抄袭之作后面，他说："这件微细的事不知怎的就象当头淋了我一盆冷水。我以后便再没有为《学灯》写诗，更把那和狂涛暴涨一样的写诗欲望冷下去了。"② 这里虽为诗人个性使然，反过来也恰恰证明，当时的发表、编辑出版与读者阅读对于"中国抒情天才"的特殊意义与价值。他自己曾说，如果他当时没有看到《学灯》，没有读到康白情的诗，没有遇到宗白华这样具有远见卓识的编辑，或许他的"创作欲的发动还要迟些，甚至永不见发动也说不定"③。显然，某种程度上是现代刊物、出版等传播媒介决定了郭沫若的历史出场。

二　阅读与文本意义敞开、生成

　　文学的阅读与鉴赏，实质上是接受者对文本所传导的文化信息的历史整合。通过阅读，具有某种集体经验的主客体在文化的"共享空间"中举行"集体心理仪式"，赋予文本以大众性品格与经典性地位。《女神》为白话自由新诗确立存在的合法性，成为新诗的奠基作，相当程度上是它所彰

---

① 郭沫若：《创造十年》，《沫若文集》第 7 卷，人民文学出版社 1958 年版，第 83 页。
② 郭沫若：《我的作诗的经过》，《沫若文集》第 11 卷，人民文学出版社 1959 年版，第 145 页。
③ 同上书，第 142 页。

显的时代文化心理、现代意识与大众阅读期待互动的结果。诗歌满足了大众阅读期待，阅读使诗歌意义不断敞开、生成，经由传播，文本被经典化。

作为中国新诗的重要里程碑，《女神》不是文言与白话的简单分界文本，而是对早期白话诗"模仿"特征的终结。它不再单纯停留在符号形式的革新层面，而是深入思维、观念与想象方式领域，以自我为话语中心与逻辑起点，在创造的情感与情绪中表现出"二十世纪的动的和反抗的精神"①，具有强烈的民主诉求与平民旨趣。

在《女神》中，郭沫若呼唤"开辟鸿荒的大我"，追崇"我自由创造，自由地表现我自己"（《湘累》），在个体生命意识的觉醒中，勃发出前所未有的"人的解放"的力度与广度。他歌颂一切创造与毁坏的"力"，希望"提起全身的力量来要把地球推倒"，"不断的毁坏，不断的创造"（《立在地球边上放号》）；在"一切的一，和谐，一的一切，和谐"（《凤凰涅槃》）的历史想象中，洋溢着庶民胜利的狂欢之情。他赞美敢于反抗，富于革命精神的古今中外的政治、社会、宗教、学说、文艺、教育革命的"匪徒们"（《匪徒颂》）；渴望"我是个偶像破坏者"（《我是个偶像崇拜者》），将一切的权威与偶像都打倒，体现出对一切旧事物彻底否定的平民式反抗、叛逆精神。他宣称"我是个无产阶级者"，号召人们"为自由而战哟！为人道而战哟！为正义而战哟！"（《巨炮之教训》）；表现了对"自由地、自在地、随分地、健康地享受着他们的赋生"（《地球，我的母亲》）的乌托邦式理想王国的平民化追求与向往。这集中反映了"五四"青年个性解放、社会革命的理想，成为时代平民化思想最富诗情的代言人与体现者。

郭沫若主张艺术是自我的表现，认为真诗、好诗应是"我们心中的诗境诗意的纯真的表现"，"生之颤动，灵的喊叫"②，注重主观自我，强调感情的自由抒发。在《女神》中，诗人以男性雄壮的抒情与天马行空的想象，将新诗从传统的"温柔敦厚，怨而不怒，哀而不伤"的审美价值取向中解放出来。激情四溢的生命的尖叫、青春的愤激与焦灼、自我个性的张扬，在无节制的情感的痛快泛滥与宣泄中得到淋漓尽致的展现与抒发，具有鲜

①　朱自清：《中国新文学大系·诗集·导言》，上海良友图书印刷公司1935年版，第5页。
②　郭沫若：《论诗三札》，《沫若文集》第10卷，人民文学出版社1959年版，第204—205页。

明的青春色彩与平民化特征，成为"五四"时代的典型的话语方式。如《凤凰涅槃》《天狗》《地球，我的母亲》《立在地球边上放号》《梅花树下醉歌》等都骚动着青春的激情，在个人情绪、精神的抒情表现中折射着时代的光影，与"五四"青年的普遍心理与追求相契合，满足了一代人的阅读期待、情感体验，成为中华民族诗歌史、精神史上崭新的文本，一批可能沉积为后世经典的作品。

与个人情绪的狂欢相适应，《女神》诗体上追求"绝端的自由，绝端的自主"①，彻底颠覆了古典诗词的均衡、精致与圆满。语言上更以情绪的自然消长组织诗歌，突破传统诗学的格律限制，在酣畅淋漓、雄放不羁的形式中，生动地传达抒情主体飞扬的开放意识、破坏与创造的精神，形成一种昂扬雄浑、狂暴粗糙的特性，鲜明体现着现代的平民自由精神。

如果说《女神》的平民意识的青春表达是其文学经典叙事的内在基础，那么，"五四"时期的特定历史情境与文化心理所形成的阅读期待视野，则是《女神》迅速成为新诗代表作的重要外部传播环境。"五四"时期，新旧交替。一方面，广大青年以一种强烈的破坏与创造精神，努力寻求社会、思想、文化、个性的全面民主与解放。另一方面，社会的黑暗与沉闷如一重厚厚的壁垒，青年们的"烦恼悲哀真象火一样烧着，潮一样涌着，他们觉得这'冷酷如铁'、'黑暗如漆'、'腥秽如血'的宇宙真一秒钟也羁留不得了。……他们的心里只塞满了叫不出的苦，喊不尽的哀。他们的心快塞破了"②，自由与创造，毁灭与新生，成为·种普遍的社会心理与阅读想象。正是在这世界呈现出死的岑寂的时刻，《女神》的出现，犹如"忽地一个人用海涛底音调，雷霆底声响替他们全盘唱出来了"③，一下子将"五四"众多青年的"心弦拨动"，"智光点燃"④，"以非常速度占领过国内青年的心上的空间……每日有若干年青人为那些热情的句子使心跳跃，使血奔窜"⑤。

因此，虽然《女神》中的某些作品在思想内容上也许不够深刻，艺术

---

① 田寿昌、宗白华、郭沫若：《三叶集》，亚东图书馆 1923 年版，第 49 页。

② 闻一多：《女神之时代精神》，《创造周报》1923 年 6 月 3 日，第 4 号。

③ 同上。

④ 郭沫若：《〈女神〉序诗》，《时事新报·学灯》1921 年 8 月 26 日。

⑤ 沈从文：《论闻一多的〈死水〉》，《沈从文文集》第 11 卷，花城出版社 1992 年版，第 147 页。

表现也较粗糙，但总体而言，其狂飙突进的思想解放之光，暴躁凌厉之气，平民追求之趣，却热烈地感动了读者，使青年们"从麻木、屈闷中跳出，充满着奋斗，冒险"①，极大地释放了"五四"青年长期郁积的社会压抑心理，满足了自我精神与情感的需要。不仅如此，《女神》还极大地唤醒和激发了"五四"青年对未来新生活的想象。受其鼓舞和引导，他们纷纷走向社会，走向叛逆，在火的涅槃中实现自我再生。可以说，正是在诗人郭沫若和众多读者特别是热血青年的共同阅读、言说中，《女神》的意蕴空间日益拓展，意义不断敞开与生成，认同日益定型，并逐渐转换成为一种集体记忆，向经典转化。

三 批评阐释中被经典化

文学批评与创作共生互动。特别在现代，文学意义的生成与扩张，作家身份与地位的确定，在很大程度上有赖于文学批评的介入与阐释。伴随着《女神》的广泛传播，在不同历史语境下，人们以不同的阐释标准对它进行了不同的解读，并在读者、批评家的阅读与批评所形成的多维力量中，其文学史意义不断生成，诗坛地位不断确立。

《女神》问世之初，以其彻底不同于旧诗及早期白话诗的创造姿态，为中国新诗坛提供了一个全新的诗歌文本，卓然独立，给广大读者以强烈的阅读冲击和心理震撼，颠覆着他们刚刚建立起来的关于新诗的观念。《女神》的自由体，显然不是胡适那时所描绘的自由新诗未来的蓝图，于是他们在想象新诗发展路径时感到了迷茫。对于《女神》，当时"颇有些人不大了解"②，似乎不明白其来由与去向，但大都从独创精神角度对它进行评价，肯定其"奔放的热情，打破因袭的力"③ 的个性特点，称赞郭沫若是"时代精神的讴歌者"④。1922 年，诗集出版一周年之际，郁达夫撰写《〈女神〉之生日》，敏锐捕捉到郭诗对白话新诗的超越，认为中国诗歌"完全脱

---

① 谢康：《读了〈女神〉以后》，《创造季刊》1922 年 8 月 25 日，第 1 卷第 2 期。

② 同上。

③ 同上。

④ 同上。

离旧诗的羁绊自《女神》始"①，充分认识到了《女神》的诗歌史价值。闻一多则在稍后的《〈女神〉之时代精神》中，将该诗集放在新诗发展历程中加以审视，"若讲新诗，郭沫若君的诗才配称新呢！不独艺术上他的作品与旧诗词相去最远，最要紧的是他的精神完全是时代的精神——20 世纪的时代精神"②，充分赞同郭诗所涵纳的新的诗歌内质，将《女神》定位为新诗的真正起点。关于《女神》"动的，反抗的"精神的历史抽象与理性认识，对人们接受、评价《女神》产生了深刻影响，不仅成为对其艺术创造的经典概括，且逐渐上升为诗歌内在质素的诗学理想，对中国新诗创作影响很大。

值得注意的是，自 1922 年始，出于对中国新诗及命运的深刻反思，郁达夫、闻一多、成仿吾、梁实秋等先后撰文，以激烈姿态对早期白话诗的散文化倾向进行整体性批判，批评新诗"收入了白话，放走了诗魂"③。因此，郁达夫和闻一多对《女神》的肯定，实际上是他们对新诗创作规范的重构，代表其对新诗范型的一种历史性想象。正如一位读者的感慨："我读了胡适的《尝试集》才知道可以用白话写新诗；我读了郭沫若的《女神》、《凤凰涅槃》，才知道新诗中有好诗。"④ 在对早期白话诗非诗化的清算中，《女神》对中国新诗的意义逐渐凸显，并成为形式化标本，满足了读者对"诗美"的期待，并逐渐建立起新的想象空间。

1930 年代，新诗经过象征化、格律化思潮，对郭沫若及《女神》的批评主要集中在创作个性及其得失上，并被纳入文学史叙事。沈从文明确推崇郭沫若为中国新文学史上第一个可称得起杰出的诗人，认为人们应把他的名字"位置在英雄上，诗人上，煽动者或任何名分上，加以尊敬与同情"⑤。废名与朱湘等也从《女神》的浪漫主义风格和对新诗拓展角度进行分析，认为"乱写才是他的诗，能够乱写是很不易得的事"⑥，称颂"不仅

---

① 郁达夫：《〈女神〉之生日》，《时事新报·学灯》1922 年 8 月 2 日。
② 闻一多：《〈女神〉之时代精神》，《创造周报》1923 年 6 月 3 日，第 4 号。
③ 梁实秋：《读〈诗的进化的还原论〉》，《晨报副刊》1922 年 5 月 29 日。
④ 戈壁舟：《戈壁舟文学自传》，《新文学史料》1987 年第 1 期。
⑤ 沈从文：《论郭沫若》，黄人影编《郭沫若论》，光华书局 1931 年版，第 16 页。
⑥ 废名：《谈新诗》，人民文学出版社 1984 年版，第 148 页。

限于新诗，就是旧诗与西诗里面也向来没有看见过这种东西的"①。同时，沈从文认为他"适宜于做新时代的诗，而不适于作文"②；朱湘在肯定郭沫若创作的同时，也指出他诗歌中存在的"对于艺术是很忽略的""西字的插入""单调的结构"③等问题。

《中国新文学大系》的编撰是对新文学成果的一次集中展示和理论描述。作为文学史叙事，它进一步强调了《女神》作为诗坛"异军"的特殊地位。在《诗集·导言》中，朱自清从比较研究的视角，研究诗歌艺术创作的规律，指出郭诗不同于传统诗歌的特点与长处，认为"他的诗有两样新东西，都是我们传统里没有的——不但诗里没有——泛神论，与二十世纪的动的反抗的精神"，从内容到形式对诗歌进行了彻底改造。而赵景深和陈子展在《中国文学小史》《最近三十年中国文学史》中，更直接地将《女神》作为新诗形成期的代表和标志，从此，《女神》正式进入了新诗史主流线索的叙事和构造中。

抗战爆发后，民族救亡成为时代主题，对《女神》的批评更多地表现为：在历史—文化阅读中，从社会功利价值阐释其思想内涵、时代特点和创作风格，赋予其政治历史意义，而文学审美本体、创作的复杂性与局限性则往往被忽视。1941 年 11 月，时值郭沫若五十寿辰和创作二十五周年。在周恩来的提议下，重庆、成都、桂林、昆明、延安等地，各民主党派、进步人民团体和文化界著名人士举行了隆重的纪念活动。周恩来、邓颖超、董必武、茅盾、冯乃超等，都撰文或赋诗，祝贺并充分肯定郭沫若二十五年的"光荣的业绩"④，产生一种"权威性"力量。特别是周扬为《女神》作了总体的经典描述："郭沫若在中国新文学史上是第一个可以称得起伟大的诗人。他是伟大的'五四'启蒙时代的诗歌方面的代表者，新中国的预言诗人。他的《女神》称得起第一部伟大新诗集。它是号角，是战鼓，它警醒我们，给我们勇气，引导我们去斗争。"⑤ 不仅对《女神》进行文学史

---

①　朱湘：《郭君沫若的诗》，《中书集》，生活书店 1934 年版，第 365 页。

②　沈从文：《论郭沫若》，黄人影编《郭沫若论》，光华书局 1931 年版，第 6 页。

③　朱湘：《郭君沫若的诗》，《中书集》，生活书店 1934 年版，第 376 页。

④　茅盾：《为祖国珍重——祝郭沫若先生五十生辰》，《华商报》1941 年 11 月 16 日。

⑤　周扬：《郭沫若和他的〈女神〉》，《解放日报》1941 年 11 月 16 日。

定位，更通过道德评价对其进行一种政治定位，使之真正走上中国新诗至高无上的领袖位置，成为代表中国新诗传统的文学史形象，不断引导和影响后来的文学生产。

新中国成立，特别是1950年代后，对《女神》的批评阐释日益与政治意识形态、国家权力相结合，被纳入规范化的文学史叙事中。《女神》的时代意义与精神越来越被单一化，赋予其政治观念语义，"升华到有关'五四'及新文化的整体性历史想象中"①，最终确立了它在中国新诗史上的"经典"地位。

总之，《女神》的出场及其经典化是多重话语和传播机制共同言说与塑造的结果。在不断的传播和阐释过程中，它在中国新诗坛的合法性地位、意义不仅被确定，诗歌创作的审美要求与规范的制度性想象也在其间逐渐呈现出来，对现代诗歌的新秩序产生了深刻影响。当然，由于文本生产、传播、运行方式不同，现代诗歌与传统相较，经典化的路径与影响具有不同的特质。传统诗歌的社会运行机制，相对自足，写作与阅读具有明显的封闭性、局限性。那些游戏交际、个人自谴的"类型化"之作，大多表现为文人间的酬唱应和，民间的口头流传，歌坊欢笑场所的传唱，民间或官方的诗歌传抄、刻印和编撰，其诗歌批评亦多为即兴随意的个人感悟，缺乏公共的大众化的呈现。由此，古代某一诗歌运动或趣味的倡导与流布往往只局限于少数同好之间，难以吸引众人参加，社会影响不大。而"五四"时期，随着现代报刊的产生，传统写作、阅读和评价的封闭性、个人性被打破，文学的大众化平民化成为一种普遍的价值追求。诗歌也从传统的个人应酬唱和、交际游戏转变成面向大众的公共言说。正是借助于现代出版、阅读接受，《女神》的现代诗学价值和意义不断被开掘、敞开，不仅为白话自由体新诗确立起存在的合法性，而且有力地推动了新诗的发展，尤其是加速了中国浪漫主义诗潮的形成，《女神》也因此奠定了新诗史上的"经典"地位。②

---

① 姜涛：《"新诗集"与中国新诗的发生》，北京大学出版社2005年版，第248页。
② 与陶丽萍合作。

第三节　选本与《凤凰涅槃》沉浮

《凤凰涅槃》最初发表在 1920 年 1 月 30 日至 31 日的《时事新报》副刊《学灯》上，后收入诗集《女神》。今天人们谈到《女神》或者郭沫若的新诗时，自然会把目光落在《凤凰涅槃》上，肯定其在中国现代文化建设和现代诗学建构过程中所起的作用，承认其艺术上的独特价值，将其视为百年新诗的"经典"之作，甚至将其视为"五四"时代的精神象征。那么，《凤凰涅槃》的"经典"地位在何时开始确立的，是否在问世之后就受到读者的追捧而一路走红；《凤凰涅槃》又为何能在众多的郭诗中脱颖而出，最终成为郭沫若最重要的代表作。为了探寻出《凤凰涅槃》走向"经典"神坛的奥秘，我们通过大量的选本统计和史料收集发现了一个出人意料的现象：《凤凰涅槃》在民国选本中处于被"冷落"的状态，没有出现在任何诗歌选本中，直到 1950 年代中期以后才被选家看中，开始走进广大读者的阅读视野，随后逐步受到热捧。在新诗接受史上，《凤凰涅槃》这种命运突变的现象可谓十分独特。同时，在《凤凰涅槃》的经典化过程中，诗歌以外的非文学因素起到了至关重要的作用，这也招来了一些对《凤凰涅槃》"经典"身份的质疑。本节将从选本的维度对《凤凰涅槃》的传播进行历时性考察，通过统计不同历史时期的诗歌选本对《凤凰涅槃》以及郭沫若其他诗作的收录情况，在数据分析中寻找出《凤凰涅槃》走向"经典"的历史脉络，探寻其背后隐含的成因，也为重新审视新诗中的"经典"作品提供有益的启发与思考。

我们采用实证研究的方法，以"读秀"图书搜索和图书馆馆藏查询的方式，汇集整理各个时期文学选本对郭沫若诗歌的收录数据，寻绎出选本收录《凤凰涅槃》的线索轨迹。我们以 1920 年新诗社编辑部出版的《新诗集（第一编）》为始，以 2015 年北京大学出版社出版的《中国现代文学作品解析》为终，对其间出版的 191 个文学选本收录郭沫若《凤凰涅槃》及其他新诗的情况进行数据统计。

一

表 2—1　　　　　　　1920—1970 年代选本收录郭沫若诗作的情况

选本	编者	出版机构和时间	有无《凤凰涅槃》	收录郭其他诗情况
《新诗集(第一编)》	新诗社编辑部	上海新诗社出版部 1920 年	无	有
《分类白话诗选》	许德邻	上海崇文书局 1920 年	无	有
《新诗年选一九一九年》	北社编	上海亚东图书馆 1922 年	无	有
《初级中学国语文读本》(第二册)	佷工,仲九	民智书局 1922 年	无	有
《时代新声》	卢冀野	泰东图书局 1928 年	无	有
《恋歌》	丁丁、曹雪松	上海泰东图书局 1928 年	无	有
《文艺园地》	柳亚子	上海开华书局 1932 年	无	无
《现代诗杰作选》	沈仲文	上海青年书店 1932 年	无	有
《抒情诗》(汇编)	朱剑芒、陈霭麓	上海世界书局 1933 年	无	有
《写景诗》(汇编)	朱剑芒、陈霭麓	上海世界书局 1933 年	无	有
《现代中国诗歌选》	薛时进	上海亚细亚书局 1933 年	无	有
《诗词精选》	苏渊雷	世界书局 1934 年	无	有
《现代诗选》	赵景深	上海北新书局 1934 年	无	有
《中华现代文学选》(第二册·诗歌)	王梅痕	上海中华书局 1935 年	无	有
《注释现代诗歌选》	王梅痕	上海中华书局 1935 年	无	有
《中国新文学大系·诗集》	朱自清	上海良友图书印刷公司 1935 年	无	有
《诗》	钱公侠、施瑛	上海启明书局 1936 年	无	有
《现代新诗选》	笑我	上海仿古书店 1936 年	无	有
《现代创作新诗选》	林琅编辑,淑娟选评	上海中央书店 1936 年	无	有
《抗战颂》	唐琼	上海五洲书报社 1937 年	无	有
《战时诗歌选》	冯玉祥等著	战时出版社 1937 年	无	有

续表

选本	编者	出版机构和时间	有无《凤凰涅槃》	收录郭其他诗情况
《抗战诗选》	金重子	汉口战时文化出版社 1938 年	无	有
《战事诗歌》	钱城	上海文萃书局 1938 年	无	有
《新诗》	沈毅勋	新潮社 1938 年	无	有
《诗歌选》	王者	沈阳文艺书局 1939 年	无	无
《新诗选辑》	闲云	海萍书店出版部 1941 年	无	有
《现代中国诗选》	孙望、常任侠	重庆南方印书馆 1943 年	无	无
《战前中国新诗选》	孙望	成都绿洲出版社 1944 年	无	无
《现代诗钞》	闻一多	开明书店 1948 年	无	有
《中国新诗选（1919—1949）》	臧克家	中国青年出版社 1956 年	有	有
《中国现代文学作品选》	北京大学中文系	北京大学出版社 1975 年	有	有
《中国现代文学作品选》	中山大学中文系编	中山大学中文系 1977 年	有	有
《中国现代文学作品选》（上）	陕西师大中文系现代文学教研室编	陕西师大中文系 1977 年	有	有
《中国现代文学作品选》第 1 册	武汉师范学院中文系现代文学教研组编	武汉师范学院中文系现代文学教研组 1977 年	有	有
《中国现代文学作品选》1	徐州师院中文系现代文学教研组编	徐州师院中文系现代文学教研组 1977 年	有	有
《中国现代文学作品选》上	上海师范大学中文系中国现代文学教研组编	上海师范大学中文系中国现代文学教研组 1977 年	有	有
《中国现代文学作品选》（上册）	北京广播学院图书馆资料组，新闻系文学教研组编	北京广播学院图书馆资料组，新闻系文学教研组 1978 年	有	有

续表

选本	编者	出版机构和时间	有无《凤凰涅槃》	收录郭其他诗情况
《中国现代作家作品选》（第一册）	华中师范学院现代文学教研室，武钢教育处教学研究室合编	华中师范学院现代文学教研室，武钢教育处教学研究室 1978 年	有	有
《中国现代文学作品选》	十四所院校编	十四所院校 1978 年	有	有
《中国现代文学作品选读》上	《中国现代文学作品选读》选编组	上海教育出版社 1978 年	有	有
《中国现代文学作品选讲》	广西民族学院中文系现文学教研组编	广西民族学院中文系现文学教研组 1978 年	有	无
《中国现代文学作品选》上	太原市教育学院编	太原市教育学院 1978 年	有	有
《中国现代文学作品选》上	中国现代文学教研室编	吉林省函授学院中文系 1979 年	有	有
《新诗选》（第一册）	北京大学等中文系现代文学教研室	上海教育出版社 1979 年	有	有
《中国现代文学作品选》（上）	沈阳教育学院编	沈阳教育学院 1979 年	有	有
《现代诗文选讲》（《西湖丛书》第五辑）	亢宗，剑平	《西湖》文艺编辑部 1979 年	有	有
《中国现代文学作品选》上	西藏民族学院语文系现代文学组编	西藏民族学院 1979 年	有	有
《中国现代作家作品选》（上）	上海教育学院编	福建教育出版社 1979 年	有	有
《中国现代文学作品选》（上）	华南师范学院等编	华南师范学院 1979 年	有	有
《中国现代文学作品选讲》	河北师范函授部编	河北师院函授部 1979 年	有	无

表2—1显示，在1920—1970年代选本中，郭沫若的地位十分显著。在所列出的50种选本里，民国时期，郭沫若仅缺席4种，即《文艺园地》（柳亚子编）、《现代中国诗选》（孙望、常任侠编）、《战前中国新诗选》（孙望）和《诗歌选》（王者），说明郭沫若这期间已在中国诗坛具有重要地位。从《凤凰涅槃》的接受情况而言，在以1949年为节点的前后两个时期里，《凤凰涅槃》在选本中则呈现出截然不同的传播命运。在1920—1940年代，选录郭沫若新诗的25个选本，无一例外地把《凤凰涅槃》排除在外，使这首长诗成为选家较为一致的"弃儿"。《凤凰涅槃》在民国选本中"缺席"，也就失去了成为新诗"经典"的可能性，同时也面临着被时代和历史淘汰的危机。那么，为什么众多选家无视《凤凰涅槃》的存在，使其在新诗发展最初的三十年里竟出现一段漫长的空白期，有哪些原因最终造成了这种特殊的现象？这种现象本身又意味着什么呢？

第一，选诗原则、标准导致《凤凰涅槃》的落选。这一时期的诗歌选本均有自己特别的编选目的与选诗原则，《凤凰涅槃》与各个选本的出发点与目的之间有较大差距。有的选本分类遴选，《新诗集（第一编）》《分类白话诗选》急着向世人展示早期新诗所取得的成绩，按照内容把诗歌分为"写景""写实""写情""写意"进行分类编排，其目的在于"把白话诗的声浪竭力的提高来，竭力的推广来"。①《凤凰涅槃》从表现内容上看，难以归入上述四类之中，无法入选；有的选本偏向于审美抒情的选编标准，如《恋歌》（丁丁、曹雪松编）、《抒情诗》（朱剑芒、陈霭麓编）等，《凤凰涅槃》既非恋歌，又非倾吐大时代背景下个人一己的感伤，与编者着眼于个体"小我"情感抒发的标准存在着一定的距离，也难以入选；有的选本本身就诞生在特定的时代语境下，所选的作品自然要反映当时的时代主题。《抗战颂》（唐琼编）、《战时诗歌选》（冯玉祥等著）、《抗战诗选》（金重子编）、《战事诗歌》（钱城编）所选的郭诗都是写于抗战时期的急就章，是反映抗战生活和高扬全民族抗战热情的作品，而彰显"五四"精神的《凤凰涅槃》自然不会入选。

第二，受中国古典抒情写意传统的影响。与西方诗歌相比，中国古典

① 许德邻：《分类白话诗选·自序》，崇文书局1920年版，第4页。

诗歌偏重抒情写意，并以短小精悍为重要审美标准，没能产生古希腊那种长篇叙事史诗，主要就是源于这种传统的诗学观念。一些编者囿于传统认知和惯性思维，在选择篇目时便把篇幅较长、长于叙事的作品排斥在外。卢冀野在《时代新声》的序言中明确表示："论其内容，予所收者，无一不具充满的实质，抒情诗最多……论其外形，予所录者，无一不具审美之词藻，调和之音节，大都蜕化而成。"① 在内容和形式上，选本收录的诗作要符合优美的辞藻、和谐的音调等固有的抒情传统，而《凤凰涅槃》尽管有着浪漫的抒情，但在编者看来，其诗中过多的叙事成分和对话形式，加上融进较多的神话传说，应该归为诗剧的行列里。孙俍工在《最近的中国诗歌》中便把《凤凰涅槃》作为"剧诗"加以介绍，并认为"是一种兼叙事诗与抒情诗两面的主客观诗"②。基于这种观念的认识，选家更钟情于郭诗中那些辞藻精美，意象奇警，具有唯美情调的形式短小的作品，如《夜步十里松原》《新月与白云》等，而在内容和形式上均显得较为独特又难以简单归类、篇幅又过长的《凤凰涅槃》免不了尴尬的境地。

　　第三，编选者的个人性格和视角眼光致使《凤凰涅槃》落选。鲁迅说过："选本所显示的，往往并非作者的特色，倒是选者的眼光。"③ 选本的编辑整理过程本身就是极具有个人化色彩的文学活动，无论出于何种目的，选家的个人眼光、审美取向甚至性格特点都对选本的编选产生一定的影响。1935年的《中国新文学大系·诗集》（朱自清编）是一部着意钩沉新诗历史的诗选，出于此日的考虑，朱自清希望全方位、多层面地选择诗歌，向读者全面介绍新诗人，给予读者选择和阅读阐释的自由空间。尽管如此，朱自清还是无法真正做到全面再现新诗客观发展，他坦言"大系"所收录的"只是就所能见到的凭主观去取。这其间自然免不了偏见，但总盼望取的是那些影响较广或情境较新的。"④《凤凰涅槃》无论在影响上还是诗的

① 卢冀野：《时代新声》，泰东图书局1928年版，第3页。
② 孙俍工：《最近的中国诗歌》，文学研究会编《星海》（上），商务印书馆1924年版，第165—166页。
③ 鲁迅：《"题未定"草（六至九）》，《鲁迅全集》第六卷，人民文学出版社2005年版，第436页。
④ 朱自清：《编选凡例》，《中国新文学大系·诗集》，上海良友图书印刷公司1935年版，第9页。

情境上都应该符合朱自清的选编标准，但却偏偏没被收录，这其中的原因或许与朱自清的审美取向和个人性格有关。虽然朱自清在《导言》中对郭诗溢美有加，但在选择篇目和数量上还是有所偏好。郭诗入选"大系"25首，数量上低于闻一多（29首）和徐志摩（26首），排在第三位。此外，"大系"遗漏的郭诗不仅有《凤凰涅槃》，还有同具狂放风格的《天狗》《立在地球边上放号》，这说明编选者的审美取向更趋同于"新月派"对艺术的节制，而非郭诗天马行空般的自由与豪放，这种审美判断也更符合朱自清本人温柔敦厚、儒雅高狷的学者品性。至于后来闻一多的《现代诗钞》对《凤凰涅槃》的轻视，更是编者闻一多带有强烈的个人化色彩使然。闻一多曾批评郭诗有过于欧化的缺点，正是针对过于散漫的形式和缺少诗韵的自由体诗，提出了"理性节制情感的"新格律主张。受限于人情影响，对于私交较好的诗人自然有所偏重，《现代诗钞》收入新月派诗人的新诗所占比例较大，却只选了郭沫若6首诗作，在数量上远低于其他知名的诗人，这与郭沫若在诗坛的地位极不匹配。郭沫若在闻一多眼中的"降格"直接反映在其篇目的选择上，《凤凰涅槃》也自然因形式散漫、缺乏节制等缺陷而被挡在选本之外。

第四，重要诗歌选本对《凤凰涅槃》的盲视，直接强化了这首诗在民国备受冷遇的境地。在1920—1940年代的所有选本中，朱自清编选的《中国新文学大系·诗集》对新诗的传播和接受所产生的作用力尤为明显，除了《凤凰涅槃》以外，郭沫若几乎所有的名篇都被编选其中，使得之后的选本在遴选篇目时也自然受到"大系"的影响。其中，《诗》（钱公侠、施瑛编）和《现代新诗选》（笑我编）这两个选本所选郭诗的数量都在10首以上，其编排的篇目大体与"大系"相仿，几乎涵盖了郭沫若的所有名篇，但唯独漏掉了《凤凰涅槃》。由于朱自清没有把《凤凰涅槃》列在编选的篇目里，这也是直接造成了此后20年里诗歌选本对《凤凰涅槃》的忽视，成为在选本中被遗忘的诗篇。

从表面上看，《凤凰涅槃》在1950年代前选本中的"空白"是选家个人因素造成的，其实，这背后隐藏着新诗发展过程中谋求合法性地位的现代性焦虑。新诗从诞生之日起，便一直存在着确立合法性地位的问题。早期白话诗着眼于与旧诗的分野，凭借着现代媒体的广泛影响迅速扩大新诗的声势，因此，包括选本在内的新诗集的结集出版，成为新诗合法地向外部扩张的重要举措。编选者在遴选作品时，不仅要考虑诗人的影响，还要从新诗发展的内部规律和诗学理论探索的角度去对新诗作品进行取舍，这就把对新诗外部空间合法性的争取，延伸到诗歌艺术美学的层面上来，从诗歌语言、形式、文类秩序等方面着眼，以寻求新诗的合法性地位。朱自清、闻一多等人对《凤凰涅槃》的忽视，也正是基于诗歌艺术形式和审美蕴藉的角度而有意为之，在新诗内部进行自我辩驳与思考，期望通过甄别与遴选，为新诗留下"经典性"作品，而这种经典化的行为过程，也推动着中国新诗合法性地位的确立。

二

那么，选本的忽视是否意味着《凤凰涅槃》本身就是一首乏善可陈的平庸之作，它将随着时间的流逝彻底地消失在读者的视野里呢？《凤凰涅槃》被遗忘的命运又何时发生转换的呢？1956 年臧克家编选的《中国新诗选（1919—1949）》第一次收录《凤凰涅槃》，这是该诗除了入选郭沫若个人诗集之外首次进入公众的阅读空间，为其迈向新诗"经典"的行列提供了良好契机，是其命运改变的开端。它收录 1919—1949 年 26 位诗人 92 首作品，收入郭诗 9 首，《凤凰涅槃》排在郭诗的第三位，可以说臧克家是比较重视这首诗的。臧克家为何能够独具慧眼，把这首诗又重新拉回到读者的阅读视野，使该诗的命运在 1950 年代中期之后发生剧变呢？

《凤凰涅槃》地位的迅速上升开始于 1950 年代中期，这与当时的时代语境和文艺环境变化有关。诞生在"五四"时期的《凤凰涅槃》，发表后便引起广泛的讨论，有赞赏之词，也有质疑之声，但都立足于诗歌艺术规律的角度表达见解与主张，其批评之声多集中于郭诗外在形式的弊端，认为"他的结构太单纯了，有时仍旧不脱浅露之病"。[①] 但进入 1950 年代以后，时代语境和文学环境发生了根本性改变，文学由多元走向规范，作品能否体现正确的政治立场，是否坚持"社会主义现实主义"或者"两结合"的创作方法，是否有助于社会主义话语建构，成为评判作品优劣的主

[①]　钱公侠、施瑛：《诗·小引》，上海启明书局 1936 年版，第 5 页。

要标准。因此，"在大多数情况下，文学批评并不是一种个性化的或'科学化'的作品解读，也不是一种鉴赏活动，而是体现政治意图的，对文学活动和主张进行'裁决'的手段"。① 在这种思维模式的影响下，对《凤凰涅槃》的解读突出了爱国的思想倾向和革命性主旨。郭沫若曾强调："我的那篇《凤凰涅槃》便是象征着中国的再生。"② 此后的学者、选家都沿着这条思路进行指向性地阅读阐释，这种具有定性式的解读一直影响着后来的文学史写作。

1956 年，臧克家编选的《中国新诗选（1919—1949）》虽有钩沉中国新诗三十年发展历史的意图，但终究还是一次体现政治化意图的非个人性成果，发挥了建立文学新规范的导向作用。"这本选集，主要是给青年读的，是为了帮助青年认识'五四'以来诗歌发展的基本情况，学习它的革命传统，因而，主要应着眼于有进步影响的诗人，着眼于思想性较强的诗。"③ 臧克家在序言中高度肯定了郭沫若的诗作，认为《女神》充满了"对于祖国未来的新生的渴望"，也是"第一次把新诗的题材伸展到历史神话的范围里去，用了历史神话故事，而又不使它脱离现实的意义"。④ 这些评价具体到诗歌文本时，全部能够与《凤凰涅槃》相契合。这首描写古代神话中凤凰再生故事的诗作在臧克家看来，可以解读成为一个新中国成立的寓言，凤凰的再生就是中国的新生，符合对新中国的历史预言、想象与实现。诗中的凤凰被赋予崇高、神圣的意义，是被作为祖国、民族的象征，作为革命者的形象化身而被讴歌。在这里，《凤凰涅槃》的思想价值被放大，而其艺术形式方面存在的问题则被搁置，狂放自由的抒情形式也被视为"革命浪漫主义"的典范，其目的是要建立起符合规范的文学"经典"。因此，从国家意识层面上看，《凤凰涅槃》更符合社会主义话语对"经典"的诉求与有效阐释，其走向"经典"的过程与社会主义国家意识形态的建构联系在一起。

---

① 洪子诚：《中国当代文学史》，北京大学出版社 1999 年版，第 25 页。

② 郭沫若：《创作十年》，《学生时代》，人民文学出版社 1979 年版，第 64 页。

③ 大伊：《有关〈中国新诗选〉的几件事》，《读书月报》1956 年第 10 期。

④ 臧克家：《"五四"以来新诗发展的一个轮廓·代序》，《中国新诗选（1919—1949）》，中国青年出版社 1956 年版，第 8 页。

　　臧克家的选本在 1950—1960 年代的合法性与权威性，使其在特定的历史时期内具有广泛的影响力，也为《凤凰涅槃》在国家意识和读者接受两个层面进一步传播奠定了坚实的基础。在笔者所搜寻的选本中，1975 年北京大学中文系编选的《中国现代文学作品选》（下）是继臧克家《中国新诗选（1919—1949）》之后最早收录《凤凰涅槃》的选本。这部诞生在极"左"思潮笼罩下的选本，收录郭沫若诗歌 10 首，《凤凰涅槃》被安排在全书的第一篇。更有意味的是，编者在编选说明上明确表示长篇小说、长诗和多幕剧不选，而《凤凰涅槃》的入选则有悖于这个原则，更加说明了这首长诗在选家心中的独特分量。这部选本明显遗留着"文化大革命"的印记，所收录的诗歌除了郭沫若、冰心、闻一多、蒋光慈、殷夫、臧克家、田间等现代诗人的作品之外，还集中选录了 15 首"大跃进"时期的新民歌，以及表现革命气节和歌唱祖国和工人劳动的作品。选家看中《凤凰涅槃》的原因在于其革命性的思想倾向和对新世界的礼赞。在文艺作品几乎被全盘否定的特殊时期，《凤凰涅槃》能够保留其"合法"地位而继续传播，进一步增加了该诗在读者心中的分量，也影响了 1970 年代末作品选的编选。从 1977 年到 1979 年间，表中列出各高等院校编选的作品选全部收录了《凤凰涅槃》，其中不乏有单独选录的情况。1979 年，旨在便利中国现代文学史课程教学，提供齐备的文学史料，北京大学、北京师范大学、北京师范学院三校中文系中国现代文学教研室联合编选了三卷本《新诗选》，其中第一册选取了以《凤凰涅槃》为代表的郭沫若的 30 余首诗作，再次体现出对郭沫若的重视。此选本影响力和传播力较大，初版就印刷十万册，其中确立的许多新诗名篇都成为后来诗歌编选者的重要参考。此次《凤凰涅槃》的入选进一步巩固了它在选本中的重要地位，从此以后，这首抒情长诗从"弃儿"渐变为"宠儿"，成为众多诗选和文学作品选的必选篇目，在中国新诗史上的突出地位日益稳固，加快了迈向"经典"的步伐。

表 2—2　　　　　1950 年代以来 162 种选本郭诗入选总频次

诗作	普通选本入选频次	高校教材入选频次	总频次
《凤凰涅槃》	37	93	130
《炉中煤》	26	50	76

续表

诗作	普通选本入选频次	高校教材入选频次	总频次
《天狗》	23	44	67
《天上的市街》	27	31	58
《地球，我的母亲》	20	37	57
《立在地球上放号》	13	13	26
《太阳礼赞》	8	18	26
《我想起了陈涉吴广》	1	14	15
《匪徒颂》	1	12	13
《瓶》（选自《瓶》的总计）	6	7	13
《如火如荼的恐怖》	1	10	11
《黄浦江口》	3	7	10
《夜步十里松原》	8	1	9
《晨安》	6	3	9
《巨炮之教训》	0	9	9
《笔立山头展望》	5	0	5

注：入选 5 次以下诗歌暂不列出。

表 2—3　　　　　　　1950 年代以来不同年代郭诗入选频次

	诗歌选本				
	20 世纪 50—70 年代	20 世纪 80 年代	20 世纪 90 年代	2000 年以来	总频次
《凤凰涅槃》	21	46	16	47	130
《炉中煤》	15	30	13	18	76
《天狗》	11	18	10	28	67
《天上的市街》	13	19	9	17	58
《地球，我的母亲》	15	26	4	12	57
《立在地球上放号》	3	7	8	8	26
《太阳礼赞》	8	6	4	8	26
《我想起了陈涉吴广》	9	6	0	0	15
《匪徒颂》	5	6	0	2	13
《瓶》（选自《瓶》的总计）	1	6	4	2	13
《如火如荼的恐怖》	6	3	2	0	11

续表

	诗歌选本				
	20 世纪 50—70 年代	20 世纪 80 年代	20 世纪 90 年代	2000 年以来	总频次
《黄浦江口》	5	4	1	0	10
《夜步十里松原》	1	0	3	5	9
《晨安》	1	0	1	7	9
《巨炮之教训》	9	0	0	0	9
《笔立山头展望》	0	0	1	4	5

注：入选 5 次以下诗歌暂不列出。

从表 2—2、表 2—3 可以清楚地看到，《凤凰涅槃》成为 1950 年代以后郭诗入选频次最高的作品，占总频次的 80%，远远高于其他作品的入选次数，名副其实地成为郭沫若最重要的代表作。在这组数据的背后，还有几个特点需要进一步说明：第一，通过与表 2—1 的比照，民国和新中国两个时期的选本在篇目上存在着较大的变化，除了《凤凰涅槃》的"异军突起"之外，1920—1940 年代入选次数最多的《夜步十里松原》在 1950 年代之后便受"冷落"，仅有 9 次入选，而《炉中煤》《天上的市街》《天狗》《地球，我的母亲》等均超过 50 次，成为读者眼中郭诗的代表作。第二，这 162 个选本大致可以分成四种类型：一是高等院校编辑的文学作品选，如《新诗选》第 1 册（北京大学等中文系现代文学教研室编，上海教育出版社 1979 年版）、《中国现代文学作品选》（复旦大学中文系现代文学教研室编，复旦大学出版社 1986 年版），《中国现代文学作品选讲》（林志浩，高等教育出版社 1987 年版）等；二是普通的鉴赏性读本，如《中国新诗选(1919—1949)》（臧克家，中国青年出版社 1956 年版）、《现代诗歌名篇选读》（吴开晋，河北人民出版社 1982 年版）、《中国新诗名作导读》（龙泉明，长江文艺出版社 2003 年版）、《中国新诗：1916—2000》（张新颖，复旦大学出版社 2001 年版）等；三是为百年新诗"遴选经典"的多卷体长篇选集，如《中国新诗总系·第一卷 1917—1927》（姜涛，人民文学出版社 2010 年版）、《中国新诗百年大典》第 1 卷（李怡，长江文艺出版社 2013 年版）；四是专为中小学生提供课外阅读的通识性读本，如《现代新诗一百首》（少年文学诵读本，钱光培编注，北京出版社 1983 年版）、《中学生阅读与欣赏：中国现当代诗歌卷》（李霆鸣选编，四川人民出版社 2000 年版）、《影响中学生一生的 60 首诗歌》（陈荣赋主编，中国戏剧出版社 2005 年版）等。选本类型的多样化说明了《凤凰涅槃》具有传播范围广、受众多的特征。第三，在选有《凤凰涅槃》的 130 个选本里，有 27 个选本把《凤凰涅槃》列为郭沫若的唯一代表作，超过选本总数的 20%，如《诗歌精萃》（刘雨婷主编，东北师范大学出版社 1996 年版）、《百年百首经典诗歌（1901—2000）》（杨晓民主编，长江文艺出版社 2003 年版）、《中国现当代文学名著》（刘复生、张宏主编，蓝天出版社 2004 年版）等，这种独篇“代表”身份加上“精粹”“经典”“名著”的标签，更加显示出《凤凰涅槃》在郭沫若诗歌中的独特位置，也进一步强化了其在中国新诗中的“经典”地位。

从数据上可以发现，1950 年代以后的《凤凰涅槃》开启了广泛传播的新阶段，但其发展的趋势却并非直线上升，而是出现过波澜起伏。1980 年代和 21 世纪以来的 15 年间属于高峰期，而 1990 年代则陷入了低谷，这说明《凤凰涅槃》缺乏能够超越时代的限制而具有更加长久和共时性的阅读价值，而是随着时代语境的变化而变化，其经典化之路更多地受制于诸多外部因素的制约，这也让读者对其“经典”地位产生了怀疑。

《凤凰涅槃》之所以在 1980 年代呈现“繁荣”之势，背后的原因离不开“学院派”对该诗的重新认识和批评阐释，并直接加快了其走向“经典”的步伐。由表 2—2 显示，《凤凰涅槃》入选高校教材的次数远高于普通选本，超过总数的 70%，这说明在《凤凰涅槃》走向“经典”的过程中，“学院派”的助推力是最大的。在 1950—1970 年代收录《凤凰涅槃》的 21 个选本里，高校教材选本（主要指文学作品选）就占了 19 个，1980 年代的占了 36 个，而且大部分选本在编排郭诗篇目时把该诗列为第一篇，有的选本还附有专门解析品评的文章，如《“五四”精神的号角——读〈凤凰涅槃〉》（《中国现代文学作品选讲》钱谷融主编，华东师范大学出版社 1986 年版）、《是火在歌唱——〈凤凰涅槃〉浅析》（孙玉石撰，《中国现代文学作品选讲·下》林志浩主编，高等教育出版社 1987 年版）等。高校选本是根据中国现代文学教学实际情况而编写的，直接反映了该学科在高校中文系中的教学内容。自从 1951 年《中国新文学史教学大纲》颁布以来，全国各高等院校按照大纲的内容进行教学研究，而郭沫若在大纲中占有突出的位置，因此，郭沫若及其新诗创作成为现代文学教学中的重点。在为数众多的郭诗里，《凤凰涅槃》能够被集中地凸显，尤其在 1970—1980 年代形成了较为一致性的评价话语，除了延续 1950 年代对"凤凰"隐喻中国再生的象征性解读之外，更着眼于《凤凰涅槃》中所体现出的"五四"精神和时代特征。在一些选家看来，"《凤凰涅槃》中所表现的那种摧毁一切、创造一切的火山爆发式的激情和狂飙突进的气魄，正是'五四'时代彻底反帝、反封建革命精神的体现"。[①] 而此时的中国，"文化大革命"结束，拨乱反正，思想解放，在反思中回望"五四"，要求以现代理性恢复人的尊严与人格，同时在"改革"的畅想中渴望祖国的新生、腾飞，因此《凤凰涅槃》所体现出的"五四文学"中"人"的解放主题、"创造"精神，与改革开放初期人们的心理相契合，也顺应了时代的发展和现代化建设的必然要求，而诗中抒情的成分和自由的形式也符合整个 1980 年代的浪漫精神。可以说，从《凤凰涅槃》中解读出的乐观主义、理想主义以及求新变革意识与整个时代语境形成了呼应，众多论者对其所进行的经典性阐释也支撑起时代变革的呼声。《凤凰涅槃》因此迎来其经典化之路上的第一次高峰。

　　但是，《凤凰涅槃》在 1980 年代的热度并没有持续到 1990 年代，而是出现了陡然降温的现象。由表 2—3 显示，1990 年代入选郭诗的数量明显出现了放缓的趋势，低于其他时期的入选频次。虽然《凤凰涅槃》仍然是入选频次最多的作品，但与其他诗作的差距在缩小，这种变化证明了《凤凰涅槃》的"经典之路"走得并不顺利。何以会出现这种波动呢？这与 1990 年代文学环境的变化有着密切的关系。随着全面进入现代化的物质建设阶段，1990 年代中国的文化和价值理念步入了复杂的转型期。在文学界，"多元化""个人化"、现代主义取代了以往的启蒙指向，曾在 1980 年代充当思想先锋的知识分子，开始喊出"告别革命""放逐诸神"的口号，试图打破原有的价值标准，进行重新的考量和评判。随着启蒙意识的旁落，

----

① 兰少成等：《中国现代文学作品选讲》，广西人民出版社 1981 年版，第 34 页。

浪漫主义日趋式微，现代主义成为1990年代人们关注的焦点。对"经典"的质疑、文学大师排座次等事件的发生，使文艺评判的标尺呈现多元性和个性化的特征。1994年围绕着《二十世纪中国文学大师文库》的排名，在中国文化界掀起了一场关于文学大师"座次"问题的轩然大波，茅盾、郭沫若等大师地位受到质疑和挑战。在《二十世纪中国文学大师文库·诗歌卷》中，郭沫若位列12位诗人中的第八位，排在穆旦、北岛、冯至、徐志摩、戴望舒、艾青、闻一多之后，颠覆了郭沫若原有的大师形象。郭沫若之所以被"降级"，是编选者用某种特定的尺度去衡量其价值的结果，即"诗歌文本的审美价值及其对诗史的影响"[1]。当剔除了时代话语对诗歌的潜在价值阐发的影响和精神感召的时候，人们对郭沫若诗歌的评价也自然发生了变化，这不仅体现在对其整体诗歌认同感的滑落上，也表现在对郭诗"经典"作品选取标准的多样性上。在1990年代的选本中，有7个选本排除掉《凤凰涅槃》而选取其他作品作为郭诗的代表，如《中国现代文学作品精选》（严家炎、孙玉石主编，北京大学出版社1993年版）、《中国新诗经典》（江水选编，上海文艺出版社1998年版）、《中国现代文学名作三百篇》（张大明主编，四川人民出版社1998年版）等。《天上的市街》《天狗》《炉中煤》《太阳礼赞》等作品也同时进入选家"经典"的视域里，有的选本还把《天上的市街》（《新诗选》，罗洛编，中华书局有限公司1991年版）、《夜步十里松原》（《中国现代诗一百首》，庞秉钧编，中国对外翻译出版公司1993年版）等诗歌作为独篇代表入选。可见，《凤凰涅槃》在走向"经典"的过程中，并非一路走红，而是夹杂着许多质疑之声。《凤凰涅槃》"经典"地位所受的挑战，有源自文学之外的原因，即知识分子对以往的"价值立场"产生的怀疑和困惑，表现出深刻的危机意识；同时也是源于文学自身发展的逻辑内因，其众声喧哗的背后表现出中国新诗以独立的美学品格加入世界诗坛的焦虑性渴望，这也成为1990年代文化界关注的焦点。

　　但是，在21世纪的前15年里，《凤凰涅槃》的命运再一次发生逆转，没有在质疑的声浪中走向衰落，而是随着新世纪的脚步迎来了新的"爆

---

　　① 张同道、戴定南：《纯洁诗歌》，《二十世纪中国文学大师文库·诗歌卷》，海南出版社1994年版，第3页。

发"。表 2—3 显示，在进入 21 世纪以后的十余年间，《凤凰涅槃》入选频次明显高于 1990 年代，与 1980 年代持平，重新回归到选本的中心位置，进一步巩固了在中国新诗中的"经典"席位。那么，又是什么原因带来这种变化呢？《凤凰涅槃》的超凡想象、夸张语言以及绝对自由的形式，充溢着浓郁的浪漫主义色彩，为读者提供了新的审美眼光，带来审美观念的转变。随着社会前进脚步的加快和科学文化、社会生产力稳步发展，社会经济结构必然随之发生根本改变。步入现代社会以来，传播媒体的发展和人类生活节奏的加快，使人类活动的空间和时间都相对收缩，这便导致了现代社会结构的巨大变化，也使人们形成了新的思维方式和艺术心理。在此基础上，必然要形成新的审美意识。因此，对传统的反叛、个性张扬、注重自我的表现成为当代人的生存诉求。"《女神》在 20 世纪绝大多数时期受读者欢迎，它的传播、接受经典化过程，是民族现代审美意识建构的重要环节，张扬了现代浪漫主义美学，培养了浪漫主义审美趣味，为五四以降的读者提供了新的审美眼光，凝练出一种全新的现代浪漫主义艺术精神。"[1]《凤凰涅槃》中呈现的是一种火山爆发式的激情，体现了与传统彻底决裂、对未来充满信心的乐观主义精神，这正是现代人面对外部世界的风云变幻所表现出自信的精神映照，它与中国传统的群体意识不同，传达着一种具有强烈个体意识的现代情绪。随着新世纪的到来，挤压在新诗身上的政治思维逐渐隐退，开放包容的时代语境为《凤凰涅槃》的"更生"提供了广阔的土壤。革命和启蒙的浪潮早已退去，现代主义的热度也随之锐减。开放自信的时代环境，让读者重新审视《凤凰涅槃》的外在形式，那种"绝端的自由"形式和酣畅淋漓的情感喷涌不再遭人诟病，而是以冲破陈规戒律、开合自如之气焕发出"美的中国"的诗意写照。当人们不再把目光局限于诗中所隐含的国家预言和政治隐喻的时候，才发现其诗中所具有独特的艺术魅力：神话传说与作者的浪漫想象相结合，纯洁、浪漫、高雅的凤凰形象体现了中国固有的审美理想，在吸收了阿拉伯古老神话传说的同时，创造出一个美好的新形象或曰象征，这便是闻一多所追求的"中西艺术结婚后产生的宁馨儿"。[2] 凤凰的形象经过诗人的创造凸显出带着民族和时代

---

① 方长安：《新诗传播与构建》，中国社会科学出版社 2012 年版，第 164 页。

② 闻一多：《〈女神〉之地方色彩》，《创造周报》1923 年 6 月，第 5 号。

的悲剧美特征，再次走进现代人的审美视野，也符合新诗现代性的发展之路。

纵观中国新诗近百年的接受史，作为个例的《凤凰涅槃》在历史的长河中几经起伏，在新诗史上"经典"地位的确立也较为复杂。新诗的经典化是一种动态渐变的过程，在传播过程中始终与文学批评、作品遴选和读者的接受有着密切的联系，既有来自于外部环境的非文学因素的影响，也受制于新诗自身的发展逻辑。《凤凰涅槃》问世时虽名噪一时，但很快被读者所冷落，以致在选本中销声匿迹，成为时代的"弃儿"。随着1950年代以后国家形态的改变，《凤凰涅槃》又迅速"升温"，成为时代的"宠儿"，逐渐成为新诗中的"经典"，并在质疑声中不断地被阐释与强化，最终稳固住了它在新诗史中的地位。应该承认，在《凤凰涅槃》的经典化过程中，外部语境和非文学因素的参与作用不容忽视，革命话语、政治隐喻和启蒙理想共同构成了阐释《凤凰涅槃》的精神资源，致使各个时期的选家不是把关注的目光聚焦在新诗的本身，而是放在排除掉审美传统之外的意义挖掘上。要知道，"一部文学经典，是一个民族过去的审美传统和对未来的审美理想在一位伟大作家某部作品中的体现"①。过多附着在《凤凰涅槃》身上的非文学因素，让其"经典"的意义难免受到质疑。如果抛开历史语境和政治话语对新诗传播接受的制约，重新考量郭沫若的新诗创作，《凤凰涅槃》能否进入经典作品的行列，在未来的传播空间里是否依然能保持如此之高的接受度，都是值得怀疑的问题。因此，《凤凰涅槃》的经典化是选家、读者和时代语境等因素共同参与的建构过程，也为读者重新审视所谓新诗"经典"提供了新的思考。②

---

① 张柠：《诗比历史更永久》，广州出版社2000年版，第6页。
② 与仲雷合作。

第三章

闻一多新诗接受史与
形象塑造

　　现代文学是一种启蒙文学，这是其内在特征。启蒙决定了作者与读者的关系始终是现代文学中一对直接而重要的关系。作者为何而写，写出怎样的文本，如何评说其文本，均与读者相关。不管作者们在创作谈一类文章话语里是否承认读者的重要性，读者都如影随形，直接间接地左右着作者的写作与思考，作用于其创作风格的形成。个别作者为突出自己的主体性或因作品在传播中不受读者欢迎，而在文章里反复表达自己不考虑读者感受，只为自己写作，强调创作的个人经验性，虽然在一些具体的情势下也许如此，但放在现代启蒙文学语境里，他们的表达或曰辩护似乎经不起推敲。还是诗人闻一多率真直接，1928 年，在《致左明》的信中，他曰："读者与作者契合为一，——那便是文学的大成功了。"① 显然，闻一多是一个读者意识很强的作家，作者的创作诉求、艺术风格与读者的阅读期待相契合，读者的阅读感受和审美体验与作者相共鸣，是他评判作品的重要尺度。闻一多的创作、诗学探索面世已近一个世纪，对于这样一位读者意识强烈的诗人，近百年来不同时期的读者又是如何评判的呢？在变动不居的阅读语境里不同的读者心中他是一个怎样的人呢？这是一个有趣的现象，一个值得深入探究的重要问题。

---

　　① 闻一多：《致左明》，孙党伯、袁謇正主编《闻一多全集》（第 12 卷），湖北人民出版社 1993 年版，第 245 页。

第一节 《红烛》《死水》接受史及其逻辑

总体而言，在过去的 80 多年里，《红烛》、《死水》受到的评价和阐释一直在发生变化，这种变化，是政治文化、文学制度、阅读语境、现代诗学建构以及诗人本身命运等因素合力作用的结果。本节将以文献史实为依据，以新诗创作发展史、诗学理论探索史为背景，梳理、研究两部诗集在不同时期被阐释接受的具体情况，并揭示其背后深层的话语机制。

一

闻一多生前公开出版的第一本诗集《红烛》，出版于 1923 年 9 月。诗集收录了他从 1920—1923 年创作的诗作 103 首，单从数量上看，就已经可以说是一本有分量的诗集。然而这样一本诗集，在出版后差不多一年多的时间内，却没有引起主流诗坛的关注。直到 1924 年 10 月 20 日，同为清华文学社成员、颇有私交的诗人朱湘，才以笔名"天用"在《时事新报》附刊《文学》周刊的"桌话栏"发表了《〈桌话〉·〈红烛〉》和《〈桌话〉·〈小溪〉》两篇评论性短文，从个人艺术感觉出发，谈到对《红烛》的总体印象，并高度评价了《李白之死》和《小溪》，认为《李白之死》在艺术成就上"不下似国内任何新诗人"，而《小溪》则为新诗开拓了新的题材，"深信《小溪》是新诗解放以来的代表著作"[1]。同年 11 月 27 日到 29 日，《时事新报·学灯》又连载了洪为法的长达九千多字的论文《评〈红烛〉》，此文相较朱湘出于诗人的个人感觉而发的短评，更为全面、周密。洪为法对闻一多的新诗理念、创作态度、词采、音节、想象和情感等各个方面都有详细的评析，并论述了《红烛》对于中国传统诗歌和"外洋诗"的学习借鉴，第一次提出闻一多的诗歌是中西艺术的融合结晶、闻一多是"东方诗人"[2] 的说法。

朱湘在当时是文学研究会的一员，洪为法则是创造社的积极分子，两个最大文学流派成员的品评，意味着《红烛》终于引起主流文坛的注意。

---

[1] 朱湘：《〈桌话〉·〈小溪〉》，《时事新报·副刊》1924 年 10 月 20 日。

[2] 洪为法：《评〈红烛〉》，《时事新报·学灯》，1924 年 10 月 20 日。

奇怪的是，在朱湘和洪为法之后，对于《红烛》的评论又归于沉寂。《红烛》不仅在评论界遇冷，销量也非常有限，与同期出版的很多其他诗集一样，"曾摆在书摊子上面很久很久，如开展览会一般；但上面并没有写'非卖品'，而顾主终属寥寥"①。一本既有可观作品数量，又有相当艺术水准的诗集，为什么会出现这种既不"叫好"，也不"叫座"的情况呢？

从可考证的资料来看，闻一多的新诗写作开始的时间较早，最早的诗作可能是1919年11月的《月夜》《月亮和人》等。但直至1923年《红烛》出版前，他几乎所有的新诗作品都是发表于清华大学的校刊《清华周刊》上，鲜少露面于其他刊物。作为一个校园刊物，《清华周刊》虽在清华学生中有较大影响力，却未能为闻一多在校园以外的诗坛赢得足够的声誉。对于一个新诗人来说，在进入新诗坛之前，有足够的发表量，赢得主流诗坛和大众读者的关注，较为重要。在这一点上，闻一多并没有优势，而闻一多本人也知道这一点。在筹划《红烛》时，他就曾在写给家人的信中透露出了自己的顾虑："什么杂志报章上从未见过我的名字，忽然出这一本诗，不见得有许多人注意。"而对这一点，闻一多也采取了补救的策略，他决定先从发表诗歌评论入手，"把我的主张给人家知道了，然后拿诗出来，要更好多了"②。随后发表的《〈冬夜〉〈草儿〉评论》《〈女神〉之时代精神》等诗评，就是这一传播策略的产物。从诗评中可以看出，他对于胡适、俞平伯、康白情等人的新诗创作理念和作品多有批评，对于郭沫若的创作理念和作品相对而言则更多认同，在某些方面更是奉《女神》为新诗创作的范本。值得注意的是，俞平伯是文学研究会成员，康白情虽未加入文学研究会，但他同情文学研究会的主张，而在此时的文坛上，文学研究会占据着诗坛的中心位置，郭沫若所发起成立的创造社，正在努力进行突围，试图打破文学研究会一统诗坛的格局，两大诗歌团体正处于微妙的对立状态。闻一多"批"俞平伯、康白情而"赞"郭沫若的态度，无疑是对当时

① 刘梦苇：《中国诗底昨今明》，《晨报副刊》第1409号，1925年12月12日。

② 闻一多：《致闻家骊》，孙党伯、袁謇正主编《闻一多全集》（第12卷），湖北人民出版社1993年版，第33页。

文学中心秩序的冒犯，很快就招致了讥讽和批判[1]，也为后来《红烛》的出版和传播受到抵触埋下了伏笔。

这一时期，新诗人在出版诗集时，都会积极联系诗坛上已经颇具名望的人物，帮自己推荐、联系出版商，为自己的诗集作序，以求吸引评论界和读者关注。《红烛》出版之前，闻一多也想找"一位有身价的人物替我们讲几句话"[2]，但最终却没有找到，只以《红烛》一诗为序。出版过程也颇为不顺，最后经多方联络，在郭沫若的帮助下，得以自费在泰东书局印行。作为诗坛新人，闻一多显然没有引起出版商的重视，《红烛》装帧颇为粗陋，封面白底红字，蓝条框边，俗不可言，印刷质量也极为低劣，闻一多本人都忍不住喟叹："排印错误之多，自有新诗以来莫如此甚。如此印书，不如不印。"[3] 且这一时期主要的报纸杂志上，均未见《红烛》的宣传广告，只在 1923 年 11 月 9 日《清华周刊》第 293 期的"清华著作介绍"栏里，有一则广告。《清华周刊》作为一本校园刊物，面向的读者群并不广泛，其刊登的广告所引起的关注自然也相当有限。从 1919 年到《红烛》得以出版的 1923 年，是中国新诗诗集出版相当繁荣的五年。据统计，这一时期各类个人诗集、同人合集和诗歌选集共计 34 部[4]，相较其他文学体裁的出版物而言，数量是最多的。在众多诗集当中，闻一多的《红烛》既无文坛重量级人物的推荐，也未能得到发行商良好的包装，再加上当时新诗还处于发生期，一般大众对于新诗还缺乏必要的知识，新诗的读者并不广泛，《红烛》销量不佳乃情理之中的事。

二

1925 年，闻一多从美国学成归国，结交了一群和他有着相同诗歌创作

---

[1]　1922 年 11 月 11 日，《文学旬刊》第 55 期，郑振铎化名"西谛"发表《杂谭》；1922 年 11 月 12 日《努力周报》第 28 期，"哈"（未能考证出是谁的笔名）发表《编辑余谈》，均对《〈冬夜〉、〈草儿〉评论》进行了批驳。

[2]　闻一多：《致梁实秋》，孙党伯、袁謇正主编《闻一多全集》（第 12 卷），湖北人民出版社 1993 年版，第 129 页。

[3]　闻一多：《致家人》，孙党伯、袁謇正主编《闻一多全集》（第 12 卷），湖北人民出版社 1993 年版，第 194 页。

[4]　刘福春、徐丽松：《中国现代文学总书目·诗歌卷》，知识产权出版社 2010 年版。

理念的新诗人。他经常在家里举办聚会，和新诗人们一起写诗、谈诗、评诗。1926 年 4 月 1 日，他与徐志摩等人主办的《诗镌》创刊，标志着新月诗派形成，之前团结在他周围的那批新诗人，也就成了新月诗派的骨干、《诗镌》的主要撰稿人。他们共同树起了"反对自由诗体"的旗帜，发起了"新格律运动"。在这一年，闻一多计划对原有《红烛》诗作进行删节和遴选，并加入小部分 1923 年以后的诗作，将《红烛》更名为《屠龙集》重新出版（最终未能付梓）①。同年，曾经对《红烛》赞誉有加的朱湘，再次以《红烛》中的诗作为主要评论对象，发表了长达七千多字的《评闻君一多的诗》。他一改之前对《红烛》的赞誉态度，严厉指责闻诗中存在的用韵、用字、音节等缺陷。曾被他誉为艺术成就不下国内任何新诗人的《李白之死》，此时被他批评用错了韵；而在音乐性方面，"只有《太阳吟》一篇比较的还算是有音节，其余的一概谈不上"。前后态度差异之大，令人惊愕。据朱湘自己的解释，是因为"越熟的人越在学问上彼此激励，越有交情的人越想避去标榜"②。实际上，自闻一多与徐志摩等人创办《诗镌》开始，朱湘就与闻一多之间有了嫌隙。初期他只是不喜欢徐志摩，对闻一多与徐志摩过从甚密颇为不满。到了 1926 年 4 月，闻一多负责编辑和排版《诗镌》第 3 期时，把朱湘的得意之作《采莲曲》放在了自己和饶孟侃的诗作后面，这彻底激怒了朱湘，使其宣布与《诗镌》诸人决裂③，不久便发表了《评闻君一多的诗》这篇态度苛刻的诗评。文学批评带有个人情绪是难以避免的事情，但如果突破理性限度，使言行成为一种宣泄个人不满的行为，这种批评就会误导读者，成为文学传播接受过程中的负面力量。

这篇诗评发表后，几乎没有受到来自文坛的任何认同和支持，相反的，刘大白、黎锦明和徐志摩等人都撰文表达了对这篇诗评的反对和不满④。原因除了这篇诗评本身确实态度过激偏激、措辞严苛以外，还因为此时文学研究会和创造社之间的关系早已缓和，原先有些诗人对闻一多抱有的抵触

---

① 朱湘:《评闻君一多的诗》,《小说月报》1926 年 5 月 10 日, 第 17 卷 5 号。

② 同上。

③ 罗皑岚:《朱湘》, 天津《益世极·文学周刊》1934 年 3 月 14 日, 第 2 期。

④ 刘大白:《读〈评闻君一多的诗〉》,《黎明》周刊第 37 期, 1926 年 7 月 25 日; 黎锦明:《我的批评》,《北新周刊》1926 年 9 月 4 日, 第 3 期; 徐志摩:《剧刊终期》,《晨报·剧刊》1926 年 9 月 23 日, 停刊号。

态度也逐渐消弭，同时闻一多凭借着活跃的诗歌创作和社团活动，为自己在诗坛上获取了一定的声誉和地位，身边聚集了一批志同道合者，为他的创作进行辩护。换言之，此时的闻一多已经成为诗坛重要的力量。从 1923 年出版时鲜有人关注，到 1926 年受到批评时得到多方的维护，《红烛》所受待遇的转变，显示出此时闻一多在新诗坛已经成功获取了一个"场域位置"。1926 年出版的文学史著作《中国文学小史》中对《红烛》的论述也证明了这一点。在《中国文学小史》出版以前，已经有很多文学史著将新诗的发展情况纳入了写作范围，但都没有提到闻一多和《红烛》。《中国文学小史》对新诗发展的脉络进行了提纲式的梳理，将闻一多纳入"西洋诗派"，在众多诗人和作品中，特别提到"闻一多的《红烛》规律尚不十分严整，但已走上这一条路（注：指向西洋诗歌学习和借鉴的路）"①，显示出作者赵景深对《红烛》的关注与看重。这部文学史在民国时影响相当大，截至 1936 年共印了 19 版，还被列为清华大学入学考试指定的参考书②，对于促进大众读者特别是青年学生对于《红烛》的了解和接受起了一定的作用。

《屠龙集》出版计划流产后，闻一多第二本个人诗集《死水》终于在 1928 年 1 月得以问世。这部诗集可以说是闻一多在"新格律运动"中提出的"诗的格律"理论的实践产物。出版商新月书店在宣传上非常卖力，在 1928 年 3 月 10 日出版的《新月》杂志创刊号上，为《死水》作的广告词中评价《死水》是"艺术"，里面有"宝藏"，还高度赞誉其为新诗的"最好的范本"③。在装帧和印刷方面，自然也远非《红烛》可以比拟。连此前两年对闻一多诗作诸多挑剔的朱湘，也承认"《死水》装订得很雅致"④。《死水》面世后，评论界极为关注和重视。据统计，截至 1937 年抗战爆发以前，直接或间接评论《死水》诗作的文章至少有 60 多篇⑤，影响比较大

---

① 赵景深：《中国文学小史》，光华书局 1928 年初版，1932 年 11 版，第 209 页。
② 赵景深：《中国文学小史》，1936 年 19 版自序、1931 年 10 版自序，庄严出版社 1982 年版。
③ 《新月》创刊号，1928 年 3 月 10 日出版。
④ 《朱湘遗书摘选〈闻一多的死水〉》，《青年界》1934 年第 5 卷 2 号。
⑤ 商金林：《闻一多研究述评》，天津教育出版社 1990 年版，第 170 页。

的专论性文章有 5 篇①，其中除了罗念生的《〈死水〉的枯涸》持否定意见以外，其他文章基本都持赞誉态度，特别是苏雪林的《论闻一多的诗》对闻诗评价极高，称《红烛》"已表现了一个为同时诗人所不注意的'精炼'的作风"，具有四个特色；而《死水》比《红烛》更好，在诗歌技艺上有"惊人的进步"，甚至评价其"在思想和艺术上代表了中国新诗的'最高标准'"。《死水》不仅在国内评论界受到瞩目，还引起了国际学者的关注，1931 年，美国青年安澜在中国主编的英文《中国简报》第 5 期（1931 年 7 月 1 日出版）刊登了《洗衣歌》的英文译诗。《中国简报》共出版 8 期，新诗译介作品仅只《洗衣歌》一首，足见编者对《死水》的推崇。

　　《死水》的成功产生了多方面的影响：一是对同时期以及后来其他诗人的诗歌创作产生了相当大的影响。仅在 20 世纪 30 年代，自称受到闻诗影响的诗人就有徐志摩、陈梦家、于赓虞、何德明、臧克家等。二是对闻一多本身在诗坛的地位产生了积极的影响。1931 年 9 月陈梦家编选的《新月诗选》和 1935 年朱自清编选的《中国新文学大系·诗集》是这一时期最重要、影响最大的两大诗歌选本，在这两大诗选中，闻诗被收录的数目居所有现代诗人中的前列（《中国新文学大系·诗集》收闻一多诗数目最多，30 首；徐志摩 26 首；郭沫若 25 首；李金发 19 首），朱自清还在《中国新文学大系·诗集·导言》中说，在《诗镌》众多诗人中，"闻一多理论最为详明"，"影响最大"，"几乎可以说是唯一的爱国诗人"，足见闻一多在当时诗坛的地位。沈从文将闻一多与郭沫若、徐志摩、朱湘三人并列，称为现代的"四大诗人"②，而这一说法也在当时获得了普遍的认可；闻一多的学生孙作云，更将新诗发展划分为"郭沫若时代""闻一多时代""戴望舒时代"③。三是对于新诗发展的深远影响。作为新格律诗理论的实践产物，《死水》为新诗形式和理论探索做出了示范性的贡献，使后来者的探索与实验多了一种参考，多了一种借鉴的蓝本，加速了新诗现代化的进程。

　　① 分别是：沈从文《论闻一多的〈死水〉》，1930 年 4 月 20 日《新月》月刊第 3 卷第 2 期；罗念生《〈死水〉的枯涸》，1931 年《文艺杂志》第 1 卷第 2 期；邵冠华《论闻一多的〈死水〉》，1931 年 5 月 10 日《现代文学评论》第 1 卷第 2 期；拾名《〈死水〉里的动词》，1933 年 11 月 1 日《新时代月刊》第 5 卷第 4 期；苏雪林《论闻一多的诗》，1934 年 1 月 1 日《现代》第 4 卷第 3 期。
　　② 上官碧（即沈从文）：《新诗的旧账》，天津《大公报·文艺》1935 年 11 月 16 日，第 40 期。
　　③ 孙作云：《论"现代派"诗》，《清华周刊》1935 年 5 月 15 日，第 43 卷第 1 期。

三

1937 年后，为配合抗战救亡活动，中国文学创作发生了大的转向。在诗歌领域，相继出现了"国防诗歌""新诗大众化"等口号，总体来说，就是要求新诗创作在内容上政治化、军事化，在形式上大众化、歌谣化，将新诗变成攻击敌人、鼓励抗战的工具。"抗战诗歌"成了诗歌创作新的范本，而包括新月诗派在内的其他诗歌流派创作的那些与抗战无关的作品，则被作为"抗战诗歌"的对立面，遭到了质疑和否定。《红烛》和《死水》当然也不例外，尤其是《死水》中的新格律诗，被批评是教条化的产物，是对西洋诗的"移植"，在内容方面，"更觉贫弱"，"新的烂调套语，铺满纸上"，缺少"社会意识和民族意识"①，左翼人士对其批判尤为猛烈。1937 年下半年《近二十年中国文艺思潮论》② 出版，李何林措辞激烈的抨击新月派是革命文学的"敌人"，特别批判了《新月的态度》一文，还专门指出这篇文章是闻一多代徐志摩写的，足见对闻一多的敌视。在这铺天盖地的批评中，也有为新月派的创作以及闻一多的诗歌作品进行辩护的声音，如沈从文在 1938 年 9 月写作的《谈朗诵诗——一点历史的回溯》中，针对抗战初期提倡的"朗诵诗"口号，回忆了《诗镌》创刊前后在闻一多家中举行的"读诗会"，提出新月诸人之所以提出诗歌格律化，就是为了让诗歌"适于朗诵，便于记忆，易于感受"③。但类似的辩护显得过于微弱，未能引起诗坛的重视。

这一时期最流行的诗作或富有节奏，充满战斗力，如田间等人的诗作；或充满现实主义色彩，揭露社会现实，如艾青等人的诗作。流着泪的"红烛"和"绝望的死水"，与时代风气格格不入，自然难以受到抗战语境中广大读者的欢迎和喜爱。

1938 年，抗战进入相持阶段以后，文坛和大众读者的抗战激情渐趋平静。严峻的抗战现实，使人们开始不再满足于初期"号角"式、"预言"

---

① 《廿七年来我中华民族诗歌》，《民族诗坛》1938 年 11 月，第 2 卷 1 辑。
② 李何林：《近二十年中国文艺思潮论》，上海生活书店 1937 年版。
③ 沈从文：《谈朗诵诗——一点历史的回溯》，《沈从文文集》（第 11 卷），花城出版社 1984 年版。

式的诗歌，觉得这些诗歌"有技巧的没有内容，有材料的没有技巧"①，
"粗糙、犷野、热情，它服务于政治比服务于艺术的更多"②，新诗的形式
和技巧的探索，重新引起了诗人们的重视和思考。一些诗人和诗评家对新
月派的态度发生改变，再次将眼光投向了闻一多的诗作和诗歌理论，对诗
集《红烛》《死水》也进行了诗学层面的评论和分析研究。郭绍虞的《新
诗的前途》③ 就是其中一篇力作，他认为以徐志摩、闻一多二人为代表的格
律诗派，开创了新诗的"第二期"，在新诗形式探索方面做出了巨大贡献；
朱自清在 1943 年前后发表的一系列诗论中，也反复提到格律诗派对于新诗
发展的贡献，多次赞扬闻一多的诗歌"匀称""均齐"，不但不像旧格律诗
一样呆板，而且还是"量体裁衣"，并反复强调《红烛》和《死水》具有
爱国特色，还选取《死水》中的诗作为例，提出闻一多诗具有一种幽默特
性。虽然在新诗形式问题的探索上，依然有对闻一多诗的批评声音，如废
名于 1943 年发文讥嘲新月派的诗歌是"高跟鞋"，点名批评闻一多在《泪
雨》（《死水》集作品）中为了押韵，将"悲哀"一词在诗中写为"哀
悲"，"这件事真可以'哀悲'"④，但总体来说对于闻诗，以及闻诗对于新
诗发展的价值、贡献，还是肯定多于批判。

　　无论诗坛对自己的诗歌创作是肯定，还是批判，闻一多本人在这一时
期都没有做出任何回应。从 1931 年开始，他很少再写诗，及至抗战后期，
他的文艺思想和政治态度也有所变化，开始对左翼诗人表欣赏之情。1943
年闻一多在编选《现代诗钞》时，大量选取了艾青、田间、何其芳等人的
作品，多次在公开场合赞誉、推荐和朗诵艾青、田间等人的诗作，如 1945
年，闻一多在西南联大庆祝"五四"青年节举办的诗歌朗诵会上，朗诵了
艾青的《大堰河——我的保姆》；1945 年 5 月 5 日在诗人节纪念会上，闻一
多在演讲中赞扬艾青和田间⑤。他甚至私底下向人承认读过毛泽东的著作，

---

① 艾青：《文阵广播·艾青来信》，《文艺阵地》1939 年 5 月 16 日，第 3 卷 3 期。

② 臧克家：《新诗，它在开花，结实——给关怀它的三种人》，重庆《大公报·战线》1943
年 7 月 25 日，第 984 号。

③ 郭绍虞：《语文通论》，开明书店 1941 年版。

④ 废名：《新诗应该是自由诗》，《文学集刊》1943 年 9 月，第 1 辑。

⑤ 闻一多：《艾青与田间》，孙党伯、袁謇正主编《闻一多全集·文艺评论·散文杂文》，湖
北人民出版社 1993 年版，第 232 页。

"并坦白承认同情延安的全部文艺政策"①。闻一多的这种变化很快得到了来自延安的热情回应。1944 年，社会上谣传闻一多要被教育部解聘，延安《解放日报》立刻发文表示慰问，赞扬闻一多"正义""敢言"、忧虑"国家民族前途"②。

闻一多的这种变化并非没有原因。1940 年代，共产党提出了反对内战、反对独裁、要求民主等政治主张。经过八年抗战的中国民众，对和平民主充满了渴望，共产党的政治主张与大部分民众的诉求相契合，也赢得了包括闻一多在内的众多民主党派中间人士的支持。在这一时期，闻一多频繁参与各种民主活动，引发了当局的不满。1946 年 7 月 11 日，闻一多在昆明被特务刺杀身亡。闻一多作为手无寸铁的自由知识分子，一位重要的新诗人、学者，一位为中国社会由传统向现代转型做出过重要贡献的民主人士，竟遭当局野蛮杀害，引起举国震惊。共产党方面对闻一多的殉难也作出了有力、及时的反应，延安重要领导人纷纷致电吊唁，《新华日报》《解放日报》等媒体纷纷撰文报道闻一多的殉难，声援其家属，并对当局的野蛮行径表示愤慨和抗议。在政治力量的推动下，各地都掀起了声势浩大的悼亡活动。闻一多的诗作，也得到了新一轮的阐释和定位。

四

在闻一多遇害之前，虽也有像朱自清这样反复推崇闻诗所表现出的爱国主义精神的诗评家，但大部分人在评论《红烛》和《死水》的时候，着眼点都放在创作技巧和艺术风格方面，而且普遍认为，《死水》相较于《红烛》显示出了巨大的进步。闻一多遇害后，评论界突然集体转向，将目光投向了闻诗的内容和思想，注重发掘其诗歌的民族特色，寻找爱国主义的精神内核。《红烛》诗集中《红烛》一篇表现出来的"莫问收获，但问耕耘"的牺牲精神，《忆菊》《太阳吟》《孤雁》等诗篇中表现出来对祖国的思念、讴歌和热爱，以及《红烛》整体对于中国古典诗歌传统的学习和继承，都成为评论家关注的重点。特别是《红烛》这首序诗，更被评论家们看作闻一多生命的序诗和誓词，高度赞扬他的"红烛精神"，如唐弢的《革

① 杜运燮：《时代的创伤》，《萌芽》1946 年 8 月 15 日，第 1 卷第 2 期。
② 《慰问闻一多先生》，《解放日报》1944 年 10 月 15 日第 4 版。

命者，革命者》中说闻一多"诗中充满了舍己为人的精神"，"但问耕耘却已昭示了他作为战士的特色"①；劳辛在《闻一多的道路——燃烧着的生命的红烛》中直接赞扬闻一多就是"红烛"②；而《死水》则由于某些诗作表现出了悲观、颓废、哀伤的感情，或怀疑主义的色彩，因而评论家对《死水》的整体评价，不再高于《红烛》。即使有所赞誉，也是强调《死水》中也有积极的作品，或者是将《死水》中表现出的悲观失望，阐释成对黑暗时局的控诉和不满。如黄药眠在《论闻一多的诗——读〈死水〉》中就认为《死水》中大量的诗歌都流露出了困惑、绝望的"不健康"情绪，但是这种消极的情绪是由于沉闷的时代造成的，"是为忠实于未来更积极跃进的准备"③，而且黄药眠认为，《死水》的下半部里正面的诗作还是很多的，这也反映出闻一多思想的进步和转变。

闻一多的遇难，不仅引发专业读者评说《红烛》和《死水》的热潮，还在一般大众读者中激起朗诵、阅读闻诗的高潮。同样的，因为《红烛》中有较多具有爱国主义色彩的诗作，所以《红烛》更受读者欢迎。尤其是《红烛》《洗衣歌》等篇目，在各种为闻一多举行的悼念活动或进行的民主集会中，时常被朗诵、引用。《纪念闻一多在清华园》④就记述了当时清华大学的学生举行的青年集会，最后一项程序必是集体朗诵闻一多的《洗衣歌》；很多青年学生撰文，表示视闻一多为精神导师，学习他做只求奉献的"红烛"，或洗刷祖国的苦难和肮脏的"伟大洗衣匠"；不少学者表示，以前对闻一多的诗歌不够重视，少有关注，"知道的很少"⑤，这时才开始认真阅读《红烛》和《死水》，发生共鸣，认为这两部诗集"有重新估价的必要"⑥。经历了八年抗战的人们，对内战充满厌恶情绪，期待能迎来民主和平的生活，闻一多不畏强权为追求民主而牺牲，使得不同年龄、地域、信仰的人们都对他充满了敬意，他的诗歌也因此在这一时期得到了最为广

---

① 唐弢：《新文艺的脚印——关于几位先行者的书话》，《文艺复兴·中国文学研究专号（下）》，1949 年 8 月 5 日。

② 劳辛：《闻一多的道路——燃烧着的生命的红烛》，《大公报》1949 年 7 月 15 日第 7 版。

③ 黄药眠：《论闻一多的诗——读〈死水〉》，香港《文艺丛刊》1946 年 9 月 20 日第 1 辑。

④ 《纪念闻一多在清华园》，《观察》1947 年 8 月 2 日，第 2 卷第 23 期。

⑤ 胡乔木：《哀一多先生之死》，《解放日报》1946 年 7 月 18 日。

⑥ 黄药眠：《论闻一多的诗—读〈死水〉》，香港《文艺丛刊》1946 年 9 月 20 日，第 1 辑。

泛的赞誉。

总结起来，从 1946 年闻一多遇害到 1949 年，评论界和大众读者对
《红烛》和《死水》的看法大致有四点：第一，闻一多是一位爱国诗人，
他有相当多的诗歌充满了爱国主义色彩，这些诗歌是他所有诗歌中最具价
值的一部分。第二，诗集《死水》中有部分诗作虽表现出悲观、颓废、怀
疑的色彩，但这是当时的社会环境造成的，是诗人对黑暗现实的愤怒和不
满的体现。第三，诗集《红烛》的内容是爱国主义，艺术风格是唯美主义；
诗集《死水》上半部是悲观主义、怀疑主义，下半部转向了现实主义。闻
一多诗歌作品从思想内容到艺术风格的变化，彰显了闻一多本人思想的发
展历程，大致脉络是从富有爱国激情，到对现实心灰意懒，再到重新燃起
斗志，即从诗人、学者到民主斗士。第四，闻一多的阶级身份基本定型，
即"进步的民主主义者"。这四点为此后一直到"文化大革命"前的闻诗
研究和阐释，划定了基本的话语框架，或者说构成阅读言说的基点。

从 1949 年中华人民共和国成立到"文化大革命"前期，在官方的组织
下，关于闻一多的悼亡、纪念活动依然在继续，每一次的纪念活动都能掀
起一波评论和阅读闻一多诗作的热潮。对闻诗的研究和阐释，基本上是沿
着前一时期的观点和逻辑展开的。这一时期评论和研究闻诗的文章众多，
艾青[1]、孙执中[2]、谭之仁[3]、臧克家[4]、孙玉石、谢冕、洪子诚[5]、潘旭
澜[6]、陆耀东[7]等著名的诗人和学者的文章都产生了较大影响。这些文章所
共有的特点就是，将闻诗中具爱国色彩的一面放大，对其诗作的阐释和评

---

[1] 艾青：《爱国诗人闻一多——纪念闻一多先生逝世四周年》，《人民日报·人民文艺》1950
年 7 月 30 日，第 59 期。

[2] 孙执中：《诗人闻一多的仇美情绪》，《新观察》1951 年 3 月 10 日，第 2 卷第 5 期。

[3] 谭之仁：《藏在〈死水〉里的火焰——为纪念人民英烈闻一多殉难五周年而作》，《光明日
报》1951 年 7 月 14 日第 6 版。

[4] 臧克家：《闻一多的诗——谨以此文纪念一多先生遇难十周年》，《人民文学》1956 年第 7
期；《闻一多的〈发现〉和〈一句话〉》，《语文学习》1957 年 4 月 19 日，4 月号。

[5] 孙玉石、谢冕、洪子诚：《无产阶级革命诗歌的高潮——"新诗发展概况"之二》，《诗
刊》1959 年 7 月 25 日，7 月号。

[6] 潘旭澜：《谈闻一多的爱国主义诗篇——纪念闻一多殉难 15 周年》，《文汇报》1961 年 7
月 15 日第 3 版。

[7] 陆耀东：《读闻一多的诗》，《湖北日报》1961 年 7 月 16 日第 3 版。

析，都只是为其爱国主义提供佐证。而闻诗在诗歌格律、形式方面进行的探索，在这一时期鲜有被论及。原因是自 1949 年以后，文坛上进行了六次大的关于诗歌形式的讨论①，在历次的讨论中，由于格律诗运动的主导者为新月派，而新月派主力成员此时大多被定性为"买办资产阶级"，因此对于新月派在格律方面所进行的探索，大多数讨论者持否定态度。涉及闻一多的格律诗理论和格律诗的评价，也是批评多于肯定。例如，何其芳称闻一多的格律诗理论是"带有形式主义倾向的"②；卞之琳则认为闻一多的"格律基础是外国的"③。"形式化"和"欧化"的格律诗，显然不利于热爱"祖国的历史与文化"的"爱国诗人闻一多"的形象塑造，也就被研究者和评论者有意地规避了。

　　矛盾的是，在这一时期，很多闻诗的研究者和评论者，一方面通过评析诗集《红烛》中的大量诗作以讴歌闻一多的爱国精神，另一方面却又批评其在艺术上的稚嫩、粗糙、浪漫主义和唯美主义的倾向；一方面对闻一多的格律诗创作持消极否定的态度，另一方面却又称收录了大量格律诗的诗集《死水》艺术上较诗集《红烛》更为成熟，更加精练、严谨。这种矛盾的态度，折射出在当时政治先行的大环境下，诗评家和研究者受到时代的"制约"，在评论、选择闻诗时不得已采取了重思想而轻艺术的原则，而这种符合时代主流的偏向，却并不一定符合诗评家和研究者个人的艺术审美取向。类似的矛盾性还体现在对闻一多与新月派的关系的阐释中。在阶级决定一切的大环境下，评论家和研究者，一方面由于新月派被定性为"代表买办阶级利益的反动文学团体"，从而简单认为新月派众诗人的创作"总的倾向基本是一致的"④，并予以全盘否定；另一方面却又牵强地强调

---

① 分别是 1950 年 3 月 10 日在《文艺报》上发表的一组诗人笔谈，主题是围绕新诗形式问题的第一次公开讨论；1953 年 12 月到 1954 年 1 月，中国作家协会创作委员会诗歌组召开了三次关于诗歌形式的讨论会；1956 年 8 月到 1957 年 1 月，《光明日报》等组织了一次关于诗歌问题的争论，涉及新诗的形式问题；1958 年 4 月开始，在全国的文艺报刊上进行了广泛的"从新民歌到'五四'新诗发展的道路，从民歌到新格律诗"的"探讨和争论"。

② 何其芳：《关于现代格律诗》，《中国青年》1954 年第 10 期。

③ 卞之琳：《谈诗歌的格律问题》，《人民文学》1959 年第 2 期。

④ 孙玉石、谢冕、洪子诚：《无产阶级革命诗歌的高潮——"新诗发展概况"之二》，《诗刊》1959 年 7 月 25 日，7 月号。

闻一多是"超阶级"①的，与新月派其他人有着本质的不同。特别到了1950年代中期以后，阶级斗争愈演愈烈，部分评论家和学者则干脆忽视闻一多曾是"新月"成员的事实，对闻一多与新月派的关系避而不谈，强行割裂了闻一多的诗歌创作与新月派的关系；还有评论家和学者承认闻一多早期是新月派，但强调其后来思想和创作发生了转变，而这种转变的发生，则被简单化地归结为接受了正确的革命思想的影响，他们只判断而不做深入的分析论证。至此，对闻一多诗歌的阐释、研究已经完全纳入"为现实斗争服务"的轨道，片面而狭隘。广大读者所接触到的闻一多的诗歌，被固化为两个类别，即表达对祖国的热爱、对美帝的厌恶的诗歌，或表达对国民党统治下黑暗现实的不满、对人民的同情的诗歌。在难以抗拒政治环境制约的评论家和研究者有意识地选择和阐释下，闻诗的价值、意义逐渐超离文学本身，成为爱国主义和革命传统教育的教材工具。在政治和诗学的关系中，诗学力量被抑制，政治成为言说的决定因素乃至中心内容，以至于对诗歌的阐释成为与诗学关系不大的言说行为。

五

"文化大革命"十年，诗集《红烛》和《死水》的印刷、出版和相关评论几乎全面停滞。"文化大革命"结束后，1979年适逢闻一多诞辰80周年、殉难33周年，伴随着声势浩大的纪念活动，闻一多诗歌的宣传、评论和阅读活动又开始活跃起来。进入1980年代后，随着经济的发展、出版的兴盛，诗集《红烛》和《死水》除了被反复印刷出版单行本以外，其中作品还被收录进《闻一多纪念文集》、《闻一多全集》、《闻一多作品欣赏》等各类与闻一多相关著作中；部分诗作被高频次收录进各类诗歌选本，推进了闻诗的传播和大众读者的阅读接受。据不完全统计，新时期仅以《新月派诗选》为名的诗歌选本就有三种②，闻诗篇目收录数目均排在第二位，仅次于徐志摩。蓝棣之主编的《新月派诗选》共收录闻诗27首，其中9首选自诗集《红烛》，13首选自诗集《死水》。这版诗选曾入选2000年教育部

---

① 华文军：《拟闻一多颂》，《学术月刊》1960年第11期。

② 分别是：蓝棣之主编《新月派诗选》，人民文学出版社1989年版；杨芳芳主编《新月派诗选》，长江文艺出版社2006年版；康志刚主编《新月派诗选》，长江文艺出版社2011年版。

制定并通过的"高等学校中文系本科生专业阅读书目"，被列为"大学生必读丛书"，进一步推进了诗集《红烛》和《死水》中部分诗作在高校学生中的传播。

新时期以来，这两部诗集及其中诗作，除了在大众读者中受到欢迎外，在学术界也引起越来越多的研究者的关注。在思想解放的背景下，对诗集《红烛》和《死水》进行的阅读阐释逐渐摆脱了极左思潮的束缚，回归于审美本身，从偏重其思想内容，转变到思想内容、创作技巧、艺术价值等兼顾，研究成果非常可观。特别是从1983年开始，全国闻一多学术讨论会开始定期召开，推进了对闻诗更加系统性和学理性的研究，使得闻一多诗歌的研究此后一直走在现代诗歌研究的前列。在对这两部诗集的阐释方面，总体出现了三种大的趋势：

第一是新格律诗创作及其格律理论探索的价值被认可。尽管其新格律诗创作是否成功仍存在争议，但其在诗歌形式方面做出的探索和贡献得到了广泛的肯定。诗评家和学者在评论和研究的时候，也不再将诗作与其理论背景割裂开来，而是联系诗论和诗作进行整体的评论和研究。最能体现以上种种变化的例子，是诗篇《红烛》和《死水》所受到的评价和关注的变化。在闻一多殉难后直至"文化大革命"前，诗篇《红烛》一直被视为闻诗中最有代表性的篇目，甚至被视作闻一多生命的"序诗"，影响力较诗篇《死水》更大。到了1980年代以后，由于闻一多的格律诗论越来越被评论家所注意，只要提到闻一多，必定言及其新格律诗论；而只要说到闻一多的新格律诗论，就必定会提到新格律诗的典范之作——《死水》。诗篇《死水》得到了重新评估，开始更高频次地被引用、评论，当然也就更高频次地进入大众读者的视野。到了1990年代，《死水》更成为闻诗中唯一入选人教版高中语文必修教材的诗篇，在青少年学生中被广泛的学习和阅读，影响力逐渐超过了诗篇《红烛》。

第二是在对具体诗歌的研究和解读方面，更加细化和深入。以《死水》为例，由于诗人在《死水》一诗后标注的写作时间是1925年4月，因此部分学者认为此诗是诗人留学美国期间所写，在解读诗歌内容时，将"死水"视为影射美国黑暗腐败的资本主义社会现实，是资本主义腐朽没落文化的象征，赋予"死水"以政治隐喻含义。到了新时期，饶梦侃、刘烜①等学者对《死水》的具体写作时间，做了深入详尽的考证，饶梦侃还亲证《死水》是闻一多"偶见北京西单二龙坑南端一臭水沟有感"②而作，从而认为诗人所署的时间应为出版印刷时的误排，实际写作时间应为 1926 年 4 月。这一考证结果为《死水》的解读提供了新的思路。尽管《死水》的写作时间至今依然存在争议，但考证本身表明新时期闻诗研究由意识形态宏大主题转向了具体问题，细致而深入。

第三是研究视野越来越开阔，闻诗与外国诗歌之间的联系及比较，越来越受重视。在前一历史时期，学界为突出闻诗中的爱国主义精神内核，研究视角多放在发掘其诗歌的民族特色上，闻诗中受到的外来影响未能引起足够的重视。到了新时期，闻诗"是中西艺术结婚后产生的宁馨儿"③的观点被较多学者接受，拜伦、雪莱、华兹华斯、惠特曼、哈代等欧美作家，以及美国意象派等诗歌流派对闻一多在诗歌创作方面产生的影响，都被充分言说。一些西方学术理论和研究方法，也被运用到了闻诗的研究中，以前研究视角无视或盲视的问题被发现与阐释，价值和意义空间被打开，为闻诗的传播和接受提供了新的话语依据。

时至今日，随着对诗集《红烛》和《死水》研究和阐释的全面化、多样化和深入化，这两本诗集不再是"爱国主义和革命传统教育教材"，而是作为具有文学审美价值或文学史价值的杰出诗作被大众所传播接受。然而，随着时代环境、政治背景等因素的变化，文学作品被阐释和接受的情况必然是变动不居的，永远不会有静止的时候，诗集《红烛》和《死水》也不例外。未来或者说未来的未来，这两部诗集的命运会发生怎样的变化，将来的读者会发掘出怎样的新义，阐释出怎样的文化、文学价值，它们能否广受关注而被史家叙写进新的文学史、新诗史著作，只有时间老人能够见证。④

---

① 刘烜：《闻一多的手稿》（上），《读书》1979 年第 6 期；刘烜：《闻一多的手稿》（下），《读书》1979 年第 7 期。

② 饶梦侃：《诗词二题》，《诗刊》1979 年第 8 期。

③ 薛诚之：《闻一多和外国诗歌》，《外国文学研究》1979 年第 3 期。

④ 与陈澜合作。

第二节 文学史著对闻一多形象的塑造

"形象"是被"看"出来的，先"看到"然后以言语"叙述"出来，这是一种话语活动；谁看，从什么角度看，以什么语气讲述，如何讲述，讲述出一个怎样的形象，这些就是读者阅读和反应，就是一种"塑造"行为。诗人以何种形象呈现，不仅与其诗学主张和文本直接相关，与其社会身份分不开，还与读者以何种角度对其作品进行阐释、接受和传播分不开。文学史著作既是传播的结果，又是传播本身，更是推动作家和作品继续传播的媒介，因其编纂者的专业性，因其"史"的品格，相较其他传媒而言，具有更大的权威性和影响力。正因为此，文学史著作对于文学作品的解读、评价，对文学创作者形象的塑造，发挥着重要的作用。本节选取了自1920年以来的38部文学史著作（其中民国时期编纂出版的13部，新中国成立后至"文化大革命"前编纂出版的9部，新时期编纂出版的16部），梳理出不同历史时期的闻一多形象，揭示出不同时期解读阐释与塑造其形象的特点与机制。

一

从现在可考的资料来看，闻一多的新诗创作大约始于1919年11月，第一本诗集《红烛》出版于1923年，收录了他1920—1923年间的诗作103首；第二本诗集《死水》出版于1928年，收录诗歌28首；1931年发表长诗《奇迹》，之后就基本"绝产"，直至1948年——即在他逝世两年以后——他的两首未完成的诗《教授颂》和《政治学家》，被人发现并代为发表。可以说，闻一多的新诗创作虽然开始得较早，但他从事新诗创作的时间并不长，大部分的新诗都创作于1920年代，且他的诗歌理论也早在1920年代就基本定型。在理论方面，诗歌韵律和节奏一直是他思考、探讨的重点。早于1921年，他就曾用英文写下第一篇诗歌论文《诗底节奏的研究》；1922年写成《律诗底研究》；1926年与徐志摩等人主办的《诗镌》创刊，组建起新月诗派，并发表《诗的格律》，正式树起"格律诗派"的大旗。

然而，虽然闻一多开始从事诗歌活动的时间较早，但在1920年代中期以前，他并没有真正在文坛获得一个"场域位置"。他的第一部诗集《红烛》出版于新诗集出版的密集期，由于没有文坛核心人物的推荐，没有高品位的设计包装，在出版后差不多一年多的时间内，都没有引起主流诗坛的关注，读者寥寥。直到 1926 年闻一多与新月派诸人发起格律诗运动，他才真正开始在诗坛产生较大的影响力。文学史著作作为一种梳理、归纳和总结文学发展史实的作品，并不具有时效性，往往要在文学现象发生并沉淀一定时间以后，才有所反应。事实上，也只有拉开一定距离的叙述，才具有较大的客观可靠性。因此，与闻一多本人活跃的新诗创作和积极的理论探讨相比，1920 年代出现的文学史著作并没有给他足够的关注。

　　这一时期最早对闻一多的创作有所评价、影响力最大的一部文学史，是赵景深的《中国文学小史》，他对新诗的发展遵循了文学的进化论观点，认为新诗的发展脉络为：未脱旧体诗词气息的初期诗歌—试作的无韵诗—小诗—西洋体诗—象征诗，闻一多和郭沫若、徐志摩、于赓虞、朱湘、邵洵美、汪静之等人一起，被他笼统地归入了"西洋体诗"创作者之列。对于闻一多的诗作，他也没有具体的品评，只以一句话概括："《红烛》规律尚不十分严整，但已走上这一条路（指'西洋体诗'的发展道路——笔者按）"①。今天回头看，1920 年代新诗创作十分兴盛，各种流派纷繁复杂，即使是同一诗人的创作，也往往一直在发生变化，将此期新诗的发展简单归纳为进化链条，并将新诗人强行归类为某一个固定的类别，未免失之粗糙。闻一多的诗歌创作，跟郭沫若、汪静之等人其实大有不同，他本人在1920 年代前后期也发生了一定的创作转向，因此将他与郭、汪等人一起归于西洋体诗歌创作群，并不准确。然而这种简单化归类的优势在于一目了然，方便读者理解、接受和记忆。因此这版文学史著作在民国时期颇受欢迎，从 1928 年问世后的十年间，一共重版了 20 次之多，还曾被列为清华入学考试指定的参考书②，对当时的众多学者和学生都产生了较大的影响。此期其他文学史著作，如陈子展的《最近三十年中国文学史》③、谭正璧的

---

① 赵景深：《中国文学小史》，上海光华书局 1928 年初版，大光书局 1938 年版，第 190 页。

② 参见赵景深《中国文学小史》，1936 年 19 版自序、1931 年 10 版自序，庄严出版社 1982 年版。

③ 陈子展：《最近三十年中国文学史》，上海古籍出版社 1929 年初版。

《中国文学进化史》① 等基本上都沿用了赵景深的观点，将闻一多的诗歌归于"西洋体诗"一类，"西洋体诗人"成为对闻一多的形象指认。这一形象标签，对于今天的读者来说，是很难想象的，因为1950年代后的闻一多在传播话语中就与"西洋体诗人"无涉。在诗歌理论方面，1920年代的文学史编纂者，也未给予闻一多的格律诗论以足够的重视，只有陈子展的《最近三十年中国文学史》对格律诗论的发展有所介绍，认为最早提出格律形式的是刘梦苇，进而是闻一多，接着是陈勺水，并摘录了闻一多关于"带着镣铐跳舞"的一段诗论，但未加点评。可见闻一多在那时的文学史编纂者心中，无论是诗歌理论建树，还是诗歌创作，成就都并不突出，形象也并不鲜明，只是众多"西洋体"诗人中的一位。

进入1930年代，随着时间的沉淀，诗坛对于初期白话诗的认识趋向一致，认为那种过于自由散漫、话怎么说诗就怎么写的诗学路径无法将新诗引向健康的发展方向，越来越多的人倾向于由韵律、节奏入手探讨新诗的出路。在这种潮流的推动下，新月派在新诗坛的地位日益趋高。再加上学术界对新诗的研究逐渐深入，对新诗流派的划分也愈加细化，在文学史写作中，新月派就被作为20世纪二三十年代最重要的诗歌团体之一，从所谓"西洋诗体"创作群中分化了出来。闻一多以新月派的主将的身份，得到了文学史编纂者的重视。例如，谭正璧的《新编中国文学史》②、霍衣仙的《最近二十年文学史纲》③、陆敏车的《最新中国文学流变史》④ 等文学史著，都承认闻一多是新月派的"老大哥"，或是新月派中影响力仅次于徐志摩的诗人，并对其创作探索给予肯定。然而，闻一多的"新月"主将身份不仅仅给他带来了赞誉，也带来了批评。由于新月派与"普罗文学"在1920年代末的"革命文学论争"中是对立的两方，于是在具"左"倾色彩的文学史著《近二十年中国文艺思潮论》中，编纂者李何林就直言新月派诸人是"普罗文学的真正敌人"⑤，将《新月的态度》一文列出来逐句批

① 谭正璧：《中国文学进化史》，上海光明书局1929年版。
② 谭正璧：《新编中国文学史》，上海光明书局1935年8月版。
③ 霍衣仙：《最近二十年文学史纲》，北新书局1937年8月版。
④ 陆敏车：《最新中国文学流变史》，汉光印书馆1937年2月版。
⑤ 李何林：《近二十年中国文艺思潮论》，上海生活书店1937年版，第221页。

判，并特别注明此文虽是徐志摩所刊，但真正执笔者是闻一多，直接将批判的矛头对准了闻一多。然而无论编纂者持赞誉态度，还是批评立场，闻一多在此期文学史著作中，"新月主将"的形象都很鲜明。这一身份，突出了闻一多所具有的流派共性，虽然抬高了他的诗坛地位，但相当程度地抹杀了他作为诗人的独特性。文学史著作，作为一种权威文本，对诗人的叙述与定位，自然会影响读者的阅读取舍与评判，对诗人的创作探索和走向也具有牵引作用，所以其功与过均值得深思。

值得一提的是，朱自清的《中国新文学大系·诗集·导言》和苏雪林的《中国文学史略》凭借着编纂者本身的独到眼光，在此时已经注意到闻一多的诗歌创作中有别于其他"新月"诗人的某些特质。朱自清是文学史编纂者中，最早注意到闻一多向中国传统古典诗歌汲取营养的人，也最早提出闻一多是一位"爱国诗人，而且几乎可以说是唯一的爱国诗人"[1]；苏雪林也认为其诗歌深受"西洋文化的影响，但所用典故术语完全以中国本位为前题"[2]。它们对闻一多及其创作的评价，尤其是朱自清"唯一的爱国诗人"的定位，为后来闻一多的爱国者形象塑造打下了基础。朱自清本人是极具知名度和影响力的作家和文学评论家，再加上1948年，他因不肯食美国的救济粮而病逝，受到中共领导人的高度评价，因此他对于闻一多诗歌的研究思路和评价，在中共确立了政权之后，就具有了较高的权威性，对后来闻一多爱国诗人形象的形成起到了至关重要的作用。

二

到了1940年代前期，闻一多的文学史地位继续提高。在有的文学史著作中，出现了闻一多、徐志摩、郭沫若和朱湘"并称中国今代四大诗人"[3]的高度评价。闻一多诗歌的艺术价值和在格律诗上的贡献，一直是文学史编纂者着重关注的。除了朱自清大力赞誉他是爱国诗人以外，其他文学史著作对他形象的勾勒都是"新月派主将/格律诗运动领袖"，或者苦心孤诣的诗坛"艺术家"。然而正如前文所述，闻一多本人自1920年代末开始，

---

① 朱自清：《中国新文学大系·诗集·导言》，上海良友图书印刷公司1935年版，第5页。
② 苏雪林：《中国文学史略》，武汉大学图书馆复制本1931年版，第147页。
③ 李一鸣：《中国新文学史讲话》，上海世界书局1943年版，第66页。

很少再进行诗歌创作，在诗歌理论方面也几乎再没有较大影响的建树，对于学术研究、政治和时局，反而越来越关注。进入1940年代，闻一多频繁参与各种民主活动，引发了当局的关注和不满，1946年7月11日，他在昆明被特务刺杀身亡。

　　他此时主要身份不是诗人而是学者、大学教授，因为关注民主和民族未来而遭暗杀，自然引起举国震动。闻一多和其他民主人士之死，使得声誉式微的国民党，在民众心目中的形象进一步恶化，并且最终失去了自由主义知识分子与民主人士的支持。如前所述，闻一多惨案后，各地掀起了声势浩大的悼亡纪念活动，文坛上则兴起了出版闻一多作品集、传记文学、纪念文集等文字材料的热潮。在这些或是政治力量推动、或是民间自发的悼亡和纪念活动中，闻一多的"民主斗士、爱国诗人"形象很快被树立起来。从这时起，一直到新中国成立后的五六十年代，闻一多都是以"民主斗士、爱国诗人"的面貌呈现在文学史著中。在这一形象被树立、被逐渐定型的过程中，文学史著作又是如何发挥作用的呢？

　　解放战争期间，政治经济局势较为混乱，文学史的写作和出版陷入停滞，直至新中国成立后才逐渐恢复。1951年出版的由王瑶编写的《中国新文学史稿》（上册），是新中国成立后出版时间最早的新文学史著，也是1950年代乃至后来影响力最大的文学史著之一。在这本转型期的作品中，王瑶首先肯定了闻一多和新月派其他诗人对格律诗歌的探索和贡献，继而强调闻一多虽然是新月派的一员，但他的诗歌风格、内容和其他新月诸人有所不同，因为闻一多是"一个爱国诗人"[①]。为了证明这一点，他引用了闻一多的一些诗论以证明闻一多反对移植西洋诗，主张从民族文化中发掘资源以借鉴学习，作"中国的新诗"，并通过分析诗篇《红烛》和《祈祷》的思想内容，强调闻一多"爱祖国和为人民的精神早有根基"[②]。在新中国成立后，普罗文学成为文坛主流，而新月派早在1920年代末兴起的革命文学论争中，就已经被左翼作家视为普罗文学的敌人。在这种大环境下，弱化闻一多的新月派身份，突出他具有爱国特色的个人风格化的一面，是文学史编纂者不得不采取的叙述策略。

---

　　① 王瑶：《中国新文学史稿》，开明书店1951年版，第76页。
　　② 同上书，第78页。

　　总的来说，王瑶的《中国新文学史稿》（上册）编写、出版于1950年代前期，这一时期政治环境相对宽松，编纂者心态也比较放松，主要表达的还是个人的研究识见，对闻一多的评价和对其创作的阐释还是以史料、文本为依据的。之后阶级斗争愈演愈烈，文学史编纂者受到政治意识形态和"集体讨论"形式的制约越来越多。从1950年代末开始，文学史写作基本变成了集体创作，以文学史写作回应现实话语权力的姿态也越来越明显。由于新月派被定性为"代表买办资产阶级利益的反动的文学团体"，"新月"诸人在格律诗歌方面所作出的探索，也在文坛先后六次进行的新诗形式讨论中①，几乎被全盘否定。闻一多的格律诗歌理论也不免被波及，被评论家批评是"带有形式主义倾向的"②，"格律基础是外国的"③。在这样的大环境下，如何进一步塑造闻一多的爱国者形象，并将其纳入为阶级斗争服务的轨道，如何评价闻一多的格律诗创作、处理好他的新月派身份，是文学史编纂者面临的最重要的问题。

　　为了解决这些棘手的问题，1950年代中期后到"文化大革命"前的文学史著在对其创作的评论和阐释方面，出现了明显的"重思想、轻艺术"的倾向。

　　首先是有倾向地遴选闻一多的诗作、理论以及其他文字材料。闻一多自从事新诗创作伊始，其诗歌创作理念、艺术风格都不是一成不变的，诗歌的思想、内容也是多种多样的，这种多变和多样在他早期的诗集中体现得最为明显。例如，诗集《红烛》中收录的103首诗歌，从诗歌内容方面看，有抒发对祖国的思念、歌颂民族历史文化、单纯写景、表达人生哲理性思考、书写爱情等方面，特别是爱情诗，占的比重相当大。同样，闻一多本人在不同的人生阶段，政治理念、价值取向等也不一样。然而，文学

---

　　① 1949年以后进行的六次诗歌形式的讨论分别是：1950年3月10日在《文艺报》上发表的一组诗人笔谈，主题是围绕新诗形式问题的第一次公开讨论；1953年12月到1954年1月，中国作家协会创作委员会诗歌组召开了三次关于诗歌形式的讨论会；1956年8月到1957年1月，《光明日报》等组织了一次关于诗歌问题的争论，涉及新诗的形式问题；1958年4月开始，在全国的文艺报刊上进行了广泛的"从新民歌到'五四'新诗发展的道路，从民歌到新格律诗"的"探讨和争论"。

　　② 何其芳：《关于现代格律诗》，《中国青年》1954年第10期。

　　③ 卞之琳：《谈诗歌的格律问题》，《人民文学》1959年第2期。

史编纂者在编写文学史著时，都只遴选他诗歌和其他文字材料中表达出爱国精神的部分。1950 年代后期到"文化大革命"前的大部分文学史著中，都引用了闻一多留美期间的一段家书："一个有思想之中国青年留居美国之滋味，非笔墨所能形容。……我乃有国之民，我有五千年之历史与文化，我有何不若彼美人者？将谓吾国人不能制杀人之枪炮遂不若彼之光明磊落乎？"① 以此来凸显其拳拳爱国之心。而这段家书最后一句"我归国后，吾宁提倡中日之亲善以抗彼美人，不言中美亲善以御日也"，则被文学史编纂者们集体弃而不取。闻一多其他书信中，陈述美国房东或美国文学界人士对他的善意的部分，也被忽视。同样的，闻一多的诗歌篇目中，被文学史编纂者们引用次数最高的，要么是写于留美期间的诗作，如《忆菊》《太阳吟》《洗衣歌》等，要么是回国后创作的反映社会现实的诗作，如《静夜》《荒村》《死水》等，除此之外的诗歌，文学史编纂几乎不提及。通过阅读或学习文学史著作的读者，所接触到的闻诗，被固化为两个类别，即表达对祖国的热爱、对美帝的厌恶的诗歌，或表达对国民党统治下黑暗现实的不满、对人民的同情的诗歌。通过这些有倾向的被遴选出来的材料，闻一多话语中的爱国主义在文学史著作中被放大，甚至被转换成民族主义思想；他所追求的民主精神，也被归纳成了敢于反对独裁专制的国民党的无畏精神。实际上，闻一多作为一个自由知识分子，他的爱国，更多地体现在爱祖国的文化、历史、语言等层面上；他所追求的民主，也不仅仅是反对独裁专制的国民党，而是反对一切专制和独裁。在文学史著作有意识地塑造下，闻一多本身的爱国主义和民主精神的内涵，逐渐发生了变化。

其次，"重思想、轻艺术"的倾向不仅存在于书面材料的遴选增删过程中，也同样存在于对闻一多的诗歌作品的评价和阐释中。如果说，1920 年代文学史编纂者认为闻一多的诗歌注重向西洋诗歌学习；那这一时期的文学史家则强调其诗歌的中国化、民族化特点，致使其作品中的西方质素被弱化乃至被遮蔽；如果说，20 世纪三四十年代的文学史著在评论和阐释闻一多的诗歌时，着眼点都放在艺术风格和格律技巧的方面，那此期的文学史著则重点解析其诗歌的内容和思想，致力于发掘其诗歌的民族特色，寻

① 闻一多：《致父母亲》，孙党伯、袁謇正主编《闻一多全集》（第12卷），湖北人民出版社1993年版，第140页。

找其爱国主义、民族主义的精神内核。文学史编纂者们通过例举闻一多诗歌中向中国传统诗歌美学靠拢的质素，证明闻一多对祖国文化和历史的热爱。《红烛》一篇表现出来的"莫问收获，但问耕耘"的牺牲精神，《忆菊》《太阳吟》《孤雁》等诗篇书写的对祖国的思念、讴歌和热爱之情，《死水》《荒村》等诗对黑暗社会现实的表达，《飞毛腿》一类诗歌对社会底层人民悲惨命运的关注，都被文学史编纂者反复例证、肯定。而闻一多努力探索的格律诗歌技巧，却较少被文学史著提及。部分文学史作品虽有只言片语加以点评，却也是批评多于肯定，认为"其内容是形式主义的，基础是唯心论"[1]，虽然"对于纠正一部分人对于诗歌的错误观念起了一定的正面作用"[2]，"但却产生主张诗歌走上形式主义道路之弊"[3]，"束缚革命诗歌的发展"[4]。更多的文学史著则采取了回避的态度，对闻一多的格律诗论不予评价。

在处理闻一多的新月派身份问题上，此期的文学史著有两种态度。一种是承认闻一多是前期新月社的代表诗人，同时又引述闻一多早期诗歌，发掘其中的爱国思想，证明闻一多与新月派其他人有着本质的不同；同时，强调其后来思想和创作发生了转变，而这种转变的发生，则被简单化地归结为受了革命思想的影响，接受了无产阶级革命话语影响的结果，肯定后期向左翼靠拢的闻一多，并强调"只有勇敢地抛开自己的阶级，才能找到真正的出路"[5]。另一种态度，则是干脆忽视闻一多曾是"新月"成员的事实，对闻一多与新月派的关系避而不谈，强行割裂了闻一多的诗歌创作与新月派的关系。20世纪30年代，"左"倾色彩强烈的文学史著曾猛烈批判过《新月的态度》一文，并特别强调这篇文章是闻一多为徐志摩所作，矛头直指闻一多；到了20世纪五六十年代，多部文学史著作中也重点批判了

---

① 人大语言文学系文学史教研室现代文学组集体编著：《中国现代文学史》，中国人民大学出版社1960年版，第159页。

② 刘绶松：《中国新文学史初稿》（上），作家出版社1956年版，第159页。

③ 复旦大学中文系现代文学组学生集体编著：《中国现代文学史》，上海文艺出版社1959年版，第240页。

④ 山东大学、山东师范学院、曲阜师范学院中文系现代文学教研室合著：《中国现代文学史》，山东大学出版社1965年版，第56页。

⑤ 丁易：《中国现代文学史略》，作家出版社1955年版，第279页。

《新月的态度》，却要么避而不提这篇文章真正的执笔人，如山东师范学院的《中国现代文学史》①，要么含糊其词推为徐志摩所作，如刘绶松的《中国新文学史初稿》中称此文"据说就是出自徐志摩自己的手笔"②。这一对比反映出五六十年代文学史"概念先行"的弊病，编纂者们并不是从各种文字材料中去发现一个"爱国者闻一多"，而是围绕着"爱国者闻一多"去选择材料，甚至剪裁、割裂、遮蔽史实。"爱国者闻一多"被人为地无限拔高，逐渐超离了闻一多本来面相，以至于固化成为一个民主英雄和爱国者符号。

三

"文化大革命"结束后，文学史写作开始了向学理性回归。"爱国者闻一多"这一形象虽然仍然不可动摇，但作为学者、诗人、诗论家的闻一多，也逐渐为文学史编纂者所承认和书写。在1959年复旦大学中文系现代文学组集体编写的《中国现代文学史》中，闻一多的格律诗论被认为是形式主义而遭到否定，到了1978年的修订版中，这一说法得到了修正，认为格律诗论"对当时不少诗歌不重形式、不注意格律的倾向，还是有一定积极意义的，在当时也产生过不小的影响，不能一概地说是唯美主义、形式主义而加以完全抹煞"③。同样，刘绶松的《中国新文学史初稿》在1979年的修订版中，也称格律诗论"对于新诗的探索和尝试，是十分严谨的"④，并肯定闻一多"在新诗形式、格律的探索和建立上曾有过重要贡献"⑤；1979年林志浩编写的《中国现代文学史》，对闻一多的描述是"著名诗人""诗歌方面的理论批评家"；同年出版的唐弢的《中国现代文学史》则描述其为"新月社积极活动者和新格律诗的主要倡导者"⑥；1982年，王瑶的《中国新文学史稿》在1953年版本的基础上修订再版，在论述新月派文学创作

---

① 山东师范学院编：《中国现代文学史（初稿）》，济南印刷厂1960年版，第312页。
② 刘绶松：《中国新文学史初稿》（上），作家出版社1956年版，第321页。
③ 复旦大学中文系现代文学组集体编著：《中国现代文学史》修订版，复旦大学印刷厂1978年版，第187页。
④ 刘绶松：《中国新文学史初稿》，人民文学出版社1979年版，第147页。
⑤ 同上书，第145页。
⑥ 唐弢：《中国现代文学史》，人民文学出版社1979年版，第211页。

时，将闻一多提到了徐志摩之前，进一步突出了闻一多在新月派内的领导地位。同时，闻一多的文学史地位也在进一步提高。1984 年黄修己的《中国现代文学简史》不仅将闻一多放在徐志摩之前进行评价，称他的诗"最能体现新月社对诗的主张"，还赞扬闻一多"是郭沫若之后为开辟新诗做出重大贡献的人"①；1987 年钱理群、吴福辉、温儒敏、王超冰合著的《中国现代文学三十年》评价道："使新诗真正冲出早期白话诗平实、冲淡的狭窄境界……是由这一时期最杰出的浪漫主义诗人郭沫若和闻一多共同完成的；而闻一多的《死水》却又用了更大的艺术力量将解放了的新诗神收回到诗的规范之中……这一'放'一'收'显示了闻一多……所不能替代的独特作用和贡献"②；2000 年程光炜的《中国现代文学史》评价闻一多是"中国现代诗歌历史进程中重要阶段性人物之一"③，并认为新诗发展史上，郭沫若所起的作用是"放"，闻一多则是"收"④；2007 年朱栋霖所著的《中国现代文学史》注意到在爱国诗歌以外，"爱情是闻一多诗歌中的另一重要内容"⑤。在新时期，闻一多不再仅作为爱国诗人和民主斗士而被文学史编纂者们肯定，而且其本身的创作技巧、其诗歌理论和诗歌活动对新诗发展的贡献，以及诗歌创作中爱国诗歌以外的部分，也越来越引起文学史编纂者的重视，闻一多的形象也变得更加生动、全面。

闻一多的爱国主义，在新时期的一些文学史著中也得到了新的评说。1987 年出版的《中国现代文学三十年》将闻一多诗歌中对祖国的讴歌，与郭沫若诗歌中对祖国的歌颂做了比较，认为"闻一多诗中的爱国主义，充满了在帝国主义文化侵略面前，强烈的民族自尊心和自豪感，表现了'五四'反帝的时代精神，又带着向后看的怀古倾向"，"面对东、西文化的撞击，闻一多内心存在着深刻的矛盾"，即"既热爱祖国又脱离人民的矛

---

① 黄修己：《中国现代文学简史》，中国青年出版社 1984 年版，第 135 页。
② 钱理群、吴福辉、温儒敏、王超冰：《中国现代文学三十年》，上海文艺出版社 1987 年版，第 169—170 页。
③ 程光炜：《中国现代文学史》，中国人民大学出版社 2000 年版，第 121 页。
④ 同上书，第 124 页。
⑤ 朱栋霖：《中国现代文学史 1919—2000》，高等教育出版社 2007 年版，第 77 页。

盾"①,并认为这种矛盾是他"阴郁"诗歌风格形成的深层心理原因。这一言说第一次打破了简单化和单一化的"爱国者闻一多"形象,而塑造出内心充满矛盾的"爱国知识分子闻一多",使其形象变得更加丰满真实,也更有说服力。1998 年《中国现代文学三十年》重新修订,在 1987 年的版本基础上对其爱国主义做出了更加深入的解析,认为闻一多和新月派其他诗人一样,"是接受了西方教育的中国知识分子,他们自觉地沟通东、西方的文化,也同时感受着两种文化的冲突"。由于闻一多的个性冲动激烈,因此这种冲突"在闻一多这里就显得格外尖锐"。他的爱国主义诗篇,是作为一种对西方民族与文化的压迫所进行的反抗而产生的,诗歌创作中"向传统美学理想靠拢"正是他进行反抗的方法,但作为"一个有着敏锐的现代感受的诗人,一个深受西方文化影响、具有强烈的生命意志力与个性自觉的现代知识分子",他又"不能不对'物我两忘'的传统美学境界产生怀疑和抗拒"②。新版本的解析进一步淡化了闻一多的爱国主义色彩,呈现出一个根植在中国传统文化土壤中,却深受西方文化冲击和影响,内心矛盾和痛苦的现代知识分子形象。从闻一多遗留的信件、诗歌和其他文字材料中看,这一形象比高大全的爱国者闻一多,更加客观可靠,更贴近闻一多本来面貌。诚然,爱国是一种普遍情感,但个人所处的社会环境和人生经历、个人的文化遭遇和所置身的历史语境、个人言说时所处的地理位置等,决定了一个人爱国的程度、特点和表达方式,决定了一个人对民族传统文化和异质文明的态度,将闻一多放回到他所置身的中西文化冲突的历史情境和所生活的地理空间,考察其作品的爱国主义、民族主义特征,所勾勒出的形象当然更符合事实本相,更鲜活可信。

　　闻一多的一生,思想几经变化,诗歌创作数量颇丰,其诗歌具有的语义潜能丰富,未来的阐释空间还很大。在新时期,文学史写作的语境越来越开放,从西方引入的新的批评方法也越来越多,可以预见,在未来闻一多的形象还会继续发生变化。在对诗人形象的学理研究中,怎样才能尽量

---

　　① 钱理群、吴福辉、温儒敏、王超冰:《中国现代文学三十年》,上海文艺出版社 1987 年版,第 169 页。

　　② 钱理群、温儒敏、吴福辉:《中国现代文学三十年》,北京大学出版社 1998 年版,第 132 页。

进入历史现场，还原一个更真实的诗人形象？陈寅恪在《清华大学王观堂先生纪念碑铭》中对王国维的推许或可给我们一点启示："先生之著述，或有时而不章；先生之学说，或有时而可商；惟此独立之精神，自由之思想，历千万祀，与天壤而同久，共三光而永光。"① 或许，纂史者精神的独立、思想的自由，才是文学史著中文学创作者形象接近史实的保障。②

---

① 陈寅恪：《清华大学王观堂先生纪念碑铭》，刘桂生、张步洲主编《陈寅恪学术文化随笔》，中国青年出版社 1996 年版，第 8—9 页。

② 与陈澜合作。

第四章
政治和诗学话语中的
徐志摩与经典塑造

第一节　话语冲突中徐志摩诗人形象嬗变史

　　在新诗史上，徐志摩是一颗璀璨夺目的明星。他曾自豪而又不无痛苦地说："我只要你们记得有一种天教歌唱的鸟不到呕血不住口，它的歌里有它独自知道的别一个世界的愉快，也有它独自知道的悲哀与伤痛的鲜明；诗人也是一种痴鸟，他把他的柔软的心窝紧抵着蔷薇的花刺，口里不住的唱着星月的光辉与人类的希望，非到他的心血滴出来把白花染成大红他不住口。他的痛苦与快乐是浑成的一片。"① 这是一种辩白，一种苦诉，或者说自我定位。对于这样一个率真、浪漫、坚守而又苦痛的诗人及其作品，读者或激赏，或不屑，或指责，以时代语境为空间，依据个体经验与趣味进行符合自己意愿的阐释，使诗人、诗作在不同时代以不同形象"现身"。形象与读者观看角度直接相关，而角度后面的政治、诗学话语则相当程度地决定了诗人如何"现身"。每个时代的政治话语不同，诗学诉求不一样，它们或融合或冲突或疏离，使近百年来徐志摩形象变动不居，成为新诗阅读史上引人注目的景象。

　　一

　　1920 年代初，徐志摩开始诗歌创作。其诗歌抒情表意方式不同于胡适、

---

　　① 徐志摩：《〈猛虎集〉序文》，《猛虎集》，新月书店 1931 年版，第 12—13 页。

周作人、沈尹默、刘半农、郭沫若，亦不同于他所推崇的新格律诗人闻一多，作为现代新诗人，"不同"正是他对于新诗探索、建设的贡献。他的诗歌一问世，就受到文坛同道和诗学异见者关注，推崇热捧、不屑调侃、批评否定之声可谓此起彼伏，在这个阅读接受过程中，政治文化、诗学观念不断纠缠，使那些批评言说话语具有了现代思想史、诗学史的价值与意义。

　　鲁迅和徐志摩本属于新文学同道者，但家庭背景、生活环境、留学经历和人生阅历不同，生命感受体验不同，彼此性情、趣味差异很大，鲁迅虽也关心新诗发展，早期写诗为新诗坛鼓气，但对徐志摩却并不怎么欣赏，甚至有点反感。1924 年，他调侃说"坐起来点灯看《语丝》，不幸就看见了徐志摩先生的神秘谈，——不，'都是音乐'，是听到了音乐先生的音乐"，"只能恭颂志摩先生的福气大，能听到这许多'绝妙的音乐'而已"。① 徐志摩就象征主义诗人波德莱尔的《恶之花》发表神秘诗论，鲁迅不以为然，加以讥讽；后来，鲁迅回忆这事说："我更不喜欢徐志摩那样的诗，而他偏爱到各处投稿，《语丝》一出版，他也就来了，有人赞成他，登了出来，我就做了一篇杂感，和他开一通玩笑，使他不能来，他也果然不来了。"② 经历、性情和文艺观的差异，使得鲁迅无法接受徐志摩的为文方式和诗歌；鲁迅那时的资历名望，对徐志摩自然有种居高临下的态势，但这种态势后面是否有种读书人狭隘的排他性呢？也就是不容忍后来者无视自己存在的轻狂行为，其中有种文学话语强权味道，从鲁迅与创造社、新月社等的"酣战"也不难发现他对文坛话语权的看重③。他那"一通玩笑"对于率真、浪漫的诗人徐志摩来说，无异于一记闷棍。

　　1926 年 1 月，朱湘刊发《评徐君〈志摩的诗〉》，从自我性情、审美趣味和新诗观念出发，总体上肯定了徐志摩在新诗方面的耕耘，并对其未来发展寄予很高的期望。文章开篇将《志摩的诗》分成散文诗、平民风格的诗、哲理诗、情诗和杂诗五类。立足诗艺，他认为徐志摩的散文诗"都还不弱"，其中《婴儿》"观察是多么敏锐"；《天宁寺闻礼忏声》"境地是多

---

① 鲁迅：《"音乐"?》，《语丝》周刊 1924 年 12 月 15 日，第 5 期。

② 鲁迅：《集外集·序言》，《鲁迅全集》第 7 卷，人民文学出版社 1987 年版，第 4—5 页。

③ 现代文学观念之争，多与不同文学力量之间话语权争夺搅和在一起，致使言说往往偏离文学轨道，使争论的意义大打折扣。

么清远"；《毒药》比喻具体、想象力丰富，写得"极其明显、亲切"，"就
本质上说来，就艺术上说来，可以说是这几年来散文诗里面最好的一首"。
他认为徐志摩平民风格的诗歌"可观"，其中《卡尔佛里》"想象细密，艺
术周到"；《一条金色的光痕》"写得势利如画"；《盖上几张油纸》"情调
丰富"，"在现今的新诗里面确算得一首罕见的诗了"。在他看来，情诗才
是徐志摩的"本色行当"，诗中想象细腻，音节和婉，是美之所在。朱湘认
为哲理诗是徐志摩的败笔，"哲理诗却是他的诗歌中最不满人意的"，"在
《志摩的诗》中，从《沪杭车中》起，一直到《默境》，除去几个例外以
外，都是徐君的所谓的哲理诗"。朱湘崇尚的是浪漫主义，置重的是情感的
表达，视情感为诗歌的生命所在，对哲理诗颇不以为然，因而瞧不起徐志
摩所谓的哲理诗写作，他说："这些诗有太氏的浅，而无太氏的幽——因为
徐君的生性根本上就不近宗教。这些诗固然根本上已属不能成立。""不能
成立"是很重的判断，就是根本上否定这些作品。朱湘还以《默境》为例，
说："一刻用韵，一刻又不用，一刻像旧词，一刻又像古文，杂乱无章；并
且一刻叙事实，一刻说哲理，一刻又抒情绪，令读者恍如置身杂货铺中。"
作为"新月"同人，朱湘当时对徐志摩"期望实在太殷"，所以文章后面
更是严厉地指出了其六大缺点，即土音入韵、骈句韵不讲究、用韵有时不
妥、用字有时欠妥、诗行有时站不住、欧化太生硬等。不过，毕竟是"新
月"同人，朱湘还是肯定了徐志摩的"探险的精神"，并认为其"韵体上
的尝试"足够引起读者"热烈的敬意"。文章最后说徐志摩这第一本诗集
"已经这样不凡"，所以对徐充满"一腔希望"[①]。朱湘是诗人读者，同道
人，个性特别，没有一般同道者的宽容，他的言说尖锐而又不失中肯，赋
予徐志摩诗坛较高地位的同时，不回避问题，话虽刻薄，但都是从新诗艺
术层面立论，应该说开了关于徐志摩诗歌接受言说一个良好先例。朱湘的
观点也许值得商榷，但其紧紧扣住诗歌艺术的批评态度，直击问题，毫不
客气，确实难能可贵。从批评与传播接受效应看，其严厉的话语敞开了徐
志摩诗歌的优与劣，也许反而更能引起读者对徐志摩诗歌的兴趣，从而扩
大徐志摩诗歌的读者圈，提升其知名度。

---

① 朱湘：《评徐君〈志摩的诗〉》，《小说月报》1926年1月10日，第17卷第1号。

1926 年，陈西滢对比言说郭沫若和徐志摩，认为从《女神》到《志摩的诗》体现了新诗的发展变迁，高度肯定徐志摩的新诗，"志摩的诗几乎全是体制的输入和试验"，"虽然一时还不能说到它们的成功与失败，它们至少开辟了几条新路"，开辟了几条新路，这对于白话新诗的意义也许比写出几首一般水准的诗歌重要得多。陈西滢在新诗探索史上发现徐志摩的价值，认为徐志摩最大的贡献在于"把中国文字，西洋文字，融化在一个洪炉里，炼成的一种特殊的而又曲折如意的工具"。[1] 中西融合是当时中国新诗面临的难题，而徐志摩却找到了解决的重要途径。在陈西滢看来，徐志摩作品中"有一种中国文学里从来不曾有过的风格"[2]，以世界文学背景，从中国文学发展史角度，谈论徐志摩，发掘其意义，将他解读成新诗艺术的开拓者、创新型诗人，这对于徐志摩无疑是一种声援，一种激励，对于大众读者则是一种阅读引导。

白话新诗对于有着深厚的古典诗歌传统的中国读者来说，是一种阅读挑战，如何从中发现诗意以获得审美享受，始终困扰着人们。1930 年，沈从文也思考过这个现代中国才有的新问题，他通过对新诗发展路径的回望，通过对新诗艺演变的思考，找寻阅读新诗的途径与方法。作为"新月"同人，他认为新诗发展可以分为三个时期，而第二个时期第一阶段的代表诗人就是徐志摩、闻一多、朱湘、饶梦侃等[3]，不仅将徐志摩排在"新月"诗人之首，而且从新诗发展维度正面理解评价了徐志摩诗歌，发掘徐志摩诗歌的诗意。

徐志摩诗歌在获得高度评价的同时，也不乏质疑、否定之声。例如，朱湘在《刘梦苇与新诗形式运动》一文中说："徐志摩是一个假诗人，不过凭借学阀的积势以及读众的浅陋在那里招摇"，讽刺徐志摩"读别字写别字"[4]，将读者一并否定了。在评徐志摩诗集《翡冷翠的一夜》时，朱湘认为它"一首疲弱过一首"，"简直要呕出来"，结尾处说："徐君没有汪静之

---

① 陈西滢：《新文学运动以来的十部著作》（下），《西滢闲话》，中国文联出版公司 1993 年版，第 211 页。

② 陈西滢：《闲话》，《现代评论》1926 年 2 月 20 日，第 3 卷第 63 期。

③ 沈从文：《我们怎样去读新诗》，《现代学生》1930 年 10 月创刊号。

④ 朱湘：《刘梦苇与新诗形式运动》，《朱湘散文》上集，中国广播电视出版社 1994 年版，第 200 页。

的灵感，没有郭沫若的奔放，没有闻一多的幽玄，没有刘梦苇的清秀，徐君只有——借用徐君朋友批评徐君的话——浮浅。"① 这恐怕是文人之间因性情不同导致的极端言说，背后可能有种微妙的文人相轻心理，虽言诗，但人身攻击和诗歌评说搅和在一起，偏离了诗歌批评的正轨，不利于新诗艺术的发展。

1931 年 9 月，陈梦家编辑《新月诗选》，徐志摩作品选录 8 首，排在第一，也就是将徐志摩视为"新月"诗人的代表。"序言"曰："他的诗，永远是愉快的空气，曾不有一些儿伤感或颓废的调子"，"这自我解放与空灵的飘忽，安放在他柔丽清爽的诗句中，给人总是那舒快的感悟。好像一只聪明玲珑的鸟，是欢喜，是怨，她唱的皆是美妙的歌"。愉快、欢喜、柔丽、清爽、舒快、美妙，这些是陈梦家的阅读感受，他不觉得徐志摩的诗歌伤感或颓废。"《我等候你》是他一首最好的抒情诗。《再别康桥》和《沙扬娜拉》是两首写别的诗，情感是澄清的。《季候》一类诗是他最近常写的小诗，是清，是飘忽，却又是美！但是'不知道风是在那一个方向吹'，志摩的诗也正如此呢！"② 既概括出徐志摩诗歌澄清、飘忽、抒情、美的特点，又点出了自己所喜爱的作品。这是"新月"诗人对同道者的言说，赋予徐志摩"新月"诗人一号的位置。陈梦家是诗人读者，真正懂得徐志摩的诗心，眼光柔和而又不乏犀利，《再别康桥》《沙扬娜拉》《我等候你》《季候》的确是徐志摩诗歌中的上品，属于诗人标签性作品，也是具有"新月"流派性质的诗歌。辑录留存它们，并予以好评，使它们获得了被同代以及后世广大读者阅读的可能性，避免了被时间尘埃所淹没的命运，对它们而言，无疑具有历史意义。简言之，陈梦家在同人诗选里辑录徐志摩诗歌，在"序言"里阐述、凸显徐志摩诗歌特点，为徐志摩在新诗传播空间脱颖而出获得场域位置起了重要的作用。

1931 年 11 月，徐志摩不幸遭遇空难，过早地离开人世，这对诗人自己而言是无法想象的苦痛与悲剧，对年轻的中国新诗坛则意味着一场灾难。他不再写诗了，不再歌唱了，不再实验探索了，诗坛没有人能真正接续他的诗思与风格，他正在掘进的新诗路径中断了。不过，其诗的价值和诗意

---

① 朱湘：《评徐君〈志摩的诗〉》，《小说月报》1926 年 1 月 10 日，第 17 卷第 1 号。
② 陈梦家：《新月诗选·序言》，《新月诗选》，新月书店 1931 年版，第 22—23 页。

可以经由读者阅读传播，在再创造中不断增值。随后的几年里，追悼他的文章不断涌现，如：1931 年 12 月 7 日《北平晨报》第九版推出"北晨学园哀悼志摩专号"；1932 年 7 月陈梦家编辑《诗刊》第四期即"志摩纪念号"，封面装帧漫画为徐志摩像，扉页铜版纸照片亦为徐志摩遗像照片，内容多为纪念诗作及徐志摩遗稿。那些纪念诗文多为友人追怀之作，悼亡之文，但其中特别值得一提的是胡适的《追悼志摩》，虽然同样饱含悲痛之情，却有盖棺定论之势，影响深远。胡适说："我们初得着他的死信，都不肯相信，都不信志摩这样一个可爱的人会死的这么惨酷。但在那几天的精神大震撼稍稍过去之后，我们忍不住要想，那么的死法也许只有志摩最配。我们不相信志摩会'悄悄的走了'，也不忍想志摩会有一个'平凡的死'，死在天空之中，大雨淋着，大雾笼罩着，大火焚烧着，那撞不倒的山头在旁边冷眼瞧着，我们新时代的新诗人，就是要自己挑一种死法，也挑不出更合适，更悲壮的了。"[1] 胡适以诗人的方式想象飞机空难的情境，渲染其悲壮感，"可爱的人"是值得回味的表达，胡适是在"五四"以来所倡导的也就是鲁迅所说的"真的人"的维度上为徐志摩定位，这是极高的评价；"新时代的新诗人"是在"诗"的意义上强调其"新"的品质，突出其"新诗人"气质，突出其诗歌的现代品格，从而将他与那一时期守旧者、伪新派、半新不旧者区别开来。接着，胡适概括说："他的人生观真是一种'单纯信仰'，这里面只有三个大字：一个是爱，一个是自由，一个是美。他梦想这三个理想的条件能够会合在一个人生里，这是他的'单纯信仰'。他的一生的历史，只是他追求这个单纯信仰的实现的历史。"[2] 虽带有强烈的个人感情，但他所谓的"单纯信仰"还是极为准确地概括出徐志摩的为人为文，"爱""自由""美"是建立在"五四"启蒙理性基础上的一种新的人格标准，在胡适看来，徐志摩就是"五四"精神的化身，是新时代新人的典范，彰显了一种理想人格。自此以后，"爱""自由""美"三种品质，借助于胡适的权威话语通道，左右着许多年代里专业读者和普通大众对于徐志摩的解读与认知，他的诗歌、人生际遇被赋予爱、自由与美的品质，经过后来不同时代读者反复阅读，引用，阐释，"单纯信仰"话语不断

---

① 胡适：《追悼志摩》，《新月》月刊 1932 年 1 月，第 4 卷第 1 期。
② 同上。

累积叠加，徐志摩即被塑造成"爱""自由"与"美"合而为一的"新时代的新诗人"形象。胡适该文是徐志摩及其诗歌传播接受史上一篇里程碑式的作品，为徐志摩描摹出一幅精美、雅致的现代画像，无论怎样高评其传播价值都不过分。

1934 年 7 月，穆木天发表《徐志摩论》①，剖析徐志摩诗歌内在情感结构，梳理、揭示其诗艺探索演进轨迹，对徐诗独特的历史地位进行了阐述，对徐志摩在现代诗学建构方面的贡献给予了很高的评价。1935 年，《中国新文学大系·诗集（1917—1927）》出版，它是新诗史上第一部最为重要的选本，其中选录诗人作品最多的是闻一多，30 首；徐志摩排第二，26 首；郭沫若第三，25 首；李金发第四，19 首。无疑，朱自清心中新格律诗歌地位最高，闻一多是其理论倡导者与实验者，徐志摩则是代表诗人，他的诗入选数量排在第二，这是对其重要性的表达。朱自清在《导言》中肯定了徐志摩的诗歌艺术，"但作为诗人论，徐氏更为世所知。他没有闻氏那样精密，但也没有他那样冷静"；"他尝试的体制最多，也译诗；最讲究用比喻"；"他也写人道主义的诗"②。其实，朱自清心中徐志摩作为诗人的地位比闻一多高，他用了"更为世所知""尝试的体制最多""最讲究用比喻"这种极致性话语以表达自己的态度，在流派意义上，肯定徐志摩对于新诗开拓、建构的价值，他实际上想说的话是徐志摩乃新诗坛第一诗人。

进入 1940 年代后，战争语境对诗歌宏大主题的期待，使许多读者失去了对徐志摩作品的阅读耐心与兴趣，评说文章也少了，但令人欣慰的是闻一多编选了影响深远的《现代诗钞》。闻一多是有自己诗学主张者，政治化年代不迷失，有古今文人情怀，《现代诗钞》是其新诗观的呈现，是其诗学主张的表达，它收录徐志摩的作品最多，共 12 首③，承续朱自清的《中国新文学大系·诗集（1917—1927）》的观点，极力将徐志摩作品推送给读者，站在新月派立场上，在选本维度将徐志摩推到现代新诗坛第一人的高度。

---

① 穆木天：《徐志摩论》，《文学》1934 年 7 月 1 日，第 3 卷第 1 期。

② 朱自清：《中国新文学大系·诗集·导言》，上海良友图书印刷公司 1935 年版，第 7 页。

③ 闻一多：《现代诗钞》，朱自清、郭沫若等编《闻一多全集》（全四册），上海开明书店 1948 年版。

二

1920 年代后期，随着阶级意识的兴起，诗人们大都一定程度地卷入无产阶级文学论争的旋涡，政治话语与诗学关系更为密切，更深刻地影响着新诗的发展和传播，读者阅读作品时如何面对、理解二者关系变得非常重要。总体看来，站在阶级立场阅读徐志摩诗歌，评说徐志摩，成为另一重要倾向。

1928 年，《新月月刊》创刊号刊发《"新月"底态度》，出自徐志摩之手，以感伤、颓废、功利、训世、纤巧、淫秽、标语、主义等概括思想界现状，认为其中很多与他们的两大原则——"健康""尊严"不相容。针对此文，创造社成员彭康同年 7 月在该刊发表《什么是"健康"与"尊严"——〈新月底态度〉底批评》予以回击，认为社会变革时代被压迫阶级谋求解放，社会支配权要移向新的主体，而"新的主体"对于一切事务和现象的评价，当然要有其自身标准，从前"一切的价值标准，是颠倒了的"，"正是这种必然的现象……使得'小丑'徐志摩，'妥协的唯心论者'胡适一班人不得不表示'新月的态度'"。[1] 徐志摩开始被描述成为资产阶级"小丑"，这是新兴的革命话语逻辑赋予徐志摩的一种崭新的形象标签。

与此同时，创造社的另一成员钱杏邨，站在自己所理解、想象的无产阶级文学立场，以一种新的话语理路审视、拷问徐志摩及其诗歌。在他看来："我们的徐志摩先生彻头彻尾的是中国的资产阶级（外国的资产阶级的代言者的思想没有这样的贫弱可怜）的进步分子的代言者，他是彻头彻尾的一个进步的资产阶级作家"[2]，"徐志摩先生的诗的形式完全是资产阶级诗的形式"，与其所表达的资产阶级内容相吻合，"华而不实"[3]，因而其新的诗歌体制探索、实验，是没有什么价值的。钱杏邨以新兴的政治话语解读徐志摩，忽视其新诗创作实验的艺术价值，开了以政治判断取代审美评

---

① 彭康：《什么是"健康"与"尊严"——〈新月底态度〉底批评》，《创造月刊》1928 年 7 月 10 日，第 1 卷第 12 期。

② 钱杏邨：《徐志摩先生的自画像》，《现代中国文学作家》（第二卷），上海泰东图书局 1930 年版，第 76 页。

③ 同上书，第 108 页。

论的先例，徐志摩在他笔下同样成了"资产阶级的小丑"。

　　彭康、钱杏邨的文章，彰显了一种新型的文学标准和言说文学的思维逻辑，具有中国性、现实性，同时又是世界无产阶级文学话语大潮中的一朵浪花，表明中国的新文学、新诗正自觉地与新兴的世界文学接轨，体现出一种世界性，或者说另一种现代性。如果说 1930 年代的左翼文学是一种现代的先锋文学，那彭康、钱杏邨的文章就体现为一种先锋批评，而 1933 年 2 月茅盾发表的《徐志摩论》，则将这种先锋批评在逻辑上提升到了新的高度，使之具有更大的理性力量。茅盾的身份、地位，茅盾的才情与大气象，决定了这是一篇对于徐志摩诗歌批评接受而言具有划时代意义的文章。如果说胡适的《追悼志摩》将徐志摩定位为"爱""美""自由"的"单纯信仰"者，为徐志摩塑造了一个新时代的诗人形象，光芒四射，影响深远；那么，茅盾遵循新兴的社会学批评逻辑，以阶级观念审视、拷问徐志摩，重新发现、解读徐志摩，为他塑造出另一形象。在这篇文章中，茅盾一开篇就引用徐志摩的诗句"我不知道风/是在那一个方向吹"，抄录全诗，认为该诗所表现的就是"在梦的轻波里依徊"这一感伤情绪，而这情绪是当时社会上某一部分人的生活和意识的反映，内容空洞，并由是认为"志摩是中国布尔乔亚'开山'的同时又是'末代'的诗人"①。茅盾一眼就看出了在新的话语逻辑里徐志摩的问题所在，找出《我不知道风是在那一个方向吹》这一典型文本，从阶级立场出发，解读徐志摩，抹去胡适赋予徐志摩的"单纯"性，进行新的形象概括与指认。

　　在茅盾看来，《猛虎集》是徐志摩的"中坚作品"，但"圆熟的外形，配着淡到几乎没有的内容，而且这淡极了的内容也不外乎感伤的情绪，——轻烟似的微哀，神秘的象征的依恋感喟追求。这些都是发展到最后一阶段的现代布尔乔亚诗人的特色，而志摩是中国文坛上杰出的代表者，志摩以后的继起者未见有能并驾齐驱"。② 以"内容"为标准评判诗人、作品，"写什么"成为判断的关键指标。接着，茅盾向我们展示了徐志摩一步步走入怀疑、悲观、颓唐的"黏糊的冷壁"甬道的过程，认为徐志摩诗情

――――――――――

① 茅盾：《徐志摩论》，《现代》1933 年 2 月，第 2 卷第 4 期。
② 同上。

枯竭，"是因为他对于眼前的大变动不能了解且不愿去了解"！① 从创作主体与变动的外在社会关系维度，言说创作动力与诗情。与此同时，茅盾不认同胡适关于徐志摩的所谓"单纯信仰"的观点，他说："胡先生这解释，我不能同意。我以为志摩的单纯信仰是他在作品里（诗集《志摩的诗》和散文《落叶》、《自剖》等）屡次说过的一句抽象的话：'苦痛的现在只是准备着一个更光荣的将来'。这就是他'曾经有过的'单纯信仰！他的第一期作品就以这单纯信仰作酵母。我以为志摩的许多披着恋爱外衣的诗不能够把来当作单纯的情诗看的；透过那恋爱的外衣，有他的那个对于人生的单纯信仰。一旦人生的转变出乎他意料之外，而且超过了他期待的耐心，于是他的曾经有过的单纯信仰发生动摇，于是他流入于怀疑的颓废了！他并不像 Brand 那样至死不怀疑于自己的理想。"② 显然，茅盾基本上是从无产阶级社会革命角度谈论徐志摩，尽管他也谈到徐志摩诗歌的某些艺术特点，肯定其圆熟的艺术及其在资产阶级诗歌史上的地位，但茅盾看重的是作品内容的社会价值，认为徐志摩诗歌几乎没有内容，且那一点点内容又不过是资产阶级的感伤情绪的表达，对于社会革命来说是没有什么积极价值与意义的。

茅盾该文解构了胡适关于徐志摩的"单纯信仰"的观点，也就是要打破胡适为徐志摩所描绘、确立的新时代新诗人的形象，从中国新诗历史发展角度将徐志摩解读成为"中国布尔乔亚'开山'的同时又是'末代'的诗人"形象，影响深远。茅盾关于徐志摩爱情诗乃政治诗的认识，既是对此前钱杏邨等人从无产阶级文学观出发言说徐志摩诗歌之观点的总结与提升，又为此后倾向革命文学的读者解读徐志摩诗歌定了一个基调，具有承前启后的意义，影响了此后很长时期大批读者对于徐志摩诗歌的阅读理解与阐释。

三

新中国成立后，新诗阅读接受进入一个崭新时代。1950 年 5 月，教育部通过了"高等学校文法两学院各系课程草案"，要求"运用新观点，新方

---

① 茅盾：《徐志摩论》，《现代》1933 年 2 月，第 2 卷第 4 期。
② 同上。

法，讲述自五四时代到现在的中国新文学的发展史"，评述著名作家作品。这是一个开启文学新时代的"课程草案"，重新讲述新文学发展史，意味着重新遴选作家作品，意味着文学传播通道里被传播接受者将有大的改变，或者说一个新的传播接受与经典化时代即将到来。王瑶那时在清华大学讲授"五四"以降的新文学，便以教育部的这一草案作为"编著教材时的依据和方向"，写出了《中国新文学史稿》。他对徐志摩作如此叙述：新月派格律诗人中，"当时享名最盛的是徐志摩，他努力于体制的输入与实验，最讲究用譬喻"，"体制的输入与实验"是对此前陈西滢、朱自清等人观点的沿用；王瑶还援引了茅盾的观点，即"志摩是中国布尔乔亚开山的同时又是末代的诗人"，认为徐志摩"从高亢的浪漫情调到轻烟似的感伤，他经历了整个一个社会阶段的文艺思潮。到他对社会现实有了不可解的怀疑时，就自然追求艺术形式的完整了。在写作技巧上，他是有成就的，章法的整饬，音节的铿锵，形式的富于变化，都是他的诗的特点。"[1] 王瑶以治史者的包容性综合陈西滢、朱自清和茅盾等人的观点，既指出徐志摩布尔乔亚诗人的阶级特点，又肯定他在新诗"体制的输入与实验"上所做的努力，肯定其"最讲究用譬喻"等艺术追求。某种意义上说，《中国新文学史稿》是民国时期徐志摩论向 1950 年代中期以后政治性解读徐志摩的过渡，承前启后，勾勒出新的徐志摩形象的大致轮廓。

刘绶松的《中国新文学史初稿》，相较于王瑶的《中国新文学史稿》，对徐志摩的评说，政治色彩更浓，受茅盾 1930 年代观点影响更深。它将"新月"诗人和徐志摩称为新诗的"逆流"，认为"新月社是一个代表中国买办资产阶级的思想和利益的反动文学团体"，并参照鲁迅对"新月"诗人的评价，称之为"资产阶级的走狗"；批评徐志摩诗歌思想内容空虚、颓废，"以貌似完整的格律形式来粉饰和遮盖诗的空虚的内容，这就是徐志摩和'新月派'人们努力提倡所谓'格律诗'的真正原因"，认为他们以颓废透顶的诗歌"来麻醉着和消蚀着青年们的战斗意志"[2]。徐志摩被叙述成为资产阶级"走狗""逆流"诗人，其话语逻辑中政治和诗学关系失衡，"诗艺"不仅没有受到肯定，甚至成为问题所在。1957 年，陈梦家在"双

---

① 王瑶：《中国新文学史稿》（上），开明书店 1951 年版，第 74 页。

② 刘绶松：《中国新文学史初稿》（上），作家出版社 1956 年版，第 322—323 页。

百"语境缝隙里，发表《谈谈徐志摩的诗》①，一定程度上发掘和肯定了徐志摩诗歌的积极价值；但很快就遭到巴人的批驳，认为徐志摩的人道主义是虚伪的，本质上痛恨无产阶级及其文学，其诗歌创作源泉不过是动物式的性爱，并以《西窗》《为要寻一颗明星》《残诗》等为例，否定徐志摩诗歌的思想、艺术价值②。至此，诗人诗作批评偏离了诗学轨道，政治话语逻辑彰显出其特别的力量。1963年吴宏聪刊文，以政治标准批判徐志摩的《一小幅穷乐图》《秋虫》《西窗》《残诗》等诗歌，徐志摩被定性成为一个崇洋媚外的反动堕落的"资本家的走狗""猫样诗人"③。批评话语政治意识形态化，判断多于分析，诗人被贴上政治标签，是这一时期诗歌批评的突出特点。如果以世界冷战为背景，不难发现这种倾向、特点产生和存在的必然性。

"文化大革命"时期，文艺领域的极左思潮导致徐志摩的作品被列为"禁书"，对他的传播接受也基本处于停滞和中断状态，其作品从读者视野中消失了，反动、堕落的资产阶级诗人成为他的身份标签。

四

"文化大革命"结束后很长一段时期，对徐志摩的批评接受还是延续着茅盾1930年代的逻辑与观点。吴奔星在他的《试论新月派》中指出："茅盾在三十年代初期对他的批评看来还未过时……以形式的反复掩饰内容的空虚，不仅是徐志摩大部分诗的特点，也是'新月派'大多数诗人的特点。"④艾青也给予徐志摩类似的评价，认为徐志摩具有纨绔公子的气质，常以圆熟的技巧表现空虚的内容，以他为代表的新月派是大革命失败后，"中国诗坛上出现的一股消极的潮流"⑤。艾青沿袭的仍是茅盾的论说逻辑，以作品思想内容为考量依据评说徐志摩，盲视徐诗的艺术价值。

这一时期的文学史著作中，也存在着类似的观点。林志浩主编的《中

---

① 陈梦家：《谈谈徐志摩的诗》，《诗刊》1957年第2期。
② 巴人：《也谈徐志摩的诗》，《诗刊》1957年第11期。
③ 吴宏聪：《资产阶级诗歌的堕落——评徐志摩的诗》，《中山大学学报》1963年第1期。
④ 吴奔星：《试论新月诗派》，《文学评论》1980年第2期。
⑤ 艾青：《中国新文学大系（1927—1937）第十四集·诗集序》，上海文艺出版社1985年版，第3页。

国现代文学史》在高度评价闻一多的同时，贬责徐志摩，认为"在闻一多的诗里，我们一点也看不到徐志摩之流的那种媚外的奴化思想"。[①]"媚外与奴化"是"文化大革命"时期对徐志摩的定性，是其反动性的表征；该著第八章第一节的标题是"对买办资产阶级'新月派'的斗争"，指出了新月派的买办性，对徐志摩的叙述虽也有一点肯定，如认为《志摩的诗》中也"有些较好的诗"，但认为《翡冷翠的一夜》之后便滑向"形式和技巧的追求"，作品"无非是悲观失望，显得阴森可怕"。至于后来的《猛虎集》《云游》，"则表现了世纪末的悲观、绝望和厌世的情绪，以及对于那异常虚无缥缈的所谓'理想'的追求"。林志浩完全承袭了茅盾的话语逻辑与观点，认为"志摩是中国布尔乔亚开山的同时又是末代的诗人"[②]。

同年出版的唐弢主编的《中国现代文学史》，认为"'新月派'的真正代表诗人是徐志摩"，肯定了其早期作品积极向上的倾向，认为《志摩的诗》虽流露着感伤、凄惘情绪，但也有一些"内容比较健康，格调明朗，表现形式活泼的诗"；但后来的诗歌则走向神秘、朦胧、感伤、颓废，"侮蔑革命、辱骂无产阶级文学运动、美化黑暗现实、歌颂空虚与死亡"，"政治思想日趋反动，技巧的讲究也就愈陷入形式主义，成为对秾艳、晦涩的刻意追求，艺术上的长处也逐渐消失。"[③]相较于"文化大革命"极左年代，它一定程度上肯定了徐早期作品的积极意义，但还是没有走出茅盾1930年代的思路，甚至有过之而无不及，即认为政治上反动所以艺术上便没有什么长处。

在徐志摩诗歌接受史上，卞之琳是一个重要人物，他策略性地为徐志摩诗歌重新面世提供话语依据。卞之琳是徐志摩的学生，1931年在北京大学听过徐志摩的课，时间不足一年，他记忆中的徐志摩是一位天马行空的诗人。不过，早在初级中学时，他就邮购阅读了《志摩的诗》。1979年，他在《徐志摩诗重读志感》中如此评说徐志摩："徐志摩是才气横溢的一路诗人"，"他给我们在课堂上讲英国浪漫派诗，特别是讲雪莱，眼睛朝着窗外，或者对着天花板，实在是自己在作诗，天马行空，天花乱坠，大概雪

[①] 林志浩：《中国现代文学史》（上），中国人民大学出版社1979年版，第205页。

[②] 同上书，第256—261页。

[③] 唐弢：《中国现代文学史》，人民文学出版社1979年版，第215—216页。

莱就是化在这一片空气里了"。① 卞之琳向新一代读者描绘出一位民国诗人的形象。不仅如此，卞之琳特别指出徐志摩的诗中"总还有三条积极的主线：爱祖国，反封建，讲'人道'"。② 所谓"爱国""反封建""讲人道"，应该说是现代中国人普遍具有的品格，是现代作家的共性，不是评说个性诗人的标准，卞之琳是现代著名诗人，创作经验丰富，诗学造诣很深，自然知道什么是真诗人的特别品格，但"文化大革命"的经历使他明白思想性更为重要，所以他的"爱国""讲人道""反封建"观点，在客观上为徐志摩走出禁区、走向读者提供了合法的政治话语依据。

在卞之琳看来，徐志摩尽管翻译过惠特曼的自由体诗，翻译了波德莱尔的《死尸》，还给年轻人讲过未来派，但他的诗思、诗艺"几乎没有越出过十九世纪英国浪漫派雷池一步"。③ 卞之琳认为"五四"新诗先行者"实际上都不懂西诗是怎样的，写起白话诗来基本上都不脱旧诗、词、曲的窠臼（其中有的人根本毫无诗的感觉，有的人相反，对诗决不是格格不入，那是另外一回事）。《女神》是在中国诗史上真正打开一个新局面的，在稍后出版的《志摩的诗》接着巩固了新阵地。两位作者都是从小受过旧词章的'科班'训练，但是当时写起诗来，俨然和旧诗无缘，而深得西诗的神髓，完全实行了'拿来主义'"。④ 一方面，英国浪漫派在新中国"十七年"至1980年代初的语境里，无疑没有未来派、现代派那么反动；另一方面，旧诗、词、曲相比西方诗歌在新中国成立后相当长时期的文学批评话语里更具有积极价值，所以卞之琳的言说似乎有意将徐志摩与西方诗歌传统剥离开来，突出其民族性，并以中国新诗艺术的发展为考量背景，谈论徐志摩的作为与意义，突出其对新诗"新阵地"的贡献，实在是用心良苦。卞之琳作为1930年代的一位现代派诗人，在新的历史时期自觉承担起发掘被历史尘埃埋没的现代诗人的责任，在当时政治文化语境里智慧地评说徐志摩，向读者介绍徐志摩诗歌，重造新诗阅读氛围，培养新诗读者，为新时期诗歌创作发掘资源，培育诗学土壤，以推进新诗创作，重建新诗秩序，

---

① 卞之琳：《徐志摩诗重读志感》，《诗刊》1979年第9期。

② 同上。

③ 同上。

④ 同上。

真可谓用心很深，他无疑是一个成功的新诗探索者和播种者。

陆耀东是新时期较早评说徐志摩的代表，1980 年发表《评徐志摩的诗》，认为徐志摩是一位爱国主义诗人，其诗歌张扬个性、书写纯真爱情、不满社会、同情底层人民；不仅如此，他认为胡适对徐志摩一生的历史用"爱""自由""美"的"单纯信仰"来概括并不准确，认为"这只是看到了事物的表象，徐志摩的思想核心还是民主个人主义。民主个人主义思想是支配徐志摩的思维活动和实践活动的决定因素"①。民主个人主义者这一观点，是一个创见，相对于卞之琳的"爱国""反封建""讲人道"，是一个发展，更切近诗人的本相；但与此同时，他对《西窗》《秋虫》《别拧我，疼》等诗歌仍持怀疑否定态度。他肯定徐志摩诗歌的审美性，又不时从政治话语角度审视之、批评之，力求有所突破，但相当程度上又未完全走出茅盾的话语逻辑。

卞之琳、陆耀东的观点，在此后较长时期里，成为人们谈论徐志摩诗歌的共识，徐志摩被阐述成为一位"爱国、反封建、讲人道"的诗人。

进入 1990 年代以后，读者阅读阐述空间不断扩大，言说更趋开放多元。1993 年，谢冕在《徐志摩名作欣赏序一·云游》中，不再纠缠于诗歌是否爱国、反封建、讲人道的问题，而是从诗艺角度切入，分析徐志摩诗歌艺术构成，认为从徐志摩开始，新诗将情感的咏叹作为重要目的，重视抒情的有效性，新诗人不再关心白话写诗是否合法的问题，而是将重点放在纯艺术的经营上②。蓝棣之认为以前许多人误读了徐志摩，其实徐志摩与闻一多、戴望舒、卞之琳都不同，他追求的是"诗化生活"，"他的诗是写给他爱的人和爱他的人看的"，"对于徐志摩，生活就是诗"，"他对诗歌特征的理解是'分行的抒写'，是散文的分行书写"。他"把散文内容充分地带进了新诗，扩大了新诗的表现力，丰富了新诗的艺术风格"，正是在这个意义上，他认为"徐诗是新诗史上一块里程碑，在新诗史上有自己的特殊的地位"。③ 孙玉石说："徐志摩坚持自由民主的政治理想。他满腔热情为这一理想而歌"，"徐志摩诗风飘逸潇洒，诗句轻盈多变，他努力于吸收西

① 陆耀东：《评徐志摩的诗》，《中国现代文学研究丛刊》1980 年第 2 期。
② 谢冕：《徐志摩名作欣赏序一·云游》，中国和平出版社 1993 年版。
③ 蓝棣之：《现代诗的情感与形式》，人民文学出版社 2002 年版，第 39—42 页。

方各种诗体，进行中国现代格律诗的实践，他的诗显示了'五四'以后浪漫主义另一种风格新诗的实绩"。《雪花的快乐》《我有一个恋爱》《为要寻一颗明星》《一条金色的光痕》《婴儿》《沙扬娜拉》《残诗》《海韵》《我来扬子江边买一把莲蓬》《半夜深巷琵琶》等是为人瞩目的佳作。① 这个时期，人们关心的不是徐志摩写了什么，而是其诗如何写的问题，是将抒情艺术作为言说的中心，以此将他与同时代许多诗人区分开来，在诗艺探索、诗美建构维度突出他在新诗史上的独特性。

钱理群等主编的《中国现代文学三十年》修订本，一方面认同胡适的"爱""自由""美"相统一的观点，认为徐志摩诗歌书写个体性灵，意象特别，"飞动飘逸"，创造力、想象力突出，表现了一种"单纯信仰"，飞扬着"五四"个性解放的精神；另一方面延续了陈西滢和朱自清的观点，认为《志摩的诗》几乎全是"体制的输入和试验"，"徐志摩总在不拘一格的不断试验与创造中追求美的内容和美的形式的统一，以其美的艺术珍品提高着读者的审美力：徐志摩在新诗史上的独特贡献正在于此"。② 突出了徐志摩的"单纯信仰"形象，强调其对新诗艺术的追求、实验与执着，肯定他对新诗创作的贡献。1999 年，龙泉明的《中国新诗流变论》高度肯定了徐志摩诗歌艺术上的探索性，并认为"他的《无题》《我等候你》《秋虫》《西窗》《命运的逻辑》等诗表现了明显的现代主义诗风"③，突破了长期以来对徐志摩诗歌的政治化解读模式，不仅为《秋虫》《西窗》提供了新的解读思路，而且揭示出徐志摩浪漫主义诗人形象之外的现代主义气质，彰显了徐志摩诗歌的复杂性。

总体而论，进入 1990 年代以后，徐志摩的诗歌是在一种开放自由的语境中被阐释与接受的，诗学而非政治话语成为取舍其诗歌的基本依据。苦闷就是苦闷，爱情就是爱情，不牵强附会地与政治立场扯到一起，不以政治标准阐释其诗作；读者关注的主要是其作品的诗性现象，而不是思想内容是否积极进步的问题，诗歌解读回到了诗歌本身，诗人不再被简单地描

---

① 孙玉石：《20 世纪中国新诗：1917—1937》，《诗探索》1994 年第 3 期。

② 钱理群、吴福辉、温儒敏：《中国现代文学三十年》，北京大学出版社 1998 年版，第 132—134 页。

③ 龙泉明：《中国新诗流变论》，人民文学出版社 1999 年版，第 258 页。

绘为布尔乔亚开山的末代的诗人形象,而是一个追求"爱""自由""美"相统一的矢志追求艺术的诗人形象,一个快乐、愉悦、追求、失望乃至绝望的诗人形象,一个真切的"人"的形象。

第二节　选本与《再别康桥》的经典化

徐志摩是新诗史上一位有争议的人,有人骂他用情不专,玩世不恭;有人夸他率真、纯粹;有人称他是纨绔子弟;有人赞他因爱而生,众说纷纭。然而,他是一个诗人,这是一个不争的事实,谈到他的诗歌,《再别康桥》也是无法绕开的代表作,它已经成为当下读者心中的新诗"经典"了。然而,回望历史,《再别康桥》并不是一开始就受到读者好评,它走向"经典"的路途是崎岖的。《再别康桥》刊于1928年12月10日《新月月刊》第1卷第10号,后收入《猛虎集》。本节将从选本角度,考察它被经典化的具体历程,并揭示其被遴选塑造成为"经典"的内在话语机制。

一

表4—1　　　1930—1940年代重要选本收录《再别康桥》的情况

选本	编者	出版社、出版时间	收录徐诗情况	收录该诗情况	备注
《新月诗选》	陈梦家	新月书店,1931年	《我等候你》《沙扬娜拉一首》《再别康桥》《大帅》《消息》《季候》《火车擒住轨》《哈代》	有	
《文艺园地》	柳亚子	上海开华书局,1932年	无	无	
《现代诗杰作选》	沈仲文	上海青年书店,1932年	《卑微》《泰山》	无	
《抒情诗汇编》(新旧体诗、译诗合集)	朱剑芒、陈霭麓	上海世界书局,1933年	《苏苏》《雪花的快乐》《再不见雷峰》	无	
《写景诗汇编》(新旧体诗合集)			《沪杭车中》	无	

续表

选本	编者	出版社、出版时间	收录徐诗情况	收录该诗情况	备注
《现代中国诗歌选》	薛时进	上海亚细亚书局，1933年	《海韵》《雷峰塔》《去罢》《雪花的快乐》《苏苏》《变与不变》《残诗》《翡冷翠的一夜》《半夜深巷琵琶》	无	文学基本丛书之八
《现代诗选》	赵景深	上海北新书局，1934年	《石虎胡同七号》《西伯利亚道中忆西湖秋雪庵芦色作歌》《她是睡着了》《车上》《在病中》	无	中学国语补充读本之一
《中华现代文学选·第二册·诗歌》	王梅痕	上海中华书局，1935年	《自然与人生》　《苏苏》《秋月》	无	
《注释现代诗歌选》	王梅痕	上海中华书局，1935年	《自然与人生》　《秋月》《苏苏》	无	初中学生文库
《现代青年杰作文库》（诗文合集）	陈陟	上海经纬书局，1935年	无	无	陈梦家《无题》
《中国新文学大系·诗集》	朱自清	上海良友图书印刷公司，1935年	《雪花的快乐》《这是一个懦弱的世界》《我有一个恋爱》《去罢》《常州天宁寺闻礼忏声》《灰色的人生》《卡尔佛里》《我来扬子江边买一把莲蓬》《残诗》《一小幅穷乐图》《石虎胡同七号》《谁知道》《哀曼珠斐儿》《她是睡着了》《海韵》、《问谁》《落叶小唱》《康桥再会罢》《一条金色的光痕》《翡冷翠的一夜》《呻吟语》《她怕他说出口》《半夜深巷琵琶》《大帅》（战歌之一）《在哀克刹脱教堂前》《两地相思》	无	无

续表

选本	编者	出版社、出版时间	收录徐诗情况	收录该诗情况	备注
《徐志摩选集》	徐志摩著，徐沉泗、叶忘忧编选	上海万象书屋，1936年	共收录33首新诗	无	现代创作文库第六辑
《诗》	钱公侠、施瑛	上海启明书局，1936年	《我有一个恋爱》《一条金色的光痕》《翡冷翠的一夜》《石虎胡同七号》《常州天宁寺闻礼忏声》《哀曼殊斐儿》《残诗》《她是睡着了》《落叶小唱》《康桥再会罢》《呻吟语》《我来扬子江边买一把莲蓬》《半夜深巷琵琶》《两地想思》《海韵》	无	中国新文学丛刊
《现代新诗选》	笑我	上海仿古书店，1936年	《康桥再会罢》《残诗》《石虎胡同七号》《常州天宁寺闻礼忏声》《哀曼殊斐儿》《她是睡着了》《呻吟语》《落叶小唱》《半夜深巷琵琶》《海韵》《两地相思》《西伯利亚道中忆西湖秋雪庵芦色作歌》《翡冷翠的一夜》《车上》《在病中》	无	
《现代创作新诗选》	林琅编辑，淑娟评选	上海中央书店，1936年	第一辑：灵感《夜半松风》。第二辑：情爱《季候》。第四辑：人生《难得》	无	新编文学读本
《新诗》	沈毅勋	新潮社，1938年	无	无	诗歌丛书之一

续表

选本	编者	出版社、出版时间	收录徐诗情况	收录该诗情况	备注
《诗歌选》	王者	沈阳文艺书局，1939 年	《翡冷翠的一夜》《我有一个恋爱》《常州天宁寺闻礼忏声》《哀曼殊斐儿》《海韵》《她是睡着了》《石虎胡同七号》《落叶小唱》《我来扬子江边买一把莲蓬》《半夜深巷琵琶》《两地相思》	无	文艺名著之八
《徐志摩代表作》	徐志摩著，三通书局编辑部编	上海三通书局，1941 年	43 首诗歌	无	现代作家选集第八集
《新诗选辑》	徐志摩等著，闲云编	海萍书店出版部，1941 年	《志摩的诗》中 17 首	无	文学丛编
《古城的春天》	臧克家等著，赵晓风编	沈阳秋江书店，1941 年	无	无	现代创作丛刊新诗选
《现代中国诗选》	孙望、常任侠选辑	重庆南方印书馆，1943 年	无	无	
《徐志摩诗选》	徐志摩著，李德予编	重庆大华书局，1944 年	44 首诗歌	无	
《战前中国新诗选》	孙望	成都绿洲出版社，1944 年	无	无	
《现代诗钞》	闻一多	开明书店，1948 年	《再别康桥》《月下雷峰影片》《五老峰》《常州天宁寺闻礼忏声》《哈代》《云游》《火车擒住轨》《残诗》《在病中》《领罪》《毒药》《爱的灵感》	有	

在 1930—1940 年代的重要选本中，可以发现，徐志摩的《再别康桥》
除了被新月派诗人陈梦家选进《新月诗选》、被闻一多选录进《现代诗钞》
之外，其他选本都没有收录这首诗，这也许是今天的读者无法想象的事实。
陈梦家在《序言》里给了徐志摩极高的评价，他说："他的诗，永远是愉快
的空气，曾不有一些儿伤感或颓废的调子，他的眼泪也闪耀着欢喜的圆光。
这自我解放与空灵的飘忽，安放在他柔丽清爽的诗句中，给人总是那舒快
的感悟。""《再别康桥》和《沙扬娜拉》是两首写别的诗，情感是澄清
的。"① 这种评价，对于当时的徐志摩和《再别康桥》很重要，收录《再别
康桥》是"新月"同人对徐志摩的一种肯定与鼓励。徐志摩多次提到自己
在新诗探索上受闻一多的影响，"我的笔本来是最不受羁勒的一匹野马，看
到了一多的谨严的作品我方才憬悟到我自己的野性"②，徐志摩的新诗写作
身体力行地实践着闻一多倡导的新诗格律化主张。对于这样一位与自己在
新诗实践上并肩作战的同仁，闻一多必然倍加推崇，加之《再别康桥》以
一种自由的方式实现了新格律化，做到了音乐美、建筑美与绘画美，闻一
多选录该诗自在情理之中，某种程度上也可以理解为展示多样化的新格律
诗成就。

　　然而，从上表可以看到，除了新月派同人对徐志摩诗歌特别推崇外，
其他选本没有收录徐志摩的《再别康桥》，更有一些选本根本不收徐志摩的
诗歌。个中缘由耐人寻味。

　　当时文坛重要人物对徐志摩资产阶级作家的定位和评判，是其没有被
收录进许多诗歌选本的原因之一。早在 1924 年，鲁迅就调侃过徐志摩：
"坐起来点灯看《语丝》，不幸就看见了徐志摩先生的神秘谈，——不，
'都是音乐'，是听到了音乐先生的音乐"，"只能恭颂志摩先生的福气大，
能听到这许多'绝妙的音乐'而已"。③ 1930 年，钱杏邨发表了《徐志摩
先生的自画像》，认为："徐志摩先生彻头彻尾的是中国的资产阶级（外国
的资产阶级的代言者的思想没有这样的贫弱可怜）的进步分子的代言者，

① 陈梦家：《新月诗选·序言》，《新月诗选》，新月书店 1931 年版，第 22—23 页。
② 徐志摩：《猛虎集》，上海新月书店 1942 年版，第 8 页。
③ 鲁迅：《"音乐"？》，《语丝》周刊 1924 年 12 月 15 日，第 5 期。

他是彻头彻尾的一个进步的资产阶级作家"①，"徐志摩对无产者不仅没有同情，也始终的还不曾认识"，"至于他的政治意识的缺乏，甚至于说，政治常识的没有，那更是无可讳言的事"。② 从阶级立场分析徐志摩，指出他对无产者没有同情心。1932 年茅盾写了《徐志摩论》，他说"《猛虎集》是志摩的'中坚作品'"，是技巧上最成熟的作品，"圆熟的外形，配着淡到几乎没有的内容，而且这淡极了的内容也不外乎感伤的情绪，——轻烟似的微哀，神秘的象征的依恋感喟追求"。③ 文坛上这些重要人物对徐志摩的评价或者对《再别康桥》的批评，深深地影响了当时其他读者对徐志摩的判定。他们往往先判定徐志摩的为人，即资产阶级作家，没有政治意识，矫揉造作，然后才判断徐志摩诗歌的艺术特色和价值。对徐志摩为人的判断和定位，很大程度上影响了对徐志摩诗作艺术的评判。所以，这样一位资产阶级文人所创作出来的诗歌，在 1930、1940 年代，必然不会被社会所推崇，缺席于绝大多数选本也就是情理之中的事了。

《再别康桥》没有具备相应的社会功能，与时代期待视野相错位，是其没有被选入许多诗歌选本的又一重要原因。1930—1940 年代，民族矛盾和阶级矛盾不断激化，在复杂的社会关系中，需要的是解决社会矛盾、抨击社会腐朽的作品，是利于抗战的文学，但徐志摩的《再别康桥》却是一首几乎没有社会现实投影的作品，一首与西方资产阶级民主制度有着精神联系的作品。它虽然感情真挚，意境深邃，语言极富有音乐性，是一首艺术圆熟的抒情诗，但正如茅盾当年所言，它圆熟的外形，配着淡到几乎没有的内容，而且这淡极了的内容也不外乎感伤的情绪，轻烟似的微哀，神秘的象征，这是极为致命的问题。"五四"启蒙语境的衰微、退场，《再别康桥》那种强烈表达个体意愿、哀叹缠绵的抒情作品，那种倾心、留恋资本主义民主制度、生活方式的诗歌，与新的革命文学语境、战争语境不相容了。社会对文学、对新诗的期待发生了变化，更多的时候需要的是铿锵有力的作品，是参与社会变革的作品，尤其是在左翼文学力量倡导下，为广

①　钱杏邨：《徐志摩先生的自画像》，《现代中国文学作家》（第二卷），上海泰东图书局 1930 年版，第 76 页。

②　同上书，第 99—100 页。

③　茅盾：《徐志摩论》，《现代》1933 年第 2 卷第 4 期。

大民众写作成为一种重要的趋势，也因此获得了很多读者尤其是青年读者的认同，这也影响到选家的取舍。总之，徐志摩资产阶级作家身份，有争议的个人生活经历、生活方式，鲁迅、茅盾等人的讥讽和批评，与新的阅读语境的错位，以及其他一些还不太清楚的偶然因素等，决定了《再别康桥》不被1930、1940年代的编选者所青睐。

二

新中国成立后，政治文化和诗学取向发生新变，新诗作为一种客观存在的现代文化，一种在精神上与西方有着密切关系的文学样式，应该被如何理解、认识与讲述，如何发掘其价值以为社会主义话语建设和诗歌创作服务，成为摆在新的文学工作者面前的一项重要任务。政治与诗学的关系进入一个新的调适期。在这样的语境下，徐志摩的《再别康桥》在选本中的命运又如何呢？

受中国青年出版社委托，臧克家于50年代中期编辑《中国新诗选（1919—1949）》，1956年8月第1版；1957年3月第2版，1957年9月第3次印刷。第1版《内容提要》说得非常清楚，它"是一本以青年读者为对象的诗选。选集中自1919年到1949年，选了26位诗人92首作品。从这些作品里，可以看出新诗发展的一个轮廓来。并有序言一篇，具体地分析了新诗发展各个阶段的情况，扼要地论述了某些诗人作品的时代意义和艺术价值，帮助读者阅读这本选集里的诗篇"。[①] 然而，第1版并没有收录徐志摩的作品。徐志摩落选了，《再别康桥》仍然缺席，这就是臧克家那时的态度。在他看来，新诗发展轮廓里，可以没有徐志摩，徐志摩不具备"时代意义"，不值得给青年读者推荐。第1版销路很好，有读者向臧克家要求把编选范围再放大些，但臧克家认为它是给青年人的读本，无须扩大，然而，值得特别注意的是，在1957年第2版时却加入了徐志摩的两首诗即《大帅》（战歌之一）和《再别康桥》，并在"代序"里"对于徐志摩的评论也本着我的原意进行了修改"。[②] 在1956年版的"代序"里，臧克家认为"新月派"的主要诗人徐志摩、朱湘等的政治思想和文艺思想"一开始

[①]　臧克家：《中国新诗选（1919—1949）·内容提要》，中国青年出版社1956年版。
[②]　臧克家：《中国新诗选（1919—1949）·再版后记》，中国青年出版社1957年版。

就表现了同无产阶级思想和文艺观的对立"，同情溥仪，其反动思想"遗留给青年以很深的毒害"，"徐志摩的思想表现得赤裸裸地，那就是站在和人民革命敌对的立场上，成为反动统治者文艺上的代言人了"。认为徐志摩为代表的新月派以资产阶级思想和艺术至上论"模糊人民的阶级斗争意识，同时以'唯美主义'的形式诱导一般读者坠入形式主义的泥坑。"① 所以没有选录徐志摩的作品。但在 1957 年的"代序"里，他调整了对徐志摩的评说话语，一方面认为徐志摩的思想是混乱的、矛盾的，指责徐志摩同情溥仪写了《残春》，批评徐志摩骂革命者"喝青年的血"，认为徐志摩反对革命文学，"给了青年们以很深的毒害"；但另一方面，臧克家又指出徐志摩初期某些作品"也曾表露过对当时黑暗社会的不满，对军阀混战的反对，站在资产阶级立场上，激情地要'冲破一切恐怖'前进，对于未来也怀着一个渺茫的'希望'"，"写了一些具有现实意义的不满黑暗社会、憧憬未来的诗篇"，"因此，对于资产阶级代表性的诗人徐志摩，我们应该肯定他那些具有现实意义的作品，同时要批判那些反动、消沉、感伤气味浓重的东西。徐志摩的诗，在艺术表现方面有他自己的风格，他追求形式的完美。他的诗，语句比较清新，韵律也比较谐和。他的表现形式对于他所表现的内容，大致是适合的。在今天，这一点还是值得我们借镜的"。② 这个调整很大，在新的辩证言说的逻辑里，徐志摩诗歌被认为有"值得我们借镜的"地方，诗人也因此获得了出场的机会，其《再别康桥》有幸编入了这个向青年读者推介的选本里，进入传播的通道。

　　臧克家为何如此调整对徐志摩的态度？首先，与那时短暂的"百花齐放、百家争鸣"的文学生存空间有关，在倡导"双百"的语境里，出现了一个短暂的较为开放的阅读接受空间，资产阶级文学甚至现代派文学获得了被辩证言说的机会。其次，与闻一多的影响不无关系。臧克家是闻一多的学生，新诗创作受到闻一多的鼓励与指点，闻一多《现代诗钞》收录了《再别康桥》，臧克家编辑新诗选很可能参考了闻一多的选本。最后，相比

---

　　① 臧克家：《中国新诗选（1919—1949）·代序》，中国青年出版社 1956 年版，第 14—15 页。

　　② 同上书，第 14 页。

于徐志摩其他诗歌,诸如《我不知道风是在那一个方向吹》,《再别康桥》的格调相对而言要积极一点,尤其是圆熟精湛的艺术对新诗形式建构的参考借鉴价值更大一些。

《中国新诗选(1919—1949)》在新诗选本史乃至新诗史上至关重要,它以新的话语为依据重新遴选新诗代表诗人和代表作品,以作品选重建近半个世纪的新诗历史,承担着向新社会、新读者推介新诗作品的重任,承担着以诗选的方式向新社会解释新诗传统的任务,承担着为新诗创作者提供诗歌资源的任务。它影响了此后相当长的时期里对新诗历史的理解、阐述,确定了勾勒新诗史的代表性诗人、诗作及述史修辞,影响了读者的阅读兴趣,牵引着新诗发展走向。《再别康桥》进入这个选本非常重要,1930、1940年代的选本,除了陈梦家和闻一多的选本,都不选《再别康桥》,使它几乎从传播空间里消失了,失去了成为"经典"的可能性,应该说,臧克家的这个本子,改变了《再别康桥》的命运,在这首诗歌走上"经典"的路途中起到了扭转乾坤的作用。陈梦家、闻一多、臧克家以他们特殊的身份,在特别的年代,从他们的诗学观念出发,合法地向读者推介了《再别康桥》,使其不至于一直被埋没。尤其是臧克家在1957年选录该诗,其间包含着复杂的个人诗学与政治文化的关系,耐人寻味。

"文化大革命"期间,徐志摩成为禁区,《再别康桥》又从广大读者视线中消失了。

三

1980年,中国现代文学研究会首届学术研讨会在包头召开,新月派和徐志摩成为了本次会议的重要议题。在新的政治文化语境和文学背景下,如前所述,卞之琳等人为徐志摩重新出场提供了合法的话语依据,出版社便开始重新出版徐志摩的诗歌,选本开始收录其作品,使之获得了被重新阅读阐释的可能性,《再别康桥》开始走向"经典"。

表 4—2　　　　　　　1970 年代末至今选本收录《再别康桥》情况

选本	编者	出版社、出版时间	收录徐诗情况	收录《再别康桥》情况	备注
《中国现代抒情短诗 100 首》	本社	上海文艺出版社，1981 年	《再别康桥》	收录	
《现代诗歌名篇选读》	吴开晋	河北人民出版社，1982 年	《再别康桥》	收录	
《现代百家诗》	白崇义、乐齐	宝文堂书店，1984 年	《翡冷翠的一夜》《再别康桥》《我不知道风是在那一个方向吹》《半夜深巷琵琶》	收录	
《中国现代文学作品选》	北京师范学院选编	天津人民出版社，1984 年	《雪花的快乐》《再别康桥》	收录	
《中国新文学大系·诗集（1927—1937）》	艾青等	上海文艺出版社，1985 年	《再别康桥》《云游》《车眺》《黄鹂》《我不知道风是在那一个方向吹》《你去》《雁儿们》《领罪》	收录	
《现代诗歌名篇选读》	莫文征	作家出版社，1986 年	《沙扬娜拉一首》《我不知道风是在那一个方向吹》	无	
《中国新诗萃（20 世纪初叶—40 年代）》	谢冕、杨匡汉	人民文学出版社，1988 年	《黄鹂》《爱的灵感》《云游》	无	
《中国新诗鉴赏大辞典》	吴奔星、范伯群	江苏文艺出版社，1988 年	《残诗》《沙扬娜拉》《雪花的快乐》《云游》	收录	
《现代中国诗选》	杨牧、郑树森	台湾洪范书店有限公司，1989 年	《再别康桥》《常州天宁寺闻礼忏声》《沙扬娜拉》《海韵》《一块晦色的路碑》《西伯利亚道中忆西湖秋雪庵芦色作歌》《翡冷翠的一夜》《山中》《在病中》	收录	

选本	编者	出版社、出版时间	收录徐诗情况	收录《再别康桥》情况	备注
《新月派诗选》	蓝棣之	人民文学出版社，1989年	《再别康桥》《康桥再会罢》《哀曼殊斐尔》《雪花的快乐》等30首诗歌	收录	
《中国新诗百首赏析》	李玉昆、李滨	北京语言学院出版社，1991年	《再别康桥》《雪花的快乐》《阔的海》	收录	
《新诗鉴赏辞典》	公木	上海辞书出版社，1991年	《雪花的快乐》《沙扬娜拉》《为要寻一颗明星》《半夜深巷琵琶》《消息》《我不知道风是在那一个方向吹》《沪杭车中》《残诗》《变与不变》《再别康桥》《黄鹂》	收录	
《现代著名诗人情诗精编》	伊人	浙江文艺出版社，1992年	《雪花的快乐》《我等候你》《落叶小唱》《决断》《最后的那一天》《这是一个懦弱的世界》《起造一座墙》《献词》《你去》《一个祈祷》《一个噩梦》《那一点神明的火焰》《拿回吧，劳驾，先生》《无题》《她在那里》	无	
《中国现代新诗三百首》	张永健、张芳彦	长江文艺出版社，1992年	《雪花的快乐》《我不知道风是在那一个方向吹》《沙扬娜拉》《翡冷翠的一夜》《这是一个懦弱的世界》《再别康桥》《黄鹂》	收录	
《新诗选》	罗洛	上海书店出版社，1993年	《消息》	无	
《中外名诗赏析大典》	胡明扬	四川辞书出版社，1993年	《再别康桥》《雪花的快乐》《沪杭车中》《自然与人生》《偶然》《沙扬娜拉》《苏苏》《黄鹂》	收录	
《中国新诗库·第一辑·徐志摩卷》	周良沛	长江文艺出版社，1993年	《雪花的快乐》《北方的冬天是冬天》《再别康桥》等51首诗歌	收录	

续表

选本	编者	出版社、出版时间	收录徐诗情况	收录《再别康桥》情况	备注
《二十世纪中国文学大师文库·诗歌卷》	王一川、张同道	海南出版社，1994年	《再别康桥》等33首诗歌	收录	《再别康桥》列在诗选首列
《新诗三百首（1917—1995）》	张默、萧萧	台湾九歌出版社有限公司，1995年	《再别康桥》《常州天宁寺闻礼忏声》	收录	
《百年中国文学经典》	谢冕、钱理群	北京大学出版社，1996年	《再别康桥》《我不知道风是在那一个方向吹》	收录	
《中国新诗史》	谭五昌	北京出版社，1999年	《婴儿》《残诗》《再别康桥》《云游》	收录	收录篇数最多
《20世纪汉语诗选》第1卷	姜耕玉	上海教育出版社，1999年	《再别康桥》《沪杭车中》《落叶小唱》《雪花的快乐》《偶然》《这是一个懦弱的世界》《难得》《沙扬娜拉十八首（选4）》《灰色的人生》《为要寻一个明星》《残诗》《她是睡着了》《翡冷翠的一夜》《海韵》《大帅》《半夜深巷琵琶》《我不知道风是在那一个方向吹》《云游》《季候》《雁儿们》20首	收录	
《中国现代文学名篇选读》	夏传才	南开大学出版社，2002年	《雪花的快乐》《再别康桥》《沙扬娜拉一首》《我不知道风是在那一个方向吹》	收录	
《中国现代文学作品选（1917—2000）》第2卷	朱栋霖	高等教育出版社，2002年	《再别康桥》《我不知道风是在那一个方向吹》《雪花的快乐》《山中》	收录	

选本	编者	出版社、出版时间	收录徐诗情况	收录《再别康桥》情况	备注
《百年百首经典诗歌》	杨晓明	长江文艺出版社，2003年	《再别康桥》	收录	
《中国新诗名作导读》	龙泉明	长江文艺出版社，2003年	《雪花的快乐》《再别康桥》《沪杭车中》	收录	
《现代诗选》	乔力	太白文艺出版社，2003年	《婴儿》《再别康桥》	收录	
《现代诗经》	伊沙	漓江出版社，2004年	《再别康桥》《沙扬娜拉》	收录	
《中国现代诗导读1917—1937》	孙玉石	北京大学出版社，2008年	《海韵》	无	
《中国新诗总系1927—1937》	谢冕、孙玉石、吴晓东	人民文学出版社，2010年	《再别康桥》《我不知道风是在那一个方向吹》《我等候你》《泰山》《云游》《他眼里有你》	收录	
《中国新诗1916—2000》	张新颖	复旦大学出版社，2011年	《毒药》《我不知道风是在那一个方向吹》《再别康桥》	收录	

由表4—2可以看出，收录徐志摩诗歌的选本，多数择选了《再别康桥》，也就是看重它在徐志摩诗歌中的地位；但谢冕和杨匡汉主编的《中国新诗萃（20世纪初叶—40年代）》、孙玉石主编的《中国现代诗导读1917—1937》、罗洛编的《新诗选》、莫文征编的《现代诗歌名篇选读》、伊人的《现代著名诗人情诗精编》等几个重要选本没有选录《再别康桥》，伊人选本属于情诗精选自然不能选《再别康桥》，而谢冕、杨匡汉、孙玉石等舍弃了《再别康桥》则耐人寻味。这种情况表明，近几十年来，选家们还是按照自己的诗歌理念和趣味编选作品，编选者的主体意识是鲜明的，说明《再别康桥》受到多数编选者的青睐，有自己广大的读者市场，但也还有一些专家读者不是特别高看它，在他们看来，徐志摩创作中还有比《再别康桥》更值得向读者推介的作品。换言之，从总体趋势看，《再别康桥》经由选本在不断地走向"经典"，但也不是一边倒地被赞誉，仍缺席于一些重要选本，这是一种很正常的现象。

　　文学史著和诗歌选本相互影响，彼此渗透。1970 年代末以来，选本对徐志摩《再别康桥》的取舍，其实与文学史叙述密切相关。1979 年，唐弢主编的《中国现代文学史》认为："作为中国资产阶级在文学上的一个代言人，徐志摩由最初幻想实现英美式制度，而后在人民力量发展的情况下惧怕革命并进而反对革命，最后至于颓唐消沉——这一发展是有轨迹可寻的。在艺术形式上，《再别康桥》等诗音节和谐，意境优美，的确有可取之处。"① 1984 年唐弢主编，严家炎、万平近协编的《中国现代文学史简编》认为："代表徐志摩艺术成就的，是那些并无明显社会内容的抒情诗。如诗人自己说，它们是'从性灵暖处来的诗句'。《再别康桥》一首，就出色地显示了诗人的才情与个性。他把自己对母校的深情，溶化进了悄然别离时刻那些富有特色的形象和想象中：夕阳金柳，波光艳影，潭映彩虹，恰似旧梦，无怪乎诗人要'在康河的柔波里''甘做一条水草'了。正是诗人真挚热烈的浪漫主义个性，形成了全诗轻柔、明丽而又俊逸的格调。"② 唐弢等沿袭茅盾的认识逻辑，坚持认为徐诗无明显的社会内容，但又力推《再别康桥》，带有那一时期文学史叙述话语内在分裂的特点。1987 年，钱理群等编写的《中国现代文学三十年》写道："徐志摩总是在不拘一格的不断试验与创造中追求美的内容与美的形式的统一，以其艺术珍品提高着读者的审美力：徐志摩在新诗史上的独特贡献正在于此。"③ 从艺术创造和提升读者审美能力层面，肯定徐诗的价值。1991 年吴宏聪、范伯群编写的《中国现代文学史》对徐志摩诗歌的艺术评价是："韵律和谐，富于音乐美。他认为'一首诗的秘密也就是它的内含的音节的匀整与流动'，音节是诗的'血脉'。在他大量的四行一节的抒情诗中，徐志摩常常使用重叠、反复、排比、对偶等手法，《再别康桥》开头的短短四行中，三次反复'轻轻的'，造成缠绵中不乏轻快的韵律，在节奏感之外平添了旋律感。"④ 突出徐志摩诗歌特别是《再别康桥》对新诗审美建构的贡献。

---

　　① 唐弢：《中国现代文学史》，人民文学出版社 1979 年版，第 216 页。

　　② 唐弢、严家炎、万平近：《中国现代文学史简编》，人民文学出版社 1984 年版，第 179—180 页。

　　③ 钱理群、吴福辉、温儒敏、王超冰：《中国现代文学三十年》，上海文艺出版社 1987 年版，第 172 页。

　　④ 吴宏聪、范伯群：《中国现代文学史》，武汉大学出版社 1991 年版，第 157—158 页。

　　由上可见，从 1970 年代末期开始编写的文学史著中，大都重点写到了徐志摩和《再别康桥》，不再以徐志摩是一个资产阶级作家而简单否定其诗歌艺术，而是从徐志摩的创作特点、诗作的艺术价值，以及在新诗史上的贡献来评判、定位徐志摩和《再别康桥》。肯定了徐志摩诗歌的韵律、音乐美，认为他在追求诗歌内容和形式的统一上也做了很大的贡献，认为《再别康桥》具有内在的音乐性，诗人热烈、真挚、轻柔、细腻又略带飘逸的浪漫主义个性得到了很好的展现。《再别康桥》本身所具有的审美价值，是它走向"经典"的内在动力。

　　1980 年代以来，随着言说空间的拓展，文学探索多元化，白话诗歌内在诗性问题受到重视，新诗作为一种新的传统被发现，其精神品格与诗学内容被阐释成为一种具有生产性的资源，于是，徐志摩的《再别康桥》与新的文学语境颇相契合，不断被读者评说着，走进文学史著，走进诗歌选本，相互支持，不断被经典化。徐志摩身上具有的浪漫主义情怀，诗化生活的气息以及"单纯信仰"对"爱、美、自由"的追求，这些在这个物欲膨胀的社会具有重要的意义和价值。中西文化的不断交流，对西方文化和社会的憧憬，又为有西方文化背景的徐志摩以及具有异域唯美风情的《再别康桥》的经典化提供了强大的动力机制。社会经济文化的发展给徐志摩和《再别康桥》的经典化提供了必要的社会条件；社会对文人精神和中国人新的文化性格的塑造又为徐志摩地位的提升和《再别康桥》经典化提供了契机。蓝棣之在《徐志摩的诗史地位与评价问题》一文中提道："在今天，在优越的社会主义制度下生活的青年，历史为他们提供了诗化生活的社会条件，他们已经有可能把'爱、美、自由'当作理想生活（用马克思主义世界观人生观加以改造，充实其内容）来追求。因此，今天的青年尤其懂得徐志摩诗中蕴藏的开掘不尽的魅力，犹如一面历史的镜子，这大概是今天的青年经久不衰地喜爱徐诗的一个重要原因吧。年轻的诗人们也将从徐诗中找到启发他们诗思的东西。"[1] 从诗化生活追求、诗思建构等层面阐述了徐志摩及其诗歌的价值。

　　《再别康桥》音乐性特征与现代音乐的发展相融合是促使其进一步经典

---

① 蓝棣之：《徐志摩的诗史地位与评价问题》，《中国现代文学研究丛刊》1988 年第 4 期。

化的又一契机。《再别康桥》最受大家肯定的就是其诗歌的音乐性和浪漫性，"徐志摩的诗，《再别康桥》一类像浓妆少女"，"这种音乐性与诗情诗意是和谐的"，"音乐美也为大家所公认"，"读后，它的音乐旋律仍在我们的'心头荡漾'"①。人们认识到了徐志摩《再别康桥》音乐性的价值，这首诗后来被谱曲传播，在歌曲的流行程度大大高于诗歌的流行程度的社会，《再别康桥》借助于音乐加速了经典化的进程。

综上，徐志摩的《再别康桥》从发表到现在，在政治话语和现代诗学冲突、融合中，其选本命运坎坎坷坷，艺术价值和地位在不同时代也有着不同的评判，而其地位的高低也是随着时代语境的发展而不断变化着。新诗接受是现在进行时态，诗人及其诗作的价值被不断发现、阐述，历史不断演绎着，经典化是在遮蔽、发现、欣赏、再遮蔽等绵延的历史隧道中不断展开的，我们现在的问题只能是《再别康桥》能超越时空成为中国诗歌史上真正的经典吗？②

---

① 陆耀东：《评徐志摩的诗》，《中国现代文学研究丛刊》1980 年第 2 期。
② 与徐聪合作。

第五章
李金发接受史与现代主义
审美意识生成

　　李金发是中国象征主义诗歌的开拓者，长期以来，学界阐释、敞开了他诗歌在新诗史上独特的贡献与价值，然而李金发还有另一层重要的价值几乎没有被关注，那就是在中国审美观念史上，近一个世纪以来关于李金发诗歌的批评和研究，加速了中国审美文化的转型和现代主义审美意识的生成建构。中国是一个有着几千年历史的文明古国，"和"是中国文化的根本，在历史变迁过程中，它演绎出不同的结构和形式，成为中国艺术的精魂，《诗经》《离骚》《论语》、汉乐府、唐诗、宋词等以不同的方式和故事讲述着"和"的文化，培植出中国人相应的审美意识系统。以儒家文化为主体的一些关键词诸如温柔敦厚、思无邪、尽善尽美、兴观群怨、风、雅、颂、天人合一、文以载道等，决定了该系统的基本面貌和特点。它们是中国人阅读、创作的核心观念，培养了中国人独特的审美趣味。然而，近代以后，特别是从五四新文化运动开始，传统的审美意识系统受到西方文化巨大的冲击，它内在的结构被动摇，一些新质出现了，整个结构系统开始调整、转型。李金发的一个重要贡献就是将西方象征主义引入，加速了审美意识转型进程，而不同时代的读者、批评者关于李金发诗歌的解读、批评，则培育了中国现代主义艺术土壤，加速了中国现代主义审美意识的生成建构。

第一节　萌动、营造与初叙

　　李金发在 1925—1927 年相继发表《微雨》《为幸福而歌》《食客与凶

年》三部诗集，收录诗歌 299 首；其中《微雨》99 首，多为李金发 1920
年代初欧洲留学时所作，《弃妇》排在诗集首位，同时在 1925 年《语丝》
第 14 期刊出。它们的出现对于中国新诗坛而言，无疑是一个诗学事件，一
石激起千层浪，反应强烈，习惯于胡适、郭沫若那类一览无余的白话新诗
读者，阅读神经受到巨大震撼，直接的反应就是晦涩、看不懂。如果说此
前很多读者是由传统诗学看白话新诗觉得它们平铺直叙口语化无诗意，那
么现在则主要是立足于胡适、郭沫若的白话新诗学看李金发诗歌，发现白
话竟然能写出这种怪异的作品，在一片诧异声中李金发获得了"诗怪"的
身份。①

　　然而，"诗怪"称谓并非贬义，它是读者对李金发诗歌的一种阅读反
应。《语丝》杂志在推出《微雨》的广告语中写道："其体裁，风格，情
调，都与现时流行的诗不同，是诗界中别开生面之作。"② "别开生面"一
词出自周作人对《微雨》的评价，据李金发回忆，当初给周作人寄去《微
雨》后的"两个多月果然得到周的复信，给我许多赞美的话，称这种诗是
国内所无，别开生面的作品"。③ "别开生面"是一种价值肯定，意味着李
金发诗歌与新诗主流的分野，与中国传统旧诗不同，是为新诗开辟新的路
径的"另类"之作。钟敬文说："我读了李先生《弃妇》及《给蜂鸣》等
诗，突然有一股新异的感觉，潮上了心头。"他进而将"新异"引申为：
"像这样新奇怪丽的歌声，在冷寞到了零度的文艺界里，怎不教人顿起很深
的注意呢？"④ 在反思当时"冷寞"的文坛风气之时，李金发诗歌"新奇怪
丽"的魅力也吸引着许多像钟敬文一样的年轻诗人和诗歌爱好者。这里的
"怪丽"是一个新词，一个判断，怪而丽，也就是视"怪"为美，这是一
种发现与审美判断，"子不语怪力乱神"，"怪丽"之说无疑一定程度上体
现了言说者对中国传统文化、审美观念的突破。作为一名青年读者，林松
青对李金发诗歌推崇备至："这样不多得之作品，实是我国文坛上之一大明
星，也不知给我国文坛以若干之幸福哩！所可憾者：这一朵秀艳之 rose 而

　　① 黄参岛：《微雨及其作者》，《美育杂志》1928 年第 2 期。
　　② 《语丝》第 54 期，1925 年 11 月 23 日。
　　③ 李金发：《从周作人谈到"文人无行"》，《异国情调》，商务印书馆 1942 年版，第 34 页。
　　④ 钟敬文：《李金发底诗》，《一般》1926 年第 1 卷第 12 号。

生于此荆榛茂盛之荒园里。"① 李金发的诗歌好比傲立在文坛"荒原"里的一朵秀艳的玫瑰，惊艳却遭受冷落。

对李金发诗歌持否定态度的人多以"难懂"为由进行贬斥。穆木天曰："不客气说，我读不懂李金发的诗。长了二十七年，还没听见这一类的中国话。我读他的诗，真比读寇克投（Jearl Coteau）的诗还费劲。"② 赵景深也发出类似的感叹："我真不懂他们为什么要做人家看不懂的东西。文学不是要取得读者同情的么？"③ 穆木天等人的批评或许只是诗歌词句上的索解，造成理解障碍的深层原因，乃是李金发诗歌所体现的不同于中国传统诗学和"五四"由西方引入的自然主义、浪漫主义诗学的一种崭新的现代主义观念；换言之，西方现代主义审美意识以李金发诗歌为载体，对中国传统诗歌观念和早期白话诗坛形成强有力的冲击，读者受到震撼，像吃了怪味豆一样，有种说不出的味道。阅读上的不适感，是中国那时的读者对全新的西方现代主义的必然反应，现代主义借力于李金发就这样闯进了中国诗坛，势必引起中国读者审美意识的调整与重建。

一 批评与现代主义审美意识的萌动

1920 年代，关于李金发诗歌的言说与批评，初步指认出李金发诗歌中新的现代主义因子，这些批评在客观上起到了向读者介绍现代主义诗学的作用。

第一，"未来派的调子"指认。黄参岛不同意某些人对李金发冠以"诗哲"的称呼，转而以"诗怪"来定义，他写道："无论什么事物，一到他生动深刻的笔下，都可以入而为诗材，时而像古词，时而像未来派的调子。"④ 在黄参岛看来，李金发的诗歌内容庞杂，而中国传统诗歌素材相当单一，自然美景和人伦生活是诗歌题材的核心，怪异迷乱或有伤风化的题材无法进入诗的世界。李金发诗歌打破了这一固有的诗学观念，他在《微雨》诗集的《导言》中说："中国自文学革新后，诗界成为无治状态，对

---

① 林松青：《致李金发信》，《美育杂志》1929 年第 3 期。
② 穆木天：《无聊人的无聊话》，《A·11》周刊 1926 年第 4 期。
③ 赵景深：《李金发的"微雨"》，《北新》1927 年第 22 期。
④ 黄参岛：《微雨及其作者》，《美育杂志》1928 年第 2 期。

于全诗的体裁，或使多少人不满意，但这不紧要，苟能表现一切。"① 他痛心文学革命后诗界的混乱秩序，试图以一种包容的胸怀来开拓诗的疆域，他那"表现一切"的雄心和黄参岛所言的"未来派的调子"如出一辙。"未来派"是现代主义的一个分支流派，创始人马利涅蒂在该派宣言的前两条写道："我们要歌颂冒险的热情，赞美充满精力的习惯和横冲直撞的行动。敢作敢为、无所畏惧、离经叛道将是我们的艺术的主要本质。"② "未来派"以速度和力量为标准对传统保守的观念发起挑战，李金发的诗歌实验也具有类似的目标。此外，这种容纳"一切"的开放性也很好地诠释出现代主义在宏观层面的特性："现代主义作家渴望包容性，渴望那种能使经验的全部复杂性以一种有意义的方式组织起来的文学形式。"③

　　第二，对"流动的，多元的，变易的，神秘化，个性化，天才化"的指认。基于涵盖"一切"的广博追求，多变性和个性化则代表了创作主体的复杂情思。黄参岛在总论李金发诗歌的特点时说："因李先生的诗，是流动的，多元的，变易的，神秘化，个性化，天才化的，不是如普通的诗，可以一目了然的。"其中"流动""多元""变易"可分为一组，是现代主义的一个重要特征："显然现代的东西容易迅速变化，它自身的暂时性与变化性的原则，就是它的性质的一部分。"快节奏使生活具有变异性，在李金发诗歌中也能找到瞬息万变的动态模式，呈现出"对一个非必然而是偶然的世界的感觉"。④ "神秘化""个性化""天才化"则是另一组，是现代主义者的主体特征："主观意识成了现代主义观的典型条件。现代主义在初期并不掩饰其对于浪漫主义诗人的依附。那时，它自称是自我膨胀，是物质和事件作为自我活力的一种超验的、放纵的扩张。"⑤ 浪漫主义秉持的天才属性在现代主义文本中以夸张的方式呈现，"主观意识"是诗人看待世界的

① 李金发：《微雨·导言》，《微雨》，北新书局1925年版，第1页。
② ［意大利］菲·马利涅蒂：《未来主义宣言》，吴正仪译，袁可嘉等编选《现代主义文学研究》（上），中国社会科学出版社1989年版，第361页。
③ ［英］彼得·福克纳：《现代主义》，付礼军译，昆仑出版社1989年版，第34页。
④ ［英］麦·布雷特勃莱：《现代化与现代意识》，刘若瑞译，袁可嘉等编选《现代主义文学研究》（上），中国社会科学出版社1989年版，第7页。
⑤ ［英］欧·豪：《现代主义的概念》，刘长缨译，袁可嘉等编选：《现代主义文学研究》（上），中国社会科学出版社1989年版，第172页。

重要特点，它浓缩了琐碎繁复的主体经验。在黄参岛看来，李金发诗歌具有强烈的个人色彩，印证和超越着"表现一切"的野心。嬗变与个人主义也是对传统诗学观念的冲击，中国历经漫长的封建社会，稳定和谐的理想与集体主义的价值取向已深入人心，诗人大多秉持群体本位的信念。李金发的诗歌创作则在很大程度上改变了诗人从属被动的局面，以动态的个人演绎传递新的诉求。

　　第三，"唯丑"意识的发掘。黄参岛在介绍《微雨》与李金发的开篇便言："在白话诗流行了七八年的当儿，忽然有一个唯丑的少年李金发先生，做了一本《微雨》给我们看。""唯丑"隐含着诗人对审丑的追求，似乎在李金发的诗歌中全是"丑"的意象，没有丝毫"美"的景象。黄参岛进而谈到李金发"唯丑"的思想来源，他在欧洲留学期间"受了种种压迫，所以是厌世的，远人的，思想是颓废的，神奇的，以是鲍特莱的《恶之华》，他亦手不释卷，同情地歌咏起来，此时唯丑的人生——脱胎于王尔德的唯美主义——受其影响，是当然的"。① 异域求学的艰辛令李金发紧张的神经愈发敏感，"颓废"滋生出对审丑的迷恋。波德莱尔的诗集《恶之花》中布满"尸体""病猫""腐烂""死亡"等丑恶意象，它俨然幻化为"恶魔的人格和恶魔的艺术"。② 另外，英国诗人王尔德的唯美主义理论支撑着李金发对"丑"的探索。唯美主义摈弃道德等情感因素，直接诉诸感官，它为"唯丑"的创作卸下许多包袱，李金发坚信"艺术是不顾虑道德，也与社会不是共同的世界。艺术上唯一的目的，就是创造美；艺术家唯一工作，就是忠实表现自己的世界。所以他的美的世界，是创造在艺术上，不是建设在社会上"③，他在艺术想象的空间里自由驰骋。黄参岛用李金发的一节诗歌来阐释他"唯丑"的诗风："我抚慰我的心灵安坐在油腻的草地上，静听黑衣之哀吟与战栗之微星，张其淡白之眼细数人类之疲乏与牢不可破之傲气。"诗中的"黑衣"与"哀吟"奠定了低沉可怖的基调，"战栗"与"淡白之眼"烘托出忐忑不安的心境，"疲乏"与"傲气"展示出现代人困顿与顽强的精神状态，这些与"油腻的草地"所象征的静谧祥和形成鲜明

① 黄参岛：《微雨及其作者》，《美育》1928年第2期。
② 田汉：《恶魔诗人波陀雷尔的百年祭（续）》，《少年中国》1921年第3卷第5期。
③ 华林：《烈火：生命的燃烧》，《美育杂志》1928年第1期。

的对比。李金发以丑为美的创作意识，属于现代主义美学范畴，对中国传统"温柔敦厚""尽善尽美"诗学是一种挑战，对李金发"唯丑"艺术的发掘与解释就是对现代主义诗学的普及。

第四，象征派"浑然的情调"指认。钟敬文在谈论李金发诗歌时说："李先生尝自承认是魏尔伦的徒弟。魏氏为法国前世著名的象征派诗人，他的诗的特征——也可说是这一派的——不在于明白的语言的宣告，而在于浑然的情调的传染。在这一点上，李先生的诗确有些和他相像之处。我不敢说凡诗歌都应得如此，但这种以色彩，以音乐，以迷离的情调，传递于读者，而使之悠然感动的诗，不可谓非很有力的表现的作品之一。"[1] 诗歌是情感的产物，李金发的诗歌却不是直抒胸臆地袒露自我心声，而是在法国象征派影响下借助图画与声音的视听效应，融入诗歌语言中，赋予读者的是一种立体式的混合感受。钟敬文用"浑然的情调"来连接李金发与魏尔伦的师徒关系，早在魏尔伦之前的波德莱尔便引入"浑然"的手法，"在他看来，声音，颜色，香味，形态不是引导灵魂达到无穷的象征：他们是灵魂；他们是无穷"。[2] 由情感深发至"灵魂"再抵达"无穷"是"浑然"的最高境界。传统诗学强调意象和音韵的和谐，在唯美意境中实现诗、画、乐的整合，李金发诗歌拓展了这一诗学理念，"它像音乐和绘画一样，能激发人们心中复杂的情绪，与另一类诗歌相比，它更能触动人的听觉和视觉观感"。[3] 此外，"浑然的情调"还表现为悲喜情感的融合。黄参岛认为李金发的《为幸福而歌》"是他结婚以后的作品，虽然是歌唱幸福的情诗，但其充满着寻不到永远（Eteruite'）的悲哀，在爱情局中人的心理是在未得到时，则恐不能如愿以偿，在已得到时，又恐在某一时期中失去，使人如醉如梦"。[4] 美好的爱情令人欣喜，隐藏的危机又似乎让它随时消散，不免使人感伤，矛盾挣扎的心理将读者带入虚幻梦境。李金发诗歌"浑然的情调"打破了传统诗学中明晰的情感边界。

---

① 钟敬文：《李金发底诗》，《一般》1926 年第 1 卷第 4 期。

② ［美］史笃姆：《波特来耳研究》，张闻天译，《小说月报》1924 年第 15 卷号外。

③ ［德］康·巴尔蒙特：《象征主义诗歌浅谈》（节译），张捷译，袁可嘉等编选《现代主义文学研究》（上），中国社会科学出版社 1989 年版，第 359 页。

④ 黄参岛：《微雨及其作者》，《美育》1928 年第 2 期。

上述 1920 年代关于李金发诗歌的批评，揭示出了李诗既不同于中国旧诗，也不同于其同时期新诗的新的质素，关于这些新质素的阐发，既让读者明白了李诗难懂的原因，又引导读者领略李诗的风景。这些新的质素，对当时读者是一种冲击与挑战，关于它们的阐发，某种程度上也意味着对现代主义审美意识的引入与推广，它们搅动着当时的诗坛，也意味着现代主义审美意识在中国的萌动。

二　选本与现代主义氛围的初步营造

1920 年代收录李金发诗歌的选本有两个。第一个是由丁丁、曹雪松编的诗选《恋歌》，收有李金发的《高原夜语》；第二个是滕固编辑的诗文合集《屠苏》，为"狮吼社同人丛著"第一辑，收有李金发《晚间之事实》《在天的星儿全熄了》《你少妇》《偶然的 Home sick》。值得注意的是，这五首诗歌都不是出自李金发的第一部诗集《微雨》，除了《晚间之事实》以外，其余四首都被收进《为幸福而歌》。这两个选本，通过李金发诗歌营造了一种现代主义氛围。

《恋歌》顾名思义是有关恋爱的诗歌，爱情是选本的主题。丁丁和曹雪松在"序言"写道："亲爱的读者呀，你们现在感到爱之愉快，还是感到生的悲哀？是安居在美丽的爱的宫殿中，还是沉溺在汪汪的愁苦的深渊里？你们，假使是愉快地在爱的宫中呀，那末，就请你们在芸窗画眉之余，把这本书作为一杯温嫩馨香的葡萄酒，当春芳纷飞的花朝，当银光遍撒的月夕，并肩联臂蜜蜜地饮着吻着吧！你们，假使是摒弃在爱园门外而沉溺在愁苦的深渊里呀，那末，就请你们在阴风凄凄的黄昏里，在凉雨濛濛的晓光中，把这薄薄的一本小册子，当作相泣相慰的蜜侣吧！"[①] 爱情的悲欢离合与喜怒哀乐在书中都能找到，选本给读者带来的是全方位的感受。《高原夜语》是一首十八节长诗，讲述爱情中隐秘曲折的心境。恋爱中甜蜜的苦恼似乎从一开始便已注定，诗人用"心的琴""肌肤之余暖""不可信之吻的芳香"等意象制造听觉、触觉、嗅觉等多重感受，给人现代主义"浑然"的情感体验；诗中"可怖的夜""淡紫之黑影""阴雨""孀妇"等意象是

---

① 丁丁、曹雪松：《恋歌·序》，泰东图书局 1928 年版，第 2—3 页。

李金发"唯丑"创作观的体现，暗示着"阴险""颓黑""沉思"的感伤情绪；诗中法文词 Jeunesse、nymphes，意为耶稣、仙女，他们庇佑着神圣爱情，拭干"多泪之眼"并安抚"战栗之心"，有一种现代神秘感。

滕固编选《屠苏》的初衷是怀念东京的友情，他在弁言中说："我们所有的计划，只是水面上的浮沤，我们所做的事，只是沙滩上的足迹。我们并没有野心要占据神圣的文艺界中之巩固的地盘；我们的动机不过是友谊的玩耍。"① 淡然无为的心境决定诗的相对随意性，收录的 4 首李金发诗歌仅代表编选者的个人品位。《晚间之事实》展现诗人在漫漫长夜的孤独和对生命的沉思。开篇便引领读者进入一个非常态的夜晚："大地重入其末次之梦境，/并转运其神秘之思索，/任明月在中天空悬，/任人间散布其狂放的言笑。"拟人化的"大地"在梦中"神秘"思考，这并非夜间的"事实"，"明月"的悬置与"人间"的狂笑又让人觉得匪夷所思，四句诗歌彼此间没有固定联系，跳跃的意象组成的晚间情景显得艰深莫测，诠释出李金发诗歌多变与个人主义特色。个性化的灵动诗句还体现在《你少妇》中，短短四节诗，从少妇自身的"眼见湿了"和"背儿偻了"到从军丈夫的思念，再到"诗人之笔的仇响"，视野的转换造就了特别的"少妇"意象及其命运的变化。

《在天的星儿全熄了》的核心在第二部分："这等是你没见惯的：（带病的诗意，）/在天之星儿全熄灭了，/雨后千万爬虫匍匐着，/树叶儿摆着新洗之脸，/不久，小乡村抱头睡了，/还留下几盏残灯，/去支持这孤冷。/流泉收束终日的哀哭，/变成单调，/欲从此与女神私语。"黑夜的意象给人压抑孤立的感受，"带病的诗意"是愁苦与浪漫的糅合，无法用某种特定的情感加以衡量，体现了现代主义的"浑然"属性。"爬虫""残灯""女神"等意象被李金发以容纳"一切"的想象带入诗里，象征意味从绝望向希望横移，从卑微向崇高提升。在同一节诗歌中，截然相反的意象，非常规地融会贯通。

《偶然的 Home-sick》用缪塞的引诗作为开篇："斯人你为大地之一隅而生，/为在其上修筑巢穴，/为在其上生存一日？"原诗是对整个人类存在价

---

① 滕固：《屠苏·弁言》，光华书局 1926 年版，第 2 页。

值的反思，李金发将生命与生存的抽象哲理具象化，将其演绎为一种短暂的思乡之情，温暖的童年故土与冷清的漂泊生活形成鲜明的对比："但是，远你的此地'自然'既不是慈母了，/雪花僵冷人肌，/狂风欲掠毛发西去……但是在你的怀抱里，/'自然'是我的褓姆，/飘忽的温爱，/于是能长大神奇的新气！"思乡之情是潜意识的不自觉回返，它受现实残酷环境的刺激显得弥足珍贵，召唤着诗人的归乡步伐，然而，"飘忽""神奇"是对行将破灭的美好自然的瞬间想象，"偶然"一词却让淳朴暖人的乡土美梦转瞬即逝。梦境往往令人心驰神往，就如《晚间之事实》中"天堂早住满人们"和"海神临流玩月的传说"一样，给予苦闷的内心一丝慰藉。这些诗使选本中回荡着一缕现代主义气息，怪诞，撕扯，不确定，奇异，刺激、挑战着读者的阅读心理，震撼着他们固有的审美系统，慢慢改变着他们的阅读口味，使他们逐步习惯于一种不同于传统的怪味。

三　文学史著对现代主义诗学的初叙

1920 年代的文学史著作很少提到李金发及其诗歌，例如赵景深在《中国文学小史》中谈中国新诗的演变时只字未提李金发。赵景深较早时就在评论李金发及其诗歌的文章中颇为不满地说："既然作者的目的是要取得别人的同情，而作者却不想自己的作品使别人了解，将情感尽量的留给自己，这真是希奇极了。"[①] 赵景深认同作家写作是为了获得别人同情而生心的交流的观点，而李金发诗歌晦涩难解，无法实现与读者的共鸣，也就失去了意义，因此，在其文学史著中，李金发及其诗歌便未获得自己的位置。从传播接受与文学经典化关系角度看，文学史著作"不叙写"某个作者或作品，如果这个作者或作品后来又浮出地表甚至成为"经典"，那其价值绝不亚于"叙写"，换言之，文学史叙述中的"缺席现象"也许更值得考察、研究，具有更为重要的接受史价值。从这个意义上看，赵景深不写李金发属于未深挖的富矿。

不过值得注意的是，草川未雨在《中国诗坛的昨日今日和明日》中，却大篇幅地评论了李金发及其诗歌。作者回顾了李金发诗歌在传播接受初

---

① 赵景深：《李金发的"微雨"》，《北新周刊》1927 年第 22 期。

期遭遇的困境："记得有一次是年前了罢，在创造社出的一份小刊物上有一段说过关于这'金发'名子的无关痛痒的话，说是看见'金发'二字便觉讨厌，只有近一年来，出版事业勃兴，新出了刊物真不少，有人提到李诗来，但是无论是赞成他的钦佩他的，或不赞成或不钦佩他的，都说他的诗难懂，都知道他的诗是难索解的，或有人说他的诗集在许多新诗集子中间是比较怪僻的。"① 多数人对李金发是极其反感的，甚至在听到他名字时便立马有"讨厌"的感觉涌上心头。李金发诗集的"怪僻"主要表现为"难懂"，"现代主义的文学几乎总是令人费解，这就是其现代性的一个标志。在那些传统文化的卫道士看来，现代主义文学似乎存心使人难于接近"。② "难懂"与其变动不居的文风、神秘莫测的元素等现代主义品格有关。草川未雨在总结李金发诗歌的优缺点时说："其长处：有独有的想像，异国情调的描绘，近于用浑然的情调传染给读者。其缺点：文白夹杂，如'之''矣''也''然''吁'等字，破坏全文的统一，造句太文言化，生硬，因之减去诗之色彩。"③ 草川未雨的论述大多是对之前批评李金发诗歌的文章观点的转述，"异国情调的描绘"和"文白夹杂"来自赵景深的《李金发的〈微雨〉》，"浑然的情调"出自钟敬文的《李金发底诗》。"独有的想像"是草川未雨自己的理解。结合之前的批评，这种"想像"主要表现为"对于生命欲揶揄的神秘，及悲哀的美丽"④，它们"充满人生的悲哀，爱情的絮语，以及梦幻一般的色彩"。⑤ 如果承认草川未雨的文章具有文学史著述特征，那么，他叙史时接纳时人观点，并不惜笔墨叙写李金发，体现了一种开放的心态和诗歌观念。

本时期对李金发诗歌有独到见解的当推朱自清的《中国新文学研究纲要》。朱自清综合李金发的三部诗集，认为其诗特点鲜明，即"1. 生的枯燥与疲倦（灰色）；2. 静寂—夜—死（灰色）；3. 阴暗的调子与悲哀的美丽；4. 浑然的情感；5. 联想与论理；6. 自然的人化；7. 细处见大；8. 老

---

① 草川未雨：《中国新诗坛的昨日今日和明日》，北平海音书局 1929 年版，第 158 页。

② ［英］欧·豪：《现代主义的概念》，刘长缨译、袁可嘉等编选《现代主义文学研究》（上），中国社会科学出版社 1989 年版，第 170 页。

③ 草川未雨：《中国新诗坛的昨日今日和明日》，北平海音书局 1929 年版，第 161 页。

④ 黄参岛：《微雨及其作者》，《美育杂志》1928 年第 2 期。

⑤ 见沈从文《鸭子》扉页，北新书局 1926 年版。

旧的字句"①。第1、2点谈李金发诗歌内容，共同的特点是"灰色"，"生的枯燥与疲倦"是现代人普遍的精神状态，它是对无意义的存在本身的定位；"静寂""夜""死"等意象在其《高原夜雨》《晚间之事实》《偶然的Home sick》等诗歌中都不断出现，它们进一步证明着乏味疲态的生命特征。第3、4点和黄参岛、钟敬文的观点类似，但与前面两点构成了延伸与递进的关系。第5、6、7点谈李金发诗歌的手法和技巧，"联想"中关涉黄参岛所言"流动的""多元的""变异的"特点。最后一点和赵景深的"文白夹杂"观类似，"之""吁""矣""也"等文言字词串联起李金发的诗句，与主流的新诗语言相比显得"老旧"。朱自清的八点纲要较为系统地概述了李金发诗歌的现代主义特点，有助于读者破解那些怪异的作品。

　　总之，1920年代李金发诗歌接受中，现代主义审美意识尚处于萌动状态。文学批评方面，"未来派的调子"，"流动的，多元的，变易的，神秘化，个性化，天才化"和"浑然的情调"等观点，虽触及现代主义的审美范畴，但尚为宏观抽象的概括，没能深入内核展开分析。选本方面，收录李金发诗歌的集子数量极少，诗歌文本也几乎不是李金发的代表作，蕴含的现代主义审美意识不算特别突出。在文学史著中，李金发的地位相对边缘化，现代主义的审美意识散落在只言片语的提纲里。1920年代，李金发诗歌接受中现代主义话语虽然微弱，但独特，其价值不可低估，它对中国传统诗学是一种冲击，或者说开始撼动中国传统审美意识的基石。

第二节　培育、渲染与言说

　　进入1930年代，李金发诗歌接受在整体上呈现出两种不同的倾向。前期主要以苏雪林的"朦胧"说为代表，后期则围绕胡适的"笨谜"论展开。苏雪林认为李金发诗歌的"第一点为行文朦胧恍惚骤难了解。这正是象征派的作品的特色。……李金发的诗没有一首可以完全教人了解"。② 如果说前一时期谈到李金发诗歌"难懂"是一种直观的阅读反应，那么这一

---

① 朱自清：《中国新文学研究纲要》，《文艺论丛》第14辑，上海文艺出版社1982年版，第20页。

② 苏雪林：《论李金发的诗》，《现代》1933年第3卷第3期。

时期的"朦胧恍惚"则是一种现代主义指认。早在苏雪林之前，周作人在1920年代点评新诗现状和预测未来走势时说："中国的文学革命是古典主义（不是拟古主义）的影响，一切作品都像是一个玻璃球，晶莹透澈得太厉害了，没有一点儿朦胧，因此也似乎缺少了一种余香与回味。"① 强烈的现实诉求造成新诗"朦胧"美感的缺失，周作人对李金发诗歌的推崇或许正是因为"朦胧"的感觉给自己带来的"余香与回味"。谭正培承续了苏雪林的"朦胧"说："其次再看转入恍惚朦胧的几个作者的作品。例如于赓虞的《骷髅上蔷薇》和《憎》，鲁迅的《墓碣文》，李金发的《松下》，高长虹的《从民间来》，都是如月光朦胧，恍恍惚惚，初读之不知道它咏些什么，较之徐志摩谢冰心等透明诗，实冰炭之不相投。"② 蒲风在之后的论述中也提出和苏雪林类似的观点："在他们的作品里，多神秘的不可懂的思想，并且正因为朦胧难懂而被认为这是他们（尤其是李金发）的长处。"③

1930年代后期，与"朦胧"说相对应的是胡适的"笨谜"说。胡适批评道："其实看不懂而必须注解的诗，都不是好诗，只是笨谜而已。"④ 胡适定义一首好诗的标准是"明白清楚"，他虽然不反对诗中的"寄托"和诗意的"深远"，但不能接受李金发等人的诗歌。"笨"字含有嘲讽的意味，讽刺他们自以为精巧的布局却将诗歌引向曲折昏暗的死角。梁实秋对胡适的比喻表示认同，并将矛头对准了象征主义诗歌："'笨谜'的产生是由于模仿，模仿一部分堕落的外国文学，尤其是模仿所谓'象征主义'的诗。……这一种堕落的文学风气，不知怎样的，竟被我们的一些诗人染上了，使得新诗走向一条窘迫的路上去。"⑤ 李金发的诗歌创作受到象征主义影响，这股现代主义的潮流在梁实秋看来是"堕落"的，这是一种道德判断。不过胡适的"笨谜"说也引发了一些质疑的声音。诗人邵洵美坚决维护象征主义的阵营："象征主义原来是艺术最高的理想，它非特没有堕落，并且还过于高超。……在诗里面诗人给予每字每句的力量，在旁人会漠然

---

① 周作人：《扬鞭集序》，《语丝》1926年第82期。
② 谭正培：《十年来新文学之发展》，国立武汉大学中文系毕业论文1933年，第62页。
③ 蒲风：《"五四"到现在的中国诗坛鸟瞰》，《诗歌季刊》1934—1935年第1卷第1—2期。
④ 胡适：《谈谈"胡适之体"的诗》，《自由评论》1936年第12期。
⑤ 梁实秋：《我也谈谈"胡适之体"的诗》，《自由评论》1936年第12期。

于他们的适当；若要迁就旁人，那么，自己便不能认真。所以'明白清楚'
在诗的疆域里是毫无意义的。"① 这是一种针锋相对的观点，否定了象征主
义属于堕落文学的观念，将字、句的力量与诗人认真的态度联系起来，并
以此认为"明白清楚"对于诗歌艺术毫无意义，从而将富有暗示性的象征
主义誉为"艺术最高的理想"。朱光潜从创造、欣赏的心理角度论证"笨
谜"的合理性："就诗的创造和欣赏说，前一类人们常要求'明白清楚'，
要求斩钉截铁式的轮廓鲜明的意象；后一类人们常要求'迷离隐约'，想抓
住不能用理智捉摸的飘忽渺茫的意境和情调，要求不甚固定明显而富于暗
示性的意象。前一类最好的代表是'巴拿司派'诗人，后一类最好的代表
是象征派诗人。"② 这是一种诗艺寻源，"巴拿司派""象征派"各自的创作
诉求不同，对意象类型的喜爱、选择自然不同，均有自己的合理性与存在
价值。不难看出，朱光潜对象征主义意象的理解颇为到位。柯可则认为
"笨谜"不是一些僵死的字词，而是在于"类似参禅的人的悟道"，与读者
的"智慧程度"密不可分。③ 就是说，"笨谜"不"笨"，而是一种艺术属
性体现，那些字句不仅不是僵死的，相反颇有力度，对应于人的心智、参
悟，与智慧相关。"朦胧"和"笨谜"的言论在 1930 年代李金发诗歌传播
接受史上占据着重要地位，在争辩中传播了一种新的现代主义诗学知识。

一 批评与现代主义审美意识的培育

1930 年代，关于李金发诗歌的批评，相较于上一时期，有较大的发展，
进一步向读者解读作品，解说李金发创作的来龙去脉，打开象征主义诗歌
艺术的秘密通道，展示象征主义诗意生成的特点，培植现代主义审美意识。

第一，"幻想"的"神经艺术"。沈从文认为："从文言文状事拟物名
词中，抽出种种优美处，以幻想的美丽作诗的最高努力，不缺象征趣味，
是李金发诗的特点。"④ 由想象生发的唯美意境是李金发诗歌的魅力，"象
征趣味"正是"幻想"留给读者遐想的诗歌空间。苏雪林将"幻想"与人

---

① 邵洵美：《诗与诗论》，《人言周刊》1936 年第 3 卷第 2 期。
② 朱光潜：《心理上个别的差异与诗的欣赏》，上海《大公报》1936 年 11 月 1 日。
③ 柯可：《论中国新诗的新途径》，《新诗》1937 年第 4 期。
④ 沈从文：《我们怎么样去读新诗》，《现代学生》1930 年创刊号。

的心理活动与精神世界联系，定义李金发的诗歌为"神经艺术"："神经过敏为现代人的特征，而颓废象征诗人感觉尤为灵敏。李金发诗有属于视觉的敏感……有属于听觉的敏感……蓝波（A. Rimbaul）谓母音有色，波特莱尔（Baudelaire）说香和色与音是一致的。昔有病人闻床下蚁哄以为牛斗。我觉得李氏诗中的表现与此无异。……象征派诗人以感觉敏锐之故，心灵作用也较常人进步，幻觉（hallucination）异常丰富，往往流于'神秘狂'（Mystical delirium）。"① 苏雪林进而用"幻觉"和"神秘狂"来形容敏感的神经在诗人心里投射的阴影，还引用李金发《诗人》最后一节的前四行诗歌加以证明："他的视觉常常观察万物之喜怒，/为自己之欢娱与失望之长叹，/执其如椽之笔，/写阴灵之小照和星斗之运行。""思接千载"和"视通万里"与人的"幻觉""神秘"联系起来了，获得了新的注解。苏雪林从神经现象入手，发现象征诗人感觉、幻觉、视觉之特点，探寻象征诗歌艺术的秘密，她言说的心理基础是厚实的，经验应该说是现代的。

有人对"幻想"持否定和质疑的态度。杜衡说："我个人也可以算是象征诗派底爱好者，可是我非常不喜欢这一派里几位带神秘意味的作家，不喜欢叫人不得不说一声'看不懂'的作品。我觉得，没有真挚的感情做骨子，仅仅是官能的游戏，像这样地写诗也实在是走了使艺术堕落的一条路。"② 李金发等象征诗人，在杜衡看来，是肤浅赤裸地玩弄感官游戏，缺乏真情实感，玩弄官能游戏，让人"看不懂"，这就是艺术的"堕落"，这里的"堕落"是基于艺术与读者阅读接受关系而言的，而不是一种意识形态判断。蒲风认为"'现代'派——这一派是象征主义和新感觉主义的混血儿"，③ 施蛰存创办的《现代》杂志是"现代派"的阵地，李金发因在《现代》发表过诗作也被认为是其成员，蒲风的评论既涉及从象征派到现代派的流变，又对"现代派"含混的风格提出了质疑。总之，"幻想"的"神经艺术"作为一种现代主义诗学观念，经由批评阐释，在质疑、否定中被更多的读者了解。

第二，"颓废"与"感伤"。沈从文指出："然而那种诗人的忧郁气分，

---

① 苏雪林：《论李金发的诗》，《现代》1933年第3卷第3期。

② 杜衡：《望舒草·序》，现代书局1933年版，第7页。

③ 蒲风：《"五四"到现在的中国诗坛鸟瞰》，《诗歌季刊》1934—1935年第1卷第1—2期。

颓废气分，却也正是于赓虞李金发等揉合在诗中有巧妙处置而又各不相同的特点！"① 两种类似的"气分"在程度上却有强弱之分，"忧郁"是伤感烦闷的表现，"颓废"则是不断累积的"忧郁"，它令人堕入无望的深渊。苏雪林也认为李金发诗歌的"第三点为有感伤与颓废的色彩，有人说诗人之心如风籁琴（Aeolian lyre），微雨一来便发出缥缈的妙音，这话无非形容它易于感触罢了。李氏诗集中如'恸哭'、'悲哀'、'忧愁'、'恐怖'等等字样不可胜数"。② "微雨"具有"感伤"的象征意义，淅淅沥沥的雨点溅湿诗人脆弱的心，发出滴滴答答的愁苦回音，孤寂、落寞、忧虑、哀伤涌上心头，雨水和泪水早已混作一块。苏雪林还认为"颓废"与"象征"具有同源性："颓加荡与象征主义在西洋文学里原出一源，所以有些颓废作家，同时又为象征作家。像波特莱尔 Baudelaire 原属颓废派，但以文字之暧昧神秘而论，我们也可以叫他为象征派。魏伦 P. Verlaine 是象征文学的大师但其思想多偏于颓废。邵洵美和李金发的诗都受过西洋文学的影响，两人也颇有通同之点，把他们放在一章里研究。是没有什么不可以的。"③ 苏雪林由李金发的诗歌指出作为其来源的西方象征主义与"颓废"相互渗透的关联，此时的"颓废"不仅仅是情感的类型，而是现代主义的重要标志。

此外，孙作云在评论李金发诗歌时将"颓废"与"感伤"推向极致："……（二）在意识上，李先生的诗多描写人生最黑暗的一面，最无望的部分，诗人的悲观气分比谁都来得显明。……（三）因为人生失望更进一步怀疑了理智的存在，更进一步欲逃避现实。……（四）充分表现知识阶级的伤感气分。"④ 两个"最"字突出了人生的沮丧与无助，孙作云由此揣测诗人对现存秩序隐含的质疑和不满，它加剧了悲观的处境，形成了现代派和文人阶层普遍的"伤感气分"。李金发诗歌中的"颓废"与"感伤"是人濒临绝境的情感崩陷，它不单是对阴暗现实的排斥和挣脱，因为"否定是可能产生效果的。绝望则不然。然而现代主义的特征却正是绝望。而绝

---

① 沈从文：《我们怎样去读新诗》，《现代学生》1930 年创刊号。
② 苏雪林：《论李金发的诗》，《现代》1933 年第 3 卷第 3 期。
③ 苏雪林：《新文学研究》，国立武汉大学出版社 1934 年版，第 90 页。
④ 孙作云：《论"现代派"诗》，《清华周刊》1935 年第 43 卷第 1 期。

望总是包蕴着对恶的投降"。① 诗人的"绝望"借"黑夜""死亡""忧郁"等意象呈现，蕴含的"恶"具有一种病态的美感。正如侯汝华致李金发的一首诗所写："秋天的病日益沉重了，/抽着的海柳的烟斗上/浮着像野雾的烟丝，/半空中，悬遍了/米尔顿的伤感的符号。/格林兰的冰山坍了一块，/掉在我的心中。/我回思着朱砂色的落日，/苍白将叹息/载着惆怅的往昔/而栖息在我的发缕上了。"② 季节性的病症不是身体的羸弱，而是心灵的忧伤，侯汝华以诗歌的形式模仿李金发的诗人气质，也从某种程度上印证了李金发诗歌的"恶"。结合沈从文、苏雪林的批评，可以看出李金发诗歌的"颓废"与"感伤"，缘于现代人新的生活经验与存在感，是现代人绝望情绪的反映。不同于郭沫若的浪漫主义狂飙突进，李金发以一种几乎无声的方式表现绝望的现代体验。批评话语让读者意识到"颓废""感伤"是现代诗歌重要的本质属性。

第三，拼凑的艺术。苏雪林在评论李金发诗歌艺术特点时提炼了三点，分别是"观念联络的奇特"、"善用'拟人法'"和"省略法"。尤其是最后一点诠释出拼凑的精髓："原来象征派诗人所谓'不固执文法的原则''跳过句法'等等虽然高深奥妙，但煞风景地加以具体的解释不过应用省略法而已。旧式所谓起承转合虽不足为法，而每一首诗有一定的组织，则为不可移易之理。但象征文学的作品则完全不讲这些的，第一题目与诗不必有密切关系，即有关系也不必粘着做。"③ 苏雪林的诗歌观念显然缺乏先锋性。在她看来，李金发的诗歌通过文法上跳跃式的"省略"，打破了传统诗歌的结构框架与统一性，"不必粘着做"是其重要特点；将世界碎片化，然后将碎片化的"组织"重新黏合，对应于自己的"幻觉"，这是一种不固执文法的写作。

如果说苏雪林所谓的"省略法"侧重诗歌的语言组织，那么李健吾的评论则紧紧围绕"意象"展开。在李健吾看来，李金发的诗歌因过于欧化而"渐渐为人厌弃"，但其可贵之处在于"意象的创造"。象征派诗人"厌

---

① ［苏联］德·扎东斯基：《什么是现代主义?》，夏仲翼译，袁可嘉等编选《现代主义文学研究》（上），中国社会科学出版社1989年版，第305页。

② 侯汝华：《季候病：呈李金发兄》，《新时代》1933年第5卷第6期。

③ 苏雪林：《论李金发的诗》，《现代》1933年第3卷第3期。

恶徐志摩之流的格式（一种人工的技巧或者拘束）；这和现代的生活扞格；他们第一个需要的是自由的表现，表现却不就是形式。内在的繁复要求繁复的表现，而这内在，类似梦的进行，无声，有色；无形，朦胧；不可触摸，可以意会；是深致，是涵蓄，不是流放，不是一泄无余。他们所要表现的，是人生微妙的刹那，在这刹那（犹如现代欧西一派小说的趋势）里面，中外古今荟萃，空时集为一体。他们运用许多意象，给你一个复杂的感觉"。① 强调内在的繁复、微妙，突出个体不可捉摸的刹那表现，将主体思绪、冲动的偶然性合理化，认为诗歌应以自由的表达呈现人的"复杂的感觉"，这是一种敏锐的捕捉与批评言说。李金发非常重视"意象"的作用，他说："诗之需要 image 犹人身之需要血液。"② 李健吾用"朦胧"和"涵蓄"来暗指意象与瞬间内心情感的微妙关系，正如李金发在接受访问时所言："诗是一种观感灵敏的将所感到所想像用美丽或雄壮之字句将刹那间的意象抓住，使人人可传观的东西；它能言人之所不能言，或言人之所言而未言的事物。"③ 通过意象的重组实现表达的自由。意象的拼凑不仅曲径通幽地表达瞬间的情感，还给人以"复杂的感觉"，体现为重组意象的策略。马拉美说："诗人必须在两个意象间建立一种细致的关系，使我们的想象力能从中提取和捕捉到一种清晰而又可以混合的第三成份。"④ 这种矛盾的感受对诗人的意象选择和安排提出巨大挑战，李金发的诗歌在意象之间设立不同的秩序和层次，营造彼此毫无关联的空白感，拼凑的间隙正是读者的想象空间。

在苏雪林和李健吾分类辨析的基础上，废名从整体的宏观角度提出"驳杂"的观点。废名所谓的"驳杂"，并不是对新诗的贬斥，相反是肯定当时"诗的空气之浓厚"。废名在 1936—1937 年北大的新诗课程讲稿中提及李金发诗歌特征："其文字之驳杂又是一个极端的例子，他大约如画画的人东一笔西一笔，尽是感官的涂鸦，而没有一个诗的统一性，恐怕还制造

---

① 刘西渭：《咀华集》，文化生活出版社 1936 年版，第 131 页。

② 李金发：《序文两篇》，《橄榄月刊》1933 年第 35 期。

③ 杜格灵、李金发：《诗问答》，《文艺画报》1935 年第 1 卷第 3 期。

④ ［法］斯·马拉美：《诗歌危机》，史亮、兰峰译，袁可嘉等编选《现代主义文学研究》（上），中国社会科学出版社 1989 年版，第 346 页。

不成一首完全的诗了。"① 废名用涂鸦式的绘画来比喻李金发的诗歌，他的
"驳杂"是一笔一画地拼凑而成，类似印象主义的笔调，每一句诗表达着相
异的意思，通篇缺乏贯一的思想，"现代主义文学的新的审美标准——表现
力，取代了传统的审美标准——统一性；或者说得更确切些，它甚至为了
粗糙的、片段的表现力而降低统一性的审美价值"。② 对李金发诗歌"拼
凑"特征的揭示，有助于解构人们心中传统的"统一性"诗学原则。

第四，暗示和隐喻。"省略""意象""驳杂"在李金发诗歌中构成拼
凑的艺术，它们最终实现暗示的效果。谭丕谟在论及"新浪漫主义"的文
艺思潮时，总结出"神秘的""直觉的""象征的"等七点特征。李金发诗
歌在理论上受到象征主义思潮的影响，而象征派"与颓废派同一源流"，他
像"颓废派"诗人一样"筑了秘密的圣坛，各人都自称各用一种不同的怪
方法，去思索事象，于是把现实世界上许多具象的东西都秘藏了。同时，
他们各自忙着制造各自的谜语，把他们本身和他们在可见的世界交感着的
事象，隔离开的，一张暗示的垂幕"。③ 李金发利用暗示的功用，将直观的
物象演变为抽象的概念，这种手法在正统诗学视野中是怪异的，引发了
"朦胧"的感悟与"笨谜"的指责。然而，由暗示获取的深奥隐晦的"非
线性、非序列形式不是对世界的反映，而是世界本身。抽象是不可避免的。
在这方面，抽象是现代主义的最终目标"④。

与暗示相关的是隐喻的修辞手法。孙作云认为李金发的诗歌"是最善
于联合不相属的奇特的比喻于一个观念上，而能给读者一种新的暗示力
（Suggestive Power)，这是作者最大的成功处。本来诗的巧妙，即在联合不
相属的观念于一处，而能有一种新的力量"。⑤ 所谓"奇特的比喻"，即为
隐喻，因为它没有连接相似的意象，而是将毫无关联的事物黏合组装。"暗
示力"源自隐喻的神秘效应，作用于读者的理解和感受。朱自清如此阐释

---

① 废名：《冰心诗集》，载《谈新诗》，艺文社 1944 年版，第 116 页。
② ［英］欧·豪：《现代主义的概念》，刘长缨译，袁可嘉等编选：《现代主义文学研究》
（上），中国社会科学出版社 1989 年版，第 189 页。
③ 谭丕谟：《文艺思潮之演进》，文化学社 1932 年版，第 79 页。
④ ［美］弗莱德里克·阿·卡尔：《现代与现代主义》，陈永国、付景小译，吉林教育出版社
1995 年版，第 178 页。
⑤ 孙作云：《论"现代派"诗》，《清华周刊》1935 年第 43 卷第 1 期。

隐喻的策略："象征诗派要表现的是些微妙的情境，比喻是他们的生命；但是'远取譬'而不是'近取譬'。所谓远近不指比喻的材料而指比喻的方法；他们能在普通人以为不同的事物中间看出不同来。他们发现事物间的新关系，并且用最经济的方法将这关系组织成诗；所谓'最经济的'就是将一些联络的字句省掉，让读者运用自己的想象力搭起桥来。没有看惯的只觉得一盘散沙，但实在不是沙，是有机体。"① 朱自清的言说清清楚楚，实实在在。从相距遥远的意象间获取譬喻是隐喻的基本属性，"最经济的方法"则是在此基础上的谋篇布局，也即是苏雪林的"省略法"。隐喻是调和诗人复杂情绪的杠杆，作为现代主义诗歌的重要特征，它在挑战读者理解力的同时，也唤醒了读者缤纷绚烂的想象。

上述四点是 1930 年代批评者所揭示的李诗的主要特征，旨在向读者剖析导致李诗朦胧、怪异的秘密，引导读者走进李诗象征的艺术世界；换言之，是向读者普及、培育一种新的现代主义诗歌观念。

二　选本对现代主义气氛的渲染

1930 年代收录李金发诗歌的选本共计 8 个，其中 1935 年以前 3 个，每个收录的诗歌不超过 3 首；1935 年以后 5 个，除《中华现代文学选》和《抗战诗选》外，收录诗歌数量较 1930 年代上半期选本有明显增多。具体情况如下表所示：

表 5—1

选本名称	编选者	出版社 出版时间	收录李金发诗歌	备注
《现代诗杰作选》	沈仲文	上海青年书店，1932 年 12 月	《心愿》《你在夜间》	现代文学杰作全集
《现代中国诗歌选》	薛时进	上海亚细亚书局，1933 年	《夜雨孤坐听乐》	文学基本丛书之八

---

① 朱自清：《新诗的进步》，《文学》1937 年第 8 卷第 1 号。

续表

选本名称	编选者	出版社 出版时间	收录李金发诗歌	备注
《现代诗选》	赵景深	上海北新书局，1934 年 5 月	《柏林初雪》《春城》《下午》	中学国语补充读本之一
《中华现代文学选·第二册·诗歌》	王梅痕	中华书局，1935 年 3 月	《心愿》	
《中国新文学大系·诗集》	朱自清	上海良友图书印刷公司，1935 年 10 月	《弃妇》《里昂车中》《希望与怜悯》《夜之歌》《生活》《故乡》《英雄之歌》《温柔》《律》《不幸》《晨》《心愿》《永不回来》《爱憎》《时之表现》《迟我行道》《有感》《风》《明星出现之歌》	
《现代新诗选》（第 4 版）	笑我	上海仿古书店，1937 年 3 月	《柏林初雪》《春城》《下午》《弃妇》《里昂车中》《夜之歌》《故乡》《温柔》《晨》《永不回来》《爱憎》《迟我行道》《有感》《风》	
《诗》	钱公侠、施瑛	上海启明书局，1937 年 4 月	《弃妇》《里昂车中》《夜之歌》《故乡》《温柔》《晨》《永不回来》《爱憎》《迟我行道》《风》《有感》	中国新文学丛刊
《抗战诗选》	金重子	战时文化出版社 1938 年	《亡国是可怕的》	

从表 5—1 所列李金发诗歌的入选情况可知，朱自清的《中国新文学大系·诗集》是 1930 年代选本的一个重要分水岭，在这之前的 4 个选本收录的李金发诗歌很少，朱自清选本收录李金发诗歌则多达 19 首，是本时期收录李诗最多的选本。

前面 4 个选本中的诗歌，除了赵景深的《现代诗选》外，其余 3 个选本收录的李金发诗歌都非出自《微雨》诗集，《心愿》和《你在夜间》来自《食客与凶年》，《夜雨孤坐听乐》是李金发在《现代》上登出的诗歌，它们均为李金发后期诗作。这3首诗歌多具有上述诗歌批评所揭示的现代主义特征。首先是"幻想"的"神经艺术"，《心愿》从一开始便进入到梦幻的境地："我愿你的掌心／变了船儿／使我遍游名胜与远海／迫你臂膀稍曲，／我又在你的心房里。"在诗人唯美的想象中，一对恋人相互依偎、自由翔翔的情景唤起甜蜜的憧憬。沉浸"幻想"中的敏感"神经"在《夜雨孤坐听乐》开篇表露无遗："充满着诗情的夜雨，／我已往的悲欢之证人啊！／你悉索的点滴，／打着抑郁而孤冷的窗棂，／打着园中瞌睡的野草；／刺着我已裂而复合的颗心。"诗人在寂静的夜雨中回想起过往的时光，拟人化的"窗棂"和"野草"象征着苦闷和慵懒的"神经"，内心的"裂而复合"诠释出敏锐"神经"的微妙变化。其次是"感伤"和"颓废"的情绪，《心愿》中美好的愿景在结尾却变得冷清："但你给我的只有眼泪……但青春的欢爱，／勿如昏醉一样消散。"劳燕分飞的爱情和遗失的青春传递出忧伤阵痛的心绪。《夜雨孤坐听乐》表达了无尽的绝望："奏尽一切抑郁式微之歌，／使我梦游已往之太虚，／对每一次心的伤痕细吻，／抚慰着致命的尤怨，／爱给我的指示与揶揄，／比女神的掉首更为难解，／这个铸造成萎靡的今我，／抱着夜雨之音，以追求如梦的辛酸。"即便弹奏所有的悲歌，也不能安抚心灵的创伤，爱情的嘲讽令诗人感到不惑，于是导致精神的"萎靡"和无助的"辛酸"。最后是脱离现实的个人风格。《你在夜间》刻画出一个远离日常生活的主人公："我生存的神秘，／惟你能管领，／不然则一刻是永远，／明媚即是肮脏。"一反常态的"神秘"潜藏在"我"与"你"的特殊关系中，它混淆了时间的长度和美丑的界限，幻化为非现实的个人世界。

赵景深在《现代诗选》中挑选了3首李金发的诗歌，都出自《微雨》诗集，它们被用来支撑赵景深1920年代以来关于李金发诗歌一贯的观点。赵景深在选本"序言"说："李金发的诗好处是在'不可懂'上，所谓'暧昧说'是。我选了三首比较最容易懂的。从《柏林初雪》和《春城》可以看出他的异国情调描绘的特长，从《下午》可以看出他的文白杂用，其中有'亦''吁''之'等字样，胡也频的《也频诗选》在这一点上是受了李金发的影响。"① "暧昧说"与"朦胧"说、"笨谜"观一致，主要针对读者在阅读理解时出现的障碍和困难而言，赵景深选的 3 首诗歌是他自认为不太难懂的。《柏林初雪》中小孩的"雪藏"引出"人儿掩着鼻"的寒冷，德国人在冷风中"撑着腰儿，/得到一杯查厘酒"。异域独特的民风民俗吸引着李金发的注意力，他者的文明在自我的关注中获得了一种现代的意味。

朱自清的《中国新文学大系·诗集》收入李金发诗歌的数量在本时期乃至整个民国时期的选本中都是最多的，19 首诗歌中有 10 首选自《微雨》，6 首选自《食客与凶年》，3 首选自《为幸福而歌》，涵盖李金发的主要诗集，并凸显了第一部诗集《微雨》的重要地位。朱自清的选本为什么如此青睐李金发？一方面，选本出版于 1935 年，历经 1920 年代的摸索和 1930 年代初期的积累，此时关于李金发的诗歌探讨成为热点。另一方面，朱自清对李金发的评价颇高："留法的李金发氏又是一支异军；他民九就作诗，但微雨出版已经是十四年十一月。"在导言中，朱大篇幅地介绍李金发和象征主义诗学，并将"象征诗派"与"自由诗派""格律诗派"并置为当时诗坛的"三派"②，给了李金发及象征主义从未有的地位，因而此本大量收录李诗便是情理之中的事了。朱自清选本收入《微雨》的 10 首诗歌没有包含赵景深本的《柏林初雪》《春城》和《下午》，很多诗歌都是首次入选，例如：李金发的处女作《弃妇》，这些诗歌在思想和艺术方面都具有较浓的现代主义气息。朱自清在 1920 年代末论李金发的诗歌时提出过八条纲要，"灰色"的题材和"阴暗的调子"等在这 19 首诗歌里随处可见，如《弃妇》中的"丘墓"、《里昂车中》的"无情之夜气"、《夜之歌》中的"枯老之池沼"等意象大多是丑陋而灰暗的，营造出一种低沉甚至"沉寂"的现代氛围。这些作品在艺术修辞上，现代主义特征也很明显，"衰老的裙裾发出哀吟"（《弃妇》）；"山谷的疲乏惟有月的余光"（《里昂车中》）；"但此地日光，嬉笑着在平原，/如老妇谈说远地的风光/低声带着羡慕"（《迟我行道》）。原本没有生命的事物在李金发笔下表现出人的某些精神状

---

① 赵景深：《现代诗选·序》，上海北新书局 1934 年版，第 11 页。

② 朱自清：《中国新文学大系·诗集·导言》，上海良友图书印刷公司 1935 年版，第 7—8 页。

态，隐秘地传达着或悲哀或惆怅的情感。李金发诗歌中的隐喻在本体和喻体之间没有确切的关联，这便是朱自清所说的"最经济的方法"，例如短诗《律》开篇用"月儿装上面幕"和"桐叶带了愁容"隐喻"秋天"，其间省略的是秋雾与秋风；第二节"树儿这样消瘦"又是"秋天"的隐喻对象，光秃的树木又成为人瘦弱躯体的隐喻。短短的几行诗描摹秋季自然萧瑟的景致，奏响其作用于人身心上的旋律。又如《时之表现》第六节："你傍着雪儿思春，/我在衰草里听鸣蝉，/我们的生命太枯萎，/如牲口践踏之稻田。"诗中的你我双方身处不同的时间框架，一个在冬季，一个在秋季，错位的时空和衰败的景色隐约地传达出生命的脆弱，诗人用秋冬时节的自然影射颓唐的生命，进而将之比喻为被牲畜糟蹋的庄稼，时光的流转让生命渐渐消磨，走向毁灭。隐喻的修辞手法还关涉象征主义的暗示效应，《有感》中首尾呼应的两句诗："如残叶溅/血在我们/脚下，生命便是/死神唇边/的笑。"诗人在第一句中省略了本体，"残叶溅血"的比喻制造出血腥与恐怖的画面，之后把"生命"和"死神唇边的笑"并列起来，暗示生命的脆弱和神秘。隐喻引发意象的转换和意义的变迁，饱含生命的哲思，在考验读者领悟力的同时，唤起我们的"联想"意识。

　　朱自清之后的选本大都沿用了他的选诗标准。钱公侠的《诗》收录李金发诗歌 11 首，他在"引言"部分说："李金发受法国的象征派影响很深。他的诗，词句方面，有好多所在，简直像不通，又喜欢应用文言的句子，可是和放大的小脚，是截然两样。读他的诗，只有一句或一段，虽然难解；然而看了全篇，很可以叫你得到一个鲜明的影象。这便是象征派最大的特色。"① 钱公侠在批评李金发诗歌文言与白话夹杂的缺陷时，也指出了象征派诗的特点，即在相对错乱零散的拼凑后给人"鲜明的影象"，它们借助意象的重组和奇特的隐喻构建出诗人内心的状态，在读者的接受过程中能产生一定的共鸣。笑我在钱公侠的基础上又加进了赵景深选本中的 3 首诗歌，编订出《现代新诗选》。本时期最后一个诗歌选本的主题是抗战，只选了李金发的《亡国是可怕的》，也是对现实战争的抒写，现代主义的意味不足。

　　总体而言，这一时期的选本，加大了对李金发诗歌的关注度，尤其是

---

① 钱公侠：《诗·小引》，上海启明书局 1937 年版，第 6—7 页。

朱自清的选本。朱自清之前不少人谈论李金发，发掘李金发诗歌的特点与价值，但从选本角度看，就李金发诗歌的传播和李金发真正"走向"读者而言，没有任何人所起的作用有朱自清大。朱自清以诗人和史家的眼光将早期新诗坛一分为三，"自由诗派"、"格律诗派"和"象征诗派"三足鼎立，在这样的诗潮大势里，李金发自然获得了可以与郭沫若、闻一多等相抗衡的地位。面对新诗坛，朱自清表现出领袖风范，指点江山，谈笑风生，其中国"象征诗派"的命名给了李金发一个无可质疑的场域位置，使得关于李金发诗歌的质疑之声失去了根基，同时不经意间开启了李金发诗歌经典化的大幕。一言以蔽之，《中国新文学大系·诗集》和同时期其他选本一起，为新诗坛营造出较为浓郁的现代主义氛围。

三　文学史著中现代主义被"合法"言说

这里的"合法"不是指法律意义上的认可、肯定，不是内容层面的接纳，而是在文学史上给李诗一个被言说的位置，这种言说可能是肯定，也可能是否定，但"言说"已经获得了大家的认可。陈子展的《最近三十年中国文学史》在本时期首先将李金发诗歌纳入文学史叙述，将他的《微雨》和《为幸福而歌》归入"无韵诗，或自由诗"的行列①。赵景深在《中国文学小史》1931 年第 10 版里谈中国新诗的变迁时，沿用了他在 1920 年代的观点，未论及李金发的诗歌；然而，在 1932 年《中国文学小史》第 11版中，赵景深在之前"四个变迁"之后加上"第五个变迁"，即"象征诗"，并介绍说："李金发在很早作《微雨》时，即已仿法国范尔伦（Ver-laine）的诗，后来又续出《为幸福而歌》、《食客与凶年》等。胡也频的《也频诗选》，即是专摹拟金发的。"赵景深还谈到象征诗在李金发之后的代表诗人如穆木天、戴望舒、梁宗岱等人，以及他们模仿的法国象征主义诗人。赵景深把以李金发为首的中国象征派诗人称为"拟法国象征诗派"②。中国人讲究名正言顺，这个称号虽然强调了诗派"拟"的属性，突出了其原创性不足的特点，但称号本身就是身份认可，就是对其存在位置和价值的肯定，而且是在世界诗歌背景上突出其存在感。因为近代以来

---

① 陈子展：《最近三十年中国文学史》，上海书店出版社 1930 年版，第 263 页。
② 赵景深：《中国文学小史》，光华书局 1932 年版，第 212—214 页。

"西方"一般而言意味着先进、现代，所以该称号虽然突出了"拟"字，但在 1930 年代语境中因其世界性、西方性而具有了正面价值与意义。

诚然，这一时期的文学史著对李金发及其诗歌的言说褒贬不一。有的从正面叙述李金发诗歌的特点，论及李金发诗歌的"想象力""异国情调"和法国象征诗派的关系，例如王哲甫本认为："李金发——李氏的《微雨》是民国十四年出版的。……他的诗的长处，在有很丰富的想像，与深挚的情绪。还有一个特点，就是富于异国情调的描写。……李氏的诗，固然有的看去很难索解，然而你若仔细看去，却有一种感人的情调，与其他浮浅作品不同，现在可举《弃妇》为例……这是多么富有想像的诗，而雄劲之气，露于字里行间，惜造句太生硬，所以读去很吃力。"① 肯定其"丰富的想象""深挚的情绪""感人的情调"，将它们与诗坛"浮浅"作品区别开来。谭正璧本曰："李金发为广东梅县人……他在很早作《微雨》时，即已仿法国象征派范尔伦的诗。"② 霍衣仙本曰："李金发的诗是比较着难懂，特点是在有丰富的想象及深挚的热情。他的诗一方面有异国情调，一方面是白话里夹杂着一部分文言。《微雨》及《食客与凶年》字句生硬，《为幸福而歌》，就比较进步一些。"③ 杨荫深把李金发等象征派诗人和徐志摩等新月派诗人合并为"欧化的格律派"，认为他们的特点是："虽不回复旧诗的状态，但诗句欧化，音节韵脚也仍讲究了。"④ 这批文学史著作对李金发诗歌的叙述和 1920 年代钟敬文、赵景深、草川未雨的观点相类似，所述的现代主义表现，相对宏观与笼统。

对李金发诗歌的指责则主要集中于其"怪癖"。胡云翼说："此外以作品繁富著称者，王独清有《圣母像前》、《死前》、《威尼市》、《独清诗选》等集，李金发有《微雨》、《食客与凶年》、《为幸福而歌》等集。前者似嫌浅薄，后者则流于怪癖，都不能令我们满意。"⑤ "怪癖"不同于前文提到的"怪丽"，虽都以"怪"字开头，但褒贬界限分明。胡云翼否定李金发

① 王哲甫：《中国新文学运动史》，北京景山书社 1933 年版，第 209—211 页。
② 谭正璧：《新编中国文学史》，光明书局 1935 年版，第 460 页。
③ 霍衣仙：《最近二十年中国文学史纲》，广州北新书局 1936 年版，第 73—74 页。
④ 杨荫深：《中国文学史大纲》，商务印书馆 1938 年版，第 555 页。
⑤ 胡云翼：《新著中国文学史》，北新书局 1932 年版，第 305 页。

诗歌的"怪癖"，但没有解释"怪癖"所包含的内容，更未意识到"怪癖"对于白话新诗创作可能具有的诗性价值。

此时期真正言及象征主义艺术的文学史著有 5 部。赵景深在《中国文学小史》谈象征诗派时，指出李金发等人的诗歌是"只有诗料，而无组织的"。他在之后的《中国文学史新编》中重申了这一观点，并用"凝练"一词加以概括。① 在赵景深看来，李金发的诗歌中相对散乱的题材没有构成完整的诗形，凝缩简练的诗风源于拼凑的艺术。这是文学观念冲突使然，或者说他的诗学知识无法有效解释李诗。许啸天着力解说隐喻和暗示："象征，是什么？若应用在文学上，便是一种暗喻的技巧。我们平常写文不能用直接表示情感的时候，只能假托在别的事物上间接地表示出意思来，适用这一种暗喻的技巧，但这是偶然的。现在的所谓象征派却是有意的利用这个方法，做他作品的根本意义。因为近世文学，是很显著的倾向到神秘色彩；这神秘是无法直说的，只能暗示在那漠然的恍惚的情调之中，而得到一种象征。"② 李金发的诗歌用"暗喻"涂抹"神秘色彩"，用"暗示"传递朦胧"情调"。郑振铎如此阐释象征的魅力："常以一物代表或象征他物，常以其他观念代表某种观念。象征主义是与诗歌一样的古老了，在很早的时候已有人用此法了。不过法国的诗人却提倡着这样的叙写法。但有的时候，象征派作家却是写了很隐晦的东西；他很用心的写下第二个思想或想像，使我们完全寻不出他的原意是什么。这乃是文学上新的奇异的表白法，即颂扬他们的人也会为之迷惑。"③ 郑振铎虽未直接论述李金发的诗歌，但谈到了其源泉——法国象征主义，它在隐喻的大幅度跨越中省去原意，调动读者的想象力赋予文本多重意义。受法国象征派影响，李金发用拼凑、隐喻、暗示让诗歌"从抽象走向具象，从思想达到形象，而读他作品的人则从画面上升到它的灵魂，从直接的、因独立存在而显得十分美好的形象上升到隐藏于其中的精神的理想境界，这种理想境界性使得形象具

---

① 赵景深：《中国文学史新编》，北新书局 1936 年版，第 348 页。
② 许啸天：《中国文学史解题》，上海群学社 1932 年版，第 106 页。
③ 郑振铎：《文学大纲》第四册，商务印书馆 1933 年版，第 236 页。

有加倍的力量"。① 上述文学史著作对李金发诗歌象征主义特征的把握，对象征诗学的叙述，虽不尽然，但客观上推进了象征主义诗学的传播接受。

　　朱自清对李金发诗歌的评说在1930年代占有重要地位，它们也成为后来文学史援引的经典话语。朱自清认为李金发的诗歌"讲究用比喻，有'诗怪'之称；但不将那些比喻放在明白的间架里。他的诗没有寻常的章法，一部分一部分可以懂，合起来却没有意思。他要表现的不是意思而是感觉或情感；仿佛大大小小红红绿绿一串珠子，他却藏起那串儿，你得自己穿着瞧。这就是法国象征诗人的手法；李氏是第一个介绍它到中国诗里"。② 朱自清以文学发展史为视野肯定了李金发引介法国象征主义的历史功绩，给予他中国象征诗派第一人的定位，在之前的文学史著中不曾见过。朱自清将李金发"诗怪"的称谓与李金发诗歌中的"比喻"连在一起，而跳出常规界限的"比喻"正是现代主义的隐喻；黄参岛在1920年代提出"诗怪"说主要是从题材的广博、情感的模糊和神秘的思想去言说的，相比较而言，朱自清的论断更加深入，揭示出李诗意义生成的艺术机制。朱自清接着用"红红绿绿"的"珠子"形象地表达了李金发诗歌杂糅的现代主义品格。

　　1930年代后期，一些文学史著作对李金发及其诗歌的叙述与无产阶级文学史观联系在一起，使问题变得比较复杂。吴文祺的《新文学概要》引用萧理契的《欧洲文学发展史》对西方象征派的批评，否定象征派与社会现实相隔绝的创作倾向。萧理契认为象征主义者是"纯粹的唯美主义者"和"印象主义者"，他们的诗歌表现"神经系统的不明瞭的瞬间的感觉和心境"。吴文祺由此审视象征主义在中国的发展情况："这派诗神秘难懂，在中国也曾盛行过一时，代表的作家，有李金发、王独清、冯乃超、戴望舒、姚蓬子、胡也频等。但后来王、冯、姚、胡等走了革命文学的路，不再写那种莫名其妙的诗。到现在虽然还有少数人在作，可是已引不起人们的注意了。"象征派诗人的作品脱离社会现实，是知识分子蜷缩在象牙塔里的低

---

　　① ［德］康·巴尔蒙特：《象征主义诗歌浅谈》（节译），张捷译，袁可嘉等编选《现代主义文学研究》（上），中国社会科学出版社1989年版，第359—360页。
　　② 朱自清：《中国新文学大系·诗集·导言》，上海良友图书印刷公司1935年版，第7—8页。

吟，"神秘难懂"的风格与人民群众的审美趣味格格不入。但民族危机令象征诗派阵营发生分化，部分诗人与战争现实合流，李金发固守的诗歌风格在抗战的历史语境中已无法获得认同，沦为"莫名其妙的诗"。① 这个分析颇有道理，但也留下了一个难题，即一些象征主义诗人何以走上革命文学之路。李何林的《近二十年中国文艺思潮论》认为李金发属于"中国城市里迅速的集聚着各种'薄海民'（Bohemian）——小资产阶级的流浪人的知识青年"，"Bohemian"原义是指放荡不羁的文化人。受城市文化影响的李金发等小资产阶级知识分子在性格上崇尚自由："他们的都市化和摩登化更深刻了，他们和农村的联系更稀薄了，他们没有前一辈的黎明时期的清醒的现实主义，——也可以说是老实的农民的实事求是的精神——反而传染了欧洲的世纪末的气质。这种新起的知识分子，因为他们的'热度'关系，往往首先卷起革命的怒潮，但是，也会首先'落荒'或者'颓废'，甚至'叛变'，——如果不坚决的克服自己的浪漫谛克主义。"② 从阶级角度，分析李金发的文化身份立场，揭示其创作的社会基础和心理特征，阐述其写作的文化逻辑。

文学史叙述是一种话语权的体现，关于李金发的诗歌，褒也好，贬也好，在客观上就是一种诗歌知识"讲述"与普及；换言之，这一时期的文学史著，"合法"地言说了李金发，使李金发成为"史"上的人物，这是其诗歌价值的体现，在客观上参与了对现代主义氛围的营造、对读者的现代主义审美意识的培育。

第三节　质疑中展示与阐发

一　批评对现代主义的质疑与展示

1940 年代，随着时代的变化，政治结构、内容和实现形式发生了变化，战争成为压倒一切的主题，以战争为核心的政治话语与现代主义诗学之间的矛盾加深，李金发的现代主义诗歌受到更多的质疑乃至否定；然而，从

① 吴文祺：《新文学概要》，亚细亚书局 1936 年版，第 78—79 页。
② 李何林：《近二十年中国文艺思潮论》，生活书店 1938 年版，第 133—134 页。

传播学角度看，质疑、否定也是一种发掘，一种知识展示与"普及"，客观上改造、丰富着读者的审美意识。具体言之，主要集中在三个方面。首先，"空虚"的灵魂。李长之认为李金发等人的诗歌"内容是空虚的，表现是糊涂的，这几乎成了一般的流行病"。何以如此？"最大的原因还是在现代诗人对于诗的一种错误的信念，以为诗的重要价值在隐约，含蓄，朦胧。我以为这错误是有三层的，第一这些性质可以增加诗的美，但并不是诗的本质，诗的本质是情感。"[①] 象征派和现代派诗人所追求的"隐约""含蓄"和"朦胧"，在新的批评视野中，被认为不利于情感的抒发。李长之眼中的"现代诗人"都是用技法勾勒"美"，但这种"美"不是诗的本质。李长之还辨析了"含蓄"和李金发诗歌"糊涂"的区别："含蓄是令人未尝不懂得作者的意思，是在懂得之中，随了一个线索去想象，去同情，去吟味下去的，而这一个线索却恰恰是作者所要表现的一个线索，糊涂不然，乃是让人猜着不止一个意思，而每一个意思并未必是作者所要表现的意思。"[②]前者是有头绪的联想，诗人与读者的"线索"彼此吻合；后者却是杂乱的意思交错，读者只会感到茫然困惑。李长之在质疑中，阐发了李诗所体现的现代主义气象。

黄药眠将"空虚"阐释为一种扭曲病态的情感："那么在我们中国的这些颓废主义的诗里面，只可能够感到一些软绵绵的女性的腻感。除了极端的追求美的外形和在这美的形式世界里得到一些陶醉，以至于从这陶醉里微微的感到空虚和伤感以外，什么也没有。"[③]黄药眠对象征派诗人的颓废颇为反感，"什么也没有"是在内容维度上否定其价值，但也指明了其重要特征是"极端的追求美的外形"，且"陶醉"之。

任钧也表达了和黄药眠类似的观点："至于现代派，则在本质上，乃是十足的小市民层的有气无力的情绪和思想的表现。他们的招牌是法国货的象征主义。""逃避现实，粉饰现实，甚至歪曲现实的；这不但完全违反了时代的要求，就是从诗艺术的观点来看，也已经走进了牛角尖，走进了魔

---

① 李长之：《现代中国新诗坛的厄运》，《批评精神》，南方印书馆 1943 年版，第 176—185 页。
② 同上书，第 186 页。
③ 黄药眠：《目前中国的诗歌运动》，《论诗》，远方书店 1944 年版，第 141 页。

道，非加以纠正和廓清不可。"① 逃避、粉饰甚或歪曲现实，这是一种口号式判断，"粉饰现实"也许与实际情形不相符合。在任钧看来，现实是实实在在具有感召力的能量源，李金发等现代派诗人远离现实预示着新诗道路的狭隘和危险。抗日的烈火点燃了诗人们的爱国热情，现实主义的理性精神瓦解着现代主义的感性情绪，在新的历史语境中，"诗不再成为个人隐晦地软弱的喟叹，而是代表民族代表国家的雄壮的控诉了"。② 集体主义精神取向替代了渺小的个人心声，国家的安危超越了个人的生命体验，现代主义诗歌失去了生存土壤，李金发诗歌自然没有了阅读价值。关于李金发诗歌现代主义特性的反向言说，在客观上也是一种发掘与展示，换言之，在批评否定中传播着现代主义美学。

其次，奇幻的感觉。黄药眠在批评现代派诗人时指出："所以他们忧郁，他们具有新的都市风的伤感，他们喜欢以敏锐的感觉，从日常微小的事物中，去联想到辽远的，奇异的世界去。这个世界是幻象的。他们就自己陶醉在这奇异的幻象的世界里。他们喜欢用轻松的句子抒发出他的忧郁，他们的情感正如从石隙里透露出来的轻烟。"从都市生活与创作主体关系角度解释现代派诗歌发生及诗歌特点。像李金发这样的诗人"大致都是长期的在洋化了的都市上居住，他们的世界是相当狭小的，因此他们的情感却又使他对这周围单调狭隘的环境感到不满，可是同时物质的力又牵制着他们，使他们没有勇气来打破这个世界，走出这个世界"。③ 灯红酒绿的都市文化让他们内心放纵，面对突如其来的社会变化，他们无法接受和适应，因而沉醉在个人的精神世界，诗歌中也弥漫着迷幻神奇的气氛。任钧也认为："这几年来，中国新诗坛上出现了些所谓象征派、神秘派、意象派……等等的诗人们。据说他们写作的动机，纯粹为着要表现一种轻淡迷离的情趣、意象和刹那间的感兴。"④ 现代生活的多变和偶然性，决定了李金发等人诗歌中难以捉摸的奇幻感觉。

最后，奇异的组合。任钧在批评现代派的象征主义诗歌时说："但由于

---

① 任钧：《关于中国诗歌会》，《新诗话》，新中国出版社 1946 年版，第 118—119 页。
② 蓝海：《中国抗战文艺史》，现代出版社 1947 年版，第 133 页。
③ 黄药眠：《目前中国的诗歌运动》，《论诗》，远方书店 1944 年版，第 142 页。
④ 任钧：《新诗的歧路》，《新诗话》，新中国出版社 1946 年版，第 195 页。

用字造句的奇特，（有时甚至于简直到了不通的程度）由于表现手法的模糊、晦涩、暧昧，常常有意无意地把一首诗变成了一些梦呓，变成了一个谜！（有时候简直是无论如何也猜不透的谜！）"① 造句的"奇特"，表现手法的模糊、晦涩等，以至于诗成为"梦呓"，这在 20 世纪二三十年代就被反复言说，本时期的常风批评说："也有人私淑威尔仑（Verlaine），之乎者也一类的字眼被诗人郑重地，有意识地织进诗篇里。"② 李金发曾谈到自己和魏尔伦的师徒关系："有极多的朋友和读者说，我的诗之美中不足，是太多难解之处。这事我不同意。我的名誉老师是魏尔伦，好，现在就请他出来。"③ 文言与白话的"奇特"组合在语言层面加剧了象征主义的迷雾，使诗更加难懂。梦中的痴话和无法用逻辑推理解开的谜团让李金发的诗歌变得神秘，从象征到神秘也是由奇异的组合造成的。张资平说："其神秘主义和象征主义两者虽不会互相撞着，但其间并没有确然的界线。前头已经说过神秘和启示了，象征主义就是一种启示，神秘主义是取其精神，由内容方面而定的名，象征主义是取其手法，由形式方面而定的名。故神秘主义的作家无不用象征的手段，又象征主义作家无不有神秘的精神。"④ 虽然在理解上存在困难，但读者凭借个人的经验能够在诗歌中获取某种"启示"，能在某种程度上回忆起梦话，解答谜题，唤起一种全新的理解力。奇异的组合尽管制造了朦胧与艰涩的审美感受，但拼接与省略让"没有说出来的东西和透过象征的美隐约可见的东西，较之用言辞表达出来的东西能更为强烈地扣人心弦"。⑤ 这些批评性言说，是一种知识普及，使读者更多地了解到象征主义、现代主义的特征，对他们既有的审美意识系统也是一种冲击与改造，使他们对现代主义诗学有了更多的认知。

---

① 任钧：《关于中国诗歌会》，《新诗话》，新中国出版社 1946 年版，第 118—119 页。

② 常风：《弃余集》，新民印书馆 1944 年版，第 177 页。

③ 李金发：《〈巴黎之夜景〉译者识》，《小说月报》1926 年第 17 卷第 2 期。

④ 张资平：《神秘主义 Mysticism》，郁达夫等编《中国文学论集》，一流书店 1942 年版，第 51 页。

⑤ ［苏联］德·梅列日科夫斯基：《论俄国当代文学衰落的原因及其新流派》（节译），李廉恕译，袁可嘉等编选《现代主义文学研究》（上），中国社会科学出版社 1989 年版，第 339 页。

二　选本、文学史著对现代主义诗学的阐发与确认

1940 年代，收入李金发诗歌的选本只有一部，即孙望编的诗选《战前中国新诗选》（成都绿洲出版社 1944 年版），收有《秋》。孙望在 1982 年再版时谈到其选诗的标准："从我所好"，选诗全凭主观喜好。他还界定了入选诗歌的年限："选集里的诗，除李金发那首《秋》是一九二七年的作品外，其他都是自一九三一年至一九三七年抗日民族战争爆发之前约七年间的作品。"① 《秋》不仅在创作年份上与其他诗作不同，在风格上也有自己的特点。

孙望在"后记"中先谈李金发对后来新诗的影响："铭竹的诗是渊源于李金发，然而比李金发要精练，他的每一字句是从艰苦锤炼中得来的。"紧接着便述自己对李金发诗歌的理解："至于李金发的诗，其中有想象特别丰饶的地方，但多半是不完整的。像这里所选的《秋》，我就有这种感觉。"② 丰富的想象力在之前李金发诗歌批评中被不断提及，想象造就了李金发诗歌的奇幻。孙望的"不完整"涉及李金发诗歌中碎片化的想象，它们在不断的跳跃和组合中传达诗人微妙的心理变化，正如西人所言，诗人运用隐喻、象征等修辞来"重新构筑各部分，重新把破碎的概念联系起来、重新安排语言实体成份的过程，以适应人们所感受到的现实的新秩序"。③

李金发在 1941 年给卢森的诗集《疗》做的序言中说："我会做诗，但我不会谈诗；我会做哲理抒情的象征诗，但不会做抗战诗，革命诗……我认为诗是文字经过锻炼后的结晶体，又是个人精神与心灵的升华，多少是带着贵族气息的。"李金发是一位充满个性且恪守象征艺术的诗人，他并非"不会做抗战诗"，而是抵触和排斥这类诗歌，"我作诗的主观很强，很少顾虑到我的诗境是否会令人发生共鸣，因为我始终以作诗为文字的玩意儿，不曾希望它发生副作用，如宣传之类"。④ 他以随性之心写诗，诗歌的鼓动

---

① 孙望：《战前中国新诗选·重印题记》，江西人民出版社 1983 年版，第 1 页。

② 孙望：《战前中国新诗选·后记》，绿洲出版社 1944 年版，第 129—130 页。

③ ［英］詹·麦克法兰：《现代主义思潮》，高志华译，袁可嘉等编选《现代主义文学研究》（上），中国社会科学出版社 1989 年版，第 52 页。

④ 李金发：《疗·序》，卢森《疗》，时代出版社 1941 年版。

性在他看来是没有意义的。李金发的文艺观与那时政治话语相冲突，自然无法获得时代的认同，但其特立独行还是彰显了一位现代主义诗人的形象。孙望所言的"不完整"三个字听上去似乎很简单，但结合李金发的诗歌来深究其中的含义，不难发现，它是对20世纪二三十年代选本中的李金发诗歌现代主义审美意识的概述，"幻想""朦胧""颓废"、拼凑、隐喻等都可以在残缺的"不完整"中觅到蛛丝马迹，它们之间有一种内在的关联。

1940年代的文学史著作对李金发及其诗歌的叙述和定位，主要整合了前人的观点，既有放在整个新诗发展史上的考量，也有在思想和艺术层面的探究，其现代主义特征在文学史著中得到了较为综合的评判。本时期代表性的两部文学史是李一鸣的《中国新文学史讲话》（世界书局1943年版）和杨之华的《文艺论丛》（太平书局1944年版）。

李一鸣的《中国新文学史讲话》在叙述李金发诗歌前，先论述其所处的新诗发展的阶段——"第三时期"，这一时期的诗歌比前一时期"更凝练，更优美"，这和赵景深在《中国文学史新编》中的叙述基本一致。李一鸣接着将新月派和象征派进行比对，认为后者是"第三时期"的主要诗潮，进而指出它的特点："神秘、幽暗、在若有若无之间，是象征诗主要的形态；而且有些词句，简直是不可解的花花绿绿的一串，然而却能给读者以某种感觉。最著的例，便是李金发的诗。""神秘"的现代主义风格从黄参岛的论述发端，"幽暗"和"若有若无"实际上是对苏雪林等人"朦胧"说的转述，它给人迷离的幻觉，在真实与虚构之间游走。"花花绿绿的一串"是对朱自清"红红绿绿的一串珠子"的转述，它形象地指出李金发诗歌中拼凑杂糅的现代主义风格。李一鸣还说："读一首诗，诗中主要的感情，可以从声音中感觉到；不但可以从声音中感觉到，而且单看了词句的形式，也可以感觉到。这才是象征诗真正的特色。"① 象征派诗歌情感不仅依靠语言文字的传达，更是借助音律加以呈现，再加上词汇和句式的排列组合，由情感向主旨升华，"在形式与内容之间，在声音与意义之间，在诗与诗境之间，乃成立一个价值与力量相等的摆动"。② 李一鸣最后谈到李金

---

① 李一鸣：《中国新文学史讲话》，世界书局1943年版，第72—73页。
② ［法］瓦莱里：《诗》，曹葆华译，杨匡汉、刘福春编《西方现代诗论》，花城出版社1988年版，第210页。

发诗歌中的"暧昧"说时，将赵景深等人的"不懂"与钟敬文的"浑然"联系起来："读李金发的诗，单看一句或一段，确是难解，读了全篇，却有一个鲜明的影象，而且他的诗中，富有内在的异国情调，更非同辈可以企及的。"① 结合钱公侠在《诗·小引》和赵景深"异国情调"的论述，李一鸣主要想说明单句段理解的茫然与混合整体的明晰，正是象征主义分与合的张力，在隐喻、暗示、象征中实现奇异的组合，唤起读者奇异的感觉。该史著重在对象征诗学的介绍与阐发，并给了李金发合适的文学史位置，有助于读者阅读李诗，了解现代主义诗学。

　　杨之华在《文艺论丛》中探讨了中国新诗的起源、流派和变迁。他首先对李金发的定位是"继'格律派'的诗而另立一帜"，这和朱自清的"异军"说类似，旨在说明李金发诗歌的独特性，即"既不重形式，也不求格律"，追求"苟能表现一切的"包容性。杨之华接着援引黄参岛的"对于生命欲挪揄的神秘及悲哀的美丽"，指出李金发诗歌"讲究用比喻法"，它是象征诗派的"本色"。杨之华还将李金发与戴望舒进行比较，认为后者"表现奥妙的手法，则仍不及李金发的高远"，看似技法高低的对比中隐含着对现代主义诗学的阐发。杨之华也给予了李金发很高的新诗史地位："中国现代的新诗，乃起自胡适等人的'尝试'，而成就于郭沫若、闻一多、徐志摩、朱湘等的'格律体'，继而全盛于李金发，其'象征派'的诗作，实开中国现代新诗的新纪元，同时亦为中国现代诗作的最高峰。"② "全盛""新诗的新纪元""最高峰"，这是有"史"以来对李金发诗歌的最高评价。他对李金发的褒奖源自对李金发诗歌独特性的认可，之后延展性地阐述了苏雪林和朱自清对李金发诗歌的评论，他说："苏雪林所云的'朦胧恍惚'，便是'含蓄不露'的别称，而'含蓄'正是象征派的特质；又所谓'感伤与颓废'，也是象征派诗人的特色也。"③ "含蓄"营造出"朦胧恍惚"的氛围，凸显主体之"感伤与颓废"，成为现代主义的重要特征。

　　杨之华还谈到"通感"，她将朱自清对李金发诗歌的评价定义为"情、

---

① 李一鸣：《中国新文学史讲话》，世界书局 1943 年版，第 73 页。
② 杨之华：《中国现代新诗的起源及其派别与流变》，《文艺论丛》，太平书局 1944 年版，第 67—68 页。
③ 同上书，第 81 页。

音、色三者混合在一起的注脚"，"这种反映在文字上的'色'与'音'的感觉的交错，在心理学上是叫作'色的听觉'（Chromatic andition）的。但在艺术上的术语，则并不叫做'色的听觉'，而倒叫'音画'（Klangmalerai），它的含义是'色与音两者具体的反映'。"[①] 他用"音画"这一专业术语，论述李金发诗歌中音乐和绘画的统一，以共同作用于人的听觉与视觉的特点。杨之华对无产阶级的批评观点不满，"好像只有他们那一群天天在高呼劳动者的身世和生活的东西才是真正的诗人"。[②] 在他看来，大众化的诗歌造成诗歌类型的单一，会将李金发等人的象征主义诗歌淹没，遮盖其现代主义的光芒。杨著在战争语境中综合前人的正面观点，给了李金发诗歌空前高的地位，对其诗的现代主义诗学作了较细致的评说与肯定。

纵览 1940 年代的李金发诗歌传播接受情形，虽然无产阶级的批评话语占据相对主流的地位，但现代主义审美意识，却得到了进一步的阐发，被不少人所接受。"奇异的感觉说"是对前一时期"幻想""颓废"论的概述；"奇特的组合观"是对"拼凑""隐喻"和"暗示"等观念的提炼；孙望的"不完整的想象"和李一鸣的评论大多是对 1930 年代沈从文、苏雪林、朱自清的观点转述。黄药眠的"从日常微小的事物中，去联想到辽远的，奇异的世界去"，是对 1920 年代朱自清的"联想与论理""细处见大"的拓展；杨之华的"含而不露"和"音画"观又是对苏雪林、朱自清观点的重新阐释、超越。

1920 年代至 1940 年代，中国社会历史、文化思潮不断改变，新诗在不同力量作用下艰难地演进着，新诗人和读者队伍也在不断地更新，但不管怎么变，李金发作为一个独特诗派的代表，始终被一些特别的读者、其实主要还是新诗专业读者或者说精英读者所关注，关于李金发尤其是象征主义诗歌的批评形成了一条内在的演进线索，一条不断壮阔的话语河流，现代主义诗歌浪花与现代主义美学相互印证、激励，"先贤"引领着"后进"，"后语"照亮着"前言"，现代主义审美观念不断渗入诗歌创作和阅读鉴赏活动中，拓展着中国现代主义诗歌园地。

---

① 杨之华：《中国现代新诗的起源及其派别与流变》，《文艺论丛》，太平书局 1944 年版，第81—82 页。

② 同上书，第 83 页。

第四节　压制与苏醒

新中国成立后，社会主义现实主义成为文坛主流话语，现代主义的西方资产阶级属性"与新中国社会主义意识形态水火不容，所以建国后 17 年欧美现代派文学在中国便失去了生存的土壤，也就谈不上什么影响"。① 以李金发为代表的中国象征派失去了阅读、传播的土壤，现代主义审美意识被压制与遮蔽。改革开放后，一些被打压和遗忘的作家复出文坛，新时期至 1980 年代末李金发诗歌传播接受慢慢"解冻"，现代主义审美意识也逐步苏醒。但前一时期特定的话语模式依旧在思维层面影响着对李金发诗歌的阐释，1980 年代初期的言说主要在爱国主义等话语逻辑中展开，现代主义审美意识隐现在艺术手法的评论中，随着 1980 年代中期西方现代主义思潮的引入，李金发诗歌的现代主义品格才受到重视。

一　批评与现代主义审美意识的压制与苏醒

"十七年"和"文化大革命"时期，李金发诗歌成为建构无产阶级文艺话语体系的反面教材，评论者多以社会主义的优越先进性批判象征派、现代派的腐朽落后性，消解其存在的意义。

资产阶级的消极颓废思想。1949 年年初，卞之琳评述现代派时说："随着进一步倾向逃避，倾向颓废的发展，技巧更细密，意思反趋晦涩，形式松散，语言反离远现实，则有继起的'现代派'，这是受了法国象征派及其后期的影响。"② 李金发等人的诗歌技法虽然精巧，但"颓废"的情绪是对于现实社会的"逃避"，诗歌语言与日常生活用语的隔膜造成意义的模糊，碎片化的外形诠释出"颓废"中作家的自由个性。冯雪峰说："五四新文学中受的外国文学的坏的影响，也是存在的，那就是受的外国庸俗的、颓废的资产阶级文学的影响。例如美国现代文学中的那些庸俗的、堕落的东西和所谓近代主义之类，以及法国文学中的颓废主义、象征主义，和所谓世纪末情绪之类。但这些影响，对五四新文学的主潮而说，是居于不重

---

① 方长安：《对话与 20 世纪中国文学》，湖北人民出版社 2005 年版，第 161 页。
② 卞之琳：《开讲英国诗想到的一些体验》，《文艺报》1949 年第 1 卷第 4 期。

要的地位的。在五四新文学中接受这些影响的人，是某些代表资产阶级的人和某部分逃避社会现实的小资产阶级分子。"① 中国的象征派和现代派受到欧美现代主义文学的影响，沾染上资产阶级文明的习气，然而在无产阶级论者眼中，这种"颓废"是"庸俗"和"堕落"的代名词，接受源的腐朽决定了李金发等人的象征诗在"五四"新文学史上微不足道的地位，他们的"颓废"既背离"五四"现实主义的主流思潮，又标示出"小资产阶级"的文人身份。臧克家在褒奖蒲风及其诗歌时批判"资产阶级的发散着唯美、颓废气味毒害读者的'新月派''现代派'诗"，在他看来，充满毒气的现代派是对读者的污染与危害，"颓废"的气息"模拟外国象征派的样子，朦胧空虚，使人费解"②，李金发诗中飘忽不定的意象、感伤忧郁的情绪、艰深晦涩的诗意，都是资产阶级颓废思想的表现。

"逆流"和"反动"。1957年，教育部出台的《中国文学史教学大纲》明确指出："新月派和现代派是革命诗歌发展中的两股逆流。资产阶级的艺术观点和诗歌理论。在形式格律掩盖下的空虚的内容。徐志摩和戴望舒。在左联领导下成立的'中国诗歌会'针对新月派和现代派所提出的明确的创作主张：反对'洋化'的形式和'风花雪月'的内容，要求'捉住现实'。"③ 强调现实的"革命诗歌"无法容纳现代派空洞虚无的颓废思想，"逆流"是与现实主义主流相对立的异端。大纲中虽未提及李金发，将戴望舒作为现代派的代表，但戴望舒与李金发的诗歌具有相似的现代主义风格，因此李金发的诗歌也属于这股"逆流"。对李金发诗歌创作影响很深的法国象征主义也被划入"逆流"，郭沫若说："西方的象征派诗人，就爱在音律上做功夫，而故意蒙眬其意趣，使人不可摩触。我们大可以不必走这条邪路，但形式音律总是应该讲究的。"④ 音韵和恍惚的情趣使象征主义诗歌神秘莫测，难以触摸的隔膜让李金发的诗歌在"邪路"上渐行渐远。王佐良在1940年代对穆旦等诗人的现代诗风是极为推崇的，但新中国成立后观念

---

① 冯雪峰：《中国文学中从古典现实主义到无产阶级现实主义的发展的一个轮廓》（中），《文艺报》1952年第15号。

② 臧克家：《蒲风的诗——〈蒲风诗选〉序言》，《文学评论》1963年第4期。

③ 《中国文学史教学大纲》，高等教育出版社1957年版，第262页。

④ 郭沫若：《诗歌漫谈》，《文艺报》1962年第5—6期。

完全变了，他认为现代派文学"藏着这样一种极端反动的建立'极少数人的文化'的企图"，这群阴谋论者妄想获取一种文化霸权，他们的"现代姿态，现代手法，现代形象和韵律，却只用来写古老、黑暗、反动的内容"。① 尽管王佐良是批判艾略特、庞德等人的现代主义诗风，但中国的象征派、现代派与之紧密关联，因而"黑暗"与"反动"也是剑指李金发等人的诗歌。"逆流"与"反动"是对资产阶级消极颓废思想的总结，象征派和现代派诗人都是"感到了'失望'和'疲乏'的知识分子的表达者。因此，从产生的根源来说，它是对进步的事实的一种反动，就是说，是一种反动的事实"。②

　　"文化大革命"结束后的中国文坛弥漫着"伤痕"与"反思"的情绪，关于李金发的诗歌批评未能完全走出政治意识形态的逻辑，评论者主要围绕民族性问题展开批评，现代主义对于多数读者而言，是陌生的，甚至是有害的。1980 年代中后期，在西方思潮汹涌而至之际，李金发诗歌中的现代主义品质才引发部分学者的关注，人们在怀疑和犹疑中言说着现代主义。

　　第一，外国象征派的生硬模仿。陈贤茂、陈剑晖在新时期较早将李金发诗歌与象征派联系起来考察："他的诗完全抛弃了民族传统，刻意模仿外国象征派，故作高深，所以他的诗不可能受到广大群众的欢迎。"③ 称李"完全"抛弃民族传统，与李自己曾经的态度完全相反。这种观点，那时较为普遍。契尔卡斯基认为："李金发的诗只有汉字能说明作者的民族属性。……李金发的诗的独一无二的复杂性，是他脱离民族文化、要给他的作品穿上西装的结果。同西方文学的交流，象任何类似的交流一样，要求创造性地接受外国经验（这种经验有助于接受经验的文学的某些成分或流派的发展），可是李金发的这种交流却流于赤裸裸的复制和风格的模拟。"④ 陆耀东也嘲讽李金发诗歌是"捡法国象征派的余唾，生硬模仿，同中国诗歌传统，相去十万八千里，反昂首天外，一味责人'一意向外采辑'，真太

---

　　① 王佐良：《艾略特何许人？》，《文艺报》1962 年第 2 期。

　　② ［苏联］瓦·沃罗夫斯基：《论现代派的资产阶级性》，何长有译，袁可嘉等编选《现代主义文学研究》（上），中国社会科学出版社 1989 年版，第 124 页。

　　③ 陈贤茂、陈剑晖：《借鉴外国与继承传统》，《贵州社会科学》1982 年第 5 期。

　　④ ［苏联］Л. Е. 契尔卡斯基：《论中国象征派》，理然译，《中国现代文学研究丛刊》1983 年第 2 期。

无自知之明了"①。陆耀东之后，丁亚平认为李金发诗歌"机械模仿，孤立运用，未能和民族传统、时代现实结合起来"。② 陆文靖在 1980 年代末也指出李金发诗歌"亦步亦趋地模仿，缺乏创造，缺乏民族特色和个人特色"③。这些评论主要建立在对现实主义的认同前提上，在批评李金发一意模仿西方象征派的同时，客观上也让读者意识到，李金发属于现代主义，不能以现实主义眼光阅读之。

　　第二，破坏语言的纯洁性。1980 年代初，卞之琳指出："引进外来语、外来句法，不一定要损害我国语言的纯洁性。李金发应该说不是没有诗才的，对于法国象征派诗的特殊风味也不是全不能领略，只是对于本国语言几乎没有一点感觉力，对于白话如此，对于文言也如此，而对于法文连一些基本语法都不懂，偏要译些法国象征派诗，写许多所谓法国式的象征派诗，结果有过一个时期，国内读者竟以为象征派诗就是如此，法国象征派诗就是如此。"④ 李金发诗歌中除了文言与白话的夹杂，许多法文、德文的词汇直接进入诗歌，只有通过翻译才能获取它们的意义，汉语结构在外来词汇和语法的介入中被打碎，固有的文法被掺入西方"杂质"造成阅读和理解上的障碍，诗歌语言变得不纯粹。在卞之琳之后，杜学忠等人也提出："李金发在严重脱离民族文化土壤的欧化诗句中夹杂着许多诸如'吁'、'之'、'矣'之类的文言词，镶进整句的旧诗和大量的西洋文字，确实破坏了诗歌语言的纯洁性。"⑤ 欧化、西化等于隔膜于民族传统文化，这是1950 年代以来形成的一种文化修辞，也就是建立于中西文化对立观念基础上的修辞。这种二元文化对立观念在中国相当深远、流长，以至于这种修辞在中国文化史上根深蒂固，新中国"十七年"特别是"文化大革命"时期更是在政治意识形态作用下固化了这一修辞，西方的就是反动的，就是非民族的，李金发诗歌欧化、西化，所以与民族传统相背离。直到 1980 年

---

① 陆耀东：《二十年代中国各流派诗人论》，中国社会科学出版社 1985 年版，第 287—288页。

② 丁亚平：《萧乾与象征主义》，《外国文学》1986 年第 1 期。

③ 陆文靖：《李金发与法国象征诗派》，《齐鲁学刊》1989 年第 1 期。

④ 卞之琳：《新诗和西方诗》，《诗探索》1981 年第 4 期。

⑤ 杜学忠、穆怀英、邱文治：《论李金发的诗歌创作》，《中国现代文学研究丛刊》1983 年第 1 期。

代初期、中期，这种修辞尚未引起必要的质疑，李金发诗歌自然无法获得
正面解读的空间，他那些现代主义诗歌对历经"文化大革命"极左文艺思
潮洗礼的读者，构成一种阅读挑战、一种文化和审美冲击。当然，一些人
开始论及李金发诗歌，虽然基本上是批评否定，但言说本身就是一件好事，
客观上为他打开了阅读批评的一线天。换言之，从阅读接受史的角度看，
关于李金发诗歌及其诗学上的批评为现代主义审美意识的苏醒、回归起到
了披荆斩棘的作用。

　　第三，隐喻、暗示、省略、远取譬。杜元明说："他的诗不乏想象与比
喻，善用'拟人法'与'省略法'，但没有寻常章法，晦涩难懂，又充斥
着异国情调，给人以感伤、颓废与神秘之感。"① 唐弢说："大家都说李金
发的诗是象征派，金发原为一雕塑家，以雕塑的艺术入诗中，别有一种浑
成的感觉。"② 认同雕塑与艺术的融合，"别有一种浑成的感觉"是一种艺
术肯定。李旦初认为李金发的诗歌"讲求感官的刺激与享受，表现个人难
以捉摸的刹那间的幻觉，赞美'多情之黑夜'（《夜之歌》），讴歌'生命便
是死神唇边的笑'（《有感》）。……我们只能透过一些奇特的联想和带有神
秘色彩的形象，模模糊糊地察觉出作者那种不可名状的'隐忧'和对现世
人生悲观绝望的情绪"。③ 这无疑是普及现代主义知识，引导读者如何阅读
李金发。孙绍振说："李金发把许多浪漫主义诗人用许多美妙的典故加以歌
颂的生活比作是'死神唇边的微笑'。一刹那间在中国古典诗歌庄严典雅的
近取譬领域中造成了一种八级地震之感，好象一切都给搅乱了。比喻变得
那样诡谲而捉摸不定了。"④ 孙绍振将李金发诗歌隐喻的神秘特性与古典诗
歌譬喻的庄重感进行对比言说，所谓引发"八级地震"，就是震撼中国古典
诗学谱系，动摇浪漫主义诗学结构，轰毁读者固有的审美心理。杜学忠等
从"'暗示'手法"、"意与境'契合'手法"、"'省略'和'跳跃'手
法"来探讨李金发诗歌艺术，认为它们虽然造成阅读上的困惑，但在不经

---

① 杜元明：《"五四"运动与早期新诗》，《诗刊》1979 年第 5 期。
② 唐弢：《晦庵书话》，生活·读书·新知三联书店 1980 年版，第 300 页。
③ 李旦初：《"五四"新诗流派初探》，《中国现代文学研究丛刊》1981 年第 2 期。
④ 孙绍振：《诗的比喻和想象的距离——〈文学创作教程〉第四章第三节》，《诗探索》1982
年第 4 期。

意间也可能令读者收获审美的精神愉悦:"而读李金发的象征诗则更需要使自己的想象插上翅膀。这要比读一般的诗困难些,但当你想象的翅膀飞入诗人神秘的奥堂,与诗人想象的翅膀联袂起舞的时候,便会得到豁然开朗的快感和一种难言的艺术享受。"①

1980年代,李金发诗歌批评方面较为系统的专著,当推孙玉石的《中国初期象征派诗歌研究》,书中对李金发诗歌的思想和艺术均作了较深入的分析。首先,梳理了李金发的美学观:"正因为追求美,他便更憎恶丑。丑恶、死亡和梦幻,便都纳入了他艺术表现的视野。李金发从象征派大师那里接受了这一艺术传统。波德莱尔的颓废和绝望,使他第一次在诗的圣坛上祭起了叛逆美学的旗帜。"② 以丑为美的诗学观让象征派诗人实现了美与丑自由的转换,受波德莱尔的影响,李金发唯丑的艺术追求开拓了审美的新天地。其次,借李金发诗歌题材谈象征与时代的阻隔:"李金发的诗在题材上吸取了象征派的新奇性,却没有在思想上继承他们批判现实的深刻性。他写的许多有关这类内容的诗篇,因为缺乏时代的气息和批判的精神,显得肤浅而又生硬。既不能激起人们深切的憎恨,也没有给人们愉悦的美感。"③ 缺乏思想深度和针砭时弊的匮乏是对李金发机械性模仿法国象征派的进一步阐释。然而,孙玉石并未彻底否定李金发诗歌的题材:"在李金发的创作中,关于爱情欢乐痛苦的歌唱,关于家乡母爱的怀想,关于变化万千的自然风物的描绘,就体现了他对'真善美'追求的另一个重要方面。这一类的题材中为数不少的好诗,是与当时反封建的时代潮流相一致的,具有进步的意义。它们不仅扩大了新诗表现题材的领域,壮大了新诗进军的声威,也给人以一种艺术美感的陶冶和享受。"④ 孙玉石进一步向读者揭示了李金发诗中艺术之"真",为李金发作了审美辩护,在拨乱反正的历史语境中,唤醒诗坛沉睡多年的现代主义诗学记忆。

1980年代中后期,关于李金发诗歌的批评更侧重于象征艺术修辞的言

---

① 杜学忠、穆怀英、邱文治:《论李金发的诗歌创作》,《中国现代文学研究丛刊》1983年第1期。

② 孙玉石:《中国初期象征派诗歌研究》,北京大学出版社1983年版,第79页。

③ 同上。

④ 同上书,第90页。

说。祝宽说："细细推敲其艺术方法，如重视想象、联想、暗示、烘托、渲染，讲究新奇的比喻，善于用拟人法，广泛运用通感的修辞手法等，对于正在建设中的新诗艺术的提高，可以说不无启发和开拓的作用。"① 正面肯定其现代主义诗学的价值。陆耀东甄别出李金发诗歌艺术的优劣，认为李金发使用的比喻有十分之三是较好的，这些比喻的三大特点是："神似""新颖""形象、生动、活泼，化抽象为具体，变死为活，并且赋予情调色彩"；但是剩下的七成比喻却较为失败，它们的缺陷表现为："第一，既不形似，也不神似，强作比喻。这不是作家才能的表现，而是无能的产物；第二，十分含糊，或者可作多种解释，或者根本无法理解；第三，怪而不美。"② 在陆耀东看来，李金发诗歌的本体和喻体的匹配度极低，造成意义的含混，显得突兀而怪异，无法呈现和谐的美感。谢冕将李金发诗歌的艺术手法与象征思想联系起来："他重视暗示性的隐喻，通过一些朦胧的诗的幻觉，企图再现人生的隐秘。"③ 隐喻暗示着难以言表的心理情绪，借助迷离恍惚的诗歌意境将私密的言语塞进幻想的世界。周良沛认为李金发引进的不是象征主义，而是"李金发主义"，它模糊了浪漫派与象征派的界限，"表现出隐喻和想象搅和得含糊一片时，倒真象两派混血的产儿"。④ 他们对李诗的批评态度尚未完全走出"十七年"及"文革"意识形态记忆。

第四，"现代主义"概念的提出。自 1980 年代中期起，关于李金发诗歌的批评中开始出现"现代主义"概念。施建伟说："除了诗怪李金发的象征主义诗歌曾一度在文坛上独树一帜之外，现代主义在当时始终没有——象在它的发源地那样——形成一股足以与现实主义、浪漫主义鼎持和抗衡的思潮。"⑤ 李金发的象征主义诗歌被纳入现代主义的范畴。宋永毅认为李

① 祝宽：《中国现代诗歌的兴起发展和外国诗歌刺激与影响之关系》（下），《青海社会科学》1985 年第 3 期。
② 陆耀东：《二十年代中国各流派诗人论》，中国社会科学出版社 1985 年版，第 303—305 页。
③ 谢冕：《辉耀的始端——总论之一》，谢冕著《中国现代诗人论》，重庆出版社 1986 年版，第 7 页。
④ 周良沛：《"诗怪"李金发——序〈李金发诗集〉》，载周良沛编《李金发诗集》，四川文艺出版社 1987 年版，第 16 页。
⑤ 施建伟：《现代主义对我国新文学运动的影响》，《社会科学》1984 年第 7 期。

金发是现代主义"深刻的探索者",认为"尽管在欧美文学史上现代主义和现实主义、浪漫主义发生过激烈的对抗,以致在时间序列上都呈现出历史的更替性;但在中国现代文学史上,现实主义和浪漫主义以及象征主义的一些萌芽雏形却一直并行不悖"。① 肯定了作为中国现代主义起点的象征主义的历史贡献。李怡认为:"李金发的心理结构实际包涵三个层次,作为表层的现代主义意识、作为里层的浪漫主义精神和作为底层的民族心理积淀。"诗人复杂多面的心理构成令现代主义发生着变异,在现实与浪漫的综合混杂中彰显着中国化的独特魅力。李金发的诗中"嵌满了现代主义的意象、色彩,但由于诗人自身多半失却了'不自觉'的感性支撑,所以时常显得意念化、抽象化。如果再仔细分析一下,就会发现这些诗歌的内在情绪是不连贯的,许多现代味是粘上去的"。② 李怡由诗人心理进而分析诗歌中的意象、情感和意义,将现代主义的共性和个性植入李金发诗歌的批评中。"现代主义"作为一个概念出现在关于李金发诗歌的批评中,使李金发诗歌获得了更为开阔的言说空间,提升了其文学史价值,同时也使阅读那些批评文章的读者,获得了更为具体的现代主义知识,唤醒他们内心深处的"现代主义"意识。

二　选本与现代主义气氛的重造

"十七年"和"文化大革命"时期,最重要的诗歌选本当属臧克家的《中国新诗选(1919—1949)》(中国青年出版社1956年版),然而,李金发的诗歌没有一首入选。在选本出版的同年,臧克家给出了原因:"我们不能脱离政治单纯强调艺术,对一些单从艺术上看上去虽然还可以但内容却萎靡颓废的诗,是不能给以肯定评价的。"③ "十七年"和"文化大革命"时期,李金发诗歌在选本中的缺席,在某种程度上,诠释了现代主义审美意识被压制的局面。新时期至1980年代末收录李金发诗歌的选本较多,大

---

① 宋永毅:《李金发:历史毁誉中的存在》,曾小逸主编《走向世界文学中国现代作家与外国文学》,湖南人民出版社1985年版,第407—408页。

② 李怡:《李金发片论——一个中西比较的视角》,《中国现代文学研究丛刊》1988年第4期。

③ 《沸腾的生活和诗——中国作家协会创作委员会诗歌组对诗歌问题的讨论》,《文艺报》1956年第3号。

致情况如表 5—2 所示：

表 5—2

选本名称	编选者	出版社 出版时间	收录李金发诗歌
《新诗选》	北京大学等三校教研室	上海教育出版社 1979 年 6 月	《弃妇》《琴的哀》《里昂车中》《夜之歌》《故乡》《律》《明星出现之歌》《秋》
《中国现代文学作品选》	湘潭大学中文系教研室	1980 年 5 月	《琴的哀》
《中国现代文学作品选第一册》	黑龙江省函授广播学院现代文学教研室	1981 年 3 月	《夜之歌》《故乡》
《中国现代爱情诗选》	王家新等	长江文艺出版社 1981 年 9 月	《温柔》《海浴》
《现代散文诗选》	珞旷	湖南人民出版社 1982 年 11 月	《晨》
《中国现代文学史参考资料》	黄修己	中央广播电视大学出版社 1983 年 12 月	《琴的哀》《律》
《现代百家诗》	白崇义、乐齐	宝文堂书店 1984 年 11 月	《弃妇》《里昂车中》
《中国现代文学作品选·上册》	北京师范学院等	天津人民出版社 1984 年 3 月	《弃妇》
《中国现代文学作品选》	屈文泽等	湖南人民出版社 1985 年 9 月	《弃妇》
《现代抒情诗选讲》	吴奔星、徐荣街	江苏教育出版社 1985 年 4 月	《弃妇》
《中国现代文学作品选》	黄修己等	北京十月文艺出版社 1986 年 4 月	《律》
《中国现代文学作品选》	蒋洛平等主编，川、浙、皖、粤四省院校	四川大学出版社 1986 年 8 月	《弃妇》
《中国现代文学作品选》	复旦大学中文系教研室	复旦大学出版社 1986 年 5 月	《明星出现之歌》《弃妇》《晨》

续表

选本名称	编选者	出版社 出版时间	收录李金发诗歌
《中国现代文学作品选》	刘增人	天津教育出版社 1987 年 5 月	《弃妇》《律》
《中国新诗鉴赏大辞典》	吴奔星	江苏文艺出版社 1988 年 12 月	《弃妇》《律》《夜之歌》《故乡》《有感》《琴的哀》
《中国新诗萃》	谢冕、杨匡汉	人民文学出版社 1988 年 10 月	《寒夜之幻觉》《在淡死的灰里……》《风》《夜雨孤坐听乐》《忆》《春的瞬息》
《中国现代十大流派诗选》	吴欢章	上海文艺出版社 1989 年 5 月	《我背负了……》《生之疲乏》《意识散漫的疑问》《残道》《一无所有》《举世全是诱惑》《灰色的明哲》《我爱这残照的无力》
《中外象征诗选萃》	张剑跃	浙江文艺出版社 1989 年 1 月	《弃妇》《里昂车中》《不幸》《有感》
《中国探索诗鉴赏辞典》	陈超	河北人民出版社 1989 年 8 月	《弃妇》《希望与怜悯》《里昂车中》《生活》《不幸》《在淡死的灰里》《盛夏》

　　笔者统计的本时期 19 种诗歌选本中，李金发诗歌入选频次最高的当属《弃妇》，其他诸如《里昂车中》《故乡》《律》《秋》等诗多为 1930—1940 年代选本中反复出现的作品。和前一时期选本中李金发诗歌的缺席相比，新时期至 1980 年代末的选本收录了不少李金发诗歌，显然，被抑制的现代主义情绪开始释放。

　　政治意识形态效应在改革开放初期依然存在，尽管《新诗选》选录了 8 首李金发诗歌，但编者在前言中说："根据历史唯物主义的原则，考虑了教学的实际需要，对资产阶级诗歌流派的作品，也少量选入，以供参考。"①

现代主义诗作仅仅是作为一种补充进入选本，社会主义现实主义依旧是选诗的主要标准。针对"十七年"和"文化大革命"时期李金发诗歌在选本中的冷遇和以阶级立场论资排辈的现象，1980 年代的编选者发出了别样的声音，黄修己说："有的当时影响并不很大，如李金发的诗。但它们都属于一定历史时期产生的文学现象。中国现代文学史不是清汤寡水，而是丰富多采，流派、风格多种多样。"① 在他看来，李金发的诗歌和其他政治性诗歌应该享有平等地位。政治与诗学关系由倾斜开始走向平衡。吴奔星从诗歌形态的演变角度说："从'五四'到当代的诗人，不论他们宣布与不宣布，承认与不承认，实际上都在为完成诗歌形式的创新而写作。……李金发则打算把晦涩、神秘、似懂非懂的象征派诗从法国移植过来。"② 吴奔星从形式创新的视野肯定了李金发的诗歌。在《现代抒情诗选讲》中，他只选了李金发的《弃妇》，但对诗歌的解读却张扬了现代主义美学，他先总论李金发诗歌的特点："他的诗在抒情内容上多是伤春悲秋，哀风叹雨，充满消极厌世、抑郁凄凉的愁苦情绪；在艺术表现上运用寄托、象征的手法，打破程式，任意涂抹，刻意追求一种新奇神秘的色彩。"③ 在赏析《弃妇》时，他不仅论述"隐忧"的思想，更对诗歌的"主观性""内向性""自由联想"等特征作单独分析，肯定其创造性，旨在唤醒广大读者沉睡已久的现代主义审美意识。

从 1980 年代中期开始，收录李金发诗歌的选本数量增加，尤其是李金发个人诗集的出版，将诗人重新拉回到广大读者的视野。1986 年，《微雨》作为上海书店《中国现代文学史参考资料》丛书中的一集出版，将李金发的第一部诗集再度推向读者。1987 年，《李金发诗集》出版，它涵盖了《微雨》《食客与凶年》《为幸福而歌》《异国情调》四部诗集，周良沛在"序言"中尽管对李金发诗歌的价值有所贬低，但他也指出了新中国成立后李金发诗歌接受中"左"的问题："解放后，如果说对李金发评价有什么不

---

① 黄修己编：《中国现代文学史参考资料·上册·编选者序》，中央广播电视大学出版社 1983 年版，第 2 页。

② 吴奔星：《论诗歌形式的演变——代序》，载吴奔星、徐荣街编《现代抒情诗选讲》，江苏教育出版社 1985 年版，第 20—21 页。

③ 同上书，第 160 页。

公正，不如说他被人遗忘得太干净。"① 在他看来，李金发诗歌被遗弃，现代主义审美意识被严重压制，新时期重新发掘李金发诗歌的现代主义诗学价值，势在必行。

1980 年代末，选本往往借"序言"阐发李金发诗歌的价值，引导读者理解作品，推广普及现代主义诗学知识。吴奔星在《中国新诗鉴赏大辞典》的"序言"中认定李金发是中国象征派的"先行者"和"奠基人"，并在和自由诗的比对中得出象征诗的特点："自由诗派运用现实主义与浪漫主义及其相应的手法；象征诗派运用象征主义及其相应的手法。自由诗派侧重于再现客观世界，象征诗派侧重于表现主观世界……自由诗派偏重明朗，象征诗派偏重含蓄。"进而解释李金发诗歌"难懂"的原因在于象征诗："在构架上打乱时间与空间的顺序，失去常态，并且运用奇特的比喻与多方面的暗示，独特的想象和跨度较大的联想。"② 显然，吴奔星是在讲解象征主义与现实主义、浪漫主义之差别，在向干枯很久的中国诗坛讲授如何解读李金发诗歌，传播现代主义诗歌美学。

谢冕和杨匡汉编的《中国新诗萃》选入李金发诗歌 6 首，其中《寒夜之幻觉》《在淡死的灰里……》《忆》《春的瞬息》在之前的选本中都不曾出现。杨匡汉在"序言"部分谈到选诗的标准："诗美的判断"，"审美功能、意义与价值"。③《在淡死的灰里……》体现了"诗美的判断"，全诗共四节，每节共四句，诗形相对齐整，最后两节 ABAB 的句式也比较对称。现代主义的"诗美"借助隐喻和暗示传递出个人和时代的感伤。《寒夜之幻觉》书写跨越时空的恐慌："巴黎亦枯瘦了，可望见之寺塔/悉高插空际。/如死神之手，/Seine 河之水，奔腾在门下，/泛着无数人尸与牲畜，/摆渡的人，/亦张皇失措。"灰暗的城市静得可怕，"枯瘦"是冷清城市的比喻，塞纳河上漂浮的尸体与渡河的小船让人不寒而栗，诗人借助丰富的联想力将丑恶的意象和恐惧的氛围串联起来，唤起人们对寒夜的惊恐情绪，是"审

① 周良沛：《"诗怪"李金发——序〈李金发诗集〉》，周良沛编《李金发诗集》，四川文艺出版社 1987 年版，第 4 页。

② 吴奔星：《中国新诗鉴赏大辞典》，江苏文艺出版社 1988 年版，第 5 页。

③ 杨匡汉：《序二：时代诗情与精神价值》，谢冕、杨匡汉编《中国新诗萃》，人民文学出版社 1988 年版，第 17 页。

美功能、意义与价值"的体现。《忆》和《春的瞬息》是李金发在1930年代创作的两首长诗,《忆》让诗人"厌倦梦景了,/那只赐我痛心的流泪",《春的瞬息》书写病态且神秘的春季,它们延续着李金发早期诗歌中的现代主义气质。

1989年的三部诗歌选本借助李金发诗歌进一步渲染了现代主义气氛。吴欢章的《中国现代十大流派诗选》收录李金发诗歌8首,它们在之前的诗歌选本中都未入选。贾植芳在序言中评论道:"即使早期的象征派诗人李金发以及三十年代的现代派诗人如戴望舒、冯文炳(废名)、何其芳等,也都是从晚唐诗风中吸取艺术营养,在艺术表现范畴上,把晚唐诗人的婉约、含蓄和朦胧的抒情手法与欧洲现代派的表现方法相互糅合在一起来从事自己的诗歌艺术创造的。外来文化和传统文化就是在这样的撞击融会中形成一种新的文化素质,充实和丰富了民族文化。"① 贾植芳非但没有指责李金发诗歌对民族传统的背离,反倒为其"朦胧""含蓄"的现代主义诗风找到了民族传统的土壤——"晚唐诗风",文化的碰撞铸就了李金发独特的现代主义风格,它是衔接中西文化的纽带。张剑跃编的《中外象征诗选萃》的"前言"由张德明所写,他从符号的视角论述李金发诗歌的象征意义:"为了生存,我们需要符号,为了发展,我们又必须超越符号,这就是我们陷入的两难境地。"李金发的象征诗歌是解决文明问题的一次尝试,它在社会学上的重大意义早已"超过了诗歌史的范围",明确从社会学角度评估李金发诗歌价值,不谓不特别。象征的隐喻和暗示令"能指与所指的关系变得极不稳定,语义由单一性过渡到多义性。清晰的指向性变得模糊、朦胧而充满暗示。声音竭力摆脱它的附庸地位,从符号中解放出来,宣布自己的完满自足"。② 符号学的全新视野,为李金发等人的象征主义诗歌阐释注入了新的活力,为象征主义文本解读找到了有效途径,现代主义品格得以进一步敞开。陈超在《中国探索诗鉴赏辞典》的"序言"中指出,以往"非审美的、漠视诗歌个体生命体验的独异性、深刻性的责难,对现、当代

---

① 贾植芳:《序》,吴欢章编《中国现代十大流派诗选》,上海文艺出版社1989年版,第4页。

② 张德明:《前言》,张剑跃编《中外象征诗选萃》,浙江文艺出版社1989年版,第3—4页。

诗歌史上具有现代主义倾向的诗则尤为猛烈"。陈超心目中的李金发诗歌是"探索诗"，即是"不主故常、对传统采取反叛或整体性包容后的超越的诗"，也是"倾向于内倾和直觉的诗"，还是"探求生存和语言真正临界点和真正困境的诗"，李金发的现代主义"探索"具有"先锋""前卫"的特性。①

总之，本时期选本，在诗坛和读书界，重新渲染营造了一种现代主义氛围。

三 文学史著对现代主义的重叙

"十七年"和"文化大革命"时期的文学史著作，几乎都是从政治意识形态的视野切入李金发诗歌。王瑶的《中国新文学史稿》（上册）将新中国成立前黄参岛、苏雪林等人的观点熔为一炉："摹仿法国象征派的诗人李金发，从一九二〇年就开始写诗了，他的诗集《微雨》于一九二五年出版，后来又有《为幸福而歌》和《食客与凶手》（笔者注：此处保持原文之"凶手"）。利用文言文状事拟物的辞汇，补足诗的想象，努力作幻想美丽的诗，是他的特点。他要表现的是对于生命欲揶揄的神秘及悲哀的美丽。以为诗如音乐，无须明确。我们看见的只是些单调的句子，雷同的体裁，而没有一首可以完全了解。但诗虽难解，音调却和谐；喜欢用譬喻，讲感觉，富于异国情调；情绪上充满了感伤颓废的色彩。"② 评说态度是平和的，在述说李金发诗歌现代主义特点时，语气上尚有赞赏的意味，对诗歌审美个性的揭示、概括比较到位，突出了李诗的现代独特性。

其后的文学史著作，都是以无产阶级的观点批判其颓废思想和现代主义修辞。丁易的《中国现代文学史略》："'象征派'开始出现于法国，它是资本主义没落期的产物，也是纯粹的唯美主义和'纯艺术'的口号支持者，所以它移植到中国来，在本质上是和'新月派'一致的。"丁易还援引《上帝》和《门徒》里李金发的诗句以说明李金发诗歌的"费解"，并指责

---

① 陈超：《自序》，陈超编《中国探索诗鉴赏辞典》，河北人民出版社 1989 年版，第 1—2 页。

② 王瑶：《中国新文学史稿》（上册），开明书店 1951 年版，第 79 页。

它们"简直是破坏祖国语言,如同梦吃胡说,真正是走入'魔道'了"。①
张毕来在《新文学史稿》(第一卷)中首先将李金发定位为"形式主义向
右的发展的典型的代表",讽刺李金发诗歌内容的空泛,"中国文学史上有
着好些关于弃妇的命运的好作品,而中国现实里也尽多着弃妇的悲哀痛苦:
女子在多重压迫下的悲哀痛苦,可是,在李金发的诗里,我们就不知道他
究竟在说些什么了"。他以《弃妇》第三节诗歌为例,论述李金发诗歌与传
统的背离,认为它们"其实是胡闹",最后都会"被淘汰"。② 观念的差异,
论者看不懂李金发诗歌,因而否定其存在价值。

刘绶松的《中国新文学史初稿》(上卷)和吴文祺的《新文学概要》
一样,引用萧理契的《欧洲文学发展史》言说象征主义的话,指出以李金
发为代表的现代诗人的"彷徨、忧郁形成了他们心灵浓重的阴影。'现代
派'的颓废感伤而又带一点神秘、享乐的情绪和'唯美主义'的形式,就
很容易适合他们的口味,作了他们灵魂的遁逃的王国。这就是'现代派'
诗一度在本时期'风靡一时'的真正原因"。在刘绶松看来,复杂多变的现
实令李金发等诗人找不到出路,在心理上感到压抑,才会躲进个人的象牙
塔,但他们当中的很多人收拾"个人主义的烦恼低徊的心情",向"战斗的
健康的现实主义"靠拢③。刘绶松之后的两部文学史都由集体编写,一部是
复旦大学中文系学生编写的《中国现代文学史》,另一部是山东师范学院中
文系编著的《中国现代文学史(初稿)》第二册,它们都批判了李金发诗
歌中消极颓废的思想,前者认为李金发和现代派的诗歌"受着法国象征主
义的恶劣影响,他们主张诗要表达一个意念、一种情绪,而这种意念和情
绪又完全属于个人的。对复杂的社会现实他们是不愿或不屑触及的"④。后
者认为在魏尔伦影响下的李金发诗歌"充满了感伤、悲哀、颓废、没落而
又神秘恍惚的情调。他有的是'一切的忧愁无端的恐怖',他认为'生命便
是死神唇边的笑'。'痛苦''悲伤''死亡''恐怖'是他最喜欢的字眼。
这种没落阶级的垂死的情绪,对那些动摇彷徨的小资产阶级知识分子有着

---

① 丁易:《中国现代文学史略》,作家出版社1955年版,第291—292页。
② 张毕来:《新文学史稿》(第一卷),作家出版社1955年版,第131—132页。
③ 刘绶松:《中国新文学史初稿》(上卷),作家出版社1956年版,第327—328页。
④ 复旦大学中文系:《中国现代文学史》,上海文艺出版社1959年版,第289页。

很坏的影响，把他们引向消极颓废的绝路"①。

从丁易、张毕来到刘绶松，再到复旦大学中文系学生和山东师范学院中文系集体编写组，都对李金发诗歌的神秘难懂、背离传统、苦闷心理、黑暗基调等进行了严厉的批判，现代主义诗学被革命叙述话语所挤压、排拒。

改革开放初期的文学史著对李金发诗歌的言说，受到新中国成立后三十年意识形态的支配，出于政治敏感而显得格外谨慎。唐弢说："作为一种流派构成当时诗歌发展中逆流的，有以李金发为代表的象征派。他们接受法国象征诗派的影响，讲求感官的享受和刺激，重视刹那间的幻觉。不同于'新月派'重视音节美的主张，象征派否定诗歌与音乐的关系，完全把诗看成为视觉艺术。其作品有所谓'观念联络的奇特'：单独一个部分一个观念可以懂，合起来反而含意难明。他们虽也象'新月派'一样讲究比喻，却到了令人无法捉摸的地步。"作为对现实主义的主流思潮的叛逆，象征派的"逆流"定位也注定了李金发诗歌价值的低下。唐弢进而批判李金发的《微雨》等诗集"大多是一组组词和字的杂乱堆砌，连句法都不象中文。这种畸形怪异的形式，除了掩饰其内容浅陋之外，正便于发泄他们世纪末的追求梦幻、逃避现实的颓废没落的感情"②。虽然唐弢将李金发和象征派定性为"反动"，但其否定的论调中也传递出李金发诗歌的特色：敏锐的官感、幻想的心理、视觉的艺术、隐喻的拼凑等。这些特点在民国时期的文学史著中被反复提及，它们是现代主义审美系统的重要元素。许志英的态度和唐弢类似，他把象征派划入"资产阶级的文艺社团和流派"，"象征派本是十九世纪末期在法国兴起的一种流派，他们运用象征手法，强调表现个人难以捉摸的感受和幻觉，宣扬绝望悲观情绪。被称为'诗怪'的李金发，摹仿法国象征派的诗歌，写了一些神秘主义的'怪诗'"。③ 1930—1940 年代关于李金发诗歌批评中的"感伤"与"空虚"言论被重新讲述。

1980 年代中期的文学史著，更多地关注到李金发诗歌中的艺术性。唐

---

① 山东师范学院中文系编著：《中国现代文学史（初稿）》第二册，济南印刷厂1960年版，第314页。

② 唐弢：《中国现代文学史》（一），人民文学出版社1979年版，第217页。

③ 许志英：《中国现代文学史简编》，江苏人民出版社1983年版，第44—45页。

弢摘掉其"逆流"与"反动"的帽子，激进的无产阶级话语转变为相对温和的描述："在中国新诗发展过程中，同现实主义诗歌和浪漫主义诗歌相比，象征派的影响比较微弱。"① 唐弢的文学史观的转变也折射出时代的变化，冻结的现代主义意识慢慢融化。黄修己认为李金发的诗歌"既舍弃了描写的手法，也不直接抒发主观情感，而是以异乎常态的奇怪的联想、隐喻、幻觉、暗示等，用来象征诗人所要表现的思想、生活，因而造成了朦胧、迷离、神秘的色彩，由于象征方法的怪异，诗句晦涩难懂，需要读者运用自己的联想去猜测、领会，读诗便如猜谜"。黄修己的论述中依稀可以看到苏雪林等的"朦胧"说和胡适等的"笨谜"说的影子。他认为李金发"诗怪"称谓的原因在于他的诗"不仅重视声、色、味的表现，且给人怪异之感，这也就是'通感'的广泛运用……他又往往写丑的形象……在语言上，往往不用顺畅的句法，又引入一些文言虚字，读来拗口。在诗的格式上，则打破一切格律，诗句之间可以任意跳跃，更加自由化"。黄修己的论断让我们记起1920年代钟敬文的"浑然的情调"和1940年代杨之华"感觉的交错"的观点；"丑的形象"则将黄参岛"唯丑"的评论翻新；语言上的不顺畅和诗句的自由跳动观念与赵景深等人"文白夹杂"乃至本时期语言"纯洁性"的批评话语颇为相似。黄修己最后总结李金发诗歌的功绩在于"用特殊的方法反映社会的黑暗，特别是一些表现他对社会看法的诗，曲折地、隐晦地写出了旧中国的一斑。他在艺术上某些象征、隐喻的手法，也对新诗的表现方法有所增益"。② 明确肯定现代主义修辞对新诗发展"有所增益"。

1980年代后期，现代主义氛围愈发浓烈，钱理群等著的《中国现代文学三十年》，对李金发诗歌的言说包含着现代主义的多维要义。钱理群等将象征主义诗歌放在"纯诗"理论背景中展开叙述，认为象征诗的特点："趋向人的内心世界""强调诗的暗示作用""多义性""远取喻""省略法"。这些现代主义的艺术机制是助推诗歌诗意生成的动力。它们综合了1930年代沈从文和苏雪林的"幻想"的"神经艺术"、朱自清的"远取譬"与"最经济的方法"、苏雪林的"观念联络的奇特"与"省略法"，主要是就

---

① 唐弢：《中国现代文学史简编》，人民文学出版社1984年版，第211页。
② 黄修己：《中国现代文学简史》，中国青年出版社1984年版，第139—141页。

象征的艺术手法展开分析。钱理群等还以李金发的《弃妇》为例，从读者的接受层面来谈"颓废"的情感共鸣和弃妇"隐忧"的多重联想，揭示出象征主义诗人与读者间的互动关系。该著最后指出了李金发诗歌的"不成功"："感觉世界过于狭窄，感情上存在一定的颓废倾向，句法过于欧化，又夹杂着文言叹词语助词，根本不能为广大读者所接受。这当然首先是反映了诗人思想感情以致立场、世界观的局限；同时也是艺术上的不成熟，是借鉴外国诗歌形式、表现手法过程中不可免的夹生现象。"① 思想的消极和语言的混杂让李金发诗歌与大众疏远，弱化了其走向经典的可能性。

纵观"十七年"和"文化大革命"时期李金发诗歌接受史，无产阶级话语相较 1940 年代进一步强化，现代主义诗学被压缩限制以致消亡。新时期至 1980 年代末的李金发诗歌接受史上，现代主义话语言说和前一时期相比，获得了较大的空间，现代主义审美意识得以苏醒与复活。

第五节　彰显与内化

1980 年代末，新诗批评中"现代主义"概念的提出，选本中出现的"符号""前卫""冒险"等编选意识，为 1990 年代的传播接受铺平道路，论者以"先锋"作为接受的切入点，运用符号学、俄国形式主义理论等深入分析李金发诗歌，现代主义审美意识不断彰显与内化。

一　批评与现代主义审美意识的内化

进入 1990 年代以后，关于李金发及其诗歌的批评，表现出一种新的气象，言说者站在中国新诗发展史上，从新诗艺术建构角度，阐发李金发诗歌的价值，在诗学本体论意义上分析李金发诗歌的现代主义品格，张扬其现代性。换言之，现代主义一定程度上内化为李金发诗歌批评言说者的一种眼光，一种审美尺度。因而对李金发及其诗歌现代主义特征的分析进入一个新的层面。

第一，现代主义先锋姿态。安危在 1990 年代初宣称："李金发是文学

---

① 钱理群等著：《中国现代文学三十年》，上海文艺出版社 1987 年版，第 176—177 页。

上的一个接受者和探索者。他开启了中国象征派诗歌的先河。"① 李金发的先锋姿态不仅体现在开创新的诗歌流派上，更表现为独一无二的诗歌实验。谢冕也认为："当浪漫主义的潮流流行中国之时，象征诗就以先锋的面目出现在中国诗坛。这样，我们把李金发当作中国现代主义诗潮的先驱者大体是不谬的。"② 将李金发的先锋地位置于浪漫主义与象征主义的轮转中，李金发在诗潮转型中扮演着开拓者的角色。龙泉明在谈李金发诗歌的首创意义时，排除了思想、情感上的价值判断，强调其"与以前新诗坛完全不同的新的表现技能"，在象征主义的艺术层面，李金发"推动了自由诗的发展，开创了新的诗风"③ 这是一种诗歌史意义上的判断。谭五昌认为李金发率先"引进西方诗歌观念和艺术技巧"，诗歌中"美感文化""罪感文化"在思想上独树一帜，"意象主义""象征主义"在艺术上颇为新颖，它们"直接促进了中国新诗现代化的进程"④。在这之后，朱寿桐从李金发和波德莱尔的关系入手，认为李金发是"中国象征主义诗歌的始作俑者"⑤。1990 年代末，吕进尽管不认可李金发诗歌语言的混杂，但同时也认为他"给当时的中国新诗带来了一种前所未见的陌生东西，拓宽了诗的艺术视野。"⑥"陌生东西"就是一种贡献与价值。从上述批评者的论述中可以看出，李金发的出现打破了中国诗坛现实主义与浪漫主义所主导的格局，以先锋的姿态创建了"一种新的秩序"。⑦

第二，先锋诗歌意识。传统诗学的道德因素制约古典诗人的情感抒发，但李金发的诗歌创作变革了固有的套路，李怡说："李金发以自己对生命的悲剧性体验，在美学精神上大大地突破了传统诗歌。中国古典诗歌也素有感伤忧患的源流，但那多半是得之于怀才不遇的苦闷，很少与个体深沉的

① 安危：《李金发诗艺的美学特征》，《东北师大学报》（哲学社会科学版）1990 年第 2 期。

② 谢冕：《新世纪的太阳——二十世纪中国诗潮》，时代文艺出版社 1993 年版，第 106 页。

③ 龙泉明：《二十年代象征主义诗歌论》，《文学评论》1996 年第 1 期。

④ 谭五昌：《文化·形式的双语与个体生命的独白——李金发新论》，《诗探索》1997 年第 1 期。

⑤ 朱寿桐：《论"五四"象征主义文学初潮》，《南京大学学报》（哲学·人文科学·社会科学版）1998 年第 3 期。

⑥ 吕进：《从文体看中国新诗》，《西南师范大学学报》（哲学社会科学版）1999 年第 1 期。

⑦ ［美］弗莱德里克·阿·卡尔：《现代与现代主义》，陈永国、付景小译，吉林教育出版社 1995 年版，第 18 页。

生存意识相联系，而且这感叹也深受‘温柔敦厚’的原则束缚，几乎没有深入过不规则的情绪层面。大量展示人的情绪碎片，从中透出人无意识状态的不规则感受，李金发是第一人！这种新的美学理想的输入必然在中国社会引起不小的震动。"① 借助潜在的意识流来组合各自破碎的情感，悲剧的伤痕与沉重感突破了传统的审美禁区，也挣脱了封建伦理的禁锢。谢冕以李金发的《弃妇》为例，指出李金发诗歌中"颓废""没落""死亡""绝望"的现代主义情绪，是对古典主义的叛逆，李金发通过令人惊悚的弃妇形象"传达出一种人生命运的悲剧气氛"，传统与现代的巨大反差令"象征这匹怪兽给当日始告平静的诗坛以骚动"。② 在他们看来，李金发的诗歌具有一种先锋诗歌意识，其诗歌因现代主义维度上的探索而获得了自己的生命力与价值。无疑，现代主义诗学成为他们言说的话语依据。

第三，意象的符号化。罗振亚认为李金发的诗"是意象符号系列呈现的空间，现代心态的迷濛闪烁飘忽不定与对意境明确性的否定，规定了象征诗派意象语言组合时，很少围绕一个或几个中心意象深入拓展，而总去攫取其它联想轴上相近或无关意象，构成链条间距陌生悠长的无序空间，想象转换随意奇幻"。③ 李健吾在 1930 年代指出李金发对新诗的贡献在于"意象的创造"，意象不等同于简单的形象，它是诗人精心选择并与特定的诗歌情境组合的产物，符号化的意象则进一步揭示隐藏其中的含义、情感、象征。李金发诗歌中有单个符号的多向延伸，例如弃妇意象用"长发""隐忧""裙裾"搭建符号的能指部分，由此引发感伤情绪的蔓延，从弃妇到诗人再到读者，个体的经验感受与群体的生命体验会于一处，它们构成了符号的所指部分。弃妇意象在历经不同时空的转变后形成了孤独惆怅的符号。罗振亚的论述还将单个符号串联成一组符号群，他以李金发的《夜之歌》为例分析符号间跳跃与粘贴的离合关系，从而指向人内心的"意识流动曲线"。《夜之歌》里的"死草""心轮""足音""沟壑""池沼"等意象构成了晚间幻想曲的音符，形象的比喻折射出各自的特点，但彼此的联系被

---

① 李怡：《中国现代新诗的进程》，《文学评论》1990 年第 1 期。

② 谢冕：《新世纪的太阳——二十世纪中国诗潮》，时代文艺出版社 1993 年版，第 108 页。

③ 罗振亚：《艰难探险：出入于"象征森林"——二十年代象征诗派的艺术》，《江海学刊》1995 年第 4 期。

割断，这些符号在横组合与纵聚合的作用机制里拼接混合，"依靠意象联想，有时依靠意象之间的动觉与不谐和"，① 唤起读者的想象力，弥补缺失的关联。符号学的阐释视角将民国时期关于李金发诗歌批评所谓的隐喻、暗示、拼凑、组合、省略等象征艺术熔为一炉，也是对李金发诗歌"难懂"现象的一种解答。

第四，语言的陌生化。符号化的诗歌意象中包含着语言的革新，一种远离了日常用语的诗歌语言在包裹符号抽象含义的同时，也在诗歌文本与读者之间建立起一堵晦涩的围墙。罗振亚认为以李金发为代表的"象征诗派在艺术上通过象征构筑、纯诗追求、语言与结构陌生化寻找的实践，促成了现代主义诗歌在中国的自觉生长"。② 张同道也说："李金发对中国新诗进行了一次革命性的语言革新，它损坏了习以为常的语言组织，以意料之外的、几乎是暴力式的想象将遥远的意象扣在一起，能指与所指出现断裂。这个断裂鼓舞读者重新审视司空见惯的语态，并在飞越断裂时获取窥视或征服的快乐。"③ "能指与所指出现断裂"其实是象征主义题中应有之义，理解不了这一点就无法认知象征主义，这也是长期以来中国读者包括一些专业读者无法读懂象征主义诗歌、诟病象征主义的重要原因。语言结构的破裂与重组把读者固有的语法框架粉碎，李金发打破语言束缚，以一种全新的尝试挑战传统的诗学权威，也将读者的理解带入崭新的诗学空间。反常规的语言策略令李金发诗歌消耗了读者大量的时间，理解难度的提升也强化了符号的暗示效应，营造出朦胧的美感。语言的陌生化，作为一种正面修辞效果，被论者谈论与赞赏。

第五，变形的艺术。朱寿桐认为李金发诗歌的"'美'在内涵上也染上了浓重的象征主义朦胧乃至变形的畸色"④。恍惚错乱的象征美感不仅源于意象符号的抽象暗示和语言的陌生化处理，还是一种形态改变后的结果。

---

① ［英］欧·豪：《现代主义的概念》，刘长缨译，袁可嘉等编选《现代主义文学研究》（上），中国社会科学出版社 1989 年版，第 188 页。

② 罗振亚：《是逆流，还是代表性潮流？——评 20 年代的象征诗派》，《北方论丛》1995 年第 1 期。

③ 张同道：《探险的风旗——中国现代主义诗潮回眸》，《文学评论》1996 年第 3 期。

④ 朱寿桐：《论"五四"象征主义文学初潮》，《南京大学学报》（哲学·人文科学·社会科学版）1998 年第 3 期。

李金发之所以获得"诗怪"的称谓，因为常态事物发生变形后颠覆读者心中的原型，扭曲与畸变的样貌正如黄参岛"流动的，多元的，变易的"所指，李金发诗歌是一种变形艺术，它不仅在整体上给人朦胧迷幻的美感，在意象的选择上也显得极为夸张。毛迅认为李金发的诗歌实验"大胆""率性"，他以《呵……》为例论述意象的变形，该诗第一节的最后两句是："以你锋利之爪牙/溅流绿色之血了！"常态的血是红色的，诗中意象由红向绿变异，尽管"后一种色彩的选用肯定不如前者客观、准确，但与悲观者内心的感觉和印象似乎更统一、更协调，视觉上也更能突出血污的暗淡和死气沉沉，在读者心目中反而比真实的摹写更具真实性"。[①] 读者的接受因为红与绿巨大的色彩差异获得心灵的震撼，诗人也在夸张的变形里传递着真实的情感。

在这些专业读者那里，现代主义已不再是技巧层面的存在，而是一种内化了的阅读言说意识、尺度与规则了。

二　选本与现代主义意识彰显

1990 年代的选本，在遴选李金发诗歌时既选录了 1980 年代选本中的一些代表作，如《弃妇》《里昂车中》《有感》等，又有发展变化，选录了大量现代主义特征鲜明的作品，彰显了一种现代主义意识。本时期选本收录李金发诗歌大致情况如表 5—3 所示：

表 5—3

选本名称	编选者	出版社 出版时间	收录李金发诗歌
《中国十四行诗选》	钱光培	中国文联出版公司 1990 年 5 月	《戏言》《丑》《七十二》《给女人 X》
《古今中外朦胧诗鉴赏辞典》	徐荣街、徐瑞岳	中州古籍出版社 1990 年 11 月	《里昂车中》《题自写像》《有感》《不幸》《律》《一无所有》《寒夜之幻觉》《在淡死的灰里……》《雨》《夜雨孤坐听乐》《无名的山谷》

---

① 毛迅：《主体化：异质诗学文化中的中国现代诗歌意象艺术》，《西南民族学院学报》（哲学社会科学版）1999 年第 6 期。

续表

选本名称	编选者	出版社 出版时间	收录李金发诗歌
《中国现代文学作品选析》	董振泉、黄树红	湖南师范大学出版社1990年5月	《弃妇》
《中国现代文学补遗书系·诗歌卷》	孔范今	明天出版社 1991年7月	《初心》等197首
《中国现代文学作品选》	骆寒超、王嘉良	浙江大学出版社 1992年5月	《弃妇》《琴的哀》
《中国现代文学作品选》	湖南师范大学中文系教研室	湖南师范大学出版社1993年2月	《弃妇》
《中国现代文学作品精选》	严家炎、孙玉石	北京大学出版社 1993年5月	《弃妇》
《中国现代文学作品选》	杜运通、赵福生	河南大学出版社 1996年4月	《弃妇》
《新编中国现代文学作品选》	朱文华、许道明	复旦大学出版社 1996年12月	《弃妇》《温柔》
《中国百年文学经典文库·诗歌卷》	谢冕、孟繁华	海天出版社 1996年10月	《弃妇》《在淡死的灰里》
《二十世纪中国新诗选》	王彬、顾志成	大众文艺出版社 1998年9月	《弃妇》《里昂车中》《题自写像》《夜之歌》《寒夜之幻觉》《律》《有感》
《中国新诗300首》	谭五昌	北京出版社 1999年9月	《弃妇》《在淡死的灰里》
《20世纪汉语诗选·第1卷》	姜耕玉	上海教育出版社 1999年12月	《诗人凝视（选2）》《在淡死的灰里》《弃妇》《下午》《里昂车中》《寒夜之幻觉》《景（选3）》《故乡》《她》《英雄之歌》《琴的哀》《律》《不幸》《有感》《雨》《记取我们简单的故事》《园中》《临风叩首》《初恋的消失》
《现代三家诗精品》	吕家乡、周德生	安徽文艺出版社 1995年5月	40首

现代主义意识在 1990 年代选本中较为浓郁。1990 年代初的 3 个选本都有着鲜明的主题。钱光培的《中国十四行诗选》主要以形式为尺度遴选诗歌，收录的李金发 4 首诗歌《戏言》《丑》《七十二》《给女人 X》，都是较为规整的十四行诗，每首诗歌后面附有赏析，突出诗歌的现代性与现代主义特征。

徐荣街、徐瑞岳编的《古今中外朦胧诗鉴赏辞典》以"朦胧"诗为选本特色。选本收录李金发 11 首诗，在编者心中，朦胧诗是一种革命性的先锋诗歌，收录李如此多的诗歌无疑是对李诗现代诗性的一种肯定。徐荣街说："'朦胧诗'是文学观念变革的先声，它打破了诗歌的旧框框，运用意象变形和意象集合的手法，突出了诗歌的个性。"李金发诗歌在"自我的揭示""情调的发抒""气息的捕捉""声色的回应"上突破了诗歌意象固有的形态，以先锋者的姿态"表现潜藏于人们心底里的真实生命"，它们"突破了单型思维模式，从封闭走向开放，从单一走向复合"①，是一种真正的现代主义诗歌。

孔范今编选的《中国现代文学补遗书系·诗歌卷》收录李金发诗歌 197 首，它们在以往选本中出现频次较低，属于李金发相对"冷门"的诗歌，尤其是一些标题使用外文词的诗歌，如最后四首《Bélle journée》《Sagesse》《Mensch!》《Souvenir》选自《食客与凶年》，李采用法文或德文作为诗歌标题，内容也夹杂着外来语，很少受到读者的关注。或许因为语言不通，陌生化的策略无法获得读者的理解共鸣，但选本"补遗"的宗旨在于选录遗漏的作品，给读者一个完整的呈现。在李金发诗歌之后附有李夜平的评论，她首先确立了李金发的开创者形象："新诗的象征品格经由他的诗笔诞生"；然后指出李金发诗歌的思想特征："对生命价值的怀疑和揶揄""对生命存在的倦怠和绝望""对自然景色的冷色彩涂抹""对爱情苦涩哀伤的体味"，揭示出诗歌在题材、情感、哲理上的先锋属性；最后对李金发诗歌进行象征的分类："意象象征"——《弃妇》《X》，"情调象征"——《有感》《远方》《幽怨》等，"色彩象征"——《我爱这残照的无力》《黄

---

①　徐荣街等：《朦胧诗笔谈》，徐荣街、徐瑞岳编《古今中外朦胧诗鉴赏辞典》，中州古籍出版社 1990 年版，第 12—14 页。

昏》《夜之歌》《希望与怜悯》，"意念象征"——《神秘地来了》《里昂车中》①。分析解读，既敞开了李诗的艺术世界及其构造机制，又提升了读者的象征主义诗学知识。

1990 年代末的选本中现代主义意识得到了进一步彰显，现代主义诗学成为一种内化的择诗标准。谭五昌编的《中国新诗 300 首》虽然只选了李金发的《弃妇》和《在淡死的灰里》两首诗歌，但编者在"序言"中首先肯定了象征派的功绩，认为它的出现标志着"中国新诗创作已经与西方现代诗潮遥相呼应并实现了最初的'对接'，正式启动了中国新诗现代化的进程"②；谭五昌接着对李金发给予了高度评价，认为他是"中国新诗现代主义运动的始作俑者"，其诗歌实验对"早期新诗的现代化转型具有不容忽视的开拓性贡献"③。

姜耕玉在《20 世纪汉语诗选》第 1 卷中选录李金发诗歌 19 首，他在"序言"中详述和肯定李金发诗歌的特点，"李金发诗的深层的内心体验的个人象征意象，以几分生涩而又十分耐味的神秘感、混沌感、深厚感，显示了突破和发展传统的比兴和象征手法，给个体生命内陆赋形的可能"④。认为以李金发为首的"象征派诗歌艺术更切入新诗艺术本质，它对于丰富新诗的艺术表现力，拓深意境，实现汉语诗歌的现代化进程，具有重要的艺术实践意义"⑤。谭五昌和姜耕玉都谈到新诗的"现代化"，但侧重点则从内容向语言转移，他们都肯定李金发高超的象征技巧所构建的个人心灵空间，突出了李金发诗歌的现代主义特征。现代主义成为选本中重要的氛围，或者说一种被内化的诗学气息。

---

① 李夜平：《论李金发的象征诗创作》，孔范今编《中国现代文学补遗书系·诗歌卷二》，明天出版社 1991 年版，第 425—436 页。

② 谭五昌：《百年新诗的光荣与梦想》，谭五昌编《中国新诗 300 首》，北京出版社 1999 年版，第 5 页。

③ 同上书，第 13 页。

④ 姜耕玉：《20 世纪汉语诗歌的艺术转变：迷惘与前景》，姜耕玉编《20 世纪汉语诗选》第 1 卷，上海教育出版社 1999 年版，第 11—12 页。

⑤ 同上书，第 13 页。

三　文学史著与现代主义意识内化

1990 年代的文学史著在民族传统、晦涩诗风、象征艺术三方面肯定李金发对新诗的贡献,以"史"的权力,将其现代主义诗学合法化。在言说者那里,现代主义审美意识已经内化为一种话语依据与尺度。

首先,金钦俊在 1990 年代初期叙述了李金发诗歌与传统背离的关系。传统现实主义诗歌模仿生活,浪漫主义诗歌在唯美想象中抒发对生活的感悟,两者均未脱离实际的生活,然而李金发的象征主义诗歌展现的"并非生活的常态而是其变态,是现代文明中人性的迷失与畸变"。认为在传统与现代的张力间,李金发在诗里"将主观意识推向了极端,力求传诉出鲜活的直觉现实与心理现实,因而现实画面到了他笔下便身不由主地产生了变形"。形态的转变呈现着微妙复杂的心理瞬间,强烈的律动感给人"冷峻""怪异"的审美感受,从而组成了李金发"反传统、反价值的姿态,追求'精神自由'和实现自我价值的精神,艺术上追求新异、永恒、神秘的审美风格,对于陈陈相因的习惯性思维模式的厌弃与超越"①。将李诗的现代主义探索与反传统、精神自由、自我实现联系起来,赋予其从未有的正面形象与文学史位置。

李金发在变形的艺术探索中远离传统的思维模式和价值判断,但并未令民族本色褪变。朱光灿认为李金发的《微雨》在"表现一切"的信念支撑下触及"人生与社会""理想与现实""自然与宇宙"等多方面的主客观事物,散发着"时代与民族的生活气息"。尽管不少评论家指责李金发诗歌的颓废情感,甚至将感伤的情绪解释为消极堕落的品质,认为这种纯粹个人式的抒写无法与民族传统产生共鸣,朱光灿却指出李金发的《微雨》"显露的忧郁美虽然在一定程度上借鉴了法国象征派诗人的美学思想,但究其实质也有中国文学传统中的'忧虑意识',与'五四'时代民族危机和伤感的因素在内"②。从"时代与民族"维度,以"传统"与"五四"为背景,肯定了李金发诗歌的现代主义品格。

其次,李金发晦涩的诗风在文学史著中获得了新的阐释。从赵景深开

---

① 金钦俊:《新诗三十年》,中山大学出版社 1991 年版,第 204—205 页。
② 朱光灿:《中国现代诗歌史》,山东大学出版社 1997 年版,第 409 页。

始，许多人都指出了李金发诗歌文白夹杂的特点，还时常掺杂一些外来语，诗歌语言的多元混合是晦涩诗风的表现，但少有人去探求造成这一现象的真实原因。杨里昂在他的文学史著中点明晦涩文字的背景，即李金发旅欧留学错过国内白话文运动，他历经"深厚的旧文化熏陶之后进到另一个完全不同的语言世界，却没有经历过白话文的严格训练"。杨里昂不认同"母舌生疏""创造新语言心切""故作高深"是造成李金发诗歌文字艰涩的原因，对苏雪林等人的观点，如"李金发的诗没有一首可以完全教人了解"，杨里昂也提出了反驳意见，他认为《秋》这样的诗篇"脉络清晰"且"意境明彻"①。

龙泉明深入剖析了李金发晦涩的诗歌风格，指出象征诗在反抗浅白露骨的新诗浪潮同时，模仿西方现代的智性诗歌，智慧借助理解的障碍挑战着读者接受的耐力，我们面临的"不再是传统的新古典主义的触目即是的感悟，而是凿壁偷光式的破译"，艰深难懂的审美体验正是一种现代主义的本质回馈，龙泉明最后总结道："朦胧晦涩理应受到公正的价值判断。拒绝清朗单一，崇尚朦胧晦涩，已开始成为现代诗歌艺术的一种倾向。所以对中国象征诗派对朦胧晦涩的崇尚，应该看作是一种艺术风格的创新追求。"②将李诗"朦胧晦涩"视为一种诗歌"创新追求"，在诗学价值层面肯定其意义。

再次，对"象征艺术"的正面叙述。朱寿桐重新叙述了李金发的"探索审丑"的美学观，认为它破除了传统美丑的界限和定义，诗人在含混的神秘感驱使下建立美的参照对象，反思传统意义里美的内容，用丑来观照和发现美，让读者感受到"诗人追求真善美，追求爱情的那颗跃动的心，在审丑审恶之中相反相成获得美的愉悦与快感"。朱寿桐又指出李金发诗歌艺术的重大特色在于创建"象征性意象"，它"既有部分的具体性的暗示，又有整体的意象隐喻"③。通过李金发诗歌，正面叙述了现代主义的"象征艺术"。

钱理群等的《中国现代文学三十年》（修订本）与初版相比，在结构和

---

①　杨里昂：《中国新诗史话》，湖南文艺出版社1992年版，第83页。

②　龙泉明：《中国新诗流变论》，人民文学出版社1999年版，第269页。

③　朱寿桐主编：《中国现代主义文学史》，江苏教育出版社1998年版，第292—296页。

叙述内容上都有较大的改变。钱理群等上一时期将早期象征派诗歌和早期无产阶级诗歌并列在一节，作为新诗发展的补充；修订本将象征派诗歌归为一节，标题也明显纳入"纯诗"，认为李金发象征诗的出现与中西方纯诗诗学有着密不可分的关联，象征诗的创作由此获得了一种理论支持和深度。法国的瓦雷里、魏尔伦，中国的穆木天、周作人、王独清等人都谈到"纯诗"的倾向，它让诗歌成为纯粹精致的独立体，实现了"诗歌观念的变化：从强调诗歌的抒情表意的'表达（沟通）'功能转向'自我感觉的表现'功能"。诗人视野发生着由外向内的转向，"谈话风"也逐步演绎为私密的"独语"，诗歌卸下社会、道德、人生、价值等包袱，演变为纯然感官的审美艺术①。从纯诗探索角度，肯定李金发诗歌的文学史价值，张扬其现代主义精神。

朱栋霖主编的文学史著将李金发诗歌的象征艺术与思想融为一体，进行叙述。编者以《弃妇》、《有感》《寒夜之幻觉》为例，诠释出意象暗示中的"个人化感受"，隐喻修辞里的"浓缩"与"张力"以及幻想的魅力。相比传统诗学"纯净、圆润、和谐"的审美特征，李金发的诗学实验给人"新奇、怪异和突兀"的印象。因为诗人在艺术上"不甚着意整体形象、意境，而致意于一个个意象的奇特组合和其暗示的力量"。②

在上述"象征艺术"的叙述中，最引人注目的方面是陌生化的现代主义风格。朱寿桐认为李金发诗歌借助暗示、隐喻的艺术手法，省去意象间的联系，形成"意象的朦胧与跳宕"，跌宕跳跃的意象令诗歌的词句章节发生某种断裂，连贯的意义被切分成无数碎片，拼凑成朦胧的整体观念，但李金发的诗学实验"符合了使语言陌生化所造成的解读困难而获得的征服性审美快感的美学原则"。③钱理群在谈到李金发诗歌文白夹杂的特点时说："文言词语的适当引入，也会造成陌生化的效果，增加无形的神秘的感觉。"④陌生化的语言在诗人和读者之间筑起沟通的铁墙，彼此间的距离逐

---

① 钱理群等著：《中国现代文学三十年》（修订本），北京大学出版社1998年版，第137页。
② 朱栋霖等主编：《中国现代文学史：1917—1997》上册，高等教育出版社1999年版，第81—82页。
③ 朱寿桐主编：《中国现代主义文学史》，江苏教育出版社1998年版，第299页。
④ 钱理群等著：《中国现代文学三十年》（修订本），北京大学出版社1998年版，第139页。

步扩大，李金发的象征诗也化作"受阻的、扭曲的言语"①。但这种语言策略体现了现代主义的艺术价值，增强了诗的神秘感，凸显了诗歌独一无二的气质。

这一时期的文学史著，毫不掩饰地肯定李金发的诗歌实验，张扬其现代主义精神，现代主义诗学成为一种正面品质被叙述与称道。

总之，李金发诗歌的出现、传播与接受，是中国诗歌史、美学史、文化史上重要的事件，与中国审美意识由传统向现代的转化、建构密切相关。读者对李金发诗歌由不懂排拒到认可接受的过程，虽然不到百年，但相当复杂，传统文化、政治意识形态、古典诗学、现代文艺理论等均参与了这个过程。1920年代，中国读者的审美意识，要么是中国固有的，要么是从西方来的现实主义、浪漫主义的，现代主义美学在当时还是一个未被接纳的异域文化，所以李金发诗歌对当时中国文坛，对读者，无异于一阵妖风，让读者不适，这种不适是不同审美文化相遇时的反应，虽然读者对李金发诗歌有种种不舒服的反应，但毕竟反应了，这意味着中国当时的诗学结构被震动了，或者说被撕开了一个裂缝，现代主义意识强行进来了。1920年代以降，近百年来关于李金发及其诗歌的批评时而否定，时而犹疑，时而认可，曲曲折折，这个过程从另一个角度看，就是中国现代主义审美意识从无到有乃至内化为一种基本的阅读眼光的过程，一个从缺失到建构确立的过程；而选本、文学史著也以各自的方式参与了对李金发诗歌的传播接受过程，推动乃至体现了现代主义审美意识的建构与确立。

中国新诗史上那些重要的诗人，不管是激进还是温和，其实多为特立独行者，相比于他们的前代诗人都具有"先锋性"，只是表达方式不同而已。胡适、郭沫若、闻一多、徐志摩等以不同的形式发出过特别的声音，为自己获得史上的场域位置；与他们相比，李金发的诗歌史意义也许更为鲜明，他使早期诗坛呈现一种空前的"怪丽"景象，为新诗发展提供了一种新的可能性路径。李金发的意义，还不止如此，自1920年代开始，他的诗歌作为客观存在让不同时代明智的读者在谈论胡适、郭沫若、闻一多、

---

① ［俄］维克托·什克洛夫斯基：《作为手法的艺术》，什克洛夫斯基等著《俄国形式主义文论选》，方珊译，中国社会科学出版社1989年版，第9页。

戴望舒、卞之琳等诗人诗作时，常常觉得有另外一种诗歌声音抑制着自己的表达，使谈论话语始终有一个限度，不敢过分夸大对象的价值与意义；但与此同时，他们在表述白话新诗存在合法性的时候，在比较分析新诗与旧诗、新诗与外国诗歌成就时，又往往因为李金发的存在而有了另一种底气，一种胡适、郭沫若、徐志摩等无法给予的底气。李金发及其诗歌，不断被谈论，成为近百年来话语讲述的重要材料、对象，同时又是重要的讲述力量，使新诗话语空间变得复杂而更具探索性，中国现代诗学、现代审美意识的生成建构固然与多种力量的作用分不开，但围绕李金发的批评话语作为一种结构性力量所起的作用也许不亚于任何其他力量，正如上文所论，中国现代主义审美意识的发生、建构某种程度上就是以李金发为谈论中心而完成的。①

---

① 与田源合作。

第六章
戴望舒诗歌接受史和
《雨巷》的经典化

戴望舒是一个照亮传统的现代诗人，他让古典诗意生辉，让象征主义中国化，使融通中外、古今的诗歌理想变为现实，他的优秀作品沉积为经典的可能性非常大。斯蒂文·托托西的"经典累积形成"理论认为："经典化产生在一个累积形成的模式里，包括了文本、它的阅读、读者、文学史、批评、出版手段（例如，书籍销量，图书馆使用等等）、政治等等。"① 也就是说，诗人、诗歌不是一个孤立的存在，其品格、价值、意义以及呈现的形象在某种程度上取决于读者的阅读、阐释、评价，而读者阅读、阐释、评价又受制于特定的诗学、文化以及政治语境，因此同一个诗人、同一首诗歌在不同语境下的形象无疑会发生变化。本章探讨不同语境中戴望舒诗歌的阅读接受及形象演变过程，以此窥测中国新诗品格、价值生成与阅读接受之间的复杂关系。

第一节　戴望舒诗歌接受史

戴望舒是百年新诗史上的重要诗人，他的《雨巷》等诗歌属于现代新诗"经典"，这似乎已经是不争的事实；然而历史上戴望舒及其诗歌命途多舛，评说不一，或者根本不被言说。当然，不被言说从接受的意义看也是

---

① ［加］斯蒂文·托托西：《文学研究的合法化》，马瑞琦译，北京大学出版社 1997 年版，第 44 页。

一种言说，一种无声的表达，或者可以称之为"不言说的言说"，它所包含的信息量可能比那些"言说"更丰富，更能说明或解释相关问题，对研究诗人及其作品的经典化具有不可替代的功能。不同时代政治主题、文化思潮、诗学观念、阅读趣味等相互对话、制衡，形成特别的场域，塑造出截然不同的戴望舒及其诗歌形象，其中所体现的新诗与作者、读者间的复杂关系耐人寻味。80多年的戴望舒诗歌阅读接受史大体可分三个阶段。

一　象征主义诗歌定位

1929年4月，戴望舒第一部诗集《我的记忆》由上海水沫书店出版，包括"旧锦囊""雨巷""我的记忆"三辑26首诗。水沫书店及其发行的《新文艺》由戴望舒、施蛰存、刘呐鸥创办，大力推介、宣传《我的记忆》，强调其超越早期白话新诗诉诸直接表现的散文化倾向，认为其鲜明的象征主义色彩、对新题材的抒写及打破传统的章法等，给中国新诗"开出了一条出路"①。

此后戴望舒尝试写过普罗诗歌，但并不成功，大多数时候他仍然被视为象征派诗人。1933年8月《望舒草》由现代书局出版，收41首诗，末附《诗论零札》17则，挚友杜衡（苏汶）撰写的长篇序言奠定了此后相当长时期内人们言说戴望舒诗歌的基调，并被不厌其烦地征引。杜衡从以下三方面进一步强调了戴望舒诗歌的象征主义色彩。

首先，突出戴望舒诗歌的朦胧、暗示与超现实特质，拉开与郭沫若代表的"通行狂叫，通行直说"②的自由诗派的距离。杜衡说："不单是真实，亦不单是想像"是戴望舒诗"唯一的真实"③；他把诗当作"另外一种人生，一种不敢轻易公开于俗世的人生"，"一个人在梦里泄漏自己底潜意识，在诗作里泄漏隐秘的灵魂，然而也只是像梦一般地朦胧的"，诗歌是一种"吞吞吐吐的东西"，其动机在于"表现自己"与"隐藏自己"之间④。

---

① 《一条出路》（保尔书评）、《编辑的话》，《新文艺》第1卷第2号，1929年10月；《林蕴清先生来函》、朱湘关于《上元灯》《我的记忆》的通信，《新文艺》第1卷第3号，1929年11月。

② 杜衡：《望舒草·序》，《望舒草》，现代书局1933年版，第4页。

③ 同上书，第3页。

④ 同上。

戴望舒、杜衡非常反感自由派诗人狂叫直白式的自我表现，不无尖刻地说
"诗如果真是赤裸裸的本能底流露，那么野猫叫春应该算是最好的诗了"①。
这是从诗坛问题出发的一种论述，在质疑自由派诗歌无遮拦式自我抒情的
同时，强调诗歌的暗示、隐藏性，在诗学意义上肯定戴望舒的创作。

其次，强调戴望舒诗歌深受法国象征派影响，结合《诗论零札》勾勒
出从追求音律美到放逐音律美的过程，从而拉开与闻一多、徐志摩代表的
新格律诗派的距离。杜衡点明戴望舒喜欢并深受法国象征派诗人魏尔伦、
福尔、果尔蒙、耶麦等影响，这些诗人创作合乎戴望舒"既不是隐藏自己，
也不是表现自己"②的诗歌追求。同时戴望舒克服李金发等早期象征派
"神秘""怪异"的弊病，形成"象征派的形式，古典派的内容"，"铺张而
不虚伪，华美而有法度"③的独特诗风。尽管《雨巷》给诗人带来盛誉，
但他很快就坚定反叛诗的音乐成分，向闻一多、徐志摩的"新格律"主张
发起挑战。在新诗发展史上，凸显戴望舒的诗学焦虑与创作个性，凸显其
不同于前代诗人的诗学追求，为其新诗史地位提供话语依据。

再次，强调戴望舒诗歌的功能主要是慰藉个体心灵而不是干预社会现
实，拉开与左翼诗歌的距离。戴望舒曾经也是激进的革命青年，以革命行
为表达思想的先锋性。杜衡回顾戴望舒的灰色人生，"五年的奔走、挣扎，
当然尽是些徒劳的奔走和挣扎，只替他换来了一颗空洞的心"，写诗对于诗
人是"灵魂底苏息，净化"，尽管诗里充满虚无、绝望色彩，"不再是一种
慰藉，而也成为苦痛"④，但同样是诗人自我疗伤的体现。当左翼诗歌阵营
把诗歌当作唤起大众、介入现实斗争的武器时，戴望舒却"厌恶别人当面
翻阅他底诗集，让人把自己底作品拿到大庭广众之下去宣读更是办不到"⑤。
突出戴诗创作的个体性。

综上，杜衡的"序"对戴望舒诗歌的言说具有明显的策略性，他是在
反叛郭沫若代表的自由诗派、闻一多与徐志摩代表的新格律诗派以及革命

---

① 杜衡：《望舒草·序》，《望舒草》，现代书局1933年版，第4页。

② 同上书，第6页。

③ 同上书，第7—8页。

④ 同上书，第11—15页。

⑤ 同上书，第4页。

思潮主导下的左翼诗歌的维度上确立戴望舒诗歌的品格、价值与意义，而对象征主义色彩的强调则深深影响到后人对戴望舒诗歌的解读与阐释。如朱自清把 1920 年代诗歌分为"自由派""格律派""象征派"，戴望舒无疑是象征派的领袖："戴望舒氏也取法象征派。他译过这一派的诗。他也注重整齐的音节，但不是铿锵的而是轻清的；也找一点朦胧的气氛，但让人可以看得懂；也有颜色，但不像冯乃超氏那样浓。他是要把捉那幽微的精妙的去处。"① 杜衡无疑是戴望舒诗歌价值的发掘、阐释者，朱自清则沿着其思路在早期白话诗坛格局里为戴氏找到了一个突出的位置，他们共同为戴望舒诗歌经典化开启了通道。

　　1930 年代是一个阶级矛盾、民族矛盾日益激烈的时代，也是以中国诗歌会为代表的现实主义、革命化、大众化诗歌风起云涌的时代，戴望舒诗歌的象征主义色彩、"贵族"立场及"纯诗"追求遭到左翼诗歌阵营批评。臧克家指责戴望舒从法国搬来"神秘派的诗"是没有前途的"毒草"，在风雨飘摇的时代"闭上眼睛，囿于自己眼前苟安的小范围大言不惭的唱恋歌"简直是"罪恶"②。蒲风批评戴望舒好像落魄的地主贵族"回忆着自己的幽情韵事，发些伶仃孤寂的感慨，做着幻想的梦"。③ 戴望舒与左翼诗歌阵营的矛盾在"国防诗歌"论争中进一步激化，他批评所谓"国防诗歌"只是"分了行、加了勉强的脚韵的浅薄而庸俗的演说辞"，并以自身经历证明普通工人、士兵并不欢迎这种诗歌。④ 而左翼诗歌阵营则针锋相对批判戴望舒"艺术至上主义"立场，为"国防诗歌"辩护。

　　在 20 世纪 30—40 年代，戴望舒诗歌被认为是象征派、现代派诗歌的代表，其重要地位得以确立。这一时期对戴望舒及其诗歌的言说主要还是基于诗学话语，戴望舒择取、化合法国象征派而创作中国象征派诗歌的艺术实践得到比较客观公正的阐释、评价。在自由主义与左翼两种文艺思潮共生的背景下，革命话语还无法完全左右诗歌发展与诗人诗作品评，尽管左翼文艺阵营严厉批评戴望舒诗歌"逃避现实"，但这种声音不足以影响对戴

---

① 朱自清：《中国新文学大系·诗集·导言》，上海良友图书印刷公司 1935 年版，第 8 页。
② 臧克家：《论新诗》，《文学》1934 年 7 月 1 日，第 3 卷第 1 号。
③ 蒲风：《论戴望舒的诗》，《东方文艺》1936 年 3 月 25 日，创刊号。
④ 戴望舒：《谈国防诗歌》，《新中华杂志》1937 年 4 月 10 日，第 5 卷第 7 期。

望舒诗歌的总体认知与评价。

二　"资产阶级文学逆流"中的诗歌

当戴望舒诗歌在中国象征派诗潮中获得核心地位的时候，左翼诗歌阵营基于现实诉求大力宣讲诗歌的现实主义、革命化与大众化。抗战爆发后，这种吁求转化为回归、改造民间诗歌资源以创造新诗"民族形式"的努力，在中国共产党领导下的以延安为中心的解放区，借助政治维度的力量，一场声势浩大的"新民歌运动"开展得如火如荼。1950 年代以后，解放区文学作为"新的人民文艺"得以在全国推广，包括改造民歌资源而成的解放区诗歌样式。与此相对，一切西方的、中国的现代派文艺都被冠以"资产阶级腐朽、没落的文艺"受到批判，许多与之相关的文艺家急于清算或者撇清自己。在这种背景下，戴望舒诗歌的阅读接受无疑会发生变化。

1950 年 2 月 28 日，戴望舒病逝于北京，文艺界领导人陆定一、茅盾、胡乔木、周扬、艾青、乔冠华、刘尊棋等亲往照料入殓，待遇不谓不高。胡乔木说戴望舒是"决心为人民服务的有才华的抒情诗人""纯良的中国知识分子"，甚至把他停止文学活动看作"进步的一方面表现"，这种政治评价建立在戴望舒"决心改变他过去的生活和创作的方向"前提下[1]。而卞之琳说戴望舒诗歌"还值得我们作历史的衡量和批判的估价"[2]，预示着在新的语境下戴望舒及其诗歌形象将被重塑。

臧克家编选的《中国新诗选（1919—1949）》颇能反映此时新的政治话语、文艺规范重塑中国新诗形象的努力。长篇序言《"五四"以来新诗发展的一个轮廓》站在"反帝反封建的新民主主义文学"立场，构建一个二元对立的新诗史叙述框架："五四"时期的郭沫若诗歌、1920 年代的革命诗歌、1930 年代左翼诗歌与抗战诗歌、1940 年代国统区讽刺诗与解放区颂歌构成革命、进步的"诗歌主流"；"五四"时期的胡适、1920 年代的新月派与象征派、1930 年代的现代派等则构成与"主流"对立的"逆流"。有些归属"逆流""反动"的诗人及其诗作则未能在新的叙述框架里现身，这种缺席意味着他们的经典化之旅的停滞或尚未启动。在这种框架下，臧

---

① 胡乔木：《悼望舒》，《人民日报》1950 年 3 月 1 日。
② 卞之琳：《悼望舒》，《人民日报》1950 年 3 月 5 日。

克家批判戴望舒为首的象征派、现代派不敢正视现实斗争，只会躲进"雨巷"里发些"个人主义的没落的悲伤"和"逃避现实脱离群众的颓废的哀鸣。"①《中国新诗选（1919—1949）》初版收录戴望舒《狱中题壁》《我用残损的手掌》两首"爱国诗歌"，没有收录《雨巷》。

　　1956 年"百花时代"，力扬等提出全面评价"五四"以来的新诗流派和重要诗人，比如戴望舒与现代派，认为在艺术上对新诗发展是有贡献的。但臧克家依然坚持不能脱离政治维度以强调艺术，不能肯定"萎靡颓废"的诗，艾青也认为突出、肯定戴望舒的《我的记忆》《雨巷》等诗"不很恰当"。②但不久艾青在批评戴望舒早期诗歌"颓废""伤感""回避时代洪流"之外，又赞赏《我的记忆》《路上的小语》《断指》《村姑》等诗的"明朗""清新""纯朴"，为《元日祝福》中出现"人民""自由""解放"字眼而高兴，并挖掘《狱中题壁》《我用残损的手掌》《等待二》《偶成》等诗的"爱国主义内容"，肯定这些后期诗作是"艺术上最成熟的作品"。③艾青说戴望舒是一个"具有丰富才能的诗人"和"正直的、有很高的文化教养的知识分子"，具体到诗歌艺术，则只是笼统提到中国古典文学和欧洲文学的影响，避而不谈"象征派""现代派"这些敏感词汇。④这番论说颇能反映艾青在特定语境下为戴望舒及其诗歌有限度正名的努力，透露出惺惺相惜之情，早在 1930 年代就有人把他列入戴望舒的现代派阵营。艾青的这番苦心很快被看穿，有人批评他对戴望舒褒多贬少，坚称戴是中国诗歌"现代派逆流"的代表，认为他"资产阶级知识分子立场"始终没有变，其诗歌起了"麻醉和毒害读者、阻碍革命斗争"的"反动作用"。⑤

　　这一时期的文学史书写对待戴望舒诗歌也经历了从文艺评论到政治批判的过程。王瑶的《中国新文学史稿》问世较早，评述比较客观，指出戴望舒诗歌艺术上是"象征主义与新感觉主义的混合"，内容多是"美丽而酸

---

① 臧克家：《"五四"以来新诗发展的一个轮廓（代序）》，《中国新诗选（1919—1949）》，中国青年出版社 1956 年版，第 22 页。
② 艾青：《沸腾的生活和诗——中国作家协会创作委员会诗歌组对诗歌问题的讨论》，《文艺报》1956 年第 3 期。
③ 艾青：《望舒的诗》，《戴望舒诗选》，人民文学出版社 1957 年版，第 2—8 页。
④ 同上书，第 10 页。
⑤ 蔡师圣：《略谈戴望舒前期的诗——评艾青的〈望舒的诗〉》，《诗刊》1958 年第 8 期。

辛的回忆，虚无的隐逸思想，和寂寞厌倦的心境”，认为这是脱离社会实践的知识分子的情绪、幻想，尚未做政治定性，同时强调《望舒草》在写作技巧上有很高成就。① 随着政治、文艺思潮日趋激进，对戴望舒诗歌的批判也日益上纲上线，李何林等《中国新文学史研究》、丁易《中国现代文学史略》、刘绶松《中国新文学史初稿》都把戴望舒与象征派、现代派等划入“没落、颓废的资产阶级文学”之列，斥其为“逆流”。② 出版于 1950 年代末和 1960 年代中期的两部集体编著、名字同为《中国现代文学史》的著作，“左”倾激进观念更为强烈，叙述更为情绪化：现代派被视为“逆流”“歪风”，认为戴望舒诗歌“精神空虚贫弱达于极点”，《我的记忆》《望舒草》表现的“颓废的生活，发霉的情趣，迷离恍惚的境界”将读者引向“颓废、堕落的泥坑”。③

在这一时期，政治批判取代文艺批评，阶级话语取代审美诗学，对诗人诗作的接受、阐释主要基于政治立场，“进步”与“落后”、“革命”与“反动”、“主流”与“逆流”等二元对立、取舍分明的词汇常被用于对诗人诗作的定性。在这种特定政治语境下，戴望舒诗歌被叙述、塑造成与革命、进步文学相对立的“反现实主义的资产阶级诗歌逆流”的样本，遭受一次又一次政治性批判。

三　新诗第二次整合的界碑

20 世纪 80 年代初，对戴望舒诗歌的“拨乱反正”显得小心翼翼。前一时期的否定、批判主要基于政治层面，这一时期的正名首先也从政治维度入手，重新打捞、评价抗战爆发后戴望舒的诗歌与行踪对于重塑其人其诗的形象无疑是行之有效的策略。于是《元日祝福》《狱中题壁》《我用残损

---

① 王瑶：《中国新文学史稿》上册，开明书店 1951 年版，第 200—201 页。该书新文艺出版社 1954 年再版本明显加大对戴望舒的批判力度。

② 李何林等：《中国新文学史研究》，新建设杂志社 1951 年版，第 78 页；丁易：《中国现代文学史略》，作家出版社 1955 年版，第 292 页；刘绶松：《中国新文学史稿》上卷，作家出版社 1956 年版，第 326 页。

③ 复旦大学中文系现代文学组学生编著：《中国现代文学史》上册，上海文艺出版社 1959 年版，第 290 页；中国人民大学语言文学系文学史教研室现代文学组编著：《中国现代文学史》上册，中国人民大学出版社 1964 年版，第 209 页。

的手掌》等"爱国诗篇"被一再提及，戴望舒在香港被日寇逮捕入狱备受折磨而坚贞不屈的事迹被一再追忆，戴望舒不再是灰色的"资产阶级知识分子"，而是革命、爱国、具有民族气节的诗人。如何看待戴望舒前期诗歌"颓废""感伤""逃避现实"等，弥合前后两个时期不同评价的裂痕，却是困扰研究者的问题，尽管依然有人坚持戴望舒前期诗歌表现出"资产阶级和小资产阶级"的"思想局限"和"不健康情绪"①，已有人以同情之理解的态度从中解读出诗人与现实的矛盾，甚至视其为"微弱的抗议"②。

随着时代发展，人们逐渐超越政治层面，从诗学、文化视野言说戴望舒诗歌，还原戴望舒的诗人形象。早在1980年，卞之琳就重提戴望舒诗歌的两个传统，一是中国古典诗歌尤其是晚唐诗词传统，二是西方诗歌特别是法国象征派诗歌传统，在此基础上戴望舒创作出既有民族特点又有个人特色的白话新体诗。③卞之琳奠定了此后言说戴望舒诗歌的基调，画出了一个大致的观念边界，许多人沿着这两个路向立论：戴望舒诗歌主题、形象、意境、风格等方面所受晚唐五代诗词的影响，《雨巷》与李商隐《代赠》诗"芭蕉不展丁香结，同向春风各自愁"以及李璟《摊破浣溪沙》词"青鸟不传云外信，丁香空结雨中愁"的对照，戴望舒诗歌所受法国象征派诗歌的影响，象征主义诗艺特征，《雨巷》等诗对法国象征派诗作的呼应，戴望舒对诗歌音乐性的扬弃与对法国象征派诗歌择取的关系等，被不厌其烦地论说，接受话语空间被打开，在多重联系中被讲述，戴望舒的形象慢慢鲜活起来。

在从古典与西方两个向度作了较为充分阐释与研究之后，戴望舒诗歌艺术成就及其在百年新诗史上的地位则需要重新评估。龙泉明认为戴望舒诗歌的价值、意义不仅仅体现在创立、光大中国象征派、现代派诗歌这一点上，更重要的是通过对此前自由派、浪漫派、格律派、象征派诗艺的纵向继承与革新，对西方象征主义、意象派、超现实主义以及中国古典诗歌的横向借鉴与融合，从而实现中国新诗一次大的艺术整合："戴望舒诗歌创

① 凡尼：《戴望舒诗作试论》，《文学评论》1980年第4期。
② 鲍晶：《留下履痕的诗人——戴望舒》，《中国现代文学研究丛刊》1981年第3期；张丹、徐安：《为自己制最合自己的脚的鞋子——戴望舒新诗歌的艺术表现》，《诗探索》1981年第4期。
③ 卞之琳：《〈戴望舒诗集〉序》，《诗刊》1980年第5期。

作的丰富性、综合性、典型性，可以作为新诗从幼稚到成熟、从奠基到拓展阶段的标志来看待，因而堪称继郭沫若之后对中国新诗进行第二次整合的界碑。"① 此后不少论者都注意到戴望舒诗歌的"艺术整合"特质。

至此，前一时期的否定性、批判性政治标签被剥离，戴望舒被还原成为一位真正的诗人，其创作成就及对新诗探索的贡献得到充分认识与评价。

这一时期文学史、诗歌史著作对戴望舒诗歌的阐释与接受同样发生明显变化。唐弢主编 3 卷本《中国现代文学史》出版于 1970—1980 年代之交，尚难摆脱"政治—文学"一体化文学史观与"阶级论"述史模式，不过对戴望舒的处理已体现出某种过渡色彩，第 2 卷有关中国诗歌会与臧克家的一节以少量篇幅谈戴望舒的诗歌创作，虽然也批评其"感伤气息浓重"和"逃避现实"等"小资产阶级情调"，但已不再使用"反动""逆流""歪风"之类上纲上线的大批判词汇，并且承认戴诗"努力追求意象的朦胧"和"有一定的艺术感染力"，肯定《断指》《村姑》《狱中题壁》《我用残损的手掌》等诗作，认为诗人"接受了教育"，"迈着前进的步伐"。② 如果说"五四"为中国建立了一个"进化"的神话修辞，为中国的历史转型、社会变革以及个人价值实现提供理论支持和逻辑力量；那么，新中国则将之表达成为一种"前进"的理论和修辞，这其间有一种质的变化，也就是突出主体实践性、革命自觉性，突出历史进步性、方向性。这个时期，在"前进"的话语修辞里讲述戴望舒的人生历史和诗歌历程，这无疑是一种策略，这种有限肯定预示着戴望舒诗歌在文学史中的形象将要发生变化。

钱理群等《中国现代文学三十年》脱去"阶级论"话语，从艺术层面剖析"现代派象征主义"诗歌的象征、暗示、朦胧多义等审美特性，从分析《雨巷》《寻梦者》《我的记忆》等诗篇入手论证戴望舒创作出适合中国读者、具有民族特色的"现代象征派诗"，标志着中国象征派结束对外国的模仿而走向成熟。③ 戴望舒诗歌由基于政治评价的"资产阶级诗歌"还原

---

① 龙泉明：《中国新诗第二次整合的界碑——戴望舒诗歌创作综论》，《中国社会科学》1996 年第 5 期。

② 唐弢主编：《中国现代文学史》第 2 卷，人民文学出版社 1979 年版，第 307—308 页。

③ 钱理群、吴福辉、温儒敏、王超冰：《中国现代文学三十年》，上海文艺出版社 1987 年版，第 350—356 页。

为基于文学史实和诗学的"象征派诗歌"。十多年后，该书修订本删去"把诗作为逃避现实的'避风港'，表现脱离时代、人民的狭小的个人诗绪"[①]的定性，并淡化象征派色彩，转而从"诗的现代性追求"角度评述现代派；对戴望舒诗歌的分析也明显加重，认为戴诗真切传达出中国知识分子个体在传统重负与现实动荡夹击中的挣扎、无奈与命运哀伤，并揭示出戴诗与西方象征派及中国诗歌传统的深刻联系。[②]

　　孙玉石的《中国现代主义诗潮史论》分四章探讨现代派诗潮的兴起、寻找中外诗歌艺术的融会、心态观照及审美追求等。尤其值得一提的是，该著以一种宏观视野探讨以戴望舒为代表的现代派诗人群系如何"寻找西方现代诗歌和中国古典诗歌艺术的融合点"并进而铸造自身的现代性审美艺术。[③] 与之相似，朱栋霖等主编的《中国现代文学史（1917—2000）》也是纵论戴望舒如何化合中国古典诗歌传统和西方浪漫派、象征派、超现实主义诗歌艺术，以推进中国现代诗艺。[④] 这两部著作超越象征派、现代派的流派定位，都在强调戴望舒诗歌艺术的高度综合性，这种"融合论"与前述龙泉明的"整合论"很相似。

　　由上可见，1980年代以来的文学史（诗歌史）论著，对戴望舒诗歌的评述，经历了从政治评价回归诗学言说，从突出象征派、现代派流派定位到强调诗艺整合的变化过程。

　　在1980年代以来的现代化语境中，"新诗现代性"成为学者们讨论的核心命题，这个命题包括两个相辅相成的方面：新诗对古典诗歌的历史性变革与改造，对西方近现代诗歌的选择、接受与转化。戴望舒诗歌被不厌其烦地从古典与西方两个向度详细论说，乃至被树为中国新诗艺术整合的界碑，从而成为支撑"新诗现代性"想象的有力佐证。但在这个过程中也形成一些阅读接受盲点，与1950—1970年代的粗暴批判形成鲜明对比，

---

　　① 钱理群、吴福辉、温儒敏、王超冰：《中国现代文学三十年》，上海文艺出版社1987年版，第352页。

　　② 钱理群、温儒敏、吴福辉：《中国现代文学三十年》（修订本），北京大学出版社1998年版，第361—366页。

　　③ 孙玉石：《中国现代主义诗潮史论》，北京大学出版社1999年版，第137—163页。

　　④ 朱栋霖、朱晓进、龙泉明主编：《中国现代文学史（1917—2000）》上卷，北京大学出版社2007年版，第207—211页。

1980 年代以来研究者、读者对待戴望舒诗歌基本上是从"去污""正名"到"肯定""褒扬",甚至不乏拔高与溢美之词,越到后来越难听到不同声音,这是戴望舒诗歌批评史乃至整个新诗接受史上一个较为普遍的现象,与传播接受者思维的批判性不足有关。正因如此,台湾诗人余光中对戴望舒诗歌的批评就显得很特别,他认为戴诗"真正圆熟可读的实在不多",意境"柔弱""低沉""空洞",盲目排斥字句、音乐等外在形式,语言缺少控制、拖沓累赘,"不是陷于欧化,便是落入旧诗的老调",戴望舒只是"一位二流的次要诗人"。① 余光中以诗人的眼光看出了戴望舒诗歌的某些弊病,犀利而苛刻。从接受学角度看,在那时正面阐释的声浪中,这种批评声音还是有其价值的,但将戴望舒定位为"一位二流的次要诗人",则没有什么道理②。

80 多年来戴望舒诗歌的阅读接受、形象演变固然与诗歌本身的质素有关（这一点至关重要）,更是时代政治、文学语境、诗学话语的沧桑巨变造成新诗非连续性发展的"时势"使然。通过对戴望舒诗歌阅读接受史的梳理可以发现:中国新诗的品格、价值并非自足生成、静止不变,而是在传播、阅读、阐释、接受过程中不断地衍生、嬗变,这是一个由诗歌文本、诗人、读者、诗学话语、时代语境等多重因素共同参与的动态过程,是意义生产与形态建构的过程。③

第二节　选本与《雨巷》的经典化

诗人、作品的经典化是多重力量共同参与完成的,是一个系统工程,但其中有些维度的力量具有支配性,有时甚至决定了经典化的进程。某一文本刊发后不断收录进不同的选本,构成该文本专门的传播接受史,其间传播和接受二重特点交互作用,反映了文本与读者、语境之间的关系特点。对于现代诗人而言,选本是传播接受最重要的载体和通道,一个文本进入

---

① 余光中:《评戴望舒的诗》,《名作欣赏》1992 年第 3 期。

② 参看宫未明的《文艺批评应坚持知人论世——初评余光中〈评戴望舒的诗〉》,《名作欣赏》1993 年第 1 期;臧棣的《一首伟大的诗可以有多短》,《读书》2001 年第 12 期。

③ 与张文民合作。

选本的历史过程相当程度上反映了该作品走向"经典"的进程和特点。《雨巷》最初发表于1928年8月10日《小说月报》第19卷第8期，收入诗集《我的记忆》，戴望舒因此赢得"雨巷诗人"美誉。现在的史家、专业读者以及一般新诗爱好者谈到中国现代诗歌都会欣然提及《雨巷》，将其视为百年新诗代表性作品或者说诗歌经典。从审美层面看，这当然没有问题，但当被问及《雨巷》的传播接受历史、《雨巷》何时被塑造成现代新诗"经典"时，他们要么摇头，要么想当然地以为其问世后便一直受到读者高看，一路走红地生成为新诗"经典"。事实究竟如何？这里将统计两个重要历史时期主要的诗歌选本收录《雨巷》的情况，从选本维度考察《雨巷》的传播接受情况，展示其走向"经典"的具体旅程，通过对两个表格的细致分析，从不同层面揭示其成为"经典"的密码。

一　"名声大噪"到"销声匿迹"再到"备受批判"

我们通过大量的史实材料发现，《雨巷》刊布后虽受到叶圣陶的高度赞誉，但它并没有因此被时人普遍接受认可，没有成为阅读场域中的流行作品；且情况恰恰相反，它很快就受到专家和普通读者的冷落，在相当长时期里处于诗坛和阅读场域的"角落"，其被读者广泛追捧是很晚的事情。

表6—1　　　　　1930—1970年代主要诗歌选本收录《雨巷》情况

选本	编选者	出版机构、时间	有无《雨巷》	收录戴其他诗情况
《初级中学北新混合国语》第5册	赵景深	上海北新书局1932年5月	有	无
《文艺园地》（诗文合集）	柳亚子	上海开华书局1932年9月	无	无
《现代诗杰作选》	沈仲文	上海青年书店1932年12月	无	有
《抒情诗》（新旧体诗、译诗合集）	朱剑芒、陈霭籁	上海世界书局1933年3月	无	无
《写景诗》（新旧体诗合集）	同上	同上	无	无

续表

选本	编选者	出版机构、时间	有无《雨巷》	收录戴其他诗情况
《现代中国诗歌选》	薛时进	上海亚细亚书局 1933 年	有	有
《现代诗选》	赵景深	上海北新书局 1934 年 5 月	有	无
《中华现代文学选（第二册·诗歌）》	王梅痕	上海中华书局 1935 年 3 月	无	无
《注释现代诗歌选》	王梅痕	上海中华书局 1935 年 6 月	无	无
《现代青年杰作文库》（诗文合集）	陈陟	上海经纬书局 1935 年 8 月	无	无
《中国新文学大系·诗集》	朱自清	上海良友图书印刷公司 1935 年 10 月	有	有
《诗》	钱公侠、施瑛	上海启明书局 1936 年 4 月	有	有
《现代新诗选》	笑我	上海仿古书店 1936 年 9 月	有	有
《现代创作新诗选》	林琅编辑，淑娟选评	上海中央书店 1936 年 9 月	无	有
《新诗》	沈毅勋	新潮社，1938 年 12 月	无	有
《诗歌选》	王者	沈阳文艺书局 1939 年 8 月	无	无
《新诗选辑》	徐志摩等著，闲云编	海萍书店出版部 1941 年 7 月	无	无
《古城的春天》	臧克家等著，赵晓风编	沈阳秋江书店 1941 年 7 月	无	无
《现代中国诗选》	孙望、常任侠	重庆南方印书馆 1943 年 7 月	无	无
《战前中国新诗选》	孙望	成都绿洲出版社 1944 年 10 月	无	有
《现代诗钞》	闻一多	开明书店 1948 年 8 月	无	有

续表

选本	编选者	出版机构、时间	有无《雨巷》	收录戴其他诗情况
《中国新诗选（1919—1949）》	臧克家	中国青年出版社1956年8月	无，1957年3月2版增收《雨巷》	有
《新诗选》第1册	北京大学等中文系中国现代文学教研室	上海教育出版社1979年6月	有	有

表6—1透露出三个重要信息。第一，1930—1970年代诗歌选本中戴望舒的地位并不显著。在23个选本中，戴望舒缺席10个，其中一些选本如《抒情诗》（朱剑芒、陈霭麓编）、《写景诗》（朱剑芒、陈霭麓编）、《中华现代文学选（第二册·诗歌）》（王梅痕编）、《注释现代诗歌选》（王梅痕编）、《诗歌选》（王者编）、《新诗选辑》（闲云编）、《古城的春天》（赵晓风编）、《现代中国诗选》（孙望、常任侠编）等收入胡适、周作人、郭沫若、闻一多、徐志摩、朱湘、李金发、冰心、冯至、卞之琳、何其芳、李广田、徐迟、臧克家、艾青、袁水拍等众多政治立场不同、审美趋向各异的诗人诗作，几乎囊括了中国现代文学史上所有知名诗人。以今天眼光看，戴望舒诗歌成就应该高于上面的大多数人，但这么多选本均没有选入戴诗。

第二，《雨巷》在戴望舒诗歌中知名度相对较高，但并非诗歌选本常选作品。23个选本中有13个选了戴诗，入选诗作统计：《雨巷》7次，《十四行》《我的记忆》各4次，《生涯》《残叶之歌》各3次，《烦忧》《夕阳下》《村姑》《夜行者》《狱中题壁》《我用残损的手掌》各2次，《二月》《小病》《山行》《深闭的园子》《灯》《前夜》《秋》《款步一》《款步二》《断指》《秋夜思》《元日祝福》《萧红墓畔口占》各1次。虽然《雨巷》入选频次最高，但在涉及戴诗的选本中勉强过半，在统计到的所有选本中不到1/3。由此可见，《雨巷》在1930—1970年代并没有引起选家（读者）特别注意，尚处于一种不起眼的"角落"。

第二，重要选本的取舍虽助推《雨巷》获取了"史"上的位置，但尚不足以改变其"角落"处境。朱自清编选的《中国新文学大系·诗集》收录《雨巷》等7首诗，影响到此后选本对戴诗的态度，如《诗》（钱公侠、施瑛编）、《现代新诗选》（笑我编）、《现代创作新诗选》（林琅编辑、淑娟选评）等所选戴诗篇目与"大系"相似。但抗战爆发，形势逆转，戴诗又一次淡出选者视野。《现代诗钞》没有选《雨巷》，选其他戴诗3首，数量远低于其他知名不知名诗人诗作①，在诗人兼学者的闻一多眼里，包括《雨巷》在内的戴望舒诗歌并不十分重要。《中国新诗选（1919—1949）》（臧克家编选）选《狱中题壁》《我用残损的手掌》，看重这些诗表达的"爱国主义"和"民族气节"，而半年后的再版本补收受编者批评的《雨巷》，这种微妙变化显示出特定时代语境下政治评价与艺术评价在诗作择取方面的"矛盾"与"裂痕"。北京大学等高校中文系编选的《新诗选》尽管无法脱离政治评价，但已经体现出少见的艺术包容，第1册选入包括《雨巷》在内的戴望舒10首诗，实为1930年代以来选本所罕见，透露出"学院派"对戴望舒诗歌的重新认知与定位，也预示着《雨巷》命运的改变。

通过以上对诗歌选本收录《雨巷》情况的分析可以得出结论：《雨巷》虽然问世不久即获得叶圣陶的高度评价，认为它"替新诗底音节开了一个新的纪元"②，但出人意料，在1930—1970年代，它并没有受到时人的普遍认可，没有被读者热烈追捧，没有因"开纪元"而获得诗坛核心位置，而是相反地被冷落，处于阅读传播的落寞"角落"；换言之，没有进入新诗代表性作品行列。何以如此呢？

首先，戴望舒本人对《雨巷》的态度发生了转变。1933年8月，戴望舒出版第二部诗集《望舒草》时删掉《雨巷》，因为构成本诗魅力的"音乐性""古典性"恰恰是此时的戴望舒极力反对的："诗不能借重音乐，它应该去了音乐的成分"，"诗的韵律不在字的抑扬顿挫上，而在诗的情绪的抑扬顿挫上，即在诗情的程度上"，"韵和整齐的字句会妨碍诗情，或使诗情成为畸形的"③，这些话几乎句句针对《雨巷》，贬抑其诗学意义。不仅

---

①　《现代诗钞》选郭沫若6首，冰心9首，俞铭传7首，穆旦11首，艾青11首，田间6首，徐志摩12首，闻一多9首，陈梦家10首。

②　杜衡：《望舒草·序》，《望舒草》，现代书局1933年版，第8页。

③　戴望舒：《诗论零札》，《望舒草》，现代书局1933年版，第112—113页。

如此，戴望舒批评林庚的"四行诗"是"拿白话写着古诗""新瓶装旧酒"①，体现出严守"自由诗"与"韵律诗"、"新诗"与"古诗"之"大防"的坚定态度，而《雨巷》的旋律、意境、节奏、辞藻等都更像是旧诗词的现代翻版："雨巷""油纸伞""丁香"和"姑娘"构成黯然销魂的意境，一唱三叹、优美婉转的音乐感，错落有致的长短句排列，这一切无不唤起读者对于古典诗词的阅读记忆与审美体验。正是从《雨巷》中看出旧诗的"幽灵"，立志作新诗的戴望舒才会弃之不顾。旧诗对照下新诗想象的焦虑是困扰戴望舒及其他现代诗人的普遍问题，由此导致《雨巷》地位的尴尬。

其次，在整个新诗坛格局中，《雨巷》难以定位。中国新诗是在彻底反叛旧诗的基础上诞生，从不同角度、层面可以归纳出不同的发展倾向、潮流，但主体为两大诗潮脉络：一是积极介入现实的左翼诗潮，如1920年代革命诗歌、1930年代中国诗歌会创作、1940年代解放区新民歌运动以及国统区讽刺诗、1950年代后的政治抒情诗等；二是吸收、化合西方近现代诗歌资源的现代主义诗潮，如1920年代象征派、1930年代现代派、1940年代冯至与《中国新诗》群体等。而《雨巷》很难被划入这两大脉络当中：缠绵悱恻的才子佳人情怀不见容于左翼阵营，臧克家说在风雨飘摇的时代"大言不惭的唱恋歌"简直是"罪恶"②，蒲风指责戴望舒像落魄贵族"回忆着自己的幽情韵事，发些伶仃孤寂的感慨，做着幻想的梦"③；朦胧婉转的古典诗词韵味在现代主义诗人眼中不免显得"守旧""落伍"，戴望舒背叛《雨巷》诗风，专注于学习法国后期象征派诗歌，成为1930年代现代派诗坛领袖，正好反证了现代主义诗歌阵营对《雨巷》的排斥。同时，它还与胡适、周作人为代表的早期白话诗不同，与郭沫若为代表的浪漫主义相异，与现实主义相左，无法在新诗整体格局中觅得一席恰当的位置，归属性不突出，《雨巷》只能蛰居"落寞角落"。

最后，动荡多变的时代没有为《雨巷》提供足够宽松从容的审美阅读语境。如果说1920年代末至1930年代初，《雨巷》因抒发一代青年的苦闷

---

① 戴望舒：《谈林庚的诗见和"四行诗"》，《新诗》1936年11月，第1卷第2期。
② 臧克家：《论新诗》，《文学》1934年7月1日，第3卷第1号。
③ 蒲风：《论戴望舒的诗》，《东方文艺》1936年3月25日，创刊号。

而引起他们强烈共鸣；那么，在1930—1940年代诗歌成为革命、抗日、解放等时代主题的怒吼与号角的"灾难岁月"，在1950—1970年代主流意识形态猛批"封建"和"资产阶级"旧文学，重建胜利者乐观昂扬的"社会主义新文学"的政治语境下，《雨巷》所对应的时代情绪已不复存在，"雨巷"成为旧时代的象征了，《雨巷》在读者那里备受冷落便势所难免。1956年，臧克家再次批判《雨巷》表达的"个人主义的没落的悲伤""逃避现实脱离群众的颓废的哀鸣"，坚称对这类"萎靡颓废"的诗"不能给以肯定评价"①；艾青也认为强调《雨巷》的重要性是"不很恰当的"，两位老诗人的定调颇能代表新中国文艺界对《雨巷》的态度②。此后，随着戴望舒作为"资产阶级诗人"被否定、批判，《雨巷》也被当作"反动的资产阶级诗歌"样本受到政治性批判，且越来越严厉，越来越上纲上线。与对《雨巷》的政治抨击相对应，有人反其意而用之，创作出另一首明朗、欢快的《雨巷》，歌颂新社会里"人间天堂"般的苏州雨巷："往日的女郎早成了丝厂的工人，／日夜纺织着鲜丽的彩锦；／当车间运出一匹匹花软缎，／光荣榜上跳跃着她英雄的姓名。"③ 这首诗可以理解为新的政治语境下读者对戴望舒《雨巷》的"改写"，一种特别的接受。

二　诗学话语与流行文化交互运作下走向"经典"

　　1980年代以来，《雨巷》的命运发生了改变。虽然仍有个别人认为《雨巷》内容、基调如"败叶秋蝉"，但又不得不承认其在艺术上为新诗开拓了一条新的途径④。卞之琳说《雨巷》"在回响着中国传统诗词的一种题材和意境的同时，也多少实践了魏尔伦'绞死'、'雄辩'、'音乐先于一切'的主张"⑤，即《雨巷》是戴望舒融合中国古典诗词与法国前期象征派诗歌的独特创造。此后对这首诗的解读大都围绕象征主义和朦胧美、古典

---

① 臧克家：《"五四"以来新诗发展的一个轮廓》，《中国新诗选（1919—1949）》，中国青年出版社1956年版，第22页。

② 艾青：《沸腾的生活和诗——中国作家协会创作委员会诗歌组对诗歌问题的讨论》，《文艺报》1956年第3期。

③ 赵瑞蕻：《雨巷》，《人民文学》1963年7—8月号。

④ 凡尼：《戴望舒诗作试论》，《文学评论》1980年第4期。

⑤ 卞之琳：《〈戴望舒诗集〉序》，《诗刊》1980年第5期。

诗词境界、音韵婉转等方面展开。经过众多论者的反复品评、阐释，《雨巷》在中国新诗中的地位日益凸显，渐从"角落"走向"中心"，成为各种诗歌选本必选作品，并在 2000 年后 3 次进入中学语文教材。以下是从 1980 年代以来难以计数的诗歌选本中抽取的 25 个代表性选本所做的统计：

表 6—2　　　　　1980 年代以来主要诗歌选本收录《雨巷》情况

选本	编选者	出版机构、时间	有无《雨巷》	收录戴其他诗情况
《中国现代抒情短诗 100 首》	本社	上海文艺出版社 1981 年 9 月	有	无
《现代百家诗》	白崇义、乐齐	宝文堂书店 1984 年 11 月	有	有
《中国新文学大系（1927—1937）·诗集》	艾青等	上海文艺出版社 1985 年 5 月	无	有
《中国新诗萃（20 世纪初叶—40 年代）》	谢冕、杨匡汉	人民文学出版社 1988 年 10 月	有	有
《中国新诗鉴赏大辞典》	吴奔星	江苏文艺出版社 1988 年 12 月	有	有
《现代中国诗选》	杨牧、郑树森	台湾洪范书店有限公司 1989 年 2 月	有	有
《中国新文学大系（1937—1949）·诗卷》	臧克家等	上海文艺出版社 1990 年 12 月	无	有
《新诗鉴赏辞典》	公木	上海辞书出版社 1991 年 11 月	有	有
《现代著名诗人情诗精编》	伊人	浙江文艺出版社 1992 年 2 月	有	有
《中国现代新诗三百首》	张永健、张芳彦	长江文艺出版社 1992 年 3 月	有	有
《中外名诗赏析大典》	胡明扬	四川辞书出版社 1993 年 2 月	有	有
《中国新诗库·第 3 集·戴望舒卷》	周良沛	长江文艺出版社 1993 年 12 月	有	有

选本	编选者	出版机构、时间	有无《雨巷》	收录戴其他诗情况
《新诗三百首（1917—1995）》上册	张默、萧萧	台湾九歌出版社有限公司 1995 年 9 月	有	有
《百年中国文学经典》第 2 卷	谢冕、钱理群	北京大学出版社 1996 年 12 月	有	有
《20 世纪汉语诗选》第 1 卷	姜耕玉	上海教育出版社 1999 年 12 月	有	有
《20 世纪中国探索诗鉴赏》上册	陈超	河北人民出版社 1999 年 12 月	有	有
《百年百首经典诗歌》	杨晓民	长江文艺出版社 2003 年 8 月	有	无
《中国新诗名作导读》	龙泉明	长江文艺出版社 2003 年 10 月	有	有
《现代诗经》	伊沙	漓江出版社 2004 年 5 月	有	无
《中国现代诗导读（1917—1937）》	孙玉石	北京大学出版社 2008 年 1 月	有	有
《诗向梦边生——二十世纪中国汉诗经典》	不详，只显示"徐志摩等著"	中国国际广播出版社 2008 年 7 月	有	有
《中国新诗总系》第 2 卷、第 3 卷	谢冕、孙玉石、吴晓东	人民文学出版社 2010 年 9 月	有	有
《中国新诗（1916—2000）》	张新颖	复旦大学出版社有限公司 2011 年 7 月	有	有

续表

选本	编选者	出版机构、时间	有无《雨巷》	收录戴其他诗情况
《中国现当代诗歌名作欣赏》	《名作欣赏》精华读本编委会	北京大学出版社 2012 年 8 月	有	有
《中国新诗百年大典》第 4 卷	洪子诚、程光炜等	长江文艺出版社 2013 年 3 月	有	有

　　以上 25 个选本全部选了戴望舒诗歌,统计如下:《雨巷》23 次,《我用残损的手掌》15 次,《我的记忆》13 次,《萧红墓畔口占》11 次,《狱中题壁》10 次,《寻梦者》9 次,《乐园鸟》8 次,《断指》《村姑》(《村里的姑娘》)各 7 次,《秋蝇》《过旧居》《我思想》《印象》各 6 次,《古神祠前》《单恋者》《致萤火》各 5 次,5 次以下的诗歌不再列出。《雨巷》以远高出其他诗歌的入选频次位居榜首,成为众多选家青睐的对象。

　　25 个选本中只有 2 个没有选《雨巷》。《中国新文学大系(1927—1937)·诗集》(艾青等编)不选《雨巷》可以视为前一时期政治评价取代艺术评价的"时代遗留"。艾青之"序"流露出对"新月派""象征派""现代派"的不屑,对"革命现实主义诗歌"的偏爱。具体到戴望舒,艾青欣赏的则是《村姑》等诗的"纯朴""明快","没有一点'象征派'的气味"[1]。《中国新文学大系(1937—1949)·诗卷》(臧克家等编)为时段所限,不选《雨巷》在情理之中。当然,考虑到早在 1935 年朱自清编选《中国新文学大系·诗集》已经"越界"收录《雨巷》,继之而后出的两个"大系"诗集不选《雨巷》再自然不过了。

　　收录《雨巷》的 23 个选本大致分为以下几类:

　　一是最常见的鉴赏导读本,如《中国新诗名作导读》(龙泉明编)、《中国现代诗导读(1917—1937)》(孙玉石编)、《中国新诗(1916—

---

　　① 艾青:《中国新文学大系(1927—1937)·诗集·序》,上海义艺出版社 1985 年版,第 5 页。

2000)》（张新颖编）等。这类选本由学者编选，配有鉴赏导读文字，侧重于具体诗篇的鉴赏分析，引导学生及普通读者感受中国新诗的艺术魅力。尤其值得一提的是，伊沙曾是一位激烈反叛"新诗传统"、标榜"民间立场"与"口语写作"的新锐诗人，但在编选《现代诗经》时却表现出对"新诗传统"的"敬畏"，形成"激进的写作，保守的编选"风格①。在这位新锐诗人眼里，《雨巷》仍然是一个无法忽略的"经典"。《现代中国诗选》（杨牧、郑树森编）、《新诗三百首（1917—1995）》（张默、萧萧编）是两个台湾版选本，也都收录《雨巷》，这反映出1980年代以来两岸学者对这首诗的普遍认可。

二是为百年新诗"遴选经典"的多卷长编，如《中国新诗萃》3本13卷（谢冕、杨匡汉编）、《百年中国文学经典》8卷（谢冕、钱理群编）、《中国新诗总系》10卷（谢冕等编）、《中国新诗百年大典》（洪子诚、程光炜主编）等。特别是《中国新诗总系》模仿《中国新文学大系》编纂体例，前8卷为作品，后2卷为理论与史料，开头和结尾由总主编撰写长篇总序和总后记，每卷首尾由分主编撰写长篇导言、编后记，追求"史"与"选"的结合，为百年新诗"遴选经典""树碑立传"的意识十分明显。第2卷、第3卷共选入包括《雨巷》在内的戴望舒23首诗，数量之多为选本少见。

三是兼有"鉴赏导读"与"打造经典"两种功能的选本，如《中国新诗鉴赏大辞典》（吴奔星编）、《新诗鉴赏辞典》（公木编）、《中外名诗赏析大典》（胡明扬编）等，以"辞典""大典"的形式引导读者赏析诗歌名篇，并促进新诗"经典化"。

四是把"经典化"的新诗进行"简化"与"通约"，打造成迎合大众趣味的"通俗读物"，如《现代著名诗人情诗精编》（伊人编）、《诗向梦边生——二十世纪中国汉诗经典》（编者不详）等。浪漫气十足的题目及编者化名，俗艳的封面装帧，都在昭示着"流行""通俗"的价值定位。这种选本代表强势的大众流行文化对新诗的重新"打造"与"消费"。

"导读本""大典本""总系本""辞典本""经典本"等无不反映了编

---

① 伊沙：《我们的来历》，《现代诗经》，漓江出版社2004年版，第3—5页。

者在新诗发展接近百年时的焦虑，反映了编者经典化新诗的理想，也可以说他们是自觉地对新诗历史负责；然而，这种以选本方式自觉遴选、打造"经典"的行为，属于新诗传播接受史上颇有意思的现象，一种不约而同的集体性行为，耐人寻味，其所打造出的"经典"属于我们这个时代的"经典"，但未来读者是否接受尚待历史老人告知。

总而言之，这一时期《雨巷》的"经典化"是历史记忆、新诗现代性话语与大众流行文化共同运作的结果：

尽管在很长时间里《雨巷》处境落寞，仍然有几个关键因素强化了后人对它的记忆，使其不至于被彻底埋没，并为后来走向"中心"、成为"经典"构筑"前史积累"。其一，叶圣陶慧眼独具，称赞《雨巷》"替新诗底音节开了一个新的纪元"[1]，使《雨巷》出世不凡，为戴望舒赢来"雨巷诗人"的美誉。其二，杜衡《望舒草·序》对《雨巷》和戴望舒创作追求作了全面论说，叶圣陶的赞语也出自这篇序言，两者成为保留《雨巷》记忆的权威资料，被后人反复征引。其三，朱自清编选《中国新文学大系·诗集》打破1917—1927年时间限制，将发表于1928年的《雨巷》收入其中，朱自清称选择作品依据创作时间而不是发表或出版时间，这种处理使《雨巷》借助"大系"实现初步"历史化"，为后来的"经典化"作了铺垫。其四，尽管臧克家对戴望舒和《雨巷》多有批评，但他编选的《中国新诗选（1919—1949）》1957年3月第2版还是补收了《雨巷》，这个选本使《雨巷》在新的政治话语、文艺规范语境里得以留存，即便是后来日趋激烈的政治性批判客观上仍然强化了对戴望舒和《雨巷》的记忆。可见，《雨巷》自诞生之初，关于它的"历史记忆"不绝如缕，一旦条件成熟，这种"历史记忆"便会复活，助推《雨巷》由"角落"走向"中心"。

更为重要的是，《雨巷》以近乎完美的"中西合璧"艺术最大程度满足了新时期关于新诗的现代性想象。1980年代以来，伴随着经济、政治、文化领域的"现代化"主潮，包括新诗在内的文学的"现代性"（有时称"现代化"）问题是一个引起持久讨论的话题，一个基本共识是：文学的"现代性"意味着对传统文学的变革与改造，对域外文学资源的选择、接受

① 杜衡：《望舒草·序》，《望舒草》，现代书局1933年版，第8页。

与转化，从而创造出新的文学品格；文学的"现代性"体现在"现代化"与"民族化"的矛盾张力之中。而《雨巷》几乎就是一个化合古今、融会中西的"新诗现代性"标本：当新诗经过大半个世纪的发展确立起自己的价值地位，旧诗不再对其构成"威压"，旧诗对照下的新诗焦虑逐渐退去的时候，人们反观《雨巷》，发现它古典韵味十足的主题、意境、旋律、辞藻等更能唤起关于诗歌的民族记忆，更符合"怨而不乱""哀而不伤""温柔敦厚"等民族审美传统；不仅如此，《雨巷》承接晚唐诗词朦胧混融艺术传统，汲取法国象征派诗歌营养而避免李金发等初期象征派的生涩不化，其不着痕迹的"化古"与"化欧"，最终自成风格，这正是新诗孜孜追求的理想艺术形态。所以众多论者不厌其烦从这两个向度阐释《雨巷》，以此支撑有关"新诗现代性"的想象。

此外，《雨巷》的浪漫抒情、朦胧多义使其具有"可化约性"，极易超越诗歌阅读接受层面进入大众文化领域，成为可供消费的文化符号。中央电视台 2005 年新年新诗会（首届）上，众多名嘴朗诵、演唱一批新诗，包括杨柳朗诵《雨巷》，传统诗歌朗诵与现代电视媒体相结合，实现了灯光、舞美、音乐对诗歌的全新"打造"，堪称大众媒体对新诗的一次成功"消费"。具有独特内涵的作品"简化"为被消费的文化符号是现代社会一大特征，前面已经提到两个收录《雨巷》的通俗读物性质的选本，此外有关戴望舒的书大都以《雨巷》为主打品牌，不时配以"伊人""蝶影""恋人"等柔媚字眼吸人眼球[1]。尤其值得一提的是所谓"全彩典藏版"《雨巷：戴望舒经典诗选》（浙江文艺出版社 2012 年版），粉红花色封面配以戴望舒小像和煽情的文字："精美图文，心动典藏；全面展现诗人心曲恋歌，用爱和美温暖孤独灵魂；雨中邂逅丁香般的姑娘，演绎世间最美的相遇。"在这种接受语境中，《雨巷》被剥离具体历史情境和丰富复杂的内涵，简化为唯美、浪漫而又略带伤感的情诗，一剂小资情调十足的心灵鸡汤，诗人戴望舒成为风流倜傥的"大众情人"，诗中丁香般的姑娘成为"梦中恋人"的

---

[1]　如《雨巷诗人戴望舒传》（浙江人民出版社 2003 年版）；《雨巷中的伊人：戴望舒诗歌全集》（西苑出版社 2005 年版）；《雨巷蝶影》（中国对外翻译出版公司 2005 年版）；《雨巷中走出的诗人：戴望舒传论》（商务印书馆 2006 年版）；《戴望舒精选集：雨巷恋人》（北京燕山出版社 2009 年版）等。

化身，这是大众流行文化对《雨巷》的成功"解构"与"消费"。在"读秀"中文学术搜索的图书检索中输入"雨巷"检索到如下结果：1950 年前6 种，1950—1959 年 2 种，1960—1969 年无，1970—1979 年 3 种，1980—1989 年 160 种，1990—1999 年 253 种，2000 年至今 866 种。1980 年代以来的众多书籍当然不见得都跟戴望舒及《雨巷》有直接关联，但也说明《雨巷》影响之大。上互联网搜索"雨巷"，除了《雨巷》赏析、朗诵、MTV 外，还有"雨巷网""雨巷相亲""雨巷客栈""雨巷楼盘"等，戴望舒创造的"雨巷"一词已经超越一首诗的含义而成为一个传播广远的"意象"，而这种大众传播反过来无疑又强化了《雨巷》的"经典地位"。

《雨巷》在 1930—1970 年代蛰居诗坛"角落"，身影或明或暗，在传播接受通道里坎坷、落寞；1980 年代以来逐渐走向话语"中心"，被专业读者不断阐释发掘其诗学价值和新诗史意义，被广大普通读者阅读消费，逐步汰选为现代新诗"经典"。这种变化固然有诗歌本身的品质、魅力作支撑，更是经由诗歌选本连接起来的文本、诗人、读者、诗学话语、时代语境等多重因素交互运作的结果。《雨巷》由边缘向中心的位移，由新诗坛的"路人甲"转身为光芒四射的主角，其实意味着新诗文本意义的生产与增殖，它是现代新诗经典化的典型案例。①

---

① 与张文民合作。

第七章
卞之琳诗歌接受史和
《断章》的经典化

　　卞之琳是1930年代一位具有"荒原"意识的中国诗人，游走于中西诗学之间，写中国生活，却常常突破中国读者醉心、沉迷的诗意。他的诗看上去朴实无华，实则内涵深邃。《古镇的梦》《断章》《鱼化石》《距离的组织》《尺八》等诗，为人所熟知。大半个世纪以来，关于其诗歌的阅读评价变动不居，不同时代语境下的大众读者和专家对卞之琳及其诗歌的分析、阐释，往往大相径庭，由是与他特别的诗歌风格相映成趣，形成一道鲜明的阅读景观。读者的批评接受也曾反馈给卞之琳，影响着其诗歌探索实验。本章将梳理、研究卞之琳诗歌的阅读接受情况，考察分析《断章》走向"经典"的历史，探寻读者阅读接受与新诗经典化的相关性，揭示卞诗品格、价值生成与传播接受之间的深层关系。

第一节　卞之琳诗歌接受史

一

　　卞之琳是接受"五四"甘霖成长起来的诗人，在他之前有胡适的诗歌实验，有郭沫若狂飙突进的抒情，有李金发的象征隐喻式表达，有徐志摩的浪漫，有闻一多的格律，这些构成他作诗的背景，也使他不可能没有一种"影响的焦虑"。他必须找到自己的言说方式，才可能有所为，并被诗坛接受。陈梦家说："卞之琳是新近认识很有写诗才能的人。他的诗常常在平淡中出奇，像一盘沙子看不见底下包容的水量。"①"平淡中出奇""一盘沙子看不见底下包容的水量"就是摆脱焦虑、超离同代人的自我风格。随着《三秋草》（1933）、《鱼目集》（1935）、《汉园集》（1936）、《慰劳信集》（1940）、《十年诗草（1930—1939）》（1942）等系列诗集出版，卞之琳诗歌以其象征色彩浓厚的意象、幽深玄妙的构思与新月派诗歌拉开距离，以"智慧"取胜，步入现代派诗歌方阵。

卞之琳诗歌问世之初便受到名家青睐。朱自清率先敏锐觉察到《三秋草》与新月派诗歌不同的艺术风格，比如"爱情诗极少""说得少，留得可不少""这个念头跳到那个念头""联想出奇""比喻别致"等。② 也就是说卞诗吝于抒情，善于"留白"，思维跳跃，联想、比喻奇特，与抒情浪漫、婉转秾丽的新月派诗风大异其趣，由此确立自身独特的艺术价值。后来朱自清《新诗杂话》对卞之琳《距离的组织》《淘气》《白螺壳》等诗作了细致解读，认为卞诗是"零乱的诗境"又是"复杂的有机体"，是"一种解放，一种自由"，又是"一种情思的操练"③，朱自清赞赏卞之琳能够在微细琐屑的事物里发现诗并致力于形式试验。卞之琳指出朱自清对其诗作的"误解"，而后朱自清在序言中对自己的解读作了更正。

李健吾认为《三秋草》给人最突出的印象是"言近而旨远"："那样浅，那样淡，却那样厚，那样淳，你几乎不得不相信诗人已经钻进言语，把握它那永久的部分。"④《鱼目集》唤起"一个完美的想像的世界"："在字句以外，在比喻以内，需要细心的体会，经过迷藏一样的捉摸，然后尽你联想的可能，启发你一种永久的诗的情绪。"⑤ 关于《圆宝盒》等诗的解读问题，李健吾与卞之琳展开过反复讨论，先是李健吾《鱼目集》尝试对卞诗做一解读，接着卞之琳《关于〈鱼目集〉》对李健吾的解读做出回应，然后李健吾《答〈鱼目集〉作者》再回应，最后卞之琳《关于"你"》再

---

① 陈梦家：《新月诗选·序言》，《新月诗选》，新月书店1931年版，第28—29页。
② 朱自清：《三秋草》，《大公报·文学副刊》1933年5月22日，第281期。
③ 朱自清：《新诗杂话》，作家书屋1947年版，第19页。
④ 刘西渭：《咀华集》，文化生活出版社1936年版，第138页。
⑤ 同上书，第144页。

解读，两人的讨论无不才气横溢，洋洋洒洒。①

朱自清、李健吾、卞之琳之间这场解诗讨论为后世史家乐道，这场讨论扩大了卞诗的声望，其艺术探索、形式创新得到一定程度的认可，另一方面确也昭示出卞诗的复杂、多义、难懂，易被"误解"的审美特质，为后来卞之琳及其诗歌的命运起伏埋下伏笔。

经过这次解诗论争，卞之琳诗名日隆，在1930—1940年代，除朱自清、李健吾外，还有不少人对卞诗给予好评。沈从文说卞之琳"运用平常的文字，写出平常人的情，因为手段的高，写出难言的美"②。除了这种印象式、点评式的褒奖，李广田《诗的艺术——论卞之琳的〈十年诗草〉》③从"章法与句法""格式与韵法""用字与意象"3个方面深入解读《十年诗草》的艺术成就。作为《汉园集》的合作诗人，李广田的论析有一种惺惺相惜之情。袁可嘉《诗与主题》谈到卞之琳善于将微细琐屑的事物里发现的诗意透过感觉富于变化而技巧娴熟地向广处深处伸展。卞诗这种特点要求读者既要有敏锐的感觉，还要深谙隐藏于诗中的各种技巧，唯其如此才能捕捉到诗的美质。废名《谈新诗》对卞之琳的推崇与其诗歌观紧密相连，他认为诗之为诗重在内容是诗的而形式可以是散文的，但新月派把过多的精力放在诗的形式建构上，以致诗的内容有些空泛，而卞之琳的诗既在形式上兼顾新月的格律，内容又是诗的，与自己的诗歌观相暗合。

而鼓吹现实主义和大众化的左翼诗歌阵营批评现代派搬弄西方象征主义等"没落形式"，宣扬空虚、颓废、伤感、逃避现实等"消极情绪"。他们指责《鱼目集》充满"睡眼朦胧""孤独""暮色苍茫""坟墓""孤泪""真愁"等灰色字眼和"有微毒的叹息"④。左翼诗歌阵营看出卞诗与时代的疏离，却忽视了卞诗的艺术价值。

抗战爆发后，卞之琳创作《慰劳信集》努力拥抱时代，服务现实，写法上追求浅白。但时代风云从根本上改变了诗歌接受语境，倾向于个体内

---

① 参阅李健吾《鱼目集》、卞之琳《关于〈鱼目集〉》、李健吾《答〈鱼目集〉作者》、卞之琳《关于"你"》，以上收入《咀华集》，文化生活出版社1936年版，第127—182页。

② 沈从文：《〈群鸦集〉附记》，《创作月刊》1931年5月1日，创刊号。

③ 文章收入李广田：《诗的艺术》，开明书店1943年版。

④ 李磊：《〈鱼目集〉和〈孤帆的诗〉》，洪球编：《现代诗歌论文选》下册，上海仿古书店1936年版，第683、687页。

心抒写的卞诗越来越受到批评，其"朦胧""晦涩"的特征一再为人诟病，阿垅说："诗底写法不应该是谜面，内容不应该是谜底；然而卞之琳，恰好是要猜的。一猜，就一塌糊涂了。"他批评《断章》"故求炫丽，故作聪明，故寻晦涩"，是"绝望的诗"和"愈艳愈毒"的"罂粟花"。① 在对卞诗简单化批评中蕴含着从"晦涩"走向"浅白"的期许，也昭示出卞诗在下个时期的命运。

　　二

　　1950 年代以后，解放区文学作为"新的人民文艺"样板在全国推广，其中包括改造民歌资源而成的解放区诗歌。与此同时，一切西方的、中国的现代派文艺被冠以"资产阶级腐朽、没落的文艺"而受到批判，许多与之有关的文艺家急于清算或者撇清自己。卞之琳在北京大学讲授英国诗时批评中国新月派、现代派诗歌"颓废""晦涩""逃避现实"，宣称自己"不属于任何一派"②。但两年后《文艺报》上一组总题为《对卞之琳的诗〈天安门四重奏〉的商榷》的文章逐字逐句批评卞之琳的《天安门四重奏》，指责诗人没有走进新时代，没有摆脱旧的创作方法。这次批评表明新中国主流文艺界对"晦涩难懂""迷离恍惚"的现代派诗歌的高度警惕。卞之琳为此作出检讨，主动拥抱时代，到江浙地区参加土改和合作化运动，创作诗集《翻一个浪头》，里面的许多作品采用新民歌体，即便如此，仍难逃"晦涩"的声讨。原本就"小处敏感，大处茫然"③的卞之琳面对急遽变化的时势想努力追赶却又无所适从，此后文艺界对他的批评不绝于耳，诸如"不清晰""模模糊糊""朦胧不明""百思不解""晦涩"等成为卞诗的标签。同一位诗人，同样的作品，语境变了，读者的看法完全不同，这也是阅读接受史的重要魅力所在。

　　臧克家编选的《中国新诗选（1919—1949）》颇能反映新的政治话语、文艺规范重塑中国新诗形象的努力。长篇序言《"五四"以来新诗发展的一

　　① 阿垅：《人生与诗》，《希望》1946 年 5 月 4 日，第 2 集第 1 期。

　　② 卞之琳：《开讲英国诗想到的一些体验》，《文艺报》1949 年 11 月 10 日，第 1 卷第 4 期。

　　③ 卞之琳：《雕虫纪历·自序》，《雕虫纪历》增订版，生活·读书·新知三联书店香港分店 1982 年版，第 4 页。

个轮廓》站在"反帝反封建新民主主义文学"立场构造出一个二元对立的新诗史叙述框架："五四"时期的郭沫若、1920年代的革命诗歌、1930年代左翼诗歌与抗战诗歌、1940年代国统区讽刺诗与解放区颂歌，构成革命、进步的"诗歌主流"；"五四"时期的胡适、1920年代的新月派与象征派、1930年代现代派等则构成与"诗歌主流"对立的"诗歌逆流"。在这种框架下，臧克家批评卞之琳所属的现代派逃避现实斗争、抒写个人主义的"没落的悲伤"和"颓废的哀鸣"①。《中国新诗选（1919—1949）》收录卞之琳《远行》《给一位剌车的姑娘》《给西北的青年开荒者》3首相对而言"思想进步""手法明朗"的诗歌，对《断章》及《鱼化石》《距离的组织》《圆宝盒》《白螺壳》等具有现代主义色彩的作品则弃之不顾。

在1950年代末"新诗发展问题"大讨论中，卞之琳一不小心又撞到批判的风口浪尖，就连在1930年代与卞之琳同属现代派阵营的徐迟此时也批评卞之琳"写起诗来，文字总是别别扭扭的，也是有几个外国诗人的魔影在作祟"②，透露出对卞诗醉心于西诗格调而没有继承民歌传统的不满。这场大讨论是在"新民歌大跃进"背景下展开的，民歌被视为新诗发展的"正途"，而卞之琳委婉提出学习民歌并不是"依样画葫芦来学'写'民歌"，而是以民歌为基础，结合旧诗词和"五四"以来新诗传统、外国诗歌长处来创造"更新的更丰富多彩的诗篇"；诗歌的民族形式不应只是民歌形式，还应包括"五四"以来受外国诗歌影响形成的新诗形式；为了便于记诵，应追求"新格律"，追求精练。③卞之琳这些富有建设性的意见被指责为"轻视新民歌"，甚至被斥为"资产阶级的艺术趣味与脱离群众的个人主义倾向"。众多论者对卞之琳、何其芳所谓的"轻视民歌"、提倡"新格律

① 臧克家：《"五四"以来新诗发展的一个轮廓（代序）》，《中国新诗选（1919—1949）》，中国青年出版社1956年版，第22页。
② 徐迟：《南水泉诗会发言》，《诗刊》编辑部：《新诗歌的发展问题》第一集，作家出版社1959年版，第66页。
③ 卞之琳：《对于新诗发展问题的几点看法》，《诗刊》编辑部：《新诗歌的发展问题》第1集，作家出版社1959年版，第201—202页。

诗"的观点展开围攻。①

这一时期的文学史书写，关于卞之琳及其诗歌的叙述，经历了一个从"批判"到"遗忘"的过程。王瑶的《中国新文学史稿》指出卞之琳等汉园三诗人的诗歌讲究文字瑰丽，注重想象、感觉、暗示，表现不满现实又找不到出路、自沉于艺术美的情感，批评卞诗晦涩、难懂的形式特征以及消极、苦闷的人生态度。② 刘绶松的《中国新文学史初稿》同样批评卞诗感伤、忧郁、晦涩等"最触目的特点"。③ 李何林等著《中国新文学史研究》（新建设杂志社 1951 年版）、丁易著《中国现代文学史略》（作家出版社 1955 年版）、复旦大学中文系现代文学组学生集体编著《中国现代文学史》（上海文艺出版社 1959 年版）、中国人民大学语言文学系文学史教研室现代文学组编著《中国现代文学史》（中国人民大学出版社 1964 年版）、唐弢主编《中国现代文学史》（人民文学出版社 1979 年 6 月—1980 年 12 月版）则只字未提卞之琳。

在 1950—1970 年代的中国，民歌与古典诗词的融合被视为新诗发展的新方向。像卞之琳这样有西方诗歌背景的诗人，虽只是低声地维护着西方近现代诗歌艺术和"五四"以来新诗传统，但也难逃被批判的命运；此外，卞诗的"晦涩""多义"造成阅读接受上的困难，且不见容于主流诗歌规范，也是导致卞之琳先被批判再被遗忘而淡出诗坛与文学史的重要原因。

三

1980 年代以后，阅读接受语境的变化，文学获得了较为宽阔的阐释场域，卞之琳诗歌深邃的空间被打开，被遮蔽的诗性得以彰显。其诗为人诟病的"晦涩"被解读为"智性""智慧""哲理"，其诗学价值与意义被发掘、肯定，其丰富的内涵和特别的诗艺不断被批评家开掘阐述，卞之琳也由此前"资产阶级颓废诗人"而变为"智慧诗人""学者诗人""感觉诗人"。

---

① 参阅宋垒的《与何其芳、卞之琳同志商榷》，萧殷的《民歌应当是新诗发展的基础》，卞之琳的《分歧在哪里?》，宋垒的《分歧在这里》，张永善的《民歌在发展着》，陈骢的《关于向民歌学习的几点意见》，李晓白的《民歌体有无限制?》，晏明的《不要在空中建造楼阁》等文。《诗刊》编辑部：《新诗歌的发展问题》第 1 集，作家出版社 1959 年版。
② 王瑶：《中国新文学史稿》上册，新文艺出版社 1954 年版，第 198—199 页。
③ 刘绶松：《中国新文学史初稿》上卷，作家出版社 1956 年版，第 330 页。

　　这一时期卞之琳的诗歌价值最先在港台得到重新肯定。1980 年 2 月，香港《八方》文艺丛刊第 2 辑刊出"卞之琳专辑"，除卞之琳旧作新论，还有张曼仪的《"当一个年轻人在荒街上沉思"——试论卞之琳早期新诗 (1930—1937)》、《卞之琳著译目录》和黄维梁《雕虫精品——卞之琳诗选析》。余光中对戴望舒批评甚多，而说卞之琳"绝对是一流的诗人"[1]；香港版《雕虫纪历》封底对卞之琳评价甚高。港台地区对卞之琳诗歌的重新评价影响到内地诗坛、学界，1981 年第 4 期《诗探索》以《谈卞之琳的诗》为题重刊废名 1940 年代北大讲义《谈新诗》中有关卞之琳部分，其《后记》谈道："此文既会有助于读者欣赏卞诗，也会有助于读者理解废名。这两位作家都是很有独创性的，也都是较难为多数读者理解的，特别是今日读者。"[2] 预示着被埋没 30 多年的卞之琳及其诗歌将重新浮出水面。

　　着眼于"新诗现代性"时代命题，探讨卞之琳诗歌融会化合中西诗艺终成一家的独特创造，及其对中国新诗的贡献，是这一时期学者言说的重点。袁可嘉说卞之琳上承"新月"，中出"现代"，下启"九叶"，推动新诗从早期浪漫主义经过象征主义到达中国式现代主义。[3] 唐湜说卞之琳是新诗"五四"创始期到 1930 年代成熟期、新月派到汉园一代的桥梁。[4] 两人都指出卞之琳在新诗史上承上启下的重要地位。中国新诗重建自身艺术传统必然面临如何沟通、融会中西诗歌艺术的问题，在这一点上，卞之琳的诗歌创作实践显现出特有的价值，成为支撑这一美丽想象的重要支柱。唐祈说卞之琳吸收化合法国象征派诗歌、英美现代主义诗歌以及中国传统哲学与艺术，凝成"诗的结晶"。[5] 孙玉石说卞之琳达到"化古"与"化欧"的统一，是"沟通中西诗艺的寻梦者"。[6] 两人均强调卞之琳"沟通中西诗

　　① 余光中：《新诗的赏析——"中文文学周"专题讲演》，香港《中报月刊》1980 年 2 月，创刊号。

　　② 冯健男：《废名遗作〈谈卞之琳的诗〉后记》，《诗探索》1981 年第 4 期。

　　③ 袁可嘉：《略论卞之琳对新诗艺术的贡献》，《文艺研究》1990 年第 1 期。

　　④ 唐湜：《六十载遨游在诗的王国——说说卞之琳和他的诗》，《读书》1990 年第 1 期。

　　⑤ 唐祈：《卞之琳与现代主义诗歌》，李青松主编《新诗界》第 2 卷，新世界出版社 2002 年版，176 页。

　　⑥ 孙玉石：《中国现代主义诗潮史论》，北京大学出版社 1999 年版，第 179 页；《卞之琳：沟通中西诗艺的"寻梦者"》，《诗探索》2001 年第 1—2 辑。

艺"的独特贡献。

此外,卞之琳诗歌的"智性"与"哲思"特征也被反复论说。早在1930年代,金克木将新诗分为"智的""情的""感觉的"三类。"智的诗"就是"以智慧为主脑",是文学中的"僻路","如明珠之不可多得"①,金克木没有提到卞之琳,但很有可能受到卞诗启发而作此论。"智慧诗"概念经常被用于对卞诗的论说,龙泉明认为卞之琳通过戏剧性途径、意象凝聚、意境营构等一系列艺术法则,建构起"中国现代新智慧诗"。②王泽龙将卞之琳的这种"新智慧诗"特征概括为感性与智性的融合、宇宙时空的艺术变奏和"非个人化"的艺术,卞诗的"智性之美"是理性美、想象美、意象美的融合。③早期白话诗尝试说理但词浮意浅,卞诗融合智性与感情、哲思与诗美,成为中国新诗由主情到主智转变的重要标志。

这一时期的文学史书写对卞之琳的处理也发生了变化。唐弢主编、出版于1970—1980年代之交的《中国现代文学史》三卷本及其后的简编本,在处理政治与诗学关系上,仍然突出政治话语的重要性,没能走出以政治眼光审视、评说文学的思路,仍沿袭着上一时期的讲史模式,两书均未提及卞之琳。钱理群等著《中国现代文学三十年》开始走出阶级论话语套路,从艺术层面剖析卞之琳所属"现代派象征主义诗歌"的象征、暗示、朦胧多义等审美特性。该著把《汉园集》诗人视为中西文学结合的新生一代,称卞之琳是一位对诗歌艺术"高度敏感而热情"和"最醉心于新诗技巧与形式的试验的艺术家",强调他"化古""化欧"而形成的"平淡中出奇""用冷淡掩深挚,从玩笑出辛酸""着意克制感情""追求思辨美"等独特风格。④十多年后该著修订本把卞之琳与戴望舒并列为现代派代表诗人,认为卞之琳对中国新诗做出了两大贡献:一是"由'主情'向'主智'的转变"及与之相连的"语言实验",二是"诗的非个人化"及由此形成的

---

① 柯可(金克木):《论中国新诗的新途径》,《新诗》1937年1月10日,第1卷第4期。

② 龙泉明、汪云霞:《中国现代诗歌的智性建构——论卞之琳的诗歌艺术》,《武汉大学学报》(人文社会科学版)2000年第4期。

③ 王泽龙:《中国现代主义诗潮论》,华中师范大学出版社2008年版,第133页。

④ 钱理群、吴福辉、温儒敏、王超冰:《中国现代文学三十年》,上海文艺出版社1987年版,第356—357页。

"诗人主体的退出与模糊"。① 此后的文学史著对卞之琳诗歌的论述大都没有脱离"主智诗"或者"智慧诗"的定性。程光炜等主编的《中国现代文学史》指出卞之琳诗歌借鉴艾略特"思想知觉化"和"非个人化"倾向，并以《断章》为例证明卞之琳贡献了一种"情境的美学"。② 这是诗学角度的言说，在中西诗学背景上发掘卞之琳的诗歌艺术。朱栋霖等主编《中国现代文学史（1917—2000）》也把卞之琳与戴望舒并称，以 3 页多篇幅评述卞诗，强调卞之琳在"知性与感性结合"基础上"开辟了以冷静的哲理思考为特征的现代智慧诗"。③ 严家炎主编《二十世纪中国文学史》同样将卞之琳与戴望舒并提，也是以 3 页篇幅解析卞诗，概括其特点是"诗情的'智性化'和'非个人化'"，在卞之琳这里"诗歌不再是一种情感的体验和抒发，而是变成一种诗化的经验，一种情感的思想，一种智慧的结晶"。④ 以 20 世纪为视野，在诗歌发展演变关系中，以诗学阐述为重要诉求，评说、定位卞之琳的诗歌。

卞之琳曾谦虚地说："我可以说是个小诗人，一个 Minor Poet，我喜欢精雕细琢，可以说是雕虫小技吧，不管怎么成功也是 Minor 的。"⑤ 他的诗名与影响确实不够大，这与其缺乏足够开阔的诗歌格局有关，与多数作品言语不够畅达、读者圈不大有关，与新诗接受语境变动不居有关；卞之琳受艾略特影响，努力在诗歌中掩藏自己，追求非个人化，其诗歌因此与中国读者习惯的诗歌抒情传统往往相左，这也是其诗歌未能汇入诗坛主流、影响力有限的原因。⑥

———————

① 钱理群、温儒敏、吴福辉：《中国现代文学三十年》（修订本），北京大学出版社 1998 年版，第 367—368 页。

② 程光炜、吴晓东、孔庆东、郜元宝、刘勇主编：《中国现代文学史》，中国人民大学出版社 2000 年版，第 190 页。

③ 朱栋霖、朱晓进、龙泉明主编：《中国现代文学史（1917—2000）》上卷，北京大学出版社 2007 年版，第 213 页。

④ 严家炎主编：《二十世纪中国文学史》中册，高等教育出版社 2010 年版，第 80—82 页。

⑤ 古苍梧：《诗人卞之琳谈诗与翻译》，《编译参考》1979 年第 1 期。

⑥ 与张文民合作。

第二节　选本与《断章》的经典化

卞之琳众多作品中，《断章》也许不是最富个人气质、风格的作品，它耐人寻味，我们从中可以品味出自然的人文的、古典的现代的、时间的空间的、实在的梦境的等诸多韵味，其意与境令人流连忘返，但它们似乎又不是典型的卞之琳之诗意、诗境、诗味。卞之琳晚年谈到《断章》时说："这首短诗是我生平最属信手拈来的四行，却颇受人称道，好像成了我战前诗的代表作。"[①] 文学创作乃个体心灵活动，个中玄妙，是很难参透的，即便是创作者自己。"信手拈来"也许就是聚全部心力之一为，一种灵感释放。《断章》不但在当时引起李健吾等名家关注，和作者反复讨论解读，在今天仍然是卞之琳知名度最高的作品，入选各种选本，得到读者不厌其烦的解读阐释，成为不可多得的新诗"经典"。不过《断章》的经典化并不是直线发展的，而是经历了一个起伏、曲折的过程。

　　一

《断章》创作于1935年10月，收入12月出版的《鱼目集》。李健吾认为《断章》"埋着说不尽的悲哀"，因为诗人对于人生的解释便是"装饰"，同时指出这首诗具有"文字单纯""情感凝练""表现精致""含蓄蕴藉"等艺术特点。[②] 李健吾阅读中所获得的悲哀感，究竟是诗中固有的还是他的自我投射和咀嚼，还真值得琢磨，不过笔者更倾向于认为是李健吾作为阅读者借《断章》文本，吟味自己心中的悲哀。卞之琳并不认可李健吾这种感悟式的解读，说他的意思着重在"相对"上[③]，也就是表现抽象的哲思；

---

① 卞之琳：《冼星海纪念附骥小识》，《卞之琳文集》中卷，安徽教育出版社2002年版，第208页。

② 刘西渭：《鱼目集——卞之琳先生》，《咀华集》，文化生活出版社1936年版，第149页。

③ 卞之琳：《关于〈鱼目集〉》，刘西渭《咀华集》，文化生活出版社1936年版，第155—156页。直到晚年卞之琳谈到《断章》仍然说："我着意在这里形象表现相对相亲、想通相应的人际关系，本身已经可以独立，所以未足成较长的一首诗，即取名《断章》。第一节两行，中轴（或称诗眼）是'看风景'；第二节两行，诗眼是'装饰'，两两对称，正合内涵。"《冼星海纪念附骥小识》，《卞之琳文集》中卷，安徽教育出版社2002年版，第208页。

李健吾进一步澄清："我的解释并不妨害我首肯作者的自白。作者的自白也绝不妨害我的解释。与其看做冲突，不如说做有相成之美。"① 这是作者、读者对话的典型案例，是新诗接受史上动人的景象。不过卞之琳、李健吾往返讨论的主要是《圆宝盒》，《断章》只是一个附带内容。后来，朱自清《新诗杂话》对卞之琳《距离的组织》《淘气》《白螺壳》等诗作了细致解读，并未涉及《断章》。废名《谈新诗》一口气选讲《道旁》《航海》《倦》《归》《车站》《雨同我》《无题一》《无题二》《水分》《淘气》《灯虫》11 首卞之琳诗歌，同样未提《断章》。李广田颇有分量地解读卞诗长文《诗的艺术——论卞之琳的〈十年诗草〉》对《断章》也只是简略带过。袁可嘉在讨论卞之琳诗歌创作"对感情透过感觉而徐徐向广处深处伸展的有效运用"② 时，举的是《旧元夜遐思》《无题》《距离的组织》等例证，而没有举《断章》。反而是阿垅站在左翼文学立场批评卞之琳《断章》"故求炫丽，故作聪明，故寻晦涩"，是"绝望的诗""愈艳愈毒"的"罂粟花"。③ 这一方面说明《断章》不属于那时读者心中卞之琳的标签性作品，另一方面表明在 1930—1940 年代，《断章》并没有引起人们特别注意，更算不上"经典"作品。

　　1950 年代以后，卞诗的"晦涩"风格一再受到批评，而卞之琳在"新诗发展问题"讨论中，谨慎维护着新诗传统及"新格律"主张，也被指为"轻视民歌"，受到了围攻。在 1950—1970 年代，卞诗和其他现代主义诗歌一起受到清算，但卞之琳不及戴望舒，不足以成为批判的靶子，包括《断章》在内的卞诗逐渐淡出人们视野。这一时期出版的几部著名的文学史著作对卞之琳只字未提。在这种高度政治化非诗性的接受语境中，卞之琳及其诗歌被强制"遗忘"。

　　① 刘西渭：《答〈鱼目集〉作者》，《咀华集》，文化生活出版社 1936 年版，第 175 页。
　　② 袁可嘉：《诗与主题》，《论新诗现代化》，生活·读书·新知三联书店 1988 年版，第 72 页。
　　③ 阿垅：《人生与诗》，《希望》1946 年 5 月 4 日，第 2 辑第 1 期。

表 7—1 　　　　1930—1970 年代主要诗歌选本收录《断章》情况

选本	编选者	出版机构、时间	有无《断章》	收录卞其他诗情况
《新月诗选》	陈梦家	上海新月书店 1931 年 9 月	无	有
《文艺园地》（诗文合集）	柳亚子	上海开华书局 1932 年 9 月	无	无
《现代诗杰作选》	沈仲文	上海青年书店 1932 年 12 月	无	无
《抒情诗》（新旧体诗、译诗合集）	朱剑芒、陈霭麓	上海世界书局 1933 年 3 月	无	无
《写景诗》（新旧体诗合集）	同上	同上	无	无
《现代中国诗歌选》	薛时进	上海亚细亚书局 1933 年版	无	无
《现代诗选》	赵景深	上海北新书局 1934 年 5 月	无	无
《中华现代文学选·第二册·诗歌》	王梅痕	中华书局 1935 年 3 月	无	无
《注释现代诗歌选》	王梅痕	上海中华书局 1935 年 6 月	无	无
《现代青年杰作文库》（诗文合集）	陈陟	上海经纬书局 1935 年 8 月	无	无
《中国新文学大系·诗集》	朱自清	上海良友图书印刷公司 1935 年 10 月	无	无
《诗》	钱公侠、施瑛	上海启明书局 1936 年 4 月	无	无
《现代新诗选》	笑我	上海仿古书店 1936 年 9 月	无	无
《现代创作新诗选》	林琅编辑，淑娟选评	上海中央书店 1936 年 9 月	无	有
《新诗》	沈毅勋	新潮社 1938 年 12 月	无	有
《诗歌选》	王者	沈阳文艺书局 1939 年 8 月	无	无
《新诗选辑》	徐志摩等著，闲云编	海萍书店出版部 1941 年 7 月	有	有
《古城的春天》	臧克家等著，赵晓风编	沈阳秋江书店 1941 年 7 月	有	有
《现代中国诗选》	孙望、常任侠	重庆南方印书馆 1943 年 7 月	无	无

续表

选本	编选者	出版机构、时间	有无《断章》	收录卞其他诗情况
《战前中国新诗选》	孙望	成都绿洲出版社 1944 年 10 月	无	有
《现代诗钞》	闻一多	开明书店 1948 年 8 月	无	无
《中国新诗选（1919—1949）》	臧克家	中国青年出版社 1956 年 8 月	无	有
《新诗选》第 2 册	北京大学、北京师范大学、北京师范学院中文系中国现代文学教研室	上海教育出版社 1979 年 11 月	有	有

表 7—1 的统计至少说明两个问题：

首先，在 1930—1970 年代，卞之琳的诗名、地位并不显著，其诗作尚未能进入很多选者视野，很少受到选本关注。在 23 个选本中，选录卞诗的只有 8 个，占 1/3 强。造成这种情况的原因，主观方面是卞之琳诗歌独特的艺术追求确实带来接受、理解上的困难，连朱自清、李健吾这样的解诗名家解读卞诗都颇费脑筋，遑论一般读者。客观方面，动荡多变的时代造成新诗的"非连续性发展"，也使得卞诗失去宽松自由的接受语境，失去彰显诗学价值的时空。卞之琳首出诗集在 1933 年，引起朱自清、李健吾解读热情已是 1936 年，他们相互讨论，但影响也仅仅局限在一个很小的圈子里。一年后抗战爆发，在 10 多年的战争岁月里，诗歌成为呐喊与号角，卞之琳尽管也创作出适应时代需要的《慰劳信集》，满足时代的期待，但他"小处敏感，大处茫然"[1] 的个性及其诗歌风格仍显得不合时宜。在 1950 年代以后更是由于政治话语需求与其艺术理念之间的矛盾，卞之琳及其诗歌便受到质疑、批判，以至于被遗忘。

其次，在选进卞诗的 8 个选本中，有 7 个是《断章》诞生后的选本，

---

[1]　卞之琳：《雕虫纪历·自序》，《雕虫纪历》增订版，生活·读书·新知三联书店香港分店 1982 年版，第 4 页。

所选数量很不稳定，所选篇目非常分散，尚未形成公认的卞诗代表作，《断章》更没有"脱颖而出"上升到"经典"地位。如《现代创作新诗选》（林琅编辑，淑娟选评）、《新诗》（沈毅勋编）、《战前中国新诗选》（孙望编）只选一两首卞诗，而到了《新诗选辑》（闲云编）、《古城的春天》（赵晓风编）却分别选19首、24首，篇目大同小异，几乎囊括了《鱼目集》中所有作品。选录数量的悬殊反映出选者对卞诗看法歧异，缺乏共识。《新月诗选》收录4首卞诗，陈梦家把卞之琳视为新月"后进"加以提携。臧克家编《中国新诗选（1919—1949）》收录卞之琳《远行》《给一位刺车的姑娘》《给西北的青年开荒者》3首相对"思想进步""手法明朗"的诗歌，颇能反映1950年代主流文艺规范对卞之琳诗歌的接纳情形及形象塑造。而北京大学等高校中文系编的《新诗选》既收录能够代表卞诗艺术成就的《古镇的梦》《断章》《雨同我》等作品，又选《慰劳信》多首，体现出"学院派"面对卞诗努力平衡"政治"与"诗学"的苦心，也昭示出下一时期卞诗接受境况的某些新变。在8个选本中入选频次最高的诗歌分别是：《黄昏》《寒夜》《断章》《墙头草》《叫卖》5首，每首诗入选频次不过才3次。显然，《断章》尚未受到选者特别的青睐，这意味着无论怎样的视野，《断章》都无法成为最耀眼的诗篇，究其原因恐怕是它无法完全代表卞之琳的风格。

二

1980年代以来，随着现代主义诗歌重获好评，并成为新诗研究的"显学"，随着作者和读者诗性意识的自觉，随着新诗"现代性"问题成为言说焦点，卞之琳的《断章》越来越受到重视，被不厌其烦地阐释，进入各种诗歌选本。虽然个别人依然认为《断章》体现出卞诗"怪异""神秘"特点，给予负面评说，但绝大多数论者则赞不绝口。

在这一时期，《断章》被公认为新诗中"主智诗""哲理诗"杰作。余光中对戴望舒《雨巷》多有苛评，而认为《断章》是一首"耐人寻味的哲

理妙品"，他把《断章》增改为《连环》，别有意趣。① 还有人把《断章》
演绎为现代版"人面桃花"般美丽、浪漫、伤感的爱情诗，甚至考证诗人
情事来支撑这种演绎。②

《断章》创造性地吸收转化中西诗艺而又不露痕迹、有所超越的艺术成
就，也得到充分阐释、敞开。孙玉石指出张若虚的《春江花月夜》、李商隐
的《子初郊墅》等诗"对举互文"特征给《断章》以影响，而诗中立桥眺
望、月色透窗的意境与冯延巳《蝶恋花》词"独立小桥风满袖，平林新月
人归后"有异曲同工之妙。③ 解志熙则认为《断章》借鉴拜伦长诗《梦》
的片段创造发挥而成。④

正如李健吾所说："一行美丽的诗永久在读者心头重生。它所唤起的经
验是多方面的，虽然它是短短的一句，有本领兜起全部错综的意象，一座
灵魂的海市蜃楼。"⑤ 1980 年代以来，《断章》在不断的解读与阐释中"重
生"，成为诗人与读者"灵魂的海市蜃楼"。反观这一时期新诗选本，《断
章》成为多数选者青睐的作品，以下是抽取部分选本所做的统计：

表 7—2　　　　　1980 年代以来主要诗歌选本收录《断章》情况

选本	编选者	出版机构、时间	有无《断章》	收录卞其他诗情况
《中国现代抒情短诗 100 首》	本社	上海文艺出版社 1981 年 9 月	有	无

---

① 余光中：《诗与哲学》，《余光中谈诗歌》，江西高校出版社 2003 年版，第 50—52 页。余
光中增改《断章》而成《连环》："你站在桥头看落日，落日却回顾，回顾着远楼，有人在楼头正
念你。/你站在桥头看明月，明月却俯望，俯望着远窗，有人在窗口正梦你。"

② 孙光萱：《卞之琳〈断章〉》，辛笛主编《20 世纪中国新诗辞典》，汉语大词典出版社 1997
年版，第 272—273 页；曾一果、曾一桃：《爱情永恒，风景长存——卞之琳〈断章〉创作原意解
读》，《名作欣赏》2001 年第 3 期。

③ 孙玉石：《小景物中有大哲学——读卞之琳的〈断章〉》，孙玉石主编《中国现代诗导读
（1917—1937）》，北京大学出版社 2008 年版，第 233—234 页。

④ 解志熙：《言近旨远，寄托遥深——〈断章〉、〈尺八〉的象征意蕴与历史沉思》，《名作欣
赏》1986 年第 3 期。

⑤ 刘西渭：《答〈鱼目集〉作者》，《咀华集》，文化生活出版社 1936 年版，第 174 页。

续表

选本	编选者	出版机构、时间	有无《断章》	收录卞其他诗情况
《现代诗歌名篇选读》	吴开晋	河北人民出版社1982年5月	无	有
《新诗选读111首》	周良沛	花城出版社1983年7月	有	有
《现代百家诗》	白崇义、乐齐	宝文堂书店1984年11月	有	有
《现代抒情诗选讲》	吴奔星，徐荣街	江苏教育出版社1985年4月	有	无
《中国新文学大系（1927—1937）·诗集》	艾青等	上海文艺出版社1985年5月	有	有
《现代诗歌名篇选读》	周红兴	作家出版社1986年4月	有	无
《中国新诗大辞典》	黄邦君，邹建军	时代文艺出版社1988年4月	有	无
《中国现代朦胧诗赏析》	章亚昕、耿建华	花城出版社1988年4月	有	有
《中国新诗萃（20世纪初叶—40年代）》	谢冕、杨匡汉	人民文学出版社1988年10月	无	有
《中国新诗鉴赏大辞典》	吴奔星	江苏文艺出版社1988年12月	有	有
《现代诗歌百首赏析》	任孚先、任卫青	山东教育出版社1988年12月	有	无
《现代中国诗选》上册	杨牧、郑树森	台湾洪范书店有限公司1989年2月	有	有
《中国现代文学作品选》下卷	钱谷融	华东师范大学出版社，1989年11月	有	无
《新诗鉴赏辞典》	公木	上海辞书出版社1991年11月	有	有
《现代著名诗人情诗精编》	伊人	浙江文艺出版社1992年2月	无	有
《中国现代新诗三百首》	张永健、张芳彦	长江文艺出版社1992年3月	有	有

续表

选本	编选者	出版机构、时间	有无《断章》	收录卞其他诗情况
《中外名诗赏析大典》	胡明扬	四川辞书出版社 1993 年 2 月	有	有
《新诗观止》	高建群等	陕西人民出版社 1993 年 8 月	有	有
《白话诗选读》	云惟利	（新加坡）教育出版私营有限公司 1994 年	有	有
《新诗三百首（1917—1995）》上册	张默、萧萧	台湾九歌出版社有限公司 1995 年 9 月	有	有
《百年中国文学经典》第 2 卷	谢冕、钱理群	北京大学出版社 1996 年 12 月	有	有
《20 世纪中国新诗辞典》	辛笛	汉语大词典出版社 1997 年 1 月	有	有
《中国新诗 300 首》	谭五昌	北京出版社 1999 年 9 月	有	有
《20 世纪汉语诗选》第 2 卷	姜耕玉	上海教育出版社 1999 年 12 月	有	有
《20 世纪中国探索诗鉴赏》上册	陈超	河北人民出版社，1999 年 12 月	有	有
《新诗 300 首》第 1 卷	牛汉、谢冕	中国青年出版社 2000 年 1 月	有	有
《中国现代文学作品选（1917—2000）》第 2 卷	朱栋霖、龙泉明	高等教育出版社 2002 年 7 月	有	有
《中国现代文学名篇选读》下册	夏传才	南开大学出版社 2002 年 9 月	有	无
《百年百首经典诗歌》	杨晓民	长江文艺出版社 2003 年 8 月	有	无
《中国新诗名作导读》	龙泉明	长江文艺出版社 2003 年 10 月	有	有
《现代诗选》	乔力	太白文艺出版社 2004 年 5 月	无	有

选本	编选者	出版机构、时间	有无《断章》	收录卞其他诗情况
《现代诗经》	伊沙	漓江出版社 2004 年 5 月	有	无
《现当代诗歌精选集》	秦宇慧、王立	当代世界出版社 2007 年 9 月	有	有
《中国现代诗导读（1917—1937）》	孙玉石	北京大学出版社 2008 年 1 月	有	有
《旷野——中国作家的精神还乡史·诗歌卷》	林贤治、肖建国	花城出版社 2008 年 5 月	无	无
《新诗三百首鉴赏辞典》	本社文学鉴赏辞典编纂中心	上海辞书出版社 2008 年 8 月	有	有
《诗向梦边生——二十世纪中国汉诗经典》	不详，只显示"徐志摩等著"	中国国际广播出版社 2008 年 7 月	有	有
《中国朗诵诗经典》	陆澄	上海百家出版社 2009 年 4 月	无	无
《中国新诗总系》第 2 卷	谢冕、孙玉石	人民文学出版社 2010 年 9 月	有	有
《中国新诗（1916—2000）》	张新颖	复旦大学出版社有限公司 2011 年 7 月	有	有
《中国现当代诗歌名作欣赏》	《名作欣赏》精华读本编委会	北京大学出版社 2012 年 8 月	无	有

在上面 42 个选本中，有 40 个收录卞诗。入选频次位居前列的分别是：《断章》35 次，《尺八》13 次，《距离的组织》12 次，《古镇的梦》11 次，其他作品都在 10 次以下，不再列出。《断章》以远高出其他作品的入选频次，成为卞之琳的"代表作"，成为新诗中当仁不让的"经典"。

收录《断章》的 35 个选本大致分成以下几类情况：

第一类是鉴赏导读本，如《中国新诗名作导读》（龙泉明主编）、《中国现代诗导读（1917—1937）》（孙玉石编）等。这类选本旨在向学生推介名篇，分析诗歌的艺术构造，揭示它们的魅力所在。编者遴选作品，导读者按自己的诗歌观鉴赏作品，他们拥有无可争辩的话语权，充当了诗歌导师的角色。《现代诗经》值得关注，编者伊沙是一位站在"民间立场"、倡导"口语写作"的激烈反叛"新诗传统"的新锐诗人，但其编选的态度却是传统的。在这位新锐诗人眼里，《断章》仍然是一个无法逾越的存在。《现代中国诗选》（杨牧、郑树森编）、《新诗三百首（1917—1995）》（张默、萧萧编）是两个台湾版选本，《白话诗选读》（云惟利编）是新加坡版本，也都收进《断章》，反映出1980年代以来海峡两岸及华文文学界对这首诗的共同认可，体现出全球化时代华人审美认知的趋同，诗意感的一致性，也意味着该诗具有穿越能力，满足了不同语境中读者的审美期待。第二类是《百年中国文学经典》（谢冕、钱理群编）、《中国新诗总系》（谢冕等编）这类"鸿篇巨制"，旨在遴选优秀诗歌，打造"经典"，为百年新诗"树碑立传"。《中国新诗总系》各卷主编汇集新诗研究名家，模仿《中国新文学大系》编纂体例，追求"史"与"选"的结合，为百年新诗"筛选经典""立碑定论"的意识十分明显。孙玉石主编第2卷共选入包括《断章》在内的卞之琳16首诗，能够反映卞诗整体艺术成就。换言之，以"总系"的权力赋予它们"经典"位置。第三类是兼具"鉴赏导读"与"打造经典"两大功能的选本，如《中国新诗鉴赏大辞典》（吴奔星编）、《新诗鉴赏辞典》（公木编）、《中外名诗赏析大典》（胡明扬编）、《20世纪中国新诗辞典》（辛笛编）等，这些选本以"辞典""大典"的名义引导读者赏析《断章》，凸显其经典品性。第四类选本将已经"经典化"的新诗名篇进行"简化"与"通约"，打造成迎合大众趣味的"通俗读物"，如《诗向梦边生——二十世纪中国汉诗经典》（编者不详）等。浪漫气十足的题目，时尚的封面装帧，都在昭示着选本"流行""通俗"的价值定位。这种选本代表强势的大众流行文化对新诗经典的重新"塑造"与"消费"，借大众传播通道，彰显其"经典性"。

经过1980年代以来论者的阐释与选本的遴选，走过曲折历程的《断章》最终登上"新诗经典"的宝座，被誉为新诗中"耐人寻味的哲理妙品"①。如果说 1930—1970 年代《断章》的声名不彰与其本身在卞诗中的代表性不足有关，与卞之琳所归宿的现代派同时代政治的矛盾有关，与主流的诗学诉求和读者阅读取向有关；那么，1980 年代以来《断章》被"推举"为新诗"经典"，则可理解为是诗学话语与接受语境契合的结果。

首先，《断章》的"哲理性"所体现的新诗由"主情"到"主智"的转变成为有关新诗现代性想象的一个重要支撑。"抒情言志"是中国诗歌悠久的传统，"五四"以后某些新诗开始"表理"，但大都音浮意浅甚至是直白说教，而《断章》营造优美意境表达现代哲思，达到水乳交融、圆融无间的境界，由此为后来者树立一个标杆，为新诗提供了一大"新质"，开辟了一条可行性路径。正是在这个意义上，许多论著将卞之琳与戴望舒并提，认为卞之琳在戴望舒"主情"的新诗路向之外开辟了"主智"的路向，提供了新的可能性，丰富了新诗发展图景。

其次，相对于其他卞诗，《断章》短小精悍而意味隽永，类似格言警句，更有利于理解、记诵与传播。"诗是一部分具有同等智慧的人群心中小提琴最高旋律的回声"，对于以"主智"著称的卞之琳诗歌而言，真正走进并非易事，因为"要寻找智慧凝聚的闪光，必须使自己思想贮藏同等智慧的光束"②。《圆宝盒》《鱼化石》《白螺壳》《距离的组织》等具有抽象哲思特征，属于卞之琳风格标签类作品，但让李健吾、朱自清这样的解诗者颇费脑筋，读解结果还被作者指为"错误"，卞之琳自己面对《鱼化石》都不知所云，说不清，对一般读者而言其接受困难可想而知。相比而言，《断章》融汇古今中外诗艺，在卞诗中既短小精悍又"浅显易懂"，能够满足不同背景的读者的阅读需要，使他们由《断章》开启智慧、诗性的大门，进入审美的迷宫，流连忘返。换言之，《断章》相比于其他作品更具有成为经典的品格，虽然它不是诗人最具"代表性"的作品。③

① 余光中：《诗与哲学》，《余光中谈诗歌》，江西高校出版社 2003 年版，第 50 页。
② 孙玉石：《以理智之光穿透智慧的凝聚》，孙玉石主编《中国现代诗导读（1917—1937）》，北京大学出版社 2008 年版，第 207 页。
③ 与张文民合作。

第八章
政治、诗学与何其芳诗歌接受史

新诗史上，何其芳是一位特殊诗人，前后期为人为文发生了很大变化，有人概括说他经历了"从画梦的'孤旅'到搏击的战士"①的转变。转变，对于一个人而言，再正常不过了，漫长的人生里，每个人都会变，不同在于快变还是渐变，自觉改变还是无意间转换，灿烂还是枯萎，华丽还是黯然，快意还是不适。何其芳是在历史的非常时期调整、改变的，改变的动力应该说与社会思潮、政治主题有关，也与自我个性、诗学观念分不开，所以其"变"比较复杂，正因此一直以来成为不少人感兴趣的话题，不断被言说，言说其实就是阅读反应与接受。何其芳之变也许属于新诗史上的典型案例，众说纷纭，甚至概括出一个"思想进步，艺术退步"的"何其芳现象"②。所谓"何其芳现象"自然是一个复杂的问题，它是客观存在、还是专业读者制造出来的假象呢？这恐怕牵涉到政治与诗学关系问题，也可以说是 20 世纪中国部分读书人面对何其芳及其作品时其内心政治与诗学相遇、冲撞的矛盾心理反应，而对于政治与诗学关系的认识则又与何其芳诗歌的经典化问题直接相关。

本章将主要探讨 1930 年代至今何其芳是如何被评说、"接受"的问题，探讨不同时期对他的"接受"发生变化的机制，并从选本维度对"何其芳现象"及"经典"遴选、塑造问题进行分析。

---

① 周棉：《从"画梦"的孤旅到搏击的战士》，《徐州师院学报》1982 年第 2 期。
② 刘再复：《赤诚的诗人，严谨的学者》，《文学评论》1988 年第 2 期。

第一节　语境更替与接受流变

一　1930 年代的推崇与指责

1930 年代，新诗经过"五四"时期的开创和探索，迈向稳定发展时期。一方面部分诗人继续专注于诗歌自身的建设，倡导"纯诗"，探讨现代汉语的诗性特点，陌生化组合语词、句子，在新诗内部掘进；另一方面，现实情怀深厚的诗人，选择了切实承担社会历史使命，创作表现时代政治主题、揭露和批判黑暗现实的作品①。

何其芳此时刚刚踏上文坛。他早期写诗是新月派一路，后由象征派过渡到现代派，追随"纯诗"思潮。1938 年之前，他的诗多受晚唐五代词和法国象征诗派影响，大部分书写爱情的憧憬和青春寂寞情绪，形式上精雕细琢，情感迷离感伤，既受到众多青年读者的喜爱，也引起了专业人士的关注。

（一）此时他曾多次出入林徽因的客厅及朱光潜的诗歌朗诵会，与他们来往较多，并被逐步看成是京派中的后辈，受到许多前辈批评家的关注和青睐。沈从文极力称赞何其芳诗文的精美，1935 年他曾写过一支赞歌《何其芳浮雕》②，整首诗用戏拟的手法还原何其芳的诗歌和诗人形象，再现何其芳诗文中绚丽繁复的意象、鲜明的古典情调和细腻婉约的抒情特色。1937 年何其芳的散文集《画梦录》获得大公报文艺奖金，他一跃成为文坛上一颗个性鲜明的新星。选委会认为"《画梦录》是一种独立的艺术制作，有它超达深渊的情趣"③，高度肯定何其芳的散文在确立中国现代抒情散文独立性方面的贡献。

这一时期，较重要的论者是刘西渭。他认为比起卞之琳和李广田，何其芳在气质上"更其纯粹，更是诗的，更其近于十九世纪初叶"，"实际他

---

① 龙泉明：《中国新诗的现代性》，武汉大学出版社 2005 年版，第 68—69 页。
② 沈从义：《何其芳浮雕》，《大公报·文艺副刊》1935 年 2 月 17 日第 139 期。
③ 萧乾：《大公报文艺奖金》，《读书》1979 年第 2 期。

不仅是一个画家。而音乐家雕刻家，都锁进他文字的连缀"①，认为他的作品意象繁复绚丽，意境如工笔画细腻精致，情绪节奏回环往复，充满音韵美，意象、词句、情节、情绪等富有立体感，在读者脑海中浮现出精雕细刻之镜像。他尤其肯定了何其芳对语言的选择，认为那些诗语锤炼到了登峰造极的地步，与想象、感觉融为和谐的整体，共同构筑起丰富的诗意世界。然而，刘西渭并不赞成诗人的过分精致，因为艺术要的只是恰到好处。至于诗中的伤感，他表同情和理解，认为这跟年轻人的个性心理和情绪气质有关。在文章末尾，他说："让我们致敬这文章能手，让我们希望他扩展他的宇宙。"② 对诗人既欣赏，又希望他能早日走出青春的藩篱，与社会和大宇宙相遇以碰撞出新的诗意，绘制出更壮阔博大的画卷。

总的说来，京派对何其芳青睐有加，他们主要是站在新诗自身发展建设的角度肯定何其芳的探索精神。从新诗发展历程看，早期白话新诗过于直白袒露，缺乏含蓄深沉的韵味，有种"非诗化"倾向；后来郭沫若给诗歌插上了想象和情感的翅膀，但也过于自由无束，情感泛滥，新月派、象征派、现代派都做了相关探索和矫正的努力；到"汉园三诗人"，他们致力于融合中西诗学，希望以象征化的意象来含蓄传达情感，体悟哲理，在他们看来，诗歌关键是要有诗意和诗味，这体现在"无言之美"和"无穷之意"中。何其芳的作品中蕴含着丰富的诗意，写出了梦中道路的迷离，通过象征、暗示和曲折的方法创造出含蓄深邃的意境，一定意义上推进了新诗发展。上述批评者非常强调诗歌的艺术价值，他们始终不放弃文学作为艺术的审美价值追求，认为这是文学的本质。何其芳那种超脱于政治、专心致力于诗歌自足发展的追求，得到了这些论者的认同和支持。

专注于诗歌自身建设和发展，醉心于自我吟味，无暇兼顾诗歌的社会历史使命，是这一时期何其芳诗歌的重要特点，也是以京派为代表的一批读者肯定何其芳诗歌的重要原因。

（二）1937 年，梁实秋以笔名"絮如"发表《看不懂的新文艺（通信）》，认为"现在竟有一部分所谓作家，走入了魔道，故意作出那种只有极少数人，也许竟会没有人，能懂的诗与小品文……作教师的如果为他改

① 刘西渭：《读画梦录》，《文季月刊》1936 年第 1 卷第 4 期。
② 同上。

正，他便说这是'象征派'，这是某大作家的体裁"。① 读者能看懂，这个很重要，白话写诗不就是为了绝大多数人能懂，用白话写让人看不懂的诗，在一定意义上，违背了胡适等倡导的白话文运动、白话诗写作的初衷，实乃犯了启蒙大忌，梁实秋抓住了问题的要害，其言说不无力量。他还引用卞之琳的诗《第一盏灯》和何其芳《扇上的烟云》的一段文字为例，显然是在批评以"象征派"为代表的现代主义文学或具有现代主义倾向的文学。不久，《独立评论》又发表周作人的《关于看不懂》和沈从文的《关于看不懂》两篇文章予以反驳。其中，沈从文的文章深具启发性，他从文学理念的层次来追问和研究"不懂"现象，认为最早的文学革命作家是写自己"所见到的"，重在还原自己所观察到的现实生活，是现实主义或浪漫主义的写法；而20年后有一部分作家是写自己"所感到的"，这是重在表现自己对现实世界的感受与体验，运用的是现代主义的表现手法。既然作家在文学理念和创作方法上都发生了变化，那么对读者的阅读能力也就提出了新的、更高的要求，"不懂"缘于读者的审美眼光与作者创作视野的错位。

　　梁实秋对卞之琳和何其芳的"晦涩难懂"进行批评，主张文学作品要让人看得懂，这是"五四"写实派或浪漫派的批评标准；沈从文则从文学变化发展的角度，为"从感觉出发"的现代主义文学理念进行辩护，也为阅读理解何其芳诗歌指明了新的路径。从中国新诗在不同时期对中国传统诗歌的选择和借鉴这一侧面，可以看出沈从文的说法是有道理的。胡适以明白易懂作为新诗的创作原则，认为新诗是以"元白"为代表的中国白话诗的历史发展，排斥"温李"一派的晦涩难懂，这是当时启蒙主义理念的体现。而到了1930年代，戴望舒、废名、何其芳等"不满于白话新诗的'晶莹通透'而推崇晚唐'温李'一路诗风，因为'温李'诗的朦胧含蓄的传统风格正满足了他们在'表现与隐藏之间'的审美追求，而他们也正从'温李'诗中获得了新诗现代性追求的一种依据和信心"②。梁实秋等还停留在胡适等人的白话诗创作理念层面，而沈从文等则从文学的不断发展的角度，肯定了新诗的现代主义追求。

　　（三）《汉园集》出版之后，曾受到来自激进派的批评。艾青在《梦·

---

① 絮如：《看不懂的新义艺（通信）》，《独立评论》1937年6月13日，第238期。
② 龙泉明：《中国新诗的现代性》，武汉大学出版社2005年版，第4页。

幻想与现实——读〈画梦录〉》中认为，何其芳把爱情看作人生的唯一目标，当爱情受挫时便"把自己紧闭在黑色的门里，听着自己的那些独语，赞美着"，"无病呻吟"和"顾影自怜"，"词藻并不怎样新鲜，感觉与趣味都保留着大观园小主人的血统"，总之，他的受欢迎是"旧精灵的企图复活，旧美学的新起的挣扎，新文学的本质的一种反动"。①艾青确实指出了何其芳作品题材狭窄、逃避现实、形式上过度锤炼、唯美倾向严重等问题；但将何其芳的创作、将读者的阅读欣赏，看作旧美学的复辟，是对新文学本质的反动，其言辞未免过于夸张激愤，给诗人的罪名也有些过分。固然，艾青下结论之前，引用了作者原话，但是本着"为我所用"原则，掐头去尾，断章取义，正如何其芳的自辩所言，评论者在引用他的话语时往往在句子前后加上省略号，其效果是"非常可怕地把我的原意解释成了完全相反的"，装作"读不出那说明着我对于人生，对于人的不幸抱着多么热情的态度"②，从而得出他是因为爱情失意而逃避现实、悲观厌世的结论，何其芳为此感到惋惜与失望。

艾青的偏激源于他左翼作家的身份，他当时处在激烈的现实斗争中，在面临文学问题时确实很难从文学自身出发去深入思考理论问题，对文学的分析、言说带有强烈的政治功利目的，强调文学的工具属性和阶级意识，往往紧贴现实以社会学批评方法评判文学现象，例如，他用阶级分析方法得出《墓》中的乡下少女铃铃不会被诗人雪麟所爱的结论。

京派论者和左翼批评家对何其芳作品的关注焦点不同。刘西渭等人注重于艺术层面的分析；而艾青等人重视对作品的思想内容进行评说，进而否定其艺术成就。刘西渭虽然也对何其芳诗歌的过分精致伤感及题材的狭窄等问题提出质疑，但更多的是欣赏，期待他能早日扩展自己的眼界，取得更大的成就；艾青对何其芳的指责，则主要集中在他的作品没有反映黑暗的社会现实，没有反映人民的深重苦难，因此他在附记中对《刻意集》"用带着愤怒的眼睛注视这充满了不幸的人间，而且向这制造不幸的人类社会伸出了拳头"而大加赞赏，认为这是诗人思想发生巨变的转机③。

① 艾青：《梦·幻想与现实——读〈画梦录〉》，《文艺阵地》1939年第3卷第4期。
② 何其芳：《给艾青先生的一封信》，《文艺阵地》1940年第4卷第7期。
③ 艾青：《梦·幻想与现实——读〈画梦录〉》，《文艺阵地》1939年第3卷第4期。

总之，1930年代刚走上文学道路的何其芳面临的是复杂的文坛和时局，受到不同的评说，是复杂的时势所致。

二　1940年代的肯定与不满

1940年代，何其芳置身解放区，他的创作和传播接受必然受到战争语境影响。1942年，毛泽东的《在延安文艺座谈会上的讲话》对革命文艺做了系统论述，成为中国共产党制定文艺政策和指导文艺创作的依据，对作家、读者都产生了深刻的影响。

何其芳奔赴延安之后，努力融入大众，融入革命洪流；然而，对于一个已经形成自己风格的作家来说，思想上的转变也没有那么容易，过往生活的记忆、过去的阅读经验、既有的文学趣味，使他的"转变"变得复杂起来。他作品的风格不断开阔、明朗起来，与新时代氛围不断融合，但也时有起伏，难免徘徊、感伤、犹疑，旧的文风时有表现。对于思想和创作上这种"转变"，读者存在不同的看法。

关于他1938年以来的转变，许多人予以充分的肯定。艾青认为，这是可喜的转变，是诗人自觉接受革命洗礼，走上正确的创作道路的表现[1]；辛笛、劳辛高度赞扬诗人为使自己的思想发生蜕变，使作品变得简朴明快，而做出的艰苦努力[2]；沈宗澂不仅肯定这些进步，还具体分析何其芳身上存在的"作者内在的矛盾"和"作者与读者的矛盾"，解读了这两重矛盾对诗人的影响[3]。

还有一些读者虽然承认和肯定诗人的转变有积极意义，但批评其作品流露出过多的消极矛盾情绪，认为诗人的思想改造不够彻底，与现实和群众未完全融合，其突出表现是1942年的《叹息三章》和《诗三首》。

1942年2月何其芳在《解放日报》文艺栏刊发《叹息三章》；同年4月在该报上发表《诗三首》，一时引起强烈反响。该报在1942年6月和7月接连刊登三篇评论文章。吴时韵不仅批判诗人流连于过去的生活、无法

---

[1]　艾青：《梦·幻想与现实——读〈画梦录〉》，《文艺阵地》1939年第3卷第4期。

[2]　辛笛：《夜歌》，《文艺复兴》1946年第1卷第2期；劳辛：《评〈夜歌〉》，《文联》1946年创刊号。

[3]　沈宗澂：《何其芳的转变》，《观察》1948年第5卷第2期。

真正与工农大众融合的小资产阶级情绪，而且完全不承认诗人对于新生的
向往、向革命和进步靠拢的愿望，认为诗人是虚伪的。文章结尾说："从某
一方面来看，何其芳同志，也许是爱现实了，然而他'居高临下'的来看
现实的……总之，便不可避免地形成了何其芳同志和现实之间的不能协调
及隔离了。"①金灿然和贾芝都肯定何诗中所表现出的突破自己、不断进步
的精神，认为只是诗人包袱过重，才暂时呈现出消极一面。他们认为何诗
中的小资产阶级情绪如此根深蒂固，是因为诗人还珍爱着它们，批判不够
彻底②。

　　1940 年代末，对于诗人思想和艺术层面的转变，唐湜进行了深刻剖析
和肯定。他赞美何其芳的散文和诗中挥之不去的女性风格——"柔和甚至
于透明"③；认为何其芳经历了"一个知识分子的轻喜剧，一个深切的心理
蜕变过程，一个逐渐扩大的世界"，这是追逐生命的意义的苦旅④。与当时
大部分读者仅仅关注其思想特点不同，唐湜从艺术上对《夜歌》进行详细
剖析，肯定这部作品的艺术追求。

　　另外一批评论者则不满于何其芳转变后的作品艺术上出现退步的现象。
萧军认为何其芳的诗如《革命——向旧世界进军》等已丧失艺术上的个性，
思想也毫无说服力，"只是一片抽象语言的排列，我不承认它是诗"⑤，从
诗性层面质疑何其芳的创作探索。陈企霞也批评何其芳"简单地拿着政治
的口号来'囊括'诗的主题"⑥。少若认为《预言》诗集的出版表明何其芳
一面"悔其少作"（在《还乡杂记》的第一篇和《夜歌》后记中对它们加
以不满的批评），一面又把它们刊印出来，再找各种理由（理由一为保存旧

---

① 吴时韵：《〈叹息三章〉和〈诗三首〉读后》，《解放日报》1942 年 6 月 19 日。
② 金灿然：《间隔——何诗与吴评》，《解放日报》1942 年 7 月 2 日；贾芝：《略谈何其芳同
志的六首诗》，《解放日报》1942 年 7 月 18 日。
③ 唐湜：《陈敬容的〈星雨集〉》，《新意度集》，生活·读书·新知三联书店 1990 年版，第
79 页。
④ 唐湜：《生命树上的果实——读莫洛的〈生命树〉》，《新意度集》，生活·读书·新知三联
书店 1990 年版，第 157—163 页。
⑤ 萧军：《第八次文艺月会拾零》，载任文主编《延安时期的社团活动》，陕西师范大学出版
社 2014 年版，第 19 页。
⑥ 陈企霞：《旧故事的新感想》和《我射了冷箭吗——答何其芳》，延安《文艺月报》1941
年第 3 期和第 5 期。

迹，理由二是让人见证其思想发展的轨迹）庇护之，实际上这些理由往往难以成立，这实在是矛盾的。不过，在少若看来，这些"少作"比《夜歌》中的大部分诗更像诗、更有诗味①。这无意中透露出少若对何其芳转变之后作品艺术性的不满，显然更认同他早期的作品。

此时，各种文学力量此消彼长，"左翼文学"还没有凭借政治话语成为唯一合法存在的文学力量。所以，在1940年代，有一批评论者特别看重何其芳转变后的艺术成就；有些评论者承认何其芳在思想转变前后的作品中都有一以贯之的东西，并且对它们予以充分肯定；而更多的读者是批评，认为他后期作品丧失了艺术个性。

诗人走上革命道路，力图使自己进步，但一是思想并没有真正上升到能纵观历史、民族、阶级的宏伟高度，二是暂时还没探索出与主题表达相适应的艺术形式，所以他往往只能是空有一番革命热情，作品难免成为抽象语言的排列和口号式呼喊。一些评论者要求文艺作品达到深刻广阔的内容和完美的艺术形式和谐交融，并以这一标准衡量何其芳后期某些作品，于是感到失望。他们赞美诗人思想上的转变，但是不满意诗人为表达自己的革命热情而放弃自己艺术上一贯的追求，不满诗人对自己早期艺术个性的否定。他们认为文学即使作为宣传的手段和工具，也不能完全等同于标语和口号。实际上，少若的评论揭示了诗人内心的矛盾状态，"悔其少作"是因为思想上的转变，自愿也好，不得不如此也好，都得对自己以前思想的贫乏和空虚加以否定和批评；另一方面又将它刊印出来，体现了其内心深处对这些作品的珍爱，敝帚自珍，对其中蕴含的感情和精雕细刻的艺术表现形式有一种自得和不舍。此后，诗人对过去种种的留恋，受到一边倒式的批评。

由此，我们发现，何其芳本人和那些表达不满的读者对诗歌的审美价值有相似的看法。在民族面临生死存亡关键时刻，诗歌尤其要承担起它的社会历史使命，承担宣传的责任，要有利于民族救亡和社会进步，这是战争环境、政治语境对诗歌的期待；而诗歌宣传效果如何，是否能够满足政治语境里读者的热望，能否鼓动读者积极投身于民族新生的事业中，则取

---

① 少若：《读预言》，吴小如：《旧时月色——吴小如早年书评集》，北京大学出版社2012年版，第278—281页。

决于诗之艺术表现力，取决于它是否具有穿透社会人心的力量，是否具有与自然天地、历史老人、芸芸众生对话的语法、词汇及磅礴的气量，是否能够让绝大多数读者热血沸腾，也就是说它必须有诗情、诗意，这是它有别于一般宣传品的独特品格。上述读者实际上都要求诗歌艺术价值和社会价值的统一，要求诗歌创作中政治与诗学的统一。

就形式和内容关系而言，一般观点认为形式是为内容服务的，但事实上就如一张纸的两面，二者是无法分开的，形式就是内容，形式之构造包含着文本诗意生成最重要的机制，独特而富有张力的形式有助于丰富诗歌的情感意蕴。思想刚发生转变的何其芳还无法实现政治和诗性的统一，无法做到内容、形式在诗性意义上的真正融合，因而遭到一部分读者的不满与批评，也是情理之中的事。

三　1950—1970 年代内地和香港的不同声音

（一）新中国成立后的"十七年"，文学生产、传播和消费成为高度组织化的过程，是新的意义创造的重要途径。洪子诚认为，从作家团体的性质和组织方式、作家的生存方式、文学杂志和出版社到文学评价机制等都成为当代文学新体制的表现形式[1]。所以，1950 年代到 1970 年代对何其芳的评价基本上是一致的。何其芳的早期作品基本已有定论，人们普遍认为它们存在着脱离现实和唯美主义倾向；提到《夜歌》，都称其发泄旧的知识分子的伤感、脆弱与空想情绪，反映旧我与新我之间的矛盾，因其真诚倾吐，故能打动一些与他有同样出身、遭遇和理想并要求进步的知识青年。这些评论的基本思路都是从思想上分析何其芳的作品：早期作品是作为后期作品的对立面来阐释的，后期作品体现了思想上的巨大进步，但也还存在严重的问题。至于批评标准则是政治标准第一，艺术上则要求"中国老百姓所喜闻乐见的、新鲜活泼的中国作风和中国气派"，关键是能被工农兵群众所理解。

从 1942 年对《叹息三章》和《诗三首》的批评到 1955 年对《回答》的批判，反映了主流话语对何其芳后期作品的态度。何其芳 1954 年在《人

---

① 洪子诚：《当代文学的"一体化"》，《中国现代文学研究丛刊》2000 年第 3 期。

民文学》10月号发表三首诗,其中的《回答》便遭到猛烈抨击。人们不仅对诗人的思想和世界观进行严厉指责,而且对其创作风格乃至具体语句、字眼极力挖苦嘲笑。盛荃生认为《回答》有两个严重问题,一是过于晦涩,无法满足读者的阅读愿望;二是情绪上不够健康,与新时代精神不协调,未能表现、引导革命乐观主义,不利于社会主义思想建设。不过,他还是敬佩诗人用创作印证现代格律诗主张的企图,也肯定诗人对祖国的忠诚和热爱①。叶高则认为该诗表现出与时代格格不入的消极情绪,是旧知识分子意识的流露,不利于社会主义话语建构②。曹阳认为《回答》说明诗人脱离群众,情感上与人民还有距离,但另外两首诗还不错,"希望何其芳同志努力创作激发读者爱祖国、爱和平、爱共产主义、感情健康而美丽动人的诗篇"③,强调诗歌对读者的健康引导。

　　《回答》何以受到批判?何其芳作为一个体制内知识分子,对新的文艺方针、政策和路线,无疑是拥护的;但他在诗歌中却流露出迷茫情绪,因而招致严厉的批评。同时,在从事理论工作中,他又始终放不下个人的创作抱负,没有忘记自己诗人的身份,这在当时是不合时宜的。面对热心读者的一再追问,他内心深处也对自己创作上的枯萎感到苦恼和不满,与鲜活的现实生活的距离,创作转型上的困惑,都导致诗人笔端的沉重。从1942年对《叹息三章》和《诗三首》的批评,到1955年对《回答》的批判,都是在如《文艺报》《人民文学》《解放日报》一类刊物上展开的。这些刊物在文学高度组织化、体制化的时代,是宣传和引导文艺发展方向的阵地,是有效保证文学"一体化"实施的媒介。当时普遍的政治文化心理,在某种程度上也影响了作家和读者的文学观念和审美意向。1950年代到1970年代正是全国人民政治热情高涨、怀着高度的信心和热情建设社会主义的时代,为了配合新中国的建设,文艺要继续无条件为工农兵服务,情绪上要绝对的高昂,内容上最好是歌颂光明,形式上是群众喜闻乐见的民族化、大众化,作家的"小我"应该置换为"大我",而何其芳的这首

---

　　① 盛荃生:《要以不朽的诗篇来讴歌我们的时代——读何其芳诗〈回答〉》,《人民文学》1955年第4期。

　　② 叶高:《这不是我们期待的回答》,《人民文学》1955第4期。

　　③ 曹阳:《不健康的感情——何其芳同志的诗〈回答〉读后感》,《文艺报》1955年第5期。

《回答》显然与之有距离，不相容，当然就遭到严厉的批评。

政治意识形态左右了文学时尚，也在一定程度上决定了专家对文学的看法，但也不绝对，在某些并非涉及重大政治路线和文艺方向的问题上，专家们的意见还是被允许发表的。王瑶的《中国诗歌发展讲话》提及何其芳只是寥寥数笔，简单概述他从早期接近现代派到后来走上现实主义的历程，对其早期作品虽然主要基调仍然是批判其思想之消极，但对它们的艺术成就还是认可的，即"注重字句的瑰丽、想象的优美、境界的蕴藉，借暗示来表现情调"①。这是重新发现并承认何其芳早期作品的艺术成就。

1959年，殷晋培和刘登翰在《诗刊》刊文论述新诗发展问题，对何其芳的批评还是较为全面的。他们认为诗人早期的作品"反映了在丑恶现实下生活的空虚、忧郁和消极的人生态度"，同时，也承认其作品的艺术成就，它们"刻意求工，特别善于借助想象、比拟和暗示来传达情感……华丽婉约，充满感情"②；至于其后期的作品则是"用诗表现了自己的思想改造过程，写出了自己的感情的矛盾"，"但是因为作者把自己放在大时代潮流的前头，放在矛盾和斗争的尖端来描写，便和个人主义的抒情不同，它表现了一般知识分子新生的热烈的渴望"③，道出后期作品在思想上与前期作品的根本区别，明确诗中这些感情矛盾的积极意义。"这些诗笼罩着比较浓厚的知识分子的情调和色彩，有些诗语言也有过分欧化和松散的毛病。但是从《预言》到《夜歌》，诗人跨上了一段转变的路程。《夜歌》的艺术成就是很显著的，它比较纯熟地运用现代口语，形式上也不拘格律，在自由体诗里流畅地表达了诗人的思想感情"，指出了创作上的问题，但也认为其"艺术成就是很显著的"④。

可见那时对何其芳的评价依然延续"政治标准第一"的原则，这种只强调文学的社会价值和内容、不大注意文学的艺术价值和形式上的追求的评价标准深入人心，不仅影响作家、评论家，也影响到广大的读者。当然，也有一些论者不只是一味关注诗人作品中思想的转变，而是尽量言说它们

---

① 王瑶：《中国诗歌发展讲话》，中国青年出版社1956年版，第133页。
② 殷晋培：《暴风雨的前奏——"新诗发展概况之三"》，《诗刊》1959年第10期。
③ 刘登翰：《民族抗战的号角——"新诗发展概况之四"》，《诗刊》1959年第12期。
④ 同上。

在艺术上的成就，这些评价并不涉及重大政治和文学路线，所以其阐释空间相对而言还是较大的。

（二）1970 年代末，香港出现了不同的声音。司马长风的《中国新文学史》提到何其芳时有四节标题，即"何其芳确立美文格调""似烟似梦何其芳""何其芳的《还乡杂记》"和"何其芳的《夜歌》"，显然，何其芳在司马长风所勾勒的中国新文学史里占有较为重要的位置。

司马长风不仅详细剖析何其芳的前后期作品，还高度评价何其芳散文和诗歌的艺术成就。他对何其芳作品的整体评价是"集合中西古典文学之美，文笔之精致典雅、绚烂，当代无匹；初期作品的缺点是取材范围太狭……一九三五起开始转换视野于广大的人生社会，由于矫枉过正、思想力脆弱，抗战期间竟走向了延安的文艺路线"[1]。可见，由于香港政治语境的核心内容不同，司马长风的言说角度、立场与判断与大陆区别很大，基本上是将审美属性作为文学的本质属性来把握。不过，相对而言，分析作品的艺术成就还是准确的。他说何其芳的散文"几乎篇篇都是珠玉……他使散文进入一个新时代，接近了前述'纯'的标准"[2]；认为何其芳早期的诗"自然、精致有如天成"，受中国传统文学和法国象征派诗的共同影响，前者的气味较浓，后者的影响"多在形式上，而且在较后时期才明显"。[3]他还说《还乡杂记》是"纯文学创作的临去秋波"，"韵味格外凄楚苍凉"，"但文字技巧较《画梦录》、《刻意集》更为洗练圆熟"。[4]

对诗人后期对自己作品中消极情绪的反思和自责，司马长风不以为然，认为《夜歌》"全集绝大部分的诗，都是中共政治的颂歌，那些千篇一律、无病呻吟的东西，已经很少诗味了，要再削砍旧感情，那么势必成为干巴巴的政治口号了"。[5]显然，他对《夜歌》这部作品评价不高，即使是《我想谈说种种纯洁的事情》《回答》一类后来被重新发现和评价的作品，他也不很赞许。司马长风对何其芳的评说，有的地方较为到位，有的地方则过

---

① 司马长风：《中国新文学史》中卷，香港昭明出版社 1978 年版，第 114 页。
② 同上书，第 116—118 页。
③ 同上书，第 195—196 页。
④ 司马长风：《中国新文学史》下卷，香港昭明出版社 1978 年版，第 160 页。
⑤ 同上书，第 208 页。

于极端，难以令人信服，政治倾向、文化语境对他的文学阅读阐释之影响相当鲜明，或者说"政治"相当程度上决定了他的"诗学"，使他的阅读言说变得不那么纯粹。

四 1980 年代至今"崇前抑后"

1980 年代至今，对何其芳的言说主要集中在两个方面，一是继续对何其芳及其文学道路进行总体性评价；二是从艺术层面分析何其芳前期的作品。这一时期，对何其芳的评价，在主导倾向上几乎与前一时期完全相反——原来被肯定的现在基本被否定，原来被否定的反而被推崇。知识分子的自主性和文学的审美独立性被强调，前后期的转变被解释成他不断地放弃自我、逐渐向强大的革命意识形态靠拢的过程。因此大多数读者同意诗人后期作品中存在"思想进步，艺术退步"的现象，这个现象还被命名为"何其芳现象"。

（一）诗人曾痛悔自己思想进步后创作上却没有取得相应的进步，并于 1956 年做出自我反省："我发现了这样一个事实：当我的生活或我的思想发生了大的变化，而且是一种向前迈进的变化的时候，我写的所谓散文或杂文都好象在艺术上并没有什么进步，而且有时甚至还有些退步的样子。"[1]诗人的自述其实是较早认识到"思想进步，艺术退步"的问题，这与后人所提出的"何其芳现象"的内涵一致。1980 年代，应雄、刘再复等人也提出了这个问题，引起大家的注意和思考。应雄认为，何其芳被人们公认为知识分子改造的一个典型，"他的真诚的品性又使得五十年代中期以后的历史矛盾在他身上获得了极大可能的映现，因此，解剖何其芳显然具有一定的普遍意义"。[2]刘再复指出："何其芳现象"不是个别现象，也不仅仅是发生在中国，其关注的目的是"通过研究何其芳同志身上反映出来的这种带有普遍性的、时代性的苦闷，我们能升华出许多很好的见解和理论，能给我国的社会主义文学找到更广阔的发展道路"。[3]王彬彬认为，他的转变

---

① 何其芳：《〈何其芳散文选集〉序》，《何其芳文集》三，人民文学出版社 1983 年版，第 37 页。

② 应雄：《二元理论、双重遗产：何其芳现象》，《文学评论》1988 年第 6 期。

③ 刘再复：《赤诚的诗人，严谨的学者》，《文学评论》1988 年第 2 期。

"是自己的是非标准的泯灭，是主体性的彻底丧失"，体现了"悲剧性的人
生态度"①。他们针对何其芳后期创作上的"退化"，都流露出惋惜的心情，
认为这些转变体现了政治话语对文学的审美属性的制约与弱化。他们的观
点基本可以总结为两点：一是何其芳后期思想转变实属不应该，二是思想
的转变导致了艺术上的退步。这是将思想性与艺术性分离的二元对立思维
的表现，是其致命的弱点。首先二者无法完全分开，更重要的是艺术上的
退步不一定是由思想的转变造成的，二者间并没有必然的因果联系。

　　由于极左时代政治意识形态对文学的影响，导致他们将"政治"直接
等同于"极左政治"，所以一切沾上"政治"的东西都被不加分析地挞伐。
在评价何其芳时，他后期的思想转变也被简单表述为知识分子主体性的丧
失。这一结论脱离了当时的历史语境，是以今天的尺度来衡量当时的知识
分子，未免过于苛责和不切实际。

　　因此，也有不少论者专门讨论了何其芳思想转变时的心态，由内在根
源论证他转变的合理性。程光炜认为何的思想转变更多的是一种"自觉意
识"，有其社会思想根源，他不得不在"五四"以来知识分子文学传统
（包括人格方面）与政治化的农民世界做选择，因此产生矛盾纠结的一
面②。谢冕认为这是"时代苦难给艺术的压力"，造成"一代人的自我否
定"③。邵燕祥认为何其芳因向往、美化新社会，反观自身存在的问题，而
形成了一种自卑情绪④。

　　还有人认为"何其芳现象"的提出别有用心。如马釜伯和罗守让认为
所谓的"何其芳现象"的提出刻意抬高了其早期作品、抹杀了他参加革命
后的业绩，从根本上是要否定革命文学，贬损毛泽东文艺思想，要提倡一
种脱离现实政治和革命斗争的文艺⑤。周良沛也认为所谓的"何其芳现象"

　　① 王彬彬：《良知的限度——作为一种文化现象的何其芳文学道路批判》，《上海文论》1989
年第4期。
　　② 程光炜：《何其芳、卞之琳和艾青四十年代的创作心态》，《文学评论》1993年第5期。
　　③ 谢冕：《新世纪的太阳：20世纪中国诗潮》，时代文艺出版社1993年版，第154页。
　　④ 邵燕祥：《何其芳的遗憾》，《二十一世纪》1993年2月号。
　　⑤ 马釜伯：《战士·学者·诗人——纪念何其芳诞辰80周年逝世十五周年》，《文艺理论与批
评》1992年第6期；罗守让：《何其芳文学道路评析——兼评所谓"何其芳现象"》，《文学理论与
批评》1989年第6期。

是一个伪命题,他的看法是何其芳的早期作品也有缺点,后期作品也有优点,大家对前后期作品各有所好,对某些具体作品的得失只能深究其具体原因。在他看来,这种"现象",并不是何其芳独有的,而是比比皆是的创作现象,"要不正视这一'现象'而归罪于诗人的人生态度与诗风的变异和追求,而侈谈'何其芳现象',人们就只能视其为'现象'中的'现象'了"。①

我们对"何其芳现象"这个概念的提出以及众多论者的争相评说,应该持一种冷静的反思态度。杨义等人认为,用"何其芳现象"来概括何其芳创作的功过得失,隐含着"思想性与艺术性的二元对立",本质上"仍不脱陈旧的政治批评模式,只不过它在强调'艺术至上',而刻意贬损不合其意念的政治思想性而已"②。"何其芳现象"是客观存在还是伪命题?这个概念何以会出现?值得我们认真思之。

(二)由"何其芳现象"衍生一个新的阅读批评方向,就是对他早期作品的充分肯定和推崇。一些人将20世纪五六十年代的说法完全推翻,从审美自律和"纯文学"角度出发,高度肯定其早期作品在文学史上的价值。

王林充分意识到《预言》诗集在新文学抒情诗领域的贡献,认为新诗到他才开始"真正联系人们内心",有更多的蕴藉,但不晦涩,形式上也没有新月派那么死板,在诗歌艺术上达到较高的水平③。骆寒超分析何其芳早期诗作的抒情个性,承认他早期作品突出的艺术成就④。孙玉石则认为何其芳的这些"艺术化的情诗"不再是"一种社会思想的载体",而是将爱情诗"升华到了一个新的层面";"何其芳诗中批判现实和反思自身的'荒原'意识"也独具特色;"何其芳推崇想象,其1930年代的创作属于一个现代性的'感性革命'的诗歌谱系"⑤。这些是以新诗史和现代诗学建构为背景展开的言说,一定程度上揭示出此前批评逻辑所遮蔽了的何其芳诗歌的特征。

---

① 周良沛:《何其芳和他的诗及"何其芳现象"》,《文艺理论与批评》1991年第4期。
② 杨义、郝庆军:《何其芳论》,《文学评论》2008年第1期。
③ 王林:《何其芳〈预言〉的抒情艺术》,《诗探索》1982年第4期。
④ 骆寒超:《论何其芳早期作品的抒情个性》,万县师专《何其芳研究资料》1983年12月第4期。
⑤ 孙玉石:《论何其芳三十年代的诗》,《文学评论》1997年第6期。

　　钱理群等人编写的《中国现代文学三十年》之初版本和修订本对何其芳的评说有明显的变化。初版本基本沿袭了刘西渭对何其芳的评价，认为何其芳的诗有自己独特的风格，"同时交汇着东西方诗歌的影响"；认为他写散文时有独立的散文创作意识，对现代散文体裁有自己独特的创造，艺术上集合晚唐五代诗词及外国印象派的艺术之美，但嫌雕琢过分；认为他后期作品失去艺术独创性，"未能将革命性的内容与艺术形式高度结合得好"[①]。修订版在评述何其芳时，基本观点不变，但增加了篇幅，对具体作品的分析更为详细，尤其重视《画梦录》，把"独语"作为《画梦录》里独特的调式加以突出强调，认为既是探索内心的矛盾冲突的体现，"又多表现为一种感觉结构，将浸透着感觉汁液的朦胧的意象拼贴与组合，组成美丽的心灵感验世界"[②]。这种"独语"的叙说方式、扑朔迷离的意象和奇特的想象风格自然引起年轻人的喜欢。修订版肯定了何其芳使散文成为艺术精品的努力，同时也指出了散文里流露出过分雕琢、有伤自然的弊端，尤其在思想与艺术见解发生巨变后，就难以再见精致之作了。

　　还有许多论者从不同的角度、用不同的方法，对他早期作品进行详细分析与肯定。例如，黎活仁认为"乐园的追寻"是其早期作品的一个主题[③]；张洁宇研究了早期何其芳的"神话情结"[④]；还有一些评论者将他与同时代诗人、古代诗人进行比较分析，以定位其价值。总之，对他的早期作品的阐释异常热闹，基本持欣赏态度。

　　这些文学史著作和评论文章，试图将文学从革命化叙述中解放出来，突出文学的审美自律性，试图确立何其芳早期作品在文学史上的"经典"地位。

　　（三）有一些论者认为何其芳后期作品在艺术上的退步，得从艺术发展内部寻找原因，例如骆寒超认为在思想发生转变之后，抒情个性也应作相

---

　　① 钱理群等：《中国现代文学三十年》（初版），上海文艺出版社 1987 年版，第 356、384—385 页。

　　② 钱理群等：《中国现代文学三十年》（修订版），北京大学出版社 1998 年版，第 401 页。

　　③ 黎活仁：《乐园的追寻——何其芳早期作品的一个主题》，黎活仁《现代中国文学的时间观与空间观》，业强出版社 1993 年版，第 119 页。

　　④ 张洁宇：《梦中道路的迷离——早期何其芳的"神话情结"》，《中国现代文学研究丛刊》2003 年第 4 期。

应的改变，才能创作出新的称得上艺术的作品，但新的抒情个性的形成没有那么简单。何其芳走向外部世界之后"仍然把宏观的外部世界消溶于内心，仍然是个婉约派自我抒情诗人"。如果抛掉这个习性，就会变成一种粗犷式的"叫喊"；后来他决定以"柔和"的抒情来表现他对时代、对现实生活的执着和挚爱之情，可惜遭遇到批评。于是他又调整思路，但还没等他真正寻找到一条适合自己的艺术发展道路，就遭遇浩劫，以至于调整最终也没有成功①。陆耀东认为诗人后期作品质量下降有很多方面的原因：一是对新环境的认识较肤浅和"对诗美理解的偏颇"，二是过分"堆砌美好的形容词或堆砌苦难"，三是"诗人筑起层层保护自己的禁区或堤岸"，四是"过分散文化"②。还有一些评论者认为何其芳前后期作品有一以贯之的东西，如对自我的书写、表现出来的赤子般的真诚、异性情结、叙事因素、爱的历程等③。

大沼正傅认为他后期的文学理论批评中对文学的独特理解体现出"具有向《文艺讲话》以前的何其芳的本来面目复原的一面"④。赵思运也认为："进入共和国 17 年时期，何其芳一方面呈示出大一统文艺体制下极强的体制性人格；另一方面，其体制性人格又呈现巨大裂隙，不时流溢出被压抑的早期诗性基因，从而在其文学活动和文艺研究中做出一定贡献。"⑤

何其芳走上文坛是在 1930 年代，这时文学尚未背负太多沉重的责任而能自足发展，文坛上各种思想潮流多元共存，写作上的自由度是比较大的。更何况他处在象牙塔中，思想境界并不开阔，也没有品尝到日常生活的艰辛滋味，也不需要在激烈的政治斗争中马上表明自己的姿态。从他接受的文化影响来看，他浸润在中外博大精深的文化氛围之中，所感兴趣的文学

---

①　骆寒超：《论何其芳早期作品的抒情个性》，万县师专《何其芳研究资料》1983 年 12 月第 4 期。

②　陆耀东：《论何其芳的诗》，《长江学术》2006 年第 2 期。

③　叶橹：《从何其芳的诗看"自我"》，《扬州师院学报》1983 年第 3 期；谢冕：《真诚：他素有的芬芳——论何其芳》，《中国现代诗人论》，重庆出版社 1986 年版，第 98 页；江弱水：《论何其芳的异性情结及其文学表现》，《中国现代文学研究丛刊》2003 年第 3 期；谢应光：《论何其芳诗歌叙事因素的迁移》，《文学评论》2003 年第 2 期；姜涛：《论何其芳爱的历程》，《文学评论》1987 年第 5 期。

④　大沼正傅：《何其芳的文艺观》，万县师专《何其芳研究资料》1983 年 7 月第 3 期。

⑤　赵思运：《何其芳精神人格演变解码》，华东师范大学 2005 届研究生博士学位论文。

作品都是唯美和形式主义一路的，不自觉地就走上这条道路。他从小就是个孤僻的孩子，沉浸在文学浪漫新奇的世界中也是自我保护、免受伤害的一种方式。此时他年纪尚轻，理想主义和对文学的真诚追求处于思想的上风，作品中抒发出来的感情或哲思因为是青春和思想的印记而格外可贵。因而，确实有许多青年读者非常喜爱他的作品，从中得到共鸣，虽然也遇到一些批评，但也得到许多批评家的悉心爱护和赞扬。这些影响着他早期的创作追求与风格。

　　走向社会之后，他一方面自身尝到谋生的艰难，目光不得不从天上回到现实的大地；另一方面他对民众的苦难有了切身的观察和体会，激发起诗人内在的热情，使他被迫从青春期的苦闷和对现实的软弱逃避中清醒过来，开始睁眼看世界，并且想用一支笔来控诉这个不公平的社会。此外，过度的精致终于导致他无路可进，只好放弃这种形式主义和唯美主义的道路，他的文风也自然而然变得朴实平和，境界更为开阔，充满悲凉和沧桑感。热情和理想主义始终是他的标签，他决定向革命的圣地——延安进发。去了之后，他又发现自己完全无法融入群众的生活中去，也不能如己所愿顺利融入军旅生活。理想在遭遇现实之后受挫，他重新走上哀怨彷徨之路。1942年，《在延安文艺座谈会上的讲话》突然成为他的治病良方，使他有了醍醐灌顶的感觉，从此他成为毛泽东文艺思想的忠实追随者，这也体现了他理想主义和真诚的一面。但问题的关键是，这是他一厢情愿的感觉，内在思想上的问题可能根本没得到解决。而且，他所接受的文学思想、骨子里对文学的理解、写作时潜意识的作用等，都是很难改变的，许多矛盾体现在他的创作之中，他被卷入话语言说的旋涡，也是情理之中的事。①

第二节　选本与"何其芳现象"

　　何其芳是1930年代登上诗坛的现代派诗人，诗集《预言》以唯美和华丽的艺术风格赢得广大青年读者的认可。1938年，何其芳奔赴延安，接受革命洗礼，并在诗集《夜歌》里用诚挚的热情讴歌光明、诅咒黑暗，呈现

---

① 与白丹合作。

出热烈、奔放、质朴、明朗的特点。何其芳所经历的创作风格转变也引起了人们对其前后期诗歌在思想和艺术上的不同评价。如前所述，有一种观点认为，《预言》在艺术上更精致更有创造性，而延安时期的作品则是"思想进步，艺术退步"，后期诗歌的成就不及前期，即"何其芳现象"。① 那么，以思想与艺术二元对立的思维所进行的简单判断是否符合诗艺发展的本质规律，学界所提出的"何其芳现象"是否真实存在呢？通过大量的选本统计和史料收集，我们发现何其芳后期诗歌在选本中受欢迎度依然较高，因此，从主观上得出的何其芳后期诗歌不及前期诗歌的结论并不具有足够的说服力。所谓的"何其芳现象"是非常复杂的文学接受现象，它涉及政治与诗学关系问题，关涉着文学经典化的生成机制。本节将从选本维度考察何其芳前后期诗歌的传播接受情况，描绘出何其芳诗歌走向"经典"的历史脉络，揭示不同历史阶段对其前后期作品不同态度的原因，为重估众说纷纭的"何其芳现象"提供参考。

一

通过"独秀"图书搜索和图书馆馆藏查询方式，本节较全面地收集整理了各个时期文学选本收录何其芳诗歌的数据，以最早收录何其芳诗歌的选本，即1941年沈阳秋江书店出版的《古城的春天》（赵晓风编）为始，以2015年生活·读书·新知三联书店出版的《百年新诗选》（洪子诚、奚密主编）为终，共有219个选本选录了何其芳诗歌，总计54首，具体情况如表8—1所示。

---

① 较早提出"何其芳现象"的文章有：陈可雄的《为何思想进步与创作发展不平衡，"何其芳后期现象"引起人们深思》（《文学报》1987年第12期）；刘再复的《赤诚的诗人，严谨的学者》（《文学评论》1988年第2期）；应雄的《二元理论、双重遗产：何其芳现象》（《文学评论》1988年第6期）；王彬彬的《良知的限度——作为一种文化现象的何其芳文学道路批判》（《上海文论》1989年第4期）等。上述文章基本观点都是肯定何其芳的早期作品，否定其后期创作。但也有质疑之声，如周良沛的《何其芳和他的诗及"何其芳现象"》（《文艺理论与批评》1989年第6期）；罗守让的《何其芳文学道路评析——兼评所谓"何其芳现象"》（《文艺理论与批评》1991年第4期）；杨义、郝庆军的《何其芳论》（《文学评论》2008年第1期）等，他们认为"何其芳现象"这种提法失之偏颇，不利于对诗歌艺术规律的探讨。

表8—1　　　　　1941—2015年219个选本收录何其芳54首诗歌情况

诗作	创作时间（年）	入选总频次	普通选本入选频次	高校教材入选频次
《预言》	1931	93	55	38
《生活是多么广阔》	1941	80	25	55
《我为少男少女们歌唱》	1941	50	25	25
《花环》	1932	22	22	0
《我们最伟大的节日》	1949	20	5	15
《回答》	1952	19	5	14
《欢乐》	1932	12	10	2
《成都，让我把你摇醒》	1938	11	5	6
《云》	1937	10	5	5
《爱情》	1932	10	9	1
《河》	1941	10	10	0
《秋天》	1932	9	8	1
《雨天》	1932	8	8	0
《赠人》	1932	8	8	0
《我想谈说种种纯洁的事情》	1942	7	4	3
《扇》	1934	7	6	1
《脚步》	1932	7	7	0
《圆月夜》	1933	6	4	2
《古城》	1934	6	4	2
《慨叹》	1932	6	6	0
《黎明》	1941	6	3	3
《送葬》	1936	5	4	1
《季候病》	1932	5	4	1
《罗衫》	1932	5	5	0
《砌虫》	1934	4	4	0
《夜歌（三）》	1940	4	2	2
《月下》	1932	4	4	0
《祝福》	1932	3	3	0
《听歌》	1957	3	3	0
《梦后》	1934	3	3	0

续表

诗作	创作时间（年）	入选总频次	普通选本入选频次	高校教材入选频次
《夏夜》	1932	3	3	0
《夜歌（二）》	1940	3	2	1
《一个泥水匠的故事》	1939	3	2	1
《醉吧》	1936	2	2	0
《墙》	1934	2	2	0
《夜景（二）》	1934	2	2	0
《梦歌》	1932	2	2	0
《昔年》	1932	2	2	0
《休洗红》	1932	2	2	0
《失眠夜》	1934	2	2	0
《再赠》	1932	2	2	0
《风沙日》	1935	2	2	0
《我把我当作一个士兵》	1941	2	1	1
《平静的海埋藏着波浪》	1942	2	1	1
《柏林》	1933	1	1	0
《岁暮怀人》	1933	1	1	0
《病中》	1934	1	1	0
《声音》	1936	1	1	0
《有一只燕子遭到了风雨》	1956	1	1	0
《我看见了一匹小小的驴子》	1941	1	1	0
《夜歌（四）》	1940	1	1	0
《于犹烈先生》	1936	1	1	0
《夜景（一）》	1934	1	1	0
《枕与其钥匙》	1935	1	1	0

何其芳一生共创作 130 余首新诗，以 1938 年赴延安为界，前后期创作的诗歌数量大致相同。表 8—1 显示，219 个选本所收录的 54 首诗，属于前期的诗作 37 首，后期 17 首。其中，入选总频次最高的三首诗歌是《预言》《生活是多么广阔》《我为少男少女们歌唱》。在这三首诗中，《预言》是前期作品，而《生活是多么广阔》和《我为少男少女们歌唱》则属于后期，

说明选家在遴选时同时关注到何其芳前后两个时期的创作。从诗歌的表现内容和艺术形式上看，《预言》与《生活是多么广阔》《我为少男少女们歌唱》这两首诗呈现出迥异的艺术品性，但它们为何能够共同吸引选家的目光呢？这三首诗如此频繁地入选，与它们都符合青春写作的特征有关。《预言》用细腻深婉的笔触、华美和内敛的风格、朦胧的意象及古典的韵味，展现徘徊在人生歧路上的年轻人的苦恼和迷茫，容易引发青年知识分子情感共鸣。《生活是多么广阔》和《我为少男少女们歌唱》则同样写出了年轻人心声，只不过时代语境发生变化，此时诗人所表现的不再是沉迷于爱情里的痛苦与彷徨，而是歌唱生活、拥抱希望，用欢快的语言、明朗的节奏，赋予亲切的人情味，给予鼓舞人心的力量。无论是咀嚼忧伤，还是表达快乐，何其芳都以一颗赤诚之心去热烈地书写青春，因此，在不同的时代里，何其芳所唱出的"青春之歌"都能够在社会上产生较为广泛的影响，深受年轻人热捧。此外，这三首诗在 1950 年代以后的不同历史时期里先后被编入中学语文教材，这无疑进一步提高了它们在普通读者当中的传播度。

表 8—1 还呈现出另一种现象，即何其芳前期诗歌入选普通选本的频次要普遍高于高校教材，而相反的情况是，其后期作品入选普通选本的次数则低于高校教材，这说明，普通选本和高校教材编选者的评选标准存在着明显差异。普通的诗歌选本在编选时多是从诗艺审美的角度去对诗人的作品进行取舍，出于对社会上广大读者的欣赏水平和阅读习惯的考虑，选家着重考量受众群体对于诗歌情感艺术的接受度后，多会遴选出具有丰富内涵、唯美形式和纯粹情感的作品，因此何其芳前期诗歌自然成为首选，比如写于 1932 年的《花环》一诗，被普通选本收录 22 次，高校教材选本则无一编选。相对于普通选本而言，高校教材不仅有艺术审美角度的考虑，更要从文学史的立场挑选诗人诗作。通常而言，文学史的选编标准主要集中于两点，一是优秀诗人与艺术性较高的名篇佳作，二是诗艺水平不高，但在诗歌发展史上具有特定历史贡献的诗人及诗作。何其芳后期既有体现思想转换后矛盾和痛苦的作品，也有直接反映时代变化、歌颂革命和新生活的诗作。《我们最伟大的节日》入选高校教材选本的频次明显高于普通选本，该诗创作于 1949 年新中国成立之时，全诗抒发了对新中国的礼赞，洋溢着饱满的政治热情，情感激昂却诗味寡淡。可以说，选家是从文学史的

角度收录此诗，这首诗作为新中国初期诗坛的颂歌代表而载入诗歌发展的史册。

　　虽然《预言》《生活是多么广阔》《我为少男少女们歌唱》三首诗在选本中入选频次较高，但它们并不是何其芳最满意的作品。对于以《预言》为代表的前期诗歌，他曾做过自我批评："那个集子其实应该另外取个名字，叫做《云》。因为那些诗差不多都是飘在空中的东西。"① 即使1938 年之后，何其芳诗歌风格发生了明显变化，但他对写于延安时期的《夜歌》仍不满意："我这个集子，把它放在它所从之产生的时代的背景上来加以考察，它的内容仍然是很狭窄的，而且仍然是显得落后的。但在我个人的写作经历上，比起《预言》来，它的内容却开展得多，也进步得多了。"② 对于诗歌的自我评价，何其芳采取谨慎的态度，仅承认《夜歌》取得了有限度的进步，但仍与时代的要求相距甚远。何其芳在创作上的自我否定是出于政治标准而非艺术标准，认为只有思想进步才能真正带来创作水平的提高，这无疑是以二元对立的方式把政治标准放在了文艺评论中的第一位。可以说，从何其芳本人开始，便表现出诗歌评价标准的政治化倾向，以致后来的选家在选评何其芳诗歌时也自然受诗人本身言说的影响。

　　何其芳身上所表现出的对政治若即若离的态度，折射出中国新诗与政治之间难以割断的复杂关系。这样，如何评价何其芳的诗歌就与如何看待新诗与政治关系问题相关，也就有了后来学界提出的"何其芳现象"。同时，政治文化因素对新诗的影响也渗透到新诗经典化过程中，成为在新诗走向"经典"路途中无法避开的问题。因此，有必要对何其芳诗歌的传播进行历时性考察，厘清各个阶段选本收录何其芳诗歌的特点，以此窥测新诗在传播过程中与政治的复杂联系。以下是1940 年代以来各个历史时期收录何其芳诗歌的统计数据。

---

　　① 何其芳：《〈夜歌和白天的歌〉初版后记》，《何其芳文集》二，人民文学出版社1982 年版，第 252 页。

　　② 何其芳：《写诗的经过》，《何其芳文集》五，人民文学出版社 1983 年版，第 144 页。

二

表 8—2   1940 年代以降不同时期选本收录何其芳诗歌情况

	选本				
	1940 年代	1950—1970 年代	1980 年代	1990 年代	2000 年后
《预言》	0	2	14	17	60
《生活是多么广阔》	0	13	31	16	20
《我为少男少女们歌唱》	0	10	15	6	19
《花环》	1	0	5	7	9
《我们最伟大的节日》	0	7	11	1	1
《回答》	0	0	5	6	8
《欢乐》	1	0	3	1	7
《成都，让我把你摇醒》	0	1	5	2	3
《云》	0	0	4	0	6
《爱情》	0	0	2	4	4
《河》	1	1	3	3	2
《秋天》	1	0	4	1	4
《雨天》	1	0	3	3	1
《赠人》	1	0	3	2	2
《我想谈说种种纯洁的事情》	0	1	2	1	3
《扇》	1	0	0	2	4
《脚步》	1	0	2	1	3
《圆月夜》	1	0	1	2	2
《古城》	0	0	1	3	2
《慨叹》	1	0	2	1	2
《黎明》	0	2	3	1	0
《送葬》	0	1	1	1	2
《季候病》	0	0	1	1	3
《罗衫》	0	0	1	3	1
《砌虫》	2	0	0	1	1
《夜歌（三）》	1	0	1	0	2

续表

	选本				
	1940 年代	1950— 1970 年代	1980 年代	1990 年代	2000 年后
《月下》	0	0	0	2	2
《祝福》	1	0	0	1	1
《听歌》	0	0	2	1	0
《梦后》	0	0	1	1	1
《夏夜》	0	0	2	0	1
《夜歌（二）》	0	1	0	1	1
《一个泥水匠的故事》	0	3	0	0	0
《醉吧》	1	0	0	1	0
《墙》	1	0	0	0	1
《夜景（二）》	0	0	1	1	0
《梦歌》	1	0	0	1	0
《昔年》	1	0	0	1	0
《休洗红》	0	0	0	1	1
《失眠夜》	0	0	0	1	1
《再赠》	0	0	0	1	1
《风沙日》	0	0	0	0	2
《我把我当作一个士兵》	0	1	0	1	0
《平静的海埋藏着波浪》	0	1	0	1	0
《柏林》	0	0	0	0	1
《岁暮怀人》	0	0	0	0	1
《病中》	0	0	0	0	1
《声音》	0	0	0	0	1
《有一只燕子遭到了风雨》	0	0	1	0	0
《我看见了一匹小小的驴子》	0	0	0	1	0
《夜歌（四）》	0	0	0	1	0
《于犹烈先生》	0	0	0	0	1
《夜景（一）》	0	0	1	0	0
《枕与其钥匙》	1	0	0	0	0

表 8—2 显示 219 个选本收录何其芳 54 首诗歌的具体情况是：1940 年代 4 种选本，选诗 18 首；1950—1970 年代 20 种选本，选诗 13 首；1980 年代 64 种选本，选诗 30 首；1990 年代 39 种选本，选诗 40 首；新世纪以来 92 种选本，选诗 40 首。在不同的历史时期，选本所关注的何其芳诗歌是随着评价标准的不同而变化着。

1940 年代，共有 4 个选本选录何其芳诗歌，即《古城的春天》（赵晓风编，沈阳秋江书店 1941 年版）、《战前中国新诗选》（孙望选，成都绿洲出版社 1944 年版）、《现代诗钞》（闻一多编，开明书店 1948 年版）、《文学作品选读》（荃麟葛琴编，实践出版社 1949 年版）。这个时期的选家作为历史的参与者对新诗发展进行近距离观察，短时间内又难以形成统一的遴选标准，入选总频次较高的《预言》《生活是多么广阔》《我为少男少女们歌唱》在此阶段都没有入选。前两个选本只选取何其芳的前期作品，是因为后期创作的诗歌超出了选家选诗的时间范围。《战前中国新诗选》所辑选的新诗都是 1931—1937 年发表的作品，而《古城的春天》所选录 7 位诗人的作品也都是写于抗战之前。因此，何其芳写于延安时期的诗作自然无法进入赵晓风、孙望两位选家的选诗范围。

1943 年起，闻一多在西南联大编选《现代诗钞》，因当时诗歌选本稀少而自然引人注目。这部诗选选录了从"五四"时期到抗战期间的 178 首诗作，显示出总结新诗发展成就的意图。总体而言，《现代诗钞》是一部重视诗艺的新诗选本，但也反映出闻一多已经发生转变的思想观念和艺术立场，既坚持艺术审美，也要注重表达时代的呼声。远离了浓厚的革命语境和政治氛围，闻一多在遴选诗作时可以不必出于政治上的考量，而是立足于个人的审美兴趣，但在全民族抗战的背景下，闻一多选取了感情基调比较沉重的诗歌作品，这是选家结合现实后作出的理性选择。《现代诗钞》选入何其芳两首诗《河》和《醉吧》，它们分别属于何其芳创作的后期和前期作品。《醉吧》写于 1936 年，是何其芳前期作品中情绪基调比较沉重，象征意味较为贴近现实的诗作，显示出作者要告别早期绮丽柔美诗风的新变化。在诗中，诗人嘲笑那些"轻飘飘地歌唱的人们"，对他们沉迷于"酒精""书籍""嘴唇"而无视人间现实的辛苦进行尖锐的讽刺，并用"苍蝇"的意象来影射现实中空虚的自己，体现出何其芳在诗歌创作中由前期向后期风格转变的过渡性质。而写于1941年的《河》在艺术上更符合闻一多的遴选标准，该诗意蕴深厚，意象朴素明朗，又注重诗歌形式上的锤炼，语调流畅，具有自然和谐的审美特点。总之，这两首诗皆具诗人前后期作品中的各自优点，同时又对其中的缺点进行了中和，因而具有一定的思想价值和审美价值。

　　1949年，荃麟、葛琴编选《文学作品选读》，选录了何其芳后期诗作《夜歌（三）》，在其后面还附上了作者进行自我批判的《〈夜歌〉后记》。这首诗表现的是青年的苦闷，也展现着诗人新旧矛盾与自我彷徨的状态，"所以里面流露出许多伤感、脆弱、空想的情感"。① 但是，编者选择该诗的目的并不是为了展露诗人精神世界的复杂性，而是将其作为反面教材，"特地选了这样一位从唯美主义和伤感主义的道路上走向革命的诗人底作品和他的自述，来为我们现身说法，这也许比单一谈一些理论更实际"②，以此反映他思想不断进步的成长过程。作为无产阶级的文艺理论家，该选本的编者邵荃麟在遴选作品时，始终没有忘记他的文艺主张。他认为文艺工作者应当把握住政治立场与思想方向，"而在文艺批评上，要并重'动机'与'效果'，要把政治的标准放在第一位来看"。③ 在这种思想的指导下，编者对《夜歌（三）》进行了全面的评价。首先，选家在评论部分指出了该诗的消极情绪和思想，认为诗中反映苦闷中的青年人所表现出的一种不健康的精神状态，告诫读者不能沉溺于那些虽然艺术上比较精致，但反映消极思想的作品。其次，选家也看到了这首诗的现实意义，苦闷的情感容易引起青年人共鸣，有助于他们进行自我思想改造，正如诗人所说的"对于一些还未振奋起来的人，这些诗也并不是毫无一点鼓动的作用"。④ 同时，选家也注意到该诗艺术上的特点，给予了情感真挚、形式优美的客观评价。可以说，出版于临近新中国成立时期的《文学作品选读》，是较早运用政治

① 何其芳：《〈夜歌和白天的歌〉初版后记》，《何其芳文集》（二），人民文学出版社1982年版，第253页。

② 荃麟、葛琴：《文学作品选读》（上册），实践出版社1949年版，第142页。

③ 邵荃麟：《略论文艺的政治倾向》，《邵荃麟全集·第1卷·文艺理论与批评》（上），武汉出版社2013年版，第93页。

④ 何其芳：《〈夜歌和白天的歌〉初版后记》，《何其芳文集》（二），人民文学出版社1982年版，第256页。

标准评判何其芳诗歌的文学选本，这对 1950—1970 年代把政治作为评判何其芳诗歌优劣的主要标准的做法产生了一定的影响。但是，编者在坚持政治标准的同时，也没有忽略对诗艺的关注，这体现了个人审美趣味和政治标准之间的矛盾和冲突。

在 1950—1970 年代的选本里，何其芳共有 13 首诗歌被选用，其中，属于后期作品有 12 首，前期只有 1 首，即《预言》，而且出现在 "文化大革命" 结束后的 1978 年。在此阶段，何其芳入选最多的诗歌是《生活是多么广阔》《我为少男少女们歌唱》《我们最伟大的节日》。选家把目光都集中在何其芳的后期诗歌上，致使其前期作品在相当长的时间里处于被 "冷落" 的状态，直到 1980 年代以后才再次回到广大读者的阅读视野。之所以会出现这种现象，与当时的时代语境和文艺政策的变化有关。1950 年代，中国新诗进入了特殊时期，它既是文化调整政策的对象，又承担了在其调整中歌唱与礼赞新时代的使命，使得新诗与政治的关系变得如此的亲密。此时，新诗的每一步发展，都带有鲜明的时代特色和政治痕迹，而过分强调社会功能和意识形态，必然带来对诗歌艺术规律的忽视。这种倾向也自然影响到选家对诗人作品的选取和评价。因此，政治理想便成为选家遴选作品的主要标准，其所选的作品既要符合政治要求，又要反映时代的精神面貌。

首先，选家所选择的对象是要经过思想改造以符合政治规范的进步诗人，其诗作也要体现这种转变的进步意识。随着思想意识中政治化倾向的增强，诗人必然要对过去的作品进行删改，以符合时代的要求。何其芳前期诗歌是作为表现落后思想的作品而受到批判，何其芳为了 "改造自己，改造艺术"，对《夜歌》的初版进行了删改，"尽量去掉这个集子里面原有的那些消极的不健康的成分"。① 所谓不健康的成分，是指何其芳在旧日的生活与教育中所受到的影响，以及在思想改造中表现出的矛盾与困惑，如在《我想谈说种种纯洁的事情》《什么东西能够永存》等诗歌里所传达的情绪。在当时二元对立的政治思维中，这些表现不健康情绪的作品被视为作家改造得不彻底的证明而受到批判。政治决定他必须调整个人诗学，对

---

① 何其芳：《〈夜歌和白天的歌〉重印题记》，《何其芳文集》（三），人民文学出版社 1983 年版，第 34 页。

过去的作品进行否定与修改。

其次，选家遴选作品时突出政治意识也表现在对诗歌题材、主题的选取上。《生活是多么广阔》《我为少男少女们歌唱》《我们最伟大的节日》成为何其芳在此阶段入选选本最多的诗作，是因为这三首诗符合1950—1970年代诗选的题材、主题标准，即颂歌。新时代的到来，要求文学写作表现与歌颂新的生活、新的世界，新诗也不例外。《我们最伟大的节日》是作为新中国成立初期颂歌的代表而被经常提及，诗歌传达出昂扬的政治热情，虽不乏真挚与赤诚，但个人化的情感经验淹没在政治术语里。除了对政治事件的直接歌颂与参与，政治意识对新诗题材、主题的影响也体现在对日常社会生活的表现和面对新生活的乐观态度上。"在当时，为理想而献身的青春热情，被引导为社会生活的主调，它极大地影响着公众的价值取向和审美选择；在这种社会环境中，新诗很容易获得一种历史上少有的欢乐情绪。"① 虽然，《生活是多么广阔》《我为少男少女们歌唱》是写于延安时期，但何其芳在创作时"所想象的生活是包括了未来的生活的"②，诗歌表现了对生活的梦想和渴望，对未来光明的呼唤，诗人在诗歌里所传达出的乐观向上、积极进取的生活态度与当时的时代语境相契合，有助于激发广大青年建设祖国的热情，这也是选家出于政治原因所进行的主动选择。

再次，在当代诗歌秩序的确立中，对诗歌"经典"的选定是一项非常重要的工作，它要求按照当时对新诗所作出的历史评价进行区分和选择。作为1950年代以后第一部中国新诗选集，臧克家主编的《中国新诗选（1919—1949）》（中国青年出版社1956年版）对诗人诗作的选定和编排上，显示出对新诗各种艺术派别做出等级排列，有重新划定"经典"的意图。臧克家以阶级立场、政治态度和艺术方法来区分作家和作品，对来自解放区的诗人作为革命传统的代表，给予很高的评价。对于像何其芳这样后来投入到革命队伍中接受思想改造的诗人，臧克家看重的是其后期诗歌中表现的革命觉悟和思想倾向。《中国新诗选（1919—1949）》选定了何其芳四首诗，即《一个泥水匠的故事》《黎明》《生活是多么广阔》《我为少

① 程光炜：《中国当代诗歌史》，中国人民大学出版社2003年版，第4页。

② 何其芳：《关于〈生活是多么广阔〉》，《何其芳文集》（五），人民文学出版社1983年版，第128页。

男少女们歌唱》，其中《一个泥水匠的故事》只出现在 1950—1970 年代的诗歌选本里，其他时期都没有选入。该诗描写一个叫王补贵的普通百姓在妻儿和家园饱受日本侵略者踩踏后走上革命反抗道路，并最终英勇牺牲的故事。何其芳以强烈的爱憎感情，愤怒地揭露了敌人暴行，表达了对英雄的崇敬与歌颂。这首诗"不是在讲说一个故事，而是在歌唱一个故事"①，诗中反复渲染了强烈的阶级情感，呼应了当时主流的诗歌观念，"体现的是强调政治、生活行动与诗、艺术统一的左翼激进美学"。② 因此，《一个泥水匠的故事》的入选，便可以显示出选家自觉靠近革命的进步倾向。

最后，虽然选家将政治思想作为遴选作品的主要标准，但这并不意味着艺术形式就被彻底抛弃，一些选家在坚持突出作品思想主题的前提下，还能够兼顾艺术审美，使读者对诗人诗作能够获得全面的认知。吴奔星编选《文学作品研究》（东方书店 1954 年版）时，在"诗歌研究"部分选析了《生活是多么广阔》，着重突出了诗中具有现实意义的思想内容，并把诗歌所指涉的现实意义上升到阶级理想的层面，认为："不管作家也好，一般人也好，生活的目的，都是为人民服务，为工农兵服务。青、少年的希望、理想甚至梦想，各式各样，只要是从实际出发的，只要是和为人民服务的总方向适合的，都会在生活的海洋里找到实现它的最大的可能性。"③ 这种对"广阔生活"的理解明显打上了时代的烙印，并由此引申解读出"狭隘与保守""个体与集体""个人与国家"等诸多时代主题。此外，选家在强调该诗的思想性的同时，反对人们对诗歌进行概念式图解，认为《生活是多么广阔》对主题的表达具有具体性和暗示性，这也增加了该诗的精神内涵，拓展了审美艺术空间。在诗形上，选家注意到该诗吸取了自由体诗与格律体诗的特长，诗行排列整齐，语言朴素、凝练，音调和谐，也正是由于在内容和形式上皆具特色，才使得这首诗具有吸引众多读者的魅力。

到了 1980 年代，何其芳前期诗歌进入选本的数量超过了后期。在选入的 30 首诗作里，前期 19 首，后期 11 首，其中入选最多的作品是《生活是多么广阔》《我为少男少女们歌唱》《预言》，此时《预言》开始吸引广大

---

① 何其芳：《谈写诗》，《何其芳文集》（四），人民文学出版社 1983 年版，第 60 页。
② 洪子诚、刘登翰：《中国当代新诗史》，北京大学出版社 2005 年版，第 11 页。
③ 吴奔星：《文学作品研究》（第一辑），东方书店 1954 年版，第 17 页。

选家关注的目光。

《生活是多么广阔》仍是何其芳在此阶段进入诗歌选本最多的诗作，究其原因，也与1980年代的时代语境有关。相对于"十七年"时期，1980年代的文学环境不再受阶级斗争为中心的"左"的束缚，逐步告别了"政治第一，艺术第二"的二元对立的思维模式，诗歌已从宣传工具的尴尬境地逐步解放出来，诗歌创作、批评中艺术思维和审美立场开始回归，甚至出现了大胆的探索性、创新性的创作实践，为新诗发展带来了更为广阔的前景。但是，1980年代文学一直没有完全走出为政治激情所渲染的氛围，政治意识形态与文学创作的关系还相当密切。当时强调文艺要为四个现代化服务，现代化建设成为文学发展的时代背景。四个现代化是国家发展的必然选择，也符合文学现代化和现代性建构的要求。因而，在1980年代出现了一种景象，即文学意识和作品主题的表达与国家意识在现代化这一主题下高度吻合。尽管《生活是多么广阔》有着特定的创作背景，何其芳在诗中所用的"生活"一词特指的是在革命思想涵盖下的富有创造性的生活，但在选家和广大读者看来，诗人不仅描绘了生活广阔的外部世界，"更重要的是揭示人的心灵，揭示作为人应当如何去观察、体验、拥抱客观世界"。①因此，诗歌所表现出的以积极乐观的生活态度去实现理想和价值的时代风貌，与改革开放时期中国迎接现代化建设浪潮的精神相契合，政治语境为该诗创造出适宜的传播接受通道。

《预言》在1980年代开始集中进入读者的阅读视野，其原因主要有两个方面。首先，高校教材选入《预言》的频次要多于普通选本，这是出于文学史的教学考虑。最早选入《预言》的可能是1978年安徽大学中文系现代文学教研室编的《中国现代文学作品选》和1979年北京大学中文系中国现代文学教研室等主编的《新诗选》，尤其后一个选本的影响力和传播力较大，对之后高校选本的编选产生了一定影响。《预言》作为何其芳前期诗歌的代表作而入选，它集中体现出诗人前期深受"艺术至上"的美学观的影响，对细腻情感丝丝入扣的描绘，创造了一个完整、和谐的意境，充满着静谧、优雅的氛围。与诗的内容相适应，韵律严格，音节和谐，细腻、缠

---

① 任孚先、任卫青：《现代诗歌百首赏析》，山东教育出版社1988年版，第202页。

绵而又低回婉转的情调，形成了清新柔婉、深邃幽远的风格，凸显了何其芳的早期诗风。从此，《预言》逐渐确立了在何其芳前期作品中的代表性地位。其次，1985 年前后，现代意识开始苏醒，重新认识现代主义文学是1980 年代较为引人关注的文艺现象，如蓝棣之编选的《现代派诗选》（人民文学出版社 1986 年版），全面梳理展示 1930 年代现代派诗歌的创作风貌，选何其芳《预言》等 16 首诗作，肯定了何其芳前期诗歌的艺术探索和创作个性。蓝棣之在"前言"里对何其芳的诗歌作出"妩媚多姿、绮丽柔和"的评价，但仍然认为比起《预言》，"《夜歌》显然跨前一大步。诗的现实内容增多了，个人内心情怀的抒写与现实生活的面影有了结合"。[1] 所以，在 1980 年代的文学语境里，《预言》的传播广度没能够超越《生活是多么广阔》《我为少男少女们歌唱》，但已经显露出良好的发展势头。

进入 1990 年代，《生活是多么广阔》《我为少男少女们歌唱》出现了陡然降温的现象，而《预言》却保持稳定增长，首次成为入选频次最多的诗歌。

《生活是多么广阔》《我为少男少女们歌唱》在选本里数量下降，与诗歌在 1990 年代已经滑向社会边缘的事实有关。随着诗歌传统中心地位的丧失，与政治和社会现实联系紧密的诗作难以承担起描绘社会变革和发展趋向的使命。曾经抱有的纯真理想和青春热情已经减退，尤其在市场经济体制确立后，世俗化和商品化开始蔓延，人们迷失于消费的浪潮之中，以躲避崇高的方式彰显着反叛的个性。《生活是多么广阔》《我为少男少女们歌唱》是高扬理想主义的精神写照，与 1990 年代复杂喧哗的时代语境显得格格不入。同时，出版社开始面向市场，诗歌选家受到市场导向的牵引而趋向于大众阅读趣味，细腻隐秘的情感、充满感官的色彩、朦胧迷幻的意境以及唯美的形式成为符合大众口味的兴趣点，这种审美趣味的变化，必然造成人们对何其芳诗歌关注点的转移。《生活是多么广阔》《我为少男少女们歌唱》因在艺术性上无法满足读者的欣赏口味，故它们多缺席于普通诗歌选本。

与之相对的情况是，《预言》则符合消费市场作用下的阅读口味。由于

---

[1]　蓝棣之：《现代派诗选·前言》，人民文学出版社 2009 年版，第 25 页。

诗歌在社会公共生活中的作用日渐衰弱，文学空间被大众化市场严重挤压，致使作品本身的魅力和永恒性价值反而被凸显出来，因此，在 1990 年代，专注于诗艺探索的现代主义成为人们关注的焦点。同时，文学在此时已经开始走向"多元化"，文艺评判的标尺更倾向于艺术规律本身。随着对既有"经典"作品的质疑之声逐渐高涨，许多诗人诗作被重新考量和审视，由此便出现了许多打着"经典""名篇"旗号的诗歌选本，如《中国新诗名篇鉴赏辞典》（唐祈主编，四川辞书出版社 1990 年版）、《现代诗歌名篇导读》（曹文轩、李朝全主编，山西教育出版社 1994 年版）、《诗歌精萃》（刘雨婷主编，东北师范大学出版社 1996 年版）、《中国新诗经典》（江水选编，上海文艺出版社 1998 年版）等。这些选本都从诗歌文本的审美价值出发，表现出对何其芳前期诗歌的极大兴趣，《预言》便成为首选。此外，1990 年代诗歌中的政治意识进一步减弱，诗歌创作走出了集体代言人身份的藩篱，个人话语的表达成为新诗所要凸显的写作意识。何其芳前期诗歌多是神秘隐晦情感的表达，诗人不喜欢夸大的感情，"他追求的是对内心情感活动的忠实，不但忠实于它的内涵，而且忠实于它的微妙"。① 《预言》表现的是对情感默默的发生和消失过程的精致体验，是一种对生命难以捉摸的体验，体现出何其芳独特的个人化的表达方式，以"独语"的方式进行生命体验的言说，符合 1990 年代个人化写作的特点，这也可以视为《预言》受读者欢迎的潜在原因。

21 世纪以来，何其芳诗歌在选本中的收录情况发生明显的变化，共 40 首诗被选本选入，其中属于前期创作的 31 首，后期 9 首，前期作品的数量远超后期。《预言》以绝对的优势，成为何其芳诗歌入选频次最高的作品。但是，《生活是多么广阔》《我为少男少女们歌唱》并没有退出历史舞台，在选本中的入选数量保持着稳定的状态。

2000 年以来，有 60 种选本选了《预言》这首诗，大致可以分成四种类型：一是高校教材选本，有 26 种，如 2002 年龙泉明等主编的《中国现代文学作品选 1917—2000（第 2 卷）》（高等教育出版社）、2006 年刘勇主编的《中国现代文学作品选（下）》（北京师范大学出版社）、2013 年严家

---

① 唐祈：《中国新诗名篇鉴赏辞典》，四川辞书出版社 1990 年版，第 193 页。

炎主编的《20 世纪中国文学作品选（中）》（高等教育出版社）等；二是普通鉴赏性诗歌读本，有 28 种，如 2001 年张新颖编选的《中国新诗1916—2000》（复旦大学出版社）、2003 年龙泉明主编的《中国新诗名作导读》（长江文艺出版社）、2004 年伊沙选编的《现代诗经》（漓江出版社）、2006 年智鹏编著的《你一生应诵读的 50 首诗歌经典》（北京图书馆出版社）等；三是试图为新诗遴选"经典"的多卷体长编选集，如 2010 年谢冕总主编的《中国新诗总系 1927—1937（2）》（人民文学出版社）、2013 年洪子诚、程光炜主编的《中国新诗百年大典（第 4 卷）》（长江文艺出版社）；四是中学语文教材及课外阅读教材，有 4 种，如 2006 年由人民教育出版社等编写的《语文选修·中国现代诗歌散文欣赏》（人民教育出版社）、2003 年由教育部基础教育课程教材发展中心组织编选的《现当代新诗诵读精华》（柳斌主编，人民教育出版社）等。由此看出，选本类型的多样化说明《预言》传播的范围在逐步扩大，高校教材对《预言》的推广所起到的作用在降低，而普通选本在《预言》的传播中成为更为重要的助推力量。新世纪以后，在开放包容的时代语境里，人们不再关注新诗身上是否还残留政治痕迹，也不纠缠于各种纷纷扰扰的诗歌事件，而是把诗歌阅读作为一种简单的精神消费。普通读者关注的是能否在阅读中带来情感享受和精神慰藉，以及诗歌本身所散发出的独特的艺术魅力。《预言》既展现了爱情的神秘，又充满着对女神的浪漫想象，是朦胧感情和唯美形式的高度统一，加上优美的意象与和谐的音调，体现出人们对现代审美意识的自觉追求。此外，《预言》入选中学语文教材，受众群体中年轻读者的增加，为《预言》的广泛传播奠定了基础，也提高了其走向"经典"的可能性。

在经历 1990 年代衰退之后，新世纪以来，《生活是多么广阔》《我为少男少女们歌唱》这两首诗在选本里的入选频次皆有所增加，依然拥有较高的入选率。一些重要的高校教材选本和以"经典""名篇""精选"等命名的普通选本都把这两首诗列入选诗篇目，如龙泉明等主编的《中国现代文学作品导引 1917—2000（第 2 卷）》（高等教育出版社 2004 年版）、林志浩、王庆生主编的《中国现当代文学作品选读（上）》（高等教育出版社2012 年版）、夏传才的《中国现代文学名篇选读（第 2 卷）》（南开大学出版社 2002 年版）、叶橹编著的《中国现代诗歌名篇赏析》（光明日报出版社 2010 年版）等。总体而言，《生活是多么广阔》《我为少男少女们歌唱》以清新、明朗的风格，拥有着固定的读者。尽管这两首诗的写作年代已经久远，但诗歌里表现出的青春理想和积极乐观的生活态度以及对未来的美好想象依然感染着人们，体现着现代人面对时代变幻时所表现出的自信有为的现代意识。

纵观何其芳诗歌在选本中传播接受的历史，不难发现，新诗评判的标准在不同历史阶段不尽相同，但总体而言，何其芳后期的诗作在读者中的接受度并不低于前期诗歌，其诗歌入选各个时期选本的总频次达到 10 次以上的有 11 首，其中前期作品 5 首，后期作品 6 首，这说明何其芳的前后期诗作都得到了选家的青睐和广大读者的认可。那么，有的学者提出的所谓"何其芳现象"以及"思想进步，艺术退步"的结论显然与选本中所反映出的真实客观情况相违背，它不是一个以传播阅读为依据的判断，"这种思想性和艺术性二元对立的批评方式，仍不脱陈旧的政治批评模式，只不过它在强调'艺术至上'，而刻意贬损不合其意念的政治思想性而已"。① 中国新诗从诞生之日起，就与政治发生难以割断的纠缠，政治文化和政治思维在各个历史时期都对新诗产生了深远的影响，只不过在不同的发展阶段呈现出不同的特征和取向。政治固然不能成为评价诗歌优劣的标准，但也不能忽视它潜移默化的存在方式，把政治作为文艺评判的唯一标准和抽象地关注诗艺并把政治因素剔除在外的做法，都是不符合艺术发展规律，均不足为训。把"思想进步"与"艺术退步"作为逻辑关系联系在一起，显然是在把两者置于对立的思维模式下，以单一的抽象的"诗艺"标准对诗人作品进行的主观评判，是把艺术标准简单化且视为放之四海而皆准的真理，这种做法从根本上丧失了进一步探讨诗歌发展规律的前提。客观事实是，何其芳后期诗歌仍不乏优秀之作，同前期作品一样广受读者的欢迎，《生活是多么广阔》《我为少男少女们歌唱》和《预言》便是最有力的证明。

新诗的经典化是在传播中完成的，经典化的过程是作品意义被凸显的过程，与外在的传播语境有关，"只有那些与语境特征相契合的诗人、诗作

---

① 杨义、郝庆军：《何其芳论》，《文学评论》2008 年第 1 期。

才能被遴选出来，被解读放大"。① 由于 20 世纪政治因素对新诗的影响要大于其他因素，因此，在中国新诗经典化过程中，由政治参与所遴选出的"经典"诗歌也随着时代语境的变化而多遭质疑，使得今天人们所认为的"经典"变得不那么可靠。应该说，从目前的传播情况看，在何其芳共 130余首诗作里，人们关注的目光过多地分散到 54 首诗歌之中，还没有遴选出堪称"经典"的作品，《预言》《生活是多么广阔》《我为少男少女们歌唱》这三首诗虽然在选本中入选次数较多，但还不具备绝对优势，只是成为"经典"的可能性较大而已。除此之外，一些具有独特艺术鉴赏眼光的选家关注到了何其芳的其他诗作，如《花环》（《新诗选》，罗洛编，香港中华书局有限公司 1991 年版）、《扇》（《名家读新诗》，西渡编，中国计划出版社 2005 年版）、《云》（《百年新诗》，谢冕编，百花文艺出版社 2012年版）等，它们都是作为何其芳诗歌的单篇代表作而进入选本的，可见它们是被选家高度重视的，选录它们，使之具有了成为"经典"的可能。

总之，时至今日，何其芳诗歌的"经典"作品还没有遴选出来，究其原因：一是在其诗的经典化过程中政治等非文学因素让选家不断地徘徊于对诗人前后期诗歌的选择中，非诗性的因素影响太大，这是何其芳诗歌未产生公认的"经典"作品的重要原因；二是何其芳诗歌的传播接受历史也只有大半个世纪，这大半个世纪的传播数据不足以说明问题，没有遴选出公认的"经典"也许比遴选出来了更正常；三是这大半个世纪里，文学制度与政策变化太大，如何发展新诗有过多次讨论，提出过不同的思路，使得新诗历史在很多时候不是遵循自身的诗艺逻辑演变，新诗发展失去了必要的连续性，使得公认的新诗范本类型不断变化，读者阅读口味和取舍态度也反复无常，不利于新诗经典的遴选；四是何其芳是否创作出具有经典潜质的诗歌文本也是一个问题。

---

① 方长安：《新诗传播与构建》，中国社会科学出版社 2012 年版，第 160 页。

第九章

政治与诗学对话中七月派诗歌接受史

第一节　七月派诗歌接受史综论

什么是政治？"从文化系统来说，它是物质文化，又是精神文化。从物质文化方面来说，政治就是权力设施，社会制度。从精神文化来说，政治是一种意识形态，一种社会理想。"① 作为精神文化的政治，与文学具有天然联系，中国自古就有"文以载道"的传统，且新诗从发轫之初就肩负着改革社会的使命；作为物质文化的政治，在中国 20 世纪三四十年代战火纷飞的岁月里，也必然地突入文学。诗歌作为文学体裁之一种，以其相对短小的篇幅、精练的语言、简洁的形式，成为宣扬、普及政治政策的最有力工具和斗争武器。当新诗发展到它的第三个十年，政治的全面介入正构成了其时独特的诗学内涵。在众多诗歌流派中，成功地将政治引入诗歌，并且具有较高诗学价值的当属七月诗派。这一活跃在抗日战争和解放战争时期的中国文坛上、以《七月》和《希望》等杂志为主要创作阵地的诗人群，在诗学的自律与政治的他律之间，自觉地维持着平衡，创作出了既具有时代特色又闪耀着独特个体精神的诗歌作品。因此，从政治与诗学的话语关系这一角度，考察七月派诗歌接受史，既能微观七月派诗歌的价值走向，又能以史实为依据反思大半个世纪以来批评话语中文学与政治对立紧张关系，为重构理想的政治与诗学关系提供实践经验和理论支持。

---

① 钱中文：《文学发展论》（增订本），经济科学出版社 1998 年版，第 405 页。

一

　　七月派诗歌接受的发生和发展与中国当代社会政治变化密切相关。1937 年 7 月抗日的枪声打响后，国统区的文艺刊物纷纷停刊，身在上海的胡风为了配合抗战，反其道而行之，编辑出版了《七月》周刊。在抗战的大环境下，胡风的这一行动至少能说明以下两点：一、《七月》的发端与当时社会最大的现实政治——抗战关系密切，当国统区别的刊物选择停刊或者回避政治话题时，《七月》不但不避讳政治，反而迎面而上，拥抱政治，表明了胡风关注社会现实的办刊意图和努力，也显示了他作为编辑的独到眼光和勇气；二、应时代要求而生的《七月》，由于关注抗战这个关系到每个人切身利益的时代话题，必然能够争取到最广大的读者群，引起许多有志于报国的热血青年的共鸣，可以说，《七月》从一登场就具有相当广泛的群众基础。

　　事实也证明，尽管《七月》几经改版，从最初的周刊，到半月刊，再到月刊，地址也多次变更，从上海，到武汉，再到重庆，但是《七月》以及后来承继《七月》的《希望》，总是能得到众多读者的拥护和喜爱。七月派诗人牛汉曾回忆说："当时我是初中学生，作为一个读者，看到这个杂志，觉得它的作者们都是在鲁迅精神哺育下成长起来的青年作家，大都与鲁迅有过亲密的关系（特别是胡风、二萧等），在创作上都是以鲁迅为导师，坚持现实主义道路的作家。他们以昂奋的激情及时反映抗日斗争的作品，吸引了广大的读者，是十分自然的。"① 另一位七月派诗人绿原也说道："当时各地青年朗诵的，北京、上海化装朗诵的，大都是《希望》上面的诗"，"这些作品都起到了一些政治作用"②。创作上"以鲁迅为导师，坚持现实主义道路"，学生们在"集会上朗读"并且能起到"政治作用"，可见，《七月》和《希望》在同时代读者眼中是革命而且进步的现实主义刊物，它们一边承继着鲁迅的现实主义战斗传统，一边以昂扬的激情和具有艺术感染力的作品表现抗日，在读者中产生了巨大的影响。诗人耿庸在谈

---

　　① 牛汉：《梦游人说诗》，华文出版社 2001 年版，第 123—124 页。
　　② ［韩］鲁贞银：《关于"胡风编辑活动和编辑思想"访谈录——访谈牛汉、绿原、耿庸、罗洛、舒芜》，《新文学史料》1999 年第 4 期。

到《七月》和《希望》对读者的影响时也说："战斗的热情、青春的气息、生气虎虎的人格力量，吸引和影响着众多的读者，并且在读者中培育一个又一个新生代的作者。"①

是的，"在读者中培育一个又一个新生代的作者"，这也正是胡风创办《七月》的意图之一。1937 年 10 月 16 日，《七月》半月刊在武汉复刊。在正式出版的《七月》创刊号中，胡风以"七月社"的名义发表了代致辞——《愿和读者一同成长》："在神圣的火线后面，文艺作家不应只是空洞地狂叫，也不应作淡漠的细描，他得用坚实的爱憎真切地反映出蠢动着的生活形象。在这反映里提高民众的情绪和认识，趋向民族解放的总的路线。文艺作家这一工作，一方面要被壮烈的抗战行动所推动，所激励，一方面将被在抗战的热情里面涌动着生长着的万千读者所需要，所监视。工作在战争怒火里罢！文艺作家不但能够从民众里面找到真实的理解者，同时还能够源源地发现在实际斗争里成长的新的同道和伙友。我们愿意献出微力，在工作中和读者一同得到成长！"② 这段发刊词简洁有力地表达了七月派的文学理念，同时也是对持有相同文艺观的有志文学青年的召唤。可以说，胡风在创办杂志时具有很强的读者意识，他有意识地从读者中培养新生力量，以刊物来吸引同道者，开辟新的文学阵地。许多七月派诗人，如牛汉、绿原、冀汸、贾植芳、曾卓等，在谈到自己的文学之路时，都承认走过了一条从七月读者到投稿者再到七月派诗人的道路。③ 胡风也明确表示，七月派的创作队伍"作者一部分是三十年代出现的新人，更多的是第一次或不久前才出现的名字。也就是，刊物主要是依靠读者中的，想通过文学实践作斗争的先进分子"④。

从读者到投稿者再到七月派诗人，其中值得我们注意的现象是，作为《七月》和《希望》主编的胡风在选稿和与投稿者书信交流的过程中，对七月诗派的形成所起的诱导和规约作用。胡风选稿和评价的标准就在于他

---

① ［韩］鲁贞银：《关于"胡风编辑活动和编辑思想"访谈录——访谈牛汉、绿原、耿庸、罗洛、舒芜》，《新文学史料》1999 年第 4 期。

② 胡风：《胡风全集》（第 2 卷），湖北人民出版社 1999 年版，第 499 页。

③ 参见李怡《七月派作家评传》，重庆出版社 2000 年版。

④ 胡风：《胡风全集》（第 7 卷），湖北人民出版社 1999 年版，第 378 页。

本人的文艺思想体系，其本质为"诗心与现实"相结合的创作原则，其核心是发挥"主观战斗精神"的现实主义。以胡风本人的思想体系为基础，他选取符合自己创作理想的来稿作为其理论的创作实践，同时，通过与投稿者书信交流的方式，指出来稿中存在的不足，从而指明未来创作的"正确方向"。如绿原在回忆胡风对他的引导时说："在写作方面，我当时脱去了《童话》时期的天真和明朗，一度热衷于一些雕琢而又朦胧的意象；胡风也是几次来信，叮嘱我注意保持情绪的自然状态，不要把它揉了又揉，揉到扭曲的程度，同时叫我警惕追求所谓'绮语'的倾向。……正是这样，我陆续写出了一些仿佛从心里流出来的政治抒情诗，大都由他编在《希望》上发表了。"① 在胡风的引导下，绿原创作出了"从心里流出来的政治抒情诗"，这正切合了胡风所宣扬的将"主观战斗精神"融入现实政治的创作理想，强调以具有艺术感染力的作品来表现政治，从而实现文艺作为政治的有效宣传工具的性能。正是在编者和读者之间所形成的良性交流与反馈中，实现了读者与作者的角色转换。

　　七月诗派也正是在这种双向选择与交流反馈的过程中逐渐形成：读者对杂志的选择，继而读者中的"先进分子"转变为创作者；主编胡风对来稿的选择，有潜力的来稿者被吸纳和培养为杂志的固定作者，最后发展为七月派同人。另外，本着对"诗心与现实"相结合的创作原则以及"主观战斗精神"的共识，《七月》周围众多作家和诗人在创作实践上与胡风理论交相辉映，为七月派的形成提供了必要条件。牛汉在《关于"七月派"的几个"问题"》一文中指出，七月诗派"是在一个特定历史条件下，在世界观、美学观、创作方法上互相吸引，互相影响，互相促进，渐渐形成艺术志趣大体上相近的一个作者群，客观上形成为一个流派"②。这种说法大体是不错的，但是胡风对于稿件的筛选和对创作者有意识地选择与引导，对七月诗派的形成无疑起着更为关键性的作用。可以说，七月派诗人正是以胡风为精神领袖，以胡风理论为思想基准，将时代的需求和自己的文学理想融合于现实主义诗学中，构筑了具有鲜明流派特色的诗歌世界。

　　由此，伴随着这一选择与规范的进程，七月派诗歌逐渐形成了自己相

① 绿原：《胡风和我》，《新文学史料》1989 第 3 期。
② 牛汉：《梦游人说诗》，华文出版社 2001 年版，第 124 页。

对稳固的风格。如果说早期的七月派在《七月》时期，由于其开放性以及自觉的双向选择交流互动促成了流派的形成，那么后期的七月派在《希望》时期，在文学思想和艺术风格上加强了共同性的追求，人员也相应地趋于集中和稳定，流派意识走向自觉，这标志着七月派的成熟。然而，成熟也意味着封闭和排他性。从《七月》到《希望》，胡风的文艺思想和编辑思想愈加严密，七月派的个性逐渐极端化，作者群相应变小，读者群也随之变得单一。在文艺界统一文艺思想的要求下，个性鲜明而又自成体系的七月派所面临的困难和阻力也越来越大。胡风的以"主观战斗精神"为代表的文艺思想，遭到了文艺界主流力量的批评，七月派被冠以有"相当强烈的宗派气味"①而逐渐走向孤立。

值得特别注意的是，编者、刊物、作者和读者之间如此自觉和密切的关系，是七月派的一大特点。"五四"启蒙文学就是一种启蒙者和被启蒙者关系的文学，也就是重建作者和读者关系的文学，但由于启蒙者的优越感和救世主心理，由于作者与读者之间生存空间的不同、观念的差异，作者和读者关系并非想象的那么密切，读者意识在一些作者那里并不强烈甚至缺失，"五四"文学并未建立起理想的作者和读者对话交流关系；与之相比，胡风和七月派构建起了一种作者和读者的新型对话关系，培养了七月派文学读者，将读者变为作者，既是张扬七月派文学的力量，又是以文学参与社会政治的有效途径，也是对"五四"启蒙主义文学精神的承继与弘扬，这是七月诗派对新文学的一大贡献和特别的新诗史价值所在。

二

在谈到七月诗派处理政治与诗学的关系时，龙泉明有一段精彩的论述："诗歌参与政治并不意味着要取消艺术自身，要使诗歌更能发挥独特的有效的功能，必须注重它的'艺术'，没有艺术感染力的作品是无法圆满地实现政治功利目的的。这种认识，使他们能够严格遵循艺术创造的基本法则，注意艺术形象审美地把握现实生活，在表现政治观念的同时，也探索艺术技巧的上达，讲究艺术形式的完美，从而使他们在创作上能对生活和政治

---

① 茅盾：《走在民主运动的行列中——回忆录（三十一）》，《新文学史料》1986 年第 2 期。

作出艺术的把握，艺术的认识。"① 可见，七月诗派既肯定诗歌要扎根于社会现实，能为政治所用，又强调诗歌本体的审美原则，这种在政治与诗学的关系上辩证统一的观点，是胡风现实主义理论最突出的特征，也是七月派诗人的共识。以现在的批评眼光来看，胡风及七月诗派的这一认识具有重要的价值，然而，在 1940 年代，特别是当抗战进入相持阶段，战争的艰巨性和严酷性全面展露出来的时候，这种试图把握艺术与政治平衡的努力在主流文艺批评看来是不合时宜的，七月诗派也因此遭到主流力量的质疑和排斥。

回望 1940 年代的文学批评，有学者指出，1940 年代新诗理论批评依然是现实主义和现代主义双峰并峙，就现实主义这一块来说，可以划分为"激进的现实主义"诗论、"传统的现实主义"诗论和"体验的现实主义"诗论三种。其中，以革命家、政治家、左翼作家为主体的"'激进的现实主义'诗论'人多势众'，在力量和影响上，始终占上风，为建国后的文艺进一步走向本质化乃至同质化的现实主义做了有力的铺垫"②。那么，我们结合 1940 年代的批评史料，以七月诗派的代表人物艾青的接受为主要参照，来大致还原七月诗派在 1940 年代的历史接受现场：

作为新诗发展史上难得的一位大家，艾青也是七月派诗人中的重要一员，许多后来的七月派诗人都是在他的影响下开始写诗的。艾青 1930 年代初登诗坛时，第一篇关于其诗歌的专论就是胡风发表于 1937 年《文学》杂志上的《吹芦笛的诗人》。在文中，胡风对艾青的诗集《大堰河》给予了极大的批评热情，认为艾青的诗"平易地然而是气息鲜活地唱出了被现实生活所波动的他的情愫，唱出了被他的情愫所温暖的现实生活的几幅面影"③。接着，胡风在《七月》上刊登了大量艾青的诗，在《七月诗丛》中编辑出版了两本艾青的诗作，并由艾青主持回答《七月》上文学爱好者的文学问题，一手将他推至七月派诗人群的首席。七月派的另一位理论家吕荧也对艾青作了颇高评价，认为他超越了先前诸流派的许多诗人，他的诗

---

① 龙泉明：《中国新诗流变论》，人民文学出版社 1999 年版，第 381 页。

② 杨四平：《论四十年代现实主义诗论》，《文学评论》2008 年第 4 期。

③ 胡风：《吹芦笛的诗人》，《文学》1937 年第 8 卷第 2 期。

"风格的发展，正与中国新诗的发展密切地相联系着"①。然而，在以周扬、黄药眠等为代表的"激进的现实主义"批评家眼里，艾青的诗歌固然是好（不然也不会引起批评家的注意），却也存在着这样或那样的硬伤，与新诗的现实主义创作要求存在着巨大差异。如认为艾青的诗"通到大众的心的，仿佛是一股特别的细微的电流"（周扬语）②，被批评为"没有正确地把握着现实主义的创作方法"（周钢鸣语）③，甚至断言艾青的诗歌根本不可能成为现实主义诗歌，因为"这种诗歌的风格，只适合于表现个人的忧郁的情怀"（黄药眠语）④。

　　虽然其他七月派诗人大都是从读者中发展起来的新人，并未引起七月派之外更多批评家的注意，但是在流派内部，七月派诗歌参与政治、表现政治的现实主义特征得到了七月派理论家的特别强调。胡风思想的追随者、另一位七月派的理论家阿垅，以片论的形式，总结了七月派的许多重要诗人，如绿原、冀汸、化铁、鲁藜、孙钿、天蓝等的创作特征。在《绿原片论》中，阿垅评价绿原像"采珠人一样潜入了生活的深海"，"而绿原这个人，以及他底狂涛的诗，正是现实的、政治的、全面攻势转移的宣言和军乐"；在《冀汸片论》中，他说冀汸"不善于身边抒情，而惯于政治控诉"；在《化铁片论》中，他热情地称赞道："这是一个诗人象征了全体人民，一首诗代表了一部血战。"⑤ 这些评价始终与"生活""现实""政治""人民"等时代批评话语紧密结合，昭示着七月派诗歌的革命性和现实性特征。

　　而另一方面，中国新诗派诗人唐湜则从诗歌美学的角度高度赞扬了七月诗派创作上的现代气质和现代品格。在发表于1948年《诗创造》上的《诗的新生代》里，他这样评价七月诗派："他们私淑着鲁迅先生的尼采主义的精神风格，崇高、勇敢、孤傲，在生活里自觉地走向了战斗。气质很狂放，有吉诃德先生的勇敢与自信，要一把抓起自己掷进这个世界，突击

①　吕荧：《吕荧文艺与美学论集》，上海文艺出版社1984年版，第249页。
②　周扬：《诗人的知识分子气》，《诗》1942年第3卷第4期。
③　周钢鸣：《诗人与人民之间》，《中国诗坛》1946年第1期。
④　黄药眠：《论诗歌工作者的自我改造》，《中国诗坛》1946年第1期。
⑤　阿垅：《人·诗·现实》，生活·读书·新知三联书店1986年版，第193—213页。

到生活的深处去，不过他们却也凸出地表现了独特的个性，也有点夸大，也一样用身体的感官与生活的'肉感'（Sensuality，依卞之琳的译法）思想一切……不为传统与修养所限制，他们赤裸裸地从人生的战场上奔跑了来，带着一些可爱的新鲜气息与可惊的原始的生命力，掷出一片燃烧着的青春的呼喊与崭新的生活感觉"①，进而深情呼唤七月诗派与中国新诗派的合流，以便形成现代诗歌的大合唱。

当我们将 1940 年代多种不同的评价声音并置，不难发现这其中的悖论：自我标榜现实主义的七月诗派，在被"激进的现实主义"批评家批评为"非现实主义"乃至"反现实主义"的同时，在现代主义批评家那里得到了更多的赞赏与认同。那么，这种悖论从何而来呢？我们认为这主要来源于两个方面：一方面是前文提到的七月诗派"诗心与现实"相结合的创作原则以及对"主观战斗精神"的强调，促使七月诗派在表现政治的同时不忽视诗学的自身规律，在诗歌创作中汲取多种艺术表现技巧，艺术性地再现时代政治，同时最大化地调动自我的主观能动作用，将诗人炙热的情感与客观现实融为一体，在诗歌表现上有较高的审美追求，这一点能够解释七月诗派获得中国新诗派诗人的肯定与认同的原因；另一方面，对政治的不同理解，造成了以胡风为代表的"体验现实主义"与以周扬为代表的"激进现实主义"的根本分歧。胡风、阿垅、吕荧以及艾青等七月派同人在文论及诗论中所使用的"政治"概念，并非政治学意义上的"政治"概念，而是艺术美学上的。在七月诗派的创作实践中，他们将笔触深入现实生活的方方面面，或以饱满的热情，或以深刻的同情来表现周遭的世界。所以说，七月诗派所信仰的"政治"，其实是一种现实人生，为政治就是为人生，文艺作为表现政治的工具其实就是表现现实人生的工具。比起"激进现实主义"所理解的特定的政治意识形态，七月诗派的"政治"概念具有更大的普遍性和审美性。因此，在处理诗学与政治的关系时，七月诗派的根本立场在于将诗人的创作个性与现实人生融为一体，而不是将自我完全消解于主流意识形态之内，同时要求保持文学对政治的天然批判作用，这就造成了七月诗派与持"文学工具论"的主流现实主义的根本矛盾。

---

① 唐湜：《新意度集》，生活·读书·新知三联书店 1990 年版，第 23—24 页。

然而，在亟须统一思想的时代，艺术审美领域并不能包容"现实主义"的多种形态和对"政治"的不同解读。随着新政权的建立，"激进的现实主义"批评术语一跃而成为官方语言，盖过其他一切文学审美质素而处于统治地位，政治与诗学也就失去了平等"对话"的可能性。此时，社会政治话语一家独尊，从而利用"身份学""立场学""时代论"等阶级论调来贬斥胡风思想和七月派诗人及诗歌。据林默涵回忆，自1942年舒芜在《希望》上发表《论主观》一文后，胡风及其身边的七月派受到了主流文艺界大大小小共四次思想批判。这些思想批判的火力主要集中于主观唯心主义、小资产阶级的个人主义文艺思想、抹杀世界观和阶级立场的作用、轻视民族文艺遗产等问题，归结为一句话就是"胡风文艺思想错误的根源，是在于他一贯采取了非阶级的观点来对待文艺问题"[1]。尽管这些批评使胡风及七月派遭受重创，但也仍是作为文艺界内部文艺思想的分歧而加以批判的，并未上升到政治高度。林默涵等1953年认为："以这种错误的文艺思想为中心，在胡风周围曾结成了一个文艺上的小集团，这个小集团的特点就是严重地脱离政治，脱离群众，而醉心于他们的自我欣赏和互相标榜。"[2] 然而，到了1955年，随着胡风的一批带有强烈个人意气色彩的书信被揭发，胡风及七月派被定性为政治上的反党反革命集团。从此，学术问题演化为"政治问题"，文艺观念上的思想差异变成了阶级矛盾，文学上的"七月派"变成了政治上的"胡风反革命集团"。

三

"我国新文学的革命思潮，始终与革命的政治思潮相联系，'和当时的革命战争，在总的方向上是一致的'。建国以后，两者的联系更加密切，不仅是在总的方向上完全一致，而且从组织领导和工作步调上也都'完全结合起来'，所以建国以后文学思潮的流向、起伏，无不受政治形势和政治运动的制约。"[3] 朱寨的这段关于文学思潮的论述正好切合了七月诗派的浮沉

---

[1]　林默涵、黄华英：《胡风事件的前前后后（林默涵问答录之一）》，《新文学史料》1989年第3期。

[2]　同上。

[3]　朱寨：《中国当代文学思潮史》，人民文学出版社1987年版，第4页。

命运。民国时期，七月派的理论和创作实践与革命的政治要求在大方向并无矛盾，因此七月派诗歌才能在诗学与政治的平等对话中，到达一定的艺术高度；1949 年后政治意识形态话语迅速而彻底地压倒诗学话语，使原本充满蕴藉的诗学语言处于"失语"状态。对于七月派的接受，也随着政治运动的发生而陷入了尴尬的境地，文学评价被简单粗暴的政治批判所替代。

为了论证新政权的合法性与必然性，在政治意识形态的作用下，新中国出现了一股叙写新文学史的热潮。在对待胡风和七月派这一问题上，文学史的态度随着政治运动的发生而逆转。新中国第一部有影响力的新文学史著作——出版于 1950 年代初期的《中国新文学史稿》，尽管政治色彩较浓厚，王瑶还是客观地肯定了胡风对诗歌的热情和对诗人的培植，认为胡风"提倡和鼓励了诗底发展，排斥了一些单纯追求技巧的作风，而把生活在战斗中的诗人像田间、鲁藜他们的诗来介绍给读者；他对诗的扶植和培养是有功绩的"①，并且给出一定的篇幅来评论绿原、冀汸、孙钿、壮涌、亦门（阿垅）和邹荻帆等七月派诗人的创作。可见，在《中国新文学史稿》中，七月诗派是作为进步诗人而被纳入现实主义文学范畴之内的。然而，1955 年在胡风等七月派同人被定性为政治上的"胡风反革命集团"后，为了配合政治运动和表明政治决心，文学史家对七月派的叙述有了很大转变。丁易的《中国现代文学史略》，一方面将艾青、田间与柯仲平一道作为解放区的重要诗人相提并论，从根本上撇清了艾青、田间与七月派的源流关系；另一方面，将胡风和七月派称为"以胡风为首的一个小集团"②，而作为一个诗歌团体，七月诗派根本不具备在文学史中出现的资格。1956 年出版的刘绶松的《中国新文学史初稿》政治性更强，它将新文学史视为阶级斗争的发展史，对作家的评论则是以政治性取代文学性。在谈到胡风和七月派时，他说"胡风反革命集团是长期伪装革命、潜伏在革命文艺阵营内的阴险毒恶的敌人"，"胡风一方面广植党羽，扩大他的反革命势力；另一方面狂热地散播着他的主观唯心论的反动理论，反对我们党和党所领导的革命文学事业"。③ 这段话从政治上批判胡风及七月派，而对其文

---

① 王瑶：《中国新文学史稿（下册）》，新文艺出版社 1953 年版，第 64 页。
② 丁易：《中国现代文学史略》，作家出版社 1955 年版，第 169 页。
③ 刘绶松：《中国新文学史初稿（下卷）》，作家出版社 1956 年版，第 70 页。

学创作成就只字不提。至此，胡风和七月派作为一个反党反革命集团的负面形象被确认。对他们的评价，除了愈演愈烈的政治定性外，并无任何学理性分析。在主流批评看来，七月诗派由于政治立场错误，他们的诗歌创作也就成了反动文艺，因此也失去了评论的价值，七月诗派及其创作随之被埋藏于地下二十余年。

　　直到 1980 年胡风平反以后，因胡风而受累的七月派终于重新浮出水面，关于胡风文艺思想和七月派的研究也随之解冻。1981 年，七月派重要诗人绿原、牛汉应人民文学出版社之邀编辑出版了七月派诗歌合集《白色花》，他们选取七月派中二十人的部分作品"向读者展示一下他们风姿的一片投影"。绿原在《白色花·序》中，梳理了七月诗派"作为一个流派的起源、性格和特色，以及他们对于人和诗的关系的一些理解"；在政治与诗学的关系上，他特别强调，七月派诗人"努力把诗和人联系起来，把诗所体现的美学上的斗争和人的社会职责和战斗任务联系起来"，追求"政治和艺术的高度一致"①，这可以说是绿原对七月诗派的自我定性和自我总结；1984 年，另一本七月派诗歌选集——周良沛的《七月诗选》出版，它将艾青与田间的诗歌作为七月派诗歌的重要代表而收录其中，更全面地体现了七月诗派的风貌；再加上 1986 年吴子敏编选的《〈七月〉〈希望〉作品选》中诗歌部分，七月诗派的全貌才完整地显露出来。这些诗歌选集，为批评界对七月诗派的研究提供了条件。这一阶段，研究者无一例外地将七月诗派重新纳入现实主义范畴之内，对其现实主义创作特征大力肯定，如认为"七月流派的倾向或灵魂，即其风格特点，首先就是忠实于现实的生活、斗争，也就是继承了'五四'以来现代文学中的宝贵的现实主义传统"②；"他们是恪遵着现实主义原则的，但在反映现实的过程中，又不仅仅以忠实于现实的刻画为满足，而是力图深刻化，即向现实主义深化迈进"③；"作者们在遵循现实主义的创作方法以反映时代和生活时，不满足于那种皮相描绘或概念演绎的浅薄的现实主义，而是努力使现实主义深化"④，等等。

---

① 绿原：《白色花·序》，人民文学出版社 1981 年版。
② 吴子敏：《论"七月"流派》，《文学评论》1983 年第 2 期。
③ 刘岚山：《白色花——七月派诗选述评》，《诗刊》1981 年第 9 期。
④ 杨匡汉：《他们的诗曾经是血液——评〈白色花〉》，《文学评论》1982 年第 5 期。

1988 年 6 月，中共中央再一次发出《关于为胡风同志进一步平反的补充通知》，撤销了原有文件中关于胡风文艺思想的定性和论断，研究者对胡风及七月派的研究也因此打破了一元化的研究格局。1988 年 7 月 16 日，中国社会科学院文学研究所和《文学评论》编辑部召开了一次"关于胡风文艺思想的反思"座谈会，刘再复、朱寨、乐黛云、严家炎、王富仁等从文学反思、现实主义形态、文艺美学等角度对胡风思想进行重新评价，并致力于挖掘其独特价值，这次座谈会为以后的胡风及七月派研究打开了更为宽阔的研究视野，研究者开始探讨现实主义可能具有的多种形态，从而"承认胡风的理论主张属于中国现代文学革命现实主义两派中的一派"，同时承认"它也属于中国现代马克思主义文艺理论两派中的一派"①。在这样的学术背景下，胡风及七月派不同于主流现实主义的特质得以彰显，他们强调"主观战斗精神"的现实主义"表现了他的现实主义观念同当时在革命文学阵营内部居于主导地位的社会主义现实主义文学观念的区别。他不仅强调了作家在创作过程中的主体地位和主体作用，更强调了这种主体所应该具有的个性主义内涵"②。这一特质也被赋予特定名称以区别于主流现实主义，如严家炎将胡风的现实主义界定为"体验现实主义"、魏绍馨将胡风的文学观概括为"人本主义的现实主义"、龙泉明将七月诗派的诗学特征称为"高扬主体的现实主义"等。虽然名称不同，这些新的理论成果都突出了七月派强调"主观战斗精神"的特点，而成为现实主义范畴之内区别于主流现实主义的更具个性的一支，这种特异性也被认为正是七月派的价值所在。

在文学史编撰叙述方面，随着"胡风反革命集团"的平反，胡风及七月诗派重新获得了进入文学史的权利。出版于 1984 年的黄修己的《中国现代文学简史》，体现了新时期以来文学史政治性减弱、学术性增强的趋势。在七月诗派的评价上，他吸纳了 1980 年代初期的研究成果，对七月诗派的政治性和艺术性作了肯定："'七月'派的诗始终与现实斗争紧密相连，他们的诗伴随着人民熬过民族的苦难，象子弹一般射向反动统治，象鲜花和

---

① 支克坚：《胡风与中国现代文艺主潮》，《文学评论》1988 年第 5 期。
② 刘再复等：《关于胡风文艺思想的反思（座谈会发言）》，《文学评论》1988 年第 5 期。

旗帜加入庆祝新中国诞生的行列。"① 1988 年，黄修己将《中国现代文学简史》修订更名为《中国现代文学发展史》，在新的版本中他对七月诗派的论述又有所加强。这主要体现在：一是更为明确地指出艾青和田间属于七月诗派；二是提高了七月诗派的诗学地位，对其评价从"国统区最重要的抒情诗流派"变为"抗战后诗坛上最重要的诗派"②；三是强调了七月诗派的现实主义特征，在新版本中，黄修己特别指出"把诗与现实斗争紧密相连，这始终是七月派诗人们的信念"③。这两个版本之间的细微差别，体现了此间对七月诗派价值的进一步认定，七月诗派的源流、地位和属性等命题在此也基本上形成定论。

黄修己的文学史著摆脱了狭隘的政治观念束缚，试图摆正政治与艺术的关系。1987 年钱理群等编著的《中国现代文学三十年》，则将艺术性作为考量文学的重要标准，尽量淡化文学的政治化发展线索，以多元化和开放性视角整体观照二十世纪国统区、沦陷区和解放区文学。因此，在对七月诗派的论述上，《中国现代文学三十年》显得更有见解。他们指出"七月诗派所塑造的行动着的历史的强者的抒情主人公形象则充分反映了经过抗日民族解放战争血与火的考验，我们民族的趋向成熟，时代的趋向成熟——七月诗派的主要价值正在于此"④。这一论断不仅肯定了七月诗派的现实性，更突出强调了其"主观战斗精神"的特殊性。这可以说是对七月诗派诗学价值的最权威论断，此后的文学史书写也都是从这两方面来肯定七月诗派。在十多年后出版的《中国现代文学三十年》修订本中，尽管编者在 1987 年版本的基础上做了不少增补和调整，但是对于七月诗派的论述几乎毫无变化。可以说，七月诗派作为一种强调主观性的具有特殊价值的现实主义形象已在文学史中固定下来了。

四

一个被埋藏了二十多年的诗歌流派，在解除了政治上的束缚后立即得

---

① 黄修己：《中国现代文学简史》，中国青年出版社 1984 年版，第 526 页。
② 同上书，第 621、625 页。
③ 同上。
④ 钱理群等：《中国现代文学三十年》，上海文艺出版社 1987 年版，第 521 页。

到大范围的关注和推崇，我们认为其中的一个重要原因在于，长期以来主流意识形态的介入，文学与政治的诗意关系被曲解。进入1980年代后，为了反拨文学的全盘政治化，文艺界亟待寻找另外一种现实主义作为政治工具论的替代和补充。这种现实主义既要具有一定的历史渊源，又要能够满足审美自律论的要求。胡风及七月派强调发挥"主观战斗精神"的现实主义文艺观和"诗心与现实"相结合的创作实践，正好符合这一需要。在这样的背景下，胡风的现实主义被作为现实主义的另一种形态而被接受，与意识形态化的现实主义互为补充，以弥补长期占据文坛上主流地位的现实主义的艺术性的不足，并以此来呈现现实主义文学的多元景观。因此，七月诗派也被看作属于现实主义诗歌范畴之内，并且具有较高诗学价值的诗歌流派。

然而，随着1990年代思想解放以来对以往政治意识形态话语的不断反思，以及西方文艺审美理论的不断刺激，文学批评界开始了一股"重写""重读"现代文学的热潮。在"重写"和"重读"中，批评界的"反政治化"和"祛政治化"倾向明显。在新诗研究上，诗歌本体的审美特征得到突出强调，而政治性因素则遭到摒弃。解读者试图借鉴西方现代诗歌研究经验，借助现代批评术语来重新言说和解读中国新诗，并且进一步挖掘诗歌创作中与政治相悖的因素，从而弱化、回避诗歌的现实主义特征，强调、放大它的非现实主义个性，为新诗的发展重构一幅具有现代价值的全景图。

这其中最突出、最普遍的倾向是对七月派进行现代性解读。黄曼君的《现代·反思·延异——胡风与七月派现代性重读》可以看作这类言说的代表。文章认为"胡风与七月派的现代性处于主流政治话语和现代主义后现代主义的夹缝中，其现代性价值一直未能得到恰如其分的揭示"，进而以现代性视角探索胡风文艺思想和创作的反思性和延异性，得出"七月派当之无愧地成为中国现代文学中最为成熟的现代意义上的文学流派"[①] 的结论。还有学者将七月派诗歌纳入浪漫主义文学思潮中进行阐述。吴井泉在《现代诗学传统与文学阐释》一书中，一反常规，否定七月诗派是现实主义的诗歌流派，将七月诗派置于浪漫主义的诗学理论中加以梳理与考察，认为

---

① 黄曼君：《现代·反思·延异——胡风与七月派现代性重读》，《华中师范大学学报》2003年第5期。

即使"浏览胡风、阿垅的理论著述，他们确实在字里行间明确地写着自己属于现实主义，但这只是他们自己一厢情愿的看法"，而实际上，"七月诗派诗学是融合了现实主义因素的浪漫主义诗学，或者说是以浪漫主义为主体的具有鲜明的现实主义倾向的诗学"①，从而将现实主义降格为七月派诗歌的表现手法，将浪漫主义上升为其本质。从强调非现实主义因素的角度来看待七月诗派，确实能够帮助读者实现全新的阅读体验，但是，现实政治因素作为七月诗派发生的起点和得以发展的根本，是不应为研究者所忽视的。

值得注意的是，近几年我国文学领域在西方文化研究等理论的影响下，文学研究中又出现了一股"泛政治化"的倾向。受其影响，之前遭到冷遇的"文学表现政治"论又引起了研究者的兴致，左翼现实主义文学研究也持续升温。然而，此"政治"非彼"政治"，新的文化语境下的"政治"概念更趋同于七月派所认同的"政治"概念：现实人生，而不是狭义上的政治政策。可以预见，随着这股"泛政治化"研究的热潮，人们对"政治"的特点与内涵将会有更为灵活深入的把握，从而能以更加开放多元的视角来观照胡风及七月诗派。

在梳理了七月派诗歌半个多世纪的传播接受史后，我们可以得出这样的结论：在政治与诗学此消彼长的文学历史进程中，七月诗派作为一个诗歌团体，它所展现的带有"尼采主义的精神风格"和"可惊的原始的生命力"的群体姿态，在新诗发展史上具有特殊意义，也是任何现代文学史家所不容忽视的存在。七月诗派的诗歌作品，也因此在各种"以选代史"的诗歌经典选本中获得了一席之地，并将伴随着新诗的经典化过程而芳名留世。但是，对于普通文学接受者来说，除了艾青和田间的一些脍炙人口的诗篇外，其他七月派诗人的作品却很少为人所熟知。可以说，七月派诗歌作为一个文学现象，它在特定时代氛围中所表现出的特殊审美姿态和美学意义，已经超越了其诗歌文本本身的价值。

七月派诗歌，对于广大普通读者来说，是一个尚未被真正打开的艺术长卷，一个需要被激活、点燃的世界，深入阅读七月诗歌和还原七月诗歌

---

① 吴井泉：《现代诗学传统与文化阐释》，黑龙江人民出版社 2009 年版，第 71—72 页。

接受史对于领悟 20 世纪中国文学里政治与诗学关系，具有重要的意义，同时也有助于当代诗人在创作中正确处理政治主题与诗性表达的关系，创作出与"五四"以来民族苦难、现代国家建构和现代化历史相匹配的大作品。

第二节　读者视野中的艾青形象

一个人写诗，得到读者认可，才被称为诗人。诗人也许有自己的本来面貌，即主要由其作品所构造的本相，但当我们谈论某个诗人、描绘他/她是一个怎样的诗人时，这时他/她就不是那个所谓的客观存在的本相诗人，而是被我们阅读叙述出来的诗人，是我们的话语讲述出来的诗人。换言之，诗人形象，是由一代又一代的读者有意无意间讲述、"塑造"出来的。不同时代的读者所处的阅读、阐释语境不同，视野不同，对诗人及其作品的品鉴、解读与定位自然有很大的差异，所以历史上个体诗人的形象，例如屈原、陶渊明、李白、杜甫、陆游、辛弃疾、李清照、苏轼等形象，并非固定不变。不同历史场域中存在着一个由读者所叙述出来的不同形貌、风格的诗人形象，折射出那个时代的文化、文学气质。艾青是一个有争议的诗人，大半个世纪里其形象变动不居，而变动虽与诗人自己的创作转向有关，与诗人的诗学观念变化有关，但更与不同时代不同语境中读者的阅读批评分不开。本节将尽可能地回到历史"现场"，考察不同时代具有不同阅读言说视野的读者①对于艾青的阅读阐释，以图描绘、揭示出多样的艾青形象及其生成过程。

一

诗人以何种形象呈现，除了诗人自身的诗学主张、观念和创作实绩，还受制于传播和阅读过程中读者的接受与阐释。接受者和接受活动所处的具体历史语境以及接受者和时代话语之关系，对诗人形象形成起着矫正、引导和规范作用。在所持诗学观念不同的诗歌接受者眼里，诗人可能会呈现出完全不同的形象。艾青登上诗坛之初，就有现代主义和现实主义两种

---

① 读者分一般大众读者和专业性读者，本书所使用的读者概念特指专业读者。

评价声音先后出现。对此，研究者一般将其归因于诗人创作的转向，却忽视了其中时代氛围的突变所造成的读者阅读期待视野的转移，继而引发接受与阐释角度的变化。

"取法于外"是早期新诗的一大特点，也是其发展趋向。在"新"与"旧"、"中"与"西"的各种论争中，新诗急于摒除古典诗词气息而热切地投合西方的各种诗歌趣味。发展到1930年代的现代主义诗歌，是新诗经历了种种"矫枉过正"的尝试之后，带有鲜明的中西交汇特色的新型诗歌。1932年，深受西方现代艺术熏染的艾青，回到祖国，为这种新型诗潮所感动与激荡，在现代派刊物《现代》和《新诗》上，发表了大量的象征主义诗作，如《黎明》《巴黎》等。因此，当时的诗评家都将艾青归入现代主义诗人之列，例如孙作云的《论"现代派"诗》就指认艾青为"现代派诗作者"，与戴望舒、施蛰存、李金发、何其芳、金克木、陈江帆、李心若、玲君等人并列而论，并高度肯定其《芦笛》一诗，认为"这一首诗已使艾青君在文坛上有了地位。他的诗完全不讲韵律，但读起来有一种不可遏止的力"，这是一首有力量的诗[①]。艾青因早期诗歌创作而获得了现代派身份。

1936年，他将自己的诗歌结集出版，题为《大堰河》，其中包括：《大堰河——我的保姆》《芦笛》《马赛》《聆听》《一个拿撒勒人的死》《画者的行吟》《透明的夜》《那边》《巴黎》等。在众多新诗集充斥文坛的三十年代，出于对新诗同人的支持，《大堰河》一经出版就得到了戴望舒等人主编的《新诗》杂志（1936年第3期）的大力推荐，它以四分之一的页面向读者布告了该诗集的问世。不久，茅盾和胡风也将眼光投向《大堰河》。

茅盾和胡风是当时左翼文学界颇有影响力的理论家，1937年，他们在《文学》杂志上发表文章肯定艾青的《大堰河》诗集，尤其是看重其第一首诗《大堰河——我的保姆》。茅盾站在左翼文学家的立场上，对《大堰河——我的保姆》中诗人所赞美的"保姆"这一身份给予了特别的关注，认为该诗比其他同主题的"缺乏深入的表现与热烈的情绪"的诗作在技法上更胜一筹，肯定该诗以"沉郁的笔调细写了乳娘兼女佣（大堰河）的生活痛苦。"[②] 胡风的评论则在一个更大的背景下展开，他将艾青的创作纳入

---

① 孙作云：《论"现代派"诗》，《清华周刊》1935年第43卷第1期。
② 茅盾：《论初期白话诗》，《文学》1937年第8卷第1期。

现实主义的创作语境中予以考察，将诗集的基调定格为现实主义，他说，艾青"平易地然而是气息鲜活地唱出了被现实生活所波动的他的情愫，唱出了被他的情愫所温暖的现实生活的几幅面影"。① 与茅盾一样，胡风也利用左翼文学话语对诗作进行身份学和阶级学阐释，如从《大堰河——我的保姆》中看到诗人对地主家庭的背叛和对无产阶级的认同；而对于诗集中的象征主义因素，胡风则将之解释为诗人"偶尔现出了格调的飘忽"②，弱化其结构性地位与意义。

那么，被归入现代主义诗人阵营的艾青为何引起左翼文学家的特别关注呢？

如前所述，不论是从艾青发表诗歌的杂志属性来看，还是从《新诗》《文学》两类杂志的广告篇幅来看，初登诗坛的艾青无疑在现代主义诗人群中获得了更多认同。而他之所以引起左翼文学理论家的关注和引导，与他在诗集《大堰河》上所采取的"命名策略"密切相关。

胡风努力地以现实主义原则解读诗集《大堰河》，为集中作品寻找一以贯之的特点，但事实上各篇之间的不和谐显而易见，正如杜衡在《读〈大堰河〉》一文中所指出的，"这一种单纯的和谐却只限于《大堰河》这一首诗作，而并不能推而至于《大堰河》这整个的集子；这集子，里面所包含的长短篇什虽然总共不过九题，但我们的诗人可就取了几种不同的姿态在里面出现"，因此认为"《大堰河——我的保姆》便只有对自己的调和，而对全集却成了独特的例子"。③ 换句话说，更具现实主义特色的《大堰河——我的保姆》与诗集中其他各篇现代主义色彩浓厚的作品不同，它使得该诗集内在风格难以统一④。《大堰河——我的保姆》作于1933年1月，而艾青从登上诗坛之初到1937年的作品大部分都是作为现代主义诗作接受的，此诗在《春光》1934年1卷3号上发表后，并没有引起当时评论界的关注，也没能影响艾青的创作走向；而在风云变幻的1936年，当艾青将自

---

① 胡风：《吹芦笛的诗人》，《文学》1937年第8卷第2期。
② 同上。
③ 杜衡：《读〈大堰河〉》，《新诗》1937年第1卷第6期。
④ 随着批评视角的转移，现在的评论者对这首诗是否属于现实主义诗歌开始质疑，这却正好是艾青研究转向的绝好例证。但在当时的批评界，这首诗被确定无疑地认为是现实主义诗作。

己的早期作品汇编成集时，他自觉地呼应了战前诗坛风气的召唤和读者的
阅读期待，不仅将该诗放在诗集首位，而且以它命名全集，凸显其重要性。
从文坛惯例看，这一诗集命名特别重要，它是一种诗风指认，或者说一种
艺术倡导。毫不夸张地说，正是这种策略性的命名指认与倡导引起了左翼
文学批评家的关注，他们从该诗中找到了与左翼革命思想相契合的内容，
从诗中知识分子对农妇那超越血缘关系的认同情感看到了中国新诗新的情
感形式。就是说，艾青为他们提供了阐释左翼诗歌理论、引导新诗向无产
阶级、现实主义方向发展的资源与依据。

事实上，这一时期的艾青形象存在着多种阐释的可能性。不同立场的
接受者由于其接受"前结构"的不同，在诗集中读出了不同的内容，因而
也形成了不同的形象认知，1937 年年初杜衡与雪苇的论争就是其鲜明体
现。杜衡站在自由主义文艺家的立场，看到其矛盾性与复杂性："那两个艾
青一个是暴乱的革命者，一个是耽美的艺术家"，"然而正因此，艾青才是
诗人"[1]，肯定了艾青作为一位现代诗人所具有的复杂品性。而雪苇对此进
行了激烈的反驳，认为"这不是艾青'灵魂'的内面包含有相互对立的
'两个'，而是杜衡先生的无知于艾青"，并且沿着胡风的观点，进一步阐
释了艾青诗歌与大众结合的潜能："诗人艾青在中国的现状里，是特出的：
他爱光明，但他更爱真实。而且，这在他并不是两件事，他是由真实去看
见光明，向往光明的。所以，通过他自己的是他从圣洁的美那里去获得了
关于新的人类的知识；表现在他的诗篇里的是他在真挚的、和谐的情调里
洋溢着生活的实感"，"他获得了艺术，然而他走向了大众"[2]，极力弱化艾
青诗歌的现代主义倾向，弱化其"耽美"特征，将其与"大众""现实"
等命题相联系。

如果说此时对艾青的接受是多声部共存，那么在抗战爆发后民族情绪
高涨的时代语境下，艾青的接受与阐释开始走向单一，对其现实主义诗人
的形象认知逐渐形成定见。

---

① 杜衡：《读〈大堰河〉》，《新诗》1937 年第 1 卷第 6 期。
② 雪苇：《关于艾青的诗》，《中流》1937 年第 2 卷第 5 期。

二

　　"密云期"及抗战爆发后,社会因素的介入直接引发人们对诗人身份、诗歌功能、诗歌表达方式的重新审度,对启蒙对象接受能力的拟想导致诗人主动弃置现代派表现技巧,强调诗歌表达交流功能。艾青现实主义诗人地位的奠定与巩固,固然有赖于他在这一时期所从事的诗歌活动、提出的诗歌理论和创作的诗歌作品,但更为重要的是读者对他有选择性的阐释和具目的性的塑造,这种阅读阐释倾向在新的期待视野中形成了新的选择、新的重点和新的视角,由是完成了对他现实主义诗人形象的塑造。

　　这一时期是艾青创作的高峰期,同时也是其诗歌广为阅读和传播的时期,在不断的阅读接受与阐释中,艾青作为一位重要诗人的历史性地位得以奠定。诗人林林曾评价"艾青的确是深沉于现实的现实诗人"[1],突出其"现实"特质,这是中国审美语境里最具共识性的品格,"现实诗人"里面包含一种道德层面的正面价值判断;常任侠在总结抗战四年来的诗歌时,给予艾青极高赞誉:"为时代而痛苦着,便能歌唱出这时代的真的声音,艾青正是这时代歌手中的代表。"[2] 将他定位于"时代歌手"中的代表;穆旦在肯定艾青诗歌现实性的同时,更指出了其诗歌的"本土性""中国化"特征,他在评介艾青的《他死在第二次》时说:"作为一个土地的爱好者,诗人艾青所着意的,全是茁生于我们本土上的一切呻吟,痛苦,斗争和希望。"[3] 这些评论都从现实主义诗学层面阐释、肯定艾青,但是,这里所论及的现实,主要是指"抗战"这一当时最大的现实,而一切与抗战无关的现实便受到冷落。因此,随着抗战的深入和意识形态对文学的强行渗透,人们对"现实"的理解日益狭隘,"在观念上进一步强化了诗的工具性,同时在诗的形态上强化了大众化与民间性"[4]。艾青的创作,也从深感于人民苦难与悲哀的《北方》到直接表现战争的《雪里钻》和民族叙事诗《吴满有》,一步步地向着"抗战""大众"等时代认可的命题靠近,正如汤波所

---

①　林林:《悲哀、复仇的诗人——艾青诗集〈北方〉读后》,《救亡日报》1939 年 2 月 3 日。
②　常任侠:《抗战四年来的诗创作》,《文艺月刊》1941 年第 7 期。
③　穆旦:《他死在第二次》,《穆旦诗文集》,人民文学出版社 2006 年版,第 48 页。
④　龙泉明:《中国新诗的现代性》,武汉大学出版社 2005 年版,第 77 页。

说："从《大堰河》、《火把》、《北方》、《向太阳》到了《雪里钻》、《吴满有》，艾青的道路是朝向着广阔的更多的人的方向的。"①

但是，艾青前期现代主义诗歌所显现的诗质并没有完全消弭，而是作为一股潜流隐含在其现实主义创作中，正是这点使艾青诗歌获得了历时性阐释的可能性。但在当时，艾青诗质与现实主义原则之间的矛盾，迫使这一时期接受者采取策略性的解读方式来为艾青的"忧郁""悲哀"等诗歌质素寻找合法化的根基，维护艾青作为"时代的代言人"的表率作用。

忧郁，原本产生于艾青早期的生活记忆和象征主义诗艺影响，而在中国的苦难岁月里，诗人有感于国家和人民的苦难，"忧郁"有了存在的现实基础。但是，战争年代需要的是能鼓舞士气的"鼓点"和能反映时代风貌的激昂乐章，而不是哀叹、苦难和深沉。因此，批评家们创造性地将"忧郁"与"复仇""反抗""战斗性"等革命命题联系起来，强调了"忧郁"的现实来源，指出了"忧郁"之于战争和社会的意义。

端木蕻良在《诗的战斗历程》中认为，艾青诗歌的艺术性和战斗性并重，"从他的作品里所撷取战斗的果实，是控诉，是告发，是谴责。看惯了枯燥的狂嚣的人，以为他的调子过于岑寂。但是获得了艺术而且到达了战斗的目的的，却成了艾青的特权之一"②。林林指出艾青诗中"悲哀""忧郁"的社会性质与社会作用："在他的'悲哀'的诗辞里面，是隐藏着革命的反抗性的。残害北方人民的暴敌，诗人是洋溢着复仇的信念的。"③适夷在为艾青的诗集《北方》写述评的时候说："诗人永远把自己的命运和苦难的祖国的命运紧系在一起，因此苦难决不能把他磨折；而更加使他相信：'坚强地生活在大地上，永远不会灭亡！'"④邵荃麟在《艾青的〈北方〉》一文中也将诗人忧郁的气质与目前的战争联系起来："诗的中间是含着一种忧郁的情调，然而这是不能被非难的。新中国原是在灾难与不幸中艰苦地成长起来，我们不能倾听这艰苦过程中悲愤凄壮的凭诉吗？然而作者并不

---

① 汤波：《读艾青诗集〈雪里钻〉》，《新华日报》1944年12月18日。
② 端木蕻良：《诗的战斗历程》，《文艺阵地》1938年第1卷第10期。
③ 林林：《悲哀、复仇的诗人——艾青诗集〈北方〉读后》，《救亡日报》1939年2月3日。
④ 适夷：《〈北方〉（述评）》，《文艺阵地》1939年第2卷第10期。

是消沉的忧郁，在他的字里行间是含着一颗极热烈的战斗的心。"① 将艾青的"忧郁"与"战争"结合是这一时期阅读阐释的一致倾向，这种话语策略有效地回避了早期象征主义诗风对艾青的"不利"影响，为其忧郁气质找到了合乎情理的现实依据。艾青的现实主义诗人形象，也在这样的不断阐释中生成，并愈发正当化与合理化。

由于多数诗评家从诗歌的战斗性和诗歌对抗战的积极意义两方面来解读艾青诗歌，因而将艾青与另两位现实主义诗人田间、柯仲平相提并论成为这一时期评论的特色之一。将艾青与田间、柯仲平归为一类，本身就说明了接受者对艾青的现实主义诗人的定位。评论者将艾诗的"积极面"与田间、柯仲平并置，同时也指出其差异性，并致力于"矫正""弥合"差异。但是，在这种比较中，艾诗不同于田间、柯仲平的"忧郁""悲哀"和"知识分子气"显得格外注目。

吕荧的《人的花朵——艾青与田间合论》，在对艾青的诗艺进行肯定的同时，指出："当诗人着笔抒写伟大的血与火的时代中的战斗者的形象的时候，诗人的诗篇远不及歌唱他自己的感情的那样真实生动。"而田间的诗"没有章法的承合，没有着意的描写，但是诗中起伏着战斗的脉搏和感情"②。冯雪峰在《论两个诗人及诗的精神和形式》中，将艾青与柯仲平相比较，认为艾青的诗"常令人觉得就仿佛是一股刚要合流到大江中去的细流，常不免有所回顾而微露哀婉的弦音"，而柯仲平"则以更统一的，更清新的诗的形式，在具现着中国大众的新生的生命和精神，是更加能够分明地感到的"③。周扬在《诗人的知识分子气》中，将艾青这种"执着自我，爱好遐思，时时注意内心的世界，竭力控制心中骚乱的情绪，就在热血沸腾中也流露出轻微叹息"的知识分子诗人气与柯仲平对照，认为前者"通到大众的心，仿佛是一股特别的细微的电流"，而后者"他即令又是写得像流水账，即令写了非常不像诗的句子，我们面前的仍然是真实的诗，真正

① 邵荃麟：《艾青的〈北方〉》，原载《东南战线》1939年第5期，收入《邵荃麟评论选集》下，人民文学出版社1981年版，第408页。
② 吕荧：《人的花朵——艾青与田间合论》，《艾青专集》，江苏人民出版社1982年版，第441—454页。
③ 冯雪峰：《论两个诗人及诗的精神和形式》，杨匡汉、刘福春编《中国现代诗论》（上），花城出版社1985年版，第380页。

的诗人"，"大众的诗人。因为他们都是在真正的诗的意义上以各自不同的方式和大众结合了的缘故"①。

这些评论多发表于 1940 年以后，此时，抗战已陷入了相持阶段，战争的艰巨性和残酷性已经展露开来。为了鼓舞人们对抗战的信心，文学上的革命乐观主义精神有了大力提倡的必要，因而，诗歌的艺术性要求被暂时搁置，而它鼓舞士气的作用和激起反抗的力量成为诗歌所需要的头等质素。所以，即使田间和柯仲平的诗歌多为口号式的宣传，却还是得到了政治领导者和评论家的肯定，这是当时特殊社会状态的产物。相比之下，艾青诗歌中的"忧郁"——不管其现实依据是什么——都显得不合时宜，这也为他在现实主义"深化"时期受到批判埋下了伏笔。

三

抗战胜利后，由于政治意识形态的强行渗透与表现人民和社会新生的政治诉求，现实主义诗学有效呼应时代主题表达的需要，成为唯一受政治意识形态认可的诗学。在被纳入时代政治轨道进而愈加窄化的现实主义诗学面前，艾青的现实主义诗人形象不断受到挑战和质疑。

黄药眠发表于《中国诗坛》光复版第一期的《论诗歌工作者的自我改造》，就对此前普遍认可的艾青诗歌现实主义定位表示质疑："当艾青先生以'现实主义者的诗歌'为号召而出现于诗坛的时候，却立即受到中国的许多诗人们拍手欢迎，竟然也就有人认为这就是现实主义的诗歌。"他认为虽然艾青诗歌的主题也许是现实的，虽然他所使用的辞句不如"象征主义那样朦胧，那样带有神秘的色彩"，但是它们是"从象征主义和形象派 Imagist 脱胎出来的"；并且断言艾青的这种诗风不可能发展成为大众化的诗歌，因为"这种诗歌的风格，只适合于表现个人的忧郁的情怀"；接着，他指出艾青诗歌之所以受到一般知识群欢迎，并不是因为它有强烈的战斗性，而"主要的还是因为他能够把握到一般中国知识者们的苦恼和悲哀，殖民地的知识群没有出路的，彷徨的，多感的，无可奈何的情绪"，黄药眠最后得出结论："所以他的诗并不是战斗的爽快而明朗的大众化的诗歌。大众化

① 周扬：《诗人的知识分子气》，《诗》1942 年第 3 卷第 4 期。

的诗歌是必须另行创造出一种风格的。"① 此评论从现实主义、是否与大众结合与知识分子气质三个方面（这是当时评价作品价值高低的三个最重要质素）对艾青提出了批评，从而全面否定了艾诗是现实主义诗歌。其中透露的信息是，艾诗的"悲哀""忧郁"与"知识分子气"不再是作为差异性而可以得到"矫正"的"一面"，而是代表了艾诗的基本特征。

同时发表在这一期《中国诗坛》上的周钢鸣的评论《诗人与人民之间》，也就艾青诗歌的现实主义问题提出了批评。他不满于《吴满有》对民间叙事诗的尝试，尽管这首诗与艾青此前的创作相比，已经在风格上更为靠近大众——采取叙事诗的形式和乐观的情绪歌颂民间英雄吴满有，但是吴钢鸣认为，这首诗的最大缺点是"缺少了诗人自己对生活的热望，与被描写的人物对生活的改造在内心里所升华的抒情的诗情"。而产生这一缺点的原因在于"诗人还没有正确地把握着现实主义的创作方法，通过强烈的思想战斗地去深切地感受生活执着生活，以至在生活里通过思想的搏斗突进人民的内在世界，热烈地向生活拥抱与追求，而肯定着和人民一起燃烧在人民解放的伟大事业里面，把生活的真实升华凝练成为艺术的真实内容，写成真实的诗"②。黄文与周文同载于当时最重要的诗歌期刊《中国诗坛》1946 年光复版的第一期，并且分别排在这期的开篇和第二篇，可见其重要性。而两篇文章同时对艾青的现实主义创作提出质疑和批评，指出艾诗在与大众结合上所存在的问题。自此开始，艾青作为现实主义诗人的身份不断受到挑战，并且最终引发"能不能为社会主义歌唱"的提问。

以上的评论在当时具有一定的合理性，也具有普遍性与典型性。正如龙泉明所言，当时现实主义诗学的建构，"除了实用性地搬用苏联革命现实主义原则外，几乎关闭了世界现代诗学大潮的闸门，朝着政治化、大众化、民族化（民间化）方向发展"③，受文学为大众服务理念的鼓动，诗人们自觉摈弃了诗歌中的个人性追求，而全身心地投入社会、集体、大众等抽象概念。现实主义的评判标准也随之发生变化，它不但从主题上对诗歌进行干预，而且在辞句的选择、修辞的运用和情感的表达上也衍生一系列具体

---

① 黄药眠：《论诗歌工作者的自我改造》，《中国诗坛》1946 年第 1 期。
② 周钢鸣：《诗人与人民之间》，《中国诗坛》1946 年第 1 期。
③ 龙泉明：《中国新诗的现代性》，武汉大学出版社 2005 年版，第 77 页。

而机械的要求，对其理解逐渐走向极端。这一变化的发生与其说是意识形态的强制，不如说是人们对符合时代风格的表现方式的积极想象与建构：处在风云激荡的年代，人们更热衷于以激昂的姿态参与历史进程、见证时代发展，因此，雄壮、激昂成为这一时期的审美倾向，纤弱、敏感的气质最令读者排斥，而艾青诗歌的特点就在于以个人化的体验来反映时代，正如黄药眠在《目前中国的诗歌运动》中所说："从艾青先生的诗里面可以看见现实，但是这只有通过了某种象征的东西才能看到，我们和现实之间似乎还隔着一重透明的玻璃，总有点令人感到不甚亲切。"[①] 因此，艾青现实主义诗人身份受到挑战成为必然。

　　新中国成立后，专业读者力图以文学微观社会发展规律，论证历史发展的必然性，具有史学观的整体性评价成为时代特色。此时，不但出现了评论艾青诗歌的专著——晓雪的《生活的牧歌》，对艾青的创作做了整体而细致的学理性研究；还出版了多部左翼文学史著。这些左翼文学史在总结新文学发展规律时，致力于为现实主义寻找合法化依据，建构现实主义文学发展线索。在叙述艾青时的常见策略是，以进化论审视其诗歌创作历程，或有意识地选取一些现实主义诗歌作为艾青各个阶段创作的连接点，勾勒出诗人现实主义诗歌的演进轨迹；或通过新旧对照，肯定其现实主义诗歌，贬抑他早期的现代主义。例如王瑶的《中国新文学史稿》否定了艾青早期的现代主义创作，刘绶松的《中国新文学史初稿》以现实主义观念阐释那些现代主义作品，丁易的《中国现代文学史略》则直接忽视了现代主义存在，而将《大堰河——我的保姆》作为创作起点，绘制现实主义诗歌创作史。

　　由于文学史比一般诗评具有更大的稳固性和概括性，艾青诗歌被同时期评论家所诟病的非现实主义特征，在文学史中有所提及，但无法遮蔽艾青在诗坛所产生的重大影响，因而多将其作为不太重要的细部而边缘化。同时，以诗人到延安为分界线，采用前后分期和抑前扬后的做法，认为艾青"到了延安，参加了整风学习"后，"一种比较健康的人民的情感逐渐成

---

① 黄药眠：《目前中国的诗歌运动》，《黄药眠美学文艺学论集》，北京师范大学出版社2002年版，第579—584页。

长起来，过去的那种个人的忧郁伤感的情调是被清洗干净了"①，通过否定过去以肯定现在，艾青的现实主义诗人形象在文学史著中相当程度地得以保全。

1957 年以后，文化界的反"右"斗争全面展开。诗歌界以"主题的积极性不够""思想感情陈旧""形象不够巨大有力""缺乏政治热情"等政治话语对艾青进行批评，进而引发了文学界对艾青的全面批判，并于 1958 年将其打成"右派"。此后的艾青，沉默了整整 20 年，艾青研究也随之陷入沉寂。

四

艾诗在 1930 年代末及 1940 年代受到极大关注，被标举为诗坛重要旗帜，但在 1950 年代后期受到冷落，反映了相同的诗质在不同的诗学语境下的解读所具有的极大差异性，同时也证明了其诗歌所具有的丰富语义潜能和阐释空间。新时期对艾青的研究不断深化，这种潜能得到了一定的释放。艾青的现实主义诗人形象也随着西方现代批评方式的引入而有所调整。

在新诗现代性追求的烛照下，艾青的诗歌在接受重心上发生了变化。艾诗中原本被有意遮蔽、忽略，甚至否定的质素重新得到了强调，他与外国文学诗潮的联系也被重新挖掘，并且给以充分的阐释。率先围绕艾青与世界文学的联系展开论述的，是黄子平的《艾青：从彩色的欧罗巴带回了一支芦笛》，他谈到了一个重要命题："诗人艾青在创作上受印象派绘画的影响是极带根本性的，它涉及了艾青感受世界和艺术地再现世界的基本方式。"将艾青的诗歌创作从根本上与西方艺术思潮联系起来，在分析了艾青诗歌中受西方文艺的具体影响后，作者得出结论："而诗人艾青的艺术道路，就如同马雅可夫斯基从未来主义中，阿拉贡从超现实主义中，聂鲁达从现代主义中走出的道路一样，显示了二十世纪世界文学潮流的某些共同的重要特征。"② 这篇评论对以后的艾青研究具有重大影响，甚至改变了人们对艾青的认识，接受者们不再仅仅从时代的代言人的角度来看待艾青，

---

① 丁易：《中国现代文学史略》，作家出版社 1956 年版，第 353 页。

② 黄子平：《艾青：从彩色的欧罗巴带回了一支芦笛》，收入曾小逸主编《走向世界文学——中国现代作家与外国文学》，湖南人民出版社 1985 年版，第 481—494 页。

而是将他的创作汇入世界文学潮流中，将他看作民族的诗人、世界的诗人。

黄子平的研究结论改变了艾青在文学史叙述中的形象。1980年出版的唐弢和严家炎主编的《中国现代文学史》，对艾诗的评价是："艾青的诗歌以它紧密结合现实的、富于战斗精神的特点继承了'五四'新文学的优良传统，又以精美创新的艺术风格成为新诗发展的重要收获。"① 这里，艾青是作为一位与时代紧密结合的现实主义诗人来接受的；而1987年上海文艺出版社出版、钱理群等主编的《中国现代文学三十年》，对艾诗的评价是："艾青的诗，一方面与西方象征主义诗歌相联结，另一方面又与中国古典诗歌的传统取得了内在的联系"，他的诗歌"是最具有世界性的，同时又是中国民族的"，"艾青的诗歌创作，也是通过自己独特的途径，走着中西诗学相融合的道路"②。研究者将外国文学作为影响艾青创作的重要因素，同时凸显艾青所具有的民族性和本土性特征，正是在此基础上，艾青成了一位融贯中西的世界性和民族性诗人，这是新时期开放性语境中的艾青形象。

此后，对艾青的阅读阐释成果不少，但新意不足，他们的解读与定位大都没有超越黄子平、钱理群的言说范畴。这既与认识水平有关，更与阅读语境分不开。语境没有变，语境提供的解读空间大体一样，读者与语境之间又达成默契，关于艾青的言说就只能在世界性与民族性相统一的框架里展开。虽然在不同的言说者那里，二者的轻重关系有所区别，或更强调世界性一点，或更突出民族性，但基本上还是保持平衡，即将艾青定格为世界性的中国民族诗人。

诗人的形象永远不可能固化，艾青在未来读者的万花筒中又会幻化出怎样的镜像呢？③

第三节　《大堰河——我的保姆》的经典化

几十年来，专业读者谈到艾青，基本上都会提到《大堰河——我的保姆》，将其视为艾青的代表作，文学选本大都选录该诗，文学史著作也多会

---

① 唐弢、严家炎主编：《中国现代文学史》，人民文学出版社1980年版，第75页。

② 钱理群等：《中国现代文学三十年》，上海文艺出版社1987年版，第503页。

③ 与陈璇合作。

重点分析它，新诗史叙述逻辑里往往都有其位置，它被看作新诗史乃至整个新文学史上的"经典"。本节的目的不是辨析其是否具有经典性，不是甄别"经典"和"伪经典"，而是要在众多话语间隙中考察《大堰河——我的保姆》走向"经典"的过程①，厘清此过程中各参与机制发生作用的方式与结果。

一　左翼话语策略与《大堰河——我的保姆》出场

1930 年代的现代主义诗歌，一定程度上讲，是前期象征主义诗歌艺术上成熟和深化的结果。它在反拨诗歌内容上的浅白平淡与形式上的和谐整饬两方面，建构自己的诗学品格；它以自由诗的形式和象征主义方法、意蕴表达独具现代性的个人体验，成为那一时期最具影响力的诗歌潮流。

1932 年从"彩色的欧罗巴"归国的艾青，就置身于这样的诗歌语境中。法国象征主义的熏陶和中国诗坛大势，促使早期的艾青以现代主义诗人身份登上诗坛。期间，他创作了《巴黎》《芦笛》《黎明》等大量带有象征主义色彩的新诗，并多发表在现代派刊物《现代》和《新诗》上。因此，在梳理当时的现代派诗人时，诗评家孙作云将艾青归入其类。在《论"现代派"诗》中，他指出其时的现代派诗人主要有"戴望舒，施蛰存，李金发及莪珈，何其芳，艾青，金克木，陈江帆，李心若，玲君"②，其中莪珈就是艾青，并提及了艾青的诗作《当黎明穿上了白衣》《阳光在远处》和《芦笛》，同时给予《芦笛》极高的评价。

1936 年年底，艾青将 1932 年至 1936 年所写的诗作汇编成集，选取《大堰河——我的保姆》《透明的夜》《聆听》《那边》《一个拿撒勒人的死》《画者的行吟》《芦笛》《马赛》和《巴黎》等九篇，以《大堰河》为名出版。《大堰河》的出版，对于诗人不仅具有里程碑的意义，也奠定了他在中国新诗史上的地位。最早为这本诗集宣传的是戴望舒等人主编的《新诗》（1936 年 12 月第 3 期），它用四分之一的页面布告了这本诗集出版的消息；而 1937 年的《文学》杂志（第 8 卷第 1 期）仅在《新诗集编目》里，将《大堰河》淹没在大量新出版的新诗集里。但最早关注这本诗集的

---

①　这里的"经典"一词是带引号的，表明该诗是否具有穿越时空的经典性尚不确定。

②　孙作云：《论"现代派"诗》，《清华周刊》1935 年第 43 卷第 1 期。

评论文章却刊于《文学》，评论者是两位颇具影响的左翼文学批评家——茅盾和胡风。

　　凭着他们在文坛的威望，其批评为《大堰河——我的保姆》提供了良好的舆论环境，并为此后该诗走向"经典"创造了条件。其中，茅盾在主题想象（苦难主题的选择）与言说方式（内容情绪的深入）上，对《大堰河——我的保姆》做了肯定，认为它"用沉郁的笔调细写了乳娘兼女佣（大堰河）的生活痛苦"，与当时同主题的白话诗"缺乏深入的表现与热烈的情绪"① 形成鲜明对比。胡风则采取左翼的话语策略将艾青的创作置于现实主义语境中进行考察，认为艾青的诗"平易地然而是气息鲜活地唱出了被现实生活所波动的他的情愫，唱出了被他的情愫所温暖的现实生活的几幅面影"②，并且将艾青的诗歌做了具有阶级意味的解读：在《大堰河——我的保姆》中，看到了诗人对于自己阶级的背叛；在《芦笛》中，看到了诗人对资产阶级的诅咒。而对于诗中象征主义表现手法，胡风则称之为作者"心神的健旺"和"偶尔现出了格调的飘忽"，他从大局上肯定了艾青现实主义的创作潜力："虽然健旺的心总使他的姿态是'我的姿态'，他的歌总是'我的歌'，但健旺的东西原是潜在大众里面，当不会使他孤独的。"③ 从而委婉道出了艾青诗歌创作应选择的方向。

　　从现代派诗人的身份指认到受到左翼文学理论家的关注和引导，固然与艾青的诗质相关，但正如杜衡所言："在形式的完整上，在情绪和思想的和谐上，在表现的充分上，我们无疑是应该举出这本薄薄的集子的第一首诗《大堰河——我的保姆》来做代表的。……只是，这一种单纯的和谐却只限于《大堰河》这一首诗作，而并不能推而至于《大堰河》这整个的集子；这集子，里面所包含的长短篇什虽然总共不过九题，但我们的诗人可就取了几种不同的姿态在里面出现。""于是，《大堰河——我的保姆》便只有对自己的调和，而对全集却成了独特的例子。"④ 简单来说，《大堰河——我的保姆》是这本诗集中唯一一首以现实主义手法创作的诗篇，与

---

① 茅盾：《论初期白话诗》，《文学》1937 年第 8 卷第 1 期。
② 胡风：《吹芦笛的诗人》，《文学》1937 年第 8 卷第 2 期。
③ 同上。
④ 杜衡：《读〈大堰河〉》，《新诗》1937 年第 1 卷第 6 期。

其他更具象征主义色彩的诗篇风格迥异，成为整部诗集的异彩。而一部诗集的命名应该是对诗集总体风格的指认，那么，诗人的命名选择是否也是出于某种现实策略的考虑？这里要提醒注意的是，在1933年前后直到1937年年初，艾青都在创作和发表现代主义诗歌，写于1933年1月的《大堰河——我的保姆》只是他现实主义创作的偶尔尝试。这首诗在1934年1卷3号《春光》上的发表，既没有动摇艾青的一贯创作方式，也没有在评论界产生什么影响。而当艾青将前期作品汇编成集时，不但将其置于诗集第一篇的重要位置，并且以此诗名称为诗集名称。这一做法产生的直接后果是，凸显了这篇现实主义诗作，并且引导人们以现实主义的阅读经验来考量其他具有象征主义色彩的诗作，从而有效地实现了对这些诗作象征主义因素的弱化与规避，其个中原因既与艾青个人思想转变有关，也与战前诗坛风气有关，这种命名策略可以看作艾青创作道路转向的一个暗示。

艾青的命名策略使诗集《大堰河》脱颖而出，并暗示着《大堰河——我的保姆》的重要性。而此诗真正引起左翼文学理论家关注，是因为它至少在两方面契合了左翼文学理论家对左翼文学的先期预设：一方面是现实主义的表现方法，《大堰河——我的保姆》是一首写实性很强的诗篇，这毋庸多言；另一方面是阶级意识的展现，"左翼"的阶级基础是无产阶级，阶级意识产生于无产阶级在反抗其他阶级压迫的过程中对自我利益的维护，因而强调在作品中以阶级的观念来划分人、理解人，并确认自我阶级身份的正义性。《大堰河——我的保姆》由于表现地主与农民的对立，成为阶级意识最好的载体："艾青是'地主的儿子'，然而却是吃着受了'人世生活的凌辱'和'数不尽的奴隶的凄苦'的保姆的奶长大了的，不但在'生我的父母家里'感到了'忸怩不安'，而且'在写着给予这不公道的世界的咒语'。"[①] 司马长风就认为艾青之所以受到左翼的关注，"大概因为诗中控诉自己是'地主的儿子'，甚得中共批评家赏识，遂被召去延安，成为中共有名的诗人"。[②] 这话虽然失之偏颇，但也揭示了诗中的阶级意识与左翼观念的暗合。正是从这两方面，《大堰河——我的保姆》契合了特定历史时期的文化心理所形成的阅读期待，从而迅速地传播开来。

---

① 胡风：《吹芦笛的诗人》，《文学》1937年第8卷第2期。
② 司马长风：《中国新文学史（中卷）》，香港昭明出版社1976年版，第220页。

二　文学史叙事与《大堰河——我的保姆》价值重估

《大堰河》出版不久，中国就进入了长达十几年的战争阶段。战争改变了读者的阅读取向，人们期待从诗中看到能给人以新鲜刺激与强烈震撼的充满激情的形象。因此，在艾青的众多诗篇中，读者更青睐于反映对光明的向往和对战争的歌颂的诗篇，如《黎明的通知》《火把》和《雪里钻》，而前一时期较受重视的《大堰河——我的保姆》，在战争背景下则被边缘化，因为它流淌的脉脉温情与战时精神格格不入。

然而，它并没有就此从人们的视野中消失。始于新中国成立后的一轮新文学史书写热潮，为《大堰河——我的保姆》提供了重新出场的机会。

新中国成立后的文学史叙事，旨在将新文学的发展纳入左翼文学、革命文学的轨道，以文学对革命的参与程度来判断文学作品价值的大小。由于现实主义创作原则更加符合革命表达的需要，它成为当时唯一合理的创作方法和作家必须遵循的创作准则。因此，在考察艾青诗歌时，便有意识地在现实主义规约范围之内寻找艾青诗歌发展的历史脉络，于是作为第一首备受关注的现实主义作品——《大堰河——我的保姆》就理所当然地成为艾青诗歌创作的开端。同时，一些文学史著作还采用就实避虚的处理方式，对艾青早期创作中的现代主义诗歌有的予以否定（如王瑶的《中国新文学史稿》），有的作现实主义解读（如刘绶松的《中国新文学史初稿》），有的则直接从历史中抹去（如丁易的《中国现代文学史略》），它们选择性地将《大堰河——我的保姆》和后来创作的一些现实主义色彩浓厚的作品纳入现实主义的审美框架，以勾勒出艾青创作的轨迹。这一轨迹以第一篇受到好评的现实主义诗歌《大堰河——我的保姆》为开端，于是该诗重新获得了重要的历史位置。可以说，如果没有文学史著对艾青诗歌作现实主义倾向性的梳理，那么《大堰河——我的保姆》在完成第一次审美接受后，能否再次进入读者阅读视野，则值得怀疑。

《大堰河——我的保姆》所具有的自传性质也确证了它进入文学史主流叙事的必要。文学史著作在叙述某个作家时往往先介绍作家的出身和经历。这首诗中的几句："我是地主的儿子；/也是吃了大堰河的奶而长大了的/大堰河的儿子。/大堰河以养育我而养育她的家，/而我，是吃了你的奶而被

养育了的，/大堰河啊，我的保姆"，暗示了阶级的对立和诗人的价值取向，
成为史家多番引用以证明艾青诗歌风格之所以形成的依据。如刘绶松在
《中国新文学史初稿》中评论此诗时说："它是一首带有自传性质的诗，作
者幼年时的生活境遇和他的与中国农民之间所结成的第一道情感的纽带，
作了这篇诗的最重要的主题。这是一首属于个人的诗，但又是属于时代和
社会的诗。作者背叛了他所出身的地主阶级，以自己的思想感情完全呈献
给了中国的勤劳朴质却又受苦受难的广大农民。"① 丁易也在《中国现代文
学史略》中说："作者的出身经历，和他的诗篇是多少有些关系的。由于他
在农村里长大，受了农民的抚养，所以他虽然是地主阶级的出身，但对于
受着苦难的农民却有着真挚的热爱。"② 新文学史家在关于艾青身世的诸多
方面中，选取最能体现阶级对立的一点加以强调，赋予《大堰河——我的
保姆》阶级主题和阶级意义，从而使它在左翼文学史上获得了重要地位。
可见，此诗的重要性不仅在于被认定是艾青创作的开端，同时也是艾青表
明阶级立场和价值取向的自白书，在以阶级性取代个性的新中国"十七年"
期间，这点尤为重要。

　　而艾青的另一首自视甚高的自传性诗篇《我的父亲》③ 却未获此殊荣，
甚至从未获得在新文学史著中现身的资格（只在近几年的艾青评论中，此
诗才受到了一定的关注）。这首同样揭示艾青生活背景、更加注重"刻画典
型"的诗篇为何无缘文学史著？原因在于：《我的父亲》塑造的是一位典型
的地主乡绅形象，如果文学史论述艾青时开篇就提及《我的父亲》，势必会
混淆艾青的阶级立场，不利于艾青形象的纯洁性。左翼文学史家在艾青的
众多作品中，删除那些会产生误解的旁枝错节，遴选出《大堰河——我的
保姆》等具有积极意义的作品作为论述的联结点，构成了一个封闭单一的
系统，以确证艾青作为现实主义诗人的地位，从而成功地将艾青纳入主流
意识形态符号谱系。

　　1980 年代，中西文学关系发生了新的变化，"西方"再一次成为发掘

---

　　① 刘绶松：《中国新文学史初稿（上卷）》，作家出版社1956年版，第334页。
　　② 丁易：《中国现代文学史略》，作家出版社1955年版，第350页。
　　③ 艾青曾说："在刻划典型方面，我觉得《我的父亲》比《大堰河——我的保姆》要好些。"
见叶锦《艾青谈他的两首旧作》，《东海》1981年第4期。

资源的阐释对象，不少人开始在中国新文学的演进中寻找具有西方性的现代主义因子。钱理群等著的《中国现代文学三十年》是最具影响力的启蒙主义文学史著作，在叙述艾青时，给予了其早期象征主义诗作一定的关注，将其价值与 1980 年代所强调的世界主义联系起来，但它并没有以艾青早期那些象征主义诗歌作为其创作的开端，而是和左翼文学史一样，肯定了《大堰河——我的保姆》为艾青创作的起点："艾青（生于 1910 年）在新诗发展的第二个十年的后期，即以《大堰河——我的保姆》引起了诗坛的注目，被称为'吹芦笛的诗人'"，"艾青的诗在起点上就与我们的民族多灾多难的土地与人民取得了血肉般的联系"。① 可见，尽管指导文学史书写的观念和人们的审美趣味发生了变化，但是《大堰河——我的保姆》作为艾青创作起点的看法依然得到了延续。这一观点在近二十年的艾青研究中也相当流行，多数人在评论艾青时，赋予了《大堰河——我的保姆》极高的地位：如谢冕称此诗"奠定了他（艾青——笔者注）的诗创作基石"②，杨匡汉、杨匡满称"《大堰河——我的保姆》是艾青的新纪元"③，孙玉石也认为它是"不朽之歌"④，此类说法不胜枚举。

随着现代主义影响的进一步深化，此后的文学史著作在重视艾青诗歌现实性的同时，也加强了对其早期诗作的探索。程光炜等著的《中国现代文学史》在《艾青与七月诗派》一章中，分析了艾青的《会合》《透明的夜》和《芦笛》等早期诗作，以此弱化了《大堰河——我的保姆》作为艾青创作的开端意义；但是，它的重要性并没有因此消失："1933 年问世的《大堰河——我的保姆》，是艾青由'叛逆者'转向'吹号者'，把思想感情和艺术个性真正融入民族生活大地的重要转折点。"⑤ 由此可见，不管是以现实主义眼光梳理艾青的创作轨迹，还是在宏大视野里考察艾青的诗歌，《大堰河——我的保姆》始终作为一个重要的历史联结点而受到重视。

---

① 钱理群等：《中国现代文学三十年》，上海文艺出版社 1987 年版，第 493—494 页。
② 谢冕：《他依然年青——谈艾青和他的诗》，《中国现代文学研究丛刊》1980 年第 3 期。
③ 杨匡汉、杨匡满：《艾青传论》，上海文艺出版社 1984 版，第 58 页。
④ 孙玉石：《20 世纪中国新诗：1917—1937》，《诗探索》1994 年第 3 期。
⑤ 程光炜等：《中国现代文学史》，中国人民大学出版社 2000 年版，第 312 页。

三　新诗选本与"经典"确证

作品的"经典"地位往往是通过不同时代的选本共同参与逐渐确证的，选本是读者获知"经典"的重要渠道。但是，不同时代的选本对经典有不同的取舍标准，不同群体的读者对经典也有不同的认知，因此，在价值观念激变和多元文化并存的当代，要推荐众口一词的经典之作相当困难。然而一个值得关注的现象是，《大堰河——我的保姆》在新中国成立以来的新诗选本中却几乎成为了一致推崇的"经典作品"。

1950年代，臧克家的《中国新诗选（1919—1949）》，收入艾诗5首，即《大堰河——我的保姆》《雪落在中国的土地上》《手推车》《吹号者》和《黎明的通知》。

1980年代的诗歌选本：《中国新文学大系（1927—1937）》，收入艾诗16首，即《大堰河——我的保姆》《透明的夜》《画者的行吟》《芦笛》《马赛》《巴黎》《铁窗里》《太阳》《春》《生命》《黎明》《煤的对话》《笑》《老人》《卖艺者》《死地》等；谢冕、杨匡汉的《中国新诗萃》，收入艾诗6首，即《大堰河——我的保姆》《太阳》《我爱这土地》《旷野》《冬天的池沼》《时代》等；周红兴的《现代诗歌名篇选读》，收入艾诗两首，即《大堰河——我的保姆》和《雪落在中国的土地上》。

1990年代的诗歌选本：谢冕、钱理群的《百年中国文学经典》，收入艾诗7首，即《大堰河——我的保姆》《雪落在中国的土地上》《手推车》《我爱这土地》《鱼化石》《虎斑贝》《互相被发现——题"常林钻石"》等；谭五昌的《中国新诗三百首》，选入艾诗6首，即《大堰河——我的保姆》《太阳》《雪落在中国的土地上》《我爱这土地》《时代》《黎明的通知》。

2000年以来的诗歌选本：杨晓民的《百年百首经典诗歌（1901—2000）》，选入艾诗1首，即《大堰河——我的保姆》；张新颖的《中国新诗：1916—2000》，选入艾诗4首，即《大堰河——我的保姆》《雪落在中国的土地上》《向太阳》《我爱这土地》等；伊沙的《现代诗经》，选入艾诗4首，即《大堰河——我的保姆》《我爱这土地》《雪落在中国的土地上》《乞丐》。

　　纵观以上诗歌选本，发现它们的交集只有一个，即《大堰河——我的保姆》。这些选本产生于不同的年代，也产生于具有不同审美倾向和价值观念的编选者之手，所选篇目和数目也有很大的出入，那为什么在《大堰河——我的保姆》的选择上取得了惊人的一致？

　　第一个值得关注的诗歌选本是臧克家的《中国新诗选（1919—1949）》，这是新中国成立后对三十年来新诗创作的一个总结。1950年代的臧克家对新诗的"选择"，主要基于左翼文学价值观的指导和作为诗人的诗学观，因此，他所选的艾诗都具有较强的现实性，同时，由于臧克家自己的诗人身份和对土地农民问题的一贯关注，他对表现农村和农民的诗篇格外青睐。臧克家在序言中虽然高度评价了艾青"沁透着诗人的真实的爱国主义的思想和情感"的《他死在第二次》《吹号者》和"革命诗人的丰满热情和美丽理想开出的花朵"的《向太阳》《火把》，但是作为诗人的臧克家，还是对艾青诗歌中带有更多诗味和忧郁情调的诗歌感兴趣，"艾青写乡村的诗，是出色的。但也是有些忧郁悲哀味道的。但这忧郁，悲哀，艾青自己说是'农民的忧郁'的'感染'，也是对中国农民在解放之前所遭受的悲惨命运的反映"。① 在这本诗选中，他所选择的篇章都是基于此种认识。可以说，这是一个在左翼文学观指导下融入诗人个人诗美追求的诗歌选本。

　　第二个有代表性的选本是张新颖的《中国新诗：1916—2000》。这本出版于2001年的选本与八九十年代的诗歌选本可以说一脉相承。在序言中，张新颖透露了自己的选择标准："所选的诗作，无疑应该还原到它们所从中产生的时代和文学史背景里去理解；以近一个世纪为时间跨度的选本，无疑也应该通过作品反映基本的文学史情形。在这一取向上，这个选本显然也有它的追求。"② 这是一个比较实诚的说法，袒露了中国大多数文选编辑者的野心，即以"选"代"史"，"想尽可能地呈现出多元的诗观和诗作面貌"，希冀自己的选本能够展现中国新诗发展的全貌，因此，一些占据重要历史联结点的作品不容忽视，至于其在当下所具有的审美价值和意义则不

---

　　① 臧克家：《"五四"以来新诗发展的一个轮廓（代序）》，《中国新诗选（1919—1949）》，中国青年出版社1956年版。

　　② 张新颖：《把住一些把不住的事体·编选小序》，《中国新诗：1916—2000》，复旦大学出版社2001年版。

是编选者考虑的内容。此番做法,以文学史上具有重要意义的作品来代替自己的审美价值取向,以读者"公认"的重要作品来代替个人的见解,其结果虽为自己的选本赢得了更多的支持与认同,却牺牲了编选者的"慧眼独具"。

第三个值得注意的诗歌选本是伊沙的《现代诗经》。伊沙是1990年代身体写作的代表诗人,人们也许认为这位先锋诗人会以更具个人化的方式呈现一个独到的诗歌选本,其实不然。伊沙自陈:"带着对诗人的我的写作的印象来评判我的这次编选,我知道,相当一部分对既成秩序急于打破的'激进分子'一定会说我怎么突然变得保守起来了,激进的写作,保守的编选——我乐于留下如此的印象。"① 即使是个性诗人伊沙,在进行编选工作时,也自愿采取了保守的态度,他说自己的编选是"凭借阅读",站在读者的位置上的个人感受,但是读者的诗歌感受大多数并非来自诗人全集的阅读,而是前人的诗歌选本。此时的伊沙混淆了作为被动接受者的读者和具有独立审美能力的选者之间的差别。

以上的分析透露了编选者在选本编辑时主要考虑的两大因素:一个是对"史"的轮廓的把握;另一个是对读者的接受能力和范围的自我设定,两者妨碍了编选者以更具有个人性的、基于诗歌审美的价值观念来完成诗歌的编选工作。但是,选本的关键动作在于"选",它是编选者按照一定的选择意图和选择标准所进行的能动性活动。其选择范围必然包罗万象,而不是在某一既定标准之内的二次筛选。作品的"选"与"漏"(不选)这一价值判断行为暗示着编选者的文学批评观和审美价值观,可以说,选本是一种主观性、个人化的文学批评方式。而以上列出的选本要么以"选"代"史",要么只是在读者期望值之内进行取舍,有意无意地放弃了选者的自主性。因此,作为重要历史联结点和读者最为熟悉的《大堰河——我的保姆》成了必选篇目。

而另外两个选本则体现了不同的价值取向:一个是闻一多于1940年代在西南联大编订的《现代诗钞》,它选入艾青诗11首:《青色的池沼》《秋》《太阳》《生命》《煤的对话》《浪》《老人》《他死在第二次》《透明

---

① 伊沙:《现代诗经》,漓江出版社2004年版。

的夜》《聆听》《马赛》；另一个是香港文学研究社 1980 年版的《艾青选集》，在 1930 年代部分选入了《桥》《浮桥》《死地——为川灾而作》，1940 年代诗歌选入 1 首《古松》，1950 年代选入《鸽哨》《下雪的早晨》，1970 年代选入《回声》等 10 首。这两个选本独具一格，与我们常见的选本有很大出入。闻一多的《现代诗钞》完成于西南联大时期，在这远离战争和意识形态的西南一角，现代主义有了发展的空间，并且在诗艺上获得了极高的成就。此时的环境有利于闻一多撇开政治等外在因素，专注于诗美进行新诗的编选工作。在他的新诗选本中，艾青的现代主义诗歌受到了更大的重视，除了叙事诗《他死在第二次》写于抗战后，其他的诗歌均写于抗战前。但是，闻一多并没有选入《大堰河——我的保姆》这首备受关注的诗歌。可见，这首诗的重要性——至少在闻一多看来——并不在于其诗艺的成熟。香港文学研究社出版的《艾青诗选》与内地流行的选本所选入的诗歌有很大不同，它所选入的很多诗篇在内地极少被提到。这可以说是两种不同的审美观念造成的差异，也可以说是编选者坚持自主选择的结果。我们无意于比较两者的优劣，但要注意的是此版本也没有选入《大堰河——我的保姆》。

综上所论，如果撇开历史运动中影响传播接受的非文学性因素，重新考量艾青的诗歌创作，《大堰河——我的保姆》是否属于经典作品则需要打一个问号。换一句话说，《大堰河——我的保姆》的“经典”地位是特定历史时空所赋予的，既有的阐述其经典性的话语在未来阅读空间是否继续具有意义还是一个问号，在未来变化了的语境、视野里它是否仍能获得自己的文学史、新诗史位置尚不确定，传统农耕社会消失、旧的阶级不复存在的新媒体时代的读者是否还愿意阅读它也是一个问题。所以，我们期待的也许应该是未来的阅读空间能给《大堰河——我的保姆》这类曾经的“经典”一个被展示、被阐释的公平的机会，至于它是否能沉积为真正的超越时空的“经典”则由历史老人来回答。[1]

----

① 与陈璇合作。

第十章
语境、读者与冯至诗歌命运

冯至（1905—1993）是一位见证了新诗发生、发展的世纪性诗人，一个审视新诗发展史的理想标本，一个可以从读者阅读影响角度清理其诗艺演变史的诗人。其诗歌创作随历史波澜而起伏，读者对其诗歌的阅读接受也是深受时代语境制约摇曳变幻，以致其形象在新诗天际时而鲜亮无比，时而黯淡无迹。本章将从时代语境、读者阅读批评等角度，主要考察其诗歌因传播通道的变幻而不定的历史命运。

第一节　冯至诗歌的传播接受历程

从 1921 年执笔写诗直至 80 岁高龄仍然发表诗作，尽管时断时续，冯至的诗歌创作还是贯穿一生，达 70 年之久。对他诗作的关注，也从 1920 年代延续至今，风风雨雨 90 多年。为了便于研究，本节将这 90 余年的接受过程大致以每 30 年为一期（1921—1949 年、1949—1979 年以及 1980—2010 年）进行具体考察分析，研究冯至及其诗作在每一时期的传播接受状况，厘清其在文学史和诗歌史上沉浮的脉络，并探寻造成这种命运变化的场域力量。

一　1921—1949 年，诗名初立

1920 年代，年轻的冯至以诗集《昨日之歌》（1927）和《北游及其他》（1929）在新诗坛崭露头角。他出手不凡，这两部作品奠定他在 1920

年代诗坛的地位，使他获得了"中国最为杰出的抒情诗人"①的称号。鲁迅这一赞誉如今是如雷贯耳，那他当时是基于什么意义而言的，经得起推敲吗？冯至是如何看待鲁迅这一至高无上的定位？该评说对新诗发展走向尤其是冯至诗坛地位产生了怎样的影响？这些都是清理新诗发展史、接受史颇有意味且极为复杂的问题。由史实不难发现，冯至的创作到传播是一个紧密相连的文本意义生成过程，其间有三个关键性人物发挥了至关重要的作用。

　　一是冯至在北大读书时，教文学概论的国文教师张定璜，他为冯至步入中国现代诗坛作了最初的举荐。早在中学时期，冯至就开始尝试诗歌创作，他真正意义上的第一首诗歌《绿衣人》作于1921年4月21日，自此，16岁的冯至踏上写诗道路。1923年在北大学习期间，经张定璜推荐，他的总题为《归乡》的16首诗在《创造季刊》2卷1期发表②，这是冯至步入诗坛的起点。张定璜此时已经发现冯至的价值，肯定其诗的独特性。如不是张定璜推荐，这些诗也可能像冯至自己毁弃的那些诗作一样，永远失去走向读者的可能③。张定璜的鼓励，激发了冯至诗歌创作的热情，也将他带上诗歌创作之路：《归乡》组诗的发表，引起"浅草社"同人的注意，冯至应邀加入，而后他又与几个朋友一起创建"沉钟社"。文学社团活动激励着他的诗歌创作，也为他的作品提供发表园地。古代诗人多在三朋四友间吟唱，获得认同，相互激励，形成诗歌小圈子；现代诗坛一开始便主要以社团为基本单位，诗人多在所属的社团里找到一种归属感，获得某种力量，以个人化方式创作出体现某种共同理念、价值的诗作，借助于社团刊物发表、传播作品，单兵作战者甚少，在这个意义上讲，浅草社、沉钟社对于冯至而言意味着步入新文坛、新诗坛，意味着一种身份确认。当然，现代文学社团形形色色，个体与社团关系的亲疏也不同，冯至的社团归属感不很强烈，或者说他不属于那种被社团制约而弱化个人特点的诗人。

　　冯至在1920年代出版他最早的两部诗集之后，遇到第二个欣赏他诗作之人——也是最早肯定他诗坛地位的人——鲁迅。1935年，鲁迅在《中国

---

① 鲁迅：《中国新文学大系·小说二集·导言》，上海良友图书印刷公司1935年版，第5页。
② 冯姚平：《冯至与他的世界》，河北教育出版社2001年版，第3页。
③ 冯至：《致周棉》，《冯至全集》（第12卷），河北教育出版社1999年版，第364页。

新文学大系·小说二集·导言》中写道:"连后来是中国最为杰出的抒情诗人冯至,也曾发表他幽婉的名篇。"① 鲁迅言简意赅,称冯至为"中国最为杰出的抒情诗人",并且为他早期的抒情诗确立了"幽婉"的评价基调。尽管这里的"名篇"原指鲁迅收在《中国新文学大系》中的冯至的两篇小说《蝉与晚祷》《仲尼之将丧》,但"幽婉"二字概括了冯至抒情诗特色。然而,一代文学大师如此高的赞誉直到 1960 年代才在评论界引起强烈反响,中间大概 30 年的时间里,冯至作为抒情诗人并没有受到足够的重视。

朱自清那时关注到冯至的早期诗作,特别对其叙事诗价值做了充分的肯定。他在《中国新文学大系·诗集·导言》中虽然没有提到冯至,但选入冯至诗作 11 首,闻一多和徐志摩的诗歌分别选录 29 首和 26 首,其他诗人入选数目不一,相较而言,11 首是个不小的数目,可见朱自清非常看好年轻的冯至的诗歌,尤其对他的叙事诗大加赞赏,在《中国新文学大系·诗集·诗话》中,他写道:"冯至的叙事诗堪称独步"②,并在诗集中选入《吹箫人》《帷幔》《蚕马》三首叙事诗(《昨日之歌》下卷中冯至的叙事诗有四首)。这是冯至的叙事诗第一次受到如此高的评价,中国自古叙事诗不发达,朱自清的高评表明他对叙事诗有一种特别的关注,一种在中国现代性不断生成的历史语境里关于叙事诗的新的想象和期待。

可以说,张定璜、鲁迅、朱自清在冯至诗歌创作初期,起了激励和指路的作用。经由举荐走上诗坛,到确认抒情诗和叙事诗的独特价值,三位的奖掖对冯至此后诗艺探索无疑意义重大。换言之,他后来大胆转向,告别"五四"式抒情而走向哲思,创作十四行诗,独树一帜,与此时所建立起来的一种诗创作自信心分不开。

1941 年,冯至历经十余年的沉潜,创作出《十四行集》。这一卓尔不群的作品出版不久即引起一些读者的关注,李广田、朱自清、废名等对它甚为青睐,分别发文予以肯定,誉之为"沉思的诗"③,认为新诗到 1930年代已经中衰,而冯至的作品正是新诗的"中年"④,认为冯至 1940 年代

---

① 鲁迅:《中国新文学大系·小说二集·导言》,上海良友图书印刷公司 1935 年版,第 5 页。
② 朱自清:《中国新文学大系·诗集·诗话》,上海良友图书印刷公司 1935 年版,第 28 页。
③ 李广田:《诗的艺术》,开明书店 1943 年版,第 75 页。
④ 朱自清:《新诗杂话·诗与哲理》,作家书屋 1947 年版,第 40 页。

诗歌具有"沉思"的个性和"洋为中用"的形式特征。他们基本不顾冯至1920年代的诗歌而直奔《十四行集》，对其内容和形式的评说较为客观公允，注重"就诗论诗"，而不牵涉创作的时代背景以及诗歌内容与现实生活的疏离问题。他们的关注与言说对于抗战背景中冯至个性化的写作而言，无异于一种支持。

唐湜1948年8月8日作于上海愚园新邨的《沉思者冯至——读冯至的〈十四行集〉》① 在这一时期显得比较另类。他避而不谈大家热议和称赞的《十四行集》的内容、形式特点，转而对诗集的"真淳""朴素"风格作了较为集中的论说。他纵观冯至1920年代和1940年代两个时期的作品，并对《十四行集》风格进行总结："豪华之后来了真淳，幻美之后来了朴素。"② 他是1940年代第一个也是唯一一个在评论《十四行集》之前概述冯至早期抒情诗价值的学者。他对冯至前两个创作阶段的诗歌风格一一梳理，并将冯至的诗歌纳入诗歌史中加以概述，认为冯至早期的抒情诗是新诗发展前三十年中风格和韵味别样而耐人寻味的作品，是新诗史上的杰作，而《十四行集》以其真淳丰富的内容、朴素的语言形式而成为诗歌史上前所未有的作品。相对于冯至而言，唐湜作为新诗创作的后来者，一位现代主义诗人，同时也是1940年代中国苦难生活的亲历者，在鲁迅之后再一次将冯至推到新诗坛的制高点。不过，唐湜的话语在当时及后来相当长的时期里并没有引起多少关注。

综上所论，冯至在民国时期虽诗名初立，但并不广为人知。虽然一些名流大家对他的诗歌有所关注和赞赏，甚至还有像鲁迅这样的文学大师给予了他及诗作极高的评价，但冯至诗歌的价值其实并没有被充分挖掘出来。在新诗史上，他没有获得像同时或稍晚的郭沫若、闻一多、徐志摩等诗人那样重要的场域位置。他在新诗坛融通中西诗艺辛勤耕耘开辟出一片别样的天地，但其作品并未获得更多读者的关注，并未造成更广泛、深入的影响，个中原委，值得深思。

---

① 唐湜：《沉思者冯至——读冯至的〈十四行集〉》，冯姚平《冯至与他的世界》，河北教育出版社2001年版，第32页。

② 同上书，第34页。

二　1949—1979 年，内冷外热

冯至发表《十四行集》后歇笔，直至新中国成立才又开始创作。为了顺应时代发展潮流和国家文化建设需要，他一改此前诗风，转而写现实主义诗歌。1950 年代末出版的《西郊集》①和《十年诗抄》②中，较为人称道的是叙事诗《韩波砍柴》和《人皮鼓》以及抒情诗《西安赠徐迟》等，其中依稀能看到诗人 1920 年代的诗痕，但总体看来，这一时期其诗作艺术水平呈下滑趋势。

1950 年代至 1970 年代，社会主义和资本主义两大阵营进入对峙状态，冷战意识形态很大程度地影响着文学创作与传播接受。现代派因其西方背景，因其所表现的资本主义社会异化荒诞的主题，因其价值理念上的西方性，而被视为反动腐朽没落的文学，被排斥，于是冯至的《十四行集》由于形式是西方的且明显受到存在主义影响，而失去了生存传播的空间，几乎销声匿迹了。不仅如此，"反右"斗争和"文化大革命"等更是严重影响了文艺的发展，冯至作品所具有的文人气质也与资产阶级小知识分子思想挂钩，要求进行修正。代表主流意识形态的内地文学史著作自然不提或极少提他的诗作，研究冯至诗歌的文章，也很少见。令人欣慰的是，他的诗歌尤其是《十四行集》却受到香港学者司马长风的赞赏；同时，国外一些汉学家也注意到他的诗歌，他们热情翻译介绍冯至其人其诗，形成内冷外热的倒置现象。内地偶有的几篇评论文章，多兼顾冯至不同时期的诗作，对其进行梳理、叙述，但又有所侧重，即重 1920 年代而轻 1940 年代。

先看国内，关于冯至及其诗歌的评说，整体上呈现一派寥落景象：1950 年代，诗歌选本中只有臧克家的《中国新诗选（1919—1949）》③收录了冯至作于 1920 年代的《蚕马》《"晚报"》《那时》3 首诗歌；同一时期的冯至研究几乎一片空白；张扬新中国话语的刘绶松的文学史著《中国新文学史初稿》④只字未提冯至。1960 年代，何其芳是对冯至诗歌发表个

---

① 冯至：《西郊集》，作家出版社 1958 年版。
② 冯至：《十年诗抄》，人民文学出版社 1959 年版。
③ 臧克家：《中国新诗选（1919—1949）》，中国青年出版社 1956 年版。
④ 刘绶松：《中国新文学史初稿》，作家出版社 1956 年版。

人看法的屈指可数者；1970 年代香港的司马长风和内地的唐弢分别将冯至编进各自的文学史著作。他们无一例外地提到鲁迅对冯至的评价即"中国最为杰出的抒情诗人"，以此作为论说冯至的话语依据。除此之外，内地学者的言说都显得谨慎、低调，对于触及政治敏感神经的《十四行集》往往几笔带过或只字不提。

何其芳的《诗歌欣赏》① 第十部分的后半部从《昨日之歌》《北游》这两部一度被人忘记的诗集中，抽出《蛇》《南方的夜》这两首短诗进行赏析，对冯至早期诗歌抒情艺术作了比较中肯的论述。他在时隔 27 年之后第一次提起鲁迅对冯至的评价，认为鲁迅的评说基于这个青年诗人的特长："用浓重的色彩和阴影来表达出一种沉郁的气氛，使人读后长久为这种气氛所萦绕。"② 对于《十四行集》，他一言以蔽之，并不高看。尽管如此，他的言说弥补了 1950—1960 年代关于冯至的批评缝隙，引导着后来者继续关注冯至。何其芳很有可能是第一个征引鲁迅关于冯至为中国现代最为杰出的抒情诗人的话语。自他开始，鲁迅那段评语越来越多地被各个时期的论者所引用。鲁迅虽已仙逝，但他在中国文学界具有无可比拟的重要地位，他对青年诗人所做的评说一言九鼎，几乎不容置疑。在政治氛围极其敏感的 1950—1970 年代，引用鲁迅无疑是一种策略，为评说冯至那些一度遭遇冷落的诗歌找到了合法依据。

1975 年年初，司马长风的《中国新文学史》（上）③ 由香港昭明出版社出版，这部文学史因其独特的体例和另类的述史话语对后来内地的文学界产生很大的冲击。司马长风将内地文学史中没有或者关注不够的一批作家列入史中，一些尚未发现或者被文坛主流话语埋没的作家、诗人如张爱玲、穆旦等得以浮出历史地表，进入人们的视野，获得重生和正名的机会。司马长风在"文化大革命"时期将冯至写入文学史正文，将此后不久内地读者的眼光引向这位被冷处理多年的诗人，为其诗歌进入史册开辟通道。在这部文学史著的上卷，司马长风把冯至作为自由派诗人的新面孔，排在蒋

① 何其芳：《诗歌欣赏》，冯姚平《冯至与他的世界》，河北教育出版社 2001 年版，第 49 页。
② 同上书，第 51 页。
③ 司马长风：《中国新文学史》（上卷），香港昭明出版社 1975 年版。

光慈和朱自清之前，向读者介绍他 1920 年代的作品，可见在司马长风心目中冯至的地位高于蒋、朱二人。这就在新诗史上给了冯至一个归位。虽然这个归位几乎没有得到后来者的认可，但其存在一定的合理性，因而具有开拓意义，也对后来的读者和著史者产生了影响。他直接援引鲁迅、朱光潜、何其芳对冯至诗歌的评语，称赞他诗歌的"抒情性"、"情理交融"和"朴素而富有感染力"的特点，并录其早期代表作《蛇》。不超过两百字的简短介绍，显示了司马长风对冯至早期诗作艺术成就的认同。下卷中，他用 7 页的篇幅对冯至的《十四行集》作了评说，认为它是"新诗诞生以来最好的诗，只有闻一多的《死水》中的部分佳作，才可并比"。① 司马长风的文字在 1970 年代评说冯至的话语谱系中显得尤为突出。与其形成鲜明对比的，是其后唐弢主编的文学史著对冯至的态度。

　　1979 年唐弢主编的《中国现代文学史》(一)② 出版，冯至第一次真正进入中国内地的主流文学史著。唐弢没有采纳司马长风关于冯至乃自由派新诗人的看法，而是用不足两页的篇幅将冯至作为沉钟社诗人进行介绍，这符合内地早期文学史的述史习惯，将作家作品以社团、流派归类介绍。冯至早期从事文学活动的阵地就是沉钟社，而沉钟社的名气不像文学研究会、创造社、新月社那么响亮，其成员的创作也不限于诗歌，因而没有形成有影响的诗派，所以此时将冯至作为沉钟社诗人介绍是合理的，这种方式也被后来的一些文学史家和评论者沿用③。唐弢把冯至早期诗作的特点概括为"感受的深切和表现的浓烈"。④ 他也援引了鲁迅的评价，并分析其原因，即冯至的诗作"注意遣词用韵，旋律舒缓柔和，有内在的音节美"⑤。这种分析仅限于冯至个人的诗歌，没有与同期诗人诗作进行比较，特点并不突出，因而显得无力，对于《十四行集》，唐著只字未提。1970 年代末，林志浩著的《中国现代文学史》(1979)，也没有提及冯至诗作。这意味着冯至诗歌特别是《十四行集》尚未完全找到适合自己出场的土壤，"史"

---

　　① 司马长风：《中国新文学史》(下卷)，香港昭明出版社 1978 年版，第 189 页。

　　② 唐弢：《中国现代文学史》(一)，人民文学出版社 1979 年版。

　　③ 黄修己所编的文学史也用这种方式介绍，参见黄修己《中国现代文学简编》，中国青年出版社 1984 年版，以及黄修己《二十世纪中国文学史》，中山大学出版社 1998 年版。

　　④ 唐弢：《中国现代义学史》(一)，人民文学出版社 1979 年版，第 209 页。

　　⑤ 同上。

上的价值尚不确定，未获得合适的位置。

1950—1970 年代，冯至诗歌在中国内地的传播、研究不景气，但与此同时它们却受到日本、美国等国读者的关注、欣赏与肯定，在国际上获得较大声誉，这从另一个角度表明冯至诗歌具有撼人的情感力量和艺术魅力，具有跨越时空的共通性。

日本学者秋吉久纪夫在其编译的《冯至诗集》中说："我首次接触冯至的作品是在 1955 年，我大学毕业的第二年。我记得在那年 9 月，费了九牛二虎之力才得到人民文学出版社出版的《冯至诗文选集》后，就对照着字典读将起来，那种震撼人心的强烈的抒情力量使我惊讶不已。当即就翻译了两三首，发表在《地壳》第 7 号上（1955 年 8 月号）。"① 与中国一衣带水的日本，专业读者高度肯定冯至各时期的作品，克服困难将其翻译介绍给日本人民。这与国内对冯至诗歌的冷漠形成鲜明对比。或许正是借助于这种地理文化的优势，冯至研究在日本逐渐形成气候，吸引一些汉学家来华学习交流，并在接下来的几十年，推出了一些具有代表性的研究成果②。

1963 年，美国的许芥昱编译《二十世纪中国诗选》③，此书共选译 44 位诗人的作品，对每位诗人有一篇短文专门介绍。书中选冯至的诗共 16 首，并如此介绍："冯至在创作初期享有他那时代惟一一位真正的叙事诗人的荣誉"，虽然"他的创作时时中辍，他的诗作一直保持高水准就更令人惊讶"。④ 1955 年，冯至否定自己 1940 年代的作品，但作为域外读者许芥昱却以为十四行诗才是冯至诗歌的一个高峰；直到 1980 年代，国内才有周棉等研究者如是说。许芥昱对冯至前两个时期的作品进行肯定和赞扬，他原是冯至 1940 年代在西南联大时的学生，相较于一般汉学家，基于语言和学习经历的优势，他对冯至的理解应该说是到位的。

1972 年，美国的朱利亚·C. 林在他的《中国新诗概论》中称赞冯至

---

① ［日］秋吉久纪夫：《寂寞诗人冯至》，秋吉久纪夫编译《冯至诗集》，何少贤译，日本土曜美术社 1989 年版；冯姚平：《冯至与他的世界》，河北教育出版社 2001 年版，第 566 页。

② 日本后来的汉学家有岩佐昌暲、佐藤普美子等，都进行冯至研究，并发表相关研究成果。具体在下文中有综述。

③ ［美］许芥昱编译：《二十世纪中国诗选》，陆建德译，康奈尔大学出版社 1970 年版；冯姚平：《冯至与他的世界》，河北教育出版社 2001 年版，第 511 页。

④ 同上书，第 512 页。

"1941 年的十四行诗，它们标志了冯至诗人生涯的高峰……充满洞察和艺术感"。① 书中高度评价冯至：虽非多产，但诗才罕见。对他早期的叙事诗和抒情小诗的特点进行归纳总结，同时盛赞其《十四行集》的思想性和艺术性，最后总结，"作为抒情诗人，冯至的诗作简朴而又给人以美的享受，他还是出类拔萃的歌谣作者。但是作为十四行诗作者，他在当代是无与伦比的"。② 与国内对冯至其人其诗的低调和淡漠相比，国外读者反而能对冯至诗歌作出较为准确和到位的评价，这是政治意识形态化时代全球文化传播交流中的一种特别而又合"情理"的现象，其中所折射的不同政治语境里读者心中的政治、诗学观念，令人深思。

长期以来，有一种观点认为，政治突出的时代，文学遴选、解读会偏离文学标准，这种看法与客观事实基本相符，没有什么问题；但沿着这种思路，人们往往不假思索地认为这样的传播接受不利于文学"经典"的遴选，不利于文学的经典化，这种看法相当普遍，也几乎未遭遇质疑。然而，如果我们不将经典化作简单化理解，如果我们以中外经典的形成历史为例将经典化看成是一个久远的历史过程，如果我们认为真正的经典具有超越时空的特征能够满足不同阶层读者的阅读期待；那么，我们则认为政治意识形态化时代也是检验文学经典的时代，它以偏重政治的标准对文本进行拷问也是一种检验，伟大的作品即便在政治化的时代被淘汰但仍然有能力再度进入读者视野接受阅读考验沉积为经典，历史上那些真正的文学经典其实都经历过政治与诗学关系失衡时代的考验。

三　1980—2010，现代主义诗人定位

1978 年以来，文学体制发生较大变化，新的机制带来新的生命，不同风格的作品雨后春笋般涌现，就连冯至在时隔 26 年之后，也重新焕发艺术创作生命力，以他 80 年的人生经验感受现实社会，写出颇有特色的《立斜阳集》。读书界开始对一些在整风运动及"文化大革命"期间错判的作家作品进行重新考察评价，还原他们的本来面目，肯定其艺术价值。随着阅读

① ［美］许芥昱编译：《二十世纪中国诗选》，陆建德译，康奈尔大学出版社 1970 年版；冯姚平：《冯至与他的世界》，河北教育出版社 2001 年版，第 514 页。

② 同上书，第 518 页。

空间的打开，一批专业读者开始重新审视冯至及其诗歌，慢慢拭去历史尘埃，真切感受、体悟，逐步将其叙述成为 20 世纪中国诗坛的"经典"。

1980 年代，冯至及其诗歌重新进入读者阅读视野，结束上一时期冯至阅读接受几近空白的状态。人们开始发掘其诗作中蕴含的诗学价值，开始高调呼吁给予冯至及其诗歌以文学史相应的位置。不过，观点尚不统一，有的文学史著将其作为沉钟社诗人，注重其现实意义，认为其诗作具有从自由派向格律派过渡的特点；也有评论者对其进行现实主义或现代主义的阐发。冯至诗歌的价值得到较为充分的评说，但是和郭沫若、徐志摩等诗人相比，关于冯至的言说力度还不够，以至于这 10 年中尚未完成对冯至及其诗歌的确切定位。

大体而言，这一时期的关于冯至的批评话语，以陆耀东的《论冯至的诗》① 为开端。不同于上一时期何其芳、唐弢等介绍性评价中显示出的谨言慎行、浮光掠影，陆耀东打通冯至各时期的创作，以 1920 年代和 1940 年代两个时期的诗歌为主要阐释对象，尤其侧重于 1920 年代诗歌，从诗美角度对其进行全面、细致、深入的探讨。他通过大量的文本细读，以专业眼光纵横比较，肯定冯至抒情诗、叙事诗和十四行诗各自的成就，认为冯至的早期诗作在"艺术上达到了相当高的水平，在一些方面提供了别人所不曾或很少提供过的东西；其中最优秀的作品和其他杰出诗人的名篇一起，代表着二十年代我国新诗所达到的最高水平"。② 这或许可以看成是鲁迅关于冯至乃早期新诗坛最杰出的抒情诗人之观点的展开。冒炘、周棉的《冯至诗歌初探》③ 也认识到，学界对"五四"时期就已经卓有成就的冯至重视不够。他们明确提出，在中国新诗史上，应当给予冯至及其诗歌以应有的地位："挖掘传统的精华，'摄取异域的营养'"，一个善于接受中外诗歌传统，创造自己独特风格的优秀诗人。这样的定位看起来很高，但其实相当空泛，没有突出冯至个体诗人的特色。1986 年，周棉发表《冯至对中国新诗的贡献》④，认为冯至是"新诗六十年来，真正能够领一派风骚的诗人

---

① 陆耀东：《论冯至的诗》，《中国现代文学研究丛刊》1982 年第 2 期。

② 同上。

③ 冒炘、周棉：《冯至诗歌初探》，《江汉论坛》1982 年第 9 期。

④ 周棉：《冯至对中国新诗的贡献》，《江汉论坛》1986 年第 7 期。

之一"①。唐湜曾在 1940 年代末称赞冯至的抒情诗是新诗发展三十年为数不多的佳作，周棉又把冯至置于新诗发展六十年的历史背景中，突出其地位。这些评说是否准确是另外一回事，但它们为冯至进入新时期的文学史著作奠定了一定的话语基础。

　　1980 年代中期开始，冯至受到更多专业读者的关注。洪子诚在《冯至诗的艺术个性》②中分析了冯至三个时期作品的内在联系和不同；方敬在《沉思的诗——读冯至的〈十四行集〉》③中说，到《十四行集》冯至的诗艺好像已经炉火纯青，哲理和诗情相交融，诗体也适应内容的表现。他们已经意识到要给予冯至及其诗歌在文学史上特别的位置，但这个位置是什么？位于何处、依据何在？没有人做出明确回答，尽管他们一致确认冯至作品优秀。这里要特别提到的是张宽的《试论冯至诗作的外来影响和民族传统》④，它首先提出冯至属于"现代主义诗人"。中国诗歌史上有按派系划分诗人诗作和排座次的传统，张宽将冯至及其诗作纳入现代主义诗派的努力是值得称道的，它对于重新评估冯至新诗史地位具有时人也许没有意识到的重要意义。随后，周棉也认为冯至的《十四行集》"掀起新诗第二次现代主义浪潮"⑤。

　　然而，1980 年代，文坛主流仍是现实主义，现代主义仍一定程度被怀疑。这也是其他几位学者避而不谈《十四行集》的现代主义因素的重要原因。陈雷的《梦和青春，生活的倒影——论冯至早期诗歌的艺术个性》⑥就大力挖掘冯至诗中的现实主义成分，为其每一时期的作品寻找现实依据，以期在现实主义逻辑中，将冯至名正言顺地定位为中国现代文学史上的重要诗人。无独有偶，作为"中国现代作家作品欣赏丛书"之一出版的《冯至戴望舒诗歌欣赏》⑦对冯至各个时期的作品在现实主义框架里作了解读，

　　①　周棉：《冯至对中国新诗的贡献》，《江汉论坛》1986 年第 7 期。

　　②　洪子诚：《冯至诗的艺术个性》，《当代文学研究丛刊》1984 年第 5 期。

　　③　方敬：《沉思的诗——读冯至的〈十四行集〉》，《抗战文艺研究》1986 年第 3 期。

　　④　张宽：《试论冯至诗作的外来影响和民族传统》，《文学评论》1984 年第 4 期。

　　⑤　周棉：《冯至对中国新诗的贡献》，《江汉论坛》1986 年第 7 期。

　　⑥　陈雷：《梦和青春，生活的倒影——论冯至早期诗歌的艺术个性》，《中国现代文学丛刊》1987 年第 4 期。

　　⑦　卢斯飞、刘会文：《冯至戴望舒诗歌欣赏》，广西教育出版社 1989 年版。

并将其提到和著名诗人戴望舒并列的高度。蓝棣之的《现代派诗选》① 中没有选冯至 1940 年代的诗作，是因为他并不认为冯至属于现代派诗人群，但又觉得冯至的诗歌多少有点现代主义味道，认为冯至 1940 年代的诗歌是 1930 年代现代派诗的某种发展或演变。相比于他后来在《论冯至诗的生命体验》② 中称"冯至和卞之琳堪称中国现代主义诗歌之父"的观点，可以推断，蓝棣之这一时期对冯至的评价也未能摆脱政治意识形态化的现实主义诗学影响。

现代主义和现实主义的不同定位，意味着冯至及其诗歌"经典"地位的确立，只能在 1980 年代之后才可能完成。1990 年代以来，诗人和读者开始将注意力集中转向诗美本身，重视对新诗艺术传统的总结，关于冯至诗歌的评论，开始摆脱现实主义话语模式的制约，回归文本，视野打开了，其现代主义诗学特征开始受到重视，他被阐释定位为现代主义诗人。

1991 年，香港《诗双月刊》出版《冯至专号》，刊出冯至访谈，辛笛、方敬、邹荻帆、岭南人、绿原、李少儒、唐湜等给冯至的赠诗、祝诗，卞之琳、杜运燮、袁可嘉、谢冕、蓝棣之、王家新、张错、罗门、陈德锦、也斯、羁魂等的缅怀、回忆和评论文字，等等。港台和内地不同年龄身份的诗人、读者一起言说冯至，相互呼应，相当程度上敞开了冯至诗歌的独特性与现代主义诗学价值。1993 年，冯至逝世当年，社会科学文献出版社出版《冯至先生纪念论文集》，这有助于冯至走向中国现代"经典"诗人殿堂。1994 年 3 月，冯至逝世一周年时，北京大学举行冯至纪念会暨冯至学术思想报告会，谢冕、孙玉石发言，充分肯定冯至对新诗的贡献，试图盖棺定论，确立冯至在中国现代主义诗潮史上的位置。

其实，早在 1980 年代末，谢冕在其与杨匡汉一起主编的《中国新诗萃》③ 中就选录了冯至不同时期的诗歌 7 首，其中包括 1920 年代和 1940 年代的作品，他是入选数目最多的诗人，超过何其芳的 5 首和田间的 4 首，艾青、戴望舒也只是分别选入 3 首。可见，谢冕对冯至的诗歌极为推崇。1990 年代初，周良沛编选《中国新诗库》④ 共 10 辑计 100 卷，选收从"五

① 蓝棣之：《现代派诗选》，人民文学出版社 1986 年版，第 28—29 页。
② 蓝棣之：《论冯至诗的生命体验》，《贵州社会科学》1992 年第 8 期。
③ 谢冕、杨匡汉：《中国新诗萃：20 世纪初叶—40 年代》，人民文学出版社 1988 年版。
④ 周良沛：《中国新诗库·冯至卷》，长江文艺出版社 1990 年版。

四"到新中国成立30年内百位诗人的作品,既包括早已在文学史上占有重要地位的现代诗人,也包括曾被人忘却但也给新诗尽过力、操过心的无名诗人的佳作。其中第二辑中含"冯至卷",周良沛将冯至4首叙事诗放在选集最前面,因为"他的叙事诗真是独具光彩,不是无法,而是还没一个现代诗人几十年间这么写叙事诗,可以和他相比"①。冯至的叙事诗被提到最突出的位置,使其成为冯至乃至整个现代叙事诗史上的代表作。在周良沛看来,冯至不仅是沉钟社的代表,而且是唯一的"沉钟"诗人;冯至60多年的创作,风格多样,不宜划入什么"派",如果硬要将冯至归到诗歌派系里,那就是沉钟派,沉钟派就是冯至派。他试图将冯至单列出来,以"沉钟派""冯至派"显示其在文学史上的独创性和重要地位。然而这种呼声显得单薄,为了给冯至定名,多数论者还是遵循文学史著述的规矩,在现代主义合法化的1990年代,使冯至及其作品尽量向现代派靠拢,突出其在1940年代对新现代派的引领和标杆作用,以最终确立冯至诗歌的重要地位。

这种努力贯穿整个1990年代。1990年代初,即有解志熙在《生命的沉思与存在的决断——论冯至的创作与存在主义的关系》② 中,对冯至作品的思想性进行深入挖掘,探寻其思想与存在主义的关联,认为《北游》已经体现出冯至"某些存在主义命题的初步自觉",将之前没有足够重视的《北游》的现代性、现代主义提到显要位置进行评说,这表明不只是《十四行集》,其他作品也具有现代主义特色。蓝棣之的《论冯至诗的生命体验》论述冯至的重要建树,敞开诗人对于个体生命的深厚体验,即"赤裸裸地脱去文化的衣裳,用原始的眼睛观看"。他甚至称"冯至与卞之琳堪称中国现代主义诗歌之父"③。将冯至的地位推到一个新高度。1993年,谢冕在《新世纪的太阳——二十世纪中国诗潮》一书中将冯至诗歌创作的特点归结为:从浪漫的抒情走向现代性,《十四行集》证实他"由富有古典意趣的浪漫诗人向着现代性新诗挺进"④。他认为,冯至的作品,是"现代经典",这是

---

① 冯姚平:《冯至与他的世界》,河北教育出版社2001年版,第134页。

② 解志熙:《生命的沉思与存在的决断——论冯至的创作与存在主义的关系》(上、下),《外国文学评论》1990年第3—4期。

③ 蓝棣之:《论冯至诗的生命体验》,《贵州社会科学》1992年第8期。

④ 谢冕:《新世纪的太阳——二十世纪中国诗潮》,时代文艺出版社1993年版,第213—214页。

首次对冯至盖棺定论，这一"经典说"在后来没有遭到多少质疑，且逐渐延传下来。紧接着，孙玉石也强调冯至诗作的现代性、现代主义品格，在《中国现代诗国里的哲人——论二十年代冯至诗作哲理性的构成》中，他纵览冯至一生对诗歌"哲理性的追求"，着重挖掘冯至早期爱情诗中所蕴含的关于人类孤独和死亡的主题，认为这样特立独行的创作起点造就《十四行集》的哲理高峰①。这一观点与解志熙的《生命的沉思与存在的决断——论冯至的创作与存在主义的关系》相呼应。

上述 1990 年代的论者主要围绕冯至作品的现代性、现代主义进行阐释，并最终完成对其人其诗的定位：冯至的作品从浪漫主义走向现代主义，其早期诗作中已经透露出独特的现代性，这种现代性到 1940 年代表现得更为鲜明，无论内容还是形式，标志着 1940 年代中国现代主义诗歌的高度，是"现代主义经典"。

1996 年推出的《百年中国文学经典》② 和《中国百年文学经典文库》③ 分别收录冯至诗歌 4 首和 5 首，是选诗最多的诗人之一，与穆旦持平。这两个选本均以百年中国文学为编选范围，是具有世纪性视野的选本。编者认为所选作品是中国百年文学史上最值得保留和记忆的代表作。冯至的诗歌在文学选本中以百年"经典"的形象出现，这是此前冯至诗歌是现代主义"经典"之观点的具体表现。至此，冯至在中国现代文学史上的"经典"地位基本确立。④

---

① 孙玉石：《中国现代诗国里的哲人——论二十年代冯至诗作哲理性的构成》，《北京大学学报》（哲学社会科学版）1994 年第 4 期。

② 谢冕、钱理群：《百年中国文学经典》（第四卷），北京大学出版社 1996 年版。

③ 谢冕、孟繁华：《中国百年文学经典文库·诗歌卷》，海天出版社 1996 年版。

④ 笔者认为，这是一个值得警惕、反思的现象。谢冕、钱理群、孟繁华三位固然具有世纪性视野，具有很强的文学审美判断力，但是他们的知识结构、阅读视野、审美趣味是专家的，只能代表这个时代的专业读者以及受他们启蒙、教育的一般读者的立场与阅读态度，他们所遴选出的"经典"不一定受大众读者欢迎，因为他们不属于大众阶层，他们的文学观念、诗歌趣味与大众差别太大。20 世纪末，专业读者急于编选百年文学经典，是一种世纪性文学焦虑的体现，或者说暗含着对新文学的不自信心理。以"经典"之名定位一些新文学作品，是一种话语权的展示与体现，就是要借"经典"总结百年新文学成就，并以此引领、想象文学发展方向，这其中有一种中国知识分子固有的情怀，一种责任感，但也潜隐着替大众读者做主的启蒙主义话语霸权，这样遴选出的"经典"只能是这个时代专业读者的"经典"，不具备普遍性，未必可靠。

　　之后，冯至诗歌传播接受不断深化，人们不再纠结于冯至作品的现代派或现实主义的归类问题，而多是从诗歌自身现代化建设出发，从总结新诗发展经验出发，发掘冯至诗歌的诗学价值。在王邵军的《生命在沉思——冯至》（花山出版社 1992 年版）、周棉《冯至传》（江苏文艺出版社1993 年版）之后，出现另外几本冯至传记和研究著作，如蒋勤国的《冯至评传》（人民出版社 2000 年版）、陆耀东的《冯至传》（北京十月文艺出版社 2003 年版）、冯姚平编的《冯至和他的世界》（河北教育出版社 2003 年版）等。它们贯通冯至一生，通过对冯至的成长经历、创作历程、作品及影响等多方面的阐释，强化冯至的"经典性"及其诗歌史意义。在文学评论方面，解志熙、蓝棣之、王毅、罗振亚、范劲、蒋勤国、汪云霞等一批研究者都做出了贡献。其中，关注和研究冯至近三十年，结出最丰硕成果的，恐怕非陆耀东莫属。2003 年，陆耀东发表一系列关于冯至的研究论文：《关于冯至研究的对话》①、《冯至与里尔克》②及《冯至：〈北游及其他〉新探》③、《冯至〈十四行集〉独特的思维方式》④等，并于同年 9 月重磅推出苦心创作 20 余载的《冯至传》⑤。2005 年，他又在《中国新诗史》（1916—1949）⑥中开辟专章评说冯至。陆耀东早在 1980 年代初就发现冯至及其作品的独特价值，撰文推介，在经历 20 多年的争论和评定之后，冯至及其诗作的"经典"地位已经确立，又对其进行全面总结、深入探讨，为 21 世纪扩大冯至诗学在中国读者中的影响做出巨大贡献。

　　解志熙在他的论文《精深的冯至与博大的艾青——中国现代诗两大家叙论》中，将冯至和早已在诗歌史上占据重要地位的艾青并论，认为冯至从 1920 年代的青春抒情诗到 1940 年代的存在之诗"皆独步一时"，"对中

---

　　① 陆耀东：《关于冯至研究的对话》，《诗探索》2003 年第 2 期。
　　② 陆耀东：《冯至与里尔克》，《外国文学研究》2003 年第 3 期。
　　③ 陆耀东：《冯至：〈北游及其他〉新探》，《华中师范大学学报》（人文社会科学版）2003年第 4 期。
　　④ 陆耀东：《冯至〈十四行集〉独特的思维方式》，《文学评论》2003 年第 5 期。
　　⑤ 陆耀东：《冯至传》，北京十月文艺出版社 2003 年版。
　　⑥ 陆耀东：《中国新诗史（1916—1949）》，长江文艺出版社 2005 年版。

国诗歌的'言志'传统作出了现代性的拓展"①，并称《十四行集》堪比外国同类诗歌经典，进一步提升冯至诗歌的"经典"地位。

　　然而，如果把 1990 年代关于冯至诗歌的批评放在当时历史文化语境中考察，不难发现对冯至的现代主义定位与 1990 年代现代主义成为文学界主流话语分不开。那时候甚至今天许多人心中现代主义是现实主义、浪漫主义进化的结果，代表着一种前卫和先锋，更具现代性，进化论赋予现代主义以先天的"进步性"。其实，不能以进化论思维评估文学作品优劣，自然主义、现实主义、浪漫主义、现代主义只是与不同历史时期相对应的文学形式，均有自己的优劣作品，现代主义并不意味着比现实主义、浪漫主义伟大。而且，冯至这类诗人，由于那时中国社会处于新旧过渡时期现代主义特征并不鲜明，他们的现代主义体验并不深刻，因而许多作品很难判断是现实主义、浪漫主义还是现代主义。1990 年代将冯至创作视为浪漫主义向现代主义发展，就是以进化立场借现代主义话语权肯定冯至的创作，肯定其文学史地位，但冯至的作品包括《十四行集》的现代主义性质并不十分突出，他的十四行诗有的写得很好，从诗美层面分析、肯定它们更有意义，没有必要一定将它们说成是现代主义。从这个意义上看，称冯至为"中国现代主义诗歌之父"是 1990 年代文学言说语境使然，这一称谓是否实至名归值得怀疑，也没有多大意义，于是借助现代主义话语力量将冯至推为现代"经典诗人"也不一定可靠。

第二节　读者批评与冯至诗歌创作关系

　　作者基于自我情感，按照既有的审美理念，创作出文本，以此与读者见面，发生关联；读者可能是熟人、朋友，也可能是陌生者，他们以自己的先在经验、审美期待为基础阅读文本，与作者进行情感、精神交流对话，在质疑或共鸣中，共同完成作品，实现其价值。作者借文本影响读者，作用于社会；读者则通过自己的阅读表达，反过来影响作者，这是文学艺术创作、阅读接受中动人的情境。冯至的创作与一些特殊的读者有着别样的

---

　　①　解志熙：《精深的冯至与博大的艾青——中国现代诗两大家叙论》，《清华大学学报》（哲学社会科学版）2005 年第 4 期。

关系，或者说他人生中那些特别的读者影响了其创作，这些特别的读者有的是师辈，有的是友人，如张定璜、鲁迅、杨晦、李广田、废名等。

对冯至而言，鲁迅是颇有分量的一个读者，他曾将《昨日之歌》寄给鲁迅，并在信中提及沉钟社同人陈炜谟对这部作品的看法："缺乏时代气息，没有摆脱旧诗词的情调。"这在当时新文学语境里是一个极为负面的评价，几乎否定了文本存在的价值，对冯至的自信心无疑是沉重一击。鲁迅则在回信中肯定他的创作，认为并不像他信中所说，并没有"那么多旧诗词的痕迹"[①]。对冯至而言，鲁迅的肯定是极大的鼓舞与支持。《北游及其他》一面世，冯至又寄呈鲁迅，请求批评，鲁迅也毫不吝惜话语，称赞冯至乃"中国最为杰出的抒情诗人"。为什么给一个刚出道的青年如此高的评价？以鲁迅的学养、资历和新诗趣味，这一赞语是否值得玩味呢？

资料显示，鲁迅做出这个评价后，1930 年代朱自清言说冯至，着眼的则是其叙事诗，并不看重鲁迅的看法；1940—1950 年代，鲁迅关于冯至的那段话语似乎被人们淡忘了；1960 年代以后，鲁迅的观点才重新被提起；1980—1990 年代，关于冯至诗歌的批评盛极一时，人们大都会直接引用鲁迅的话以概论冯至早期诗歌特点及其诗歌史位置，鲁迅的言语几乎成了冯至的标签。且不论这个评价对冯至的诗歌创作产生什么影响（表面看来，影响不大，冯至在 1940 年代并没有延续抒情诗的写作，而是绕开了自己驾轻就熟的抒情诗，转而开拓新的诗路），鲁迅的话语在冯至诗歌阅读批评史上，意义重大，对于冯至后来步入"经典"诗人殿堂发挥了举足轻重的作用。然而，极少有人探究鲁迅何出此言，偶有几位，也是寥寥数语，点到为止，如陆耀东、蒋勤国等。鲁迅到底为何如此高地评价冯至呢？

冯至这一期的诗歌主要写爱情和友情，尤以爱情诗为重，虽然表现的是当时诗坛的流行主题，但情感极为真挚，诗中传达出的感情类型、特色具有文学"史"的价值。"五四"新文化运动旨在推翻中国几千年的封建文化，冲破封建伦理禁锢，彻底打破束缚人的精神枷锁；然而，获得个性解放的青年人，却陷入新的迷惘和困惑。新文学第一个 10 年，苦闷、孤独、感伤是一代作家的共同特点，他们不满社会，愁苦愤懑，左奔右突，

① 冯至：《鲁迅与沉钟社》，《冯至全集》（第 4 卷），河北教育出版社 1999 年版，第 213 页。

试图寻找一条通往光明的道路，他们呼唤爱情和友情，依恋亲情，唯有这些才能作为疲惫心灵的一丝慰藉。从《昨日之歌》到《北游及其他》，冯至的诗歌真切地记录一代人的情感历程，它的意义就远远超出个人范畴，而具有不容忽视的历史价值。这恐怕是鲁迅看重冯至诗歌的重要缘由。

冯至这一时期的诗歌明显传承中国传统文学最主要的特征——抒情性。冯至的诗歌中氤氲着一种拂之不去的抑郁感伤情调，以及幽美的抒情色彩，不同于当时新诗中常常洋溢着的明朗乐观情绪，他以幽婉、哀怨接通了中国抒情诗传统。这一点与同时代或稍后的诗人相比，最为典型。草创期的诗人们追求摆脱传统而非继承传统，而与冯至同时或稍晚的一批业已为新诗发展做出贡献的诗人如闻一多、徐志摩、朱湘、戴望舒、何其芳等人，其作品太多外来影响痕迹。闻一多、徐志摩诗作有太浓的浪漫主义烙印，李金发、戴望舒诗作有明显的法国象征诗韵味。可以说，自"五四"前夕新诗诞生到1930年代初，在借鉴西方诗歌、继承中国传统诗歌并加以融会、创造，使之具有新的面貌而又呈现出浓厚的民族风格方面，冯至具有较为鲜明的代表性。

鲁迅之所以称冯至为"中国最为杰出的抒情诗人"，与他的新诗观以及对新诗发展历史的认识是分不开的。鲁迅自身具备深厚的诗人气质和诗学修养，他不仅进行古体诗和现代诗的创作实践，还提出一些颇有见地的新诗理论。他认为新诗要重抒情，追求音乐效果，以含蓄为美。他强调诗歌的抒情性："诗歌是本以发抒自己的热情的，发讫即罢；但也愿意有共鸣的心弦。"① 他还提出，"新诗的风格要多样化"②。早在1919年，他在给傅斯年的信中就批评诗坛"写景叙事的多，抒情的少"③ 的弊病。1925年，鲁迅在给许广平的信中说："造语还须曲折。"④ 但他也反对为求含蓄而导致费解，主张易懂易解。他明确指出："诗须有形式，要易记，易懂，易唱，动听，但格式不要太严。要有韵，但不必依旧诗韵，只要顺口就好。"⑤ 这

① 鲁迅：《诗歌之敌》，《鲁迅全集》（第7卷），人民文学出版社1981年版，第238页。
② 吴奔星：《鲁迅诗话》，天津人民出版社1981年版，第55页。
③ 鲁迅：《致傅斯年》，《鲁迅书信选注》，北京师范学院中文系1977年版，第17页。
④ 鲁迅：《两地书·三二》，人民文学出版社1952年版，第104页。
⑤ 鲁迅：《致蔡斐君》，吴奔星《鲁迅诗话》，天津人民出版社1981年版，第69页。

里显然也讲到了诗的抒情性、音乐性，"曲折""易懂""有韵"是鲁迅重要的新诗观念，而冯至早期诗歌无疑以其浪漫、幽婉、低吟、隽永等特征满足了鲁迅对白话新诗的想象与期待。

鲁迅对新诗发展历史与现状，也有清晰的认识，"说文学革命之后而文学已有转机，我至今还未明白这话是否真实。但戏曲尚未萌芽，诗歌却已奄奄一息了，即有几个人偶然呻吟，也如冬花在严风中颤抖。"① 对诗坛不满意，对新诗创作不太认可，而冯至的早期诗作以其真挚的情感、幽婉的抒发、和谐的音节、古典的韵味、现代的思想，引人注目，正如一朵小荷，初绽在春末夏初的小池，清新秀丽，绰约多姿。如此，我们便不难理解鲁迅何以给冯至那么高的赞誉。

此外，还可以从其他方面找到佐证。例如，鲁迅自身遭遇过爱的寂寞折磨，能切身体会冯至抒情诗的内在底蕴。在没有爱的婚姻的痛苦中挣扎很长一段时间之后，鲁迅看到冯至寄给他的诗，发出深沉地感喟："我们还要叫出没有爱的悲哀，叫出无所可爱的悲哀。"② 他认为："青年人有写爱情诗的权利。"③ 他称赞汪静之的爱情诗"天然而清新，是天籁"，但同时也指出它们"幼稚"的缺点④。他不满于当时的爱情诗，甚至写了一首风趣的《我的失恋》以讽刺当时盛行的失恋诗。朱自清在《中国新文学大系·诗集·导言》中曾说："中国缺少情诗，有的只是'忆内''寄内'，或曲喻隐指之作，坦率的告白恋爱者绝少，为爱情而歌咏爱情的更是没有。"⑤ 相形之下，冯至的爱情诗情真意切，哀而不伤，忧而不怨，温柔缠绵，格调清丽，这些使鲁迅的审美感觉为之一震，引发共鸣。这是鲁迅高度评价冯至的又一个原因。

同时，这样的评价还基于鲁迅作为前辈作家对文学新青年的关怀。鲁迅一生花费很多心血，以极大的热情直接或间接扶持过"左联五烈士"、萧红、萧军、丁玲、欧阳山、沙汀、艾芜等作家。冯至大学时代曾选听鲁迅

---

① 鲁迅：《诗歌之敌》，《鲁迅全集》（第7卷），人民文学出版社1981年版，第238页。

② 鲁迅：《热风·随感录四十》，载《鲁迅全集》（第2卷），人民文学出版社1973年版，第41页。

③ 汪静之：《回忆湖畔诗社》，《诗刊》1979年第9期。

④ 同上。

⑤ 朱自清：《中国新文学大系·诗集·导言》，上海良友图书印刷公司1935年版，第4页。

的中国小说史讲座，聆听过鲁迅教诲，曾先后将自己刚出版的两部诗作《昨日之歌》和《北游及其他》寄给鲁迅请求评点，而鲁迅也复信给予肯定。鲁迅赞赏冯至所在的"浅草社"及"沉钟社"同人对艺术的忠诚和努力，在《中国新文学大系·小说二集·导言》中评价《浅草》季刊："向外，在摄取异域的营养，向内，在挖掘自己的魂灵，要发见心灵的眼睛和喉舌，来凝视这世界，将真和美歌唱给寂寞的人们。"① 这话用来评价冯至的诗，大概也是最为恰切的。"挖掘自己的魂灵"和"将真和美歌唱给寂寞的人们"可谓鲁迅与冯至的精神相会。

正是着眼于上述原因，在郭沫若、沈尹默、闻一多、徐志摩、戴望舒等一批优秀诗人已向诗坛贡献出一批精美的抒情诗以后，鲁迅仍然把冯至视为中国抒情诗传统在现代的优秀继承者而誉之为"中国最为杰出的抒情诗人"。

鲁迅的肯定自然代表专业读者的评价，他的高度赞誉几乎将冯至的抒情诗推到中国新诗的一个顶峰。面对这种境况，诗人冯至何去何从？循着抒情诗的方向再接再厉显然是一条明路，然而他几经探索，峰回路转，独辟蹊径。

冯至一向为人谦虚，他不大愿意后来的评论者提及鲁迅这个评价，认为是过高褒奖。② 实际上，早年冯至受鲁迅的影响很大，接受了"五四"新思想，"他在报刊上一见到鲁迅著作，都一一仔细阅读"。③ 而在整个1930年代，他几乎歇笔，没有创作出几首好诗。早期的诗作成了一个标尺，永久树立在中国新诗史上；他抛开1920年代的浪漫抒情诗风，转而向深度进发，在历经约10年的沉淀后，再次挥笔，作出后来在中国诗坛影响深远的《十四行集》。实际上，在这个集子中，也可以看出冯至和鲁迅人格精神方面的相似处："他们都能从普通人和日常小事中发现高尚、伟大的东西"④，甚至可以读出冯至对鲁迅"路的哲学"的探索，对"心灵之路"的

---

① 鲁迅：《中国新文学大系·小说二集·导言》，上海良友图书印刷公司1935年版，第5页。
② 《冯至全集》（第12卷），河北教育出版社1999年版，第496页。冯至曾在给周棉的信中说过："还是那句老话，不要过分强调鲁迅对我的评语。"
③ 陆耀东：《冯至传》，北京十月文艺出版社2003年版，第31页。
④ 同上书，第32页。

开拓。[①] 鲁迅写作始终在路上,不重复他人和自我的探索精神,也许是支持冯至突破自己 1920 年代抒情风格而另辟蹊径的深层动力。

冯至 1920 年代到 1940 年代诗风的转变过程中,也伴随着文友的批评。他曾说,在朋友中,"对我影响最大,使我获益最多的是杨晦同志"。[②] 他与杨晦的深厚友谊,可以从他们交往的信件以及冯至的诗歌《怀 Y 兄》中看到。杨晦既是一名文艺人士,又是冯至的挚友,对他的诗歌创作影响很大。冯至大学毕业后,本来有机会在北京孔德学校教书,但是杨晦对他说:"你需要认识社会……你应该到艰苦甚至黑暗的地方去,好好地锻炼锻炼。"[③] 冯至于是听从杨晦建议,踏上去东北的征程。也正是在哈尔滨半年的经历,奠定他写《北游》的基础。诗集出版时,扉页上写着"呈给慧修(杨晦)",作为对友人的回报。《北游》面世时,冯至在陈翔鹤、陈炜谟、冯雪峰等文友的面前,读了其中的几段,"大家认为诗的风格有了变化,与过去不同了,这是现实的赐予"。[④] 这是对冯至诗歌风格转变的肯定。

冯至在德国学习时,接触并喜欢上存在主义哲学、里尔克的诗歌和梵诃的绘画,审美意识偏离中国传统和现实需要。1935 年 9 月,他留学归国后在上海与杨晦会晤。当他谈及未来的文学理想和学术梦时,杨晦严肃地对他说:"不要做梦了,要睁开眼睛看现实,有多少人在战斗,在流血,在死亡。"[⑤] 这无疑会影响冯至的思考与创作走向。1935 年 12 月,他发表《威尼斯》,杨晦看到后对他说:"你的诗在技巧上比过去成熟些,但是你的诗里对待事物那种冷冰冰的态度,我读后很不舒服,我不希望你写这样的诗。"[⑥] 杨晦的劝告,给冯至留下深刻印象,对冯至后来的处事待人也产生了深远影响。但是存在主义和里尔克的力量太大,他无法轻易告别,从其后来的创作来看,冯至并没有完全接受杨晦的意见而改变自己的文学思

---

① [德]沃尔夫冈·顾彬:《给我狭窄的心一个大的宇宙——论冯至的十四行诗》,张宽译,原载德国《龙舟》1987 年第 1 期。

② 冯至:《从癸亥年到癸亥年——怀念杨晦同志》,《文艺报》1983 年第 8 期。

③ 《冯至全集》(第 4 卷),河北教育出版社 1999 年版,第 284 页。

④ 《冯至全集》(第 2 卷),河北教育出版社 1999 年版,第 173 页。

⑤ 《冯至全集》(第 4 卷),河北教育出版社 1999 年版,第 286 页。

⑥ 姚可崑:《我与冯至》,广西教育出版社 1994 年版,第 53 页;冯至:《从癸亥年到癸亥年——怀念杨晦同志》,《文艺报》1983 年第 8 期。

想。他的自我坚持与选择，使他创作出中国现代诗坛上独树一帜的《十四行集》，它是中国的存在主义诗歌，具有中国式的积极、达观与温暖，这种"温暖"其实与杨晦不无关系。

冯至前两个时期的诗歌创作，与读者阅读反馈特别是与鲁迅、杨晦等的批评有着或多或少的关系。一方面，他们对冯至诗歌所作的或肯定或否定的评价，影响着冯至的文学思考与选择；另一方面，冯至也表现出难能可贵的品质，谦虚接受而又不失主见。换言之，冯至诗歌创作多次转变方向，由个我抒怀到存在之思，再到大我书写，不仅与其性情相关，与所接触的中外文学作品有关，与所处的政治文化语境和文学风尚的变化密不可分，还与读者阅读批评有着直接而深刻的关系，读者批评和建议促使其不断探索前行。

第三节　《十四行集》走向"经典"之路

《十四行集》是冯至诗歌创作第二阶段的作品，也是他诗歌创作成熟的标志，因其平实的语言、深邃的思想、独特的形式而在发表之初就受到关注，也因这些特点而在新中国成立后慢慢沉寂下去，直至新时期以后才重新获得关注、肯定，一度被认为是中国现代诗的高峰，收录"经典"诗库。先是大受赞赏，而后备受冷落，最后奉为"经典"，同样一部作品，为何一波三折，如此大起大落？《十四行集》与"经典"之间画得起等号吗？本节将按《十四行集》命运的浮沉变化分三部分具体探讨之。

一　1940 年代初版，享有盛誉

《十四行集》发表于 1942 年，注重诗歌形式和内容相互作用的李广田慧眼识珠，最先道出诗歌中的"沉思"特质，一举成就了冯至"沉思的诗人"形象。他称冯至这部作品不能用平常的"深入浅出"衡量，即先深入了再找最浅显的语言来表达，而应该看到冯至"是沉思的诗人，他默察，他体认，他把他在宇宙人生中所体验出来的印证于日常印象，他看出真实

的诗或哲学于我们所看不到的地方"。① 他认为一首诗歌，内容要有深度，形式也要完美，形式不仅不束缚内容，还可以使内容表现得更好，《十四行集》的形式就是这样："这一外来的形式，由于他的层层上升而又下降，渐渐集中而又渐渐解开，以及他的错综而整齐，他的韵法之穿来而又插去……它本来是最宜于表现沉思的诗的，而我们的诗人却又能运用得这么妥帖，这么自然，这么委婉而尽致。"② 李广田真乃行家，真乃冯至的知音，其文充分肯定《十四行集》内容和形式的相得益彰，道明诗歌的哲理性和十四行体的文体特点，"层层上升而又下降，渐渐集中而又渐渐解开"，这不是一般人所能体味出的诗性。尽管他是从作为读者的个人感觉出发，进行感性表达，但很到位，其话语为后来者屡屡援引、传播，凡提及冯至的《十四行集》，观点几乎都不离其左右。李广田对冯至《十四行集》的评论，在那个特殊的历史时期，打开了其诗性空间，彰显出作品韵外之致，或者说照亮了其特别的诗美世界。

然而，闻一多的《现代诗钞》却没有收录冯至的诗作。实际上，在闻一多编《现代诗钞》时，冯至的《十四行集》已经出版，且受到李广田好评。闻一多为什么没有选冯至的诗呢？这似乎也成为一个文坛谜案。鲁迅曾言："选本所显示的，往往并非作者的特色，倒是选者的眼光。眼光愈锐利，见识愈深广，选本固然愈准确。但可惜的是大抵眼光如豆，抹杀了作者真相的居多，这才是一个'文人浩劫'。"③ 选谁不选谁、选哪篇不选哪篇，可能抹杀作者，遮蔽真相，导致"文坛浩劫"。翻开闻一多《现代诗钞》④，不难发现不只是冯至没有入选，胡适、刘半农、沈尹默、周作人、朱自清、应修人、汪静之、李金发、蒋光慈、卞之琳、李广田、臧克家、胡风、蒲风、牛汉、郑敏、辛笛等都没有入选，而一些名不见经传的作者

① 李广田：《沉思的诗——论冯至的〈十四行集〉》，《诗的艺术》，开明书店 1943 年版，第 80—81 页。

② 同上书，第 106 页。

③ 鲁迅：《"题未定"草》（六），《鲁迅全集》（第 6 卷），人民文学出版社 1981 年版，第 421—422 页。

④ 闻一多：《现代诗钞》，收入朱自清、郭沫若等编辑的《闻一多全集》（全四册），上海开明书店 1948 年版。湖北人民出版社 1993 年出版的孙党伯等主编的《闻一多全集》所收的《现代诗钞》，与 1948 年开明版有出入，此处用的是开明本数据。

却在列；且徐志摩 12 首、艾青 11 首、穆旦 11 首、陈梦家 10 首、闻一多 9 首、俞铭传 7 首、郭沫若 6 首、田间 6 首、饶孟侃 5 首、袁水拍 4 首、戴望舒 3 首、冰心 2 首、何其芳 2 首、林庚 1 首，单个诗人入选篇数也值得商榷。你可以说这是一个很有个性的诗选，但无法说它是一个能真实反映新诗成就的诗选。何至如此？易彬曾对《现代诗钞》的内在矛盾有过分析，质疑了闻一多选家身份的可靠性与该选本的经典性，颇有见地①。从选本内容看，闻一多不重视"五四"前后白话新诗的开创诗人，不重视一些诗名显赫的诗人，不重视西南联大的教师诗人，而是置重新月派诗人、西南联大的学生辈诗人。我们可以将《现代诗钞》的偏颇归因于闻一多对新诗坛现状不熟悉、阅读视域不广，但这似乎不能完全令人信服。他对 1920 年代的诗坛应该相当熟悉吧，如胡适、周作人、刘半农、李金发、冯至等人的创作；他对自己的学生臧克家总该是特别了解吧？他对西南联大时期的卞之琳、冯至、朱自清、李广田也是很熟悉的，据冯至夫人姚可崑回忆，大约 1943 年冬或者 1944 年春开始，冯至家中每周定期举行聚会，漫谈文艺问题以及一些掌故，每次与会的有杨振声、闻一多、闻家驷、朱自清、沈从文、孙毓棠、卞之琳、李广田等人，那时闻一多正协助英籍教授白英（R. Payne）编译"当代中国诗选"，他们有时用冯至家里的打字机誊录译稿②，据此可以推断，闻一多此时不可能不知道已经出版的冯至的《十四行集》。卞之琳曾经说过："现在我依稀记得他曾接受什么出版社编一本新诗选的要求，要我自己选一些诗给他，我答应了，但是看来他对于选这本书并不积极，而我当时对于写诗也不感兴趣，不知怎的，完全忘记了交卷。"③这是卞之琳回忆自己没有入选的原因。由此我们可以推测，闻一多《现代诗钞》出现偏颇的原因，与他对新诗坛现状不熟悉有关系，以至于遗漏了一些有成就的新诗人（如郑敏）；与他新月派本位主义思想有关系（过多编选新月诗人作品）；与他固有的中国知识分子文人相轻意识恐怕也有关系（不选一些身边名人的诗歌）；与他"对于选这本书并不积极"或者说心里

---

① 易彬：《政治理性与美学理念的矛盾交织——对于闻一多编选〈现代诗钞〉的辩诘》，《人文杂志》2011 年第 2 期。

② 姚可崑：《我与冯至》，广西教育出版社 1994 年版，第 105 页。

③ 卞之琳：《卞之琳先生的来信》，香港《开卷月刊》1979 年第 4 期。

重视度不够也有关系，以至于与自己关系亲密的诗人、青年人的诗歌选的多，而自己不太熟悉的或已经有大名的"五四"诗人少选或不选；也可能与自己诗学观念偏执有关系；也可能与他已经是一个埋在故纸堆里的学者而非诗人的身份有关系；也可能与他作为鄂东人固执、偏执、狂傲的硬性格有关系；等等。闻一多诗坛地位很高，新中国成立后更是被誉为集学者、爱国诗人、民主战士多重身份于一身，绝大多数时候其在现代文学史乃至现代思想史上占据着重要的位置，从这个意义上看，《现代诗钞》不选冯至诗歌，不选《十四行集》，对于冯至诗歌的经典化而言虽称不上"浩劫"，但短时期里也算是一种不利吧。

当然，话又说回来，没有入选《现代诗钞》并没有完全影响到时人对《十四行集》的赞誉，《十四行集》自有它遮挡不住的魅力，并未因闻一多的忽视而失去它的价值。朱自清、废名和唐湜就是它的珍视者。闻一多编选《现代诗钞》的时候，朱自清已经开始陆续发表他的《新诗杂话》，并多次提到《十四行集》。他曾经认为"小诗之后，新诗也跟着中衰"，然12年后，冯至的《十四行集》让他欣喜地看到新诗的"中年"，他认为冯至是"从敏锐的感觉出发，在日常的境界里体味出精微的哲理的诗人"，他的《十四行集》里尤其引人注意的是他"诗里耐人沉思的理，和情景融成一片的理"[1]；同时，他圆熟地将十四行体这种外国诗体融入中国诗里，这种创造"建立了中国十四行的基础"。[2] 朱自清将李广田从冯至诗中看到的"沉思"提升成"哲理"，并且确认冯至对十四行诗体的运用在中国新诗史上的独特贡献——将这一外来诗体创造成中国诗体。这在中国现代诗坛是很少见的，虽然兼备中西学养的现代诗人中不乏名人，但能够做出如此具有历史性突破成绩的恐怕只有冯至一个。这就把冯至推到中国现代诗坛一个独尊的地位。这也是冯至《十四行集》成为"经典"的一个重要因素。

废名在北大讲课时专门写了一章讲义，向学生介绍《十四行集》诗体的运用之妙，这对冯至诗歌的传播和接受无疑起了很大的作用。他在讲义开头说明自己对《十四行集》态度变化的过程——从并不看好到参透其中三昧而不由得叫好。这也反映出冯至《十四行集》的一个特点，即内含式

---

① 朱自清：《新诗杂话·诗与哲理》，作家书屋1947年版，第35页。
② 同上书，第143页。

而非外扬式的诗美，读者必须静心仔细阅读，才能领略其真味，这或许也是《十四行集》不被所有读者看好的原因。废名的讲义可以看作对朱自清评价的补充，他列举 27 首中的 9 首，分析这种诗体的妙处在于："章法的崎岖反而显得感情生动"①，"好像奇巧的图案一样，一新耳目了"②，揭示出冯至作品的形式美——平实中见奇巧，并称赞其运用的独到和圆熟。

唐湜在 1940 年代末发现了《十四行集》风格独特之处："豪华之后来了真淳，幻美之后来了朴素，不仅是语言的或'诗的还原'，而且更是生命的还原——也是生命的新的真淳的觉醒。"③ 最后还点出，《十四行集》以其真淳丰富的内容、朴素的语言形式而成为诗歌史上前所未有的收获。唐湜发现冯至 1940 年代诗歌风格与 1920 年代的截然不同，从诗歌语言、思想意蕴、艺术特色三个方面进行诗意的阐述。这就将冯至两个时期的创作打通，从诗风的整体流变给冯至的作品定位，认为《十四行集》前所未有，充分肯定其价值。

此外，有资料显示，抗战时期，冯至的《十四行集》手抄本流行，每首诗还配上一幅插图，可以随身携带，"可见读者对它的珍爱"。④ 1940 年代的传播盛况为《十四行集》经典化奠定了稳固的读者基础，但只维持不到 10 年，《十四行集》就开始淡出读者视野，几乎沉寂于诗坛。

二 1950—1970 年代，趋于沉寂

新中国成立后，《十四行集》的命运急转直下。个人诗选方面，1955 年出版的《冯至诗文选集》未选十四行诗，其后数十年间，《十四行集》也没有重印过，直到 1980 年的《冯至诗选》出版，才得以重新全部收入。新中国成立后，冯至不断否定过去的自己，否定过去的艺术探索，认为《十四行集》含有小资产阶级知识分子思想。这一情形，从源头上阻断了大

---

① 废名：《谈新诗·十四行集》，《废名集》（第 4 卷），北京大学出版社 2009 年版，第 1809 页。原载 1948 年 5 月 23 日《华北日报·文学》第 21 期，署名废名。

② 废名：《谈新诗·十四行集》，《废名集》（第 4 卷），北京大学出版社 2009 年版，第 1812 页。

③ 唐湜：《沉思者冯至——读冯至的〈十四行集〉》，冯姚平《冯至与他的世界》，河北教育出版社 2001 年版，第 34 页。

④ 卢斯飞、刘会文：《冯至戴望舒诗歌欣赏》，广西教育出版社 1989 年版，第 2 页。

众读者对《十四行集》的接受。当时文坛对于十四行体诗颇多贬词，左翼文学史家蓝海（田仲济）在所著的《中国抗战文艺史》中谈及"民族形式"时，斥"诗歌走上十四行"为"洋八股"，当时专业读者多避而不谈《十四行集》①，何其芳、唐弢等在六七十年代论及冯至的作品，也明显地将重心放在冯至1920年代的诗歌上，《十四行集》要么一笔带过，评价不高，要么完全无视。

何其芳是1960年代唯一专门发文评论冯至作品的专业读者。他的《诗歌欣赏》重新发现了冯至早期抒情诗《蛇》《南方的夜》等的价值，并对其进行有节制的谨慎肯定；然而对《十四行集》，他一言以蔽之，语言犹疑模糊，竭力避免直接对其进行否定："文字上的修饰好像多了一些，技巧上的熟练好像也增进了一些，然而如作者后来所不满的，这些诗'内容与形式都矫揉造作'。"②"好像""然而如作者后来所不满的"是一种迂回，这种保守姿态与评说，折射出那时部分读书人将个人阅读感受诉诸文字时的紧张心态。1960年代，对触及敏感的政治文化神经的作品，即使褒扬，也只能以贬抑方式，策略性言之，行文中充满"对立"与"统一"。这是一种有意味的阅读言说方式，其中包蕴着古老中国历经坎坷的读书人磨砺出来的文学生存之"道"，言说之道，一种表达智慧。

唐弢的《中国现代文学史》简要介绍冯至1920年代的作品，而只字未提《十四行集》。可见在经历"文化大革命"浩劫的剧痛、刚刚步入发展新时期的1970年代末，编著者对《十四行集》那种带有现代主义色彩的另类诗作的态度很慎重。即便到了1984年3月，同样是人民文学出版社出版的唐弢主编的《中国现代文学史简编》，也只在结尾用简短的一句话："作于抗日战争中的《十四行集》，为中国新诗发展形式进行了探索和追求。"③对这个诗集进行中性介绍，不过可以这么说，《十四行集》至此才在内地文学史上获得被正式言说的空间。

在仅有的几个论者中，只有香港的司马长风敢于正视这部诗集的成就，他主编的《中国新文学史》（下卷）对这个诗集发出由衷的赞美，不仅认

---

① 刘绶松1956年著的《中国新文学史初稿》中就没有提及冯至及其诗作。
② 何其芳：《诗歌欣赏》，人民文学出版社1962年版，第92页。
③ 唐弢：《中国现代文学史简编》，人民文学出版社1984年版，第201页。

为"每一首、每一行都晶光四射"①，而且点明"《十四行集》是新诗诞生以来最好的诗，只有闻一多的《死水》中的部分诗作，才可并比"。司马长风将《十四行集》置于新诗发展60年的大背景中，冠之以"最好"，并认为久负盛名的闻一多也只有部分诗作能够比肩。这就将冯至置于他心中一流诗人闻一多之上，这样的垂青，随着文学传播接受疆域壁垒的破除、全球化阅读时代的来临，对《十四行集》的"起死回生"，意义重大。

三 1980年代以降，尊为"经典"

经历数十年冷落，新时期开始，《十四行集》得以重新面世，经专业读者的呼吁、重评、正名，不断"走向"大众，展示其特别的风姿，不断回归文学史，被阐释为"经典"。

1980年代初，陆耀东等学者开始呼吁重估《十四行集》的价值，为其寻找文学史位置。他在《论冯至的诗》中提出，十四行诗的形式有它的长处，应该允许它在百花园中占有一席地位。这是对新中国成立后《十四行集》被迫淡出诗歌史长达近三十年的不公平现象的反拨。朱金顺专门撰文介绍冯至的《十四行集》，认为"无论从反映冯至的思想感情说，还是从了解我国诗歌发展的轨迹说，《十四行集》都该占有一席地位"，②引起读者对《十四行集》的关注和重视。周棉也在《冯至对中国新诗的贡献》③中为冯至诗歌呐喊，称冯至是创作叙事诗的高手，认为《十四行集》为新诗之"绝唱"。

他们的呼吁引起人们的思考：《十四行集》应该置于中国现代文学史的什么位置？这里有必要重提上一节已经论述过的几个论者的观点，因为这是《十四行集》经典化历程中绕不开的一段——关于诗集的现实主义与现代主义之争。1980年代，张宽的《试论冯至诗作的外来影响和民族传统》首先提出冯至是现代主义诗人；随后，周棉也认为冯至的《十四行集》掀起新诗第二次现代主义浪潮。④然而，《诗经》所代表的现实主义一直是中

① 司马长风：《中国新文学史》（下卷），香港昭明出版社1978年版，第189页。
② 朱金顺：《冯至的〈十四行集〉》，《中国现代文学研究丛刊》1985年第2期。
③ 周棉：《冯至对中国新诗的贡献》，《江汉论坛》1986年第7期。
④ 同上。

国文学的主流，1980年代文坛尤其强调现实主义，陈雷的《梦和青春，生活的倒影——论冯至早期诗歌的艺术个性》①就着力挖掘冯至诗中的现实主义成分。无独有偶，作为"中国现代作家作品欣赏丛书"之一出版的《冯至戴望舒诗歌欣赏》②，对《十四行集》进行细致的现实主义解读。这一时期的蓝棣之也不认为冯至属于现代派诗人群，《现代派诗选》中也没有选冯至的十四行诗。

现代主义、现实主义二重观点在1990年代合流，冯至《十四行集》以"现代主义"特色确立起"经典"地位。1990年代伊始，解志熙在《生命的沉思与存在的决断——论冯至的创作与存在主义的关系》③中，探寻冯至一生各个时期作品的思想内容与存在主义的关联，把冯至作品的现代主义特色从《十四行集》拓展到其他诗作上，对冯至诗作的"现代性"进行全面研究。

1991年7月，袁可嘉在香港《诗双月刊》"冯至专号"上发表长文《一部动人的四重奏——冯至诗风流变的轨迹》，将冯至从1927年到1991年的诗歌创作分成浪漫主义、现代主义、现实主义和新古典主义四个阶段。其中，现代主义指《十四行集》（1942）时期。袁可嘉作为冯门得意弟子，又是中国新诗派的著名诗人、诗歌理论家，其对冯至一生诗风流变的概括得到普遍认可。

王家新和台湾诗人罗门对冯至作品的现代性进行了补充和强调。王家新认为冯至的《十四行集》表现出诗人可贵的知识分子精神——他顶住强大的压力，运用颇遭众议的欧化的十四行体，在集体主义的主旋律之外，唱着关于"个人""生存""宇宙"的纯然的现代主义歌。在战乱的年代，创造出一个"奇迹"④。他认为《十四行集》是现代主义作品。罗门把《十

---

① 陈雷：《梦和青春，生活的倒影——论冯至早期诗歌的艺术个性》，《中国现代文学丛刊》1987年第4期。

② 卢斯飞、刘会文：《冯至戴望舒诗歌欣赏》，广西教育出版社1989年版。

③ 解志熙：《生命的沉思与存在的决断——论冯至的创作与存在主义的关系》（上、下），《外国文学评论》1990年第3—4期。

④ 王家新：《冯至与我们这一代人》，香港《诗双月刊》1991年第2卷第6期。

四行集》称为"唤醒人类对生命省思的启示录"①，他再一次确认这个诗集的存在主义品格，认为它抓住"前进中的永恒"，因而不会过时，认为冯至用生命写诗，所以他的诗是活在人类内心中的诗，是一部生命的启示录，具有存在的启示性。

谢冕在《新世纪的太阳——二十世纪中国诗潮》② 一书中归纳冯至诗歌创作的特点：从浪漫的抒情走向现代性。他在主标题中称：1940 年代中国诗歌史上有"一批现代经典出现"，而冯至是创作出"现代经典"诗歌的第一个诗人。《十四行集》证实"他由富有古典意趣的浪漫诗人向着现代性新诗挺进"③。他还将冯至的现代诗创作置于西南联大的背景中言说，认为冯至十四行诗的出现，是现代诗在西南联大重新兴起的信号。至此，《十四行集》第一次被冠以"经典"的名号，纳入"经典"的行列。

其后，孙玉石出版专著《中国现代主义诗潮史论》④，他在谢冕对冯至诗风"从浪漫的抒情走向现代性"的界定的基础上，进一步点明冯至对现代主义的贡献：架起通向新现代主义的桥梁。他认为《十四行集》是 1940年代"新生代"的现代派诗潮产生的一个开端。可以说，谢冕和孙玉石在北大为冯至《十四行集》的研究开辟了一个阵地，也正是在这里，他们完成了对《十四行集》"经典"地位的确认。

正是在这样的前提下，谢冕与其他学者合编的《百年中国文学经典》⑤和《中国百年文学经典文库》⑥ 都收录冯至的 4 首十四行诗，数目仅次于穆旦的 5 首。《十四行集》在文学选本中以百年"经典"的面目出现，更加体现其所蕴含的价值。

此外，还有一批研究成果值得注意，如解志熙的《诗与思——冯至三

---

① 罗门：《诗人冯至的〈十四行集〉——一部唤醒人类对生命省思的启示录》，香港《诗双月刊》1991 年第 2 卷第 6 期。

② 谢冕：《新世纪的太阳——二十世纪中国诗潮》，时代文艺出版社 1993 年版。

③ 同上书，第 213—214 页。

④ 孙玉石：《中国现代主义诗潮史论》，北京大学出版社 1999 年版。

⑤ 谢冕、钱理群：《百年中国文学经典》（第四卷），北京大学出版社 1996 年版。

⑥ 谢冕、孟繁华：《中国百年文学经典文库》，海天出版社 1996 年版。

首十四行诗解读》①《精深的冯至与博大的艾青——中国现代诗两大家叙论》②、郑敏的《忆吾师冯至——重读〈十四行集〉》③、陆耀东的《冯至与里尔克》④《冯至〈十四行集〉独特的思维方式》⑤ 等。它们对《十四行集》的经典化功不可没，例如解志熙的《精深的冯至与博大的艾青——中国现代诗两大家叙论》⑥，在司马长风提出冯至诗艺超过闻一多之后，将冯至和早已在诗歌史上占据重要地位、创作生命力常青的艾青并论，把冯至推到中国诗歌史上的"经典"大诗人之列，并称《十四行集》完美的融合、深刻的沉思和精湛的艺术，将中国现代诗的水准提升到可与中外诗歌经典相媲美的境地，由是《十四行集》的地位得到进一步提升：堪比中外诗歌经典。

　　《十四行集》"经典"地位确立之后，关于它的风格界定还存在一些不同的声音。陆耀东在《冯至传》中对之前的一些观点进行微调，认为《十四行集》是冯至历经"十年左右的准备和探索，才完成了从早期的近似浪漫主义的抒情到兼取存在主义和浪漫主义而统一于沉思型的转变，才找到了最便于他表现的诗的思维方式和表现形式"。⑦ 而周良沛认为，冯至是不宜划入什么派别的，"冯至就是冯至"⑧，这是特别到位的评价，因为真正的诗人只能是他自己，在诗性上不属于任何社团或思潮，或者说真正的诗人就是以自己独一无二的诗歌去丰富自己所参与的社团，去阻止文学思潮固化的倾向。真所谓仁者见仁智者见智，这些不同的声音不仅没有削弱《十四行集》的"经典"地位，反而凸显诗集风格的独特性，强化其"经

---

① 解志熙：《诗与思——冯至的三首十四行诗解读》，《中国现代文学研究丛刊》1992 年第 3 期。

② 解志熙：《精深的冯至与博大的艾青——中国现代诗两大家叙论》，《清华大学学报》2005 年第 4 期。

③ 郑敏：《忆冯至吾师——重读〈十四行集〉》，《当代作家评论》2002 年第 3 期。

④ 陆耀东：《冯至与里尔克》，《外国文学研究》2003 年第 3 期。

⑤ 陆耀东：《冯至〈十四行集〉独特的思维方式》，《文学评论》2003 年第 5 期。

⑥ 解志熙：《精深的冯至与博大的艾青——中国现代诗两大家叙论》，《清华大学学报》2005 年第 4 期。

⑦ 陆耀东：《冯至传》，北京十月文艺出版社 2003 年版，第 161 页。

⑧ 周良沛：《雾谷夜话　冯至同志》，载《秋风怀故人：冯至百年诞辰纪念集》，人民文学出版社 2005 年版，第 38 页。

典性"。

　　文学史著作也参与了《十四行集》"经典"的建构活动。文学史的编修过程总是漫长而缓慢的，其中表现出的观点往往会影响一代甚至几代人。早在1980年代学者们呼吁给《十四行集》正名之时，以黄修己的《中国现代文学简史》[①]为代表的文学史著作依然保留着上一时期的低调，承续唐弢1979年文学史著作的定位，将冯至作为沉钟社的主要成员进行介绍，认为他是沉钟社中成就与影响最突出的，他的爱情诗在1920年代同一题材诗中成就较高。书中仅用一句话提及《十四行集》采用西方格律，未对其发表任何评述，最后得出冯至从写自由诗起步转向追求格律诗的结论。对冯至的总体介绍仅有六七百字篇幅，极为简略。用格律诗定义《十四行集》，这在文学史上是较少见的。十四行体这种外来诗体的韵法严格，与中国传统的格律似有异曲同工之妙，经冯至的创造性应用后，韵法更为灵活，有的一行甚至可以不严格押韵。作为1980年代有影响的文学史著，站在中国传统诗学立场言说它，而不提其现代主义特色，使其在1980年代语境中获得传播的合法化，也是有道理的。

　　与此形成对照的是，1998年同是黄修己编的《二十世纪中国文学史》[②]，在第四章《"五四"后新诗的成就》中专辟一节，将冯至作为题首，先于李金发等诗人，用五页的篇幅详细介绍其创作，并给予高度评价。从1970年代司马长风文学史著中不足两百字的篇幅到唐弢《中国现代文学史》中不足千字的介绍，再到八九十年代黄修己编撰的现代文学史著作对冯至态度的变化，足以说明冯至在中国现代文学史上地位的节节上升。黄修己对冯至的爱情诗、叙事诗都做了高度评价[③]；对《十四行集》，他言及其包含存在主义思想，不提曾经的"格律诗"界定，夸赞十四行体是对"五四"以来新诗过于散漫化现象的创造性反拨，认为其标志着冯至新诗创作在思想、艺术上的全面成熟，标志着他正以质询生命的姿态步入中国新诗的"中年"。虽然没有明确将其定位为"经典"诗作，但将其称为"中国新诗进入中年的标志"，即表明1990年代冯至及其《十四行集》在文学

------

① 黄修己：《中国现代文学简史》，中国青年出版社1984年版。
② 黄修己：《二十世纪中国文学史》，中山大学出版社1998年版。
③ 同上书，第234页。

史上的地位已经相当高了，这是文学史著作对其"经典"地位的一种表述。

20 世纪末 21 世纪初，已在中国文学史上找到一席之地的冯至及其《十四行集》，在各种各样的选本中以"经典"诗人诗作的形象频频出现。周良沛编选的《中国新诗库·冯至卷》① 和《中国现代新诗经典：冯至诗选》② 以及《冯至全集》③ 等的出版，无疑成为冯至"经典"地位确立的重要标志。《中国现代新诗经典：冯至诗选》④ 和龙泉明主编的《中国新诗名作导读》，分别将冯至的作品冠之以"新诗经典""新诗名作"之名。前者将 27 首十四行诗全部收入；作为高校文科教材的后者，更是试图为中文专业的大学生提供一套内容广泛、体系完整、选择精良、组合科学的语言文学经典作品选本，力图选出真正能够反映学科轮廓、代表学科精粹的作品，其中收录冯至民国时期创作的《绿衣人》《蛇》《我们准备着》等 7 首诗歌（其中十四行诗 5 首），进行解读，在数量上和穆旦持平，是选本中收录作品数目最高的两位诗人之一，高于戴望舒、卞之琳、艾青等人的 5 首。尽管龙泉明缘于冯至诗歌派别定位的模糊性，在《中国新诗流变论》⑤ 正文中没有专论冯至，但并不妨碍他将冯至作为重要诗人，在不涉及流派的诗选中，将冯至的地位提升到无以复加的程度。同年 12 月，北京大学出版社出版复旦大学陈思和的著作《中国现当代文学名篇十五讲》，热情赞誉冯至的《十四行集》为"探索世界性因素的典范之作"⑥。全书共 15 讲，选取中国现当代文学史上的优秀作家作品进行解读，在诗歌领域，没有选徐志摩、戴望舒、艾青等诸多文学史著公认的名人名诗，只选取冯至一人，特意用两讲的篇幅把《十四行集》中全部 27 首诗分为 6 个乐章一一解读，而鲁迅、巴金、沈从文、曹禺、老舍、茅盾等现代文学史上赫赫有名的"大家"也只是每人一讲。后来，中国现代文学馆编的"中国现代文学百家系列图书"，冯至占了一席之地，即《冯至代表作：十四行集》⑦，收录冯至

①　周良沛：《中国新诗库·冯至卷》，长江文艺出版社 1990 年版。

②　周良沛：《中国现代新诗经典：冯至诗选》，长江文艺出版社 2003 年版。

③　《冯至全集》，河北教育出版社 1999 年版。

④　周良沛：《中国现代新诗经典：冯至诗选》，长江文艺出版社 2003 年版。

⑤　龙泉明：《中国新诗流变论》，人民文学出版社 1999 年版。

⑥　陈思和：《中国现当代文学名篇十五讲》，北京大学出版社 2003 年版，第 194 页。

⑦　高远东：《冯至代表作：十四行集》，华夏出版社 2009 年版。

一生创作中各个时期的代表性作品，并冠之以"十四行集"，可见在编者心中，《十四行集》乃冯至的代表作。《十四行集》"经典"地位的确立与众多论者的努力分不开，但也有必然性，即冯至作品本身具有经典性价值。

综上，冯至的《十四行集》自诞生至"经典"地位的确立，历50余年。它是一个变动不居的阅读语境里以专业读者为主体所展开的文学传播接受的典型案例，一个与新诗创作探索密切联系在一起的新诗阐释专史，一个诗人、文本、读者在不同语境里互动照亮或屏蔽的旅程。《十四行集》为代表的冯至诗作，其命运的沉浮与多种因素相关，下一节将具体考察、研判这一问题。

第四节　冯至及其诗歌命运沉浮因由

一代有一代之文学与批评，不同时代读者对冯至作品的阅读反应不同，本节将从传播接受角度，探寻冯至诗歌命运沉浮的缘由。民国时期，冯至即完成他一生中最为重要的作品《昨日之歌》、《北游及其他》和《十四行集》等，但就诗艺水平而言，相较于郭沫若、徐志摩、戴望舒等诗人，冯至受关注和重视的程度不够，虽然受到过鲁迅、朱自清、李广田等人高度肯定，但他的诗学价值并未被完全发掘出来，其传播接受与影响的程度有限，何以如此？

第一，传播媒介问题。冯至最早的诗歌作品《归乡》16首，刊于《创造季刊》，这个刊物由创造社主办，编者为郭沫若、郁达夫等，所刊文章多表现新文化、新思想，在文界影响较大；但《创造季刊》1922年5月1日才问世，那时还没有独立的出版机关，至1923年5月冯至发表这组诗歌时，发刊也才一年，刊物发行的数量不大，影响范围有限。之后，冯至诗歌的发表园地——《沉钟》周刊，是自办的，状况还要糟糕。他和文友组建"沉钟社"，自筹经费自己联系书局出版《沉钟》周刊，困难重重，费尽心力出版的刊物甚至有被书贾骗去而短命的危险（《致杨晦》1928年4月6日）。① 冯至早期的作品基本都刊发在这一自办刊物上，刊物流通不畅，

---

① 冯至：《致杨晦》，载《冯至全集》（第12卷），河北教育出版社1999年版，第96页。

自然读者面有限，影响不广。而作为"沉钟丛刊"出版的《昨日之歌》和《北游及其他》两部诗集，发行量很小，《昨日之歌》初版 1500 册，《北游及其他》自费印刷 1000 册，时隔十余年后由桂林明日出版社印刷的《十四行集》，初版也才 3100 册。印刷数少与传播媒介不发达、传播途径有限等均有关系，在客观上也导致了读者面不广，受关注度有限。

第二，受众结构类型单一，范围小。冯至早期诗歌的传播接受面有限，其读者基本上都是熟人：第一类如张定璜、鲁迅曾是他的老师；第二类如李广田、废名、朱自清都是他的同事朋友；第三类是文友，如杨晦、陈翔鹤、陈炜谟等文学社同人；还有一类就是他的学生辈，如唐湜、穆旦等。从人物身份来看，这些人不是学者、教授，就是北大等学府的学生。

冯至诗歌在了解、熟悉他的人之间传播，这些人大都具有较高的理论水平和文学鉴赏能力，如鲁迅、李广田、朱自清、废名等，多能深挖其特点，李广田曾在《诗的艺术·序》中说："我论了《十年诗草》《十四行集》《雨景》和《声音》，而这些都是我的朋友的作品，因为是我的朋友，我深知其人，也勉强可以说深知他们的作品"，知人论世，自有其优势，他们文学理论素养高，但口味是"五四"时期"精英"阶层的，与大众读者审美趣味差别太大，他们所读出的味道可能不是一般读者所能品味的；熟人圈子太窄，限于学院或作者群，与社会普通读者圈往往相隔绝，话语传扬不广，不利于作品被更广大的普通读者所阅读接受，难以形成阅读焦点，在创作层面的影响力也会大打折扣，追随者、崇拜者自然不会太多。

第三，时代语境、读者阅读期待影响。青年冯至受"五四"新思想熏染，早期作品表现了对自由解放、爱和友情的渴望，但人生阅历的限制使得他视野狭窄，其诗歌主要是从自然以及周边的环境中获取题材，表达的是青年知识分子的哀怨与沉思，因而走向一般大众读者的可能性很小。《北游及其他》表现的社会视域虽有所扩大，但相比同时代其他诗人那些书写社会革命的作品，尚游走在时代边缘。《十四行集》作于战火纷飞的年代，当时的文艺潮流是为抗战服务，一时流行起"口号诗""鼓点诗"等，它们适应形势发展的需要，跟抗日有直接关系，甚至对抗战救国有立竿见影的效果，赢得多数读者的关注和喜爱。当时很多诗人开始放弃自己之前的创作风格，转而进行现实主义诗歌创作，就连一直青睐浪漫主义抒情诗和古典主义的闻一多，也不再怀疑"战斗诗"所具有的诗学力量，在课堂上高声朗诵田间的《给战斗者》，[①] 并发文称田间为"时代的鼓手"[②]。而冯至此时在本质上还是一位书斋诗人，崇尚存在主义哲学，乃独立的观察者、沉思者，迷恋存在主义诗歌，《十四行集》虽也有部分诗歌描绘了社会图景，然他对人生基本问题的沉思属于个人性的，与西方存在主义有着内在关联，且十四行诗体又是舶来品，对于广大读者而言是陌生的；换言之，冯至诗歌与时代主题、广大读者的阅读能力、期待视野有很大的距离，自然难以被广泛认可接受。

　　第四，冯至民国时期的创作没有鲜明的主义或潮流色彩，作品流派属性不强。他参加的"沉钟社"，是最富开放性的社团，大家各有所爱，基于友情而非某种主义而联合在一起，杨晦写戏剧，陈翔鹤写小说，冯至写诗，其作品没有统一的文体和风格特征，各自在某一领域探索，除了冯至名气稍大之外，其他几位作家受到的关注不多，社会影响也不大。因此在关于社团流派的论述中，他们往往被忽略或者数语带过。冯至诗歌本身也很难确定流派属性，他 1920 年代和 1940 年代的创作风格差异很大；不仅如此，《十四行集》显现的言浅意深、中西交融的诗歌特色也很难进行简单定位。这就给习惯以社团流派划分诗人进而评价其影响的论者们出了一道难题。冯至诗的最大特点就在于现实与浪漫、西方与传统相杂糅的博大而又节制的美。他"拒绝浮华、媚俗和哗众取宠"[③]，早期的抒情作品诗情浓郁，但风格幽婉，承接中国古典诗歌抒情传统，又受到西方存在主义思潮影响，时有借用典故或使用象征修辞，不同于郭沫若的直抒胸臆，也不同于徐志摩的浪漫抒情，于是不像闻、郭、徐的诗歌那样容易为普通读者所理解和接受。及至《十四行集》虽然受到精通诗美的李广田、朱自清等的赞美，但当时文坛的反应并不热烈。作品中想象力超出了中国传统诗学疆域，表达方式特别，受里尔克存在主义影响对人生的思考留有存在主义痕迹，敞开人生体验又让你无法尽览的诗风，加上西方十四行体这一外来形式，大

　　① 史集：《闻一多先生和新诗社》，《云南师范学院学报》1987 年第 2 期。

　　② 闻一多：《时代的鼓手》，载《闻一多全集》（第 2 卷），湖北人民出版社 1993 年版，第 201 页。

　　③ 张同道、戴定南：《二十世纪中国文学大师文库·诗歌卷·导言》，海南出版社 1994 年版。

众读者往往望而却步,一些诗歌爱好者可能欣赏那些诗歌,但又无力模仿。

新中国成立后的三十年间,国内出现冯至传播接受的低谷,仅有的几个论者如内地的何其芳对冯至的作品态度极其低调,对《十四行集》更是颇多贬词;香港的情况不同,司马长风认为《十四行集》是新诗史上最好的诗作。一褒一贬,何以如此?

第一,国内社会形势的变化对文学界的影响。新中国成立后,文艺批判运动不断,批《武训传》,批胡风,批胡适,批《红楼梦》研究等,冯至也在被改造的范围,他在"左"的思想影响下过多地否定自己,批判自己诗歌中的小资产阶级思想,批判自己的诗风。"在'文化大革命'中,我们从前所有的工作都被说得不只是'错误',而且是'罪行',我们也不知道将来会怎样。"① 在这种极端的社会形势之下,出现冯至自选的诗集都不选"十四行诗"的现象。《十四行集》初版于1942年5月,由桂林明日社发行,1949年1月曾由上海文化生活出版社重印,但新中国成立后没有重印过,连选集也很少收录,1955年出版的《冯至诗文选集》就没有选录《十四行集》,这或许是出版社的意见,然而冯至在序言中对这些诗给予了不公允的否定,同时还对早期诗作进行了修改,删减其中可能被看成是小资产阶级思想表现的部分。文学风尚变了,他人批判,诗人自我否定,作品自然会慢慢淡出读者视线。司马长风的褒扬则从另一面证明了社会政治与文学传播的关系。

第二,《十四行集》的思想内容与社会主义建设话语的鸿沟。《十四行集》反映人与自然、人与人之间的相关性,探讨生与死、孤独和交流等存在主义命题,具有丰富深刻的意蕴。但是,在当时的历史条件下,关于个体生命体验和自我沉思的书写与新中国的社会主义文化建设不协调,不合时宜,与当时读者的文化水平、思维方式、阅读期待也出现错位,因而其蕴含的文化和诗学价值在当时很难被人发现与接受,只有司马长风等另外语境中的学者稍察其衷。

1980年代以后,对冯至及其诗歌的言说开始活跃起来,这与新时期宽松的文化环境不无关系。然其评论,也脱不开政治文化的影响,如1980年

---

① 姚可崑:《我与冯至》,广西教育出版社1994年版,第160页。

代对《十四行集》的现实主义解读与 1990 年代的现代主义阐释，就与社会政治文化变革相关。但总体来说，"百花齐放，百家争鸣"的文艺方针与逐渐开放的文学评论氛围对其后冯至诗歌接受繁盛局面的形成起了很大的促进作用。另外，冯至《十四行集》的成就和德国文学研究方面的成果为其赢得众多奖项，① 国际知名度的提高必然会引起国内学者的瞩目，这或许是这一时期关于冯至的阅读批评活跃的一个契机。

　　冯至及其诗歌的经典化，主要是文学界有一定影响力的诗人、学者推动完成的，他们具有一定的话语权，这些学者从早年冯至的老师、同事、文友到之后的学生、朋友及晚辈，大都和冯至有过交往。他们了解冯至也熟悉其作品，且自身具备较高的文学理论素养，故而喜欢冯至的作品，使其在文学界产生影响，但这个圈子是小众的，他们认可的作品广大的一般读者不一定喜欢。我们知道，"经典"之名的获得是阶段性的，不是终结，现在的"经典"身份使它们名留现在的文学史著和选本，受到更好的保存，同时也能接受更多读者的阅读检验。虽然冯至的作品经历近百年的批评汰选，但还不够，时间是漫长的残酷的，它们是否经得起未来更多读者的挑剔，是否能被更多读者理解接受而成为真正的经典，还是一个未知数。换言之，冯至及其诗歌的经典化是开放的未完成时态。②

---

　　① 冯至在 1980 年代获得了很多国际重要学术奖项，如 1983 年获联邦德国歌德学院 1983 年度歌德奖章；1985 年获民主德国高教部授予的"格林兄弟文学奖"；1987 年获联邦德国国际交流中心艺术奖，联邦德国海德堡大学授予他"金博士证书'"同年获联邦德国"大十字"勋章；1988 年获联邦德国达姆施塔特德意志语言文学科学院授予的"弗里德里希·宫多尔夫外国日尔曼学奖"。这些奖项的获得与他作为德语文学学者的身份密切相关，但部分原因也在于《十四行集》的高度成就得到国际上学者们的认同。这一历史背景在研究冯至诗歌接受尤其是 1980 年代的巨大转折的过程中不容忽视。

　　② 与薛艳妮合作。

第十一章
诗学和政治空间中的
"中国新诗派"

第一节　"九叶派"到"中国新诗派"命名更替

　　1981 年，江苏人民出版社推出辛笛、陈敬容、杜运燮、杭约赫、郑敏、唐祈、唐湜、袁可嘉与穆旦九位诗人 1930—1940 年代部分诗作的合集《九叶集》，引起读书界强烈反响，将读者视线引向一个长期被埋没的诗歌群体。九位诗人也因此被称为"九叶派"，进入文学史叙述，其中穆旦更是被誉为中国新诗的代表性人物。然而，奇怪的是，这样一个被认为对新诗发展有着重要影响的流派，在命名上却未达成共识，除流行的"九叶派"外，还有"四十年代'现代诗'派""中国新诗派"等其他名号；进入 21 世纪后，"中国新诗派"认可度更大一些。那么，同一群体何以出现不同的命名？如何理解"九叶派"到"中国新诗派"命名嬗变现象？

　　"九叶派"字面意思是九片叶子即九位诗人构成的一个派，将"人"喻为"叶"，相对于"花"而言，乃一衬托之"物"，可见其中隐含着一种特定的意识形态倾向，所以它并不是一个纯粹的数量概念；"中国新诗派"是一个以国家命名的诗派，大视野大气象，一个典型的具有宏大叙事诉求的概念。两个命名看似南辕北辙颇不相同，其实本质上都属于政治性诗派命名，"政治"和"诗学"缠绕在一起。所以，从"九叶派"到"中国新诗派"名称的变化，其实是一个相当复杂的过程，暗含着随着时间推移中国诗坛、学界关于政治与诗学关系的调整、诗与史关系的变化，耐人寻味。

一

　　事实上，1980 年代之前，学界并没有所谓的"九叶派"或"中国新诗派"，甚至九位诗人也从未被作为一个群体看来。因其在 1940 年代并没有一定的组织形式，也没有形成一个流派共同恪守的文学纲领，共同进行的诗歌活动也不多。但这些人当年主要围绕着《诗创造》尤其是《中国新诗》杂志开展诗歌活动，艺术追求相似，作品大都具有现代主义特征，也正因此，新中国成立后相当长时期内，他们从读者视线里消失了，在文学史著里也处于缺席状态。直至 1981 年 7 月《九叶集》的出版，这些人才又重新得到学界关注，并作为一个流派被叙述。

　　流派的形成，首先是他们自我阐释的结果。袁可嘉在《九叶集》的序言中说道："九个作者……都关心国家的命运和人民的疾苦，都经历过旧中国的苦难，衷心地渴望着解放。他们先是各自在上海、北平、天津等地发表作品，由于对诗和现实的关系和诗歌艺术的风格、表现手法等方面有相当一致的看法，后来便围绕着在当时国统区颇有影响而终于被国民党反动派查禁了的诗刊《诗创造》和《中国新诗》，在风格上形成了一个流派。"①从九位诗人的人生态度、诗学观念和新诗风格等方面进行归纳，其言说带有鲜明的流派意识。诗集一出版，立即受到评论界关注，《文学评论》《文艺研究》《文艺报》《诗探索》《花溪》《上海文学》等杂志纷纷刊文高评该诗集。言说者们都自觉地将九位诗人视为一个流派考察，且大多都称其为"九叶"诗人。随着影响的扩大，这一流派开始进入该时期撰写的文学史著，包括 1983 年许志英主编的《中国现代文学史简编》、1984 年唐弢主编的《中国现代文学史简编》等。在许志英的《中国现代文学史简编》中，这些人已被明确地称为"九叶派"。这一称呼也成为今天许多论者对这一流派的指认。

　　值得思考的是，诗人们为何以"九叶集"命名他们的诗集？其后的评论者为何也多采用这一名称称呼该群体？中国现代文学史著作习惯于以社团或期刊命名流派，如"新月派""语丝派""现代评论派""现代派"

---

　　①　袁可嘉：《九叶集·序》，江苏人民出版社 1981 年版，第 4 页。

等。"九叶"这一名称却无关乎此二者,且不能表现这一群体的创作风格,为何评论界却选择这一名称?

据九位诗人之一的郑敏回忆,"九叶集"名称最初的想法出自辛笛,它包含几重意义:"辛笛说我们似乎不能以花自居,因为当时关于诗的'主流''正统'等观念还很强,我们不过是一批刚刚走出封条的一群,文化大革命时我们的诗是我们的罪状。我曾亲手在夜晚焚去自己的'诗集1942—1947',如今有机会重见天日,已是万幸,岂敢自称是'花',还是算几张叶儿来衬红花吧。但反过来说,从小草到大树之巅,哪儿能少了叶子,从地上到天空绿色都无所不在,人们都需要绿色,我们就立身在这绿色里吧。"① 言说中显示出既谦卑却又不屈服的复杂心态。的确,这一时期,"文化大革命"刚结束不久,国内思想解放潮流刚刚开始,尽管思想文化界都热烈呼吁"双百方针",但西方现代派文学仍被相当一部分人视为是资产阶级腐朽没落的产物。具有鲜明现代派倾向的这一群体,能够重新出场已令他们欣喜万分,自然不能过分炫耀,以正统文学自居。况且,经过多年思想改造后,这些诗人也为自己偏离主流文学而愧疚,"在一个时间里,也普遍产生某种负罪感。这种负罪心理延续到80年代",② 因此,面对自己的作品更加谦卑。然而,这"绿色"又是顽强生命力的象征,是哪里都不可缺少的质素——如此,"九叶"的名称还反映了他们内心深处对自己作品的自信与骄傲,及对自身诗学传统的坚持,即使这种传统可能并不被主流学界所接受。

郑敏的话语在袁可嘉为《九叶集》所作的序言中得到了印证。袁可嘉说道:"党的十一届三中全会以来,百花齐放百家争鸣的正确方针正在越来越得到深入贯彻,九位作者也愿借这股强劲的东风,把青年时代的一部分习作呈献给读者,让它们在祖国日趋繁荣的百花园中聊备一格。这或许对新诗史上那个缺陷可以有所弥补,或许也还多少有助于新诗的发展。""让这九片叶子,在祖国百花争艳的诗坛上分享一点阳光,吮吸一丝雨露吧!"③

---

① 郑敏:《诗歌与哲学是近邻——结构—解构诗论》,北京大学出版社1999年版,第401—402页。

② 洪子诚,刘登翰:《中国当代新诗史》,北京大学出版社2005年版,第39页。

③ 袁可嘉:《九叶集·序》,江苏人民出版社1981年版,第18页。

这里，袁可嘉所说的"缺陷"，是指1940年代国统区很多与现实主义风格不符的诗篇新中国成立后在文学界消失，以致人们无法全面、完整地评价40年代国统区的诗歌创作状况。他试图传达给读者这样的思想：诗集的出版是对"双百方针"的积极回应，而且他们只是"百花园"中的"绿叶"，希望为这个花园的繁荣增添一点色彩。言说谦卑、谨慎，吐露出对重新出场的渴望和谦谨之情。

不过，袁可嘉却并未一味地否定自身，而是积极地进行自我辩护，为他们的重新出场寻找合法依据。他采取的策略是：首先强调这一群体的爱国主义精神与诗歌的现实主义传统，然后在此基础上谈论他们与西方现代派的关系："九位作者作为爱国的知识分子，站在人民的立场，向往民主自由，写出了一些忧时伤世、反映多方面生活和斗争的诗篇。内容上具有一定的广度和深度，艺术上，结合我国古典诗歌和新诗的优良传统，并吸收西方现代诗歌的某些手法，探索过自己的道路，在我国新诗的发展史上构成了有独特色彩的一章。"就是说，这些诗人只是在技巧层面与西方现代派有所关联。而后，他又进一步说道："他们认真学习我国民族诗歌和新诗的优秀传统，也注意借鉴现代欧美诗歌的某些手法。但他们更注意反映广泛的现实生活，不局限于个人小天地，尤其反对颓废倾向；同样，他们虽然吸收了一些西方现代诗歌的表现手法，但作为热爱祖国的中国知识分子，他们并没有现代西方文艺家常有的那种唯美主义、自我中心主义和虚无主义情调。他们的基调是正视现实生活，表现真情实感，强调艺术的独创精神与风格的新颖鲜明。"① 这里，不难发现新中国"十七年"期间在冷战氛围中所形成的关于西方现代派文学的言说逻辑给予袁可嘉的影响②，他自觉不自觉地将该流派与西方现代派区别开来。在西方现代主义文学仍被视为是颓废、反动文学的1980年代初中国思想文化界，这种论述逻辑无疑为九位诗人的出场提供了合法前提；而内容层面的现实主义与技巧层面的现代主义，则成为以后相当长一段时间内批评家言说这一群体的基本立场。

诗集得到了学界的高度赞扬。多数评论者都视其为文艺界经历过多年

① 袁可嘉：《九叶集·序》，江苏人民出版社1981年版，第4—5页。
② 方长安：《"十七年"文坛对欧美现代派文学的介绍与言说》，《文学评论》2008年第2期。

"寒冬"后终于"返青"的标志，是"双百方针"真正得以贯彻的巨大收获，因此他们兴奋不已。其言说也几乎均在开篇就论述这几片"叶子"对于繁荣文艺"百花园"的重大历史意义。严迪昌说："'九叶'曾经活跃于四十年代的国统区。由于某种偏见和其他原因，他们的作品，长期以来没有获得应有的重视。今天，文艺的天地重又回黄转绿，这个由'九叶'组成的诗歌流派才重新得到了关注。""《九叶集》的出版是令人鼓舞的，它又一次让我们欣喜地感受到：一块真正容得下繁花争妍的土壤确已存在着了。而这个选本的问世，也无疑会为当今春色融融的诗坛增添一抹葱茏的绿意的。"① 孙光萱、吴欢章认为："过去由于各种各样的原因，我们遗憾地看到一部分在我国新诗发展史上发挥过积极作用的、具有鲜明的风格和特色的诗歌，曾经遭到不应有的漠视，今天这'九片叶子'重新泛青转绿、萌发生机，有力地说明党的双百方针得到了真正的贯彻，从一个侧面显示我国诗坛欣欣向荣的春天已经来临。"② 以衡也说道："《九叶集》终于放到了我们面前。九位诗人之一的曹辛之（杭约赫）同志设计的封面上，九片叶子挺拔地舒展着，这正是党的三中全会的春风吹拂之下，千姿百态的艺术风格各现风采的象征。"③ 而且，以衡文章的标题就颇带诗意：《春风，又绿了九片叶子——读〈九叶集〉》。这些学者均直呼九位诗人为"九叶"诗人，"九叶派"的名号就此流传开来。从中可见，"九叶派"的称呼与当时的社会历史文化语境息息相关。一方面，在现实主义传统依旧占据绝对主流地位、西方现代派文学仍被视为是颓废落后产物的 1980 年代初，这些诗人并不认为自己是文艺"百花园"中的"花朵"，而只是陪衬的"绿叶"，因此为诗集取名《九叶集》，能指不带有政治意识形态色彩，这是阅读接受的文化语境使然，一种命名策略；另一方面，阐释者们则为学界能够出现如此风格独特的诗歌而兴奋、激动。他们视其为思想解放的标志，因此急切地向读者介绍这些作品。而"九叶"这一名称所能带来的想象，虚虚实实，边缘而没有边界，恰好满足了言说者和广大读者的心理，因此成为这一流派的名称。

---

① 严迪昌：《他们歌吟在光明与黑暗交替时》，《文学评论》1981 年第 6 期。
② 孙光萱、吴欢章：《〈九叶集〉的思想和艺术》，《上海文学》1982 年第 7 期。
③ 以衡：《春风，又绿了九片叶子——读〈九叶集〉》，《诗探索》1982 年第 1 期。

　　具体论述中，这些学者也采用了袁可嘉的策略，即肯定这一流派思想的进步，并只在技巧层面谈论他们与西方现代派的关系。如严迪昌认为，《九叶集》显示出了"四十年代进步的、与时代同进的一些国统区的爱国知识分子，是怎样顽强地用心灵之笔在鞭挞黑暗、召唤光明的"，其后审慎地指出该流派对西方现代艺术手法的借鉴："'九叶'从外国的象征派、现代派的表现手法中，从诗歌的近邻绘画与雕塑的启示中探索着，努力要把表现的对象从视觉和听觉上具体起来，丰满起来，跃动起来，从而使抽象的事理可感起来，这对今天的诗人是仍然有参资的必要的，自也无可非议。"① 从诗歌与西方艺术手法和近邻艺术关系上归纳"九叶"诗歌特点，概括其给人的阅读效果，准确而富有策略；而以衡关于"九叶"诗人所运用的西方现代派艺术手法的辩护更为明确和具体。在肯定了这一流派政治立场的正确及诗歌所承续的现实主义传统后，他说道："'九叶'诗人的确也吸收了某些现代派诗歌技巧，这些技巧，大部分可以具体地从语义学角度加以说明，而并不是如某些评论所说的那样'恍惚迷离，不可捉摸'"，强调语义学上的合理性，他还进一步指出，抽象词与具体词的"嵌合"等现代派诗歌技巧，能够丰富汉语诗歌的表现力，"这是使诗句凝练的一种有效方法，它往往能赋予浅层的语象以智性的深度，也能使抽象的思辨得到可感知的外形。假若调换这些词语，必然影响诗的魅力"。② 这是专业性评说，突出了现代派技艺对于汉语新诗写作的诗学价值，换言之，"九叶"诗人们运用西方现代派技巧写诗，值得肯定。

　　不难发现，上述论者对这一流派的阐述，与这一时期学界对"朦胧诗"的言说有相当程度的暗合，双方均肯定西方现代派艺术经验值得借鉴，只是朦胧诗的辩护者态度更加激进，甚至认为现代主义的出现符合历史潮流，"是现代生产方式和生活方式的必然结果"。③ 这从一个侧面反映出"九叶"诗人 1930 年代后期至 1940 年代的诗作，符合"文化大革命"结束后当代诗歌发展的诗学取向，因此得以重新出场，并获得了人们的推崇。而言说者们对同样有现代主义色彩的《九叶集》的肯定，无疑也为朦胧诗的传播

---

① 严迪昌：《他们歌吟在光明与黑暗交替时》，《文学评论》1981 年第 6 期。
② 以衡：《春风，又绿了九片叶子——读〈九叶集〉》，《诗探索》1982 年第 1 期。
③ 徐敬亚：《崛起的诗群——评我国诗歌的现代倾向》，《当代文艺思潮》1983 年第 1 期。

与接受营造了良好的氛围。

二

　　然而，以"九叶派"这一源于当代特定时期出版的诗歌合集的名称，命名一个主要活动于 1940 年代的文学流派，是否确切？这个名称很容易使读者首先去关注该流派重新出场时的历史文化语境，及重新出场的历史意义，而非流派本身的审美特质。不仅如此，它还很容易使读者认为该流派只有九人，将流派窄化。事实是这一派诗人绝不止九位。关于这一点，很多研究者包括一些"九叶派"诗人都曾谈起。唐湜说道，当年围绕《诗创造》《中国新诗》发表诗作，且诗风相近的诗人并不止九人，"特别是方宇晨，他应该是流派风格最浓的第十叶"。① 在另一场合，唐湜提到，《九叶集》最初由北京几位当年的西南联大诗人 1970 年代末动议编辑，并在唐湜等人知晓前就已选出初稿。但初稿中现在《九叶集》中的一些诗人并没有出现，是唐湜和另外一些诗人坚持将其纳入。据此，蒋登科说："我们可以推测，如果有些诗人没有被增加进去，也许他（她）们也不一定会被当做九叶诗派的主要诗人看待。"② 又或者，"九叶"成为"八叶"或其他。因此，"九叶派"名称有偶然性、暂时性，确实并不准确、恰当。

　　不少学者也早对该命名有异议。1983 年，蓝棣之就认为："在四十年代后期的上海，有九位青年诗人围绕着进步刊物《诗创造》和《中国新诗》，彼此确认了共性，形成一个有鲜明特征的新诗流派。但是，当我们今天讨论这个流派的时候忽然感到它没有一个适当的名称。"可见，蓝棣之对"九叶派"的名称并不认同。结合这一群体诗歌的创作特征及诗学追求，他称其为"四十年代'现代诗'派"。③ 然而，当时的学界沉浸于这些诗歌的重新面世带来的巨大惊喜，这种声音并没有引起足够关注。至 1992 年编选《九叶派诗选》时，蓝棣之已经改为采用更为流行的"九叶派"称呼。陆耀东也一直不认可、不使用"九叶诗派"的提法，其理由是："一、在1981 年《九叶集》出版以前，不仅从无'九叶'之称，这 9 人并未组织一

① 唐湜：《九叶在闪光》，《新文学史料》1989 年第 4 期。
② 蒋登科：《九叶诗派的合璧艺术》，西南师范大学出版社 2002 年版，第 63 页。
③ 蓝棣之：《论四十年代的"现代诗"派》，《中国现代文学研究丛刊》1983 年第 1 期。

个社团，也未合办过一个刊物；二、他们中 6 人在《诗创造》上发表过作品，穆旦、郑敏、杜运燮三位诗人却未在此刊上露过面；同时，在《诗创造》上发表作品的共达 160 人，6 人只占其中 4% 左右；三、他们 9 人在《中国新诗》上可以说是唯一一次会师，但在《中国新诗》1—5 期上发表译、作的共 35 人，译、作 148（篇）首。9 人中袁可嘉先生仅发表诗 2 首，而在《中国新诗》上发表 2 首及 2 首以上（译及文不计在内）的诗人除 9 人外，还有方敬、李瑛、马逢华、杨禾、方宇晨、羊翚、鲁岗、孙落、南缨 9 位。""图简便用'九叶'作为 20 世纪 40 年代中国现代主义诗派的命名，似乎他们 9 人在那时就有密切联系，已形成一个诗派，认为他们与当时同在《诗创作》、《中国新诗》上发表作品的其他诗人在艺术风格上迥然不同，则大有商讨的余地。"① 以事实展示当时诗坛的复杂性，论证"九叶派"命名的不合理性，颇有说服力。不认可既有的"九叶"命名，是对"九叶"外其他诗人的尊重，是对 1940 年代多重诗学探索思路的尊重，也是为了还原那时诗坛真实，为了更系统地总结、发掘新诗发展资源。

　　不仅对"九叶派"的命名存在争议，甚至还有学者质疑这一流派的存在。张同道在其著作《探险的风旗——论 20 世纪中国现代主义诗潮》中，就将九位诗人分为"西南联大诗人群""上海诗人群"两个群体，分别进行言说，暗示着作者并不认为他们组成了一个流派。王毅持类似看法，他指出，所谓的"九叶派"是由穆旦、郑敏、杜运燮、袁可嘉几位西南联大诗人，及唐湜、辛笛、陈敬容、唐祈、杭约赫几位 1940 年代末聚集在《诗创造》《中国新诗》杂志周围的诗人混合组成的，尽管他们都曾在《中国新诗》上发表过诗歌，但"这并不能成为'九叶'诗派因此得以成立的充足理由。同在一个刊物上发表作品而艺术立场和风格相去甚远者，从来都大有人在"。② 可以看出，他也不赞同这些诗人形成了一个流派。但多数评论者仍肯定这个流派的存在。

　　1990 年代以来，一些权威的诗歌研究论著、文学史著，开始使用"中国新诗派"的名称称呼这一群体。著者主要有孙玉石、洪子诚、陆耀东、

---

　　①　陆耀东：《〈中国现代主义诗歌史论〉序》，王毅《中国现代主义诗歌史论》，西南师范大学出版社 1998 年版，第 3 页。

　　②　王毅：《中国现代主义诗歌史论》，西南师范大学出版社 1998 年版，第 140 页。

刘登翰、钱理群等人。其中，较早使用这一称呼且获得了较大影响的论著，当属 1992 年孙玉石所著《中国现代诗歌艺术》一书。该书以"中国新诗派诗人群的超前意识"作为一节的标题，向读者介绍该流派。其出版于 1999 年的著作《中国现代主义诗潮史论》，继续使用了"中国新诗派"的命名。而 1993 年洪子诚、刘登翰所著《中国当代新诗史》，1998 年钱理群等所著《中国现代文学三十年（修订本）》，2007 年洪子诚所著《中国当代文学史（修订本）》等，也使用了"中国新诗派"的名称。洪子诚、刘登翰的《中国当代新诗史》一著作，主要考察新中国成立后中国新诗的发展状况，在介绍 1950—1970 年代的中国新诗时，其以"'中国新诗'派和'七月'诗派的隐失"为一节的标题，在其下简要介绍了"中国新诗派"的形成、诗歌观念以及新中国成立后的隐失状况等。此外，在第八章"复出的诗人"下"'中国新诗'诗人群"一节，作者又简要分析了辛笛、穆旦、杜运燮、郑敏、陈敬容、唐湜、唐祈等新中国成立后发表诗歌较多的诗人，其诗歌创作的整体风格及后来的变化。2005 年该著作的修订版依旧沿用了"中国新诗派"的名称。值得一提的是，在 1999 年洪子诚所著的《中国当代文学史》初版本中，作者对这一流派却使用了"九叶派"的称呼，显示出论者对该群体的命名也处于思考、矛盾中。但在 2007 年出版的修订版《中国当代文学史》里，洪子诚使用了"中国新诗派"称呼该群体。钱理群等的态度也发生过变化，在 1987 年版的《中国现代文学三十年》中，他们采用了流行的"九叶派"之说；但 1998 年该论著的修订本已改称这一群体为"中国新诗派"。且在专著《1948：天地玄黄》中，钱理群也使用了这一称呼。陆耀东的《中国新诗史（1916—1949）》第三卷如此定义："20 世纪 40 年代，一批年轻的诗人崛起，他们上承象征派、现代派，吸收、化合西方现代主义诗歌艺术，在急遽动荡的环境里坚守诗歌理想，以沉稳扎实的理论建构与创作实践将中国现代主义诗歌推向新的高峰。我们将这些诗人称为'《中国新诗》'诗人群。"① 以诗歌史著的形式将自己一贯的主张固定下来。

　　新的命名显然来自于该群体 1948 年创办的富有流派色彩的《中国新诗》杂志。几位学者也均介绍了这一流派的形成过程及该杂志在其中的作

---

① 陆耀东：《中国新诗史（1916—1949）》（第三卷），长江文艺出版社 2015 年版，第 337 页。

用，以表明命名其为"中国新诗派"的缘由。在《中国现代诗歌艺术》一书中，孙玉石说道："在一九四七年至一九四八年前后，围绕着在上海创办的《诗创造》和《中国新诗》杂志，出现了一批有影响的诗人的多向的创作潮流。《诗创造》中虽然有杭约赫参加主编，也发表了一些现代派色彩的诗和诗论，但它毕竟还是一个各种流派诗人驳杂汇集的阵地，未显出独立的艺术特色。到一九四八年六月《中国新诗》杂志出版时，才呈现了一种流派特色的凝聚。"① 显示出，"中国新诗派"的名称源自流派特色鲜明的《中国新诗》。洪子诚、钱理群等也都有所阐述。

考察这一流派的形成过程，并以其聚集的刊物《中国新诗》命名该流派，显示了这些学者试图返回历史现场，恢复这一流派形成时历史语境中的本来面目。较之1980年代初《九叶集》出版时学界的阐释，这些学者显然更集中于探讨这一流派的形成过程、诗学观念及艺术品质，而非该诗集对繁荣文艺"百花园"的重要意义。他们也不再沿用1980年代初那些学者的话语逻辑，首先肯定这些诗人政治立场的进步以及现实主义精神，然后在技巧层面上谈论他们的现代主义特质。恰恰相反，这些学者都非常明确地肯定了该流派的现代主义倾向。孙玉石说道："'中国新诗'派是在诗的现实与艺术关系上保持一定距离这样相近的美学原则下逐渐形成而又没有一定组织形式的一个新的现代主义的诗歌流派。"② 洪子诚、刘登翰也讲道："'中国新诗'派诗人们的创作，受到我国古典诗词和'五四'以来新诗的哺育；同时，又表现了明显的现代主义倾向。现代派诗歌对他们的影响，包括法国的象征派等，但最为这些具有新锐势头的青年所推崇的，是 T. S. 艾略特、奥登等英美现代诗人，以及德语诗人里尔克。"③ 可以说，这一时期的言说，其意识形态色彩已大大减弱，阐释者更试图引导读者回到流派自身，于诗学层面探讨问题。

但这种倾向并非始自孙玉石几人。1980年代中期学界对这些诗人的言说，就在很大程度上跳出了前期的现实主义话语框架，不再特意强调这些诗人思想的进步及与西方现代派的本质区别，反之，还凸显、赞扬他们的

---

① 孙玉石：《中国现代诗歌艺术》，人民文学出版社1992年版，第262—263页。
② 孙玉石：《中国现代主义诗潮史论》，北京大学出版社1999年版，第317页。
③ 洪子诚，刘登翰：《中国当代新诗史》，人民文学出版社1993年版，第55—56页。

现代主义特质。流派中此种倾向最明显的穆旦，在新诗史的地位不断提高。
1987 年，江苏人民出版社出版的纪念穆旦逝世十周年的文集《一个民族已
经起来》中，穆旦已被认为是"到达中国诗坛的前区了"[①]；进入 1990 年
代，他更是被奉为 20 世纪中国新诗的"经典"诗人，是"最能代表本世纪
下半叶——当他出现以至于今——中国诗歌精神的经典性人物"。[②] 对这一
流派的阐释，研究者也更多地回归到审美层面。例如蓝棣之，他编选的
《九叶诗派选》是 1981 年《九叶集》出版后内地学界又一本关于这一流派
的影响较大的选集。编者在前言中详细介绍了这一流派的形成过程、不同
人的艺术个性以及整体的诗学追求，指出，他们的创作"注重个人与生命
本位，注重文学的自身价值与独立传统"，"确是在一定程度上具有现实、
象征、玄学三者综合的特征"。[③] 龙泉明、王圣思、游友基、罗振亚等学者
也均有着类似的论述。显然，从审美角度考察，"九叶派"这一临时性命名
并不准确，只是因为"九叶派"的名称已被多数读者接受，大部分学者仍
旧选择了这一称呼，孙玉石等则试图纠正之。

　　然而，"中国新诗派"的名称似乎还承载着部分命名者——主要以钱理
群、孙玉石为代表——更深的期望。因为这个名称很容易使读者自然地产
生联想，将该流派与"中国新诗"联系起来，视其为"中国新诗"的代
表。而两位学者也确实有意站在新诗建构的历史高度言说该群体，赋予他
们此种地位。该流派对中国新诗最重要的贡献，当是对新诗"现代化"进
程的推动。两位学者都着重强调了这一点。钱理群等认为：这一群体"提
倡'新诗现代化'，也即'新传统的寻求'"。其中，"新传统"即是这一流
派提出的诗歌的"现实、象征、玄学的综合传统"。他们颇为详细地阐释了
这一新传统，指出，"现实"既包括生活的现实，也包括心灵的现实，而正
是在这两个方面的统一上，中国新诗派诗人显示了自己的个性；"玄学"是
"追求思想的感性显现"，以"玄学"作为诗学的基本要素，则显示了中国

　　① 杜运燮等编：《一个民族已经起来——怀念诗人、翻译家穆旦》，江苏人民出版社 1987 年
版，第 5 页。

　　② 杜运燮等编：《丰富和丰富的痛苦：穆旦逝世二十周年纪念文集》，北京师范大学出版社
1997 年版，第 18 页。

　　③ 蓝棣之：《九叶派诗选·序言》，人民文学出版社 1992 年版，第 30—31 页。

新诗派彻底抛弃了从创造社诗人、新月派诗人、到现代派诗人，乃至七月派诗人都坚持的"诗的本质是抒情"的诗学观；"象征"意为表现手法的"暗示含蓄"，"把传统的主观抒情变为戏剧性的客观化处境"。钱理群等高度评价这一新的传统，认为它的提出"本身即是意味着一种高度的自觉性，这在中国新诗史上无疑是一个重要的突破"。这一流派的代表诗人穆旦则被钱理群等喻为中国诗歌现代化历程中的"标志性诗人"，认为穆旦"不仅在诗的思维、诗的艺术现代化，而且在诗的语言的现代化方面，都跨出了在现代新诗史上具有决定意义的一步"。① 孙玉石也尤为看重"现实、象征、玄学的综合传统"对新诗现代化的独特意义。在《中国现代主义诗潮史论》一书中，孙玉石指出，这一"综合"，是新诗"现代化"过程中的一个新的倾向与新的传统，它是对中国新诗及西方现代派诗歌艺术经验的总结，但又超越于前期各种现代性诗学的探索，形成了一个新的独特的现代诗学范畴。在孙玉石看来，这一"综合"的传统，是"中国现代主义诗歌美学原则一个重大的突破"，标志着"中国现代主义诗歌美学原则的追求与建构的趋于成熟"。② 孙玉石也具体分析了这一原则在该流派诗人创作中的实践。这些言说，无疑使该流派成为现代中国新诗坛最重要的流派，印证了"中国新诗派"这一名称带来的联想。

但是，"中国新诗派"的名称所能引发的想象却不限于此，因为读者亦可将其解读为"中国"的"新诗派"。从此角度考察，该流派又带有强烈的民族性特质——尽管"西化"色彩鲜明，但他们仍是"中国"的，是我们"民族"的，而并非"西方"的。这两位学者的言说，也确实有意在向读者传达此种信息。修订版的《中国现代文学三十年》中，钱理群等在评价该流派诗人里"反叛性与异质性"最强烈的穆旦时，曾说道："他的诗，一方面在各个方面都显示出对于传统诗学的叛逆性与异质性，成为对早期白话诗的一个隔代的历史呼应；另一面，却同样显示出鲜明而强烈的民族性。"这里的民族性，主要是指穆旦诗歌中显示出的对民族、人民深沉的爱。钱理群以穆旦诗歌《赞美》以及穆旦曾经对艾青的评价为例，指出，

① 钱理群等：《中国现代文学三十年（修订本）》，北京大学出版社1998年版，第451页。
② 孙玉石：《中国现代主义诗潮史论》，北京大学出版社1999年版，第332页。

穆旦的诗歌中有着"新诗中不多见的沉雄之美"。① 孙玉石的论述更为明确。他同时在思想与艺术层面阐述了这一流派的民族性特征，指出，该流派进行的是"民族化的象征诗、现代诗的创造"。具体说就是这些诗人站在东西方艺术交会点上，既运用新的批评角度和批评语言重新估价中国古诗的价值，对传统进行现代性的转化，同时又批判地接受西方现代派诗歌的影响，最终导向了二者间以创造主体的民族审美意识为根基的融合。孙玉石总结了这一流派的理论原则，它们体现了"将西方以艾略特为核心的现代诗审美取向东方化的艰苦努力"。原则主要有三个：第一个原则是忠于时代精神与忠于艺术创造统一的原则，孙玉石认为这一原则使该流派走上了"与30年代现代派诗以及西方现代主义诗歌完全不同的轨道"；第二个原则是间接地标明情绪的性质，孙指出这一原则使西方诗歌中的暗示与中国传统的含蓄达到了融合与统一；第三个原则就是建设"现实、象征、玄学的新的综合传统"，而这一原则的提出使中外诗艺的融合达到了"浑然难分的艺术境地"，"完成了西方现代诗沿着东方民族自身特定的生活环境、知识者文化心态与独特审美原则制约的艺术轨道的转变与渗透。吸收西方与回归传统在现实与象征完美统一的层面上得到实现"。② 在孙玉石看来，这一流派对西方现代派艺术经验的借鉴，是以建立民族现代新诗为旨归的，因此它仍具有着鲜明的中国特征与中国气质，是民族新诗的代表，在另一层面印证了它也是整个"中国新诗"的代表。

从"九叶派"到"中国新诗派"，命名的变化事实上反映了1980年代以来新诗审美追求的变化。这些诗人在1980年代初重新出场，并受到学界热烈欢迎，相当程度上源于他们对艺术独立价值的坚持、对西方现代派艺术手法的运用，暗合了那一时期学界的内在艺术追求。然而，其时中国思想文化界毕竟刚刚开始"解冻"，对他们的言说，只能首先肯定他们思想的进步性与现实主义精神，其后在技巧层面上谈论他们与西方现代派的关系。"九叶派"的名称鲜明地反映了言说者们对重新发现这些诗人的巨大惊喜，及他们对一种正常诗歌秩序的强烈呼唤。阐释者们还来不及思考该名称是否适合这一流派。尽管不尽准确，这一命名却意义重大，使这些诗人终于

① 钱理群等：《中国现代文学三十年（修订本）》，北京大学出版社1998年版，第452页。
② 孙玉石：《中国现代主义诗潮史论》，北京大学出版社1999年版，第482—485页。

能够名正言顺地进入文学史叙述。当言说者们终于能够剔除那些非文学性的因素，更集中于审美层面上阐述该流派时，一些人愈加感到"九叶派"的称呼并不恰当。"中国新诗派"的称呼无疑更有利于读者回到历史现场、从这一流派自身出发探讨问题。在新的历史语境下，言说者们不断凸显这一群体的现代主义品质。它成为中国新诗现代化历程中最重要的一个派别，是接续现代中国诗歌与 1980 年代新诗潮最重要的链条。同时，其"中国性"也不断被强调。因此，在现代性、民族化两个层面上，这一流派被言说成中国新诗的代表。而"中国新诗派"名称给读者的想象恰恰契合了言说者的这种心理。

总之，"九叶派"字面意思是该派有九位诗人，与创作史实不符，且没有昭示出他们的诗性特点。因为能指与所指不一致，或者说缺失明确的内容与本质，只是一个没有标明含义的数字，一个框架，所以出场时可以被解读成爱国主义而又吸收了现代派技巧的诗歌流派，换言之，该命名无意中模糊了流派的本来面目与特点，客观上却有利于其出场；"中国新诗派"以《中国新诗》为由命名，则是回到历史现场的一种表达，昭示了 1940 年代那批诗人的诗学承担，给人一种以中国新诗发展为目的大格局联想，有助于回到其自身，即回到新诗现代化方向，彰显其现代性、现代主义以及中国性品格，是一个与史实和实质相符合的命名。

第二节　选本与穆旦诗歌经典化

选本是文本的集合体，是编者按照自己的目的、原则对既有作品的选取、汇编，体现了某种意义上的认可，是一种阅读行为后的接受；同时也意味着对读者的想象与引导，对未来文学路径的期待；选本是一种留存，是为作者建立与读者交流的平台，为作品营造一个面向读者的空间，所收录的作品便具有了走向经典的可能性。穆旦诗歌自 1940 年代以来便不断进入各种选本，其在中国新诗史上重要地位的确立，与选本密不可分。本节考察了闻一多《现代诗钞》以来收有穆旦诗歌的 227 部选本，研究它们与穆旦经典化的关系。

一

最早收入穆旦诗歌的选本应该是 1940 年代闻一多编选的《现代诗钞》。《现代诗钞》选入穆旦诗歌《诗八首》《出发》《还原作用》及《幻想底乘客》几首，数量上仅次于新月派诗人徐志摩，而与艾青相同。该选本对穆旦诗歌的传播与接受意义重大，借助闻一多在中国新文学史上的地位与影响，穆旦为更多读者所知。然而，从新中国成立直至"文化大革命"结束这一相当长的时期内，特殊的历史文化语境使现代主义色彩浓厚的穆旦诗歌失去了相应的传播空间，这一时期出版的选本未见有收入穆旦诗歌者。

1979 年出版的，北京大学、北京师范大学、北京师范学院三校中文系中国现代文学教研室协作编选的《新诗选》，收入了穆旦《诗八首》《洗衣妇》《春天和蜜蜂》与《出发》。该选本是为配合高校中国现代文学教学而编。就笔者所见，这是"文化大革命"结束后内地学界最早出现的收录了穆旦作品的选本。几位编者也是本时期内地学界最早关注到穆旦的学者。尽管当时的历史文化语境决定了现代主义色彩浓厚的他，地位不可能被凸显，选家在选入风格类似的诗人作品时也特意解释道："根据历史唯物主义的原则，考虑了教学的实际需要，对于资产阶级诗歌流派的作品，也少量选入，以供参考。"[1] 这实际上承续的是 1950 年度中期"双百方针"时代对待文学遗产的一种态度，是一次大胆的文学行为，意味着穆旦的文学史意义时隔多年后终于再次得到了承认。此时对穆旦重新出场意义最重大的选本为《九叶集》（江苏人民出版社 1981 年版），这是辛笛、陈敬容、杜运燮、杭约赫、郑敏、唐祈、唐湜、袁可嘉、穆旦等九位诗人 1940 年代作品的合集，收入穆旦诗歌《在寒冷的腊月的夜里》《控诉》《赞美》《诗八首》等 17 首。《九叶集》影响巨大，为诗人们赢得了"九叶派"的称号，并使其作为一个流派进入了文学史，如 1983 年出版的许志英编《中国现代文学史简编》、1984 年唐弢主编的《中国现代文学史简编》等。正是借助它，穆旦开始为人们所熟悉，并越来越多地出现在一些评论文章中。除这两部选本外，穆旦诗歌也开始零星出现在其他一些选本里，包括：《中国现

---

① 北京大学、北京师范大学、北京师范学院中文系中国现代文学教研室主编：《新诗选·序》，上海教育出版社 1979 年版，第 1 页。

代抒情短诗 100 首（1919—1979）》（上海文艺出版社 1981 年版）、王家新等编《中国现代爱情诗选》（长江文艺出版社 1981 年版）、圣野《黎明的呼唤》（四川人民出版社 1982 年版）、白崇义等编《现代百家诗（1919—1949）》（宝文堂书店 1984 年版）、黄修己《中国现代文学史参考资料》（中央广播电视大学出版社 1984 年版）、《中国四十年代诗选》（重庆出版社 1985 年版）等。它们进一步扩大了穆旦的影响，使更多读者注意到他的存在。

然而，综观这些选本，它们对穆旦诗歌的选择较为分散，且多数作品为穆旦诗歌中那些现实主义色彩明显、易于为读者理解，并能轻易从中阐释出爱国主义思想的作品，如《赞美》《在寒冷的腊月的夜里》《洗衣妇》《控诉》《农民兵》《旗》等；抑或是那些色调清新、言说爱情与青春的诗歌，如《春天和蜜蜂》《春》。选家也并未突出穆旦在文学史上的独特地位与意义。这表现在大部分选家在前言或其他绍介作者的部分，对穆旦或避而不谈，又或将其作为"九叶"诗人中的普通一员言说，而言说也偏重于表现诗人的爱国思想与现实主义精神，并将诗人与西方现代派在本质上加以区别，代表者如袁可嘉。他在《九叶集·序》中说道：几位诗人"并没有现代西方文艺家常有的那种唯美主义、自我中心主义和虚无主义情调。他们的基调是正视现实生活，表现真情实感，强调艺术的独创精神与风格的新颖鲜明。从作品的思想倾向看，他们则注意抒写四十年代人民的苦难、斗争以及渴望光明的心情"。在谈到穆旦时，袁可嘉特别以《赞美》一诗为例，说明诗人"是以何等深沉的感情赞美祖国，又是那样激动地欢呼着'一个民族已经起来'"。① 《九叶集》按姓氏笔画顺序排列九位诗人，穆旦位列最后。

其后，1986 年，人民文学出版社推出了《穆旦诗集》。这是新中国成立后出版的第一部穆旦诗集，收入穆旦不同时期诗歌 66 首。它一方面表明人们已开始关注、思索诗人独特的诗学话语和价值，另一方面又极大地推动了这一进程，因此，对穆旦诗歌的传播与接受意义重大。1987 年，江苏人民出版社出版了纪念文集《一个民族已经起来——怀念诗人、翻译家穆

---

① 袁可嘉：《九叶集·序》，江苏人民出版社 1981 年版，第 5 页。

旦》。尽管文集主要收录这一阶段穆旦研究的评论文章，但也将穆旦《赞美》《在寒冷的腊月的夜里》《春》《诗八首》《冬》《合唱》《五月》几首附于书末，供读者了解穆旦诗歌特质。文集的作者们一致高度评价穆旦的诗艺及对中国新诗史的独特贡献，认为穆旦"到达中国诗坛的前区了"，"就在 40 年代新诗现代化的前列"。① 这些评论进一步推动了穆旦文学史地位的提升，也使更多选家关注到了穆旦。

的确，这一时期较之 1970 年代末 1980 年代初，穆旦诗歌更为频繁地出现在各种选本中。据笔者统计，1986 年至 1993 年间，至少 23 部选本选入了穆旦诗歌，如屈文泽等编《中国现代文学作品选》（湖南文艺出版社1986 年版）、李平的《中国文学作品选》（北京大学出版社 1986 年版）、蒋洛平等编《中国现代文学作品选》（四川大学出版社 1986 年版）、钱谷融的《中国现代文学作品选》（华东师范大学出版社 1989 年版）、骆寒超等编《中国现代文学作品选》（浙江大学出版社 1992 年版）、严家炎等编《中国现代文学作品精选》（北京大学出版社 1993 年版）、吴奔星《中国新诗鉴赏大辞典》（江苏文艺出版社 1988 年版）、谢冕等编《中国新诗萃》（人民文学出版社 1988 年版）、唐祈《中国新诗名篇鉴赏辞典》（四川辞书出版社 1990 年版）、公木《新诗鉴赏辞典》（上海辞书出版社 1991 年版）、孙党伯《中国新文学大系（1937—1949）·诗卷》（上海文艺出版社 1990年版）、张永健《中国现代新诗三百首》（长江文艺出版社 1992 年版）、谢冕的《鱼化石或悬崖边的树·归来者诗卷》（北京师范大学出版社 1993 年版）等。

可以看出，这些选本主要为供高校中国现代文学教学所用之作品选、新诗名篇鉴赏辞典、新诗萃，还包括中国新文学大系等，专业性较强。其中，由臧克家作序、孙党伯编选的《中国新文学大系（1937—1949）·诗卷》，意义尤为特殊，因为中国新文学大系本身即是对新文学运动各个时期创作、理论的系统总结，富有经典性与权威性。穆旦《在寒冷的腊月的夜里》《诗八章》《自然底梦》《赞美》《旗》被选入大系，数量上与辛笛、陈敬容相同，而多于其余"九叶"诗人，这凸显了他在流派中的独特性，

---

① 杜运燮等编：《一个民族已经起来——怀念诗人、翻译家穆旦》，江苏人民出版社 1987 年版，第 5、18 页。

同时也意味着穆旦的新诗史地位得到了权威选本肯定。而从进入选本的穆旦诗歌看，更多的不同时期的诗作——亦包括新中国成立后的诗歌，进入了选家视野，又尤以《赞美》《诗八首》出现频率最高。《诗八首》的频繁出现意味着穆旦独特的现代主义色彩得到了认同。选家们确实也不再着意强调诗人的爱国思想和现实主义精神，而是突出其现代主义特征。例如杜运燮，他在为《穆旦诗选》所做的后记中说道："穆旦是中国最早有意识地采取叶慈、艾略特、奥登等现代诗人的部分表现技巧的几个诗人之一。"杜运燮高度评价了穆旦对中国新诗的贡献，指出："他的诗在艺术上达到的水平，他的探索所取得的成就，以及在开拓和丰富中国新诗的表现方法方面，都做出了宝贵的贡献。"① 另，就整体而言，穆旦诗歌数目在选集中的比重也有所上升，如严家炎等主编的《中国现代文学作品精选》选入穆旦诗 11 首，数量上甚至多于冯至、徐志摩、艾青等人而居首，这无疑是对其新诗史地位的肯定。

1990 年代中期以来，穆旦在新诗史上的地位得到了进一步的巩固和提高，并被逐渐"经典"化。一个重要标志是，一批重要选本纷纷选入穆旦诗歌，并赋予其极高的地位与评价。1994 年，张同道、戴定南主编的《二十世纪中国文学大师文库·诗歌卷》以"诗歌文本的审美价值及其对诗史的影响"为标准，选择了 12 位对 20 世纪中国诗歌产生了重大影响的诗人，穆旦位列榜首。在序言中，编者称穆旦"为 20 世纪中国现代诗学带来了革命性震荡"② 该定位很显眼，"革命性震荡"才获得诗歌史地位，并能位列诗人之首，这个选本无疑具有革命性，它要通过引起读书界的震荡以重建新诗史秩序。1996 年，李方主编的《穆旦诗全集》被列为"二十世纪桂冠诗丛"中的一辑，由中国文学出版社出版，谢冕为诗集作序。他明确地称穆旦为新诗的"经典性人物"，"最能代表本世纪下半叶——从他出现以至于今——中国诗歌精神的经典性人物"③。其后，一系列宣称选择"优秀""经典"作品，甚至部分直接以"经典"命名的选集，都选入了穆旦诗歌。

---

① 杜运燮：《穆旦诗选·后记》，人民文学出版社 1986 年版，第 157 页。

② 张同道，戴定南主编：《二十世纪中国文学大师文库·诗歌卷》，海南出版社 1994 年版，第 3 页。

③ 李方主编：《穆旦诗全集》，中国文学出版社 1996 年版，第 23 页。

如：谢冕、钱理群《百年中国文学经典（1937—1949）》（北京大学出版社1996年版），谢冕、孟繁华《中国百年文学经典文库·诗歌卷》（海天出版社1996年版），谢冕《中国百年诗歌选》（山东文艺出版社1997年版），张新颖《中国新诗：1916—2000》（复旦大学出版社2001年版），谢冕《百年百篇文学精选读本·诗歌卷》（天津教育出版社2002年版），《诗刊》编辑部编《中华诗歌百年精华》（人民文学出版社2002年版），杨晓民《百年百首经典诗歌》（长江文艺出版社2003年版），王富仁的《二十世纪中国诗歌经典》（北京师范大学出版社2004年版）等。这些选本中，穆旦诗歌占据了重要位置，《百年中国文学经典（1937—1949）》、《中国新诗：1916—2000》中，穆旦入选诗歌数量均居各派诗人之首。还有一类试图模仿《唐诗三百首》模式，为新文学或新诗选出"三百"经典的选本，如张大明《中国现代文学名作三百篇》（四川人民出版社1998年版），谭五昌《中国新诗三百首》（北京出版社1999年版），牛汉、谢冕《新诗三百首》（中国青年出版社2000年版）等，都编选了多首穆旦诗歌，巩固了穆旦的现代巅峰诗人地位。

　　20世纪90年代中期以后，穆旦诗歌仍旧进入了多部中国现当代文学教学所用的作品选，如朱文华、许道明的《新编中国现代文学作品选》（复旦大学出版社1996年版），钱谷融的《中国当代文学作品选读》（华东师范大学出版社1999年版），钱谷融的《中国现当代文学作品选（1919—1945）》（华东师范大学出版社2000年版），黄曼君《中国现代文学作品选》（华中师范大学出版社2000年版），刘川鄂《新编中国现当代文学作品选》（武汉出版社2002年版），朱栋霖《中国现代文学作品选》（高等教育出版社2002年版）。此外，穆旦诗歌还进入了相当多大学、中学语文课本中，据笔者统计，1999年以来，至少76部大学、中学语文课本选入了穆旦诗歌。穆旦个人诗歌选集也多次出版，除《穆旦诗全集》外，这一时期，还出版有曹元勇《蛇的诱惑》（"世纪的回响"丛书中一辑，珠海出版社1997年版）、梦晨《穆旦代表作》（华夏出版社1999年版）、《穆旦精选集》（燕山出版社2006年版）、《穆旦诗文集》（人民文学出版社2006年版）。穆旦1947年自印的诗集《穆旦诗集（1939—1945）》则不断被重印出版：1994年，作为"中国现代诗歌名家名作原版库"一种，由中国文联出版公司出版；2000 年，作为"百年百种优秀中国文学图书"一种，由人民文学出版社出版（同套丛书还包括《九叶集》）；2001 年，作为"新文学碑林"一种，再次由人民文学出版社出版。

2010 年 9 月，谢冕任主编，历时五年编选，总计十卷，时段近百年，收入新诗作品达四千余首的《中国新诗总系》（以下简称《总系》），由人民文学出版社出版。有研究者认为，"甚至在某种程度上，《总系》对文学编选的全景展览式规模已经超越了《大系》"。① 穆旦诗歌分别入选第 3 卷（编者吴晓东，时段为 1937—1949）、第 4 卷（编者谢冕，时段为 1949—1959）、第 6 卷（编者程光炜，时段为 1969—1979）。穆旦诗歌入选数量不仅在第 3、6 卷中最多，而且亦为《总系》中数目最多者，其在新诗史上的"经典"地位再次得到了确认。

二

那么，这些选本呈现了一个怎样的穆旦形象呢？选家的目光主要投向穆旦哪些作品？本章对出现在 227 个选本中的穆旦诗歌进行了统计，发现入选频次最高的两首诗歌为《赞美》与《诗八首》，分别入选 111 次与 96 次，远超于穆旦其他作品。② 并且，这两首诗歌在不同时段收入穆旦诗歌的选本中，几乎也均出现频率最高。因而，正是这两首诗主要参与了穆旦"经典"形象的塑造。但是这又是内容、风格差异很大的两首诗，选家为何对它们如此青睐？

从创作时间看，两首诗均为穆旦新中国成立前作品，《赞美》作于 1941 年，《诗八首》作于 1942 年。然而，这两首诗主题并不相同，分别代表了穆旦新中国成立前创作的两个重要方向：一类以抗日战争为背景，描写苦难中国的现实场景，抒发对社会人生的感受，属于这类作品的有《赞美》《在寒冷的腊月的夜里》《出发》《洗衣妇》《农民兵》《给战士》等，

---

① 李润霞：《〈中国新诗总系〉的编选原则与史料问题》，《文艺争鸣》2011 年第 11 期。
② 据笔者统计，入选频次居于前十的其他诗歌分别为《春》（62 次）、《在寒冷的腊月的夜里》（38 次）、《冬》（34 次）、《旗》（25 次）、《自然底梦》（22 次）、《智慧之歌》（22 次）、《野兽》（20 次）与《森林之魅》（19 次）。

其中《赞美》无疑最为优秀。它是"常常用来说明穆旦有左倾醒觉的例证"。① 作者描写了中华民族的深重苦难：在耻辱里生活的佝偻的人民，永远无言地跟在犁后旋转的农民，在饥饿里忍耐的孩子……构成了一幅幅苦难的景象。然而，这个民族没有流泪，没有屈服，相反，这个民族已经起来。诗人歌颂的是一个忍辱负重的民族蕴含的巨大潜在能量，感情深厚、凝重。"因为一个民族已经起来"这一诗句则不断在每节末尾重复，大大加深了诗歌的情感力度。风格上明显带有艾青影响的印记，沉雄有力，感人肺腑。在袁可嘉看来，这是一首带有"深度和厚度"的诗，诗人对祖国的赞美"不是轻飘飘的，而是伴随着深沉的痛苦的"，因而是一首"'带血'的歌"。② 对于苦难的感受、体验与怜悯、坚强融合在一起，以自我之情之力表达了伟大民族的觉醒与坚韧，人之觉醒、民族之奋起形象跃然纸上。

　　另一类诗歌则侧重于探索自我。这是穆旦诗作最独特的部分。穆旦对"自我"从不盲目地加以肯定与推崇，反而着力表现"自我"的矛盾、痛苦、困惑与冲突，他笔下的"自我"永远是残缺、分裂、不稳定的。正是这种对"自我"的审视与怀疑，通过自我叩问抵达生命存在，通过生命存在复活文字，以构筑抽象而具体、民族而自我、物质而肉身、自圆而开放的诗歌世界，彰显穆旦不同于前辈和同辈诗人的特殊性、现代性。《诗八首》即是这样一组作品。同时，作为一组爱情诗，它缺少了传统爱情诗歌的热烈与缠绵，诗人用一种极其冷峻的态度抒写爱情，视其为自然的一个蜕变程序，是"上帝在玩弄他自己"。这种对待爱情的态度不同于浪漫主义诗人，也是现代派的。在创作方法上，《诗八首》将形而下的肉体感觉与形而上的抽象玄思相结合。而身体与思想的结合是穆旦这一派诗人"区别于前辈诗人的重要诗学取向"③。对此，王佐良评价道：穆旦的诗"总给人一点肉体的感觉"，他"不仅用头脑思想，他还'用身体思想'"，进而，王佐良认为《诗八首》这个"将肉体与形而上的玄思混合的作品是现代中国

---

　　① 杜运燮等编：《丰富和丰富的痛苦——穆旦逝世20周年纪念文集》，北京师范大学出版社1997年版，第50页。

　　② 袁可嘉：《九叶集·序》，江苏人民出版社1981年版，第6页。

　　③ 吴晓东：《战争年代的诗艺历程》，出自吴晓东编《中国新诗总系（1937—1949）·导言》，人民文学出版社2010年版，第32页。

最好的情诗之一"。① 因此，在多重维度上，《诗八首》显示出了穆旦的独特性。它得到了众多评论家的高度推崇，并被认为是最能代表穆旦风格的作品。香港学者梁秉钧也认为它"可能是新诗中最好的情诗"②；张同道说："其深度、密度与广度都抵达了前所未有的水准。当我们称赞它的卓越时所面临的是世界范围的作品，而不仅仅是中国"，并认为《诗八首》是"典型的穆旦式诗风"③；杜运燮也指出，《诗八首》"的确较典型地表现了他的诗的独特风格"④。

　　当然，一个优秀诗人的创作不可能局限于某种风格，而往往带有多面性。例如，穆旦在新中国成立后的作品较之民国时期的作品整体上就有了新变，其现代主义色彩大为降低，语言更为平实，思想则又达到了另一层深度。《赞美》与《诗八首》是其民国时期不同风格探索的两首代表作。《赞美》以其对苦难民族的深沉爱恋及朴素、凝重、博大的诗风而被赞赏，《诗八首》则充分体现了穆旦不同于中国自《诗经》以降所有诗人的异质性因素。它们成为穆旦诗歌中流传最为广泛的作品，并经常同时入选不同选家的选本，如《九叶集》，唐祈的《中国新诗名篇鉴赏辞典》，《中国新文学大系（1937—1949）·诗卷》，蓝棣之的《九叶派诗选》，严家炎、孙玉石的《中国现代文学作品精选》，王圣思的《九叶之树长青——"九叶诗人"作品选》，张同道等的《二十世纪中国文学大师文库·诗卷》，谢冕、钱理群的《百年文学经典》，张大明的《中国现代文学名作三百篇》，钱谷融的《中国现当代文学作品选（1919—1945）》，牛汉、谢冕的《新诗三百首》，张新颖的《中国新诗：1916—2000》，乔以钢的《现代中国文学作品选评》，方长安的《文学名著精品赏析：中国现代文学卷》（中南大学出版社2011年），吴晓东的《中国新诗总系（1937—1949）》等，并被赋予"名篇""精品""经典"的称号，共同参与了对穆旦诗人形象的塑造。

---

　　① 王佐良：《一个中国诗人》，《文学杂志》1947年7月号。

　　② 杜运燮等编：《一个民族已经起来——怀念诗人、翻译家穆旦》，江苏人民出版社1987年版，第51页。

　　③ 杜运燮等编：《丰富和丰富的痛苦——穆旦逝世20周年纪念文集》，北京师范大学出版社1997年版，第81—90页。

　　④ 杜运燮等编：《一个民族已经起来——怀念诗人、翻译家穆旦》，江苏人民出版社1987年版，第116页。

　　穆旦是复杂的，这两首选本收录最多的诗歌经由传播以各自的品格凸显了穆旦及其诗歌某些特别的本质。《赞美》中的诗人，是一个在亚洲乃至世界性视野里，以现代理性审视古老中国文明，书写不屈的中国大地、苦难坚韧的中国农民并宣称"一个民族已经起来"的诗人，一个以"带血的手"与"耻辱里生活的人民"——拥抱的诗人，一个把"赞美"植入苦难历史、献给荒凉大地的民族诗人；《诗八首》中的诗人，带着战争记忆和个我经验书写爱情，对爱情、两性作了全新的表达，直逼生命本真，他的眼中没有千百年来人们所向往美化的花前月下、卿卿我我，有的是情爱中独立的存在者、体验者，不可替代的个体，他撕开了爱情的温柔面纱，还原生命的真实，这是一个把爱情理解为生命过程中必然到来的具有生物性特征以至于个体人不可能由此得以升华、男女不可能由此真正相知的智性诗人，一个颠覆传统情感修辞与表达方式的诗人，一个岩石般坚硬的审判者，一个不在民族诗歌传统中写诗的中国诗人。

　　然而，诚如上文所言，这两首诗之间风格差异颇大。受限于编选意图、选家个人趣味乃至选本容量等因素，它们相当多的时候并不同时出现在一个选本内，并且出现在同一类型选本中的频次也并不相同。在本章考察的227个选本中，《赞美》入选总频次为111次，其中，入选高校中文系中国现代文学史课程教学作品选的频次为19次，大学、中学语文课本频次35次，其余普通选本57次；《诗八首》入选总频次为96次，高校中文系中国现代文学史课程教学作品选的入选频次为23次，大学、中学语文课本频次为19次，其余普通选本54次。可见，《赞美》入选总频次高于《诗八首》，主要缘于其大学、中学语文课本入选频次较高。进一步分析可得，《赞美》还频繁入选于一些主题鲜明、旨在传达进步爱国思想、增强人们爱国意识的选本，如臧克家的《中国抗日战争时期大后方文学书系·诗歌》（重庆出版社1989年版），吕进的《爱我中华诗歌鉴赏·现代分册》（重庆大学出版社1993年版），陆耀东的《中国现代爱国诗歌精品》（武汉大学出版社1994年版），李辉凡的《世界反法西斯文学书系·中国卷》（重庆出版社1994年版），段茂南、郭仁怀的《抗战名诗名文赏析》（江苏教育出版社1995年版），《红色诗歌集》（人民文学出版社2001年版），《红色诗钞》（人民文学出版社2001年版），刘增杰的《抗战诗歌》（河南大学出版社 2005 年版）等。可见，《赞美》的频繁入选，与其思想价值取向密切相关。

从对中国新诗发展产生的影响、审美独特性以及诗人风格角度考察，《诗八首》得到了更多选家的青睐。这种偏爱自 1940 年代即已开始。闻一多编选《现代诗钞》时，收入了《诗八首》，同时选入的还有《出发》《还原作用》《幻想底乘客》。几首诗的入选，与此时闻一多审美意识的变化相关。自 1930 年代开始即浸淫于古籍整理研究，甚至被同事戏称为"何妨一下楼主人"的闻一多，1940 年代诗歌审美意识较之早期，已有所不同，由浪漫主义转向对现实主义和现代主义的关注。他既注重诗歌的社会功能，热情洋溢地赞扬田间为"时代的鼓手"[1]，亦重视诗歌的审美特性，选集内收入了大量具有现代派风格的作品。据孙玉石统计："《现代诗钞》所选作品，入选诗人共 65 人，其中有明显的现代派风格与倾向的诗人，有 29 位，占入选总数的 45.8%。入选诗作共 184 首，其中具现代派作风的有 70 首，约占入选总数的 38%。"[2] 可见，闻一多确实将现代派诗人置于重要地位。入选的穆旦几首诗歌均为现代主义倾向明显的作品。《现代诗钞》对《诗八首》经典地位的确立意义重大。杜运燮曾说："很多人对穆旦诗的印象都同《诗八首》联在一起。这也很自然。因为从闻一多《现代诗钞》起的许多新诗选本都选有此诗。"[3] 从中可看出该选本对《诗八首》最初及后来传播的重要性，使它成为所谓最能显示穆旦风格与特点的作品。后来，很多宣称以诗歌艺术审美价值为判断标准的选本，都更为推崇《诗八首》。例如张同道等人所编《二十世纪中国文学大师文库》，编者声明以作品的审美价值及文学影响而非其他因素为准，选择 20 世纪中国文学大师，并为他们排定座次；对入选者的作品，依旧以此标准排序。循此，在选集的诗歌卷中，穆旦位居各位诗人之首，而《诗八首》在入选的穆旦作品中又居于榜首，《赞美》则居于《春》《在寒冷的腊月的夜里》之后，仅为第四。此外，在专业性更强的高校中文系中国现代文学史作品选中，《诗八首》入选频率也

---

① 《闻一多精选集》，北京燕山出版社 2005 年版，第 253 页。

② 孙玉石：《中国现代主义诗潮史论》，北京大学出版社 1999 年版，第 268 页。

③ 杜运燮等编：《一个民族已经起来——怀念诗人、翻译家穆旦》，江苏人民出版社 1987 年版，第 115—116 页。

高于《赞美》。这些都说明，《诗八首》在艺术审美层面较之《赞美》获得了更多认同。然而，总体而言，选本中反复出现的《赞美》和《诗八首》，对于穆旦形象的塑造起到了很大的作用，它们各自表达又相互渗透，构成一种结构性力量，彰显出一个游走在世界和中国、现代和传统、抒情和言志、肉体和理智之间的非中国式表达的中国诗人形象。

三

然而，选本间的这种差异不仅体现于对《赞美》与《诗八首》的选择与评价方面，还突出表现于它们对穆旦其他"经典"作品的指认上。一个饶有趣味的现象是，不同选本间，其收入的所谓穆旦"经典"作品差异很大。这里考察了1994年至2004年间较为集中出现的十部收录了穆旦诗歌的选本，它们的编者均有明显的经典意识，宣称其选入作品为中国新文学或新诗中"优秀""经典"之作。然而，仅就穆旦而言，其收入的篇目却相差很大。它们收入的穆旦诗歌如下：

1. 张同道、戴定南主编的《二十世纪中国文学大师文库·诗歌卷》（1994），收入《诗八首》《春》《在寒冷的腊月的夜里》《赞美》《控诉》《五月》《防空洞里的抒情诗》《我》《赠别》《从空虚到充实》《冬》《友谊》《森林之魅》《合唱》《还原作用》《夜晚的告别》《出发》《自然底梦》《幻想底乘客》《诗（一）》《诗（二）》《成熟（一）》《活下去》《流吧，长江的水》《甘地》《给战士》《野外演习》《先导》《一个战士需要温柔的时候》《野兽》。2. 谢冕、钱理群主编的《百年中国文学经典》（1996），收入《赞美》《诗八首》《在寒冷的腊月的夜里》《被围者》《森林之歌》[①]。3. 谢冕、孟繁华主编的《中国百年文学经典文库》（1996），收录《在旷野上》《在寒冷的腊月的夜里》《赞美》《自然底梦》《冬》《停电之后》。4. 谢冕主编的《中国百年诗歌选》（1997），收录《在旷野上》《在寒冷的腊月的夜里》《赞美》《隐现》《流吧，长江的水》《冬》《停电之后》。5. 张大明主编的《中国现代文学名作三百篇》（1998），收录

---

① 注：《森林之魅》最初刊行时题为《森林之歌——祭野人山死难的兵士》，发表在《文艺复兴》1946年7月第1卷第6期；后经作者修改，收入穆旦1947年5月自费印行的《穆旦诗集（1939—1945）》，题目改为《森林之魅——祭胡康河上的白骨》。

《我》《赞美》《春》《诗八首》。6. 谭五昌主编的《中国新诗三百首》
（1999），收录《赞美》《春》《诗八首》《旗》《森林之魅》《冬》。7. 牛
汉、谢冕主编的《新诗三百首》（2000），收录《野兽》《赞美》《诗八首》
《春》。8. 张新颖主编的《中国新诗：1916—2000》（2001），收入《防空
洞里的抒情诗》《还原作用》《五月》《赞美》《诗八首》《活下去》《发
现》《智慧之歌》《老年的梦呓》《冬》。9. 谢冕主编的《百年百篇文学精
选读本·诗歌卷》（2002），收录《赞美》《诗八首》。10. 王富仁主编的
《二十世纪中国诗歌经典》（2004），收录《赞美》《出发》《时感四首》
《隐现》《理智和情感》《自己》《停电之后》《冬》。

　　十选本共收入穆旦诗歌42首，其中入选频次最高的三首诗为《赞美》
（10次）、《诗八首》（7次）与《冬》（6次），也仅这三首诗获得了超过
半数选本的肯定。余下作品中，《春》《在寒冷的腊月的夜里》入选4次；
《森林之魅》《停电之后》入选3次；《防空洞里的抒情诗》《五月》《我》
《还原作用》《出发》《活下去》《流吧，长江的水》《自然底梦》《野兽》
《在旷野上》《隐现》入选2次；其他23首诗歌只入选1次。篇目的广泛尽
管有利于更多穆旦诗歌进入读者视野，却也表明选家对穆旦"经典"认识
的分歧颇大，这与选家审美趣味的多元化、自主性有关，与穆旦诗歌整体
水平高、焦点分散有关——某种程度又使穆旦形象变得奇异、多变，反而
一定程度上误导了读者对穆旦的接受。

　　仅以谢冕这一编者为例，上述十选本中，他承担主编的即有五部：《百
年中国文学经典》、《中国百年文学经典文库》、《中国百年诗歌选》、《新诗
三百首》及《百年百篇文学精选读本·诗歌卷》。其中，《新诗三百首》较
为特殊，这部选本并非基于谢冕个人意志，而是由"专家集体编选"："由
诗歌界公认的海内外诗歌学者、评论家、诗人30人左右组成编委会，每人
提供一份自己的'新诗三百首'篇目，再由7—9人组成的常务编委会，根
据具体的得票情况，最后决出入选篇目。"① 谢冕的主编地位也由推荐而来，
他对选目亦仅有一票之权。余下三部选本则明显与个人意志密切相关。然
而，它们之间选目差异巨大，这尤其突出表现在《百年中国文学经典》与

---

① 牛汉、谢冕主编：《新诗三百首》，中国青年出版社2000年版，第725页。

《中国百年文学经典文库》两部均以"经典"名之且于同一年推出的选本中，它们收入的穆旦诗歌只有《赞美》《在寒冷的腊月的夜里》两首相同，后者并未收入《诗八首》《春》这些最具穆旦特质与风格的作品。这一现象不由得使人思索：选家可靠吗？当代社会经典遴选、生产过程中是不是藏着许多不为人知的市场和个人秘密？诗坛话语掌握者的年龄、兴趣以及和青年读者、大众读者的"代沟"应该如何理解和处理？应该如何在专家控制话语权的情势下让普通大众发出声音参与选本的遴选？到底应该怎样认定一部作品为"经典"呢？

　　谢冕在《百年中国文学经典》序言中，曾谈到他对文学"经典"的认定："大体是指那些能通过具体的描写或感觉，直接或间接地表现出生活的信念、对人和大地的永恒之爱、有鲜明的个人风格、又有精湛丰盈的艺术表现力的作品。由于考虑到这一百年文学和社会的密切关联，编者尤为关注那些保留和传达了产生它的特定时代风情的精神劳作。"[1] 这里，谢冕表达了他的文学经典观，他对20世纪中国文学与社会政治文化间的密切关系所持的理解与宽容态度。的确，文学作为一种特定时代的精神产品，必然留下时代痕迹，因此，这部选集中收入了李季的诗歌《王贵与李香香》这类时代主题和民间传统形式相拥抱的作品。《中国百年文学经典文库·选编后记》中，谢冕对"经典"又表达了类似的看法："基于人类崇高精神的对于土地和公众命运的关切；丰沛的人生经验与时代精神的聚合；充分的现实感和历史深度的交汇。当然，这一切的表达应当是诗性的，它断然拒绝一切非诗倾向的侵入与取代。"[2] 这种观念中有一种大胸襟大情怀，希望所选的"经典"蕴含人类崇高精神、土地意识、人文关怀，是现实与历史的诗性融合，属于宏大叙事话语、崇高性话语，排斥了"小"和"窄"，寄予着谢冕那一代读书人的文学理想。然而，令人诧异的是，相同的标准下，两部选本的选目却有很大不同。这不仅体现在对穆旦诗歌的选择上，它们对冯至、郑敏、阿垅等人诗歌的选择亦出入甚远，何也？在另一部选

　　[1] 谢冕、钱理群主编：《百年中国文学经典·第1卷·序》，北京大学出版社1996年版，第3页。

　　[2] 谢冕、孟繁华主编：《中国百年文学经典文库·诗歌卷·选编后记》，海天出版社1996年版，第613页。

本《中国百年诗歌选》中，谢冕又谈到了什么是"好诗"："我很看重自己对诗的感觉。有的诗读了之后让人兴奋，这是好诗。当然，最好的是那些让人读了一遍就能记住的那类诗。记住什么了？也许是境界，也许是表达，也许是色彩或节奏，总之，它总是提供与众不同的东西。我总是把自己记住的这些诗从浩如烟海的作品中挑选出来，用一定的体例把它们组织在一起，一个选本就这样诞生了。"① 强调的是诗歌带给自己的独特"感觉"，是"与众不同"，是诗歌的形式构件与组合、表达，与实实在在的遴选、辑录行为联系在一起，相比于前面关于"经典"的宏大话语要具体得多。这一选集的特别之处在于将旧体诗词纳入其中，这也许与其阅读感觉有关，以纠正过往选本对其的忽略。然而，令人迷惑的是，编者似乎又过于强调旧体诗词的地位，选集中，晚清"诗界革命"代表诗人丘逢甲入选诗歌11首，数量上仅次于艾青（12首），而穆旦仅选入7首，数量上甚至不及康有为、公刘等人，这似乎与谢冕曾经赋予穆旦的"经典"地位并不相称，何也？《百年百篇文学精选读本·诗歌卷》收入穆旦《赞美》与《诗八首》，编者在编后记中说，该选本的选择标准为作品的艺术性，"依作品的艺术层面和题材、手法的特异性"，但就题材、手法的特异性而言，《赞美》似乎在穆旦作品中并不突出，读者从中能够清晰感受到艾青的影响。谢冕理性话语和编选行为之间差异很大，这恐怕不是因为百年来好诗太多令他应接不暇以至于眼晕，而是他没有真正建立起自己统一的诗学观念，理性表达与阅读感受之间往往处于分裂状态，无法真正判断诗歌尤其是新诗之优劣。

　　这种矛盾不仅体现在同一编者身上，不同编者间对经典的判断标准差异更为明显。例如，较之谢冕对20世纪中国文学与政治的关系所持的理解、宽容态度，张同道非常反对政治功利等非文学因素对文学的干扰，而强调文学独立的审美价值。他所认为的"经典"应至少具备四种品质：语言上的独特创造、文体上的卓越建树、表现上的杰出成就以及形而上意味的独特建构。② 突出文学的形式维度和形而上意蕴，体现了1990年代中期

① 谢冕主编：《中国百年诗歌选·后记》，山东文艺出版社1997年版。
② 张同道、戴定南主编：《二十世纪中国文学大师文库·诗歌卷·序言》，海南出版社1994年版，第4—5页。

新的文学观念倾向，或者说新一代的文学经典观，然而在张扬审美价值的时候，不重视形式的反面，忽视诗性言说的对象，不重视作品的现实色彩和底蕴，显然也是一种偏颇。张新颖则试图于个人审美趣味与文学史意义间求得某种平衡，在《中国新诗：1916—2000》的序言中，他说："以近一个世纪为时间跨度的选本，无疑也应该通过作品反映基本的文学史情形。"透露出希望以作品展现中国新诗发展概况的意图。然而，他又认为这种以"选"代"史"的愿望不能太强烈，"这个选本有意识地瓦解一段时期内所谓的诗史'主流'的观念和此一观念统摄下的作品'定位'、'排序'，同时也有意识地不以另一种单一的观念和趣味取而代之，虽然带有编选者个人的主观倾向，还是想尽可能地呈现出多元的诗观和诗作面貌"。① 可见"多元诗观"是其秉承的价值观。《中国现代文学名作三百篇》中，张大明强调入选作品必须是"精品"，它们是"内容健康、有益，意蕴丰富，艺术精良，形式完整，颇耐咀嚼，能够长期把玩的上乘之作"，但判断"精品"的重要依据却是"国家教委高教司颁发的《中国现代文学史教学大纲》（高等教育出版社 1996），以及国内一些权威选本"②，这反映出编者并没有明确的选择标准，缺乏诗学意义上的择诗原则，甚至意味着阅读判断能力的不足。

种种差异、矛盾，使"经典"一词愈发令人难以理解。诚然，选本间由于选家之目的和审美趣味的不同，所选篇目差异很大，甚至可以说，有多少位选家，就有多少个选本。而且，上述选本一个共同的重要意图是以作品证明百年中国文学、百年中国新诗的成就，态度可嘉。但这一过程中，引发人思索的是，到底何为经典？选家对经典一词的使用，态度是否又足够审慎？出现如此众多以"经典"名之、彼此间差异却巨大的选本，这至少可以说明，学界对这一词语的使用并不谨慎，甚至存在着严重的"滥用"现象。一部作品能否成为"经典"，时间是一个重要判断因素。不仅穆旦作品，甚至整体中国新文学都存在产生时间短，言说者与作家、作品间没有足够距离的问题。因此，确立一位作家、一部作品为"经典"，似乎都还言之过早。上述诸多选本都参与了穆旦诗歌的经典性建构，然而，一定程度

---

① 张新颖主编：《中国新诗：1916—2000·序》，复旦大学出版社 2001 年版，第 3 页。
② 张大明主编：《中国现代文学名作三百篇·前言》，四川人民出版社 1998 年版，第 3 页。

上又使穆旦诗歌的经典品格变得模糊，甚至妨碍了读者对穆旦诗歌的审美评价与阅读接受。

第三节　语境更替与穆旦的沉浮

穆旦是 20 世纪 80 年代中国文学界重新发现的现代诗人，是今天的新诗研究和文学史叙述绕不开的重镇。从文学传播接受看，"重新发现"是文学史上一个有趣而又较为普遍的现象，从中可以窥探民族审美趣味的演变。穆旦 1930—1940 年代，创作了大量的诗歌，且在当时不少读者中产生较大影响，那么后来的文学史著作何以对他要么避而不谈，要么称其为重镇呢？他为何被埋没又是如何被"重新发现"而走进文学史变为"经典"诗人的呢？这是一个与接受场域特别是不同时期人们对于新诗发展想象相关的问题，是一场言说与被言说、阐释与被阐释的文学话语实践活动。本节将对这场许多人参与且富有历史意味的文学事件进行清理，以揭示穆旦被阐释进新诗史的内在话语逻辑，进而对新诗经典化问题进行反思。

一

穆旦在 1930 年代读高中时就开始诗歌写作，1940 年代出版诗集《探险队》《穆旦诗集》《旗》等，受到关注，被誉为"宝石出土""放出耀眼的光芒"[1]。王佐良认为："他一方面最善于表达中国知识分子的受折磨而又折磨人的心情，另一方面，他的最好的品质却全然是非中国的。"强调了穆旦诗歌在中外文化挤压下的内在矛盾，善于表达中国知识分子的精神世界，而又具有"非中国的"特点。这里的"非中国"并非贬义话语，指的是其"抒情言志"方式不是中国传统式的，诗意的中国特点不鲜明；换言之，他不是在中国传统中写新诗，对人生、爱情、自我的思考与诗性表达与中国诗歌传统大异其趣。王佐良还指出穆旦诗中具有一种"受难的品质"和"肉体的感觉"，[2] 也就是精神承担与身体书写。袁可嘉则以现代诗歌建设

---

[1]　林元：《一枝四十年代文学之花——回忆昆明〈文聚〉杂志》，《新文学史料》1986 年第 3 期。

[2]　王佐良：《一个中国新诗人》，《文学杂志》1947 年第 8 期。

为视野阐释了穆旦诗歌所具有的"现实，象征，玄学的综合"特征及其意义①。唐湜认为，穆旦诗中包含"辩证"的观念和"自我的分裂"，以及"丰富的痛苦"体验，认为"他只忠诚于自我的生活感觉，不作无谓的盲目的叫嚣，一种难能可贵的艺术良心"。②揭示出穆旦诗歌独特的生存体验与诗学个性。

不仅如此，他们还站在1940年代中国新诗发展高度，给予穆旦高度评价。唐湜认为穆旦与绿原等人同处于"诗的新生代"的浪峰之上③；袁可嘉则将穆旦看成是"这一代的诗人中最有能量的、可能走得最远的人才之一"，认为他"追求艺术与现实间的正常的平衡"，代表了"新诗现代化"的方向。④1940年代初，闻一多编选《现代诗钞》，收入穆旦11首诗，在量上仅次于徐志摩，与艾青持平，而郭沫若仅6首，戴望舒3首。可见，在闻一多心中穆旦的地位是很高的，这是最早站在史的高度以选本形式对穆旦的肯定。

值得注意的是，上述言说者多为穆旦的同学、诗友，其诗歌阐释传播空间，因战时环境特别是他那独特的诗风，而相当狭小，"只有朋友们才承认它们的好处；在朋友们之间，偶然还可以看见一卷文稿在传阅"，除同学、诗友外，他"很少读者，而且无人赞誉"⑤，穆旦包括他那些诗友尚未进入当时文学的中心地带。

不过，王佐良、袁可嘉、唐湜等人的言说，对后来穆旦被"重新发现"，特别是对文学史叙述意义深远。他们的许多观点，诸如"非中国的"、"现实，象征，玄学的综合"、"丰富的痛苦"以及"艺术与现实"的平衡等，被后来的言说者不断引用、延伸，成为今天许多文学史著作、新诗史论著解读穆旦诗歌及其诗学价值的重要基础与依据。

1950—1970年代，在新的文学语境中，穆旦的诗学失去了价值依据，穆旦的写作风格与新时代的文学想象与期待无法协调，他几乎停止了诗歌

① 袁可嘉：《新诗现代化》，《大公报·星期文艺》1947年3月30日。
② 唐湜：《穆旦论》，《中国新诗》1948年第8—9期。
③ 唐湜：《诗的新生代》，《诗创造》1948年第2期。
④ 袁可嘉：《诗的新方向》，《新路周刊》1948年第1期。
⑤ 王佐良：《一个中国新诗人》，《文学杂志》1947年第8期。

创作，其诗歌亦因"非中国"的现代主义倾向，而失去了相应的传播空间。穆旦在文学史上处于缺席状态。

二

1980 年代初，随着思想解放话语的展开，穆旦重新进入读者视野。不过，这一时期，他是作为"九叶派"诗人中的普通成员而被接受和阐释的，时间是 1980—1986 年。

其实，早在 1978 年，司马长风就在《中国新文学史》中对穆旦作了简要介绍，称其诗歌"意境清新，想象活泼，又善于用韵，因此累赘的散文外衣，阻不住他的情意飞翔。"认为《诗八首》虽为情诗，但风格独异，"把热爱浓情都化作迷离的形象"，令人回肠荡气①。该文学史以独特的体例和另类的述史话语，对当时大陆学界产生很大冲击，穆旦能重新进入读者视野与它的正面评述不无关系。

1980 年，《文艺研究》第 5 期刊发了艾青的《中国新诗六十年》，曰："在上海，以《诗创造》、《中国新诗》为中心，集合了一批对人生苦于思索的诗人：王辛笛，杭约赫（曹辛之）、穆旦、杜运燮、唐祈、唐湜、袁可嘉以及女诗人陈敬容、郑敏……等，他们接受了新诗的现实主义传统，采取了欧美现代派的表现技巧，刻划了经过战争大动乱之后的社会现象。"②显然，艾青是以新诗六十年历史为背景谈论他们的，给他们的定位是"接受了新诗的现实主义传统，采取了欧美现代派的表现技巧"。在当时，现实主义尚与无产阶级政治革命联系在一起，是作家革命身份的重要标志；而现代派则仍与政治腐朽、没落话语相关，所以艾青只能在技巧层面谈论穆旦等人与现代派的联系，将他们在本质上剥离于现代派。艾青对穆旦等人的定位——"新诗的现实主义传统"和"现代派的表现技巧"，为穆旦等诗人的出场提供了合法的话语依据，这是艾青该文的历史价值与意义，日后相当长时期内的文学史著述就是在现实主义和现代派技巧层面指认这批诗人的。

1981 年 7 月，江苏人民出版社出版了上述九位诗人的合集《九叶集》，

---

① 司马长风：《中国新文学史》（下卷），香港昭明出版社 1978 年版，第 227—228 页。
② 艾青：《中国新诗六十年》，《文艺研究》1980 年第 5 期。

赋予他们"九叶"称号。袁可嘉撰写的《九叶集·序》非常重要，它同样是为这批诗人的重新出场提供话语依据。他说："九位作者作为爱国的知识分子，站在人民的立场，向往民主自由，写出了一些忧时伤世、反映多方面生活和斗争的诗篇。"他们"反对颓废倾向"，虽然在艺术上吸收西方现代诗歌的某些手法，但"没有现代西方文艺家常有的那种唯美主义、自我中心主义和虚无主义情调"①。在政治上，赋予他们爱国主义的人民立场，艺术上则将他们与西方唯美主义、自我中心主义和虚无主义区别开来，强化他们重新出场的话语依据。如前所论，"九叶"这个称号后来受到不少人质疑，它确实不够准确，因为那批诗人远不止九位，但在当时却很重要，因为名正才能言顺，命名是进入文学史的关键一步。袁可嘉该文的最大贡献是为那批诗人进入文学史命名。《九叶集》按姓氏笔画顺序排列诗人，并没有突出穆旦的地位，但是借助《九叶集》穆旦开始为人们所熟悉，逐渐出现在一些评述文章中。

　　1981 年 11 月，以衡的《春风，又绿了九片叶子——读〈九叶集〉》，对"九叶"诗人的辩护更具体："他们共同的思想倾向是不满于国民党的黑暗统治反对内战。同时对共产党、对解放区怀着热烈的憧憬。他们的创作，应当说也是共产党领导下的国统区广大人民群众反内战反饥饿反迫害争民主运动的一个部分。""'九叶'诗人并没有染上西方资产阶级'先锋派'那种虚无主义与怀疑主义"，"没有采取西方现代派中不少人用'为艺术而艺术'来否定文学反映现实的职能的立场"，"只不过吸收了一部分现代诗歌的技巧"。②艾青和袁可嘉的观点、立场在他那里被进一步展开，明确九位诗人的身份是中国的"九叶"，是进步的、革命的"九叶"，不同于西方"虚无主义""怀疑主义"，他们不是"为艺术而艺术"的诗人，从而为"九叶"这一能指注入现实主义本质，讲述其被"重新发现"的依据。林真、骆寒超、严迪昌、杜运燮、王佐良等亦对"九叶"诗歌进行了论述。与新中国成立前相比，这一时期的言说者，不再仅限于穆旦的诗友、同学，言说载体也发生了变化，不再只是一些"很快就夭折的杂志"③，而是诸如

---

① 袁可嘉：《九叶集·序》，江苏人民出版社 1981 年版，第 3—5 页。
② 以衡：《春风，又绿了九片叶子——读〈九叶集〉》，《诗探索》1982 年第 1 期。
③ 王佐良：《一个中国新诗人》，《文学杂志》1947 年第 8 期。

《文艺研究》《文学评论》《诗探索》等主流刊物。

随着影响的不断扩大，穆旦作为"九叶派"的一员开始进入文学史著作。1983 年，许志英等编的《中国现代文学史简编》和 1984 年唐弢主编的《中国现代文学史简编》均专门谈到"九叶派"，专门提到穆旦。他们的观点基本上来自袁可嘉的《九叶集·序》，强调的是"九叶派"诗人忠于时代、忠于人民、反黑暗统治的爱国思想和现实主义精神，进一步将他们与西方现代派在实质上区别开来。九位诗人的排序均为辛笛、陈敬容、杜运燮、杭约赫、郑敏、唐祈、唐湜、袁可嘉、穆旦。它们叙述的重点是"九叶派"作为一个流派的总体特点，穆旦位列最后。1984 年年初，诗人公刘著文分述"九叶派"诗人，他最为欣赏的是唐祈，给予唐祈三分之一以上篇幅，原因是唐祈在政治上"旗帜鲜明地站在革命方面"，在九位诗人中"现实主义成分最多"；而穆旦所占篇幅最少，且被置于文末，因为穆旦"未必看清了人民的旗"，所以他"不怎么喜欢穆旦的诗"①。眼光决定了被看着的大小、色彩与顺序，这一时期，穆旦的独特性并未凸显，甚至被当时占主导地位的现实主义话语所湮没。

1980 年代初，穆旦及其诗友被"重新发现"，被讲述进文学史，是当时特定的思想文化语境所决定的。"文化大革命"结束后，伴随着思想解放思潮的发展，西方现代派作品被大量译介进来，为一些读者所阅读，而具有现代主义特点的"朦胧诗"也开始浮出水面，一定范围内被阅读评说，受到肯定，这些为具有现代主义特点的"九叶派"的出场一定程度上营造了舆论环境，培养了部分读者，为新的言说初步培育出一套相应的语码和话语修辞。然而，思想文化界毕竟刚刚"解冻"，不少人仍将现代派文学看成是资产阶级腐朽没落的产物，对"朦胧诗"仍主要持批判立场。对现代派这种矛盾性态度，决定了"九叶派"诗人虽能被重新发现，但对他们的阐释则只能在爱国主义、现实主义话语框架内进行，对他们的评说首先强调的也只能是其政治立场上的进步性与现实主义精神，现代主义只能是在"技巧"层面被指认，于是穆旦这位现代主义色彩极浓的诗人，便不可能在"九叶派"中脱颖而出，而只能作为流派中的普通成员进入文学史。

---

① 公刘：《〈九叶集〉的启示》，《花溪》1984 年第 6—8 期。

三

1980 年代中期以后，文学界对于穆旦的阐释发生了新的变化。诗人、学者不再仅仅把他作为"九叶派"的一员加以介绍，而是开始充分注意到其诗歌独特的现代主义话语品格与价值，凸显其新诗史地位，时间是 1986 年至 1993 年。

1986 年 1 月，人民文学出版社推出《穆旦诗选》，这是新中国成立后出版的第一本穆旦诗集，它表明穆旦独特的诗学话语和价值开始为人们所关注。1987 年 11 月，江苏人民出版社出版纪念文集《一个民族已经起来——怀念诗人、翻译家穆旦》，收录了这一阶段穆旦研究方面的代表作，其作者包括王佐良、袁可嘉、郑敏、杜运燮等穆旦当年的同学、诗友，以及蓝棣之、梁秉钧、王圣思等当代学者。1988 年 5 月 25 日，英国文学研究会和江苏人民出版社，在北京欧美同学会联合举办了"穆旦学术讨论会"，重新阐释穆旦的意义。邵燕祥在会上发言，从继承艺术经验角度，提出了"重新发现穆旦，重新认识穆旦"[①] 的命题。

这一时期关注的重点不再是穆旦诗歌思想的进步性与现实主义艺术倾向，而是努力揭示其个性化的诗学品格，尤其是其内在的现代主义意蕴，彰显其在新诗史上的地位。王佐良在《穆旦：由来与归宿》中认为，《诗八首》使爱情从一种欲望转变为思想，"这样的情诗在中国的漫长诗史上也是从未见过"，认为穆旦带着新的诗歌主题和新的诗歌语言，"到达中国诗坛的前区了"[②]。袁可嘉在《诗人穆旦的位置》中，则从新诗现代化建设高度指出："穆旦是站在 40 年代新诗潮的前列，他是名副其实的旗手之一。在抒情方式和语言艺术'现代化'的问题上，他比谁都做得彻底。""他就在 40 年代新诗现代化的前列。"[③] 他们强调了穆旦诗歌的现代主义特征及其在中国新诗史上的意义，凸显穆旦在文学史上的位置。

---

① 杜运燮等编：《丰富和丰富的痛苦——穆旦逝世 20 周年纪念文集》，北京师范大学出版社 1997 年版，第 35 页。

② 杜运燮等编：《一个民族已经起来——怀念诗人、翻译家穆旦》，江苏人民出版社 1987 年版，第 4—5 页。

③ 同上书，第 17—18 页。

1987 年，钱理群等著、上海文艺出版社出版的《中国现代文学三十年》在现代文学研究史上，具有划时代意义。它对于穆旦的叙述相对于上一阶段许志英、唐弢二人主编的现代文学史，有一个重要变化：那就是不仅将"九叶派"看成是 1940 年代最重要的诗歌流派，用 5 页的篇幅加以叙述；而且认为穆旦是"《九叶集》诗人中最具特色、成就也最高"的诗人，并以其中 1 页的篇幅对其进行专门介绍，这意味着穆旦的个体地位已经得到了权威文学史的承认。在具体谈到其诗歌艺术时，它一方面认为穆旦是"最接近西方现代派的"，另一方面又说："他仍然是我们中国民族的诗人：不管外在形式多么逼似西方现代派，骨子里的思想、感情，以至思维方式、情感表达方式和诗的意象都是东方式的。"①着意凸显穆旦那些现代主义诗歌的"民族性"。同一时期，富有代表性的研究成果也认为："穆旦的诗是最现代，最'西化'的，但发人深省的还在于：这种现代化、西化同时又表现为十分鲜明的现实性、中国性。"②可见，本时期关于穆旦诗歌的现代主义品格，是在充分肯定其时代性、人民性、战斗性，特别是民族性前提下，进行阐释的，行文中着意将他与西方现代派在本质上区别开来。

1990 年，上海文艺出版社出版了臧克家作序、孙党伯编选的《中国新文学大系（1937—1949）·诗卷》，收录穆旦的《在寒冷的腊月的夜里》《诗八章》《自然底梦》《赞美》《旗》等 5 首诗歌，数目上与"九叶派"诗人中辛笛、陈敬容二人相等，而多于其他六位诗人。《中国新文学大系》是对新文学运动各个时期的创作、理论地系统总结，追求经典性，具有较大的权威性，是鲜活的文学史，它收入穆旦 5 首诗歌，将他从"九叶派"诗人中凸显出来，无疑是对其新诗史地位的肯定。

四

1990 年代以后，随着研究的不断深入，穆旦在新诗史上的地位得到进一步巩固和提高，并被逐步"经典化"，时间是 1993 年至今。

1993 年 6 月，时代文艺出版社推出谢冕主编的"二十世纪中国文学丛书"，其中谢冕的《新世纪的太阳——20 世纪中国诗潮论》，在谈到 1940

---

① 钱理群等：《中国现代文学三十年》，上海文艺出版社 1987 年版，第 528—529 页。
② 李怡：《黄昏里那道夺目的闪电》，《中国现代文学研究丛刊》1989 年第 4 期。

年代中国现代主义诗潮时指出，"他是四十年代重新萌发的中国现代诗的一面旗帜"，认为穆旦的现代主义诗歌创作"无疑有着重大的历史价值。中国新诗的现代运动将永远'默念这可敬的小小坟场'"①。"二十世纪中国文学丛书"是一套以20世纪文学为单位，试图对这一百年的文学进行总体性观照的丛书。谢冕将穆旦放在整个20世纪中国现代主义诗潮的背景上进行论述，给予他"旗帜"的评价，而且把他与"新诗的现代化"运动相联系，这无疑是对其文学史地位的充分肯定，开始将其"经典化"。

　　1994年出版的《二十世纪中国文学大师文库·诗歌卷》，定位"大师"文库，且以20世纪为时段，那该选本是如何遴选诗人作品呢？编者思路非常清晰，即以"诗歌文学的审美价值及对诗史的影响"为评价标准②，在这一标准下，他们将穆旦置于20世纪中国各派诗人之首。其实，"审美价值"和"对诗史的影响"，并不是一个能够完全统一起来的标准，在穆旦那里就不成正比，以这两个标准为依据将穆旦列为20世纪诗人之首，是没有说服力的。况且，诗人各有特点，伟大的艺术家、真正的艺术作品，是无法排座次的。不过话说回来，将穆旦列为新诗人之首，表明在编者眼中穆旦是最伟大的诗人，该选本在客观上推进了穆旦的经典化进程。1996年，李方主编的《穆旦诗全集》被列为《二十世纪桂冠诗丛》中的一辑出版，谢冕在诗集序言中指出，穆旦是"最能代表本世纪下半叶——从他出现以至于今——中国诗歌精神的经典性人物"③，明确地称其为"经典性人物"。1997年，谢冕、钱理群主编的《百年中国文学经典》丛书，收入穆旦诗歌《赞美》《诗八首》《冬》《停电之后》等，将它们称为中国百年"文学经典"。这样，穆旦不仅被叙述进了文学史，而且变成了"经典"性人物，也就是永远"不朽"的存在。

　　与经典化话语相呼应，1998年钱理群等撰写的《中国现代文学三十年》（修订本），由北京大学出版社出版，它进一步提高、强化穆旦在文学

① 谢冕：《新世纪的太阳——二十世纪中国诗潮论》，时代文艺出版社1993年版，第223—229页。
② 张同道、戴定南主编：《二十世纪中国文学大师文库·诗歌卷·序》，海南出版社1994年版，第3页。
③ 李方主编：《穆旦诗全集·序》，中国文学出版社1996年版，第23页。

史上的经典地位。1987年的初版本称穆旦等诗人为"《九叶集》派",而修订本则以"中国新诗派"取而代之。新命名显然与该派1948年创办的《中国新诗》月刊相关,但更表明他们不满于"《九叶集》派"这种临时性称谓,而是努力返回历史现场,在"中国新诗"建构的高度言说他们,赋予他们"中国新诗"代表者身份;与此同时,修订本开始将穆旦的名字放在一节的标题中,并用3页的篇幅加大叙述。它不再纠缠于穆旦是否属于现代派的问题,也不再着意以时代性、人民性、民族性(虽仍承认他具有民族性)等话语为穆旦进行身份辩护,而是将其置于中国诗歌现代化历程中考察,强调他对于民族传统诗学话语的"反叛性""异质性",而不是初版本所讲的"继承性";剔除了初版本文学史叙述中那种政治意识形态因素,主要是在诗学层面谈论穆旦,肯定他对于中国诗歌自身发展的贡献:"穆旦不仅在诗的思维、诗的艺术现代化,而且在诗的语言的现代化方面,都跨出了在现代新诗史上具有决定意义的一步,从而成为'中国诗歌现代化'历程中的一个带有标志性的诗人。"① 至此,穆旦被文学史正式升格成为中国诗歌现代化过程中的"标志性诗人",也就是剔除政治因素后真正文学审美意义上的经典性诗人。

与此同时,本期出版的各种文学史、新诗史著作都以重要篇幅介绍穆旦,如1999年洪子诚主编的《中国当代文学史》,将"穆旦最后的诗"作为一节,专门予以介绍;2000年程光炜等主编的《中国现代文学史》出版,穆旦的名字出现在一章的标题中,并用一节的篇幅进行评述,认为他身上显示了"现代主义诗歌的高度成熟"。② 较之上一时期,这些文学史著作包括一些评论文章,对于穆旦的阐释,更多的是从总结新诗发展经验,从新诗自身现代化建设出发的,没有纠缠于是否属于现代派、是否具有民族性这类具有浓厚政治意识形态色彩的问题,而是不约而同地在"纯文学"意义上赋予其经典性地位。

对于穆旦"经典化"现象,我们应持一种冷静的反思态度。穆旦由默默无闻变为"经典",是一次重要的文学事件,是当代文化、文学话语在文

---

① 钱理群等:《中国现代文学三十年(修订本)》,北京大学出版社1998年版,第587—588页。

② 程光炜等主编:《中国现代文学史》,中国人民大学出版社2000年版,第333页。

学史叙述中的体现。它一方面表明 1980 年代以来的文化思潮、文学阅读语境与穆旦诗歌之间存在一种内在的默契，知识分子从穆旦诗歌那里获得了一种言说角度，一种自我情绪、思想释放的途径，穆旦与他们之间构成一种互证关系，重新发现穆旦某种意义上是这个时代的自我辩护，穆旦诗歌那特有的站在中国土地上以中国为立场和目的而又西化的文学主题和抒情方式，提示、印证了这个时代所崇尚的中西文学融通道路的合理性。另一方面，中国新诗到 20 世纪末已有近百年的历史，虽然涌现出大量诗人，诗作更是无以数计，但对它的指责从未间断过，甚至它的合法性在 1990 年代也受到许多人质疑，正是在如此情形下，一些新诗维护者、研究者为给新诗正名，便努力寻找代表性诗人，而他们对多年来文学史所公认的"经典"诗人又不满意，因为在他们看来既有的"经典"诗人的文学史书写过程中渗透了许多非文学性因素，于是他们以百年诗歌发展为视野，站在审美的立场，尽可能地从诗歌本体角度重新盘点新诗，找寻新诗的代表者，正是在如此情形下，他们不约而同地发现了穆旦，共同完成了对于穆旦的书写，将穆旦经典化。这是一场文学史事件，是世纪交替时历史的必然现象，诗歌研究者完成了他们对于一个世纪诗歌的历史性总结，令人敬佩。

　　然而，从历史经验看，文学经典化是一个与时间相关的非常复杂的现象，同时代作家以及稍晚的批评者的言说固然非常重要，但并非决定性因素。穆旦"经典化"事件存在的主要问题是时间短，言说者与穆旦之间没有足够的距离，加之为百年新诗寻找杰出代表者的现实使命，使得认同成为言说的话语前提，反思性话语被抑制；而且，参与者圈子过小，基本上没有超出文学界，且主要是穆旦的诗友和文学史研究专家，多为大学教授，这样，他们的话语代表性便值得怀疑。众所周知，文学史上真正经典性作家，能为大多数读书人所接受，而穆旦实际上只是在极少数知识分子中受推崇，尚不能称为经典诗人。文学经典并非少数专家所能决定，它的尺度掌握在多数读者手中。①

---

① 与纪海龙合作。

第十二章

选、评与新诗发展建构

——以《新诗年选（一九一九年）》为个案的考察

选诗、评诗是诗歌接受的主要方式，更是中国新诗接受史上相当普遍而重要的现象。对现代新诗的选、评与对古典诗歌的选、评不同，古典诗歌是一种客观存在的史实，一种文学历史文本，如何选、评古典诗歌不会影响其史实存在本身，只是体现为后来读者对它的态度和认识，并进而影响更多的读者对它的阅读接受，影响它在后来读者心中的形象；而如何选、评新诗则不同，从 1920 年代始，新诗批评、新诗选本是正在延展的新诗史上的重要现象，与新诗探索、创作发展与建构紧密地联系在一起。选、评新诗既是评说新诗既有成就，又是对现代诗学的归纳与总结，更是体现为对新诗未来发展的想象与引领，是推进新诗创作发展的重要举措。选、评新诗与新诗发展建构之间的动态关系，是新诗阅读接受反馈影响新诗创作发展的重要表现。本章将以《新诗年选（一九一九年）》为个案，对新诗阅读接受与新诗发展建构关系作具体考察、研究。

新诗发生于 1917 年前后，到 1922 年已有五六年的历史，这期间胡适、周作人、刘半农、沈尹默、俞平伯、郭沫若等在创作和理论上积极拓荒耕耘，《新青年》《新潮》《少年中国》《晨报副刊》《学灯》等报纸杂志不断推出新诗作品和理论文章，白话是否可以为诗的问题解决了，白话自由体诗歌获得了存在的合法性；然而，新诗如何进一步发展的问题，也不断凸显出来，诸如新诗应追求怎样的内外在诗美品格，应置重怎样的写作方法，在自觉借鉴外国诗歌经验的同时应如何处理与民族传统诗歌的关系等。

1922 年，上海亚东图书馆出版了北社编辑的《新诗年选（一九一九年）》，朱自清后来认为，《新诗年选（一九一九年）》之前出版的两个选本即《新诗集（第一编）》、《分类白话诗选》，"大约只是杂凑而成，说不上'选'字；难怪当时没人提及"，相比而言，《新诗年选（一九一九年）》"就像样得多了"①；阿英也曾说："中国新诗之有年选，迄今日为止，也可谓始于此，终于此。"② 那他们为何如此看重该选本？换言之，《新诗年选（一九一九年）》是如何选诗乃至评诗的，其选、评体现出怎样的诗学主张和立场？它们对于解决当时诗坛问题和推进新诗发展的价值、意义何在？

第一节　选评原则

《新诗年选（一九一九年）》是北社编辑的，北社成立于 1920 年，是一个热衷于新诗事业的同人团体，其成员由诗人和读者构成，他们读诗、写诗，不断思考新诗发展建构问题，并以孔子删诗典故相激励，编选新诗，"以饷同好"③。古今中外的选家，费尽心力编选集子，或为后世留存经典，或为当下读者提供阅读范文，或为学校提供教材；北社的意愿很明确，就是与关心新诗创作的同人们分享新诗作品，为同人们欣赏乃至创作新诗提供可资借鉴的文本，目的不是要遴选流传百世的经典，而是以选本展示几年来的创作实绩，继往以开来，促进新诗自身建构与发展。

他们是如何围绕这一目的编选新诗的呢？1917—1919 年新诗人很多，诗歌数量很大，各种倾向的作品都有，艺术上鱼目混珠。如何汰选作品对于编选者来说是一个问题，《新诗年选（一九一九年）》从自己的目的出发，"折衷于主观与客观之间，又略取兼收并蓄。凡其诗内容为我们赞许的，虽艺术稍次点也收；其不为我们所赞许，而艺术特好的也收"④。这是他们的选诗原则，意思很明白，即不管是写实主义、浪漫主义，还是象征

---

① 朱自清：《中国新文学大系·诗集·选诗杂记》，上海良友图书印刷公司 1936 年版，第 15 页。
② 阿英：《中国新文学大系·史料索引》，上海良友图书印刷公司 1936 年版，第 301 页。
③ 北社编：《新诗年选（一九一九年）·弁言》，上海亚东图书馆 1922 年版，第 1 页。
④ 同上书，第 2 页。

主义的诗歌；不管是抒情的，还是叙事的作品；不管西化的，还是传统的；取折中、兼容的态度，均收入。所以，选集里有象征主义的《小河》，有浪漫主义的《天狗》，有写实主义的《湖南的路上》，有说理诗《你莫忘记》，有叙事诗《卖萝卜的》，有抒情诗《新月与白云》，等等，体现、张扬了一种开放多元的精神。在诗歌取舍上，内容特好艺术稍次点和艺术特好内容不为他们所赞许的作品都收录，这表明他们并不是完全从是否优秀的角度遴选作品，意味着有些作品虽然艺术上不够成熟，但如果代表了一种新的探索发展趋势，具有某种开创性、生长性，那也选入，以鼓励多重创作倾向自由竞争、发展。

　　作品能否收入选本，对于作者意义很大，1920 年代初新诗还处在起步发展期，稳定、发展作者队伍很重要。《新诗年选（一九一九年）》在编选作品时无疑考虑到这一问题："对于其著者不大作诗的选得稍宽；对于常作诗的选得严；其有集子行世的选得更严。"[①] 因人而异，对常写诗的、出版了集子的作者选择标准严，对不大作诗的则宽。全书收录了 41 位诗人的 89 首诗歌（包括附录胡适的 7 首诗），覆盖面很大，既有胡适、沈尹默、周作人、康白情、郭沫若、刘复这些新诗弄潮儿的诗作，也有卜生、五、余捷、寒星、陆友白这类名不见经传的作者的作品。它既是对那几年新诗整体风貌的展示，更是试图以选本稳定、建立新诗创作队伍，以选本鼓励作者们发扬个性，自由创作。

　　选本不以遴选精品为目的，那入选作品的整体水平究竟如何呢？怎样排列它们呢？对于习惯于排座次论英雄的国人来说，这是一个颇为敏感的尊严问题，但《新诗年选（一九一九年）》编者考虑更多的还是新诗自身的发展问题。"凡选入的诗都认为在水平线以上，不加次第（却不是说凡没选的都不在水平线以上）人名以笔画繁简为序，诗以年月先后为序。"[②] 这段话包含几层意思：一是肯定所有入选作品在水平线以上，就是以言语褒奖入选诗人，鼓励他们继续努力，创作出更多高水平诗歌，同时告诉读者和新诗作者这些诗作可以作为阅读范本和创作时体味与借鉴的样本，即表明经过几年的实验探索，新诗终于有了可以借鉴的对象了；二是说明入选

①　北社编：《新诗年选（一九一九年）·弁言》，上海亚东图书馆 1922 年版，第 2 页。
②　同上。

诗人先后位置是以笔画繁简为序，而不是以成就大小为依据排列，既是告诉入选诗人不要纠结于先后排序，排列在后并不意味着水平低，同时也表明新诗坛不是只有几首优秀诗作，而是出现了一批艺术水准较高的作品，表明他们也无意过于凸显少数诗人及其作品，旨在鼓励不同创作倾向的诗人平等竞争；三是特别说明没有入选的作品不意味着艺术水准不高，所以那些落选诗人不要因此气馁，而是应无顾虑地继续从事白话新诗创作。

《新诗年选（一九一九年）》编者的主体意识鲜明，在编选中，不断彰显自己的诗学观，不断发出声音："为便于同好的观摩起见，偶有删节的地方，对于原著者不能不道歉！但改写却是没有的；我们也不敢，除非印刷上有错落。"① 他们虽鼓励艺术上多元发展，虽然说"道歉""不敢"，但还是大胆地为"同好"而"删节"诗歌，删节的标准自然是他们自己的，而不是"同好"的，这其实某种程度上是对作者和"同好"的不够尊重。何以如此为之？我以为其目的是试图以删节诗歌彰显诗学立场与主张，以引导新诗坛的发展。他们不只是借删节诗歌的方式发出声音，更主要的则是以批评话语表述自己的诗学观，"偶有批评，只发表读者个人的印象，不强人以从同。本社同人也不负共同的责任；但相对的责任却是敢负的。"② 这段话看似柔和，实则强硬，立场鲜明，就是要借批评负相对的责任。如何批评呢？《新诗年选（一九一九年）》诗后时有评语、按语，按语署名编者，据考证编者是"康白情以及应修人等一批年轻的新诗人"③；评语署名愚菴、粟如、溟泠、飞鸿等四位，其中愚菴点评最多，特点最突出，最具代表性，据考察愚菴"当是康白情先生"④，其他三位则"大概是参与编选的湖畔社诗人"⑤，编评者是同一批人，即新潮社的康白情和湖畔诗社的应修人等。他们是"五四"诗歌的参与者、创作者，对新诗有较为深刻的理解，对新诗坛状况非常熟悉，对感兴趣的诗歌予以点评，旨在张扬那些诗歌所包蕴的诗歌美学，阐扬、鼓励某种创作倾向，回答新诗发展所面临的

---

① 北社编：《新诗年选（一九一九年）·弁言》，上海亚东图书馆 1922 年版，第 3 页。
② 同上。
③ 姜涛：《"选本"之中的读者眼光》，《江汉大学学报》（社会科学版）2005 年第 3 期。
④ 《中国新文学大系·诗集·选诗杂记》，上海良友图书印刷公司 1935 年版，第 15 页。
⑤ 姜涛：《"选本"之中的读者眼光》，《江汉大学学报》（社会科学版）2005 年第 3 期。

问题。选与评相结合，批评阐发、揭示所选诗歌内在的价值与意义，诗作则印证点评，二者相得益彰，形成一种合力，从而负"相对的责任"。

总之，《新诗年选（一九一九年）》的编选原则、策略是与对新诗发展问题的思考联系在一起的，目的性很明确，就是以之选诗、评诗，张扬诗学主张与立场，解答新诗坛所面临的问题，以引领新诗创作走出困境，继续发展。

第二节　编选体例

编选新诗集，在 20 年代初是一个与现代诗学建构、创作走向等密切相关的问题。选哪些诗人的诗作，不选哪些诗人的诗作，涉及对新诗的总体认知与评价；如何编排选取的诗歌，涉及的也是诗歌评价的标准问题。在《新诗年选（一九一九年）》之前的《新诗集（第一编）》开分类选诗、排诗之先河，建构起白话新诗选本的最初模式。它将新诗分为四类——写实、写景、写意和写情。《吾们为什么要印新诗集？》对四类诗如此定义：写实类"都是描摹社会上种种现象"；写景类"都是描摹自然界种种景色"；写意类"都是含蓄很正确，很高尚的思想"；写情类"都是表抒那很优美，很纯洁的情感"。[①] 如此分类编列，不只是为了让读者"翻阅便利"[②]，而其中实则包含着一种正面的诗歌价值判断："新诗的价值，有几层可以包括他"，那就是"（1）合乎自然的音节，没有规律的束缚；（2）描写自然界和社会上各种真实的现象；（3）发表各个人正确的思想，没有'因词害意'的弊病；（4）表抒各个人优美的情感"。[③] 后三点对应的就是写景、写实、写意和写情，如此看来，《新诗集（第一编）》是以"新诗的价值"为尺度编排新诗的，分类的编选体例体现乃至彰显了编者对新诗价值的总体认知。后来许德邻的《分类白话诗选》步武了《新诗集（第一编）》的分类体例，"至于分门别类的编制，原不是我的初心。因为热心提倡新诗的诸君子，却

---

① 《新诗集·第一编·吾们为什么要印新诗集？》，上海新诗社出版部 1920 年版，第 3 页。
② 同上书，第 2 页。
③ 同上书，第 1 页。

好有这一个模范，我就学着步武，表示我'同声相应'的诚意"。①

那么，这种分类编诗的方法、体例是否科学，它所彰显的诗学观念是否有利于新诗发展？从两个选本看，它们确实相当程度上囊括了最初几年的新诗，给人以简洁明快之感；但问题也很突出。一是这四类并不能涵括所有的作品，致使有些诗歌只能编入与自己特征不相符的类别中，例如周作人的《小河》是一首象征主义作品，在《新诗集（第一编）》中却收入写景类，这是一种误读；《两个扫雪的人》也属于象征主义倾向的诗歌，在两个选本中都被收入写实类，这不仅与对新诗的理解相关，恐怕更与四类本身的局限有关。二是一些诗歌具有多重特征，诸如写实写意无法绝然分开、写景抒情合二为一的特点等，对它们进行分类很困难，强行归入某类则对读者阅读理解是一种误导，如《一念》《威权》《耕牛》《四月二十五日夜》《鸡鸣》《爱情》等10首诗歌同时入选了两个选本，却被归入不同的类别中，细究起来都有道理，出现如此情形显然不是编者鉴赏眼光问题，而是很多诗有多重特点，可以归入不同类别。三是分类编列体例，将四类诗歌作为范本加以肯定，特别张扬写实、说理诗歌，这在"五四"语境中有其合理性；但从诗歌层面看则存在着隐患：首先，它在以题材分类诗歌的时候表现出鲜明的价值判断，容易导致以题材取舍作品，以题材决定诗歌的优劣，陷入题材决定论的误区；其次，它在高扬写实、写景、写意和写情的同时，对不能纳入这几类创作倾向与风格的作品是一种压制，譬如象征主义、表现主义等创作思潮自然会被压抑，这样无形中便压缩了新诗探索的空间，限制了新诗的自由发展，与"五四"张扬个性、自由发展的精神相违背；最后，容易导致诗人和读者对诗性问题的忽视，对于诗人来说，诗意、诗性才是创作中应自觉追求的东西，至于写什么并不是关键问题。

上述《新诗集（一九一九年）》《分类白话诗选》分类编选诗歌所置重的写实、抒情、说理等观念，是"五四"初期诗坛所张扬的正面理念。陈独秀在《文学革命论》中倡导"平易的抒情的国民文学""新鲜的立诚的

---

① 许德邻：《白话诗选·自序》，上海崇文书局1920年版，第4页。

写实文学""明了的通俗的社会文学"①；胡适在《谈新诗》中说："就是写景的诗，也须有解放了的诗体，方才可以有写实的描写"②，认为"凡是好诗，都是具体的；越偏向具体的，越有诗意诗味"③。写实说理成为一种普遍现象，成为早期白话诗歌的共同特点，关注现实为人生是其优点；但另一方面又过于粘连于现实，缺乏想象，平铺直叙，以至于诗意不足。

正是在这样的语境下，《新诗年选（一九一九年）》反思并突破了分类编选的体例，以笔画繁简和发表年月先后为序编录诗人诗作，这种突破是以相应的诗学观念为基础的："我们觉得诗是很不容易分类的。"④ 这句话看似平淡，其实强调了"诗"的特点与独立性。分类是阅读后的行为，是一种判断，《新诗年选（一九一九年）》以诗人为单位收录诗歌，不分类，也就是没有替读者做类型判断，对读者是一种尊重；不分类，给所有风格的作品收录的机会，特别是给那些无法归入四类的其他倾向的作品以机会，能更完整地展示初期诗歌面貌与成绩；不分类，破除了先在的价值判断与引导，也就是消除了分类对于诗人创作探索的无形压制，给新诗实验以更大的自由度，对不同倾向的诗歌探索是一种解放与激励，展现的是一个更为开阔的创作空间；不分类，意味着对新诗评价标准的反思，即反对潜在的题材决定论，要求回到诗性维度上评说诗歌，衡量诗歌的优劣，从诗性维度上规范新诗创作方向。

纵观新诗选本史，《新诗年选（一九一九年）》之后，很少再有选本以写实、写景、写意和写情分类选诗了，最初分类编诗的模式被突破，"分类白话诗选"所体现的诗学原则被扬弃，新诗创作也逐渐摆脱了写实、说理的束缚，走出了平铺直叙的创作范式，浪漫主义尤其是象征主义等新倾向的诗歌获得了生存的合法空间，得到了较为充分的发展。所以，从新诗发展史的角度看，《新诗年选（一九一九年）》对于改变早期新诗创作过于粘连于现实的倾向，对于推进白话新诗以诗美为中心的多元发展，具有重要

---

① 陈独秀：《文学革命论》，载《中国新文学大系·建设理论集》，上海良友图书印刷公司1935年版，第44页。

② 胡适：《谈新诗》，载《中国新文学大系·建设理论集》，上海良友图书印刷公司1935年版，第297页。

③ 同上书，第308页。

④ 北社编：《新诗年选（一九一九年）·弁言》，上海亚东图书馆1922年版，第1页。

的价值与意义。

第三节　编评取向

初期白话诗人大都是外国诗歌译者，他们以创作的态度翻译诗歌，且心安理得地将译诗看成是自己的作品。周作人曾谈到希腊诗歌翻译问题，认为"口语作诗，不能用五七言，也不必定要押韵；止要照呼吸的长短作句便好。现在所译的歌，就用此法，且来试试；这就是我的所谓'自由诗'"。① 他将翻译视为创作，将译诗看成自己的新诗。胡适也是一边实验白话新诗，一边译诗，《新青年》4 卷 4 号刊发了他的译诗《老洛伯》，6 卷 3 号发表了他翻译的美国诗人 S. Teasdale 的 Over the Roofs，译为《关不住了》。在《尝试集·再版自序》中，他将包括这两首译诗在内的十四首诗称为自己的"白话新诗"，并说"《关不住了》一首是我的'新诗'成立的纪元"②。译诗等于创作是初期白话诗坛的共识，以至于最初的两本志在展示白话新诗创作成就的选本毫不犹豫地大量收录译诗。《新诗集（第一编）》是中国第一部新诗选集，收录了吴统续翻译的《罗威尔（Lowell）的诗》、孙祖宏翻译 Southey 的《穷人的怨恨》、王统照翻译 Helen Uneer wood Hoyt 的《山居》、郭沫若翻译 W. Whitmau 的《从那滚滚大洋的群众里》，以及王统照翻译的《荫》等诗歌。稍晚出版的《分类白话诗选》收录译诗更多，如郭沫若翻译歌德的《暮色垂空》《感情之万能》，刘半农翻译泰戈尔的《海滨》，田汉翻译吕斯璧的《一个大工业中心地》《最后的请愿》《骂教会》，吴统续翻译的《罗威尔（Lowell）的诗》，孙祖宏翻译 Southey 的《穷人的怨恨》，黄仲苏翻译的《太戈尔的诗六首》、《太戈尔诗十六首》，S. Z 翻译 S. M. Hagemen 的《不过》、C. Swain 的《赠君蔷薇》和 A. Webster 的《两个女子》，胡适翻译 S. Teasdale 的《关不住了》，蔚南翻译泰戈尔的《云与波》，胡适翻译莪默·伽亚谟的《希望》等，总共竟达 36 首，极为醒目。

---

① 周作人：《古诗今译》，《新青年》1918 年第 4 卷第 2 号。

② 胡适：《尝试集·再版自序》，载《中国新文学大系·建设理论集》，上海良友图书印刷公司 1935 年版，第 315 页。

　　将译诗视为自己的白话新诗作品，笔者想主要原因，一是以诗歌是不能翻译的观念为认识前提，将翻译看作创作，也就是高度肯定译者的创造性劳动；二是以外国诗歌尤其是西洋诗歌支持中国的白话新诗运动，赋予中国的诗歌革命和白话新诗创作以世界潮流性、进步性，也就是赋予中国白话新诗存在的合法性。然而，这样的认识，也存在着隐患，那就是表面上是将外国译诗看成中国诗歌，甚至不惜冒侵犯版权之名，但事实上因为是借外国诗歌以证明中国新诗革命的合法性，拉大旗作虎皮，所以实际上暗含着中国白话新诗的不自信，其隐患就是肯定那时中国诗歌一味地去民族化倾向，忘记自己还有几千年悠久的诗歌传统，肯定那时诗坛盲目地向国外诗歌学习的倾向，其结果将是使白话新诗逐渐失去民族诗歌个性，失去民族文化神韵。

　　《新诗年选（一九一九年）》问世于如此诗坛背景，针对上述情况，其编辑思路相比于《新诗集（一九一九年）》和《分类白话诗选》作了相应的调整，呈现出两大特点。一是只选 1919 年及其前几年中国白话诗人自己原创的新诗，不收录译诗。这一现象只有与此前两个选本相对照，放在当时极度重视外国诗歌的诗坛语境中才能认识到其重要性，即它昭示了编者对诗坛将译诗视为创作之观念的不满，对胡适将《关不住了》视为自己新诗成立的纪元的不认可，昭示了编者心中新的诗学观念即中国新诗只能是中国诗人自己原创的作品，只能是以深切的中国经验、中国感受写作的反映中国主体生活与情绪的作品。所以，该选本特别青睐那些具有中国独特标志性的文本，例如俍工的《湖南的路上》、五的《游京都圆山公园》、胡适的《你莫忘记》、康白情的《暮登泰山西望》、罗家伦的《天安门前的冬夜》等诗歌。换言之，《新诗年选（一九一九年）》自觉地以选什么不选什么的方式，纠正了当时诗坛流行的视译诗为新诗的诗歌观念，引导白话新诗写作回到了民族原创的轨道。

　　二是针对当时诗坛一味西化、不重视中国传统旧诗的普遍现象，《新诗年选（一九一九年）》以点评形式，突出了旧诗对于新诗创作发展的价值与意义。胡适曾认为新潮社的康白情等都是"从词曲里变化出来的，故他们初做的新诗都带着词或曲的意味音节"①。传统词曲功底深厚是他们创作新诗、看重旧诗的基础。《新诗年选(一九一九年)·弁言》曰:"自从孔子删诗,为诗选之祖,而我们得从二千年后,读其诗想见二千年前的社会情形。中国新文学自五四运动后而大昌,凡一切制度文物都得要随世界潮流激变;今人要采风,后人要考古,都有赖乎征诗。"② 这是以孔子删诗结集的典故说明他们编选新诗集的必要性与目的。

以什么方式置重旧诗呢?《新诗年选(一九一九年)》的主要做法是以旧诗为视角审视新诗,以旧诗为标杆谈论新诗成就,旧诗是他们言说的主要资源,也是他们品评作品成绩的重要尺度。溟泠点评傅斯年的《嗐们一伙儿》时说,"《九歌》里有两句说,'春兰兮秋菊,长无绝兮终古',可以说异曲而同工。"③ 这是以旧诗抬高新诗。愚菴称誉玄庐的《忙煞!苦煞!快活煞!》时认为它"带乐府调子"④;而《想》则有《诗经》的特点,认为"读明白《周南》的《芣苢》,就认得这首诗的好处了"⑤。提醒读者从乐府、《诗经》角度理解这些新诗作品。康白情的诗歌收录了《草儿在前》《女工之歌》《暮登泰山西望》《日观峰看浴日》4首,愚菴认为:"康白情的诗温柔敦厚,大概得力于《诗经》。其在艺术上传统的成分最多,所以最容易成风气。"⑥ 这里说得非常清楚,认为其艺术上中国传统成分最多,且有《诗经》温柔敦厚风格,喜爱之情溢于言表。在他们眼中,"凡选入的诗都认为在水平线以上"⑦,就是说《想》《草儿在前》这些作品在水平线以上,收录它们,其实是肯定白话新诗创作的《诗经》路线,肯定传统温柔敦厚美学对于新诗写作的正面价值。胡适曾主张新诗创作向词学习,以词为重要借鉴对象,愚菴在点评俞平伯的《风的话》等诗时说:"俞平伯的诗

---

① 胡适:《谈新诗》,载《中国新文学大系·建设理论集》,上海良友图书印刷公司1935年版,第301页。

② 北社编:《新诗年选(一九一九年)·弁言》,上海亚东图书馆1922年版,第1页。

③ 北社编:《新诗年选(一九一九年)》,上海亚东图书馆1922年版,第190页。

④ 同上书,第31页。

⑤ 同上书,第29页。

⑥ 同上书,第154—155页。

⑦ 北社编:《新诗年选(一九一九年)·弁言》,上海亚东图书馆1922年版,第2页。

旖旎缠绵，大概得力于词。"① 这是对胡适之观念的呼应，对词于新诗创作借鉴价值的承认，同时也是对旖旎缠绵风格的肯定。愚菴也许受胡适影响，特别认可沈尹默的《三弦》。胡适曾说："新体诗中也有用旧体诗词的音节方法来做的。最有功效的例是沈尹默君的'三弦'"，"这首诗从见解意境上和音节上看来，都可算是新诗中一首最完全的诗。"② 愚菴如此点评《三弦》："这首诗最艺术的地方，在'旁边有一段低低的土墙，挡住了个弹三弦的人，却不能隔断那三弦鼓荡的声浪'一句里的音节。三十二个字里有两个重唇音的双声，十一个舌头音的双声，八个元韵的叠韵，五个阳韵的叠韵，错综成文，读来直像三弦鼓荡的一样。据说'低低的'三个字是有意用的。"③ 这明显受到了胡适的影响，肯定了旧诗双声叠韵方法对于新诗和谐音节的价值与意义，选录并高度评价《三弦》的音节艺术，就是肯定、倡导向旧诗学习，以之作为新诗实验探索的重要路径。

一方面不收录外国诗歌；另一方面以中国传统诗歌为视野阅读早期白话新诗，从旧诗艺术角度肯定新诗成就，体现了《新诗年选（一九一九年）》编者当时的良苦用心，即向那时诗坛同人、新诗作者和广大读者表明中国现代白话诗创作不能一味地西化，不能偏执地以西方诗歌为衡量中国新诗水准的尺度，应高度重视民族诗歌传统，自信地从几千年民族诗歌智库中获取资源。对译诗和民族传统诗歌的这种态度，不仅有助于读者和诗人走出中外诗歌关系认识上的误区，帮助新诗坛建立自信心；从诗歌史的角度看，对民族传统诗歌的置重，作为一种正面价值回荡在新诗天际，1930年代戴望舒、林庚、废名等对旧诗经验的重视和化用与之不无关系，甚至可以说一个世纪以来新诗理论探索与创作实践始终没有真正切断与传统诗歌的关系，与《新诗年选（一九一九年）》所开创的重视旧诗的传统有着深刻的关系。

---

① 北社编：《新诗年选（一九一九年）》，上海亚东图书馆1922年版，第109页。
② 胡适：《谈新诗》，载《中国新文学大系·建设理论集》，上海良友图书印刷公司1935年版，第303页。
③ 北社编：《新诗年选（一九一九年）》，上海亚东图书馆1922年版，第54页。

第四节　新诗发展观

经过几年的实验探索，白话是否可以为诗的问题解决后，新诗自身建构与发展问题，诸如新诗应具有怎样的内在品格，书写与表达怎样的情怀，以什么方法写诗，新诗应具有怎样的审美风格等，作为核心问题摆在了诗人面前。《新诗年选（一九一九年）》编者通过编评新诗，回答了这些问题。在他们看来，新诗应具有 20 世纪气度，书写与彰显人类现代文明，以之为内在品格。现代文明的代表者何在？愚菴在评胡适的《上山》时写道："适之的诗，形式上已自成一格，而意境大带美国风。美国风是什么？就是看来毫不用心，而自具一种有以异乎人的美。近代人过于深思，其反动为不假思索。美国文明自是时代的精神。"① 在他看来，"美国风"具有独特的美，美国文明就是 20 世纪现代文明，胡适的《上山》意境上大带"美国风"，表现了美国文明即现代文明，所以精神风骨上属于 20 世纪品格的诗歌，白话新诗在情感空间建构上，应走《上山》的路线，张扬现代自我超越意识。

新旧文明的一个重要区别，体现在对女性的态度上。传统中国是一个典型的男权社会，女性是男子的附属品，中国旧诗表达的主要是男性的喜怒哀乐，对女性的歌吟、欣赏随着历史的演变，自《诗经》以降少之又少。现代文明是一种尊重女性、欣赏女性的文明，因此 20 世纪新诗应该是一种关注女性生存、欣赏女性美的诗歌，这是《新诗年选（一九一九年）》编者的共识，愚菴借评傅彦长的《回想》《女神》将这种观念表达得淋漓尽致。在他看来，文艺复兴以后的文明，就是希腊文明的近代化，而"希腊文明的菁华在性的道德少拘束，而于物质美上尤注重裸体美"②。光明磊落地鉴赏人体，不遮掩，不猥亵，不以虚伪的伦理道德束缚人的自然美，这是一种绝对不同于中国传统男女授受不亲观念的美学态度。他以此审视当时中国思想文化界，发现"近几年来的新文化运动，尽管以中国文艺复兴

---

① 北社编：《新诗年选（一九一九年）》，上海亚东图书馆 1922 年版，第 130—131 页。
② 同上书，第 182 页。

相标榜，却孜孜于求文字枝节的西方化而忽略西洋文明的菁华"① 对舍本求末的所谓西化不满，对新文化运动中无视西洋文明精华的倾向不满。关注裸体美，歌吟女性身体，是他阅读批评中国诗歌时所持的重要的美学立场："中国诗咏叹女性物质美的，'三百篇'以后，只六朝人偶然有几首。唐宋以来，可谓入黑暗时代，实为社会凋敝的主因。"② 这是一种颇有见地的思想，他肯定了《诗经》对女性的书写，认为其后自然的审美风范受到压制，六朝时还有几首赞美女性的作品，进入唐宋情况则大变，步入文学的"黑暗时代"，这是从希腊文明的角度审视唐宋文学所得出的新观点。当然，愚菴所着眼的是新诗："新诗人果有志于文艺复兴运动，不可不着眼此点。傅彦长的诗，只见《回想》和《女神》两首，仿佛都具鼓吹希腊文明的意思，这是很可喜的。"③ 新诗人自胡适始，以中国的文艺复兴为己任，既如此，就"不可不着眼此点"，即着眼于引进近代化的希腊文明精华，注重裸体美，大胆地赞美女性身体，这是 20 世纪新诗应具有的一种现代品格。

《新诗年选（一九一九年）》在强调新诗应具有 20 世纪品格，应歌吟女性美以彰显现代文明的同时，倡导兼容并包的现代文学精神，要求新诗建构具有融通中外、多元融合的现代气度。周作人的《小河》被胡适称为"新诗中的第一首杰作"④，《新诗年选（一九一九年）》收入该诗，愚菴对它作如此点评："两年来的新诗，如胡适、傅斯年、康白情他们的东西，翻过日本去的颇不少。这首诗也给翻成日本文，登在《新村》上，颇受鉴赏家的称道。他的诗意，是非传统的；而其笔墨的谨严，却正不亚于杜甫、韩愈。不是说外国人看做好的就是好的，正说他在中国诗里也该是杰作呵。"⑤ 显然，他是在倡导一种中西融合的诗风。该诗前面有一段诗人小引，说："有人问我这诗是什么体，连自己也回答不出。法国波特莱尔（Baudelaire）提倡起来的散文诗，略略相像，不过他是用散文格式，现在却一行一行的分写了。内容大致仿欧洲的俗歌；俗歌本来最要叶韵，现在却无韵。

---

① 北社编：《新诗年选（一九一九年）》，上海亚东图书馆 1922 年版，第 182 页。

② 同上。

③ 同上书，第 182—183 页。

④ 胡适：《谈新诗》，载《中国新文学大系·建设理论集》，上海良友图书印刷公司 1935 年版，第 295 页。

⑤ 北社编：《新诗年选（一九一九年）》，上海亚东图书馆 1922 年版，第 80 页。

或者算不得诗,也未可知;但这是没有什么关系。"体式对于当时诗坛来说很重要,该诗体受波德莱尔影响无疑,但分行了,内容仿欧洲俗歌,但不叶韵。就是说,它受西方诗歌影响,但又不拘泥西方格式,是一种留有西方印记的自由体诗歌。它的诗意被愚菴理解为非传统的,而"其笔墨的谨严,却正不亚于杜甫、韩愈。"就是说它既是非传统的,具有西方诗歌审美神韵,因此受到国外鉴赏家的喜欢;同时又传承了中国旧诗笔墨"谨严"的特点,是一首以现代汉语创作的中西诗艺融合的现代自由体诗歌。这正是该诗的魅力所在。《新诗年选(一九一九年)》选入该诗,评说该诗,认为它的出现"新诗乃正式成立"[1],其实是在倡导它所体现出的融通中外的散文化自由体诗歌风格。

　　郭沫若的诗歌收录《三个泛神论者》《天狗》《死的诱惑》《新月与白云》《雪朝》五首,既有豪放粗犷之歌,也有柔和温婉的低吟,选者无疑注意到了审美风格的多元化。愚菴评道:"郭沫若的诗笔力雄劲,不拘于艺术上的雕虫小技,实在是大方之家。"[2] "笔力雄健"是郭沫若诗歌的主体风格,自然应提倡,但愚菴"更喜欢读他的短东西,直当读屈原的警句一样,更当是我自己作的一样。沫若的诗富于日本风,我更比之千家元麿。山宫允曾评元麿的诗,大约说他真挚质朴,恰合他自己的主张;从技巧上看是幼稚,而一面又正是他的长处;他总从欢喜和同情的真挚质朴的感情里表现出来;惟以他是散文的,不讲音节,终未免拖沓之弊云云。我想就将这个评语移评沫若的诗,不知道恰不恰当。不过沫若却多从悲哀和同情里流露出来,是与元麿不同的"[3]。神游中日文学天际,虽看到了郭诗的拖沓幼稚不讲音节的散文特点,但肯定其笔力"雄健",更推崇其屈原式警句和千家元麿类的"真挚质朴",这里面就有一种现代审美意识的包容性。在愚菴看来,新诗还处在起步阶段,实验探索是其生命力所在,各种审美风格的作品都可以并存。郭沫若曾说:"新诗没有建立出一种形式来,倒正是新诗

---

① 编者:《一九一九年诗坛略纪》,《新诗年选(一九一九年)》,上海亚东图书馆1922年版。
② 北社编:《新诗年选(一九一九年)》,上海亚东图书馆1922年版,第165页。
③ 同上书,第165—166页。

的一个很大的成就……不定型正是诗歌的一种新型。"① 《新诗年选（一九一九年）》编者虽有总体性诗美取向，但胸襟开阔，认为中外融通才是新诗的发展方向。

愚菴点评沈尹默的《月夜》："在中国新诗史上，算是第一首散文诗。其妙处可以意会而不可以言传。"② 在《一九一九年诗坛略纪》中，编者也以为"第一首散文诗而备具新诗的美德的是沈尹默的《月夜》"③ 第一首散文诗，这是颇高的评价，因为在当时白话诗又被理解为散文诗。那为何说它备具新诗美德呢？全诗四句："霜风呼呼的吹着，/月光明明的照着。/我和一株顶高的树并排立着，/却没有靠着。""霜风""月光"是传统诗歌意象，使该诗有中国旧诗味道；然而，它又是相当现代的，"我"的出现，我的独立意志，改变了诗歌意蕴的传统走向，使传统意象只起到营构境的作用，主体人成为诗歌的核心意象，这就是新诗的重要美德。这首诗既有旧诗风味，又具现代风骨，胡适认为"沈尹默君初作的新诗是从古乐府化出来的"④，罗家伦则说它"颇足代表'象征主义'Symbolism"⑤，就是说，《月夜》是一首具有中西融通特点的现代自由体诗歌。俞平伯曾谈到如何写新诗时就主张："西洋诗和中国古代近于白话的作品，——三百篇乐府古诗词曲我们都要多读。"⑥ 显然，《新诗年选（一九一九年）》编者由沈尹默的《月夜》看到了中国新诗如何融通中西诗艺的一种可能性路径。沈尹默的另一首诗《赤裸裸》，也被收录，胡适认为它是"一篇抽象的议论，故不成为好诗"⑦。但愚菴点评该诗时却说"沈尹默的诗形式质朴而别饶风趣，大有和歌风，在中国似得力于唐人绝句"⑧。二人的尺度显然有别，愚菴从中读

① 郭沫若：《开拓新诗歌的路》，载《郭沫若论创作》，上海文艺出版社 1983 年版，第 280 页。
② 北社编：《新诗年选（一九一九年）》，上海亚东图书馆 1922 年版，第 52 页。
③ 编者：《一九一九年诗坛略纪》，《新诗年选（一九一九年）》，上海亚东图书馆 1922 年版。
④ 胡适：《谈新诗》，载《中国新文学大系·建设理论集》，上海良友图书印刷公司 1935 年版，第 300 页。
⑤ 罗家伦：《驳胡先骕君的中国文学改良论》，《新潮》1919 年 5 月 1 日，第 1 卷第 5 号。
⑥ 俞平伯：《社会上对于新诗的各种心理观》，《新潮》1919 年 10 月，第 2 卷第 1 号。
⑦ 胡适：《谈新诗》，载《中国新文学大系·建设理论集》，上海良友图书印刷公司 1935 年版，第 310 页。
⑧ 北社编：《新诗年选（一九一九年）》，上海亚东图书馆 1922 年版，第 55 页。

出了和歌和唐人绝句的风味，肯定其融通中外而形成的"形式质朴"的
风格。

如何写新诗是那时新诗坛的核心问题，《新诗年选（一九一九年）》编
者无疑通过选诗、评诗表达出一种认同，引导一种写作倾向。胡适曾专门
谈到作新诗的方法："我说，诗须要用具体的做法，不可用抽象的说法。凡
是好诗，都是具体的；越偏向具体的，越有诗意诗味。凡是好诗，都能使
我们脑子里发生一种——或许多种——明显逼人的影像。这便是诗的具体
性。"① 胡适所言具体写法，其实是中国古诗的写法，后来被西方意象主义
所张扬。愚菴特别推崇周作人的《画家》，认为："这首诗可算首标准的好
诗，其艺术在具体的描写。无论唐人的好诗，宋人的好词，元人的好曲，
日本人的好和歌俳句，西洋人的好自由行子，都尚这种具体的描写。不过
这种质朴的体裁，又是非传统的罢了。这首诗给新诗坛的影响很大。但袭
其皮毛而忽其灵魂，失败的似乎颇多。"② 以世界文学为背景，倡导"具体
的描写"方法，认为它既是传统的，又是现代的，是中国的，又是世界的，
是具有经久生命力的诗歌写法，周作人的《画家》因运用了这种"具体的
描写"，所以是首"标准的好诗"。滇泠评傅斯年的《老头子和小孩子》：
"这首诗的好处在给我们一种实感，使我们仿佛身历其境；尤在写出一种动
象。艺术上创造力所到的地方，更有前无古人之概。"③ 它应该说是标准的
以"具体的描写"创作的诗歌，"雨""蛙鸣""绿烟""知了""蛐蛐"
"溪边""流水""浪花""柳叶""风声""高粱叶""野草""野花""河
崖"等意象繁复，构成一幅水接天连的画面，一个老头和一个小孩立在堤
上，"仿佛这世界是他俩的一样"，具体的写法，表现出一种生活的动感、
实感，滇泠显然是借此倡导这种写法。

《新诗年选（一九一九年）》收录胡适诗歌 9 首，另附录 7 首，共 16
首，几乎都是运用具体描写方法创作的作品，尤其是《江上》《老鸦》《看
花》《你莫忘记》等。关于具体描写方法，胡适还认为，"抽象的题目"也

---

① 胡适：《谈新诗》，载《中国新文学大系·建设理论集》，上海良友图书印刷公司 1935 年
版，第 310 页。
② 北社编：《新诗年选（一九一九年）》，上海亚东图书馆 1922 年版，第 86—87 页。
③ 同上书，第 187—188 页。

可以用"具体的写法"，并以自己的《老鸦》为例，证明其可行①，《新诗年选（一九一九年）》收录《老鸦》，也昭示着对新诗具体描写方法的倡导。1930 年代中期，朱自清回顾五四新诗时还专门谈到胡适这一方法，他说："方法，他说须要用具体的做法。这些主张大体上似乎为《新青年》诗人所共信，《新潮》、《少年中国》、《星期评论》，以及文学研究会诸作者，大体上也这般作他们的诗。"② 这也表明，《新诗年选（一九一九年）》在新诗观念倡导上既有自己的个性，又反映了新诗坛的主流声音。

　　《新诗年选（一九一九年）》在白话新诗存在合法性问题解决之后，适时地对诗艺自身建构、继续发展问题所做的思考与言说，虽然不成系统，也不具备完整的理论体系，甚至有个别相互抵牾的地方，但却为诗坛提供了一种有效地走出困境的方案，尤其是关于新诗必须具备内在的现代文明品格的思想，关于创作走融通中西、多元发展道路的诗学观念，不仅为当时尚处于萌芽状态的不同创作倾向提供了继续发展的话语依据，使新诗创作获得了自由而开放的空间；而且作为一种精神沉淀为新诗的一种传统，在此后近一个世纪里抵御、弱化着不同形式出现的单一化话语霸权对新诗的制约，使新诗坛时隐时现地激荡着自由探索的精神，从这层意义上说，《新诗年选（一九一九年）》作为一个阅读接受类文本，在当时一定程度上牵引、规约了新诗的发展走向，在新诗创作史上具有重要的诗学价值与意义。

---

　　①　胡适：《谈新诗》，载《中国新文学大系·建设理论集》，上海良友图书印刷公司 1935 年版，第 311 页。

　　②　朱自清：《中国新文学大系·诗集·导言》，上海良友图书印刷公司 1935 年版，第 2 页。

第十三章
百年新诗接受与经典化反思

　　中国现代诗歌（1917—1949）诞生于中国遭遇三千年来未有之大变局的历史转型期，虽然从发生至今只有一百年，而且质疑声时隐时现不绝于耳，但一批诗作如《人力车夫》《教我如何不想她》《小河》《凤凰涅槃》《死水》《弃妇》《再别康桥》《雨巷》《断章》《大堰河——我的保姆》《诗八首》等，已成为人们谈论中国新诗绕不开的"经典"①。现在关于这些诗作的言说前提，是承认它们为经典，然后不断阐发其诗性与诗歌史价值，很少有人质疑它们是否属于真正经典的问题，更没有人去反思性地审视它们变为经典的历史。诗歌成为经典，当然与文本自身的情感空间、审美特征分不开，即它们必须具有成为经典的诗美品格；但具备成为经典的品格，并不一定能够成为经典，经典是通过经典化而塑造出来的。经典化是一个动词，是一个文本走向经典的过程，这个过程其实就是文本传播接受历程，即那些现代诗歌"经典"是经由传播接受而构建起来的。中国现代诗歌接受与经典化的途径很多，但从作用和意义大小看，则主要是在三个向度上展开与完成的：一是批评，二是选本，三是文学史著。

第一节　批评与文本意义揭示

　　中国现代诗歌批评与创作几乎是同时发生、同步展开的，且一直没有间断，长期以来，学界关注的要么是批评文本的内容与特点，要么是其所

---

　　①　笔者认为，现在公认的那些新诗经典，未必就是经典，它们还需要接受未来无数代读者的检验，所以需要打上引号。

体现的诗学追求，要么是它对于诗人创作的反馈作用，很少有人重视批评作为文学接受的一种主要方式，在新诗经典化过程中所起的重要作用。

研究批评与新诗经典化的关系，需要弄清谁在批评、为何批评，特别是影响新诗批评走向的主要因素等问题。近百年来，重要的批评者有胡适、周作人、刘半农、郭沫若、宗白华、俞平伯、闻一多、朱湘、茅盾、废名、朱自清、臧克家、梁宗岱、胡风、何其芳、袁可嘉、唐湜、朱光潜、谢冕、陆耀东、孙玉石、洪子诚、吴思敬、蓝棣之、龙泉明、程光炜、王光明、李怡、罗振亚、唐晓渡、徐敬亚等，他们要么是诗人，要么是大学教授，要么是文艺界领导人，且大多集诗人、理论家和批评者于一身，这种身份构成与中国新诗发生发展特点密切相关。中国现代诗歌是一种完全不同于文言格律诗的新型诗歌，如何写，如何发展，一直困扰着诗人们，所以从发生的那天起，几乎所有写诗的人都在不断地言说新诗，自觉地思考新诗问题，新诗批评在很大程度上是为新诗创作与发展探路，是为新诗创作发现问题、探索规律，所以才有诗人、批评者和理论家多重身份合一的现象。

批评怎样的作品是有明确的目的性，换言之，选择批评言说对象，其实是在自觉思考新诗发展路径，是在帮助拟想的新诗爱好者、写作者遴选新诗精品，推介新诗阅读与创作范本。那些被批评的新诗文本，大都因此而没有被浩如烟海的创作所埋没，因此才有幸走向前台被读者阅读，获得被检阅的机会，也就获得了最终成为经典的可能性。例如，1920年代周作人对《尝试集》的批评，鲁迅对《蕙的风》的维护，胡适对《草儿》的言说，闻一多对《女神》的论析等，就是向大众读者阐释白话新诗不同于旧诗的特征，张扬全新的诗歌美学，它们不仅引领新诗创作走向，而且起到了遴选与推介新诗范本的作用。又如，1929年朱湘逐一点评《雨巷》《我的记忆》《路上的小语》等诗[1]，其实就是通过揭示这些文本的诗性，向读者指出诗坛新的发展动向，帮读者遴选新诗阅读精品；叶圣陶称赞《雨巷》"替新诗底音节开了一个新的纪元"[2]，使一般读者知道了《雨巷》原来如此重要，使戴望舒因此赢得了"雨巷诗人"的美誉，开始走向经典。再如王佐良认为穆旦的《诗八首》使爱情从一种欲望转变为思想，"这样的情诗

---

[1]　朱湘关于《上元灯》《我底记忆》的通信，《新文艺》1929年11月第1卷第3号。
[2]　杜衡：《望舒草·序》，《望舒草》，现代书局1933年版，第8页。

在中国的漫长诗史上也是从未见过"①，揭示出《诗八首》在诗史上的独特性及其对于新诗继续发展的意义。与古代诗歌批评不同，20世纪诗歌批评与创作分不开，其重要目的是推进新诗创作，所以它感兴趣的往往是那些新兴的预示新诗继续发展方向的作品（不一定是精品），它的动机不是要遴选、确认艺术经典，但客观上却因不断发掘出批评对象的诗学价值与意义，使之获得了更多读者的认可，令人耳熟能详；不仅如此，这些作品因体现了某种新的创作风格，开启了新的创作方向，其新诗史地位也就得到相应的提升，其结果是一些作品也许因艺术上不够完美不能称为审美精品，但成为了新诗发展史上的"经典"。

　　一般大众读者面对新诗文本，不一定能够理解其所言所指，无法真正领会其诗意，这就需要诗人或专业读者的批评解读。换言之，专业性新诗批评，可以敞开文本言语所遮蔽的内在情感，彰显其所包蕴的诗美，引导大众读者阅读接受。这既是为了使文本走向读者，也是引导读者走向文本，既是对读者审美趣味的培养，同时也是使一些文本获得在大众读者中传播、认可的可能性，并逐渐沉积为新诗经典。例如《女神》出版后"颇有些人不大了解"，读不懂，谢康就以批评解惑，认为郭沫若是"时代精神的讴歌者"，其作品具有"打破因袭的力"②；李思纯曾极力推荐《凤凰涅槃》，认为它"命意和艺术，都威严伟大极了"③；闻一多刊文称《新诗年选（一九一九年）》不选《凤凰涅槃》"奇怪得很"④，向读者阐释出《女神》及其《凤凰涅槃》所具有的时代价值与诗意。正是这些专业性言说才最后敞开了《凤凰涅槃》的文本意义。换言之，它们是该诗经典化的起点。再如徐志摩的诗歌一开始就存在阅读分歧，鲁迅就不喜欢它们。朱湘曾专文解读《志摩的诗》，认为《雪花的快乐》是"全本诗中最完美的一首诗"；《毒药》是"这几年来散文诗里面最好的一首"；认为《卡尔佛里》"想象细密，艺术周到"；《一条金色的光痕》写妇人"写得势利如画"；《盖上几张油纸》

---

　　①　王佐良：《穆旦：由来与归宿》，杜运燮等编《一个民族已经起来》，江苏人民出版社1987年版，第4—5页。

　　②　谢康：《读了〈女神〉以后》，《创造季刊》1922年第1卷第2期。

　　③　《少年中国·会员通讯》，1920年9月15日出版。

　　④　闻一多：《〈女神〉之时代精神》，《创造周报》1923年6月第4号。

"在现今的新诗里面确算一首罕见的诗了"①。朱湘以新月同人身份，从诗美角度向读者揭示出徐志摩诗歌的艺术价值，一定程度上，改变了它们的命运。1926 年，陈西滢认为从《女神》到《志摩的诗》体现了新诗的变迁，"志摩的诗几乎全是体制的输入和试验"，"至少开辟了几条新路"，认为徐志摩最大的贡献在于"把中国文字，西洋文字，熔化在一个洪炉里，练成的一种特殊的而又曲折如意的工具"②；在陈西滢看来，徐志摩作品中"有一种中国文学里从来不曾有过的风格"③，从中国文学史角度发掘徐志摩诗歌独特的存在价值，为其走向经典开启通道。又如李金发的诗歌难懂，很多人望而却步，穆木天 1926 年就坦言："不客气说，我读不懂李金发的诗。"④ 诗人都读不懂，何况一般人呢，这就要批评引导。1927 年 1 月博董（赵景深）刊文指出"李金发的诗艺术上的修饰是很好的"，认为"倘若把他的诗一节节分开来看，我们便可以看出他有一个特点：异国情调的描绘。这是近代我国新诗人不曾发展过的径路，我最喜爱着读它们"，并指出"这就是他的诗引人的魅力"⑤。1928 年，黄参岛抱怨"没有人作些批评或介绍的文字"去引导读者接受李金发的作品，认为这是"文艺界批评的惭愧及放弃"。在他看来，《微雨》"是流动的，多元的，易变的，神秘性的，个性化，天才化的，不是如普通的诗"；《食客与凶年》"有紧切的辞句，新颖的章法，如神龙之笔，纵横驰骋，句法上化人所不敢化的欧化，说中国人所欲言而不能找到的法国化的诗句"。⑥ 李金发的诗歌能否成为经典是另外一个问题，但这些批评无疑是在揭示其独特的诗学价值，帮助读者欣赏接受它们。一般读者理解不了的作品，要么风格特别，要么文字晦涩，批评解惑无疑是敞开它们的诗意，希望它们能为读者接受；从客观效果来看，一些晦涩的"另类"作品，诸如李金发的《弃妇》、卞之琳的《鱼化石》、

① 朱湘：《评徐君〈志摩的诗〉》，《小说月报》1926 年第 17 卷第 1 号。
② 陈西滢：《西滢闲话·新文学运动以来的十部著作》（下），中国文联出版公司 1993 年版，第 211 页。
③ 陈西滢：《闲话》，《现代评论》1926 年 2 月 20 日。
④ 穆木天：《无聊人的无聊话》，《A·11》1926 年 5 月 19 日，第 4 期。
⑤ 博董：《李金发的〈微雨〉》，《新文学过眼录》，广西师范大学出版社 2004 年版，第 139—142 页。
⑥ 黄参岛：《〈微雨〉及其作者》，《美育》1928 年 12 月第 2 期。

穆旦的《诗八首》等确实因为被反复批评言说，其诗意得以彰显，成为不少新诗爱好者津津乐道的精品，并逐渐化为"经典"。

　　诗歌批评必然受到批评者文化身份、知识结构、审美意识、文学趣味等影响；而现代诗歌批评已走过近一个世纪的历程，不同年代有不同的文化诉求，有不同年代的审美趣味与诗歌理想，这样一个世纪的新诗批评就与不同的文化话语表达结合在一起，与不同的诗歌美学主张联系在一起，遴选什么样的文本，如何阐发文本的思想意蕴，如何揭示其诗学意义，就与批评者的文化、文学背景分不开，这使得近一个世纪的中国现代诗歌批评与经典化的关系变得更为复杂与重要。换言之，现在那些公认的"经典"相当程度上是不同话语借助于批评者而遴选、阐释出来的。例如，"五四"是启蒙主义与封建主义话语相争的时期，批评自然瞄准了《尝试集》《女神》和《蕙的风》等。胡先骕批评胡适的《尝试集》"其形式精神，皆无可取"①，周作人则予以回击②；胡梦华发表《读了〈蕙的风〉以后》③，批评《蕙的风》"有公布自己兽性冲动和挑拨人们不道德行为的嫌疑"，鲁迅写了《反对"含泪"的批评家》④，加以批驳；张资平发表《致读〈女神〉者》⑤，郁达夫发表《〈女神〉之生日》⑥，闻一多发表《〈女神〉之时代精神》⑦《〈女神〉之地方色彩》⑧，阐释《女神》的新文化价值与诗学意义。这些批评与争论，也就是对新诗文本意义的不同理解与阐释，不仅体现了文言写作与白话写作话语权之争，也体现了现代启蒙主义与封建主义之争，还张扬了一种新的白话自由诗歌的审美理想，《尝试集》《蕙的风》《女神》作为启蒙现代性话语的体现者，作为早期白话诗学的承载者，因批评而广为关注，成为人们谈论"五四"新诗时绕不开的"经典"。

　　20世纪中国，不同的社会文化思潮、文学运动此起彼伏，各种话语渗

---

① 胡先骕：《评〈尝试集〉》，《学衡》1922年1月1日，创刊号。
② 周作人：《评〈尝试集〉匡谬》，《晨报副刊》1922年2月4日。
③ 胡梦华：《读了〈蕙的风〉以后》，《时事新报·学灯》1922年10月24日。
④ 鲁迅：《反对"含泪"的批评家》，《晨报副刊》1922年11月17日。
⑤ 张资平：《致读〈女神〉者》，《时事新报·文学旬刊》1922年4月11日。
⑥ 郁达夫：《〈女神〉之生日》，《时事新报·学灯》1922年8月2日。
⑦ 闻一多：《〈女神〉之时代精神》，《创造周刊》1923年6月第4号。
⑧ 闻一多：《〈女神〉之地方色彩》，《创造周刊》1923年6月第5号。

透到新诗批评中，致使出现了各种不同性质的新诗批评；但由于 20 世纪中国在新的世界秩序中严峻的生存问题，由于新旧文明转化带来的现实文化信仰问题，由于广大民众日常生活的现实问题等，一直困扰着现代中国读书人，而且中国读书人自古便有忧国忧民意识，所以现代诗歌批评与社会现实粘连得非常紧，现实主义的社会学批评成为"五四"至 1980 年代中期主流的诗歌批评。于是，那些现实情怀相对深厚的作品，那些社会性、时代性强的作品，受到更多的青睐，诸如康白情的《草儿》、刘大白的《卖布谣》、郭沫若的《女神》、臧克家的《泥土的歌》、艾青的《大堰河——我的保姆》、袁水拍的《马凡陀的山歌》、李季的《王贵与李香香》等，便在反复批评中令人耳熟能详，成为新诗"经典"。1980 年代中后期开始，特别是进入 1990 年代后，诗界总结一个世纪新诗成就的意识越来越强烈，现实主义社会学批评失去了一枝独秀的地位，浪漫主义、现代主义受到重视，历史文化批评、心理分析批评、新形式批评等成为审视新诗的重要方法，于是在现实主义社会学批评中被忽视的一些现代诗歌文本得以重新阐释，例如《小河》《弃妇》《雨巷》《断章》《十四行集》《鱼化石》《诗八首》等，它们的情感意蕴、表意方式、诗学价值被充分阐释与敞开，换言之，被重新阐述成为体现某种现代话语诉求的具有审美独特性和普遍性的现代新诗"经典"。

总之，一个世纪的新诗批评，深受外在语境制约与影响，常常与一些话语表达缠绕在一起，自觉张扬特定语境中流行的美学思想，于是对于诗歌文本的解读，对于诗歌现象的评说，对于读者阅读的引导，对于诗歌范本的遴选，往往随着语境的更替、话语的消长、美学趣味的变化而改变，致使不同时期有不同时期的所推崇的新诗范本，短短的一百年中，新诗"经典"变动不居；现代话语参与遴选、塑造新诗"经典"，新诗"经典"也因此参与且将继续作用于中国现代文化建设，这一特点使其具有一种内在的生命力，有助于其继续传播与诗意的彰显，那些审美性突出的作品也因此具有了沉淀为超越时空的真正经典的可能性。

第二节 选本与诗人诗作遴选

本书所论选本是指收入中国现代诗歌的各种选集，不包括《尝试集》

《女神》这类诗人自选集。新诗诞生后不久，选本就出现了。1920 年上海新诗社出版了《新诗集（第一编）》，上海崇文书局出版了《分类白话诗选》；1922 年上海新华书局出版了《新诗三百首》，上海亚东图书馆出版了《新诗年选（一九一九年）》，这些是新诗选本的滥觞。自此以后，每个年代都有大量收录新诗的选本，构成中国现代诗歌接受与经典化的重要向度。那么，不同年代是哪些人在编辑选本呢？目的何在？编辑了一些怎样的选本？它们对新诗经典的形成起了怎样的作用？

　　百年新诗选本的编选者主要由两部分人构成，一部分是诗人、新诗批评者和理论家，如康白情、朱自清、闻一多、赵景深、吴奔星、臧克家等，他们主要是从有利于新诗自身发展角度编选作品，为同行和社会一般读者提供新诗阅读选集；另一部分则是学校教育工作者，特别是大学教授，如严家炎、钱谷融、谢冕、孙玉石等，他们主要是为学校教学需要编选作品，为师生提供诗歌教学用书。于是新诗选本便主要分为面向社会和学校两大类。

　　面向社会读者的选本，浩如烟海，其中一些属于新诗史上的经典选集，如《中国新文学大系·诗集（1917—1927）》《现代诗钞》等。它们体现了不同时代的选家对新诗独特的理解、认识与想象，经由所选诗作承认新诗坛既有的某种创作倾向，张扬某种诗歌理想，引领新诗发展方向。例如，《新诗集（第一编）》是新诗史上第一个选本，其序言回答了编印目的："汇集几年来大家实验的成绩"，给新诗爱好者提供"许多很有价值的新诗"，使他们"翻阅便利"，成为创作与批评的"范本"①。它首次从"写实""写景""写意"和"写情"四个方面选择诗歌，肯定并倡导描摹社会现象、自然景色、高尚思想和纯洁情感的作品，倡导以具体描写方法写诗，这类作品被视为"很有价值的新诗"大量选入，如胡适的《人力车夫》、刘半农的《相隔一层纸》、周作人的《两个扫雪的人》等。稍晚，许德邻的《分类白话诗选》问世，编选目的是"把白话诗的声浪竭力的提高来，竭力的推广来，使多数人的脑筋里多有这一个问题，都有引起要研究白话诗的感想，然后渐渐的有'推陈出新的希望'"。编选体例步武《新诗集

---

① 《新诗集（第一编）·吾们为什么要印〈新诗集〉》，新诗社出版部 1920 年版。

（第一编）》的分类法，与之"同声相应"，同样倡导以具体描写方法书写纯洁情感、高尚思想的新诗①，于是所选作品与《新诗集（第一编）》重叠率大，如刘半农的《相隔一层纸》、周作人的《两个扫雪的人》等，这些作品作为"范本"引领新诗创作朝写实、写景、写意和写情方向发展。《新诗年选（1919年）》是早期选本中佼佼者，阿英曾说："中国新诗之有年选，迄今日为止，也可谓始于此，终于此。"② 该诗集没有遵循此前选本分类选诗原则，也就是反对将诗歌截然分类的观念，为无法归类的诗歌提供了收录与存在依据，有助于创作的多元发展。其《弁言》谈到编辑目的时，既承认"以饷同好"的诉求，同时又以孔子删诗自况，"今人要采风，后人要考古，都有赖乎征诗"。③ 不仅想引领新诗发展方向，还有一种为后世留存"经典"的意愿，所以在某些特别看重的作品后面以只言片语方式予以点评，如：认为沈尹默的《月夜》"在中国新诗史上，算是第一首散文诗"④；周作人的《画家》"可算首标准的好诗，其艺术在具体的描写"⑤，以及《小河》"在中国诗里也该是杰作呵"⑥ 等。该诗集收录作品89首，专门评点力推的还有胡适的《应该》《上山》，傅斯年的《老头子和小孩子》，今是的《月夜》，俞平伯的《风的话》，沈尹默的《三弦》，郭沫若的《天狗》等。在编评者眼中，它们是"中国新诗史"乃至"中国诗"里的"杰作"，即经典。这些选本的主要目的是以"杰作"引领新诗创作，有一种继往开来的特点。它们既是过去创作实绩的反映，又引领诗坛创作走向，这就是一种"史"的地位；引领、开启创作潮流，使它们可能成为新潮流源头意义上的代表作，后来类似风格的写作又反过来不断彰显它们的重要性，它们所承载的诗学也随着后来者新的创作而不断获得认可与传播，使它们的地位在诗学层面上得以巩固，所以这类选本以引领创作的动机和特点在客观上使自己所收录的作品的价值得以突出，开启了它们走向经典的大门。

---

① 许德邻编辑：《分类白话诗选·自序》，崇文书局1920年版，第4页。
② 阿英：《中国新文学大系·史料索引》，良友图书印刷公司1936年版，第301页。
③ 北社编：《新诗年选（1919年）·弁言》，亚东图书馆1922年版。
④ 同上书，第52页。
⑤ 同上书，第86页。
⑥ 同上书，第80页。

　　不同时代有不同时代面向社会的选本，体现不同时代的诗歌眼光、诗学观念以及对新诗经典的不同想象。例如《中国新文学大系·诗集（1917—1927）》就与 1920 年代初的《新诗集（第一编）》《新诗年选（一九一九年）》等不同。朱自清曾回忆说："民国十年和叶圣陶同在杭州教书。有一晚，谈起新诗之盛，觉得该有人出来选汰一下，印一本诗选，作一般年轻创作家的榜样。"编选目的同样是为年轻作者提供创作范本，但同时他对此前出版的《新诗集（第一编）》和《分类白话诗选》颇不满意："这两种选本，大约只是杂凑而成，说不上'选'字。"①其实，作为最早的两个选集，不能说没有"选"，当时诗歌作品数量那么多，怎可能没有选呢？分为四类不就是选择的结果吗？朱自清的否定说明他对此前诗集的"选"诗原则和结果不满，对它们所体现的新诗观念不认可。他将新诗分为自由诗派、格律诗派、象征诗派，以此为标准编选作品，形成了自己的取舍个性。例如沈尹默的诗歌只选取《三弦》，而没有选《分类白话诗选》和《新诗年选（一九一九年）》均收录的《月夜》，因为朱自清自己"吟味不出"其诗意②；又如，特地选录了胡适的《一念》，原因是："虽然浅显，却清新可爱，旧诗里没这种，他虽删，我却选了。"③该选本以自由诗派作品为主体，重点选录了刘大白（14 首）、汪静之（14 首）、俞平伯（17首）、冰心（18 首）、郭沫若（25 首）等诗人的作品；格律派重点选录闻一多、徐志摩的作品，分别为 29 首、26 首，可见他对该派的重视；李金发的诗歌争议颇大，然朱自清将其命名为象征诗派，选录 19 首。此后，自由诗派、格律诗派和象征诗派成为概括"五四"诗坛格局的基本框架，该选本成为后来许多选家和史家述史的重要参考，所收录的作品如《小河》《我是一条小河》《炉中煤》《天上的市街》《太阳吟》《雪花的快乐》《雨巷》《弃妇》等出镜率高，它们的诗歌史地位和诗性价值因此被反复阐释，不断彰显乃至增值，逐渐沉淀为新诗"经典"。

　　不同时期面向社会的选本对新诗经典化的作用不同。1920—1940 年代，

---

　　①　朱自清：《选诗杂记》，《中国新文学大系·诗集（1917—1927）》，良友图书印刷公司1935 年版，第 15 页。

　　②　同上书，第 16 页。

　　③　同上书，第 19 页。

重要的新诗选本有《新诗年选（一九一九年）》《分类白话诗选》、沈仲文的《现代诗杰作选》（上海青年书店 1932 年版）、赵景深的《现代诗选》（上海北新书局 1934 年版）、闻一多的《现代诗钞》（开明书店 1948 年版）等。由选本标题可见，这一时期的诗歌观念经历了"新诗""白话诗"到"现代诗"的演变，"现代诗"命名逐渐被普遍认可；然而，"现代"是一个内涵丰富的概念，何为"现代诗"尚未形成统一看法，以之审视、遴选诗歌致使各选本所选作品重复率低；当然重复率低还与新诗坛张扬个性、自由取舍的氛围有关，与满足不同趣味的读者群的审美期待有关。各选本之间重复率低，虽然表明这个时期遴选出的被公认的精品很少，但也意味着有更多的作品受到不同选家关注，被保存下来，获得了进入读者视野的机会，使其中那些有生命力的作品没有随时间的流逝而消失，获得了成为经典的可能性。1950—1960 年代的选本，为引导新的审美风尚，舍弃了民国时期选本的取舍原则，重新遴选新诗，臧克家编选的《中国新诗选（1919—1949）》（中国青年出版社 1956 年版），是一本以新中国青年读者为阅读对象的诗选，是这一时期选本的代表。在代序《"五四"以来新诗发展的一个轮廓》中，臧克家站在社会主义现实主义立场上重构新诗发展史，将它阐释成为"战胜了各式各样的颓废主义、形式主义，克服着小资产阶级的个人主义情调，一步比一步紧密地结合了历史现实和人民的革命斗争"①的历史，按这一逻辑重新编选诗人诗作，重点选录了郭沫若、康白情、闻一多、刘大白、蒋光慈、殷夫、臧克家、蒲风、田间、艾青等诗人那些具有"人民性"的作品，淘汰了民国选本推崇的胡适、周作人、李金发、朱湘等人那些体现资本主义启蒙现代性的诗作，开启了现代诗歌经典化的崭新路径，使民国时期选本淘汰掉的一批作品在新的话语逻辑中受到关注，获得了接受读者阅读检验的平等机会，使那些具有"人民性"的作品如《凤凰涅槃》《天上的市街》《死水》《再别康桥》《雨巷》《大堰河——我的保姆》《雪落在中国的土地上》《别了，哥哥》《老马》等，在参与新中国文学话语建构中敞开了内在的经典性品格，获得了成为经典的可能性，所以站在近百年现代诗歌传播接受的角度看，该选本张扬"人民

---

① 臧克家编选：《中国新诗选（1919—1949）》，中国青年出版社 1956 年版，第 2 页。

性"文学逻辑具有历史的合理性。1980—2010年代,选本数量无以计数,代表性选本有艾青的《中国新文学大系·诗集(1927—1937)》(上海文艺出版社1985年版)、王一川和张同道的《二十世纪中国文学大师文库》(海南出版社1994年版)、谢冕和钱理群的《百年中国文学经典》(北京大学出版社1996年版)、伊沙的《现代诗经》(漓江出版社2004年版)等。他们努力站在历史和审美的角度审视遴选现代诗歌,所选作品既有民国选本青睐的诗歌,也有1950—1970年代选本推崇的"人民性"文本,还有与前两个时期选本没有交集的作品,显示出独立地为一个世纪新诗遴选经典的气度与眼光。这个时期各选本所选作品重复率高,一些诗作被不同选本同时收录,例如《凤凰涅槃》《再别康桥》《雨巷》《断章》等,这意味着经过大半个世纪的探索,我们民族对于新诗的阅读感受、新诗观念和审美趣味等趋于一致了;然而还有一个颇有意味的现象,即这几个作品很少被民国时期的选本收录,1920—1940年的选本都没有收录《凤凰涅槃》,1930—1940年的选本只有陈梦家的《新月诗选》、闻一多的《现代诗钞》收录了《再别康桥》。这表明当代尤其是1980年代中期以后,国人对新诗的审美取舍与民国时期有很大的不同,形成了对理想新诗范型的独立判断、想象与表达。

综上所述,近百年面向社会读者的选本所经历的三个时期,其选诗立场、原则与结果差异很大,各有特点,从传播接受层面看,给予了不同题材、主题与审美风格的文本以平等机会,有利于遴选出真正的新诗经典。

面向社会读者的选本,多从诗歌自身发展角度选择作品,对作品的遴选多追求个人性、原创性,在新诗经典化过程中起着引领方向的作用。与此同时,还有大量面向学校教育特别是高校教学的选本,如:《初级中学国语文读本》(上海民智书局1922年版)、赵景深编的《现代诗选(中学国语补充读本之一)》(上海北新书局1934年版)、北京大学等编的《新诗选》(上海教育出版社1979年版)、九院校编选的《中国现代文学作品选》(1986年版)、孙玉石主编的《中国现代诗导读(1917—1937)》(北京大学出版社2008年版)等。从时间上看,这类选本出现于1920年代初,与面向社会读者的选本出现时间差不多;从数量上看,则无以计数,比社会性选本多得多。这类选本主要不是为了引导诗歌自身发展,而是将新诗作为一种新的语言文学读本，作为一种新的知识向学生普及，以培养学生的语言能力和新的诗歌趣味，所以这类选本多以面向社会读者的选本所选作品为参照，结合学校教学需要遴选作品，"选"的原创性往往不足。它们的个性体现在教学需要所决定的取舍上，以郭沫若的《凤凰涅槃》《炉中煤》《天狗》《天上的市街》为例，它们在比较重要的89部选本（包括1920年以降的38部面向社会的选本、1977年至今的34部普通高校选本和17部中小学教辅类选本）中的选录情况是：《凤凰涅槃》入选社会性选本、高校选本、中小学选本的情况分别是9次、33次、1次，《炉中煤》入选情况分别是10次、14次、6次，《天狗》的入选情况分别是12次、18次、0次，《天上的市街》分别是6次、10次、9次。显然，中小学选本从培养孩子爱国主义和想象性角度重点选取的是《天上的市街》和《炉中煤》，而完全放弃了难懂而不利于语文教学的《天狗》，《凤凰涅槃》也只有一个选本收录；高校选本则高度认可神话与现实结合的《凤凰涅槃》；社会性选本则最青睐张扬自我的《天狗》。选者不同，接受对象不同，决定了选本对作品的取舍，使两类选本的面貌颇为不同。上述统计数据还显示，它们入选社会性选本和学校选本的总次数差异很大，《凤凰涅槃》入选社会性选本9次，入选学校选本34次；《炉中煤》入选社会性选本10次，入选学校选本20次；《天狗》入选社会性选本12次，入选学校选本18次；《天上的市街》入选社会性选本6次，入选学校选本19次。显然，学校选本是新诗传播的核心媒介，相比于社会性选本，在新诗传播过程中发挥了更大的作用。青少年是诗歌的主要读者，通过学校选本，他们获得了关于新诗的感性认识，构建起了自己的新诗观念，那些作品也因此成为他们心中的新诗经典。

总之，两类选本特点、功能不同，社会性选本以其原创性的"选"，在推动新诗创作潮流的同时，通过向不同时期的大众读者提供新诗阅读范本，开辟新诗经典化路径，引领经典化的方向；学校选本则以巨大的发行量，以向学生普及新诗知识的方式，讲授社会性选本所遴选出的那些新诗作品，传播那些作品所体现的诗学知识，培养学生的新诗鉴别能力与审美趣味，改造民族固有的诗歌经验，培养新诗读者。相当程度上讲，社会性选本所遴选出来的那些新诗范本，是通过学校选本而真正成为家喻户晓的"经典"。

第三节　文学史著与诗人诗作定位

文学史著就是对文学史实进行记录、叙述与定位，文学史实主要包括文学创作潮流、作家作品等，所以不管编撰者述史立场、目的与框架有何不同，不管是否具有经典化意识，客观上都参与了对经典的塑造。近百年各个时期的文学史著，包括新诗史著作，通过对新诗发生发展过程的叙述，通过对现代诗人诗作的评说与定位，成为影响现代新诗经典化的重要力量。

为何述史，如何述史，是关键问题。它与述史者的历史观、文学观直接相关，与其所处的现实环境有关。现代诗歌是一种全新的诗歌形态，对它的叙述不是对成为过去式的"历史"的讲述，而是对诞生不久且正在延续的"历史"的言说，这样问题就变得更为复杂。从为何述史、如何述史的角度看，近百年文学史包括新诗史著，对新诗经典的塑造，其方式和特点主要有四：

一是以中国文学为视野，将现代新诗视为诗歌进化史的必然环节，阐述其发生、发展的依据与合法性，在大文学史框架内评说现代诗人诗作，揭示它们在"史"上的重要性、经典性。新诗发生后的第一个十年，就出现了一批文学史著作，主要有凌独见的《新著国语文学史（中等学校用）》（商务印书馆1923年版）、胡毓寰的《中国文学源流》（商务印书馆1924年版）、谭正璧的《中国文学史大纲》（泰东图书局1925年版）、赵祖抃的《中国文学沿革一瞥》（光华书局1928年版）、赵景深的《中国文学小史》（光华书局1928年版）、谭正璧的《中国文学进化史》（光明书局1929年版）等。"进化史""大纲""小史"等，是它们述史的框架结构，"进化""源流"与"沿革"昭示了言说的话语逻辑，中国现代诗歌是这一逻辑结构的必然环节。编撰文学史相当程度上是以史著的逻辑力量与话语权力在新旧文学、新旧诗歌转型期为新文学尤其是新诗辩护，赋予它们以不可动摇的文学史位置，确认一些作品在文学沿革史、新诗进化史上的支点性价值，也就是指认它们为文学演变史上的经典。

从这一目的出发，它们遴选并评说那些彰显进化思想、体现源与流关系、具有历史进步意义的作品。《中国文学源流》叙述了从歌谣、古诗、乐府、近体诗到词曲、新诗的源流史，认为胡适等创作不押韵的新诗，"中国文学至此诚发生空前之一大革变矣"①，遵循源与流的逻辑，将胡适的《老鸦》、沈尹默的《生机》、周作人的《两个扫雪的人》和《小河》等，解读成为中国文学史上开启新思潮的经典作品。《新著国语文学史（中等学校用）》将几千年的中国文学史叙述成为"国语文学史"，认为"从民国六年到现在，为时虽然不久，然而可以供给做国语文学史的材料，已是不少"。②由此专门抄录了胡适的《朋友》《他》《江上》《鸽子》《老鸦》《上山》，沈尹默的《人力车夫》《落叶》《三弦》，刘半农的《学徒苦》，俞平伯的《春水》，周作人的《秋风》等诗歌，以"国语文学"为标准，在"国语文学"逻辑中赋予所录新诗作品以"经典"地位。《中国文学史大纲》编制出一个以太古至唐虞文学、夏商周秦文学、两汉文学、三国两晋文学、南北朝文学、隋唐五代文学、两宋文学、辽金元文学、明清文学、现代文学等为章目的文学史大纲，其中"现代文学"不是附骥的尾巴，而是文学新时代的开端；最后一章是"现代文学与将来的趋势"，在过去、现在与将来的框架中阐述《繁星》《春水》《女神》《蕙的风》《冬夜》《湖畔》等诗集重要的诗学价值与经典地位③，"趋势说"是以一定的逻辑对文学未来发展的预见，不属于文学史书写范围，但这时期一些文学史叙述者却乐于"预判"未来，文学史叙述相当程度地批评化成为一种特别现象。赵祖抃的《中国文学沿革一瞥》，以朝代文学为单元阐释文学的历史沿革，新文学被称为"民国成立以来之文学"，赋予其历史合法性，徐志摩、郭沫若被称为"新诗之健将"④，即经典诗人。

　　这些文学史著所述现代新诗正在热烈讨论与探索中展开，著者一方面意识到新诗作品的尝试性、探索性，意识到新诗史的开放性，所以在指认经典时相当谨慎，例如谭正璧的《中国文学进化史》最后一章"新时代的文学"设有"作家与作品"栏，列举了大量作家作品，但并没有标识出具体的经典文本；另一方面，又以进化的文学史观看待新诗创作，审视新诗

---

① 胡毓寰编：《中国文学源流》，商务印书馆 1924 年版，第 330—331 页。
② 凌独见编：《新著国语文学史（中等学校用）》，商务印书馆 1923 年版，第 332 页。
③ 谭正璧：《中国文学史大纲》，泰东图书局 1925 年版，第 152 页。
④ 赵祖抃：《中国文学沿革一瞥》，光华书局 1928 年版，第 125 页。

作品，发掘其历史进步性，坚信其中有些作品具有成为经典的可能性，所以在无法判断它们是否为经典时，仍不厌其烦地将它们罗列出来，使其不至于被创作洪流所淹没。

二是在"新文学"的框架与逻辑中叙述现代新诗，重点阐释那些具有"新文学"特征、体现新诗艺术发展方向的作品，揭示其在新文学史、新诗史上的意义，使之在"史"的场域中彰显经典品格。这类史著的代表作有朱自清的《中国新文学研究纲要》（1929年版）、周作人的《中国新文学的源流》（人文书店1932年版）、王哲甫的《中国新文学运动史》（杰成印书局1933年版）、吴文祺的《新文学概要》（上海亚细亚书局1936年版）和李一鸣的《中国新文学史讲话》（世界书局1943年版）等。著者的目的不再是为新诗的合法性辩护，因为新诗已经成为一种公认的主流诗歌形态，他们的目的是展示新诗创作实绩、呈现新诗发展轨迹、为新诗自身立传，于是在独立于古代文学史的"新文学"自身框架与逻辑中揭示新诗流变规律，找寻那些在诗艺流变中起过支撑作用的诗人诗作，阐发其意义，凸显其位置，这客观上起到了将它们经典化的作用。

1929年，朱自清开始在清华大学讲授新文学，其讲义《中国新文学研究纲要》的第四章标题为"诗"，相当于一部新诗史纲目，由"小诗与哲理诗""长诗""李金发的诗""徐志摩与闻一多的诗"等十一章构成。章目上李金发、徐志摩、闻一多、冯乃超的名字赫然在列；节目上出现的主要作品有《尝试集》《女神》《草儿》《冬夜》《志摩的诗》《死水》《我的记忆》《忆》《烙印》等；节下又专门列举一些"名作"，如俞平伯的《春水船》、康白情的《江南》、胡适的《应该》、沈尹默的《三弦》等，其中周作人的《小河》被称为"著名的象征的长诗"[①]。《纲要》在叙述新诗流变史时醒目地推出那些"名作"，将它们解读成新文学"经典"。周作人的《中国新文学源流》，将新文学的源头追溯到公安派、竟陵派，在"言志"的诗歌史逻辑中推举出胡适、冰心、徐志摩、俞平伯、废名等诗人及其诗作，指认它们为言志派新诗的代表。王哲甫的《中国新文学运动史》认为新诗创作经历了讨论、尝试和演进三个时期，第九章为"新文学作家略

---

① 朱自清：《中国新文学研究纲要》，《朱自清全集》第8卷，江苏教育出版社1993年版，第85—98页。

传"，其中诗人依次是郭沫若、周作人、冰心、徐志摩、朱湘、闻一多、汪静之、王独清、穆木天、白采、赵景深、胡适等，这是新文学史著第一次为诗人树碑立传，有一种刻意经典化意味。李一鸣的《中国新文学史讲话》将新诗史分为三个时期，认为第一时期胡适的《尝试集》、沈尹默的《三弦》、沈玄庐的《十五娘》"都是新诗运动初期的名篇"①；认为第二个时期"诗坛的盟主，要推徐志摩"②，朱湘、闻一多、郭沫若和徐志摩是"中国今代四大诗人"③；认为第三个时期值得提起的诗人是"李金发、戴望舒、王独清、穆木天、冯乃超、姚篷子等"④。该著专门抄录了郭沫若的《太阳礼赞》、徐志摩的《我来扬子江边买一把莲蓬》、朱湘的《棹歌》、闻一多的《也许》、李金发的《里昂车中》、戴望舒的《雨巷》等诗歌，将它们视为新文学史上的名篇经典。

这类文学史著，强调的是"新"，对新诗的择取、评述是以不同于古诗的现代白话自由诗的审美原则为尺度，从"新"的角度阐述其经典品格，突出其在诗学层面对于新诗建构的贡献。

三是为新中国编纂文学史，重新讲述新诗发生发展故事，遴选新的现代诗歌"经典"。进入 1950 年代后，文学史写作进入一个全新时期，述史成为新型话语建构的重要环节。1950 年上半年，教育部通过了《高等学校文法两学院各系课程草案》（以下简称为《草案》），要求"运用新观点，新方法，讲述自五四时代到现在的中国新文学的发展史，着重在各阶段的文艺思想斗争和其发展状况，以及散文，诗歌，戏剧，小说等著名作家和作品的评述"。⑤ 不久，又通过了《〈中国新文学史〉教学大纲（初稿）》（以下简称为《大纲》），强调新文学是新民主主义文学，要求以无产阶级、现实主义和大众化为立场，重新梳理、解读新文学史及其作品。《草案》和《大纲》实际上就是要求将一批作家作品解读成有助于新中国文化、文学建构的经典。

---

① 李一鸣：《中国新文学史讲话》，世界书局 1943 年版，第 49 页。
② 同上书，第 62 页。
③ 同上书，第 64 页。
④ 同上书，第 73 页。
⑤ 王瑶：《中国新文学史稿·初版自序》，新文艺出版社 1954 年版，第 1 页。

1951 年 9 月开明书店出版了王瑶的《中国新文学史稿》（上），1953 年 8 月新文艺出版社推出其下部。它努力以《草案》为"依据与方向"，编撰新文学史①，一方面坚持胡适的《尝试集》是第一部新诗集的观点；另一方面又认为其内容多是消极的，并将新文学起点定于 1919 年。一方面高度评价李大钊的《山中即景》、陈独秀的《除夕歌》、刘半农的《相隔一层纸》等作品，认为朱自清的《毁灭》是"超过当时水平的力作"②，强调闻一多具有伟大诗人的灵魂，指出郭沫若《女神》之后的作品更优秀，推崇蒋光慈的《新梦》《哀中国》，肯定中国诗歌会和工农兵群众的诗歌创作；另一方面认为徐志摩的"文艺倾向是很坏的"③，批评新月派、现代派，认为李金发是以离奇的形式掩饰"颓废的反动内容"，断定象征派是"新诗发展途中的一股逆流"④。全书没有设专门的章节叙述诗人、诗作，有意淡化个人及其作品的核心地位，叙述的诗人、诗作虽多，但用力较平均，并没有将它们经典化的倾向。

该著开创了一种新的述史思路与模式。此后出版的文学史著，主要有张毕来的《新文学史纲》（作家出版社 1955 年版）、丁易的《中国现代文学史略》（作家出版社 1956 年版）、刘绶松的《中国新文学史初稿》（作家出版社 1956 年版）、复旦大学学生集体编著的《中国现代文学史》（上海文艺出版社 1959 年版）等。相较于王瑶本，这批史著以更大的力度重写文学史。一方面批判新月派、现代派、象征派，视之为新诗史上的逆流；另一方面遴选、突出一批新的作品，主要有：李大钊的《山中即景》，郭沫若的《女神》《前茅》《恢复》，刘半农的《相隔一层纸》，康白情的《女工之歌》，刘大白的《卖布谣》，闻一多的《洗衣歌》，蒋光慈的《新梦》《哀中国》，殷夫的《孩儿塔》，艾青的《大堰河——我的保姆》《我爱这土地》，臧克家的《烙印》，蒲风的《茫茫夜》，田间的《给战斗者》，以及《马凡陀的山歌》等，将它们解读成为新的现代新诗"经典"。王瑶后来谈到 1950 年代后期至"文化大革命"期间的文学史写作时认为，由于受极

① 王瑶：《中国新文学史稿·初版自序》，新文艺出版社 1954 年版，第 1 页。
② 同上书，第 64 页。
③ 同上书，第 76 页。
④ 同上书，第 80 页。

"左"思潮影响，文学史写作越来越偏离文学与史实，无产阶级与资产阶级的斗争成为现代文学史的基本发展线索，甚至否定其新民主主义性质，叙述的重点"由作家作品转向文艺运动，甚至政治运动"，"'现代文学史'变成了'无产阶级文学史'"，"最后就只剩下一个被歪曲了的鲁迅"①。这批文学史著所确认的"经典"诗人诗作，色彩较为单一，往往思想性大于文学性。

四是以尊重新诗发生发展客观史实为原则，以再现现代新诗历史、彰显新诗演进规律为目的，建立述史框架，重新遴选诗人诗作，阐发其在新诗艺术史上的价值与意义，使之经典化。1970 年代后期至今，重新编写符合历史事实的中国现代文学史、新诗史，重新遴选文学意义上的新诗经典成为一种自觉，出现了两个系列的史著。第一，从唐弢主编的《中国现代文学史》（人民文学出版社 1979 年版）经黄修己的《中国现代文学简史》（中国青年出版社 1984 年版）、钱理群等的《中国现代文学三十年》（上海文艺出版社 1987 年版），到《中国现代文学三十年（修订本）》（北京大学出版社 1998 年版）、程光炜等的《中国现代文学史》（中国人民大学出版社 2000 年版）等，为一个系列；第二，专门的新诗史著，如金钦俊的《新诗三十年》（中山大学出版社 1991 年版）、孙玉石的《中国现代主义诗潮史论》（北京大学出版社 1999 年版）、陆耀东的《中国新诗史》（长江文艺出版社 2005 年版）等。前一个系列的文学史著，从唐弢本到 1987 年钱理群等的《中国现代文学三十年》，其特点是强调回归文学史真实，回归现实主义传统，重新辩证地评述胡适及其《尝试集》在新诗史上的地位，重新阐释郭沫若《女神》的个性解放主题，重新评说被极左文学史著所排斥的诗人、诗作，突破了极"左"思潮影响下出现的那批文学史著的述史框架，重启了一些被边缘化的诗人、诗作入史和经典化的序幕；从《中国现代文学三十年》修订本开始，文学史叙述进一步强调还原历史真实，进一步突破既有的文学史叙述框架和逻辑，平等地对待不同思潮与流派的创作，在一个世纪新诗现代性建构的框架中，评述现实主义、浪漫主义和现代主义诗人及其诗作的诗歌史地位和诗学价值，李金发、戴望舒、冯至、穆旦等

---

① 王瑶：《中国现代文学三十年·序》，上海文艺出版社 1987 年版，第 2—3 页。

人获得了和郭沫若、闻一多、艾青、李季等平等的入史机会和经典化权利，高度评价了《凤凰涅槃》《死水》《再别康桥》《雨巷》《大堰河——我的保姆》《断章》《十四行集》《诗八首》等诗歌，也就是认为它们属于现代新诗"经典"。值得特别注意的是，其中《凤凰涅槃》《死水》《再别康桥》《雨巷》《大堰河——我的保姆》等也入选了臧克家1950年代中期编选的《中国新诗选（1919—1949）》，这既表明臧克家眼光犀利，所选的某些作品具有穿越时空的品质；又意味着世纪转型期出现的那批文学史著确实是以自己独立的判断审视、遴选与评述现代诗人诗作。后一个系列的新诗史著，属个人著述，有的是从流派角度述史，有的从探寻新诗自身流变规律述史，有的以诗美为核心以论说作品为主而述史，有的专述现代主义思潮发生发展史，角度不同，但对现代新诗史上支点意义的诗人诗作的指认、理解却大体一致，主要也是郭沫若、李金发、闻一多、徐志摩、戴望舒、卞之琳、艾青、冯至、穆旦及其代表作。相比于前一个系列，专门的新诗史著对新诗历史的梳理，对内在演变规律的探讨，对诗人诗作的评述，都更为具体而深入，它们以新诗艺术自身发展为逻辑遴选诗人诗作，设专章加以论述，以充分的史料和理论思辨揭示那些重要的诗人及其诗作在"史"和"诗"两个层面上的价值，确认其经典品质。两个系列的编撰者以一个世纪的文学、诗歌为视野，以历史和审美的眼光打量、评说新诗，共同参与遴选出了中国现代新诗"经典"。

第四节　三重向度之关系

一百年来，批评、选本和文学史著以各自不同的方式、特征作用于现代诗歌的传播与接受，作用于诗人、诗作的汰选与经典化，形成了各自独立的展开史。但与此同时，它们又彼此关联，构成特定的合作关系，以推动现代诗歌的经典化过程。大体而言，三者之间存在着三重关系。

一是批评与选本相互合作，推进现代诗歌的经典化。每一个时期的政治倾向、文化思潮和审美取向往往借助于新诗批评发出声音，表达自己的愿望，开启新的诗歌风气，引领新的诗歌创作潮流，培养读者新的阅读趣味，批评具有披荆斩棘、破旧立新的功能；同时期的新诗选本，往往按照批评所彰显的时代风尚、审美趣味遴选作品。例如，1920 年代初，围绕汪静之《蕙的风》展开了新诗批评，鲁迅、周作人、章衣萍、于守璐等著文维护《蕙的风》，此后的新诗选本遴选"五四"情诗，几乎都将眼光转向湖畔诗歌，收录《蕙的风》中的诗作，选本与批评相呼应，实现乃至巩固了那些批评所引导、彰显的诗歌精神，将体现时代诗歌理想的作品推向大众，让其在读者传播中进一步接受检验。

如果说这是先"评"后"选"的情况，那么还有一种"选""评"一体的现象，以《中国新文学大系·诗集（1917—1927）》为代表。它前面有一个《导言》，对新诗史上的重要现象、诗人及其作品作了评说，"评"与"选"相互呼应，形成互文关系，"评"一定程度上回答了"选"的理由，"选"体现了"评"的诗学取向，共同将一些新诗作品推向阅读市场，接受读者的汰选，一些作品由是逐渐走向经典。

如果说《中国新文学大系·诗集（1917—1927）》的"选""评"一体还不够典型，《导言》作为一篇具有独立言说逻辑的梳理新诗发生发展历史的文章，与选本正文是分开的，与选本中的诗歌不构成直接的评说关系；那么，还有一种针对具体作品进行点评的选本，"选"与"评"真正融为一体，以《新诗年选（一九一九年）》为代表。它每首诗歌后面注明出处，诗后多有片语，对所选诗作最突出的特点进行点评，揭示其诗学价值所在。例如：认为周作人《小河》的出现"新诗乃正式成立"[1]，点明了该诗在新诗史上的地位、价值与意义；认为刘大白的《应酬》"这首诗的好处端在不着力。不着力或者倒是真着力"[2]，彰显其艺术奥秘所在；认为傅斯年的《老头子和小孩子》"这首诗的好处在给我们一种实感，使我们仿佛身历其境；尤在写出一种动象。艺术上创造力所到的地方，更有前无古人之概"。[3]从阅读效果层面凸显其诗歌史地位。这种选本有"选"有"评"，"选""评"合为一体，有力地推动了新诗文本的经典化进程。

二是文学史著（包括新诗史著）与新诗批评相互支持，遴选新诗"经典"。1920 年代初，新文学、新诗尚处于萌动展开阶段，其合法性还处于

---

① 编者：《一九一九年诗坛略纪》，《新诗年选（一九一九年）》，亚东图书馆 1922 年版。

② 北社编：《新诗年选（一九一九年）》，亚东图书馆 1922 年版，第 13 页。

③ 同上书，第 187—188 页。

争辩之中，几乎与此同时关于其历史的书写就开始的，如胡适的《五十年来中国之文学》、凌独见的《新著国语文学史》、胡毓寰的《中国文学源流》、草川未雨的《中国新诗坛的昨日今日和明日》等。它们仅晚于新文学批评、新诗批评几年，一方面吸纳批评的成果，以史书的权力将一些批评话语转换成"历史"话语，给了《尝试集》《女神》《草儿》等以"史"的地位，赋予它们合法性的同时开始将其经典化；另一方面，著史者出于对新文学、新诗的感情，往往忘记了自己是在述史，忘记了史的严肃性，以写诗歌批评的方式编撰史书，历史书写一定程度上变成了文学批评，或者说演变成为文学批评的一种方式。这样的情况几乎贯通一个世纪，于是新诗史书写与新诗批评史似乎永远也没有真正拉开距离，有的时期二者对新诗作品的取舍、话语表达方式与言说逻辑惊人的相似，历史著述高度呼应新诗批评，甚至参与新诗批评，失去了史书的独立性、严肃性。于是文学史著与批评文章所遴选、置重的诗人及其诗作，往往高度一致，很难从一个时期的史著中找到不同于该时期主流批评的表达，这样二者相互支持推出了不同时期的"经典"。因为文学史著与新诗批评没有拉开距离，史著批评化，于是所遴选出的很多"经典"也只能是自己时代的"经典"，伴随着语境、时代主题的变化，不少"经典"在后一个语境中也就销声匿迹了。

三是选本与文学史著或离或合，作用于现代诗歌经典化。有三种情况，第一种是有史无选，民国时期和1950年代上半期的一些文学史著，一般都没有相应的选本。这些史著，大都是个人著述，如何述史，如何评判诗人与文本，尚处于探索之中。它们的目的或是以史赋予新诗这种新型的诗歌样式以合法性；或是借史评说刚刚出现的诗人诗作，尚无为历史留存经典的明确意识；或是在新时代来临之际，试探性地按照新兴话语要求述史，对自己遴选的诗人及其诗作究竟有多杰出，并没有太大的自信，或者意识到了那些作品只是书写临时性话语的即兴之作，或者根本就没有从经典化意识层面思考问题，所以他们也没有自觉到要为读者编选相应的选本，没有意识到要向读者推介经典诗人诗作。这些史著具有一定的个人性、探索性，及时地以历史著作形式记下了大量诗人诗作的名字，使一些作品获得了经典化的可能性。但因为其探索性，加之没有相应的选本与之呼应，所以推动诗人及其作品走向经典的力量相对而言还是有限的。第二种情况是有选本而无相应的文学史、新诗史著。从 1920 年代初的《新诗年选（一九一九年）》，到 1930 年代的《中国新文学大系·诗集（1917—1927）》，再到 1940 年代的《现代诗钞》等，都是诗人或学者编选的新诗选本，其特点是以文学审美眼光、诗美眼光选择诗人诗作，所选作品虽然有很强的个人性，但因为艺术眼光为主，所选作品的艺术水准往往较高；其中一些选本还具有以选代史的特点，试图以诗人诗作形象地展示新诗发生发展历程，每个重要诗人的代表作往往就是新诗发展史上某类风格作品的代表，它们是新诗史重要关节点上的代表作，虽然没有相应的史著呼应性地凸显其地位，但选本明显的以选代史的特点，让有心的读者很容易意识到其重要性；加之，选家往往是重要的诗人或者新诗专家，选本中的作品大都艺术水准较高，等于是优秀作品的大集结，所以这类选本相对而言经得起不同时期读者的阅读检验，发行量大，流传较广，所以它们所选作品经典化的概率较大。第三种情况是选、史配套，如北京大学等高校编写的《新诗选（1—3 册）》（上海教育出版社 1979 年版）、钱谷融主编的《中国现代文学作品选读》（华东师范大学出版社 1985 年版）等，它们与相应的文学史著配套，一般是高校中文系教材，是以主编的文学史观、文学观为编选原则的，所选新诗作品是主编新诗史观与诗学理念的体现与展开；这些选本，大都是 1980 年代中期以后编选的，所选作品或为新诗史意义上的重要作品，或为纯审美意义上的作品，与文学史教材相得益彰，传播面广，共同塑造着青年学生的新诗史观和诗学观，在新诗经典化过程起了相当大的作用，现在公认的新诗经典作品大都是经由这类选本与史著而最终确认、传播与完成的。

百年新诗批评、选本和文学史著以各自的方式作用于新诗的经典化历程，总体看来，三者之间基本上是共振呼应，很少有冲突，很少有不一致，形成一种合作同构关系，共同遴选出了中国现代诗歌"经典"。

第五节　新诗经典化反思

从浩如烟海的现代诗人、诗作中遴选出为数不多的"经典"，无疑是与现当代多重话语建构与生产相关的文化事件。如果说众声喧哗的新诗创作发展史，是 20 世纪一道夺目的文学风景；那么，现代新诗"经典"的塑造史、生成史则因各种声音的参与较量，因与各种现实问题、文化关系纠缠在一起，则成为更为斑斓复杂的以新诗为语料的现代文化生产、建构史。新诗批评、选本和文学史著在作用于经典建构过程中，各自负载着浓厚的文学和非文学诉求，那么以它们为主体力量所遴选出来的现代诗歌"经典"完全可靠吗？要回答这个问题，就必须对以它们为主体所推动的新诗经典化历史进行反思。

这是一个与被经典化对象的诗美资质有关的问题。现代诗歌指的是1949 年之前的白话新诗，总共只有三十多年历史，且最初几年属于拓荒期，主要还是与各种反对声音论争，进行实验性写作，以回答白话是否可以为诗的问题。现代写诗的人虽然不少，诗歌数量也难以计数，但相对于古代诗歌而言其历史太短，相对于成熟的古代诗歌艺术，现代诗美理想还处在探索中，艺术上还处在起步阶段，真正的诗美之作并不多，提供给选家、史家来遴选的优秀作品有限。不仅如此，现代诗歌属于白话自由体诗歌，势必受到旧式读者的质疑，于是现代新诗批评多是论证新诗存在的合法性和诗美探索的合理性问题，缺失艺术鉴赏性，或者说不以玩味、鉴赏为目的，于是选取批评对象时看重的多不是其诗美价值，那些被反复批评的作品有些可能只具有白话为诗的实验性、探索性，并非一定是艺术上精致的作品。它们因为批评不断关注令人耳熟能详，于是引起选家关注，收入各类选本，于是关于现代诗歌历史的书写，多绕不开这些作品。所以头脑清醒的选家往往会告诉读者哪些作品是真正诗美意义上的精品，哪些则是文学史、新诗史意义上的代表作，而那些"史学"意义上的重要作品，多不是艺术精品。就是说，那些被经典化的现代新诗作品，不一定具有真正经典所需的内在诗美资质，所以其是否属于真正经典尚需打一个问号。

新诗接受与经典化的三向度——批评、选本和文学史著是由诗人、学者和理论工作者所共同承担完成的，他们的眼光是专家的、审美趣味是专业的，理论上讲有助于遴选出真正的新诗经典，事实上也确实在遴选、阐释新诗经典过程中产生了相当大的正面效应。但这只是问题的一个方面，我们还必须审慎地注意到另一面。第一，新诗批评者和选家，尤其是民国时期，多是正在从事新诗倡导、实践的诗人，例如胡适、刘半农、俞平伯、康白情、周作人、朱自清、闻一多、陈梦家等，他们思考更多的还是白话如何为诗的问题，他们的诗学观念还在探索中，还想象不出理想的新诗范型，还无法与当时的文坛、诗坛拉开必要的审视距离，无法以冷静超然态度批评作品，只能以自己还不够成熟、不够完善的新诗观念批评新诗创作，编选新诗作品，他们所推举的作品只是符合他们当时的新诗理念，达到他们那时所想象的优秀新诗的水准，其中一些作品诗性平平，不具有经典品格，例如《人力车夫》《相隔一层纸》《学徒苦》等。第二，他们往往隶属于某个文学社团，认同某种创作潮流，在取舍作品时常常无法跳出文学小圈子，这不利于经典的遴选。草川未雨，实名张秀中，是海音社成员，1929 年该诗社所属海音书局出版了他的新诗史著《中国新诗坛的昨日今日和明日》。他完全站在拔高海音社诗歌的立场上，一方面批评否定《尝试集》《女神》《蕙的风》《繁星》《春水》等诗集；另一方面又不惜篇幅拔高海音社诗歌，设专节叙述、肯定名不见经传的谢采江的诗集《野火》和海音社的“短歌丛书”，肯定他自己的诗集《动的宇宙》等，失去了史家应有的尊重历史、尊重艺术的起码立场。闻一多的《现代诗钞》也未逃出本位主义陷阱，收录了新月派徐志摩、闻一多、饶孟侃、朱湘、孙大雨、邵洵美、林徽因、陈梦家、方玮德、梁镇等一大批诗人的作品，且排在选本最前面，以示其重要性。《现代诗钞》中徐志摩 13 首，是收录作品最多的诗人，排在前几位的还有陈梦家 10 首，闻一多 9 首，西南联大闻一多的学生穆旦 11 首；而郭沫若只有 6 首，戴望舒 3 首，早期诗人胡适、周作人、刘半农、康白情、李金发等一首也未收，个人诗学观念和本位立场影响了他对诗歌的取舍。闻一多的诗坛地位，无形的话语霸权，决定了其选本具有较大的影响力，而其选诗的偏执性则不利于新诗经典的呈现。第三，专家控制着批评话语权，按自己的好恶编辑选本，普通大众读者的权利无形中被剥夺。经典必须具有雅俗共赏的特点，经得起大众读者的阅读检验，符合大众审美意识与趣味，换言之，大众读者应参与经典的遴选。然而，现代新诗批评与选本是专家意识与口味的反映，他们按照自己的标准代替大众读者选诗，或者说强行向大众读者推荐作品，甚至以教学的方式规定哪些作品是新诗经典，规定哪些选本、哪些作品属于必读书，要求学生阅读乃至背诵，专家借助于外在力量控制着大众读者的阅读取向，相当程度上剥夺了大众读者选择的权利，他们所遴选出来的不少作品，诸如李金发的《弃妇》、卞之琳的《鱼化石》、穆旦的《诗八首》等，专业读者很难读懂它们，何况大众读者呢？所以它们是否能成为超越时空的经典，还须打一个问号。

　　近百年新诗批评、选本和文学史著为主体所推动的经典化历程，是在由社会现实、历史文化、流行时尚、文学理想、审美趣味以及新诗创作潮流等多重因素所共同构成的场域中展开的。这个场域相当复杂，浮躁，变动不居，影响着新诗的传播与接受。启蒙、救亡与革命是20世纪中国最大的主题，构成文学传播与接受场域中最核心的力量，其消长相当程度上决定着场域的变化，决定着对新诗的取舍与艺术价值评判。启蒙话语占主导地位的时期，表现个性解放、生命自由主题的作品受到青睐，如《小河》《天狗》《雪花的快乐》《教我如何不想她》等，被指认、阐释成为新诗经典；救亡话语压倒一切的年代，解放、救亡及相关主题的诗歌受到重视，如郭沫若的《抗战颂》、杨骚的《我们》、田间的《给战斗者》、艾青的《雪落在中国的土地上》、戴望舒的《我用残损的手掌》等受到重视，广为传播；革命话语凸显的时代，殷夫的《血字》、蒲风的《茫茫夜》、蒋光慈的《新梦》、郭沫若的《前茅》、闻一多的《洗衣歌》、李季的《王贵与李香香》等被确认为时代经典。总体而言，从1920年代起，随着时代的交替、场域核心力量的消长，传播接受场域的基本风貌和性质也随之变化，致使不同时代遴选、阐释出了不同的经典诗人、诗作；后一个时代所认可的经典往往与前一个时代的经典有很大的不同，甚至在主题与诗美上都是对前一时代经典的否定。就是说，现代诗歌经典化的历史不是一个沿着前代逻辑、遵循相同的诗美原则以遴选塑造诗歌经典的过程，而是频繁中断既有的阐释思路，不断另起炉灶，不断推出新的经典，缺乏较长的相对稳定的沉积期，这无疑不利于新诗经典的沉淀。所以，近一个世纪里被各个时代共同认可的经典诗歌其实很少，例如《凤凰涅槃》《再别康桥》《雨巷》《断章》这些从1980年代后期以来就被读者高度认可的新诗经典，在民国时期却并不受欢迎，那时的文学选本很少收录它们。

　　中国是一个传统文化深厚的国度，作用于新诗传播接受与经典化的不只是现实层面的话语，如上述启蒙、救亡与革命，而且还有传统话语，且二者往往无形中结合在一起形成合力发生作用，这是一个重要特点。例如，中国古代民为邦本思想，进入 20 世纪后与启蒙和革命主题相结合，致使劳工神圣、大众化等成为一个世纪里绵延不绝的文学潮流，影响着新诗批评、选本与文学史叙述走向，使书写底层民众生活的现实主义诗作常被青睐，化为经典。从理论上说，这没有问题，古今中外许多经典诗篇就是书写底层人民苦难的现实主义作品，然而事实上在一些时期存在着只看劳工题材和主题而不重视诗艺的倾向，或者说降低了对这类主题作品的艺术要求，使它们获得了更多的传播接受与经典化的机会。胡适的《人力车夫》是一首胡适自己并不满意的作品，在增订四版中被删除，从诗美层面看乃平庸之作，然而笔者统计从 1920 年至今的收录了胡适诗歌的 218 个诗歌选本，《人力车夫》竟然是入选率最高的诗作，共有 47 个选本收录该诗①，这无疑与该诗所表达的劳工主题有着直接关系；《大堰河——我的保姆》因其表现了对底层农妇的深情而被长期以来各类选本和文学史著高度认可②，推为经典，其实这首散文化的诗歌，由"在……之后""你的……""我……""她……""大堰河……""同着……""呈给……"等句式所构成的大量排比句叙事抒情，靠真情与主题打动人，但诗句过于口语散文化，一览无余，失去了汉语诗歌的含蓄与凝练，其诗意并不如一些专家所言那么浓烈，称得上中等资质的作品，但不属于诗美意义上的精品；刘半农的《相隔一层纸》、刘大白的《卖布谣》、臧克家的《泥土的歌》等亦属此类作品。再如，中国传统诗学中的功利主义观念，与 20 世纪"为人生"话语、社会革命话语结合在一起，致使那些书写现实革命主题的诗歌，受到更多眷顾，例如蒋光慈的《新梦》、殷夫的《别了，哥哥》、田间的《给战斗者》、袁水拍的《马凡陀的山歌》等被多数时期的选本收录，被不同版本的文学史著指认为新诗史上的重要作品，经由阐释、传播，令人耳熟能详，成为新诗"经典"，但事实上其中不少作品不属于艺术上乘之作。又如，中国是一个诗教传统深厚的国家，进入现代社会后，诗教的实施途径主要被学校教育所取代，于是编写供学生使用的选本与文学史教材成为重要现象；但进

---

① 方长安：《新诗传播与构建》，中国社会科学出版社 2012 年版，第 83 页。
② 同上书，第 182—190 页。

入 1950 年代后，选本与文学史教材编撰被统一性大纲所规约，那些不符合"人民文学"创造要求的诗人诗作，如胡适、周作人、李金发、戴望舒、穆旦等诗人及其诗作就被删除或批判，郭沫若、刘半农、刘大白、殷夫、朱自清、蒋光慈、臧克家、蒲风等人那些有助于新中国文学话语建构的诗歌，则受到重视，新诗史地位不断提升，成为一代又一代青年学生心中的经典。诚然，以统一性大纲取舍作品，向学生推介作品，这符合学校教书育人的特点，合情合理，以这种方式所遴选塑造出的经典有些确实是艺术精品，但以统一性大纲取舍作品也会抑制或抬高某些作品，所以那些选本和教材所推崇的新诗也不乏艺术平庸之作。进入 1990 年代以后，新诗选本与文学史著更是泛滥成灾，不少编选者、编撰者或因缺乏足够的鉴赏力，或因懒惰东鳞西爪地照抄他人选本与史著，向读者推介了一些艺术性不足的平庸作品，而一些大众读者正是阅读这类粗制滥造的选本和史著而形成自己的审美趣味的，这样他们的审美境界往往不高，无法辨识诗之优劣，这对于新诗经典化是一种负面现象，不利于真正优秀诗作的传播与接受。

批评、选本和文学史著作为现代诗歌传播与接受的三重向度，确实有力地推进了新诗的经典化，为不同时代遴选出了新诗"经典"；但如上所言，专家视野，变动不居的传播接受场域，以及外在话语的参与，致使新诗的经典化历程中存在着一些问题，使所遴选阐释出的某些"经典"作品的经典性并不完全可靠。今天，我们应同情性地理解近百年里现代诗歌经典化历程，反思性地审视被批评、选本和文学史著所指认的那些新诗"经典"，并充分意识到现代诗歌经典化只是一个刚刚展开的开放性的历史过程。

主要参考文献

一　书籍类

（一）新诗集、作家全集

1. 胡适：《尝试集》，上海亚东图书馆 1920 年版。

2. 新诗社编辑部：《新诗集》，上海新诗社出版部 1920 年版。

3. 许德邻：《分类白话诗选》，上海崇文书局 1920 年版。

4. 郭沫若：《女神》，上海泰东图书局 1921 年版。

5. 北社：《新诗年选（一九一九年）》，上海亚东图书馆 1922 年版。

6. 新诗编辑社：《新诗三百首》，上海新华书局 1922 年版。

7. 刘大白：《旧梦》，商务印书馆 1924 年版。

8. 丁丁、曹锡松：《恋歌（中国近代恋歌集）》，上海泰东图书局 1926 年版。

9. 秋雪：《小诗选》，上海文艺小丛书社 1930 年版。

10. 陈梦家：《新月诗选》，上海新月书店 1931 年版。

11. 沈仲文：《现代诗杰作选》，上海青年书店 1932 年版。

12. 朱剑芒、陈霭麓：《抒情诗（汇编）》，上海世界书局 1933 年版。

13. 朱剑芒、陈霭麓：《写景诗（汇编）》，上海世界书局 1933 年版。

14. 薛时进：《现代中国诗歌选》，上海亚细亚书局 1933 年版。

15. 刘半农：《初期白话诗稿》，北平星云堂书店 1933 年版。

16. 苏渊雷：《诗词精选》，上海世界书局 1934 年版。

17. 赵景深：《现代诗选》，上海北新书局 1934 年版。

18. 张立英：《女作家诗歌选》，上海开华书局 1934 年版。

19. 赵景深：《现代诗选（中学国语补充读本之一）》，上海北新书局 1934 年版。

20. 王梅痕：《中华现代文学选·第二册·诗歌》，上海中华书局 1935 年版。

21. 王梅痕：《注释现代诗歌选》（初中学生文库），上海中华书局 1935 年版。

22. 林琅：《现代创作新诗选》，上海中央书店 1936 年版。

23. 钱公侠、施瑛：《诗》，上海启明书局 1936 年版。

24. 笑我：《现代新诗选》，上海仿古书店 1936 年版。

25. 俊生：《现代女作家诗歌选》，上海仿古书店 1936 年版。

26. 沈毅勋：《新诗》，新潮社 1938 年版。

27. 金重子：《抗战诗选》，汉口战时文化出版社 1938 年版。

28. 王者：《诗歌选》，沈阳文艺书局 1939 年版。

29. 闲云：《新诗选辑》，海萍书店出版部 1941 年版。

30. 赵晓风：《古城的春天》，沈阳秋江书店 1941 年版。

31. 孙望、常任侠：《现代中国诗选》，重庆南方印书馆 1943 年版。

32. 孙望：《战前中国新诗选》，成都绿洲出版社 1944 年版。

33. 闻一多：《现代诗钞》，《闻一多全集》（第 4 卷），开明书店 1948 年版。

34. 臧克家：《中国新诗选（1919—1949）》，中国青年出版社 1956 年版。

35. 北京大学中文系等：《新诗选》，上海教育出版社 1979 年版。

36. 绿原、牛汉：《白色花》，人民文学出版社 1981 年版。

37. 穆旦等：《九叶集》，江苏人民出版社 1981 年版。

38. 穆旦：《穆旦诗选》，人民文学出版社 1986 年版。

39. 谢冕、杨匡汉：《中国新诗萃：20 世纪初叶—40 年代》，人民文学出版社 1988 年版。

40. 蓝棣之：《新月派诗选》，人民文学出版社 1989 年版。

41. 蓝棣之：《九叶派诗选》，人民文学出版社 1992 年版。

42. 张同道、戴定南：《二十世纪大师文库·诗歌卷》，海南出版社 1994 年版。

43. 李方：《穆旦诗全集》，中国文学出版社 1996 年版。

44. 谢冕、孟繁华：《中国百年文学经典文库·诗歌卷》，海天出版社 1996

年版。

45. 谢冕：《中国百年诗歌选》，山东文艺出版社 1997 年版。

46. 牛汉、谢冕：《新诗三百首》，中国青年出版社 2000 年版。

47. 张新颖：《中国新诗 1916—2000》，复旦大学出版社 2001 年版。

48. 《穆旦诗文集》，人民文学出版社 2006 年版。

49. 高远东：《冯至代表作：十四行集》，华夏出版社 2009 年版。

50. 谢冕总主编：《中国新诗总系》（全 10 卷），人民文学出版社 2010 年版。

51. 洪子诚、程光炜主编：《中国新诗百年大典》（全 30 卷），长江文艺出版社 2013 年版。

52. 洪子诚、奚密主编：《百年新诗选》，生活·读书·新知三联书店 2015 年版。

53. 孙玉石：《中国现代诗导读（1917—1937）》，北京大学出版社 2008 年版。

54. 龙泉明：《中国新诗名作导读》，长江文艺出版社 2003 年版。

55. 《鲁迅全集》，人民文学出版社 2005 年版。

56. 《胡适全集》，安徽教育出版社 2003 年版。

57. 《郭沫若全集》，人民文学出版社 1989 年版。

58. 《闻一多全集》，湖北人民出版社 1993 年版。

59. 《宗白华全集》，安徽教育出版社 2008 年版。

60. 《徐志摩全集》，中央编译出版社 2013 年版。

61. 《冯至全集》，河北教育出版社 1999 年版。

62. 《臧克家全集》，时代文艺出版社 2002 年版。

63. 《茅盾全集》，黄山书社 2014 年版。

　　（二）新文学大系等资料汇编

1. 《中国新文学大系（1917—1927）·诗集》，上海良友图书印刷公司 1935 年版。

2. 《中国新文学大系（1917—1927）·建设理论集》，上海良友图书印刷公司 1935 年版。

3. 《中国新文学大系（1917—1927）·史料索引集》，上海良友图书印刷公司 1936 年版。

4. 《中国新文学大系·导论集》，上海书店出版社 1940 年版。

5. 《中国新文学大系（1927—1937）第十四集·诗集》，上海文艺出版社 1985 年版。

6. 《中国新文学大系（1927—1937）第一集·文学理论集一》，上海文艺 出版社 1987 年版。

7. 《中国新文学大系（1927—1937）第二集·文学理论集二》，上海文艺 出版社 1987 年版。

8. 《中国新文学大系（1927—1937）第十九集·史料索引一》，上海文艺 出版社 1989 年版。

9. 《中国新文学大系（1927—1937）第二十集·史料索引二》，上海文艺 出版社 1989 年版。

10. 《中国新文学大系（1937—1949）第一集·文学理论卷一》，上海文艺 出版社 1990 年版。

11. 《中国新文学大系（1937—1949）第二集·文学理论卷二》，上海文艺 出版社 1990 年版。

12. 《中国新文学大系（1937—1949）第十四集·诗卷》，上海文艺出版社 1990 年版。

13. 《中国新文学大系（1937—1949）第二十集·史料索引》，上海文艺出 版社 1994 年版。

14. 陈思和：《21 世纪中国文学大系》（2001 年卷），春风文艺出版社 2002 年版。

15. 谢冕、孙玉石、洪子诚等：《百年中国新诗史略〈中国新诗总系〉导言 集》，北京大学出版社 2010 年版。

16. 陈绍伟编：《中国新诗集序跋选 1918—1949》，湖南文艺出版社 1986 年 版。

17. 刘增人编：《臧克家序跋选》，青岛出版社 1989 年版。

18. 贾植芳等编：《文学研究会资料》（上、下），知识产权出版社 2010 年版。

19. 吴宏聪等编：《创造社资料》，福建人民出版社 1985 年版。

20. 王训昭、卢正言、邵华等编：《郭沫若研究资料》（上、中、下），知识产权出版社 2010 年版。

21. 陈金淦著：《胡适研究资料》，知识产权出版社 2010 年版。

22. 萧斌如编：《刘大白研究资料》，知识产权出版社 2010 年版。

23. 鲍晶编：《刘半农研究资料》，知识产权出版社 2011 年版。

24. 邵华强编：《徐志摩研究资料》，知识产权出版社 2011 年版。

25. 海涛、金汉：《艾青专集》，江苏人民出版社 1982 年版。

26. 冯光廉、刘增人编：《臧克家研究资料》（上、下），知识产权出版社
  2010 年版。

27. 李怡、易彬编：《穆旦研究资料》（上、下），知识产权出版社 2013
  年版。

28. 《左联回忆录》，知识产权出版社 2010 年版。

29. 刘增杰、赵明、王文金等编：《抗日战争时期延安及各抗日民主根据地
  文学运动资料》（上、中、下），知识产权出版社 2010 年版。

30. 中国社会科学院文学研究所编：《中国文学史资料全编·现代卷》，知
  识产权出版社 2010 年版。

（三）大事记、编年史著作

1. 周锦编：《中国新文学大事记（一九一七——一九四八）》，成文出版社
  1980 年版。

2. 李新总主编，韩信夫、姜克夫主编：《中华民国大事记》，中国文史出版
  社 1997 年版。

3. 晋察冀革命文化史料征集协作组编：《晋察冀革命文化艺术大事记》，花
  山文艺出版社 1998 年版。

4. 於可训、叶立文主编：《中国文学编年史·现代卷》，湖南人民出版社
  2006 年版。

5. 於可训、李遇春主编：《中国文学编年史·当代卷》，湖南人民出版社
  2006 年版。

6. 刘福春编：《新诗纪事》，学苑出版社 2004 年版。

7. 刘福春著：《中国当代新诗编年史（1966—1976）》，河南大学出版社
  2005 年版。

8. 刘福春著：《中国新诗编年史》（上、下），人民文学出版社 2013 年版。

9. 张大明著：《中国左翼文学编年史》，社会科学文献出版社 2013 年版。

10. 袁进主编：《中国近代文学编年史·以文学广告为中心 （1872—1914）》，北京大学出版社 2013 年版。

11. 钱理群主编：《中国现代文学编年史·以文学广告为中心 （1915—1927）》，北京大学出版社 2013 年版。

12. 吴福辉主编：《中国现代文学编年史·以文学广告为中心 （1928—1937）》，北京大学出版社 2013 年版。

13. 陈子善主编：《中国现代文学编年史·以文学广告为中心 （1937—1949）》，北京大学出版社 2013 年版。

14. 刘勇、李怡主编：《中国现代文学编年史》丛书，文化艺术出版社 2015 年版。

（四）辞典、编目著作

1. 辛笛主编：《20 世纪中国新诗辞典》，汉语大词典出版社 1997 年版。

2. 傅璇琮等主编：《中国诗学大辞典》，浙江教育出版社 1999 年版。

3. 徐乃翔：《台湾新文学辞典 1919—1986》，四川人民出版社 1989 年版。

4. 黄邦君、邹建军编著：《中国新诗大辞典》，时代文艺出版社 1988 年版。

5. 陈绍伟：《诗歌辞典》，花城出版社 1986 年版。

6. 林焕彰编：《中国新诗集编目》，成文出版社 1980 年版。

7. 刘福春编：《中国新诗书刊总目》，作家出版社 2006 年版。

8. 刘福春、徐丽松编：《中国现代文学总书目·诗歌卷》，知识产权出版社 2010 年版。

9. 吴俊、李今、刘晓丽：《中国现代文学期刊目录新编》，上海人民出版社 2010 年版。

（五）诗人年谱、评传

1. 陈从周：《徐志摩年谱》，上海书店出版社 1981 年印行。

2. 龚济民、方仁念：《郭沫若年谱》，天津人民出版社 1983 年版。

3. 周永祥：《瞿秋白年谱》，广东人民出版社 1983 年版。

4. 张傲卉等：《成仿吾年谱》，东北师范大学出版社 1994 年版。

5. 闻黎明、侯菊坤：《闻一多年谱长编》，湖北人民出版社 1994 年版。

6. 姜建、吴为公：《朱自清年谱》，安徽教育出版社 1996 年版。

7. 卓如：《冰心年谱》，海峡文艺出版社 1999 年版。

8. 孙玉蓉：《俞平伯年谱》，天津人民出版社 2001 年版。

9. 吴世勇：《沈从文年谱（1902—1988）》，天津人民出版社 2006 年版。

10. 易彬：《穆旦年谱》，中国社会科学出版社 2010 年版。

11. 叶锦编：《艾青年谱长编》，人民文学出版社 2010 年版。

12. 耿云志：《胡适年谱 1891—1962》，福建教育出版社 2012 年版。

13. 易竹贤：《胡适传》，湖北人民出版社 1987 年版。

14. 李敖：《胡适评传》，文汇出版社 2003 年版。

15. 李霖编：《郭沫若评传》，上海开明书店 1936 年版。

16. 孙党伯：《郭沫若评传》，人民文学出版社 1987 年版。

17. 陈厚诚：《死神唇边的笑·李金发传》，上海文艺出版社 1996 年版。

18. 陆耀东：《徐志摩评传》，陕西人民出版社 1986 年版。

19. 陆耀东：《冯至传》，十月文艺出版社 2003 年版。

20. 闻黎明：《闻一多传》（增订本），人民出版社 2016 年版。

21. 杨匡汉、杨匡满：《艾青传论》，上海文艺出版社 1984 年版。

22. 程光炜：《艾青传》，十月文艺出版社 1999 年版。

23. 骆寒超：《艾青评传》，重庆出版社 2001 年版。

24. 李怡：《七月派作家评传》，重庆出版社 2000 年版。

25. 易彬：《穆旦评传》，南京大学出版社 2012 年版。

26. 陈伯良：《穆旦传》，浙江人民出版社 2004 年版。

（六）文学史和诗歌史

1. 林传甲：《中国文学史》，武林谋新室 1910 年版。

2. 曾毅：《中国文学史》，上海泰东图书局 1915 年版。

3. 谢无量：《中国大文学史》，中华书局 1918 年版。

4. 凌独见：《新著国语文学史》，商务印书馆 1923 年版。

5. 胡怀琛：《中国文学史略》，梁溪图书馆 1924 年版。

6. 胡适：《五十年来中国之文学》，申报馆 1924 年单行本。

7. 胡毓寰：《中国文学源流》，商务印书馆 1924 年版。

8. 李振镛：《中国文学沿革概论》，上海大东书局 1924 年版。

9. 刘毓盘：《中国文学史》，上海古今图书店 1924 年版。

10. 谭正璧：《中国文学史大纲》，光明书局1925年版。

11. 汪剑余：《本国文学史》，上海历史研究社1925年版。

12. 曹聚仁：《中国平民文学概论》，梁溪图书馆1926年版。

13. 顾实：《中国文学史大纲》，商务印书馆1926年版。

14. 鲁迅：《中国文学史略》，厦门大学油印讲义1926年版。

15. 陈钟凡：《中国文学批评史》，中华书局1927年版。

16. 胡适：《国语文学史》，北京文化学社1927年版。

17. 郑振铎：《文学大纲》，商务印书馆1927年版。

18. 胡适：《白话文学史》（上卷），新月书店1928年版。

19. 胡云翼：《中国文学概论》（上编），上海启智书局1928年版。

20. 赵景深：《中国文学小史》，光华书局1928年版。

21. 赵祖抃：《中国文学沿革一瞥》，光华书局1928年版。

22. 周群玉：《白话文学史大纲》，上海群学社1928年版。

23. 陈子展：《中国近代文学之变迁》，中华书局1929年版。

24. 谭正璧：《中国文学进化史》，光明书局1929年版。

25. 陈子展：《最近三十年中国文学史》，上海太平洋书店1930年版。

26. 儿岛献吉郎：《中国文学概论》，上海北新书局1930年版。

27. 胡小石：《中国文学史》，上海人文社股份有限公司1930年版。

28. 郑振铎：《中国文学史》，商务印书馆1930年版。

29. 贺凯：《中国文学史纲要》，北平文化学社1931年版。

30. 胡怀琛：《中国文学史概要》，商务印书馆1931年版。

31. 胡行之：《中国文学史讲话》，光华书局1932年版。

32. 胡云翼：《新著中国文学史》，上海北新书局1932年版。

33. 刘麟生：《中国文学史》，上海世界书局1932年版。

34. 陆侃如、冯沅君：《中国文学史简编》，大江书铺1932年版。

35. 陆永恒：《中国新文学概论》，克文印务局1932年版。

36. 苏雪林：《新文学研究讲义》，国立武汉大学印（武汉大学图书馆存本）1932年版。

37. 郑振铎：《插图本中国文学史》，北平朴社1932年版。

38. 周作人：《中国新文学的源流》，北平人文书店1932年版。

39. 陈子展：《中国文学史讲话》（上中下三册），上海北新书局上册1933年版，中册1933年版，下册1937年版。

40. 刘大白：《中国文学史》，大江书铺1933年版。

41. 王哲甫：《中国新文学运动史》，北平杰成印书局1933年版。

42. 郭绍虞：《中国文学批评史》，商务印书馆1934年版。

43. 张振镛：《中国文学史分论》，商务印书馆1934年版。

44. 郑作民：《中国文学史纲要》，上海合众书店1934年版。

45. 张若英编：《中国新文学运动史资料》，光明书局1934年版。

46. 容肇祖：《中国文学史大纲》，北平朴社1935年版。

47. 谭正璧：《新编中国文学史》，光明书店1935年版。

48. 张长弓：《中国文学史新编》，开明书店1935年版。

49. 霍衣仙、王颂三：《中国文学史》，广州商务印书馆1936年版。

50. 青木正儿：《中国文学思想史纲》，商务印书馆1936年版。

51. 吴文祺：《新文学概要》，中国文化服务社1936年版。

52. 赵景深：《中国文学史新编》，上海北新书局1936年版。

53. 陈介白：《中国文学史》，北京书店1937年版。

54. 霍衣仙：《最近二十年文学史纲》，上海北新书局1937年版。

55. 陆敏车：《最新中国文学流变史》，汉光印书馆1937年版。

56. 羊达之：《中国文学史提要》，正中书局1937年版。

57. 杨荫深：《中国文学史大纲》，商务印书馆1938年版。

58. 张雪蕾：《中国文学史表解》，商务印书馆1938年版。

59. 李何林：《近二十年中国文艺思潮论》，生活书店1939年版。

60. 李一鸣：《中国新文学史讲话》，世界书局1943年版。

61. 任访秋：《中国现代文学史》（上），河南先锋报社1944年版。

62. 朱东润：《中国文学批评史大纲》，开明书店1944年版。

63. 胡云翼：《新著中国文学史》，上海北新书局1947年版。

64. 林庚：《中国文学史》，厦门大学出版社1947年版。

65. 宋云彬：《中国文学史简编》，香港文化供应社1947年。

66. 何剑熏：《中国文学史》，重庆寒流出版社1948年。

67. 谭正璧：《中国文学史》，光明书局1948年。

68. 草川未雨：《中国新诗坛的昨日今日和明日》，北平海音书局 1929 年版。

69. 朱星元：《中国近代诗学之过渡时代论略》，无锡锡成印刷公司 1930 年版。

70. 李维：《诗史》，东方出版社 1996 年版。

71. 陆侃如、冯沅君：《中国诗史》，大江书铺 1931 年版。

72. 王易：《词曲史》，神州国光社 1932 年版。

73. 朱右白：《中国诗的新途径》，商务印书馆 1936 年版。

74. 蓝海：《中国抗战文艺史》，现代出版社 1947 年版。

75. 王瑶：《中国新文学史稿》（上），开明书店 1951 年版。

76. 王瑶：《中国新文学史稿》（下），新文艺出版社 1953 年版。

77. 蔡仪：《中国新文学史讲话》，新文艺出版社 1952 年版。

78. 张毕来：《新文学史纲》，作家出版社 1955 年版。

79. 刘绶松：《中国新文学史初稿》，作家出版社 1956 年版。

80. 丁易：《中国现代文学史略》，作家出版社 1956 年版。

81. 复旦大学中文系：《中国现代文学史》，上海文艺出版社 1959 年版。

82. 中国人民大学语言文学系：《中国现代文学史讲义》，1961 年校内使用版。

83. 中山大学中文系：《中国现代文学史》（1919—1927），中山大学 1961 年版。

84. 唐弢：《中国现代文学史》，人民文学出版社 1979 年版。

85. 田仲济、孙昌熙：《中国现代文学史》，山东人民出版社 1979 年版。

86. 司马长风：《中国新文学史》，九龙昭明出版社 1980 年版。

87. 许志英：《中国现代文学史简编》，江苏人民出版社 1983 年版。

88. 黄修己：《中国现代文学简史》，中国青年出版社 1984 年版。

89. 林志浩主编：《中国现代文学史》，中国人民大学出版社 1984 年版。

90. 钱理群等：《中国现代文学三十年》，上海文艺出版社 1987 年版。

91. 钱理群等：《中国现代文学三十年》（修订本），北京大学出版社 1998 年版。

92. 朱栋霖：《中国现代文学史 1917—1997》，高等教育出版社 1999 年版。

93. 程光炜：《中国现代文学史》，中国人民大学出版社 2000 年版。

94. 夏志清：《中国现代小说史》，复旦大学出版社 2005 年版。

95. 黄修己：《中国新文学史编纂史》，北京大学出版社 2007 年版。

96. ［日］吉川幸次郎著：《中国诗史》，章培恒等译，复旦大学出版社 2001 年版。

97. 陆耀东：《中国新诗史（1916—1949）》，长江文艺出版社，第一卷 2005 年版，第二卷 2009 年版，第三卷 2015 年版。

98. 吴欢章：《中国现代分体诗歌史》，上海大学出版社 2008 年版。

99. 孙玉石：《中国现代主义诗潮史论》，北京大学出版社 1999 年版。

100. 龙泉明：《中国新诗流变论》，人民文学出版社 1999 年版。

101. 王毅：《中国现代主义诗歌史论：1925—1949》，西南师范大学出版社 1998 年版。

102. 马亚中：《中国近代诗歌史》，复旦大学出版社 2011 年版。

103. 张松如：《中国诗歌史论》，吉林大学出版社 1985 年版。

104. 赵敏俐：《中国诗歌史通论》，人民文学出版社 2013 年版。

105. 罗振亚：《中国现代主义诗歌史论》，社会科学文献出版社 2002 年版。

106. 王荣：《中国现代叙事诗史》，中国社会科学出版社 2004 年版。

107. 章亚昕：《二十世纪台湾诗歌史》，人民文学出版社 2010 年版。

108. 王泽龙：《中国现代主义诗潮论》，华中师范大学出版社 1995 年版。

109. 王光明：《现代汉诗的百年演变》，河北人民出版社 2003 年版。

110. 於可训：《中国当代文学概论》（修订版），武汉大学出版社 2003 年版。

111. 洪子诚：《中国当代新诗史》（与刘登翰合著），人民文学出版社 1993 年版。

112. 朱寨：《中国当代文学思潮史》，人民文学出版社 1987 年版。

113. 陈思和：《中国当代文学史教程》，复旦大学出版社 1999 版。

（七）诗论、文论

1. 梁启超：《饮冰室诗话》，人民文学出版社 1998 年版。

2. 郭沫若、田寿昌、宗白华：《三叶集》，上海亚东图书馆 1920 年版。

3. 谢楚桢编著：《白话诗研究集》，北京大学出版部 1921 年版。

4. 梁实秋、闻一多：《冬夜草儿评论》，清华文学社 1922 年版。

5. 胡怀琛：《新诗概说》，商务印书馆 1923 年版。

6. 胡怀琛：《小诗研究》，商务印书馆 1924 年版。

7. 胡怀琛：《中国八大诗人》，中华书局 2010 年版。

8. 胡怀琛：《中国民歌研究》，商务印书馆 1925 年版。

9. 钱杏邨：《现代中国文学作家》，泰东书局 1928 年版。

10. 卢冀野：《民族诗歌论集》，重庆国民图书出版社 1940 年版。

11. 卢冀野：《民族诗歌续论》，重庆国民图书出版社 1944 年版。

12. 吴梅：《词学通论》，复旦大学出版社 2005 年版。

13. 俞陛云：《诗境浅说》，中华书局 2010 年版。

14. 梁宗岱：《诗与真》，商务印书馆 1935 年版。

15. 梁宗岱：《诗与真二集》，商务印书馆 1936 年版。

16. 曹葆华辑译：《现代诗论》，商务印书馆 1937 年版。

17. 穆木天：《怎样学习诗歌》，生活书店 1938 年版。

18. 艾青：《诗论》，三户图书社 1941 年版。

19. 李广田：《诗的艺术》，开明书店 1943 年版。

20. 废名：《谈新诗》，新民印书馆 1944 年版。

21. 朱自清：《新诗杂话》，上海作家书屋 1947 年版。

22. 朱光潜：《诗论》，正中书局 1948 年版。

23. 王力：《现代诗律学》，中国人民大学出版社 2004 年版。

24. 唐湜：《意度集》，平原社 1950 年版。

25. 唐湜：《新意度集》，三联书店 1990 年版。

26. 何其芳：《诗歌欣赏》，人民文学出版社 1962 年版。

27. 痖弦：《中国新诗研究》，洪范书店有限公司 1981 年版。

28. 袁可嘉：《论新诗现代化》，三联书店 1988 年版。

29. 何其芳、李广田、卞之琳：《汉园集》，上海商务印书馆 1936 年版。

30. 卞之琳：《人与诗：忆旧说新》，三联书店 1984 年版。

31. 郑敏：《诗歌与哲学是近邻——结构—解构诗论》，北京大学出版社 1999 年版。

32. 郑敏：《思维·文化·诗学》，河南人民出版社 2004 年版。

33. 王瑶：《中国诗歌发展讲话》，中国青年出版社 1956 年版。

34. 晓雪：《生活的牧歌——论艾青的诗》，作家出版社 1957 年版。

35. 楼栖：《论郭沫若的诗》，上海文艺出版社 1959 年版。

36. 周伯乃：《早期新诗的批评》，成文出版社 1980 年版。

37. 吕进：《给新诗爱好者》，重庆出版社 1984 年版。

38. 孙玉石：《中国初期象征派诗歌研究》，北京大学出版社 1985 年版。

39. 陆耀东：《二十年代中国各流派诗人论》，中国社会科学出版社 1985 年版。

40. 於可训：《新诗体艺术论》，武汉大学出版社 1995 年版。

41. 吴思敬：《心理诗学》，首都师范大学出版社 1996 年版。

42. 吴思敬：《诗歌鉴赏心理》，辽宁人民出版社 1987 年版。

43. 谢冕：《新世纪的太阳：20 世纪中国诗潮》，时代文艺出版社 1993 年版。

44. 谢冕：《谢冕文学评论集》，湖南文艺出版社 1986 年版。

45. 叶维廉：《中国诗学》，三联书店 1992 年版。

46. 杨匡汉：《中国新诗学》，人民出版社 2005 年版。

47. 骆寒超：《骆寒超诗论集》，浙江大学出版社 1991 年版。

48. 张曼仪：《卞之琳著译研究》，香港大学中文系 1989 年出版。

49. 杨匡汉、刘福春编：《中国现代诗论 上编》，花城出版社 1985 年版。

50. 杨匡汉、刘福春编：《中国现代诗论 下编》，花城出版社 1986 年版。

51. 潘颂德：《中国现代诗论 40 家》，重庆出版社 1991 年版。

52. 邹建军：《中国新诗理论研究》，长江文艺出版社 1993 年版。

53. 许霆：《新诗理论发展史 1917—1927》，甘肃文化出版社 1994 年版。

54. 金钦俊：《新诗研究》，中山大学出版社 1999 年版。

55. 蓝棣之：《现代诗的情感与形式》，人民文学出版社 2002 年版。

56. 於可训：《当代诗学》，湖南人民出版社 2000 年版。

57. 王光明：《艰难的指向——"新诗潮"与 20 世纪中国现代诗》，时代文艺出版社 1993 年版。

58. 谭桂林：《本土语境与西方资源——现代中西诗学关系研究》，人民文学出版社 2008 年版。

59. 北京大学中国新诗研究所编：《新诗评论》，北京大学出版社 2007 年版。

60. 张清华编著：《猜测上帝的诗学》，北京大学出版社 2010 年版。

61. 王家新：《为凤凰找寻栖所——现代诗歌论集》，北京大学出版社 2008 年版。

62. 王家平：《文化大革命时期诗歌研究》，河南大学出版社 2004 年版。

63. 臧棣：《必要的天使·中国好诗·第一季》，中国青年出版社 2015 年版。

64. 许霆：《中国现代诗学论稿》，复旦大学出版社 2012 年版。

65. 谭五昌：《20 世纪中国新诗中的死亡想像》，安徽教育出版社 2008 年版。

66. 孙晓娅：《跋涉的梦游者 牛汉诗歌创作研究》，北方妇女儿童出版社 2003 年版。

67. 伍明春：《早期新诗的合法性研究》，人民文学出版社 2012 年版。

68. 罗振亚：《问诗录》，天津人民出版社 2010 年版。

69. 李章斌：《在语言之内航行 论新诗韵律及其他》，人民文学出版社 2014 年版。

70. 荣光启：《"现代汉诗"的眼光：谈论新诗的一种方法》，中国社会科学出版社 2015 年版。

71. 张松建：《抒情主义与中国现代诗学》，北京大学出版社 2012 年版。

72. 吴晓东：《象征主义与中国现代文学》，安徽教育出版社 2000 年版。

73. 吴晓东编著：《20 世纪的诗心 中国新诗论集》，北京大学出版社 2010 年版。

74. 李怡：《中国现代新诗与古典诗歌传统》，西南师范大学出版社 1994 年版。

75. 蒋登科：《九叶诗派的合璧艺术》，西南师范大学出版社 2002 年版。

76. 张桃洲：《现代汉语的诗性空间 新诗话语研究》，北京大学出版社 2005 年版。

77. 孙玉石编著：《中国现代诗学丛论》，北京大学出版社 2010 年版。

78. 孙玉石：《中国现代解诗学的理论与实践》，北京大学出版社 2007

年版。

79. 张桃洲:《语词的探险 中国新诗的文本与现实》,社会科学文献出版社 2012 年版。

80. 伊沙:《现代诗论》,青海人民出版社 2015 年版。

81. 张洁宇:《荒原上的丁香——20 世纪 30 年代北平"前线诗人"诗歌研究》,中国人民大学出版社 2003 年版。

82. 李春青:《诗与意识形态》,北京大学出版社 2005 年版。

83. 杨四平、谢昭新:《中国新诗理论概观》,中国文联出版社 2006 年版。

84. 邓程:《新诗的"懂"与"不懂"新时期以来新诗理论研究》,中国社会科学出版社 2014 年版。

85. 杜运燮、袁可嘉、周与良编:《一个民族已经起来——怀念诗人、翻译家穆旦》,江苏人民出版社 1987 年版。

86. 杜运燮等编:《丰富和丰富的痛苦:穆旦逝世二十周年纪念文集》,北京师范大学出版社 1997 年版。

87.《钟敬文文集(诗学及文艺论卷)》,安徽教育出版社 2002 年版。

88. 陈旭光:《中西诗学的会通》,北京大学出版社 2002 年版。

89. 冯姚平:《冯至与他的世界》,河北教育出版社 2001 年版。

90. 龙泉明、邹建军:《现代诗学》,湖南人民出版社 2000 年版。

91. 龙泉明:《中国新诗的现代性》,武汉大学出版社 2005 年版。

92. 邓程:《论新诗的出路》,中国社会科学出版社 2004 年版。

93. 陈太胜:《象征主义与中国现代诗学》,北京大学出版社 2005 年版。

94. 张林杰:《都市环境中的 20 世纪 30 年代诗歌》,中国社会科学出版社 2007 年版。

95. 刘继业:《新诗的大众化和纯诗化》,北京大学出版社 2008 年版。

96. 汪云霞:《知性诗学与中国现代诗歌》,上海世纪出版集团 2009 年版。

97. 陈良运:《中国诗学批评史》,江西人民出版社 2001 年版。

98. [美]奚密:《现代汉诗》,生活·读书·新知三联书店 2008 年版。

99. 许霆:《中国现代诗学论稿》,复旦大学出版社 2012 年版。

100. 吕周聚:《中国现代主义诗学》,人民文学出版社 2001 年版。

101. 陈卫:《闻一多诗学论》,广西师范大学出版社 2000 年版。

102. 江弱水:《卞之琳诗艺研究》,安徽教育出版社 2000 年版。

103. 朱寿桐:《新月派的绅士风情》,江苏文艺出版社 1995 年版。

104. 刘西渭:《咀华集》,文化生活出版社 1936 年版。

105. 朱自清:《中国新文学研究纲要》,《文艺论丛》第 14 辑,上海文艺出版社 1982 年版。

106. 陈西滢:《西滢闲话》,中国文联出版公司 1993 年版。

107. 唐弢:《晦庵书话》,生活·读书·新知三联书店 1980 年版。

108. 邵荃麟:《邵荃麟评论选集》,人民文学出版社 1981 年版。

109. 陈平原等:《二十世纪中国文学三人谈》,人民文学出版社 1988 年版。

110. 朱晓进等:《非文学的世纪——20 世纪中国文学与政治文化的关系史论》,南京师范大学出版社 2004 年版。

111. 黄药眠:《黄药眠美学文艺学论集》,北京师范大学出版社 2002 年版。

112. 曾小逸编:《走向世界文学》,湖南文艺出版社 1985 年版。

113. 陈平原:《文学史的形成与建构》,广西教育出版社 1999 年版。

114. 丁帆:《重回"五四"起跑线》,人民文学出版社,2004 年版。

115. 丁帆:《20 世纪文化名人精神评传》,人民文学出版社 2004 版。

116. 孙郁:《百年若梦——20 世纪中国文人心态扫描》,广西师范大学出版社 2006 年版。

117. 孙郁:《在民国》,浙江人民出版社 2008 年版。

118. 程金城:《20 世纪中国文学价值系统 1900—1949》,敦煌文艺出版社 1996 年版。

119. 王本朝:《中国当代文学制度研究》,新星出版社 2007 年版。

120. 张均:《中国当代文学制度研究(1949—1976)》,北京大学出版社 2011 年版。

121. 高玉:《"话语"视角的文学问题研究》,中国社会科学出版社 2009 年版。

　　(八)接受研究等类著作

1. [英]丹尼斯·麦奎尔、[瑞典]斯文·温德尔:《大众传播模式论》,上海译文出版社 1997 年版。

2. [德]H.R.姚斯、[美]R.C.霍拉勃:《接受美学与接受理论》,辽宁人民出版社 1987 年版。

3. 〔美〕哈罗德·布鲁姆著：《影响的焦虑》，生活·读书·新知三联书店
　　1989 年版。

4. 〔德〕伊瑟尔（Iser，Wolfgang）：《阅读活动 审美反应理论》，中国社会
　　科学出版社 1991 年版。

5. 〔德〕瑙曼等著；范大灿编：《作品、文学史与读者》，文化艺术出版社
　　1997 年版。

6. 〔美〕斯坦利·费什：《读者反应批评：理论与实践》，中国社会科学出
　　版社 1998 年版。

7. 〔法〕雅克·德里达：《文学行动》，赵兴国等译，中国社会科学出版社
　　1998 年版。

8. 〔法〕米歇尔·福柯：《知识考古学》，谢强、马月译，生活·读书·新
　　知三联书店 1998 年版。

9. 〔法〕罗兰·巴特：《符号学美学》，董学文、王葵译，辽宁人民出版社
　　1987 年版。

10. 〔法〕雅克·马利坦：《艺术与诗中的创造性直觉》，刘有元等译，生
　　活·读书·新知三联书店 1991 年版。

11. 〔法〕安托瓦纳·贡巴尼翁：《反现代化》，郭宏安译，生活·读书·
　　新知三联书店 2009 年版。

12. 〔德〕恩斯特·卡西尔：《语言与神话》，生活·读书·新知三联书店
　　1988 年版。

13. 〔德〕本雅明：《发达资本主义时代的抒情诗人》，张旭东等译，生活
　　·读书·新知三联书店 1989 年版。

14. 〔美〕马泰·卡林内斯库：《现代性的五副面孔》，顾爱彬、李瑞华译，
　　商务印书馆 2003 年版。

15. 〔美〕爱德华·W. 萨义德：《文化与帝国主义》，李琨译，生活·读
　　书·新知三联书店 2003 年版。

16. 〔美〕艾恺：《世界范围内的反现代化思潮》，贵州人民出版社 1991
　　年版。

17. 〔美〕华莱士·马丁：《当代叙事学》，北京大学出版社 1990 年版。

18. ［美］吉尔伯特·罗兹曼主编：《中国的现代化》，江苏人民出版社1995年版。

19. ［美］孙康宜：《词与文类研究》，北京大学出版社2004年版。

20. ［美］格里德：《胡适与中国的文艺复兴》，鲁奇译，江苏人民出版社1996年版。

21. ［英］特伦斯·霍克斯：《结构主义和符号学》，瞿铁鹏译，上海译文出版社1987年版。

22. ［英］安东尼·吉登斯：《现代性的后果》，田禾译，译林出版社2000年版。

23. ［英］迈克·费瑟斯通：《消费文化与后现代主义》，刘精明译，译林出版社2000年版。

24. ［英］史蒂文·卢克斯：《个人主义》，阎克文译，江苏人民出版社2001年版。

25. ［英］托·斯·艾略特：《艾略特文学论文集》，李赋宁译注，百花洲文艺出版社1994年版。

26. ［英］安东尼·D.史密斯：《全球化时代的民族与民族主义》，龚维斌、良警宇译，中央编译出版社2002年版。

27. ［英］厄内斯特·盖尔纳：《民族与民族主义》，韩红译，中央编译出版社2002年版。

28. ［英］齐格蒙·鲍曼：《立法者与阐释者》，洪涛译，上海人民出版社2000年版。

29. ［英］马·布雷德伯里等编：《现代主义》，上海外语教育出版社1992年版。

30. ［日］福泽谕吉：《文明论概略》，商务印书馆1997年版。

31. ［日］今道友信等：《存在主义美学》，崔相录、王生平译，辽宁人民出版社1987年版。

32. ［日］竹内好：《近代的超克》，李冬木等译，生活·读书·新知三联书店2005年版。

33. ［波兰］弗·兹纳涅茨基：《知识人的社会角色》，郏斌祥译，译林出版社2000年版。

34. 张京媛主编：《新历史主义与文学批评》，北京大学出版社 1993 年版。

35. 刘小枫选编：《接受美学译文集》，生活·读书·新知三联书店 1989 年版。

36. 马以鑫：《中国现代文学接受史》，华东师范大学出版社 1998 年版。

37. 王卫平：《接受美学与中国现代文学》，吉林教育出版社 1994 年版。

38. 戴燕：《文学史的权力》，北京大学出版社 2002 年版。

39. 赵稀方：《翻译与新时期话语实践》，中国社会科学出版社 2003 年版。

40. 龙协涛：《文学阅读学》，北京大学出版社 2004 年版。

41. 张福贵：《中日近现代文学关系比较研究》（合著），吉林大学出版社 1999 年版。

42. 王玉琦：《近现代之交中国文学传播模式转换研究 1902—1927》，江西人民出版社 2005 年版。

43. 尚永亮等：《中唐元和诗歌传播接受史的文化学考察》（上、下），武汉大学出版社 2010 年版。

44. 王兆鹏：《宋代文学传播探原》，武汉大学出版社 2013 年版。

45. 陈文忠：《文学美学与接受史研究》，安徽人民出版社 2008 年版。

46. 吴相洲：《唐诗创作与歌诗传唱关系研究》，北京大学出版社 2004 年版。

47. 王烨：《新文学与现代传媒》，学林出版社 2008 年版。

48. 陈思广：《审美之维：中国现代经典长篇小说接受史论》，四川大学出版社 2012 年版。

49. 陈文忠：《为接受史辩护》，安徽师范大学出版社 2014 年版。

50. 谭新红：《宋词传播方式研究》，武汉大学出版社 2010 年版。

51. 窦可阳：《接受美学与象思维：接受美学的"中国化"》，中央编译出版社 2014 年版。

52. 王丽丽：《历史·交流·反应——接受美学的理论递嬗》，北京大学出版社 2014 年版。

53. 王伟：《文本作为交往的世界：接受美学主体间性思想研究》，广西师范大学出版社 2014 年版。

54. 刘运峰：《版本·文本·故实——中国现代文学与传播论丛》，南开大学出版社 2015 年版。

55. 姜涛：《"新诗集"与中国新诗的发生》，北京大学出版社 2005 年版。

56. 方长安：《新诗传播与构建》，中国社会科学出版社 2012 年版。

57. 方长安：《传播接受与新诗生成》，台湾花木兰文化出版社 2015 年版。

58. 叶立文：《"误读"的方法：新时期初西方现代主义文学的传播与接受》，中国社会科学出版社 2009 年版。

59. 梁笑梅：《中国新诗传播空间中诗集序的历史镜像》，华中师范大学出版社 2008 年版。

二　论文类

1. 杨武能：《阐释、接受与再创造的循环——文学翻译断想》，《翻译理论》1987 年第 6 期。

2. 朱桦：《论文学接受与文学传播的社会化》，《文艺理论研究》1994 年第 4 期。

3. 张荣翼：《文学史，文学经典化的历史》，《河北学刊》1997 年第 4 期。

4. 马萧：《文学的接受美学观》，《中国翻译》2000 年第 2 期。

5. 谢天振：《作者本意与文本本意——解释学理论与翻译研究》，《外国语》2000 年第 3 期。

6. 黄发有：《文学传媒与"文革"后文学生态》，《当代作家评论》2006 年第 5 期。

7. 王兆鹏：《中国古代文学传播方式研究的思考》，《文学遗产》2006 年第 2 期。

8. 朱国华：《文学"经典化"的可能性》，《文艺理论研究》2006 年第 2 期。

9. 黄发有：《文学传媒研究的意义与方法》，《渤海大学学报》（哲学社会科学版）2007 年第 1 期。

10. 李林荣：《认同困境中的"他者"——对当前台湾文学在大陆传播、接受效应的几点省察》，《河南社会科学》2009 年第 1 期。

11. 马大康：《接受美学在中国》，《东方丛刊》2009 年第 4 期。

12. 汪超：《中国文学的传播与接受国际学术研讨会综述》，《华文文学》

2009 年第 5 期。

13. 李永平：《文学传播学论纲》，《当代传播》2010 年第 5 期。

14. 李娅、陈水云：《寻找文学传播接受研究的突破口——武汉大学"文学传播接受研究高端论坛"综述》，《长江学术》2011 年第 2 期。

15. 卓宁：《1950 年代台湾地区"反共文学"的传播与接受》，《中国现代文学研究丛刊》2011 年第 10 期。

16. 方维规：《文学解释学是一门复杂的艺术——接受美学原理及其来龙去脉》，《社会科学研究》2012 年第 2 期。

17. 耿强：《论英译中国文学的对外传播与接受》，《天津外国语大学学报》2012 年第 5 期。

18. 杨四平：《现代中国文学海外传播与接受的差异性问题》，《中国现代文学论丛》2013 年第 1 期。

19. 杨四平：《现代中国文学海外传播与接受的国别关系研究——以欧美与苏俄为例》，《长江师范学院学报》2013 年第 2 期。

20. 黄发有：《中国当代文学传媒研究的问题和方法》，《天津社会科学》2014 年第 5 期。

21. 姜智芹：《中国文学海外传播的几组辩证关系》，《南方文坛》2014 年第 4 期。

22. 王玥琳：《论著作序在文学传播、接受中的特点与作用》，《中国文学研究》2015 年第 3 期。

23. 残星：《新诗的文化接受及其接受范型》，《山花》1992 年第 3 期。

24. 陈希：《论中国现代派诗对意象主义的接受》，《文学评论》2009 年第 5 期。

25. 陈希：《1925 年之前中国新诗对象征主义的接受》，《中山大学学报》2006 年第 6 期。

26. 吴晟：《中国现代派诗与接受美学》，《广东社会科学》1994 年第 6 期。

27. 毛翰：《从大众传播角度重新审视诗歌的社会功能》，《涪陵师专学报》2000 年第 2 期。

28. 姜涛：《20 世纪 30 年代的大学课堂与新诗的历史讲述》，《学术月刊》2001 年第 1 期。

29. 姜涛：《早期新诗的"阅读问题"》，《中国现代文学研究丛刊》2002年第3期。

30. 杨志学、郑笑平：《从传播学角度看诗歌》，《诗刊》2003年第23期。

31. 姜涛：《"起点"的驳议：新诗史上的〈尝试集〉与〈女神〉》，《文学评论》2003年第6期。

32. 廖七一：《胡适译诗与传播媒介》，《新文学史料》2004年第3期。

33. 王珂：《论新诗革命的历史语境与非诗化特征》，《江西社会科学》2004年第2期。

34. 梁笑梅：《中国诗歌传播学的学理背景与学科特质》，《西南师范大学学报》（人文社会科学版）2005年第4期。

35. 张林杰：《20世纪30年代诗人的读者意识与诗歌的交流危机》，《江汉论坛》2005年第10期。

36. 姜涛：《"选本"之中的读者眼光——以〈新诗年选〉（1919年）为考察对象》，《江汉大学学报》（人文科学版）2005年第3期。

37. 刘金冬：《诗歌选本与诗歌审美趣味的形成——以解放区诗歌选本为例》，《江汉大学学报》（人文科学版）2005年第3期。

38. 蓝棣之：《论社会、历史对新诗形式演变的影响》，《文艺研究》2005年第8期。

39. 鲍焕然：《新诗传播媒介与建构》，《学术月刊》2006年第4期。

40. 陶丽萍：《新诗传播与经典化》，《学术月刊》2006年第4期。

41. 李怡、苏雪莲：《大众传媒与中国新诗的生成》，《学术月刊》2006年第4期。

42. 杨墅：《诗歌传播引论》，《诗刊》2006年第15期。

43. 王珂：《新诗应该适度经典化》，《江汉论坛》2006年第9期。

44. 吴思敬：《一切尚在路上——新诗经典化刍议》，《江汉论坛》2006年第9期。

45. 张大为：《新诗经典化：后现代时代的经典重构》，《江汉论坛》2006年第9期。

46. 方长安：《〈新青年〉对新诗的运作》，《学术研究》2006年第1期。

47. 王桂妹：《〈新青年〉中的女性话语空白》，《文学评论》2004年1期。

48. 王桂妹：《"五四女作家群"的历史建构曲线》，《文学评论》2010 年 6 期。

49. 鲍焕然：《新诗传播途径及其历史维度》，《武汉理工大学学报》（社会科学版）2007 年第 1 期。

50. 霍俊明：《穆旦的新诗史状貌——〈穆旦诗全集〉、〈穆旦诗文集〉的变动及新诗史意义》，《北京教育学院学报》2007 年第 2 期。

51. 伍明春：《论早期新诗在中学的传播》，《山西师大学报》（社会科学版）2009 年第 3 期。

52. 张延文：《世纪之交诗歌传播之考察与思索》，《福建师范大学学报》（哲学社会科学版）2009 年第 3 期。

53. 《日本俳句与中国"小诗"的发生》，《中国社会科学》2010 年第 1 期。

54. 罗振亚：《重铸古典风骨——中国现代主义诗歌对传统诗歌接受管窥》，《学术交流》2009 年第 10 期。

55. 梁笑梅：《〈小说星期刊〉与香港早期新诗的次源性传播》，《中国现代文学研究丛刊》2010 年第 3 期。

56. 胡登全：《大众传媒与新诗的音乐性——基于对重建新诗传播方式的思考》，《西南大学学报》2010 年第 1 期。

57. 方长安、纪海龙：《〈新青年〉译诗与早期新诗的生成》，《江汉论坛》2010 年第 3 期。

58. 赵黎明：《诗气说与中国新诗节奏的建构》，《中国社会科学》2014 年第 10 期。

59. 赵黎明：《"诗分唐宋"与新诗的"知性革命"》，《文学评论》2013 年第 4 期。

60. 肖显惠：《传播与新诗主体地位》，《西南大学学报》（社会科学版）2011 年第 5 期。

61. 王泽龙：《中国新诗总系的经典意识》，《文艺争鸣》2011 年第 11 期。

62. 张松建：《经典、好诗与文学史：〈中国新诗总系〉的选本问题》，《文艺争鸣》2011 年第 11 期。

63. 李润霞：《〈中国新诗总系〉的编选原则与史料问题》，《文艺争鸣》

2011 年第 11 期。

64. 沈毅：《〈现代评论〉与新诗传播》，《现代传播》（中国传媒大学学报）
2012 年第 4 期。

65. 杨四平：《中国新诗海外传播与接收的主体性因素迁移》，《淮阴师范学
院学报》（哲学社会科学版）2012 年第 6 期。

66. 吴思敬：《风雨过后见彩虹——徐志摩的历史定位及其诗歌的经典化问
题》，《廊坊师范学院院报》（社会科学版）2013 年第 2 期。

67. 余蔷薇：《郭沫若新诗史地位形成中的〈女神〉版本错位问题》，《文
艺争鸣》2014 年第 5 期。

68. 余蔷薇：《徐志摩诗歌的文学史评价与读者基础》，《福建论坛》（人文
社会科学版）2015 年第 7 期。

69. 张德明：《新诗阅读方案的初拟——胡适〈谈新诗〉重释》，《中国文学
研究》2014 年第 4 期。

70. 孙玉石：《现代白话文与中国新诗之发生：〈新青年〉杂志与白话文学
暨新诗诞生之关系》，《北京大学学报》（哲学社会科学版）2015 年第
3 期。

71. 陈仲义：《现代诗：不可或缺的经典化》，《南方文坛》2016 年第 1 期。

72. 陈卫：《传播方式与中国诗歌之变》，《长江学术》2016 年第 1 期。

73. 陈仲义：《现代诗接受的难关——细读、变造细读、反细读，及方法》，
《扬子江评论》。

74. 赵家璧：《话说〈中国新文学六系〉》，《新文学史料》1984 年第 1 期。

75. 赵家璧：《〈中国新文学大系〉日译本的苦难历程——访日一得》，《新
文学史料》1985 年第 2 期。

76. 温儒敏：《论〈中国新文学大系〉的学科史价值》，《文学评论》2001
年第 3 期。

77. 赵学勇、朱智秀：《〈中国新文学大系（1917—1927）〉研究述评》，
《中国现代文学研究丛刊》2008 年第 5 期。

78. 罗岗：《"分期"的意识形态——再论现代"文学"的确立与〈中国新
文学大系（1917—1927）〉的出版》，《华东师范大学学报》（哲学社会
科学版）2001 年第 2 期。

79. 黄子平：《"新文学大系"与文学史》，《上海文化》2010 年第 2 期。

80. 秦艳华：《赵家璧的"选择"意识与〈中国新文学大系（1917—1927）〉》，《编辑学刊》2007 年第 1 期。

81. 西羽：《现代文学史资料的重大建设——关于〈中国现代文学史资料汇编〉》，《新文学史料》1982 年第 1 期。

82. 李怡：《评〈中国文学史资料全编·现代卷〉》，《文学评论》2010 年第 6 期。

83. 段美乔：《中国文学史资料全编·现代卷》，《中国现代文学研究丛刊》2010 年第 4 期。

84. 吴福辉：《〈中国现代文学编年史〉的写作和我的文学史观》，《文学评论》2013 年第 6 期。

85. 於可训：《〈中国现当代文学编年史〉的理论与实践》，《武大·哈佛"现当代中国文学史书写的反思与重构"国际高端学术论坛论文集》，中国社会科学出版社 2014 年版。

86. 吴思敬：《刘福春和他的〈中国新诗编年史〉》，《中华读书报》2013 年 8 月 28 日。

87. 刘福春、郭娟、赵京华、赵稀方、萨支山、程凯、段美乔、冷川：《〈中国新诗编年史〉笔谈》，《创作与评论》2014 年第 22 期。

88. 陈建军：《关于〈废名年谱〉》，《鲁迅研究月刊》2006 年第 1 期。

89. 王稼句：《徐志摩年谱》，《读书》1983 年第 4 期。

90. 彭明瀚；《〈郭沫若年谱〉补》，《郭沫若学刊》1990 年第 2 期。

91. 姚平：《冯至年谱》，《新文学史料》2001 年第 4 期。

92. 闻黎明：《知人论世：看〈闻一多年谱长编〉》，《北京日报》2010 年 1 月 18 日。

93. 易彬；《穆旦年谱长编（1948 年）》，《新文学史料》2010 年第 2 期。

94. 张继红《细说"诗坛泰斗"生前身后事——评叶锦〈艾青年谱长编〉》，《社会科学论坛》2010 年第 24 期。

95. 易彬：《穆旦年谱长编（1942—1945）》，《现代中国文化与文学》2011 年第 1 期。

96. 龚明德：《〈郭沫若年谱〉订补》，《现代中文学刊》2012 年第 5 期。

97. 易彬：《年谱材料的误用与谱主形象的塑造——对于〈艾青年谱长编〉的批评》，《中国现代文学研究丛刊》2012 年第 12 期。

98. 谢冕：《读〈中国新诗书刊总目〉》，《文学评论》2008 年第 4 期。

99. 刘福春：《新诗著作叙录（2010）》，《中国诗歌研究动态》2012 年第 1 期。

100. 杨义：《新文学开创史的自我证明——为〈中国新文学大系导言集〉所作导言》，《文艺研究》1999 年第 5 期。

101. 刘福春：《第一部新诗集》，《诗刊》1999 年第 1 期。

102. 姜涛：《"新诗集"与"新书局"：早期新诗的出版研究》，《中国现代文学研究丛刊》2003 年第 4 期。

103. 李章斌：《关于〈穆旦诗文集〉的纰缪和疏漏》，《博览群书》2007 年第 12 期。

104. 梁笑梅：《中国新诗发生期新诗集序的媒介价值》，《文学评论》2009 年第 5 期。

105. 张松建：《经典、好诗与文学史：〈中国新诗总系〉的选本问题》，《文艺争鸣》2011 年第 11 期。

106. 朱晓进：《政治文化心理与三十年代文学》，《文学评论》2000 年第 1 期。

107. 孙玉石：《〈总系〉编选中想到的一些问题——〈中国新诗总系〉研讨会上最后的发言》，《文艺争鸣》2011 年第 11 期。

108. 张清华：《如何描述新诗历史——〈中国新诗总系〉读记》，《文艺争鸣》2011 年第 11 期。

109. 沈奇：《梳理、整合与重建——〈中国新诗总系〉初读谫论》，《当代作家评论》2011 年第 4 期。

110. 余蔷薇：《1930 年代女性诗人创作及其文学史命运》，《文学评论》2012 年第 4 期。

111. 程国君：《大化空灵圆形之美——〈十四行集〉的化转意识、时间体验与诗美建构》，《南开学报》2014 年第 1 期。

112. 张洁宇：《诗学为叶，哲学为根——郑敏教授访谈录》，《文艺研究》2014 年第 8 期；

113. 张洁宇：《一场关于新诗格律的试验与讨论——梁宗岱与〈大公报·文艺·诗特刊〉》，《现代中文学刊》2011 年第 4 期。

114. 张林杰：《外来诗歌的翻译与中国新诗的发生》，《学习与探索》2007 年第 5 期。

115. 王毅：《围困与突围：关于穆旦诗歌的文化阐释》，《文艺研究》1998 年第 3 期。

116. 胡朝雯：《大众读者批评与"80 后"的文学史价值》，《河北学刊》2007 年第 4 期。

三　报纸杂志

《清议报》

《新青年》

《东方杂志》

《新潮》

《创造周报》

《新月》

《时事新报》

《晨报副刊》

《文学旬刊》

《努力周报》

《语丝》

《创造月刊》

《美育》

《北新周刊》

《文艺阵地》

《大公报》

《文学集刊》

《解放日报》

《文艺复兴》

《新诗》

《中国新诗》

《文学周报》

《现代》

《新文艺》

《文学季刊》

《文艺报》

《文学评论》

《大众文艺丛刊》

《诗刊》

《诗创造》

《新路周刊》

《文学杂志》

《解放日报》

《新华日报》

香港《华商报》

《观察》

《人民日报》

《光明日报》

《人民文学》

《文汇报》

《读书》

《文艺研究》

《文艺论丛》

《新文学史料》

《中国现代文学研究丛刊》

《诗探索》

四　数据库

1. CADAL（中英文图书数字化国际合作计划）http://www.cadal.zju.edu.cn。

2. CALIS 联合目录（原：高校联合目录）http：//www. calis. edu. cn。

3. 全国报刊索引数据库 http：//www. cnbksy. com。

4. 晚清期刊全文数据库 http：//www. cnbksy. com/product/productDescription？id = 11。

5. 民国时期期刊全文数据库 http：//www. cnbksy. com/product/productDescription？id = 12。

6. 现刊索引数据库 http：//www. cnbksy. com/product/productDescription？id = 15。

7. 晚清期刊篇名数据库 http：//www. cnbksy. com/product/productDescription？id = 13。

8. 民国时期期刊篇名数据库 http：//www. cnbksy. com/product/productDescription？id = 14。

9. 大成老旧刊全文数据库 http：//laokan. dachengdata. com。

10. 中国高校人文社会科学文献中心 http：//www. cashl. edu. cn/portal/。

11. 读秀学术搜索 http：//www. duxiu. com。

12. 中国知网 http：//www. cnki. net。

13. 维普数据库 http：//vip. hbdlib. cn。

14. 万方数据库 http：//www. wanfangdata. com. cn。

15. 超星中文电子图书 http：//book. chaoxing. com。

16. AiritiLibrary 台湾学术文献数据库 http：//www. airitilibrary. cn。

17. 申报原文数据库 http：//s. reasonlib. com/。

18. 联合目录集成服务系统 http：//union. csdl. ac. cn/index. jsp。

19. 国家科技图书文献中心（NSTL）http：//www. nstl. gov. cn/。

20. EBSCOhttp：//search. ebscohost. com。

21. ProQuest 中国近现代报纸数据库（1832—1953）http：//search. proquest. com/hnpchinesecollection。

22. ProQuest 学位论文检索平台 http：//proquest. calis. edu. cn/。

23. CiNii：日本学术论文搜索网 http：//ci. nii. ac. jp/。

24. SpringerLink http：//link. springer. com/。

25. 香港文学资料库 http：//hklitpub. lib. cuhk. edu. hk/。

索　引

A

艾青　2，3，5，7，17，18，32，95，119，
　　129，130，133，161，175，251，252，
　　260，261，263，264，266，286，294—
　　296，304，332—334，336，337，339，
　　341—359，361—363，375，378，387，
　　393，394，396，413，416，419，422，
　　429，432—434，463，467，468，474，
　　476，482，489，491，496，497，
　　509，510

爱国主义　3，18，84，85，87，131—135，
　　137，144，145，147，148，164，217，
　　252，261，361，405，415，417，434，
　　435，469

B

《白话文学史》　492

《白色花》　337，486

卞之琳　2，3，5，17，20，21，134，143，
　　162—164，174，217，220，246，251，
　　254，260，263，271—281，283—285，
　　288—290，292，294，304，334，375，
376，386，387，396，461，476，482，
　　496，497，500

冰心　32，48，114，193，198，260，261，
　　387，466，472，473，491

C

草川未雨　36，43，44，55，56，74，190，
　　191，206，478，481，494

《草儿》　52，74，459，463，472，478

《尝试集》　5，6，17，20，22，23，25，
　　27，30—44，48—56，60，63—67，74，
　　79，96，102，459，462，463，472—
　　475，478，481，485

《尝试集·再版自序》　53，61，448

沉钟社　365，370，373，376，380，383，
　　395，397，399

陈独秀　2，47，48，446，474

陈梦家　32，128，154，155，160，166，
　　167，170，174，261，271，282，284，
　　387，468，481，485

陈源　77

陈子展　42，43，45，53，76，103，139，
　　140，205，492，493

124，443，444，449，450，453，463，464，467，472，474，481

L

蓝海　43，55，211，390，494

劳工神圣　3，26，48，60，483

李大钊　11，47，474

李广田　260，273，281，292，366，380，385—388，397—399，496

李何林　44，62，129，140，209，253，493

李金发　2，4，6，12，17，20，21，128，156，182—246，249，260，269，271，343，354，381，386，387，395，461，466，467，472—476，481，482，484，491

李一鸣　45，57，77，141，214—216，472，473，493

梁启超　2，8，45，64，65，80，495

梁实秋　5，71，102，125，193，293，294，496

林庚　261，387，451，493

遴选　5，6，14，16，17，19，21—23，28，30，35，109，111，112，116，121，126，143，144，160，166，174，238，240，267，268，289，291，312，316—320，324—326，358，372，377，428，429，438，442，443，459，460，462，463，467—470，473—482，484

凌独见　44，45，54，470，471，478，491

刘半农　2，8—11，17，30，44，47，48，73，77，151，386，387，441，448，459，464，465，471，474，481，483—485，489

刘大白　2，48，126，463，466，467，474，477，483—485，489，493

刘绥松　47，48，59—61，86，87，92，145，146，160，231，232，253，276，336，351，357，358，368，390，474，494

刘西渭　198，272，280，281，285，292，293，295，306，500

卢冀野　31，106，110，496

鲁迅　2，8，11，18，36，47，48，73，80，82，85，87，88，91，92，95，110，151，155，160，170，172，193，328，333，364—367，369，370，373，380—386，396—398，459，460，462，475，477，487，492，509

陆侃如　46，492，494

陆敏车　140，493

陆永恒　77，492

《论初期白话诗》　343，355

《论“现代派”诗》　128，196，199，343，354

《论中国新诗的新途径》　194，278

M

茅盾　18，79，80，103，119，158—162，164，171，172，179，251，331，343，344，355，396，459，487

《猛虎集》　150，158，162，166，170，171

民族主义　3，144，145，148，502

穆旦　2，3，5—7，17—19，21，32，95，

T

W

后　记

　　新诗诞生百年之际，本书能与读者见面，无疑是一件高兴的事。不管你爱也好，不屑也罢，新诗已有百年历史，实实在在地存在着，而且还在继续发展中。百年来，谈论新诗的人很多，新诗研究也算显学，研究焦点主要集中于新诗创作潮流、新诗文本特征、新诗与中外诗歌关系、诗人个性风格等方面，中国新诗史写作更是受到青睐。研究的角度、方法、论题等各不相同，但目的多为发现、思考百年新诗史上的种种问题，探寻新诗发生发展机制，追问新诗"新"在何处、"诗"在哪里，发掘新诗之"诗性"所在，阐述新诗的"非诗性"表现，归纳与建构现代诗学理论，揭秘诗与人、诗与世之关系，等等。大约自 2005 年起，我强烈地意识到要深入解答这些问题，在研究诗人、诗作的同时，还必须同时考察、研究百年新诗接受史，从新诗接受维度观察透视新诗创作发展史，从读者阅读视野审视新诗本体建构，这样才可能继续深化对新诗本相的认识。因此，十年来，我在教学、研究中，一方面重视对现代新诗文本的鉴赏、分析，时时徜徉于诗人所构筑的诗性世界；另一方面，努力梳理、研究新诗传播接受历史，这是一个"还原"历史现场的充满趣味的与诗人、文本和读者潜对话的旅行，同时又是一个漫长而艰难的资料收集、整理、研究的枯燥过程，一种特殊的诗歌跋涉与思想文化考察活动，拙著就是在这样的跋涉、思考中完成的。

　　接受史研究必须以接受史料为依据，史料相当程度地决定了所提出的问题是否有质量，理论思考是否深入，研究结论是否可靠，基于这一认识，我的研究始终以史料为基础，以史实说话，史料的发掘、整理花费了大量的时间和精力。在这里，我要特别感谢我的博士生、硕士生陶丽萍、纪海龙、陈璇、余蔷薇、陈澜、张文民、田源、仲雷、薛燕妮、白丹、张露、徐聪、郑艳明等，他们在资料收集方面为我提供了大量的帮助，书中有的内容还是与他们合作完成的，他们付出了辛勤劳动。

交稿前夕，给於可训老师发微信，恳请赐序，他当时刚落地加拿大，旅途和时差之累可想而知，但几天后三千字的大序发来，令我感动。於老师温润、博雅、睿智、豁达，20多岁时听他讲西方文艺批评理论，读研时在他主编的刊物上发表习作，留校工作后常获勉励，教泽奖掖。序文之誉，实为师之激励、鞭策。

拙著酝酿到完稿历十余年，查阅资料、伏案写作、友朋茶叙或登山望远，时常忆起业师龙泉明先生，浮现当年读书问学的种种情景。十四个春夏秋冬了，日月流逝，山川不老，谨以此书纪念龙泉明老师！

拙著是国家社科基金一般项目成果，得到了学界多位师长、友人的指正与肯定，并有幸收入国家哲学社会科学成果文库，在此谨致谢忱。

感谢曾给我指路、教诲和温暖的所有师长、友人！

感恩父母，感谢家人，感念生命中的每一位亲人！

在这里，还要感谢责编李炳青女士，她为此书出版付出了辛勤劳动。

2016 年 12 月 29 日

图书在版编目（CIP）数据

中国新诗（1917—1949）接受史研究 / 方长安著 . —北京：中国社会科学
出版社，2017.3
（国家哲学社会科学成果文库）
ISBN 978 - 7 - 5161 - 9969 - 5

Ⅰ.①中… Ⅱ.①方… Ⅲ.①新诗—诗歌史—研究—中国—1917 - 1949
Ⅳ.①I207.209

中国版本图书馆 CIP 数据核字（2017）第 039088 号

出 版 人	赵剑英	
责任编辑	李炳青	
责任校对	李 莉	
封面设计	肖 辉 孙婷筠	
责任印制	戴 宽	

出 版	中国社会科学出版社
社 址	北京鼓楼西大街甲 158 号
邮 编	100720
网 址	http://www.csspw.cn
发 行 部	010 - 84083685
门 市 部	010 - 84029450
经 销	新华书店及其他书店

印刷装订	北京君升印刷有限公司
版 次	2017 年 3 月第 1 版
印 次	2017 年 3 月第 1 次印刷

开 本	710×1000 1/16
印 张	34
字 数	518 千字
定 价	119.00 元

凡购买中国社会科学出版社图书，如有质量问题请与本社营销中心联系调换
电话：010 - 84083683